Nu we hier toch zijn

Céla van Gastel bij Boekerij:

Zonder jou

Vaarwel Roscoe

boekerij.nl

Chantal van Gastel

Nu we hier toch zijn

BOEKERIJ

ISBN 978-90-225-9787-3
ISBN 978-94-023-2103-6 (e-book)
ISBN 978-90-528-6581-2 (audio)
NUR 301/340

Omslagontwerp en -beeld: Bürosüd
Kaarten: © Ingrid Bockting
Zetwerk: Mat-Zet bv, Huizen

People try to do all sorts of clever and difficult things
to improve life instead of doing the simplest, easiest thing
– refusing to participate in activities that make life bad.

– Leo Tolstoj

Zeven dagen voor ik mijn verstand verlies

Snooze. Het is 6.38 uur op maandagochtend en ik reik naar mijn telefoon om op de tast het moment uit te stellen dat ik mijn fluffy dekbed van me af moet slaan en mijn warme bed moet verlaten. Ik druk mijn gezicht in het hoofdkussen. Ik was aan het dromen en ik wil terug naar die droom. Als ik niet nadenk over het feit dat het maandagochtend en inmiddels 6.39 uur is, kan ik misschien nog terug naar de droomwereld waaruit ik zojuist ruw ben weggerukt. Vastbesloten om het laatste beeld terug te halen knijp ik mijn ogen dicht. Het was iets leuks. Ik was blij in mijn droom, maar het ontglipt me, want het is nu 6.40 uur en ik denk dat ik vandaag voor het eerst écht te laat ga komen.

Ik was nooit een snoozer. Een half jaar geleden stond ik altijd stipt om 6.11 uur op. Dan had ik precies een uur voor ik in mijn auto moest zitten om op tijd op mijn werk te zijn. Net genoeg voor een douche, het föhnen van mijn haar, mijn niet al te uitbundige maar wel zorgvuldige make-upritueel, en een (meestal) gezond en voedzaam ontbijt. De eerste keer dat ik die snoozefunctie gebruikte, merkte ik dat ik het ook wel kon redden met negen minuten minder. Twee maanden later snoozede ik al twee keer voor het opstaan. Prima te doen als ik 's avonds ging douchen en de volgende dag mijn haar in een staart deed als het raar was opgedroogd. De laatste weken zette ik een derde wekker en dat ging nog net als ik alleen een beetje mascara opdeed en een bakje kokosyoghurt en wat fruit meegriste om op kantoor te ontbijten.

Ik weet dat ik er vijf minuten geleden uit had gemoeten om op tijd in mijn auto te kunnen zitten, maar vandaag heb ik er voor het eerst een vierde set van negen minuten aan toegevoegd en ik klamp me wanhopig vast aan de laatste flarden van mijn droom om de realiteit te ontkennen. En de realiteit is dat er een werkdag op me wacht. Collega's die me willen spreken. Een to-dolijst vol belangrijke taken die mijn verantwoordelijkheid zijn. En ik had al opgestaan moeten zijn. Ik had zelfs al aangekleed moeten zijn, maar in plaats daarvan druk ik dus mijn gezicht in mijn kussen en probeer ik te bedenken wat het was dat me blij maakte in mijn droom. Waarom kan ik er niet naar terug?

Zuchtend duw ik mezelf overeind, met de vingers van één hand mijn rommelige slaaphaar fatsoenerend. Het duurt nog vier minuten voor de extra snoozetijd voorbij is, maar ik realiseer me opeens dat Darius tot precies 6.45 uur aan het trainen is in zijn slaapkamer in het gebouw aan de overkant, waar ik vanuit mijn slaapkamerraam perfect uitzicht op heb. Darius die zijn routine uitvoert is zo'n beetje mijn favoriete onderdeel van de dag, dus ik slinger mijn benen uit bed en glip in mijn pantoffels.

Het is nog donker. Het is koud in huis. En het licht beklemmende gevoel dat me in de loop van gistermiddag beslopen is, is inmiddels aangezwollen tot een zware steen in mijn buik. Als een vuist; een gigantische, hardhandige reuzenvuist die knijpt en knijpt... Maar dan trek ik mijn gordijnen open en daar is hij. Een en al beheersing en gratie en kracht. Een sterk, groot, gespierd lichaam dat om zijn as draait in een soepele en tegelijk volmaakt gecontroleerde beweging. Ik adem uit en laat me op de vensterbank zakken, opgaand in de vertoning van mannelijke schoonheid van mijn overbuurman. Eventjes bestaat er niets anders dan de door hem uitgevoerde serie van manoeuvres en sprongen. Op een of andere manier doet hij me altijd aan een roofdier denken. Die hypnotiserende combinatie van kracht en elegantie. Een cheeta. Of een zwarte panter.

Net als ik het wringende gevoel in mijn binnenste vergeten ben, schrik ik op van het schrille geluid van mijn wekker. Ik zoek mijn telefoon, die onder mijn kussen terechtgekomen is, en zet het geluid uit. Het is 6.47 uur en ik heb nog drieëntwintig minuten voor ik in mijn auto moet stappen. Fuck.

Natuurlijk ben ik laat. Op wonderbaarlijke wijze nog net niet té laat, aangezien ik alle verkeerslichten meehad. Maar een half jaar geleden zorgde ik dat ik rond deze tijd al achter mijn bureau zat, na mijn vaste rondje van collega's begroeten, computer opstarten en thee halen. Nu klap ik de zonneklep in mijn auto omlaag zodat ik in het spiegeltje kan kijken terwijl ik met mijn vingers een beetje concealer in de huid onder mijn ogen klop en nog een paar rode plekjes wegwerk.

Zodra de klok op 7.30 uur springt, gooi ik de make-up in mijn tas. Ik duw het portier open en stap uit. De eersten van mijn collega's zijn ook net gearriveerd. De witte Aygo van Janine van Finance, waarvan de portieren helemaal zijn volgeplakt met grote, felgekleurde bloemenstickers, is niet te missen en staat vlak bij de ingang geparkeerd. Janine, die zelf meestal ook niet te missen is, stapt met haar kenmerkende zwierige tred uit. Ze begroet Vanessa van Legal, die net haar fiets in het rek bij de ingang stalt, met een uitbundig: 'Goedemorgen deze morgen!' Haar opgewekte stemgeluid bereikt me met gemak, ook al ben ik pas halverwege het parkeerterrein. 'Goed weekend gehad, meis?'

Janine noemt iedereen meis. Of, nou ja, alle vrouwen op kantoor.

Vanessa's antwoord kan ik niet letterlijk verstaan, maar ik vermoed dat ze – zoals gewoonlijk – bevestigt dat het inderdaad een heel goed weekend was en informeert naar hoe Janine de afgelopen twee dagen heeft beleefd.

'Ook heerlijk,' antwoordt Janine vervolgens. 'Maar ik heb toch altijd weer zin om te beginnen, hoor! Het was wel druk op de weg vanochtend, ik heb het staartje van de file nog meegepakt. Ben blij dat ik altijd op tijd vertrek.'

Ik vraag me net af of het dan niet juist beter is om later te vertrekken – om zo het staartje van de file te vermijden – als een keihard ratelend geluid me letterlijk doet opspringen van schrik.

'Ho, sorry!' zegt een lange gast in een witte schildersoverall die net met brute kracht een of andere metalen buis van een aanhanger sleurt. 'Ik wilde je niet laten schrikken.'

'O... nee valt wel mee.' Ik ben even van mijn stuk gebracht, want ik was me nog aan het voorbereiden op het goedemorgen-fijn-weekend-gehad-hup-aan-de-slag-riedeltje dat ik moet afvuren als ik straks de receptie passeer en ik ben nog niet helemaal geland in mijn rol als Audrey van hr. 'Het leek even alsof het gebouw instortte, verder niets.'

'Gewoon een typisch maandagochtendaardbevinkje,' antwoordt hij, waarna ik iets vaag bevestigends mompel en verder loop. Het geluid klinkt opnieuw. Meer schrapend dan ratelend deze keer, maar ik ben erop voorbereid dus spring ik nu géén halve meter in de lucht.

'Ik ben normaal niet zo klungelig, hoor. Maar ik raakte een beetje afgeleid door het uitzicht.'

Ik kijk opzij. De schilder loopt nu naast me, met de zwaar uitziende metalen buis rustend op zijn schouder. Zei hij dat nou echt? Afgeleid door het uitzicht?

Hij geeft een knikje naar het park aan de overkant van het parkeerterrein. 'De zonsopkomst.'

'O!' Ik werp een blik op de zweem van zachtroze, vlammend oranje en helderblauw die prachtig contrasteert met de donkere stroken lucht. 'Ja, tuurlijk. Heel mooi.'

'Dacht je dat ik jou bedoelde?' vraagt hij luchtig, en hij moet een beetje lachen. 'Niet dat er iets mis is met dát uitzicht, maar zo cliché ben ik niet. Zelfs niet op maandagochtend.' We zijn bij de ingang, waar een steiger in aanbouw is waarop een andere, wat oudere man, eveneens in witte overall, aan het werk is.

'Daarboven heb je een nog beter uitzicht,' gaat hij verder terwijl hij een uiteinde van de buis met een klap op de straat laat neerkomen. 'Maar Antoine vindt dat ik daar in de weg sta.'

'Jij staat overal in de weg!' roept zijn collega naar beneden. 'We hebben werk te doen. We zetten het hier niet in de steigers om op ons gemakje naar de lucht te staren, vriend.'

Maar hij blijft stoïcijns naar de roze kleurende lucht kijken, terwijl hij de metalen buis als steunpilaar gebruikt. 'Toch zonde dat sommige mensen dit niet weten te waarderen.'

Ik kijk van hem naar de lucht, haal mijn telefoon uit mijn tas en maak snel een paar foto's.

'Zie je, Antoine?' zegt hij tevreden. 'Ik ben niet de enige die hier oog voor heeft.'

'Ja, ja. Morgen hebben we er weer een. Zelfde plaats, zelfde tijd. En nu een beetje actie, graag.'

'Morgen is nooit gegarandeerd, Antoine,' zegt hij terwijl hij de buis omhoogsteekt zodat zijn collega hem kan aanpakken.

Ik manoeuvreer voorzichtig om hem heen, aangezien hij nu de halve ingang blokkeert. 'Als jij en Antoine behoefte hebben aan mediation, kom dan gerust een keer langs op onze hr-afdeling. Misschien kan ik jullie helpen.'

Hij lacht een brede lach. 'Misschien hou ik je daar wel aan. Al denk ik dat ik al een heel eind kom als ik de rest van die steigerbuizen ga halen.'

'Prima plan, Romeo!' roept Antoine naar beneden.

'Romeo...' herhaalt hij een tikje meewarig, terwijl hij oogcontact met me maakt. 'Hopeloos is die man.' Hij laat zijn blik nog een seconde of twee op me rusten voor hij wegloopt in de richting van de aanhanger. Het duurt nog een extra seconde voor het me lukt om in beweging te komen. Ik stap de draaideur in, maar kan het niet laten om nog eens vluchtig over mijn schouder te kijken. Vlak voor hij uit het zicht verdwijnt en ik echt in Audrey van hr verander, zie ik dat hij ook even omkijkt.

'Goedemorgen, Duncan!' zeg ik als ik langs de receptie wandel. Mijn opgewektheid kan niet tippen aan die van Janine, maar ik ben zelf verbaasd over hoe ik haar level weet te benaderen. Dit is iets uitbundiger dan mijn gewoonlijke maandagochtendenergie.

'Morgen, Audrey.' Duncan haalt de microfoon van zijn headset weg bij zijn mond en leunt naar voren om me een stapel papieren over de mahoniehouten balie aan te reiken. '*Mon dieu*, er moet iets in het water hebben gezeten het afgelopen weekend, want de ziekmeldingen gaan door het dak. De teamleiders zijn in rep en roer, dus succes vandaag.'

'Maar extra investeren in de vervangingspool is overbodig,' zeg ik meer tegen mezelf dan tegen Duncan, want die zit alweer op zijn plek achter de telefooncentrale om de volgende ziekmelding aan te nemen.

Ik duw mijn schouder tegen de zware glazen deur die naar de gang leidt waaraan de kantoortuin gelegen is. Janine zit al op haar plek en is bezig haar bureau te organiseren volgens haar vaste routine. Groen postbakje met inkomende facturen en blauw postbakje met uitgaande facturen aan haar rechterkant. Links een rood en een geel postbakje voor de verwerkte facturen. De rekenmachine met telrol precies naast haar computer, omringd door foto's van haar kinderen en hond. Het gesprek met Vanessa gaat nog steeds door. Ze doet uitgebreid verslag van een driftbui van haar jongste dochter die – zoals ik het begrijp – per se zonder broek naar de peuterspeelzaal wilde vandaag. 'Ik heb de deur achter me dichtgetrokken en het aan Hans overgelaten,' besluit ze, nogal ingenomen met haar talent voor delegeren.

'Goedemorgen, Janine,' zeg ik als ik haar passeer om een uitdraai van de ziekmeldingen op het bureau van Maurice de Casemanager te deponeren. 'Hoe was je weekend?'

'Pfff... Ik had het er net over met Vanessa. Ik heb zo'n bewondering voor fulltime moeders. Hoe dóén die dat?' Ze ploft neer in haar bureaustoel. 'Na zo'n weekend met die ADHD'ers van mij ben ik gewoon blij dat het maandag is, hoor. Even wat anders dan gillende kinderen die aan mijn lijf hangen.'

Ik hang mijn jas op aan de kapstok die in de hoek staat, naast een ficus die groter is dan ikzelf. 'Klinkt heftig,' zeg ik, ook al weet ik pertinent zeker dat de kinderen van Janine geen ADHD hebben, en dat dit een gevalletje peuterpuberteit is. 'Maar je krijgt er zoveel voor terug, toch?'

'Geniet maar van het single leven zolang het kan, meis. Ik zou er heel wat voor overhebben om af en toe een weekend in jouw schoenen te kunnen staan. Heb jij nog spannende dingen gedaan?'

'O, zeker.' Ik loop naar mijn eigen werkplek en laat mijn tas op mijn bureau neerkomen. 'Het wilde leven van een single dertigplusser, laat ik daar maar niet verder over uitweiden, want dan maak ik jullie alleen maar jaloers.'

'Hoe is het met Darius?' vraagt Vanessa met een glinstering in haar ogen die verraadt dat ze ernaar snakt om het single bestaan via mij te herbeleven. Vooral mijn gesettelde collega's zijn altijd bijzonder geïnteresseerd in mijn datingleven en in wanneer, hoe vaak en waar ik ga stappen. Ik moet ze altijd teleurstellen, want zoals elke week heb ik dit weekend bijzonder weinig spannends beleefd. Ik ben allebei de dagen pas rond één uur in de middag opgestaan, en niet omdat ik tot diep in de nacht uit was. Ik ben rond middernacht gaan slapen, hetzelfde tijdstip als ik doordeweeks gewend ben. Ik heb geen dates gehad, niet met vriendinnen of familie afgesproken, geen etentjes gehad, musea bezocht of voor een marathon getraind. Wat ik wel gedaan heb, is het nieuwe seizoen van *You* in twee sessies bingen. Ik heb *Dirty Dancing* voor de duizendste keer gekeken, het boek waar ik in bezig was uitgelezen en ik ben begonnen in een nieuwe thriller. Ik heb geen boodschappen gedaan en heb niet voor mezelf gekookt. Ik ben de avonden doorgekomen op boterhammen en chips. O, en chocola. Ik heb niet mijn was gedaan, mijn huis opgeruimd of schoongemaakt. En ik ben ook niet gaan stappen, noch heb ik me ingeschreven voor datingapps ook al dringen mijn collega's daar al minstens een jaar lang op aan.

Om ervan af te zijn, heb ik Darius een keer ter sprake gebracht. Ik stond onder grote druk om iemand mee te nemen naar een personeelsfeest en ik dreigde gekoppeld te worden aan een van de andere vrijgezelle collega's, omdat het feit dat we allebei single zijn blijkbaar betekent dat we voor elkaar bestemd zijn. En toen heb ik in een opwelling gezegd dat er wél een man in mijn leven was, maar dat het heel pril was en dat hij het heel druk heeft met zijn carrière als professioneel danser en daardoor niet in de gelegenheid is om zoiets mondains als het personeelsfeestje van de plaatselijke snoepfabriek bij te wonen. Ook al zijn we marktleider.

Ik weet niet waarom ik niet gewoon een saaie man heb verzonnen. Een accountant of zo, iemand die ze meteen weer vergeten zouden zijn. Want natuurlijk was iedereen volkomen gefascineerd zodra ik de naam Darius noemde. En al helemaal toen ik ook nog vertelde hoe goed hij eruitziet in een tanktop. Grote fout, Audrey. Grote fout. En natuurlijk heb ik daar nu enorme spijt van, vooral omdat Darius niet bij Audrey van hr hoort, maar bij de Audrey die ik ben zonder hr. Of tenminste, dat is waar ik soort van naartoe werk, ook al ben ik nog niet veel verder gekomen dan dat hij me teruggroet als ik hem onder weg naar mijn auto bij de bushalte passeer. En af en toe een halfslachtig zwaaitje als hij me betrapt terwijl ik hem vanuit mijn raam aan het bespieden ben.

Hoe dan ook, het delen van zijn naam voelde als het op elkaar botsen van twee tektonische platen die nooit bij elkaar in de buurt hadden moeten komen. Ik wilde het wanhopig graag terugnemen. Maar het was alsof ik een tube tandpasta leeg had geknepen. Er is geen manier om het spul daarna nog terug te proppen. Dus het is wat het is. Darius, of in ieder geval een versie van hem die ik voor mijn collega's heb geschapen, is nu gemeengoed hier. En het bezorgt me buikpijn elke keer dat iemand hem ter sprake brengt.

'Darius...' zeg ik, wachtend tot mijn computer is opgestart. Ondertussen doe ik alsof de uitgeprinte agenda die Duncan op mijn bureau heeft achtergelaten mijn volledige aandacht vergt. 'Het gaat heel goed met Darius. Hij heeft binnenkort dat ding... dat ene waar ik het over had...' Ik staar nog steeds naar het papier in mijn hand, zonder iets te zien. 'Hij is heel druk met trainen. Volledige focus daarop. Dus eh... hij heeft niet zo heel veel tijd om af te spreken en zo.'

'Wauw,' zegt Vanessa. 'Woest aantrekkelijk, een man met zo'n missie. De seks is vast...' Ze krijgt een dromerige blik.

'Nou, ja. Je weet wat ze zeggen over seks voor de wedstrijd, hè? Het wordt niet echt aangemoedigd.' Ik leg het printje neer. 'Zal ik een rondje koffie halen?'

'Twee zielen, één gedachte, maar zoals altijd loop ik net een paar tellen op je voor,' zegt Maurice terwijl hij met een dienblad de kantoortuin in komt. 'Koffie voor mijn favoriete dames. O, en een groene thee natuurlijk.' Hij zet het theeglas met een knipoog voor me neer.

'Lekker, dank je wel,' antwoord ik. Ik weet niet hoe Audrey van hr zo anders kan zijn dan Audrey zonder hr. Die zou groene thee nooit lekker noemen, die zou een frappuccino lekker noemen. Of een croissant met warme chocolademelk. 'Aan de slag dan maar, hè,' zeg ik terwijl ik inlog op mijn computer, klaar voor een dag met tientallen ziekmeldingen, oververhitte teamleiders en een nooit eindigende to-dolijst.

Halverwege de middag heb ik mijn halve takenlijst afgewerkt, maar zijn er ook weer nieuwe punten aan toegevoegd. Ik heb de vaststellingsovereenkomst voor Paul van Productie gemaakt, een arbeidsovereenkomst opgesteld voor iemand die na ondertekening Joanie van R&D genoemd zal worden, gesprekken met drie verschillende uitzendbureaus gehad en een loopbaangesprek gevoerd met Davy de directieassistent. Nu ben ik bezig met de papieren van een expat waar ik eerlijk gezegd niet helemaal uit kom. Dus Maurice komt op precies het juiste moment aan mijn bureau staan. Ik was toe aan een break.

Hij laat met een plof een dik dossier op mijn papieren vallen. 'We moeten even praten. Dit mens maakt me gek en niet op de goede manier.' Hij schuift een stoel bij en gaat naast me zitten.

Ik open de dossiermap en als ik de foto op het NAW-voorblad zie, sla ik de map snel weer dicht. 'Hannie,' mompel ik. Bij nader inzien duik ik toch liever in de formulieren van de expat.

'Hannie,' herhaalt hij dreigend.

'Ik weet niet of ik de persoon ben die je hierover zou moeten spreken. Hannie en ik hebben een historie.'

'Iedereen heeft een historie met Hannie. Ik ben bij de personeelsfunctionarissen op de vloer geweest en ze zeggen allemaal dat ik bij jou moet zijn.'

Ik zucht. 'Maurice... ik was bezig met de papieren van een expat en volgens mij is dit geschreven in het Grieks.' Ik steek een vel papier omhoog met voor mij onleesbare tekens. 'Ik spreek geen Grieks, ik lees geen Grieks en toch vermoed ik dat ik deze klus sneller kan klaren dan wat het ook is dat jij van me gaat vragen met betrekking tot Hannie.'

'Hannie is niet dom,' zegt hij terwijl hij samenzweerderig naar voren leunt, zijn ellebogen steunend op zijn knieën.

'Ze heeft een dochter die jurist is.'

'Ah!' roept hij terwijl hij het dossier een zwieper geeft waardoor het bijna mijn bureau af vliegt. 'Zoiets moest het wel zijn. Dat mens werkt voor geen meter mee aan haar re-integratie, maar ze doet het op zo'n manier dat het allemaal nog net binnen de regeltjes valt.'

'Vertel mij wat. Ik heb twee jaar lang een re-integratietraject met haar doorlopen. Vlak voor we als werkgever niet meer verplicht zijn om haar door te betalen, doet ze een herstelmelding. Ze houdt het lang genoeg vol om ervoor te zorgen dat het een nieuw ziektegeval wordt en daarna begint het gedonder opnieuw.'

'Dat wordt haar dus allemaal ingefluisterd door die dochter.' Moedeloos zakt hij achterover in zijn stoel, zijn benen uitstrekkend onder mijn bureaustoel. Hij haalt een hand door zijn haar. 'Er moet snel iets gebeuren, anders hebben we straks weer een verlenging van de loondoorbetalingsverplichting aan onze broek hangen.'

'Wat zegt de bedrijfsarts?'

Hij haalt de laatste rapportage tevoorschijn en geeft het document aan mij. Ik screen het en lees de eindconclusie: *Mevrouw ervaart veel psychische druk (opgelegd door de werkgever) en raakt daardoor over haar toeren. Advies: een week rust, daarna opnieuw contact.*

'Ha,' zeg ik. 'Fantastisch advies. Dit zeggen ze ook al twee jaar. We mogen haar geen druk opleggen, maar als we haar met rust laten, zetten we ons niet genoeg in om te voldoen aan onze re-integratieverplichtingen en dan kunnen we daar weer een sanctie op verwachten. Dit is zo frustrerend.'

'Ja.' Maurice kijkt bedenkelijk. 'Nou, dit rapport is van vorige week, dus die rustperiode is voorbij. Ik stel voor om een afspraak in te plannen hier op kantoor. Eind van de week?'

'Ik denk dat je dit prima alleen aankunt. Mijn aanwezigheid werkt waarschijnlijk alleen maar averechts. Hannie zal het in ieder geval niet waarderen.'

'Nee. Maar je doet het niet voor Hannie. Je doet het voor mij. Ik plak die vrouw achter het behang als ik de kans krijg.' Hij kijkt me hoopvol aan, zijn hoofd een beetje schuin. 'Audrey, please? Help me.'

'Maurice...' roep ik op langgerekte, dramatische toon terwijl ik me voorover op het bureau laat zakken, mijn gezicht in mijn armen op het werkblad. 'Waarom doe je me dit aan?'

'Je bent mijn enige hoop. Mijn partner in crime. Mijn –'

'Oké,' roep ik. Ik ga weer rechtop zitten. 'Al goed. Doe maar op vrijdag, dan heb ik daarna het hele weekend om mezelf op te laten nemen in een retraite of zo.'

'Je bent de beste!' zegt hij terwijl hij het dossier weer naar zich toe schuift. Hij staat op en laat de map tegen zijn heup rusten. 'Maar echt.'

'Waarom voelt het dan niet zo goed?' antwoord ik zangerig terwijl ik in het notitieboek waarin ik mijn takenlijsten maak een reminder opschrijf om het gesprek met Hannie voor te bereiden.

'Dat komt nog,' zegt Maurice. Hij loopt langzaam achteruit in de richting van zijn eigen bureau. 'Ik ga met de pet rond om te collecteren. En dan laat ik een standbeeld voor je oprichten op de binnenplaats.'

'Haha,' mompel ik, terwijl ik verderga met het aanvullen van mijn lijstje voor vandaag. Ik moet nog boodschappen doen. Een afspraak maken voor het onderhoud van mijn warmtepomp. De tandarts bellen voor een controleafspraak.

'Echt,' benadrukt Maurice. 'Beschouw het beeld als opgericht. Dat, en... zoveel groene thee als je maar op kunt.'

'Eigenlijk is dat helemaal niet zo gezond!' roept Janine vanaf haar plek. 'Ik ken een verhaal van iemand die liters groene thee per dag dronk en...'

Ik *zone* uit en gris de papieren van de Griekse expat bij elkaar. Dit lijkt me meer iets voor Davy de directieassistent, dus ik loop naar zijn bureau aan de andere kant van de kantoortuin. 'Davy, jij regelt toch altijd alles voor onze expats?'

'Yes!' zegt hij zonder op te kijken van zijn scherm.

'Kan ik dit dan aan jou geven?' Ik formuleer het als vraag, terwijl ik het eigenlijk bedoel als een dan-geef-ik-dit-aan-jou. Waarom doe ik dat nou altijd?

Hij duwt de pagina's in mijn handen iets omlaag zodat hij er een blik op kan werpen. 'O, dat is die Griekse intern voor het MT-team! Nee, die heb ik juist bij jou gelegd.'

'Maar expats zijn toch jouw afdeling?' Weer dat vraagteken. Ik haat mezelf. Ik leg de papieren op zijn bureau om duidelijk te maken dat dit nu zijn probleem is.

Hij pakt de papieren onmiddellijk op en steekt ze weer naar me uit. 'Ik spreek geen Grieks.'

'O, nou gelukkig spreek ik het vloeiend,' antwoord ik.

'Nou dan?' Hij wappert de formulieren heen en weer. Hij duwt ze nog net niet tegen mijn borst.

'Weleens van sarcasme gehoord, Davy? En trouwens, je hoeft geen Grieks te spreken om een vlucht en huisvesting voor...' Ik gebaar naar de papieren. '... Dimitri te regelen.'

Davy zucht. 'Al die papieren zijn onleesbaar. En er moeten officiële overeenkomsten gemaakt worden. Dat is wat jij doet.'

'Het meeste is gewoon in het Engels. En de internationale contracten verlopen via Legal. Je weet wel, Vanessa.'

Davy rolt met zijn ogen. 'Ik weet dat Vanessa van Legal is. Zij zei juist dat ik het op jouw bureau moest leggen.'

'*What the* –' Ik slik het laatste woord in. 'Vanessa!' roep ik door de kantoortuin. 'Hoezo doe ik de contracten voor expats?'

'Huh, wat?' roept ze ongegeneerd over zes bureaus heen.

'Het contract voor Dimitri, de Griekse intern.'

'O, dat! Ik spreek geen Grieks.'

'Niemand spreekt hier Grieks!' roep ik nogal gefrustreerd uit. En ook nogal hard, merk ik, want inmiddels zit zo'n beetje iedereen me aan te staren. Ik draai me weer om naar Davy. 'Zou je gewoon willen doen wat je altijd doet? Een appartement regelen? Vergunningen in orde maken? Gewoon precies wat je zou doen als zijn diploma niet in het Grieks was.' Ik glimlach en zet een paar passen terug richting mijn eigen bureau. 'Alsjeblieft?'

Davy mikt de papieren in een postbakje. 'Ik zal er morgen voor je naar kijken. Ik ben bijna klaar en ik kan niet langer blijven vandaag.'

Als ik hem mijn rug heb toegekeerd rol ik met mijn ogen in stil protest. Ik ga terug op mijn plek zitten en scrol door mijn inbox, die vol staat met uitnodigingen voor vergaderingen die zoals de gangbare uitdrukking zegt prima een e-mail zouden kunnen zijn. Toch bevestig ik overal mijn aanwezigheid, wat ervoor zorgt dat mijn agenda in drastisch tempo volloopt. Ik staar ontmoedigd naar de geblokkeerde tijdvakken en bevestig als laatste de bijeenkomst met Hannie.

Het duurt nog geen tien seconden voor de armen van Maurice de lucht in vliegen alsof zijn favoriete team een doelpunt maakt en hij een wave begint. 'Yes, ik heb een date met Audrey!'

'*Fiet fieuw*... een date met Audrey,' herhaalt Janine terwijl ze haar postbakjes van haar bureau terug in de kast plaatst. 'Bloeit er hier iets op?'

'Nou...' zegt Maurice terwijl hij zijn handen achter zijn hoofd vouwt. 'Het is eigenlijk een date met Audrey en Hannie.' Die laatste naam spreekt hij met weerzin uit.

'Een triootje?' oppert Janine. Dan trekt ze een vies gezicht. 'O wacht, Hannie... Dé Hannie?'

'De enige echte,' bevestig ik.

'Hè, jammer. Ik dacht dat we eindelijk eens een leuke kantoorroddel hadden. Maurice en Audrey, dat zie ik wel voor me.' Ze sluit de kast en draait het slot erop.

Vanessa komt het keukentje uit. 'Jongens, vergeet de laatste niet de vaatwasser aan te zetten? Ik moet nu weg, anders kom ik te laat voor de meiden.'

'Ik loop met je mee, meis,' zegt Janine, die onder haar bureau duikt om haar handtas te pakken.

'Fijne avond,' mompel ik terwijl ik mijn to-dolijstje er weer bij pak. Ik heb het lang niet helemaal kunnen afvinken vandaag. De tandarts en de monteur voor de warmtepomp kunnen wel een andere keer. Ik verschuif het accorderen van de overuren van de overhead naar morgen en de declaratie van mijn zakelijke kosten had eigenlijk vorige week al gemoeten. Als ik opkijk, zie ik dat Maurice vanaf zijn bureau nog naar me zit te kijken, terwijl hij nonchalant een beetje van links naar rechts draait op zijn bureaustoel.

'Wat is er?' vraag ik.

'Niks,' zegt hij. Hij laat een stilte vallen. 'Ik denk gewoon een beetje na over dat standbeeld.'

'Hé Audrey, kun jij deze werkgeversverklaringen nog ondertekenen voor je weggaat?' Robin van Payroll staat met zijn jas aan voor mijn bureau.

'Natuurlijk.'

'En kun je ze dan misschien ook meteen in de postvakjes leggen? Ik heb wat te lang gewacht met het invullen en sommige werknemers zitten erop te wachten.'

'Ja hoor, geen probleem.'

'Zeker weten? Dat is echt heel fijn, want er zijn er een paar bij van mensen die nu de nachtdienst ingaan, dus als we dan wachten tot morgenochtend gaat er weer een dag overheen en...'

'Ik regel het,' onderbreek ik hem. 'Zoals ik al zei: geen probleem.'

'Standbeeld!' roept Maurice, het woord vermommend als kuch terwijl hij dossiers en papieren met een armbeweging in zijn bureaula schuift.

Ik werp hem een blik toe die zoiets betekent als: je kunt ook overdrijven.

'O, Audrey, wat de overuren betreft,' zegt Robin, terwijl hij al aanstalten maakt om weg te lopen. 'Ik moet morgen om half negen een vergadering in, dus ik gooi de payroll vroeger dicht. Alles wat er dan in staat, gaat mee. De rest schuift door naar volgende maand.'

Shit. Daar gaat mijn plan om de overuren en declaraties door te schuiven naar morgenvroeg. 'Nou... Dan ga ik nog maar even aan de slag,' zeg ik berustend terwijl ik vinkjes op mijn lijst begin te zetten. 'Fijne avond, Robin.'

'Hetzelfde! Tot morgen, Maurice!'

'Joe,' roept hij terug.

Ik begin met het accorderen van een waslijst aan declaraties van halve uurtjes overwerk. Er lopen nog wat mensen in en uit, voor het steeds stiller wordt. Na een tijdje komt Maurice voor mijn bureau staan. 'Heb je daar nog veel werk aan, die overuren?'

Ik kijk op. 'O... driehonderdzestig werknemers die elk half uurtje overwerk opgeven? En dan nog de reiskostenvergoedingen. Nee, hoor. Valt wel mee.'

'Ik kan je nog wel even helpen voor ik wegga.'

'Nee joh, hoeft niet. Ik klik gewoon nog een uurtje blindelings op het groene vinkje en dan ben ik hier ook weg.'

'Oké. Dan zie ik je morgen. Ik... eh...' Hij wijst over zijn schouder in de richting van de keuken. 'Heb de vaatwasser al aangezet.'

Ik glimlach. 'Thanks. Fijne avond.'

'Jij ook.' Hij loopt naar de kapstok, waar hij zijn colbertje pakt dat hij ergens in de loop van de middag uitgetrokken heeft. 'Laat me nog even weten hoe groot het precies moet worden,' zegt hij terwijl hij zijn jasje aantrekt. Als ik hem verward aankijk, verduidelijkt hij: 'Het standbeeld...'

'O!' Ik moet lachen. 'Een kleintje is goed. Twee of drie meter of zo?'

'Precies wat ik dacht. Twee zielen, één gedachte.' Hij knipoogt en loopt dan weg. 'Tot morgen!' hoor ik nog, waarna de deur van de kantoortuin achter hem dichtvalt en ik alleen achterblijf.

Aan de andere kant van de hal is de fabriek nog in volle gang; tientallen mensen zijn aan het werk om lolly's, drop, winegums en ander snoep te maken. Maar hier is het stil, op de klik van mijn muis na terwijl ik een voor een de declaraties goedkeur. De vaatwasser is al klaar wanneer ik mijn computer afsluit. Ik ruim de machine leeg, wetend dat Davy dat mega-irritant vindt omdat hij dat altijd zo'n lekker klusje vindt om de dag mee te beginnen. Maar ik vind Dimitri een prima klusje voor Davy om de dag mee te beginnen.

Ik maak nog een tripje naar de kantine om de verklaringen in de juiste postvakjes te deponeren en dan loop ik via de lange gang naar de uitgang. Het valt me altijd op dat het ruisende kabaal van de machines zoveel harder lijkt te klinken in de avond, als het verder stil is op kantoor.

De receptie is nu onbemand. Duncan is allang naar huis, en het snoepwinkeltje voor personeel is gesloten. De draaideur is op slot, dus ik neem de kleine deur achter de receptie naar buiten, die meteen achter me in het slot valt. Het is al donker. Ik ben langer bezig gebleven dan ik had verwacht. De kille avondlucht maakt dat ik onder de inmiddels volledig opgebouwde steiger stilsta om een extra knoop van mijn jas dicht te doen. En als ik naar mijn auto loop, kijk ik toch even achterom en omhoog om te zien of ik daar Antoine of een man zonder naam in een witte overall kan ontdekken. Maar zij zijn natuurlijk allang naar huis. Ik loop door, stap in mijn auto en zet mijn tas op de bijrijdersstoel. Ik zoek mijn favoriete muzieklijst en tik het eerste nummer aan. 'Why Worry?' van de Dire Straits. Voor ik de auto start, ga ik met mezelf in debat of ik de drive-through hier om de hoek zal nemen waarvan ik het eten lekkerder vind, of die het dichtst bij mijn huis zodat het eten nog warm is als ik thuiskom en ik niet in de auto hoef te eten. Ik ben er nog niet helemaal over uit als ik de parkeerplaats af rij.

Zes dagen voor ik mijn verstand verlies

Wekker. Uit. Dekbed over mijn hoofd. Nog even slapen. Wekker. Uit. Dekbed over mijn hoofd. Nog even sl… O, shit. Niet meer slapen, want ik heb meteen om 7.45 uur een overleg en ik wil er niet uitzien alsof ik pas twintig minuten geleden uit mijn bed ben gerold, dus ik moet minstens tien minuten aan mijn make-up besteden. Dat is de reden. Voor de make-up. Geen andere reden. Geen enkele andere, welke dan ook.

Dus. Opstaan. Water in mijn gezicht. Tandenpoetsen. Haar fatsoeneren. Make-up. Zuchtend slof ik naar de badkamer. Nog slaapdronken begin ik aan mijn ochtendroutine en met mijn tandenborstel in mijn mond loop ik terug naar mijn slaapkamer.

Gordijnen open. Darius.

Vandaag doet hij moderne dans. Gefascineerd door de buigingen, de ritmische flow van strekking en deining van zijn lichaam, bevriezen mijn eigen bewegingen en besta ik alleen in dit ene moment waarin ik niets anders hoef dan hier staan. De monotone voorspelbaarheid van de dag die voor me ligt voor eventjes helemaal vergetend, tot de tandpasta via de steel van mijn tandenborstel op mijn hand en slaapshirt drupt en ik weer weet dat Audrey van hr verwacht wordt haar opwachting te maken. En dat ik dus moet opschieten.

Ik zit op tijd in mijn auto. En het is niet zo druk op de weg. Alles zit mee. Geen enkel stoplicht tegen. Niet stoppen voor fietsers van rechts. En geen opstopping voor de rotonde waar ik rechtsaf moet voor ik het parkeerterrein van de snoepfabriek bereik. Ik zie het gebouw al, verlicht door de lantaarnpalen aan de straatkant en een paar bouwlampen die op de steiger een deel van de voorgevel beschijnen. Vlak voor ik mijn richtingaanwijzer uitzet gaat zoals altijd die ene gedachte door me heen. Wat als ik rechtdoor rij? Gewoon niet afslaan. Mijn afslag missen. Het parkeerterrein voorbijrijden. Niet naar kantoor, maar gewoon blijven rijden. Wat dan?

Maar het zacht klikkende geluid geeft aan dat ik plichtsgetrouw de eerste afslag zal nemen, zoals ik al bijna tien jaar doe. Aan mijn linkerkant ligt het parkeerterrein en na ongeveer driehonderd meter bereik ik de slagbomen. Martin van het wagenpark steekt zijn hand naar me op en opent de slagboom al voor me, zodat ik mijn personeelspas niet hoef te gebruiken. Ik sla links af naar het parkeervak waar ik gewend ben te staan. Het is iets voor half acht, en ik wil de sleutel uit het contact halen, maar mijn favoriete stukje uit '(I Just) Died In Your Arms' van Cutting Crew komt zo, en ik hou ervan om de zin: *I should have walked away* keihard mee te blèren. Ik doe het nu niet, want ik weet dat auto's niet geluidsdicht zijn. Maar ik blijf zitten om het hele liedje af te luisteren en die laatste zinnen playback ik vol overgave.

I, I just died in your arms tonight
It must've been some kind of kiss
I should've walked away
I should've walked away

Als de laatste klanken wegsterven en 'I'm On Fire' van Bruce Springsteen begint, haal ik de sleutel uit het contact en zet ik mijn playlist uit. Ik laat mijn hoofd tegen de hoofdsteun vallen. Ik kan dit, uitstappen en naar binnen gaan. En dan met een groene thee in de hand en mijn notitieboek onder mijn elleboog geklemd naar Vergaderzaal C lopen voor mijn meeting met de directie over het managementrapport dat ik vorige week heb aangeleverd. Audrey van hr zet zich volledig in voor het speerpunt van dit jaar: het verzuimpercentage met twee procent verlagen. Dat zou makkelijk haalbaar moeten zijn, maar het aantal ziekmeldingen van gisteren geeft niet het signaal dat we in de goede richting bewegen, dus een fantastisch overleg gaat het niet worden.

Als ik mijn portier heb dichtgeslagen, laat ik de buitenlucht even op me inwerken. Ik wil het wel frisse lucht noemen, maar de fabriek verspreidt een zoetige walm over het hele terrein die ik altijd ruik, zelfs thuis. Ik denk dat het in me is gekropen. In mijn haar, mijn huid, mijn botten.

De donkerblauwe Mercedes van CEO Joop Franzen komt het terrein op en maakt een royale boog over de vrije parkeervakken om vervolgens achteruit in een vak vlak bij mijn autootje te parkeren. Het lijkt alsof het parkeren, motor uitzetten, uitstappen en dichtslaan van de deuren allemaal tegelijk plaatsvindt, constateer ik terwijl ik nog naast mijn auto sta en de ceintuur van mijn jas wat steviger aantrek.

Met een bliepje vergrendelt Joop de portieren en met zijn aktetas in de hand loopt hij me met grote passen voorbij, waarbij hij mijn naam inzet bij wijze van groet.

'Hoi, Joop,' antwoord ik en ik ben al bezig iets uit mijn arsenaal aan prietpraat op te diepen om het loopje naar de entree mee te vullen. Maar nergens in zijn tempo bespeur ik de intentie dat hij een praatje met me wil maken of van plan is om samen op te lopen, dus ik hou een paar meter afstand in stand, enigszins opgelucht.

Dan schalt een harde stem over het parkeerterrein. 'Juliet! O, Juliet!' Even kijk ik gedesoriënteerd om me heen, om uiteindelijk te beseffen dat de stem van boven komt. 'Jij komt als geroepen!'

Het stemgeluid van Antoine doet zelfs Joop even pas op de plaats maken. Hij kijkt van de schilder op de steiger naar mij, duidelijk verward door het feit dat Audrey van hr opeens een andere naam heeft.

'Sorry, meneer de directeur,' roept Antoine. Het verblindende licht van de bouwlampen geeft hem een aureool en maakt dat ik zijn gezicht niet duidelijk kan zien. 'Stoort u zich vooral niet aan mij. Ik heb alleen een heel klein vraagje voor onze Juliet. Duurt niet lang.'

Joop lijkt niet bepaald geamuseerd door de amicale opgewektheid van Antoine zo vroeg op de ochtend. Hij schudt zijn hoofd, alsof hij de verwarring van zich af wil schudden, en loopt door. Ik ben een beetje van mijn stuk gebracht en vraag me af of ik Joop moet uitleggen hoe het komt dat de schilder een halve balkonscène voor me opvoert, maar tegelijk voel ik iets wat ik alleen kan omschrijven als een buzz, omdat het tenminste iets anders is dan normaal. Iets onverwachts. Het is een welkome buzz.

Ik scherm mijn ogen met mijn hand af tegen het felle licht en zie Antoine nu iets duidelijker, een zelfingenomen grijns op zijn gezicht terwijl hij vooroverleunt op een van de horizontale buizen van de steiger.

Dan stapt er een tweede figuur in het licht. Een langer, goed geproportioneerd lichaam dat toebehoort aan een man zonder naam in een witte overall. Hij slaat Antoine op de schouder. 'Dat was een ongelukkige timing, man. Je brengt Juliet nog in de problemen bij haar baas.'

Antoine grinnikt. 'Tss! Die mannen in pak hebben nooit humor. Maar ik zal snel zijn, Juliet. Mijn pupil en ik hadden net een klein verschil van mening over onze arbeidsovereenkomst.'

'Ik heb gelijk, Antoine,' hoor ik hem gespeeld vermoeid zeggen. 'Je hoeft het haar niet eens te vragen.'

'Hé!' roept Antoine. 'Wie is hier nu de hr-functionaris? Jij of zij?'

De man zonder naam steekt zijn handen in de lucht. 'Oké, je moet het zelf weten. Maar ik ben er niet vies van om "Ik zei het toch" te zeggen. Heel vaak. Als je dat maar weet.' Hij zet een stap achteruit, verdwijnend in het felle licht dat hij deels blokkeerde, en ik moet met mijn ogen knijpen om Antoine te kunnen blijven aankijken.

'Wat is het conflict?' vraag ik.

'Tijdens de proeftijd mag je iemand toch zonder pardon ontslaan?' vraagt Antoine.

O jee. Dit zou weleens slecht kunnen uitpakken voor... Romeo? Een beetje raar om hem zo aan te duiden, maar de opties Man Zonder Naam, Leuke Schilder of Hottie Van De Week zijn niet veel gepaster. 'Dat klopt,' zeg ik.

'Zie je wel, maat!' Antoine is blij met mijn antwoord. 'Ik zou dus maar oppassen, want ik zet je zo op straat.'

De bouwlamp die me het meest verblindt gaat uit. Ik laat opgelucht mijn hand zakken en Romeo, Hottie, Redder Van Mijn Netvlies, whatever, verschijnt weer naast Antoine. Hij leunt net als zijn baas met zijn armen op de steigerbuizen. 'En geldt een proeftijd automatisch? Of moet die expliciet schriftelijk vastgelegd zijn?'

'Dat laatste,' antwoord ik met een glimlach. Romeo kent zijn rechten.

'Precies wat ik dacht.' Hij kijkt Antoine triomfantelijk aan. 'Even denken, wat wilde ik nou ook alweer zeggen? O ja: ik zei het toch?' Hij geeft hem een harde klap tegen zijn schouder, waardoor ik eventjes bang ben dat Antoine zo naar beneden zal kukelen.

Antoine vloekt binnensmonds en tikt verslagen op zijn horloge. 'Volgens mij wachten ze binnen op je, Juliet.'

'Shit, ja. Ik moet snel verder,' zeg ik terwijl ik een sprintje naar de draaideur trek. Voor ik binnen ben vang ik nog de stem van Romeo op die zegt: 'Antoine, beste man, je wílt helemaal niet van me af. Je houdt van me. Accepteer dat nou maar gewoon.' Zijn lach blijft in mijn hoofd zitten terwijl ik rechtstreeks naar Vergaderzaal C been.

Twee uur later loop ik de zaal weer uit, met mijn jas over mijn arm, mijn tas over mijn schouder en het managementrapport in mijn hand. Op dinsdag en donderdag hebben we de hoogste bezetting, dus alle werkplekken in de kantoortuin zijn in gebruik. Collega's overleggen aan elkaars bureau, sommige zitten met hun geluiddempende koptelefoon op te werken, en er lopen aan één stuk door mensen in en uit.

'Hé, mijn dag ziet er opeens stukken beter uit,' roept Maurice zodra ik onderweg naar mijn bureau langs het zijne loop.

'Hé, Maurice. Goed nieuws gekregen?' Zonder het antwoord af te wachten dump ik mijn spullen op mijn stoel. Het rapport leg ik op mijn bureau en dan loop ik naar het keukentje. Ik leun tegen het aanrecht en tap een bekertje vol met gekoeld water. Als ik me omdraai, komt Maurice binnen.

'Hoe ging het?' vraagt hij.

Ik neem een slokje. 'Precies zoals we verwacht hadden.'

'Dus het ging alleen over de verzuimcijfers?'

'Voornamelijk.'

'Aan je gezicht te zien raak ik binnenkort mijn baan kwijt,' zegt hij terwijl hij met zijn schouder tegen de voorraadkast leunt.

'Nee joh,' ik geef hem een klopje op zijn arm. 'De verzuimduur is drastisch omlaaggegaan. De frequentie is ontzettend hoog, maar we hebben heel wat minder Hannies binnen de organisatie sinds jouw komst.'

Zijn gezicht klaart op. 'Heb je ze dat gezegd?'

'Natuurlijk.'

'En je hebt mijn naam genoemd?'

'Ja, wie zou ik anders genoemd hebben? Ik heb zelfs een berekening laten zien van de kosten die je dit bedrijf hebt bespaard. Bottomline, weet je wel? Dat is toch het enige waar ze écht naar kijken. Dus eigenlijk ben je nu zo'n beetje de held van hr.'

Hij drukt zijn hand tegen zijn hart en doet alsof hij door zijn knieen zakt van dankbaarheid. 'Audrey... jij bent míjn held. Je verdient zoveel meer dan een standbeeld.'

Ik moet lachen. 'Nou, misschien kan er nog een snoepje naar me vernoemd worden of zo.'

'Eén snoepje?' Hij reikt langs me heen om een mok uit het keukenkastje te pakken. 'Wat dacht je van de hele fabriek?'

Ik glip tussen hem en het aanrecht uit zodat hij beter bij de koffiemachine kan.

'Even serieus,' zegt hij. 'Ik waardeer het echt.'

'Ik heb ze gewoon de feiten gegeven. Je bent hartstikke goed in je werk.'

Hij glimlacht en is opeens super gefocust op de opties die de koffiemachine te bieden heeft. 'Zal ik een geheim met je delen?' vraagt hij en hij drukt een paar knopjes in. Hij buigt een beetje naar me toe en fluistert: 'Als je het zo doet, krijg je dubbel schuim.'

Typisch. Hij heeft altijd best een grote mond en schreeuwt zelf graag van de daken hoe goed hij is, maar als hij dan eens een oprecht compliment krijgt, wordt hij opeens heel bescheiden en weet hij niet hoe hij het aan moet nemen.

'Wauw,' zeg ik. 'Nooit geweten.'

'Voor als je eens iets anders wilt dan groene thee en water.'

'Groene thee en water is mijn compensatie voor alle ongezonde troep die ik in mijn vrije tijd tot me neem.' Ik schrik een beetje van het kleine stukje echte Audrey dat boven water komt zodra er cappuccino's met dubbel schuim in het spel zijn.

'Hier,' zegt hij terwijl hij me de mok aangeeft. 'Eén keertje, mijn bedankje voor wat je gedaan hebt daarbinnen.'

Ik neem de mok van hem aan en meteen is Audrey van hr weer terug. 'Ik zou alleen willen dat ze de resultaten van het personeelstevredenheidsonderzoek net zo serieus zouden nemen. Alsof de lage score uit dat onderzoek niet direct samenhangt met de hoge verzuimfrequentie! Maar daar hebben ze dan weer geen oren naar. Soms weet ik echt niet wat ik hier doe.'

Hij pakt een tweede mok. 'Voel je die sprankel niet?'

'Sprankel?'

Hij doet zijn dubbel-schuimtrucje nog een keer en kijkt naar de mok die gestaag vol raakt. 'Ja. Dat je denkt: wauw, dat heb ik gedaan! Toen je net zei dat de verzuimduur omlaag is gegaan sinds ik hier werk, dat geeft me nou echt voldoening.'

'O, zó'n sprankel,' zeg ik. 'Ja, dat snap ik wel.'

'Ik denk dat wij hier samen echt iets kunnen veranderen. Dat voel ik gewoon.'

'Misschien wel.' Ik sta een beetje onhandig met een bekertje water in de ene en een mok koffie in de andere hand, dus ik drink snel het bekertje leeg. 'Een kwestie van volhouden, toch? Als we er maar hard genoeg voor blijven werken, moeten die hoge piefen uiteindelijk wel naar ons luisteren.'

'Dat bedoel ik. Díé spirit!' Hij opent een keukenla en pakt er twee lepeltjes uit, waarvan hij er eentje door het schuim in mijn mok laat zakken. 'Wij gaan het hier samen maken, Audrey. Wij gaan een verschil maken.' Hij pakt het lege bekertje uit mijn hand, knijpt het samen en gooit het weg voor hij zijn eigen mok onder het apparaat vandaan haalt. 'Ik ben helemaal opgepept voor ons gesprek met Hannie. Wij kunnen dit!'

'Yes,' zeg ik.

Hij geeft me weer zijn trademarkknipoog en loopt voor me uit terug naar de kantoortuin. Maar terwijl ik hem volg naar mijn eigen bureau voel ik geen enkel spoor van spirit of sprankel binnen in me. Hoe graag ik het ook wil.

Het is 16.10 uur. Ik heb nog een aantal punten op mijn takenlijst staan, waarvan de meeste niet meer lukken voor mijn werkdag erop zit.

Maar er zijn drie klussen die ik binnen twintig minuten zou moeten kunnen redden. Ik kan er daar een van kiezen en de rest doorschuiven naar morgen. Het punt is alleen dat ik absoluut geen zin heb in alle drie die taken. Ik kijk even om me heen. De energie op de afdeling is zo'n beetje tot het nulpunt gezakt. Vanessa en Jaap van Legal zitten elkaar lekker te maken met wat ze vanavond gaan eten. Davy haalt uitdrukkingsloos poststukken door de frankeermachine. Janine sorteert voor de zoveelste keer haar postbakjes. Francien haalt bij iedereen de lege kopjes op. Maurice voert een telefoongesprek en lijkt als enige nog gemotiveerd te zijn. Hij haalt alles uit de kast om iemand die herstellend is van een hernia zover te krijgen om weer diensten van twee uur per dag te proberen.

Langzaam sta ik op. Ik ga het gewoon doen. Iets wat ik nooit eerder heb gedaan. Ik ruim mijn bureau op, log uit op mijn computer, stop mijn notitieboek en telefoon in mijn tas en loop naar de kapstok. Niemand kijkt op of om als ik naar mijn jas reik. Voor het eerst in mijn leven ga ik eerder weg van het werk, nog vóór er ook maar iemand begonnen is met het langzaam opruimen van zijn bureau. Ik ben zelfs eerder dan José van het secretariaat. Dan moet je echt van goeden huize komen.

'Ik moet naar de tandarts,' zeg ik zachtjes, ook al lijkt het niemand te boeien wat ik doe.

'Ah gatsie, meis,' mompelt Janine. 'Sterkte ermee.'

Jeetje, gaat dit zo makkelijk? Het voelt bizar bevrijdend. Ik ga zomaar een kwartier eerder weg en niemand die er iets van zegt. O, maar nu voel ik me ook een beetje misselijk. Terwijl ik naar de deur loop, knaagt er iets wat verdacht veel weg heeft van schuldgevoel. Doe normaal, zeg ik tegen mezelf. Ik heb gisteren bijna drie uur overgewerkt. Dit is compleet gerechtvaardigd.

Maurice steekt zijn hand naar me op als ik de deur opendoe en vormt geluidloos de woorden 'Tot morgen'. Ik zwaai terug en loop snel door, voor ik me bedenk en nog een kwartier lang printerpapier ga aanvullen of zo. Ik haast me door de lange gang, wens Duncan een fijne avond en adem opgelucht de frisse, of nou ja: zoete, buitenlucht in. Ik voel me wild en onbevreesd als ik naar mijn auto loop, ondertussen alvast mijn afspeellijst op mijn telefoon selecterend. Als ik een stukje heb gelopen, kijk ik even achterom naar de steiger. Zomaar. Zonder specifieke reden. Misschien alleen om te zien of het conflict over de arbeidsovereenkomst inmiddels is uitgelopen op een ontslag op staande voet. Maar net als gisteren is de steiger onbemand. Alweer.

'Zoek je Antoine?'

Ik schrik op. Ik had hem niet zien staan. Natuurlijk niet, want anders zou ik hem niet gezocht hebben op de steiger. Niet dat ik hem echt zocht. Het was gewoon een snelle check. Meer niet.

Hij leunt nonchalant tegen het schildersbusje. Romeo. Hottie, vul ik in gedachten onmiddellijk aan. Met een knikje naar de ingang van het gebouw zegt hij: 'Hij is binnen. Op zijn leeftijd gaan langere ritten niet meer zonder eerst een toiletbezoekje.'

Ik stop mijn telefoon in mijn jaszak en loop naar hem toe. 'Als hij je dat soort dingen hoort zeggen, kan zelfs mijn mediation jullie werkrelatie niet meer redden.'

'Hij vindt me wel leuk,' zegt hij. 'Hij weet het alleen zelf nog niet.'

Ik knik. 'Zou zomaar kunnen.'

Hij neemt me even op. 'Zware dag gehad?' vraagt hij dan. 'Je zag er opgelucht uit toen je naar buiten kwam.'

Zware dag? Zware week? De laatste tijd heb ik het altijd zwaar, lijkt het wel. Ik besluit niks te zeggen en haal mijn schouders op. 'Ach... ik mag niet klagen.'

Hij maakt zich los van de bus en zet een stap in mijn richting. 'Antoine heeft ons al geïntroduceerd, maar ik ben toch benieuwd naar je echte naam. Tenzij je liever hebt dat we Juliet naar je blijven roepen vanaf de steiger.'

'Audrey,' zeg ik glimlachend, 'vernoemd naar de actrice.'

'Actrice? Je bedoelt zeker: actrice, danseres, stijlicoon, *humanitarian* en EGOT-winnaar? Je mag het best een beetje beter verkopen, Audrey.'

'Wauw. Je weet er veel van.'

Hij haalt zijn schouders op, alsof het heel gewoon is om op commando een halve Wikipedia-pagina uit je mouw te schudden.

'Normaal is dat inderdaad precies hoe ik mezelf introduceer,' vervolg ik. 'Helemaal niet raar. Levert me nooit vreemde blikken op.'

Hij kijkt alsof hij het zich probeert voor te stellen en dan verschijnt er een lach op zijn gezicht die je zó op posterformaat boven je tienerbed zou willen hangen. 'Leuk om je nu echt te ontmoeten, Audrey. Ik ben Bogart.'

'Bogart?' herhaal ik bedenkelijk. 'Ik weet niet waar je me voor aanziet. Romeo geloofde ik nog, maar Bogart gaat me te ver.'

'Oké, sorry,' zegt hij lachend. *Damn*, die lach. 'Lynx. Zo heet ik. Vernoemd naar de kat.'

'De kat? Bedoel je niet: de grootste katachtige van Europa?' Shit, waarom weet ik niet wat meer over lynxen? 'Sterk, waakzaam en razendsnel?' verzin ik. Ik bedoel, dat gaat toch voor zo'n beetje alle katachtigen op? Ik probeer er zelfverzekerd bij te kijken. 'Je verkoopt jezelf niet goed genoeg, Lynx.'

'Normaal is dat inderdaad precies hoe ik mezelf introduceer.' Hij herhaalt mijn woorden exact zoals ik ze heb gezegd en dan staan we elkaar een paar seconden zwijgend aan te kijken, tot het me bijna te veel wordt.

'Dus...' begin ik, zoekend naar iets om te zeggen. 'Hoelang blijf je hier?'

'Nou, ik mag hopen dat Antoine een beetje snel klaar is met...'

'Ik bedoel,' verduidelijk ik vlug, voor hij die zin af kan maken, 'hoelang zijn jullie bezig met deze klus?'

'O, dat…' zegt hij met een twinkeling in zijn ogen. 'Alleen dat stukje van de gevel hoeft geschilderd te worden. De portiek. Vrijdag zijn we klaar.'

'Met dat tempo van jou? Dat mag je hopen, makker.' Antoine verschijnt naast ons en houdt zijn hand op naar Lynx.

'Daar zal je hem hebben, hoor. Sarcasme voorop, Antoine erachteraan.' Lynx staart even naar de opgehouden hand van Antoine. 'Heb je die wel gewassen?'

'Hier met die sleutels. Ik zou graag nog even blijven kletsen, jonkvrouw Juliet, maar ik wil de files graag voor zijn. Mijn vrouw giet om klokslag half zes de aardappels af en ik moet dat rotjoch nog een lift geven.'

Lynx dropt de sleutel van het busje vanaf een afstandje in de hand van Antoine. 'Ze heet Audrey.' Hij kijkt naar mij. 'Naar de actrice, danseres, stijlicoon, humanitarian en EGOT-winnaar.'

'Klopt.' Jezus, ik weet niet wat het is met hem, maar ik snap nu opeens dat de term 'knikkende knieën' heel letterlijk bedoeld kan worden.

'Nou, nou. Dat is een mondvol,' zegt Antoine terwijl hij om het busje heen loopt.

'Hé!' hoor ik achter me. Janine loopt aan de overkant van het terrein naar haar Aygo. 'Ben je zo niet te laat voor de tandarts?' Achter ons begint de uitstroom van collega's die op huis aan gaan. Mijn kwartiertje spijbelen is alweer afgelopen. 'Ja, ik moet eigenlijk opschieten.'

'Koekoek!' zegt Janine. 'Wel je hoofd erbij houden, meis.' Ze werpt een keurende blik op Lynx voor ze in haar auto stapt.

Lynx wacht tot ze achteruit begint te steken. 'Ik zou iemand niet per se serieus nemen als die dát met zijn auto doet.'

'O, de stickers?' zeg ik. 'Ja, Janine houdt van leuk. Je zou haar bureau moeten zien. Felgekleurde postbakjes, pennen met pluche. Ze heeft haar eigen flamingomok en op de onderkant heeft ze met watervaste stift haar naam geschreven. Alsof het niet duidelijk genoeg is dat het haar mok is.'

Lynx kijkt de met bloemen beplakte Aygo vol afschuw na. 'Een flamingo in een *flock of pigeons*, dus. Doodeng. Misschien ben ik dan toch liever een van die duiven.'

Ik moet lachen en dan schrik ik weer omdat Antoine kort maar hard claxonneert.

'Je moet gaan,' zeg ik. 'Ik bedoel: ik moet gaan. Maar jij ook. Dus...'

'Dan gaan we allebei.'

'Ja. Dat.'

Hij loopt achteruit naar de passagierskant van het busje. 'Tot ziens, Audrey van hr.'

Zijn woorden nagelen me aan de grond. Audrey van hr. Zei hij dat echt? Hij trekt het portier dicht en Antoine stuurt het busje uit het vak en koerst al naar de slagbomen voor het me lukt om weer in beweging te komen.

De parkeergarage waar ik als bewoner van een van de recent verbouwde loftwoningen een vergunning voor heb, ligt zo'n tweehonderd meter lopen van mijn huis. Als ik de parking uit kom, loop ik Darius bijna letterlijk tegen het lijf. Ik steek over en hij stapt net uit de bus, waardoor ik hem op de stoep tussen onze woningen tegemoetkom. Het zou kunnen dat mijn besluit om eerder van mijn werk te vertrekken enigszins samenhing met het rooster van Darius dat ik min of meer in mijn hoofd heb zitten. Niet op een creepy manier. Ik stalk hem niet of zo. Ik ben gewoon... oplettend.

'Hoi, buurvrouw,' zegt hij als we elkaar passeren.

'Darius! Hoi!'

Zijn krullen zijn helemaal glad en glanzend naar achteren gestyled en hij heeft zijn dansoutfit nog aan. Althans, dat is wat ik denk dat het is. Een megastrakke, glimmend zwarte broek die om zijn quadriceps spant. Ik weet dat het zijn quadriceps zijn omdat ik heb gegoogeld hoe de spiergroep in je bovenbenen genoemd wordt, en die van hem zijn niet van deze wereld. Ik kan me haast geen voorstelling maken van hoeveel gewicht je moet wegtrappen op de legpress om zulke benen te krijgen. Hij is vast zo iemand die extra gewichten aan de maximale stand toevoegt omdat het anders te makkelijk gaat. Ik slik terwijl mijn blik langs zijn hoody naar beneden afdwaalt, ook al doe ik mijn best om me in te houden.

Ik probeer iets te bedenken om hem aan de praat te houden. Wat dan ook. Gewoon iets waardoor hij nu niet wegloopt. 'Die, eh... routine die je oefent ziet er goed uit.' Niet dat, Audrey! Niet iets obsessiefs, *Fatal Attraction*-achtigs. Jeetje, wat mankeer ik?

Maar weglopen doet hij in ieder geval niet. Hij staat stil. Precies wat ik wilde. Alleen die uitdrukking op zijn gezicht was niet helemaal mijn bedoeling.

Zeg iets anders. Iets om dit in orde te maken. De-escaleer de boel! Shit, hoe doe ik dat? 'Heel *Matrix*-achtig.' Ik maak het erger. Ik maak het alleen maar erger.

'Vind je?' vraagt hij. 'Thanks. Maar eigenlijk worstel ik nogal met mijn balans bij die beweging. Ik moet hem veel lager uitvoeren, maar dan verlies ik mijn controle.'

'Nog lager?'

'Zo'n beetje tot net boven de vloer.'

'Echt?'

Hij knikt. 'Dus ik moet nog even blijven oefenen.' Hij maakt aanstalten om door te lopen.

'Ik ben geen stalker, trouwens.'

Zijn wenkbrauwen gaan een klein beetje omhoog. Ik heb nooit eerder zo op zijn wenkbrauwen gelet, maar hij heeft echt heel goede wenkbrauwen.

'Dat is natuurlijk precies wat een stalker zou zeggen,' zeg ik opgelaten.

'Hm, ik weet niet. De meeste stalkers zouden niet zelf de aandacht op het stalken vestigen, lijkt me.'

'Precies!' beaam ik enigszins opgelucht. 'Dat zou het hele basisprincipe ondermijnen.'

'Tenzij je een stalker bent die expres opvallend doet zodat het lijkt alsof je géén stalker bent. Het zou een nieuwe tactiek kunnen zijn.'

'Dat is het niet. Ik hou je niet in de gaten of zo. Als je het ongemakkelijk vindt dat ik je kan zien als je traint...'

'Ik heb gordijnen,' zegt hij. 'En als ik niet tegen publiek zou kunnen, had ik het verkeerde vak gekozen.'

Wacht even... bedoelt hij nu dat hij het leuk vindt dat ik naar hem kijk? 'Ik vind het heel knap wat je doet. Fascinerend. Zoals je je bewegingen beheerst... Als ik daarnaar kijk, dan vergeet ik eventjes alles waar ik tegen opzie die dag.'

Hij kijkt me onderzoekend aan.

'Sorry, dat klinkt vast...'

'Dat is zo ongeveer het grootste compliment dat ik ooit heb gekregen. Kán krijgen. Dans is topsport en kunst tegelijk. Daarom hou ik ervan. Vanwege de fysieke uitdaging, maar ook omdat het iets kan losmaken. Het kan mensen raken.' Zijn blik blijft even op me hangen. 'Sorry, ik weet dat je je al eens voorgesteld hebt, maar ik weet je naam niet meer.'

'Audrey,' antwoord ik.

Hij knipt met zijn vingers. 'Dat was het. Nu vergeet ik het niet meer. Ik moet gaan, maar we komen elkaar vast wel weer tegen.'

'Ja. Ik zal de volgende keer weer zwaaien, je weet wel, voor het raam.'

'Ik zal extra mijn best doen op de *hinge*.'

Ik kijk waarschijnlijk een beetje moeilijk bij die term, want hij lift zijn hielen, buigt zijn knieën en leunt wat achterover.

'Die *Matrix*-move,' verduidelijkt hij.

'Ah!' zeg ik. 'Ja, tuurlijk. En misschien kunnen we een keer koffie gaan drinken.' Dat laatste flap ik er in een opwelling uit. Omdat hij weg wil lopen. En hem weg laten lopen is precies wat Audrey van hr zou doen. En het laatste wat ik wil, het aller-allerlaatste, is doen wat Audrey van hr zou doen. Alleen... nu staat hij hier tegenover me en hij vraagt:

'Koffie?'

En ik raak in paniek, want hij zei zoiets als: we zien elkaar wel weer. Wat waarschijnlijk expres vaag was, omdat hij me raar vindt en van me af wil. En als hij koffie had willen drinken, had hij wel gezegd: we moeten eens een keertje koffie gaan drinken. Dus ik moet als de bliksem Audrey van hr terugbrengen om de situatie te redden.

'Of iets anders. Thee. Fris. Wat dan ook. Ik, eh... Ik had het er met Ariël en Barbara over, je weet wel, van hiernaast?' Ik gebaar in de richting van waar ze wonen. 'En we zouden binnenkort koffie gaan drinken om elkaar wat beter te leren kennen, dus misschien vind je het leuk om mee te gaan?'

'Met z'n vieren?' vraagt hij.

Ik knik. Shit. Waar ben ik mee bezig? Ik spreek Ariël en Barbara haast nooit. Hoe ga ik dit nu weer fiksen?

Maar hij antwoordt: 'Oké, leuk.' En dan kan het me even niet schelen hoe ik Ariël en Barbara mee krijg, want hij zei ja! Hij heeft ja gezegd. En dat betekent dat ik soort van uitga met Darius. Ook al wordt het meer een burendag. Maar *who cares*?

'Dan laat ik je nog wel weten wanneer precies.'

'Top.' Hij glimlacht. En dan loopt hij verder, naar het flatgebouw aan de overkant. En ik draai me om en ga naar mijn eigen huis.

Vijf dagen voor ik mijn verstand verlies

Er heerst een uitgelaten stemming op kantoor. De lach van Janine komt me al in de gang tegemoet. Als ik de deur naar de kantoortuin openduw, zie ik haar samen met Yara van de administratie bij het bureau van Vanessa staan.

'Daar voel je helemaal niets van!' zegt Vanessa met een schunnig lachje om haar lippen. 'Kijk, een kunstenaar is natuurlijk een stuk interessanter, maar die gast die hier aan het werk is, mag wat mij betreft zijn kwast –'

'Jeetje, wat een ochtend, zeg!' roep ik terwijl ik langs ze loop, rechtstreeks naar de kapstok. Ik ben een uur te laat. En de enige reden daarvoor is dat ik me er niet toe kon zetten om uit bed te komen. 'Ik had een lekke band… Maar alles is weer gefikst.'

'Je bent gelukkig nog net op tijd om deel te nemen aan onze antropologische discussie,' zegt Janine terwijl ze langzaam haar flamingomok naar haar lippen brengt. 'Was je nog op tijd bij de tandarts, trouwens?'

'Ik was aan de late kant, maar dat was geen probleem. Het loopt toch altijd een beetje uit bij dat soort afspraken.' Ik praat terwijl ik mijn tas onder mijn bureau zet en er mijn notitieboek met takenlijsten uit haal. Ik vermijd nog steeds oogcontact als ik ga zitten en mijn computer aanzet. Tijdens mijn volgende echte tandartsafspraak komt er vast een karmische correctie als boetedoening voor deze leugen. Drie gaatjes of misschien wel een hele rotte kies. Een wortelkanaalbehandeling. 'Ik denk dat mijn band daar kapot is gegaan. De parkeerplaats was opengebroken. Ik ben vast door een spijker gereden.' Waarom lieg ik nog steeds? Het maakt niemand iets uit en ik zit een heel verhaal te spinnen als een of andere psychopaat!

'We hadden het dus over iets leuks,' gaat Janine sensatiebelust verder. Ze komt mijn kant op gelopen. 'Ik ben heel benieuwd naar jouw inbreng. Zou jij het met de schilder doen?'

'*Bloody hell*,' roept Maurice gefrustreerd uit, terwijl hij opstaat en papieren in een dossiermap schuift. 'Beginnen jullie nu weer? Ik ga deze dossiers even ergens anders doornemen. Jij haalt het niveau van ons kantoor echt omlaag, Janine.'

'O, ja hoor!' antwoordt ze. 'Alsof jullie het nooit over het meisje van de OfficeSupplies hebben.'

Maurice stapelt een paar dossiers op elkaar en pakt ze op. 'Ik heb gesprekken met vrienden in strípclubs gehad die subtieler waren dan dit.'

'Oehhhh!' Janine leunt nu tegen mijn bureau. 'Volgens mij heeft hier iemand wat opgekropte seksuele frustratie. Gaat alles wel goed thuis, Mau?'

Hij houdt nonchalant zijn middelvinger in de lucht voor hij de deur iets te hard achter zich dicht laat vallen.

'Dus!' gaat Janine onverstoorbaar verder. 'Zou jij het doen?'

'Hoezo?' vraag ik.

'Nou, omdat die schilder hier zo'n lekker snoepje is. Wij zouden het wel weten.'

'Ik had het over seks, hè!' benadrukt Vanessa. 'Ik zou hem niet serieus daten.'

'Vanwege zijn werk?' vraag ik.

'Nou...' Janine kijkt bedenkelijk. 'Zo gek is dat toch niet? Vanessa is universitair opgeleid. Jij toch ook?'

'Ja. Maar wat maakt dat uit?'

'Ik vind wel dat het uitmaakt,' zegt Vanessa. 'Zo'n kerel is leuk voor een nachtje, maar ik zou echt helemaal gek worden als we geen inhoudelijke gesprekken kunnen voeren.'

'Wie zegt dat dat niet zou kunnen?' vraag ik terwijl ik mijn inbox scan op urgente zaken. Ik zie allerlei misplaatste rode vlaggetjes bij de onderwerpregels, maar geen zaken die ik als urgent zou bestempelen. 'Wat voor werk iemand doet, heeft daar vrij weinig mee te maken.'

'Voor mij wel,' houdt ze vol. 'Misschien is het niet eens per se het opleidingsniveau, maar wat dacht je van de sociale kring waarin iemand zich bevindt, de interesses die hij heeft? Ik zie dat gewoon niet zo voor me als je een serieuze relatie zoekt. Ik moet gewoon een man met ambitie hebben.'

'Je weet letterlijk niets van hem, of over zijn ambities,' zeg ik.

'Nee, oké. Iedereen is anders, maar over het algemeen zegt het wel iets, toch?'

'Ik vind het vooral belangrijk dat iemand passie heeft voor wat hij doet. Wat het ook is.' Ik sla mijn notitieboek open en scheur een paar volgeschreven pagina's uit de ringband. 'Als mijn man blij wordt van kantoorpanden schilderen, dan ben ik er trots op dat hij dat doet. Daar heb ik veel meer respect voor dan voor de zielloze figuren die een directiefunctie hebben en geen zier geven om wat ze doen of om de mensen aan wie ze inspiratieloos leiding geven.'

'Jij hebt makkelijk praten met je sexy danser,' verzucht Janine terwijl ze naar haar eigen werkplek afdruipt.

'Behalve dan dat hij het altijd te druk heeft voor feestjes,' vult Vanessa aan. 'Bij de volgende borrel willen we hem eindelijk zien, hoor. We beginnen te betwijfelen of hij wel echt bestaat.'

'Hij bestaat,' zeg ik, denkend aan vanochtend. Ik was door mijn gesnooze te laat om hem te zien trainen, maar het feit dat ik hem vervolgens zeker tien minuten met alleen een vrij kleine handdoek om zijn heupen door zijn flat zag lopen, maakte wel wat goed. Ik glimlach. 'Geloof dat maar.'

Ik staar al een tijdje naar het kopje 'belangrijke zaken' dat ik boven aan een nieuwe pagina in mijn notitieboek heb geschreven. De bladzijde is verder nog helemaal leeg. Misschien moet ik het anders noemen. *Dingen die ik moet doen om de tijd hier door te komen, maar die alle energie uit me zuigen en me een gevoel van totale nutteloosheid geven.* Die pagina zou ik gemakkelijk kunnen vullen.

Ik draai mijn bureaustoel een kwartslag. 'Hé Davy, is het nog gelukt met Dimitri, die Griekse expat?'

Hij knikt. 'Die jongen blijkt gewoon Nederlands te spreken, zijn halve familie woont hier. Maar dat zei hij pas nadat ik mijn hele verhaal in het Engels had gedaan.'

'Mooi dat het allemaal geregeld is.'

'Ja, was een eitje. We hadden eigenlijk wel kunnen weten dat hij Nederlandse roots heeft. Waarom zou hij anders een goddelijk Grieks eiland achterlaten voor dat pokkenweer hier. Zon, zee, strand, magnifieke cultuur, fantastisch eten en een rijke geschiedenis. En dan komt hij hier werken?'

'Tja,' mompel ik. Ik zou nu ook wel ergens anders willen zijn. Het hoeft niet eens een plek met zon, zee, strand en een magnifieke cultuur te zijn. Alles wat niet deze plek en mijn inbox vol geestdodende mails is, zou een verbetering zijn. Ik begin met het deleten van berichten en het maken van postbussen, net zolang tot mijn Postvak In nog maar enkele ongeopende mails bevat.

Als ik klaar ben met het organiseren van mijn mail log ik in op mijn digitale personeelsdossier en tel ik mijn vakantie- en compensatiedagen bij elkaar op. Op de kalender op mijn bureaulegger tel ik uit hoelang ik weg zou kunnen blijven als ik al mijn vrije dagen zou opnemen. De langste vakantie die ik heb genomen was twee zomers geleden, voor het verbouwen van mijn loftwoning. Ik ben nog nooit lang op vakantie gegaan. De laatste trip die ik heb gemaakt was met mijn zus en ouders, en dat was eigenlijk meer voor Coco's werk. Of, nou ja... werk is een groot woord voor wat Coco doet.

Ik probeer me voor te stellen wat ik zou doen als ik een langere periode vrij zou nemen. Zou ik willen reizen? Waar zou ik dan heen gaan? Ergens waar het mooi weer is? Een Grieks eiland? Of een wereldstad? Toch nog een keertje New York, maar dan op mijn manier? Wat dat ook zou zijn...

Aangezien ik niet eens een idee heb hoe ik een sabbatical zou invullen, of zelfs maar een maand vrijaf, kan ik me maar beter neerleggen bij het feit dat dit, hier en nu, de werkelijkheid is. Ik klik mijn personeelsdossier weg en open met tegenzin het bovenste mailtje. Een terugbelverzoek van het detacheringsbureau dat ik maandag gesproken en geselecteerd heb. Ik toets het telefoonnummer in en voor ik het weet ben ik verwikkeld in een gesprek over functieprofielen, opleidingsmogelijkheden, salarisschalen, secundaire voorwaarden, vacatureteksten en assessmentmethodes. Als ik de telefoon neerleg, voelt het alsof de normale Audrey van hr terug is. De Audrey die te verantwoordelijk is om te laat te komen en een halve ochtend te verlummelen en die dus in haar lunchpauze doorwerkt om dat te compenseren.

'Eet smakelijk!' roep ik mijn collega's na die een voor een naar de bedrijfskantine gaan.

'Ga je niet mee, meis?' vraagt Janine als ze met haar lunchpakketje uit de keuken komt.

'Ik heb nog wat in te halen,' antwoord ik.

'Zelf weten!' Ze wacht op Vanessa, die een bord met iets van een wrap draagt, en een appel in haar andere hand. Janine houdt de deur open en loert naar de lunch van Vanessa. 'Oeh! Dat ziet er lekker uit, ik heb weer een saaie boterham met kaas, mag ik zo meteen een hapje proeven?'

Als de deur dichtvalt, ben ik alleen achtergebleven. Ik open een nieuw bestand om snel een overzichtje te maken van de afspraken die ik zojuist heb gemaakt. Alleen het geluid van mijn toetsenbord is te horen, tot mijn telefoon na een kwartiertje de rust verstoort. Ik neem het gesprek aan op de speaker, zodat ik niet hoef te stoppen met typen.

'Audrey,' zegt Duncan. 'Je moet me even helpen. Er staat hier een meneer die zegt dat hij een afspraak met je heeft, maar ik zie niets in je agenda staan en je hebt hem ook niet aangemeld.'

Ik check voor de zekerheid mijn agenda, ook al weet ik dat Duncan die ook voor zich heeft. 'Ik herinner me niets van een afspraak. Vraagt die meneer specifiek naar mij?'

'Vrij specifiek...' antwoordt Duncan. 'Meneer Bogert, is het toch?'

'Bogart, zoals de acteur,' zegt een stem op de achtergrond. 'Of beter gezegd: acteur, hoeddrager, New Yorker, kettingroker en grootste mannelijke filmlegende aller tijden. Hoewel dat laatste natuurlijk te betwisten valt.'

Ik onderdruk een lach. Hij heeft dit voorbereid. 'Vertel meneer Bogart maar dat ik er nu aan kom.'

Ik gris mijn jas van de kapstok en loop op een drafje naar de receptie. Ik ga pas langzamer lopen als ik de glazen deur aan het eind van de gang bereik en bijna in het gezichtsveld van Duncan ben. En van Lynx.

'Bogart,' zeg ik als ik voor hem sta. Hij heeft zijn witte schildersoverall niet aan.

'Audrey. Je was onze afspraak toch niet vergeten?'

'Zeker niet.' Ik trek mijn jas aan. 'De mediation, toch?'

'Zoiets.' Lynx glimlacht. 'Als je tijd hebt.'

Duncan is duidelijk in de war, maar de telefoon leidt hem af. Lynx maakt een gebaar naar de draaideur en ik ga hem voor naar buiten. 'Ik herkende je bijna niet zonder de overall,' lieg ik zodra we buiten staan. Je begint met één leugentje over een tandartsafspraak en dan kun je blijkbaar niet meer ophouden.

Hij houdt zijn armen een beetje wijd. 'Nu weet je wat eronder zit. Het is niet zoals bij een kilt.'

'Verpest de illusie nou niet.'

Hij lacht, steekt zijn vingers in de zakken van zijn spijkerbroek en begint naar de parkeerplaatsen te lopen. 'Ik vond dat ik er een beetje presentabel uit moest zien voor onze eerste date. Het is natuurlijk nog steeds geen match voor jouw *Parisian chic*-stijltje, maar meer kon ik er even niet van maken.'

'Parisian chic, is dat mijn stijl?'

'Niet dan?'

'Ik wist niet eens dat ik een stijl had.'

'Ik vind dit een stijl,' zegt hij, gebarend van mijn halflange jas met pied-de-poule-print naar mijn slingbackballerina's; zachtroze met een zwarte neus. 'Zeker als je ook nog Audrey heet. Maar hé, als jij het anders ziet, *urban ghetto* of zo, laat je dan niet door mij van de wijs brengen.'

'Comfortabele *office wear* zou ik het zelf noemen. Hoewel ik Parisian chic wel goed vind klinken.'

'*Très bien.*'

'Maar vertel... Wat voor werkdispuut hebben jullie nu weer? Is het cao-gerelateerd? Laten de secundaire arbeidsvoorwaarden te wensen over?'

'O, absoluut. Maar nee. We hebben vandaag nog geen enkel dispuut gehad. Vooral omdat hij er niet is. Maar winst is winst, nietwaar?'

'Is alles wel goed met hem?' vraag ik.

'Ja, hoor. Niks wat een dag rust niet kan oplossen. Morgen is hij er weer.'

'Gelukkig. *He kind of grows on you*, weet je?'

'Ja, dat begin ik ook te merken. Niet tegen hem zeggen.'

'Je hebt het tegen Audrey van hr, integriteit is waar mijn functie om draait. Je geheimen zijn veilig bij me.'

'Goed om te weten.' Hij kijkt me een beetje schuin aan. 'Ben je erg teleurgesteld dat ik maar alleen ben? Geen mediation of duiding van mijn rechten en plichten als werknemer. Ik wil gewoon met je lunchen. Dat is het.'

'Oké.' Shit. Volgens mij bloos ik. Flink. 'Ik kan er wel mee leven. Je leunt overduidelijk op het charisma van Antoine, maar ik wil je wel een kans geven om uit zijn schaduw te stappen.'

'Wauw,' zegt hij. 'Die komt hard aan.'

'Sorry,' antwoord ik met geveinsde onschuld.

'Integer, maar hard als staal. Is dat wat ik kan verwachten?'

'Eerder heel erg eerlijk?' opper ik. 'Waar gaan we eigenlijk heen?'

'Eigenlijk zijn we er al.' Hij maakt een armbeweging naar het schildersbusje. 'Ik heb broodjes gehaald bij de benzinepomp. Niet die voorverpakte, hoor. Ze zijn vers gemaakt. Niet dat dat nou zoveel wil zeggen.'

'Ik wou dat ik kon zeggen dat ik die zooi niet eet, maar eerlijk gezegd leef ik zo'n beetje op voedsel dat snel en door anderen wordt bereid. Heb je ze bij die deli aan het eind van deze weg gehaald, want die is niet eens zo slecht.'

Hij knikt. 'Met die chagrijnige vrouw achter de toonbank. Eerst dacht ik dat ze gewoon een heftig gevalletje van de maandag had, maar tot nu toe is ze elke dag zo.'

'Niet het beste humeur, wel de beste broodjes.'

'Nou ja, je kunt niet alles hebben.' Hij ontgrendelt de portieren van het busje en leunt naar binnen om er twee papieren zakken uit te halen. Hij kijkt me aan. 'Antoine en ik eten meestal in het busje, maar ik realiseer me nu pas dat busjes en wildvreemden niet de ideale combinatie zijn.'

O jezus, ik zou zó bij hem ingestapt zijn. 'Klopt. Je weet maar nooit wat ik van plan ben.'

'Wacht, ik weet er al iets op,' zegt hij, en dan dringt volgens mij pas tot hem door wat ik zei, want hij grijnst terwijl hij naar de achterdeuren van het busje loopt. 'Hou dit even voor me vast.'

Ik neem de broodjes van hem aan terwijl hij de deuren opengooit.

'We kunnen hier zitten. Antoine heeft de wagen zo volgestouwd dat je me niet in de laadruimte zou kúnnen slepen al zou je het willen.' Hij ploft op de rand en geeft een klopje naast zich.

Ik kom dichterbij. Het busje staat inderdaad behoorlijk vol. 'Ik besef opeens dat ik niet kan inschatten in hoeverre schilderspullen en een ontvoeringskit met elkaar overeenkomen.'

'Stelt het je gerust als ik zeg dat ik dat ook niet weet?'

Ik ga zitten en voel het busje onder me veren. 'Blijkbaar wel.'

'Ik heb nul ervaring met ontvoering en mijn kennis van schilderspullen is de afgelopen twee weken exponentieel gestegen, maar volgens Antoine is die ook niet om over naar huis te schrijven.' Hij wijst naar de broodjes. 'Kies maar.'

Ik kijk in de zakken. 'Ze lijken hetzelfde.'

'Het verschil is: bruin brood of wit brood.'

Ik geef hem de zak met het witte broodje met hummus en gegrilde groenten en hou de bruine pistolet zelf. Ik moet vechten voor elke vezel die ik kan krijgen. 'Dus je bent tamelijk nieuw in het schildersvak?'

'Zo groen als gras,' zegt hij terwijl hij de zak openscheurt. 'En jij? Hoelang doe jij dit al?'

'Tien jaar en vier maanden. Ongeveer.'

'Tien jaar?' Hij fluit tussen zijn tanden. 'Vanaf je studie dan? Meteen hier komen werken?'

'Zo'n beetje. Ik heb eerst nog een tijdje voor een uitzendbureau gewerkt. Niet mijn ding. En op de salarisafdeling bij een accountant, maar dat was om de tijd te overbruggen tot ik iets beters vond.'

Hij draait zijn lichaam een slag, leunend tegen de zijwand, zijn knie rustend op de vloer van het busje, zodat hij me aan kan kijken. 'En dat was de snoepfabriek?'

Ik knik en neem een hap van mijn broodje.

Hij doet hetzelfde. 'Wat vind je er leuk aan?'

Ik neem de tijd om te kauwen. Deels om tijd te winnen.

'Moeilijke vraag?' vraagt hij tussen twee happen door.

'Wat vind jij leuk aan schilderen?'

'Veel dingen,' zegt hij. 'Het is resultaatgericht. Je hebt eer van je werk. Het is concreet. Je ziet precies wat je moet doen en je weet wanneer je klaar bent. Ik heb weinig bemoeienis van anderen, al telt Antoine wel voor tien. Ik ontmoet soms interessante mensen, zie mijn huidige gezelschap.'

'Dat zou weleens een voorbarige conclusie kunnen zijn.'

'Hm... Ik heb best goede mensenkennis.' Hij neemt nog een hap. 'Nu jij.'

'Oké. Nou... om eerlijk te zijn weet ik dat op dit moment niet zo goed. Ik dacht dat ik het leuk vond om met mensen te werken. Om ze vooruit te helpen door wat ze kunnen in lijn te brengen met wat ze willen. Het gaf me altijd voldoening als dat lukte, maar ik voel het niet meer zo. Ik had het er laatst met mijn collega over. Hij is hier sinds vorig jaar en hij bruist nog van energie om dingen te veranderen. Hij gelooft er echt in. En dat vind ik mooi om te zien, maar... ik weet al zo'n beetje dat het nooit zal gebeuren.'

'Waarom niet?'

Ik zucht. 'Omdat mensen niet leuk zijn. Ze zijn frustrerend. Ze willen alles hebben via de makkelijke weg. Ze nemen weinig verantwoordelijkheid. Ze hebben amper zelfreflectie en blijven daardoor steeds tegen dezelfde problemen aan lopen die ze zichzelf aandoen. En uiteindelijk draait alles om geld.'

Hij laat mijn antwoord even op zich inwerken. 'Je hoeft hier niet te zijn, hè? Dit kan prima het probleem van iemand anders worden.'

Even eten we in stilte. 'Mijn opa werkte hier,' zeg ik dan. 'In de productie. Hij begon hier op zijn veertiende en is tot zijn pensioen gebleven. Hij ging van dagdienst naar nachtdienst naar dubbele diensten om vijf kinderen te kunnen onderhouden. Hij heeft zich opgewerkt tot ploegenleider en uiteindelijk tot planner. Roosters maken en dat soort dingen. Hij leeft niet meer. Maar hij heeft het nog meegemaakt dat ik deze baan kreeg. Hij was zo trots.' Ik glimlach als ik eraan terugdenk. 'De fabriek heeft elk jaar een open dag, dus ik nam hem mee voor een rondleiding. Zodat ik hem kon laten zien waar mijn werkplek was, en wat er allemaal veranderd was. Maar ik kreeg de kans niet, want hij draaide de rollen onmiddellijk om. Nam mij op sleeptouw. Er waren nog behoorlijk wat mensen op de werkvloer die met hem gewerkt hadden, dus hij was helemaal in zijn element.'

'Mooie herinnering,' concludeert hij.

Ik knik en dan vervliegt het fijne gevoel zoals altijd, omdat ik onwillekeurig denk aan wat erna gebeurde. Mijn opa die er zich ontzettend op verheugde om de directeur te ontmoeten. De fabriek is van vader op zoon overgegaan. Opa herinnerde zich nog goed dat hij de huidige directeur als jongetje bij hem aan de lopende band had laten helpen. De verwondering die opa in de ogen van dat kind had gezien, kon ik maar moeilijk verenigen met de man die nu in zijn glazen kantoor amper oog zat te hebben voor het product dat we maken of het personeel dat er hard voor werkt. Daarom greep ik twee dagen voor de open dag het werkoverleg aan om de directeur in te seinen dat ik mijn opa zou meebrengen. Ik vertelde hem zelfs het verhaal van de lopende band, zodat hij op zijn minst kon doen alsof hij het nog wist. Maar tijdens de open dag schudde hij opa alleen vluchtig de hand. En ook al deed hij dat joviaal, ik zag dat het hem niet boeide. Opa leek er verder niet mee te zitten. Hij vertelde later in geuren en kleuren aan oma hoe geweldig onze dag geweest was.

'Dus nu blijf je hier de rest van je leven werken?' vraagt Lynx, mij uit mijn mijmeringen halend.

De rest van mijn leven. Het idee beklemt me. Dit voor altijd, dag in, dag uit. Jaar in, jaar uit. Alles volgens hetzelfde stramien. Regels toepassen. Eindeloos dezelfde dingen blijven uitleggen aan dezelfde mensen. 'Ik kan wel weggaan,' zeg ik, 'maar dan doe ik hetzelfde werk bij een ander bedrijf. Wat schiet ik daarmee op? De snoepfabriek betekent iets voor me. Ik kwam hier als kind al, ik kreeg snoeppakketten van mijn opa, ik voel hem hier bij me.'

'Je weet toch dat die herinneringen blijvend zijn? Ook als je weg zou gaan.' Hij lijkt een ingeving te krijgen. 'Sterker nog: misschien juist dan. Elke dag dat je hier een minder leuke ervaring hebt, neemt een beetje weg van de magie die deze plek ooit had.'

'Daar heb je een punt.'

'Volgens mij had je een toffe opa.'

Ik moet lachen, een beetje geëmotioneerd. 'De tofste.'

'Wat ik van toffe opa's weet, is dat ze meestal niet willen dat hun kleinkinderen dingen doen waar ze niet gelukkig van worden. En al helemaal niet elke dag, de hele dag, voor de rest van hun leven. Ook al was het iets wat hem wel gelukkig maakte.'

Ik knik. 'Staat genoteerd.' Ik neem een hap, vooral zodat ik dan de brok in mijn keel samen met het broodje kan wegslikken. Dit was wel heel veel van de echte Audrey in vijf minuten tijd.

Ik weet niet zo goed hoe het komt dat ik steeds vaker de controle over mijn werk-ik verlies. Ik heb jarenlang groene thee gedronken, mijn werk gedaan zoals dat van me werd verwacht, en ik ben altijd beleefd en vriendelijk met mijn collega's omgegaan, zowel tijdens als na werktijd. Maar nu vertel ik ze opeens dingen over Darius die ik helemaal niet van plan was te delen. Ik accepteer cappuccino's met dubbel schuim. En nu zit ik hier ook nog mijn diepste gedachten te delen met een schilder die over een paar dagen klaar is met zijn klus en die ik dan nooit meer zal zien.

'Weet je zeker dat dit echt de lekkerste broodjes zijn die je hier in de buurt kan krijgen?' Lynx zit beteuterd tussen de helften van zijn half opgegeten pistolet te turen en lijkt de zwaarte van ons gesprek van net al achter zich te hebben gelaten. 'Kijk hier nou naar, wat is dit eigenlijk?' Hij pakt een zwartgeblakerd plakje tussen duim en wijsvinger en haalt het tussen het brood vandaan. Het is in het midden zo snotterig dat het alle vorm verliest en treurig als een leeggelopen ballonnetje tussen zijn vingers bungelt.

'Ik denk dat het een courgette was in een vorig leven.'

'Dat moet dan minstens zeven levens geleden zijn. In dit stadium valt het nauwelijks nog als zodanig te kwalificeren.' Hij laat het op de papieren zak vallen.

'Alles wat ooit groente was, is winst voor mij,' zeg ik. 'Ik ben al blij als ik iets binnenkrijg buiten gemodificeerd zetmeel, suiker en zout.' Ik eet dus vrolijk verder.

'Het is eigenlijk ook wel een prestatie om groenten tot moes te verbranden. Ik weet niet eens hoe dat scheikundig mogelijk is.'

'Dit broodje tart de natuurkundige wetten,' beaam ik. 'Op vrijdag bestellen we écht lekkere broodjes. Bij een lunchroom, met een echte keuken en een kok en zo.'

'Wauw. Broodjes van een echte lunchroom?'

Ik moet lachen. 'Ja. Als je wilt, kom ik de bestelling van jou en Antoine ook wel even opnemen.'

'Bij Antoine is alles goed, als het maar veel is.'

'Dat vraagt om de vierlaagse sandwich.' We eten verder terwijl we onze voorkeuren voor belegde broodjes bespreken. Als ik het broodje opheb, verfrommel ik het papieren zakje in mijn handen en adem diep in. 'Dit zou ik vaker moeten doen.'

'Eten? Ademen? Pauze nemen?' vraagt hij. 'Of met mij lunchen?'

'Alles?' Ik kijk hem lachend aan. 'Ik bedoelde: even naar buiten gaan. Ik eet meestal achter mijn bureau.'

'Dan staat het vast: morgen weer. Zelfde plaats en tijd. Andere broodjes.'

'Staat Antoine het toe dat je lange lunchpauzes neemt?'

'Als ik jou zover krijg om met ons te lunchen? Absoluut. Je zou het misschien niet zeggen, maar Antoine leunt ontzettend op mijn charisma.'

Ik moet weer lachen. 'Hij laat je waarschijnlijk de rest van de week al je pauzes doorwerken om te compenseren voor de achterstand die jullie vandaag oplopen.'

'In dat geval,' zegt hij, 'ga ik nu een manier vinden om binnen drie uur een hele verdieping in de grondverf te zetten.'

Vier dagen voor ik mijn verstand verlies

Vandaag ben ik gewoon weer de normale Audrey van hr die netjes op tijd is. Ik heb make-up op. Mijn haar is gedaan. Ik heb daadwerkelijk nagedacht over mijn Parisian chic outfit, in plaats van die per toeval bij elkaar te graaien. Met een beetje fantasie komt het in de buurt van wat de enige echte Audrey – de actrice, danseres, stijlicoon, humanitarian en EGOT-winnaar – gedragen zou hebben. Tenminste… als ze op de hr-afdeling van een snoepfabriek gewerkt zou hebben.

Als ik de rotonde nader, besef ik dat ik zo goed op schema loop, dat ik waarschijnlijk ouderwets vóór Janine aanwezig ben. Ik kan al een rondje koffie voor mijn collega's klaar hebben voor ze arriveren. Al weet ik niet zeker of ik het dubbel-schuimtrucje van Maurice goed heb onthouden. Misschien is hij teleurgesteld als ik een ordinaire enkelschuimse cappuccino voor hem maak.

Ik sta stil voor de rotonde met mijn richting aangegeven naar rechts. Het is wat drukker vandaag. Auto voor auto werkt zich tussen de rondrijdende verkeersstroom door. Ik trek steeds een stukje verder op, dichter bij de afslag. Dichter bij 'nog driehonderd meter tot aan de slagbomen'. Dichter bij…

Dus nu blijf je hier de rest van je leven werken? Ik kan de stem van Lynx bijna horen. Alsof hij hier naast me zit, in plaats van ruwweg driehonderd meter hiervandaan op een steiger. Of ernaast. Of in een busje.

Ik moet voorrang geven aan een aantal fietsers op de rotonde. Ik hoor het klikken van mijn richtingaanwijzer. Er valt een opening. Nog één fietser en dan kan ik. Ik trommel met mijn vingers op het stuur op de maat van 'Champagne Supernova' van Oasis.

Dit kan prima het probleem van iemand anders worden. Ik kijk voor me uit, naar de auto's die rechtdoor gaan op de rotonde. Dat kan namelijk ook. Mijn afslag is rechts. Maar rechtdoor is ook een optie. Of driekwart rond. Of terug naar waar ik vandaan kwam. Ik weet niet of ik het zelf doe of dat het per ongeluk gaat, maar mijn richtingaanwijzer floept uit en ik trek op, rij de rotonde op en mis de afslag. Er gaat een vreemde rush door me heen als ik niet de weg grenzend aan het parkeerterrein op draai. Dan kom ik bij de tweede afslag; daar zou ik eraf kunnen. Richtingaanwijzer aan en gaan. Maar ik heb geen idee waar ik dan uitkom. Wel in letterlijke zin natuurlijk. Ik weet dat ik langs de benzinepomp met de inpandige deli kom waar ze broodjes met te zoute hummus en verlept-verbrande groenten verkopen. En als ik dan nog even doorrij, bereik ik de snelweg en van daaruit ligt de hele wereld voor me open.

Cause people believe
That they're gonna get away for the summer
But you and I, we live and die.

Ik ga niet rechtdoor. Ik ga voorbij de tweede afslag. En voorbij de derde. Ik maak ook geen rechtsomkeert. Ik zet na mijn bonusrondje netjes mijn richtingaanwijzer aan en sla af. Na driehonderd meter zie ik de slagbomen aan mijn linkerkant.

'Mensen, lever allemaal even je personeelspas bij mij in. Dan haal ik dadelijk onze snoeppakketten op.' Janine loopt met opgehouden hand een rondje langs de bureaus, een hele stapel pasjes verzamelend.

Shit. Het is al bijna vier uur. We hebben na het werk een afscheidsfeestje voor Rob van de facilitaire dienst. En hoewel de laatste koffiepauze van de dagploeg al voorbij is, heb ik nog helemaal niemand aanstalten zien maken om de kantine te versieren. Ik wil het best doen, maar de hele dag komt er al van alles tussen mijn geplande taken door. Ik heb niet eens tijd gehad om te lunchen en… Shit! Ik zou met Lynx… Ik ben van overleg naar overleg gegaan en ik heb niet eens…

Janine tikt ongeduldig met haar nagels op mijn bureau en zwaait de door haar verzamelde pasjes voor mijn gezicht heen en weer. 'Wat is er met jou? Je bent helemaal rood. Ben je je pas kwijt?'

'Ik, eh…' Dat ook, maar dat pasje is wel het minste van mijn problemen. Ik klop op mijn zakken en kijk onder mijn papieren. Ik heb het ding niet meer gebruikt sinds ik vanochtend de parking op gereden ben. 'Je krijgt het zo. Ik denk dat het nog in mijn jaszak zit.'

'Niet vergeten. Leny vindt het makkelijker als één iemand de pakketten komt halen.' Janine probeert nonchalant te klinken, maar ik (en het hele kantoor met mij) weet dat het gratis snoeppakket het hoogtepunt van haar maand is. De hele ervaring – het ophalen van de pakketten, het uitdelen op de afdeling en daarna het uitpakken om te kijken wat er deze keer allemaal in zit – brengt haar in jubelstemming. Een beetje alsof ze elke maand een kerstpakket krijgt.

Ze loopt door naar Maurice, die zijn pasje met gestrekte arm in de lucht houdt terwijl hij een telefoongesprek voert waar hij zo te horen vanaf wil.

'Janine,' zeg ik terwijl ze terugloopt naar haar bureau, 'heb je dadelijk dan ook even tijd om mee te helpen met het versieren van de kantine?' Ik heb een stapel enveloppen voor me liggen waar ik net poststukken in heb gestoken die vandaag nog verstuurd moeten worden. In sneltreinvaart trek ik de plakstrips eraf en vouw ik de flappen dicht.

Als ik dit snel af heb, en Janine zover kan krijgen dat ze me helpt met versieren, kan ik misschien nog even naar buiten rennen voor Lynx en Antoine stoppen voor vandaag. Als ik al niet te laat ben.

'Moeten wij dat doen dan?' vraagt ze.

'Normaal doet Rob het, maar dat lijkt me nu een beetje lullig, niet?'

Janine pakt de stapel facturen op die ze nog in haar bakje heeft zitten, likt aan haar vinger en bladert ze een voor een door om aan de hand van het aantal te beoordelen of ze wel of geen tijd vrij kan maken om een paar slingers op te hangen. 'Ik maak dit even af en dan kijk ik of het me gaat lukken, oké?'

'Prima,' antwoord ik terwijl ik het helemaal niet zo prima vind. 'Of anders laat je de snoeppakketten schieten? Die staan er morgen ook nog.'

Ze legt de facturen terug in haar bakje en pakt een stressballetje van haar bureau. 'Wie gaan er trouwens allemaal naar de receptie?'

'Ik niet,' antwoordt Vanessa. 'Ik moet zo rennen. Het is mijn dag om de meiden op te halen.'

'Maar je hebt je aangemeld,' zeg ik verontwaardigd.

'Ja, maar Simon redt het niet om op tijd te zijn, dus dan houdt het op.'

'Ik kan ook niet,' zegt Davy.

Ik draai me naar hem om. 'Rob is onderdeel van onze afdeling. Niemand heeft eraan gedacht om de kantine te versieren en nu haken jullie op het laatste moment ook nog af?'

'Ik ben er wel,' antwoordt Maurice, die net zijn telefoongesprek heeft beëindigd.

'We zouden allemaal moeten komen. Weet je hoe stom het is om een jubileum of een pensionering te vieren en collega's nemen niet eens de moeite om één drankje te komen drinken?'

'Als Vanessa niet gaat, dan ga ik ook niet,' zegt Janine, blijkbaar ongevoelig voor mijn morele preek.

'Hoezo niet? Wat is dit, de brugklas? "*Ik ga alleen als mijn bestie gaat?*" Kom op, zeg. Rob heeft hier veertig jaar gewerkt. Hij neemt zijn gezin mee, zijn kleinkinderen. Voor wat? Een lege kantine?'

'Sommige mensen hebben andere verplichtingen buiten werktijd, Audrey,' antwoordt Vanessa, die zich blijkbaar als enige aangesproken voelt. 'Het is iets makkelijker als je vrijgezel bent. En trouwens, twee mensen worden heus niet gemist.'

'Laat ook maar,' zeg ik terwijl ik opsta. Ik haal de kartonnen doos met slingers uit de kast en vertrek naar de kantine zonder de moeite te nemen om eerst mijn personeelspas op te zoeken.

Ik plant de doos neer op de dichtstbijzijnde tafel en haal er wat spullen uit. Het eerste wat ik vastheb, is een kluwen van slingers die helemaal in elkaar zitten. Wie bergt die zooi zo op, vraag ik me af terwijl ik probeer de boel te ontwarren. Dit soort klussen is niet mijn sterkste kant. Ik word namelijk nogal ongeduldig van haakjes, lusjes en touwtjes die in elkaar vastzitten en ik heb dan de neiging net zolang te trekken tot het... Shit... dat bedoel ik dus. Ik heb een van de slingers los, maar hij is nu ook in tweeën gebroken en er valt een hele berg glitterachtige franje op de grond. Jeetje, we moeten echt nieuw spul kopen. Misschien heeft Rob het de laatste keer expres zo opgeborgen om te laten zien met wat voor troep hij al die jaren heeft moeten werken.

'Ha, Juliet! Geef je een feestje?' vraagt Antoine. Hij loopt achter me langs en werpt een nieuwsgierige blik in de doos voor hij koers zet naar het koffieapparaat.

'Hé Antoine.' Ik kijk om. Lynx volgt een paar passen achter hem, maar hij wijkt af naar de wasbak om zijn handen te wassen. Hij heeft zijn overall nog half aan. Het bovenste stuk hangt naar beneden en hij heeft de mouwen rond zijn middel vastgeknoopt. Mijn blik blijft even hangen op het donkergrijze, nauw aansluitende T-shirt dat om zijn rugspieren spant bij elke beweging die hij maakt. 'Een receptie,' weet ik uiteindelijk uit te brengen, 'voor Rob van Facility Management.'

'Is dat vandaag al?'

Ik draai me naar Antoine toe. 'Ken je Rob?'

Hij gaat iets verderop aan een lege tafel zitten en laat zijn rechterenkel op zijn linkerknie rusten. 'Van het wagenpark, toch?'

'Klopt, ja. Onder andere. Hij gaat vandaag met pensioen.'

'Dat heeft hij gezegd. Veertig jaar in dienst geweest, is het niet?' Hij laat een pauze vallen om een slok koffie te nemen en wijst met zijn bekertje in de richting van Lynx. 'Dat ga jij niet halen, Romeo. Veertig jaar schilderen.' Hij gebaart met zijn vrije hand alsof hij een kwast op en neer haalt.

'Nope, dat ga ik niet redden.' Lynx trekt een stoel opzij en kijkt me aan. Ik wil iets zeggen over de lunch, maar iets in zijn blik brengt me van mijn stuk en even weet ik niets uit te brengen. Dan ploft hij neer op de stoel en zegt hij: 'Audrey misschien wel. Veertig jaar hr.'

Nu weet ik helemaal niet meer hoe ik erover moet beginnen, dus ik haal nog een opgepropte slinger uit de doos en antwoord: 'Als de pensioenleeftijd nog een beetje opgeschroefd wordt, dan ga ik mijn vijfenveertigjarig jubileum ook nog halen.'

Ik zie vanuit mijn ooghoek dat Antoine Lynx een por met zijn elleboog geeft. 'Kijk, er zijn wel jonkies die het volhouden. Ze zijn niet allemaal van twaalf ambachten, dertien ongelukken.'

'Ja, Antoine.' Lynx staat op en loopt naar mij en de kartonnen doos toe. 'En ze kijkt er ook zo gelukkig bij. Maar dat ligt vast aan de staat waarin dit materiaal verkeert. Kan ik helpen?'

Ik schuif de doos van me af. 'Dit moet ergens aan het plafond of aan de muren komen. Normaal gesproken doet Rob dit, maar het gaat me een beetje ver om hem te vragen zijn eigen feestje te versieren.'

'Geen probleem,' zegt hij terwijl hij een van de slingers begint te ontrafelen. 'Versieren is mijn specialiteit. Antoine en ik regelen dat wel even. Toch, baas?' Hij gooit een zakje met ballonnen naar Antoine.

Ik kijk hoe Antoine zonder morren het zakje openmaakt. 'Die zijn leuk voor Fiene en Noud,' zegt hij.

'Dat zijn de kleinkinderen van Rob,' legt Lynx uit terwijl ik vol verbazing observeer hoe hij een van de slingers al bijna los heeft.

'Dat weet ik. Maar ik werk dan ook al tien jaar met hem samen. Jullie zijn hier nu om precies te zijn... hoeveel dagen?'

Lynx doet alsof hij nadenkt en een rekensommetje maakt. 'Sinds maandag. En dat zit zo: Antoine heeft vijf kleinkinderen. Als je een gesprek met hem wilt voeren zonder sarcastisch commentaar dan kun je het onderwerp het beste beperken tot die kleinkinderen.' Hij gaat zachter praten: 'Niet te verwarren met kinderen. Je zou die inschattingsfout kunnen maken, hè? Zo van: als hij dol is op zijn kleinkinderen, zal hij zijn kinderen ook wel leuk vinden. Nou, let op...' Hij draait zich naar Antoine toe. 'Kinderen zijn het mooiste wat een mens kan overkomen. Toch, Antoine?'

'Pleur op,' roept die terwijl hij een half opgeblazen ballon tussen zijn vingers houdt. 'Niet aan beginnen, is mijn advies. Tenzij...' Hij stopt de ballon onder zijn shirt en kijkt me vragend aan. 'Dan natuurlijk van harte gefeliciteerd.'

'Nou, nee hoor,' zeg ik vlug.

'Mooi.' Hij haalt de ballon onder zijn shirt vandaan. 'Dan blijf ik bij mijn eerdere standpunt. Alleen maar ellende, niet aan beginnen. Zeker niet aan die van mij.'

Lynx trekt zijn wenkbrauwen naar me op als een zei-ik-het-niet?

'Maar zonder je kinderen had je geen kleinkinderen,' zeg ik.

Hij legt een knoop in de ballon. 'Noodzakelijk kwaad. Blijkbaar slaan alle goede eigenschappen een generatie over.' Hij staat op, haalt zijn telefoon uit zijn zak en komt naar me toe. Hij laat een foto zien van vijf over elkaar heen klimmende kinderen variërend in leeftijd van peuters tot een jaar of tien. Hij geeft een tikje op het scherm.

'Vooral die oudste, Tonio, dat is een draak, joh.' Aan zijn gezicht te zien is 'draak' een compliment. Hij glimt van trots. 'En hij vreet je de oren van de kop. Alles is lekkerder bij opa en oma, hè?'

Dat brengt me op een idee. 'Ik krijg elke maand een snoeppakket waarvan ik de helft niet op krijg. Wil jij het hebben voor je kleinkinderen?'

'Daar zeg ik geen nee tegen. Niks leuker dan die kids helemaal hyper van de suiker terug aan hun ouders te geven.'

'Ik snap de klik tussen Rob en Antoine nu helemaal,' zeg ik tegen Lynx terwijl Antoine weer gaat zitten en nog een ballon pakt.

'Raad eens wie er ook een standbeeld verdient?' hoor ik dan achter me. 'Of nou ja, misschien overdreven, maar toch zeker een eervolle vermelding als medewerker van de maand!' Maurice komt uitgelaten de kantine binnen, maar houdt abrupt op met praten als hij Lynx en Antoine ziet.

'Wat heb je gedaan?' vraag ik.

Hij werpt een blik op Lynx. 'Iets met "je vangt meer vliegen met stroop dan met azijn". Zegt dat je iets?' Hij komt aarzelend dichterbij, zichtbaar ongemakkelijk. 'Ik heb ervoor gezorgd dat Janine en Vanessa in ieder geval bij de ontvangst van Rob aanwezig zijn. Vanessa moet daarna snel weg en ik weet niet wat Janine doet, maar het is iets. Toch?'

'Thanks,' zeg ik opgelucht. 'Daar ben ik echt blij om. Was ik te fel daarnet?'

'Mwah,' zegt hij glimlachend. Hij komt naast me staan en trekt de doos met versiering naar zich toe. 'Ze vroegen erom. Ik kwam eigenlijk kijken of je hulp nodig had, maar zo te zien heb je dat al geregeld.'

'We boden het zelf aan,' zegt Lynx.

'Dit zijn Lynx en Antoine,' zeg ik tegen Maurice. 'Ze werken aan de voorgevel.'

'Ah, de schilders.' Maurice neemt Lynx nog eens op en opeens snap ik zijn ongemak. Hij zat erbij toen Janine, Yara en Vanessa in geuren en kleuren zaten te vertellen hoe graag ze het met Lynx willen doen. Hij ziet het nu waarschijnlijk voor zich. Shit, nu zie ik het ook voor me. Dat shirt van hem remt het beeld ook niet bepaald af.

'Maken jullie wel ruimte voor die zuurstok van één meter tweeënzeventig?' vraagt Antoine.

'Een zuurstok van één tweeënzeventig?' herhaal ik.

'Misschien spreek ik voor mijn beurt. Ik weet niet of het uiteindelijk gelukt is, maar ik hoorde dat een paar gasten uit de fabriek al een maand bezig zijn om een zuurstok te maken die net zo lang is als Rob zelf.'

'Echt? Wat lief van ze.'

'Ik zal het even gaan checken,' zegt Maurice. 'Als het gelukt is, dan kunnen we de mannen na jouw speech hun cadeau laten presenteren.'

Ik knik. 'Goed plan. Jeetje, Rob heeft in veertig jaar echt overal vrienden gemaakt. Op mijn afscheid zou alleen jij op komen dagen.'

'Geloof me,' antwoordt Maurice. 'Na die uitbarsting van net waagt niemand het nog om jouw feestje over te slaan.'

Ik geef hem een duwtje.

'Ik word nu wel benieuwd naar wat wij gemist hebben,' zegt Lynx.

'Maurice overdrijft graag,' antwoord ik. 'Hé, jullie moeten ook komen straks.'

'Het waren vier fantástische dagen,' grapt Lynx.

'Nee, echt!' dring ik aan. 'Rob vindt dat geweldig. En jullie helpen zelfs met versieren, dus het is volkomen terecht!'

Antoine kijkt bedenkelijk.

'Gratis hapjes en drankjes,' probeer ik nog.

Er vliegt iets vlak langs me heen en in een reflex vangt Lynx het op. Hij heeft nu de sleutel van het busje in zijn hand. 'Jij rijdt vanavond naar huis,' zegt Antoine.

Nadat ik mijn speech voor Rob heb afgestoken, neemt Joop het van me over. Maurice, die extra breed staat om mijn plekje in het publiek vrij te houden, schikt een beetje in zodat ik naast hem kan komen staan. 'Goed gedaan,' fluistert hij.

'Thanks.' We luisteren een tijdje naar het oeverloze gezwets van Joop, die een verhaal dat begon als anekdote over zijn eerste kennismaking met Rob schaamteloos laat overgaan in een uiteenzetting van zijn eigen loopbaan binnen het bedrijf.

Ik kijk op mijn horloge. Vanuit mijn ooghoek zie ik Vanessa naar buiten glippen. Toen Janine van de zuurstok hoorde, heeft ze besloten in ieder geval te blijven tot die aangeboden wordt. Antoine heeft een stoel bemachtigd aan een van de tafels die niet plaatsgemaakt hebben voor statafels. Lynx kan ik niet vinden, dus ik kijk zo onopvallend mogelijk om me heen tot ik hem helemaal achterin spot, waar de tafels tegen de achterwand geschoven en opgestapeld staan.

'Even wat water halen,' zeg ik tegen Maurice voor ik wegglip en me met een boog om de toeluisterende collega's heen naar de tafel met drankjes begeef. Ik grijp een flesje water. Lynx staat een paar meter bij me vandaan met zijn armen over elkaar geslagen en een onpeilbare uitdrukking op zijn gezicht naar Joop te luisteren, die nu langzaam toewerkt naar het presenteren van de zuurstok.

Ik loop naar hem toe. 'Hoi.'

'Hé.' Hij laat zijn armen langs zijn lichaam vallen. De overall heeft hij nu helemaal uitgedaan. Hij draagt nog steeds dat shirt, gecombineerd met een bruin jasje van kunstleer en zorgvuldig distressed jeans. 'Is hij altijd zo langdradig?'

'Pfff. Ja.'

'Jouw speech was mooi. Persoonlijk. In tegenstelling tot dit toneelstukje.'

'Dank je. Niet mijn favoriete bezigheid.' Ik kan het niet meer opbrengen om te doen alsof ik luister. Ik draai me naar Lynx toe. 'Sorry dat ik de lunch gemist heb.'

Hij kijkt me even aan voor hij zijn blik weer naar voren richt. 'Geeft niet. Had je het druk?'

'Ik werd opeens een overleg in gesleurd.'

'Nou, Antoine was blij met het extra broodje. Hij heeft voor het eerst in zijn leven hummus geproefd.'

'Van die boze broodjesdame?' vraag ik. 'Want die van haar is geen aanbeveling.'

'Nee.' Hij kijkt me even aan, een seconde maar. 'Ik ben bang dat je het lekkerste broodje hummus met gegrilde groenten in de geschiedenis van de mensheid bent misgelopen.'

'Ah, nee!'

'Misschien maar beter. Hoe had je anders weer moeten wennen aan die vieze van het tankstation?'

De zuurstok van één meter tweeënzeventig wordt onder luid applaus de kantine binnengedragen. Ik glimlach om de reactie van Rob, en die van zijn kleinkinderen, die op en neer springen van enthousiasme. Er wordt gelachen als Rob ernaast gaat staan om te checken of de zuurstok echt even lang is. Sommige collega's maken van de gelegenheid gebruik om alvast een beetje uit te waaieren of een drankje te halen. Maar Joop blijkt nog geen genoeg te hebben van de aandacht en neemt opnieuw het woord.

'Kan ik geen herkansing krijgen?' vraag ik. 'Wat dat broodje betreft?'

'Hmmm... Even denken.' Lynx zet een stapje achteruit, duidelijk afstand nemend van het officiële gedeelte. Half zittend, half leunend tegen de tafel achter ons, waar een andere tafel omgekeerd bovenop gestapeld is, komt hij op ongeveer gelijke hoogte met mij. 'Wat als je dan weer niet komt opdagen?'

'Ik beloof dat ik kom opdagen.'

'Dat zei je gisteren ook.'

Joop breit eindelijk een eind aan zijn verhaal. Er wordt nog een keer voor hem geapplaudisseerd, de muziek gaat aan en mensen drommen in groepjes samen. Ik kijk naar Lynx.

'Oké dan,' zegt hij na een paar seconden. 'Een herkansing. Maar alleen omdat ik een zwak heb voor Audrey Hepburn.'

Ik doe een vreugdedansje op mijn plaats, waar hij om moet lachen.

'Is dat de collega over wie je het had?' vraagt hij met zijn blik op Maurice, die nu met Joop in gesprek is. 'Die nog gemotiveerd is om dingen te veranderen?'

'Ja.' Ik observeer hem even met Joop. 'Ik hoop dat het hem lukt. Je weet wel, vóór ze hem inlijven.'

'Hoezo inlijven?'

'Nou... We zien het nu gebeuren, toch? Misschien is hij wel de volgende in een glazen kantoor.'

Hij kijkt me vragend aan.

'De directiekantoren, op de eerste verdieping.'

'Ik bedoel: waarom hij? Waarom niet jij?'

Ik moet lachen. 'Zo werkt dat hier niet. Ik ben tegelijkertijd met Joop begonnen op onze afdeling. Ik was net afgestudeerd en hij had promotie gemaakt vanuit zijn functie als teamleider, dus hij kreeg training *on the job*. Hij had geen ervaring in dit vakgebied, dus ik heb hem geholpen als hij ergens vastliep. Het schrijven van beleidsstukken, het voorbereiden van presentaties en moeilijke gesprekken. Als hij ergens niet zeker over was, kwam hij ermee naar mij en dan perfectioneerden we het voor hij ermee verderging. Op die manier hebben we samen de hele Shared Service-afdeling geprofessionaliseerd. En nu staat hij daar en ik...' Ik haal mijn schouders op. 'Ik blijf hier altijd het meisje van Personeelszaken.'

'Waarom pik je dat?' vraagt hij.

'Ik heb het aangekaart. Bij elk functioneringsgesprek doe ik dat.

Maar ik word altijd afgescheept en inmiddels weet ik niet eens meer of ik het nog wel wil. Het enthousiasme dat Maurice heeft, heb ik niet meer. Misschien heb ik dat nooit gehad. Dus hij verdient het.'

'Als je het niet wilt, is dat jouw beslissing. Dat zou het moeten zijn. Het is niet oké dat het voor je besloten wordt. Niet als je ook nog eens hoger opgeleid bent, evenveel werkervaring hebt, en zo te horen eigenhandig die CEO in dat lelijke pak in het zadel hebt geholpen.'

'Nu je het zegt. Het is inderdaad lelijk,' beaam ik.

'Ik denk dat hij het al eventjes heeft. Double-breasted ziet er tegenwoordig een stuk gestroomlijnder uit. Die oversized revers zie je ook bijna niet meer. Dan heb ik het nog niet eens over die kleur bruin. Die schreeuwt: ik kan deze functie niet aan! En waarom draagt hij het jasje met de onderste knoop dicht? Is prins Charles zijn grote modevoorbeeld?'

Ik moet zo hard lachen dat ik blij ben dat er inmiddels druk gepraat wordt. 'Koning Charles,' verbeter ik. 'En dat zou me niets verbazen, weet je dat?' Ik neem hem even op. 'Hoe weet jij zoveel van mode?'

'Ik heb ook weleens pakken gedragen. In een ander leven. Een ander glazen kantoor.' Hij lijkt even te verdwalen in de herinnering. Ik doe ongeveer hetzelfde, maar dan in de voorstelling van hem in een pak.

'Audrey!' Ik voel twee handen op mijn schouders, een stevige grip die me iets bij Lynx vandaan trekt. 'Zag je dat?' vraagt Maurice. '*Meneer* Franzen praat opeens met me.' Die nadruk op de aanspreektitel is een inside joke van ons, omdat Joop me na zijn aanstelling in de directie gevraagd heeft hem voortaan met meneer aan te spreken in het bijzijn van andere collega's, iets wat ik pertinent weiger.

'Gefeliciteerd,' zeg ik, half sarcastisch.

'Dat komt natuurlijk door jou,' zegt hij. 'Hij heeft nog nooit meer dan vier woorden achter elkaar tegen me gesproken, dus het moet wel te maken hebben met wat jij hebt gezegd in het overleg.'

Lynx trekt zijn wenkbrauwen veelbetekenend op.

'Ik heb alleen de feiten gedeeld,' antwoord ik, deels om het idee te ontkrachten dat ik hier als ieders opstapje naar promotie fungeer. 'Je werkt er hard voor, dat mag gezegd worden.'

'Ja, oké,' zegt Maurice. 'Maar dat had je niet hoeven doen. Dus cappuccino's met dubbel schuim voor jou, wanneer je maar wilt.' Hij laat zijn handen zakken, maar een ervan blijft op mijn elleboog rusten. 'Schiet het op met de klus?' vraagt hij aan Lynx.

'We lopen iets achter op schema, eigenlijk. Antoine denkt dat we een extra dag nodig zullen hebben.'

'Ah,' zegt Maurice, en dan lijkt hij een beetje door zijn ideeën heen voor het gaande houden van de conversatie. Lynx doet ook niet zoveel moeite. De vingers van Maurice liggen nog steeds tegen de buitenkant van mijn arm en ik weet niet zo goed wat ik ervan moet denken. Hij raakt me nooit zo lang aan. 'Hé, hoe is het eigenlijk met Darius?' vraagt hij terwijl hij me loslaat. Ik voel zijn hand even langs mijn rug gaan voor hij zijn arm tussen ons in laat vallen.

'Darius. Prima.' *Shit.* 'Het gaat goed… met hem.' Ik vind het nooit prettig om het over hem te hebben, maar ik denk dat ik mijn leugentje nu erger haat dan ooit, en op een of andere manier heeft dat te maken met het feit dat Lynx hier staat. Best raar, want op zich zou het waar kunnen zijn, toch? Ik heb Darius gevraagd om koffie te drinken en hij loopt extra schaars gekleed door zijn flat sinds hij weet dat ik op hem let, dus het zou zomaar wat kunnen worden. Dat is wat ik wil. Al iets van acht maanden of zo… Sinds hij tegenover me is komen wonen.

'Wanneer is die voorstelling waar hij zo druk voor traint?' vraagt Maurice weer.

'O… Eh…' Had ik daar al iets specifieks over gezegd? Liegen is echt hard werken. Je moet alles zien te onthouden. 'Over een maand… ongeveer.'

'Pff, lijkt me best heftig, hoor. Om een relatie te hebben met iemand die zo'n talent heeft waar alles voor moet wijken.'

'Nou, niet alles,' zeg ik. 'Maar zijn carrière staat op de eerste plaats, inderdaad.'

'Audrey datet met een dansprof,' legt Maurice uit.

Lynx knikt, zijn gezichtsuitdrukking neutraal. Er is niets wat verraadt dat het hem iets doet of en met wie ik date. Geen verbazing, laat staan teleurstelling. En dan besef ik dat ík daar teleurgesteld over ben en... Dit is heel verwarrend. Ik bedoel, ik vind hem leuk. Dat is niet zo moeilijk. Volgens mij vindt iedereen dat. Maar... betekent dit dat ik hem *leuk* leuk vind? Net zo leuk als Darius? Leuker dan Darius?

'Ik hoop wel dat hij zijn prioriteiten op orde heeft,' zegt Maurice terwijl ik naar Lynx staar en overweeg om het te nuanceren. *We zijn heel casual. In de zin dat hij nog niet weet dat we iets hebben.* 'Ik vind werk ook belangrijk. Maar sommige dingen zijn nog net iets belangrijker.'

'Annette heeft maar geluk met je,' zeg ik.

Hij lacht schamper. En dat verbaast me want hij en Annette zijn zo'n *power couple* dat al een eeuwigheid samen is. Ik heb haar een paar keer ontmoet op personeelsfeesten. Maar voor ik daar verder over na kan denken, zegt Lynx luchtig: 'Ik ga even wat te drinken halen. Willen jullie iets?'

Ik beweeg mijn flesje water heen en weer. 'Ik heb nog.'

Lynx kijkt vragend naar Maurice. Die schudt zijn hoofd en antwoordt: 'Nee, ik red me wel.'

'Niet vergeten dat we morgen een afspraak hebben,' zegt Lynx voordat hij langs me heen loopt.

'Nee,' antwoord ik, en ik kijk hem na. Hij loopt naar de tafel met drankjes, maar het klonk alsof hij weggaat, en dat wil ik niet.

'Ken je hem of zo?' vraagt Maurice, terwijl hij zich op de omgekeerde tafel hijst waar Lynx tegenaan geleund stond.

'Alleen van hier.' Ik kijk toe hoe Lynx een glas cola inschenkt. 'We hebben een keer geluncht.'

‘Geluncht?’ vraagt hij, zo verbaasd dat ik bijna denk dat ik per ongeluk iets heel anders heb gezegd. ‘Maar je bent nog steeds met Darius?’

Ik weet eindelijk mijn blik van Lynx los te maken. ‘Er is niks veranderd,’ zeg ik diplomatiek. Ik wil eigenlijk gewoon van de leugen af. Ik zou het Maurice wel kunnen vertellen. Hij zou wel snappen waarom ik het gezegd heb, als ik uitleg dat ze me aan Tobias van IT wilden koppelen. Maar ik heb het nu al zo lang gaande gehouden. ‘Het ligt een beetje ingewikkeld met Darius.’

‘Het ligt ook een beetje ingewikkeld met Annette,’ zegt hij enigszins treurig, maar ik zie ook iets anders in zijn ogen. Iets wat ik niet helemaal kan duiden.

‘Echt? Jullie passen zo goed bij elkaar.’

‘Dat vond ik ook altijd. Maar de laatste tijd weten we niet helemaal zeker of we nog wel dezelfde dingen willen.’ Hij laat een korte stilte vallen. ‘Ik weet het niet helemaal zeker…’

‘Jee, Maurice. Ik dacht… Jullie lijken altijd zo…’ Ik heb eigenlijk geen idee wat ik moet zeggen. ‘Wat rot.’

Hij haalt zijn schouders op. ‘Ik moet een paar dingen helder zien te krijgen.’

‘Misschien komen jullie er sterker uit.’

Hij glimlacht en slaat zijn blik neer. Een paar seconden fixeert hij die op een punt op de vloer. Dan kijkt hij me weer aan. ‘Misschien.’

Als ik nog een keer over mijn schouder kijk, zie ik Lynx nergens meer.

Drie dagen voor ik mijn verstand verlies

'Wat vervelend dat je arm weer in een mitella zit, Hannie,' zegt Maurice terwijl hij een kop koffie bij haar neerzet. Hij loopt om naar de stoel naast mij en neemt plaats. 'Ik zag je vorige week hier voorbijkomen met je hond. Een bullmastiff? Flinke beesten zijn dat. Toen leek je er geen last van te hebben.'

'Nou? Wat zeg ik?' Hannie kijkt verontwaardigd naar haar dochter. 'Zo beginnen ze dus altijd. Alsof ik me een beetje zit aan te stellen! Ik draag dit ding niet voor de lol, hoor!'

De dochter legt een kalmerende hand op Hannies goede arm. 'Mijn moeder is erg emotioneel over de hele situatie, dus ik stel voor dat we het concreet houden en suggestieve opmerkingen achterwege laten.'

Maurice bladert door een paar papieren uit het dossier. 'Ik probeer gewoon helder te krijgen of er zich iets speciaals heeft voorgedaan waardoor de klachten opgelaaid zijn, want ik zie hier dat de operatie al een hele poos geleden was, en sindsdien is er voor zover ik kan nagaan geen indicatie voor een mitella geweest. Maar waarschijnlijk is Audrey daar beter van op de hoogte.'

'Maurice heeft gevraagd of ik aanwezig wilde zijn omdat jij en ik dit traject al eerder hebben doorlopen,' zeg ik. 'Ik ben het eens met je dochter. Het lijkt me goed om vooruit te kijken. Ik denk dat het ook in jouw belang is dat je bepaalde dingen uit het verleden kunt afsluiten. Dus dit lijkt me een geschikt moment om concrete acties te bespreken.'

'Want dat ging de vorige keer ook zo goed?' zegt Hannies dochter. 'Ik vind dat jullie mijn moeder enorm pushen. Is dat hoe jullie met jullie personeel om willen gaan?'

'Luister, mevrouw,' zegt Maurice, 'ik vind het prima dat u bij dit gesprek aanwezig bent, maar Hannie is onze werknemer. En wij zouden dit gesprek graag met háár willen voeren.'

'Hannie, ik vraag het je gewoon direct,' vul ik aan. 'Wil je hier nog wel werken? Heb je het hier naar je zin?'

'Ik ben ziek! Mijn arm speelt continu op en daarom lukt het me niet om achter de machines te staan. Dat is niet makkelijk, Audrey. Dat doet geestelijk ook wat met je. En dat heb ik ook tegen de bedrijfsarts gezegd. Ik zweet peentjes als ik ook maar aan het werk denk. Ik moet dagen bijkomen van dit gesprek alleen en ik slaap er de hele week al slecht van.'

'We vinden het heel vervelend dat je er zoveel stress van hebt,' antwoord ik. 'Maar daarom moeten we ook naar oplossingen kijken. Ik vind niet dat we in het afgelopen jaar veel opgeschoten zijn.'

'O, en dat is mijn schuld?'

'Het valt ons op dat je heel goed op de hoogte bent van de regels.' Maurice werpt een blik op de dochter voor hij zich weer tot Hannie richt. 'Kijk, wij willen ons inzetten om jouw re-integratie zo soepel mogelijk te laten verlopen, maar ik denk dat het belangrijk is dat jij eerlijk bent over wat je precies van ons verwacht. Zeg het gerust als we het mis hebben, maar wij beginnen te denken dat je dit werk niet meer wilt doen.'

'Dit is dus weer heel manipulatief,' zegt de dochter. 'Het is absoluut geen kwestie van willen, maar van kunnen. Mijn moeder is niet tot het werk in stáát.'

'Kun je eens concreet aangeven wat het precies is dat je niet meer kunt?' vraag ik.

'Nou, ten eerste tocht het als een malle in de fabriek. En dat slaat enorm op mijn nek.'

'Je nek?' herhaalt Maurice terwijl hij een aantekening maakt. 'Dat is niet je arm.'

'Die nek speelt me al jaren parten, dat heb ik al ik weet niet hoe vaak aangegeven, maar er wordt niks aan gedaan.'

'Hebben we je vorig jaar niet een werkplek uit de buurt van de schuifdeuren aangeboden?' Hij kijkt mij aan ter bevestiging. Ik knik.

'En die ploegendiensten komen ook altijd ongunstig uit. Jullie weten dat ik de ochtenddienst wil, maar dat gaat dan een paar weken goed, en dan sta ik weer ingeroosterd voor de middag- en avonddiensten. Alsof jullie me gewoon willen pesten.' Ze pakt haar koffiekopje en neemt geagiteerd een slok.

'In de ochtend ervaart mijn moeder het minste last van haar arm,' zegt de dochter vlug, zich er duidelijk van bewust dat ook deze klacht niet bepaald betrekking heeft op de nasleep van Hannies armoperatie.

Maurice wijst met zijn pen in de richting van Hannies mitella. 'Behalve deze ochtend dan.'

'Ach, zak erin, man!' Hannie laat haar kopje met een harde klap op het schoteltje neerkomen. Koffie klotst over de rand. Ze draait zich naar haar dochter. 'Ik wist van tevoren al dat dit geen enkele zin zou hebben! Ik wil naar huis.'

'Hannie,' zeg ik, mijn de-escalatieprotocol in gedachten nalopend. 'Wat wil je nu echt? Wees gewoon eerlijk. Wil je nog wel terug de fabriek in?'

'Ik kán dat werk niet meer!' roept ze, terwijl ze haar stoel hard achteruit schuift. 'En jullie zijn verplicht mij passend werk te bieden en dat weigeren jullie!'

'We hebben geen ander werk voor je dan in de productie,' zegt

Maurice. 'We zijn een snoepfabriek. We máken snoep. Daar ben je bij ons voor in dienst.'

'Ik kan in het winkeltje staan! Dat heb ik ook al duizend keer voorgesteld.'

'Dat klopt,' antwoord ik. 'Maar zoals ik ook al meerdere keren heb uitgelegd: jij hebt een contract voor tweeëndertig uur. Het winkeltje is dagelijks twee uur geopend en daar hebben we een vrijwilliger voor. Het is geen geschikte optie.'

'Dan op kantoor.'

'Je hebt niet de kwalificaties om...' begint Maurice, waarop Hannie opstaat en met haar goede hand op tafel slaat.

'Ik ben hier helemaal klaar mee!'

'Hannie,' zegt Maurice ferm. 'Ik zeg altijd: soms zijn dingen heel simpel, ook al zijn ze niet makkelijk. Dit is zo'n geval. Ik denk dat je voor een keuze staat die niet makkelijk is, maar wel ontzettend simpel.'

Ik kijk naar haar. Hoe ze daar staat, vol overtuiging dat de hele wereld het aan haar verplicht is om mee te buigen met haar wensen. Hoe ze een blessure die ze tijdens het tennissen heeft opgelopen al ruim drie jaar aanwendt om onder werk uit te komen waar ze gewoonweg geen zin meer in heeft, terwijl ze ondertussen haar collega's en de hele organisatie tot op het bot frustreert. Hoe ze verwacht dat we haar maar gewoon blijven doorbetalen voor werk dat ze weigert te doen.

'Hannie,' zeg ik kalm. 'Het is heel goed dat je er klaar mee bent. Eigenlijk is het de hoogste tijd. Maurice heeft gelijk. Het is inderdaad heel simpel: wij zijn een snoepfabriek. Als je in een snoepwínkel wilt werken, dan moet je daar solliciteren. Maar als productiemedewerker in een snoepfabriek sta je ín de *fucking* snoepfabriek!'

Ze kijkt me geschokt aan.

Ik ben inmiddels op dreef en ga staan zodat ik haar recht aan kan kijken: 'Je hebt alle vrijheid ter wereld om hier weg te lopen en te doen wat je wilt, maar je kiest ervoor om te profiteren van regelingen die er zijn om mensen te helpen en beschermen die het écht nodig hebben! Weet je wat dat is, Hannie? Dat is schandalig! Je moet je schamen!'

'Oké,' zegt Maurice. Ik voel zijn hand om mijn elleboog. 'Ik denk dat je punt duidelijk is. Laten we –'

Ik lach. 'Dat zou je denken, ja! Ik denk al twee jaar dat deze situatie glashelder is, maar Hannie blijft liever in hetzelfde cirkeltje ronddraaien, klagend over de stress die het haar oplevert, en iedereen de schuld gevend terwijl ze weigert om toe te geven dat zijzelf de enige is die er iets aan kan veranderen.'

De dochter van Hannie is nu ook opgestaan en positioneert zich tussen haar moeder en mij, alsof ze fysiek gevaar loopt, sputterend dat er zo niet tegen werknemers gesproken dient te worden. Maurice probeert de controle terug te nemen, door het gesprek naar zich toe te trekken, maar ik kán dit niet meer. Audrey van hr *has left the building.*

'Zal ik je eens iets vertellen, Hannie? Als je hier nou echt zo slecht van slaapt, hè? Als je het nou écht zo moeilijk hebt, dan is het heel simpel! Je hóéft hier namelijk helemaal niet te zijn. Niemand dwingt je om in een snoepfabriek te werken als je niet in een snoepfabriek wílt werken! En als dat niet is wat je wilt, dan neem je verdomme zelf de verantwoordelijkheid en stap je op!'

Ik hoor opeens mijn eigen woorden. Alsof ze als een boemerang naar me terugkomen. Ik sta voorovergeleund aan de tafel, mijn vingers zo hard op het tafelblad drukkend dat mijn vingertoppen er wit van zien. Ik kijk van de uitgestreken gezichten van Hannie en haar dochter naar Maurice, die me aankijkt alsof ik zojuist een extra hoofd heb laten groeien.

Hij buigt zich naar me toe. 'Audrey… Ga even naar buiten en haal adem.'

Ik staar hem aan. *Als je niet in een snoepfabriek wilt werken... Als ík niet in een snoepfabriek wil werken...*

'Haal wat frisse lucht,' fluistert hij, terwijl de dochter van Hannie woedend haar spullen bij elkaar aan het pakken is. 'Dan regel ik dit.'

Ik knik. Ik loop naar de deur. Duw hem open. Ga de gang in. En dan ren ik zo'n beetje het pand uit.

Frisse lucht, zei Maurice. Er is op dit hele terrein geen frisse lucht te vinden. Zoete snoeplucht van een snoepfabriek, dat is alles wat er is. Dus als ik buiten sta en op adem probeer te komen, kom ik helemaal niet tot mezelf. Ik raak juist nog meer gespannen. Ik zou wel kunnen schreeuwen. Is dit hoe een paniekaanval voelt? Is dat wat dit is?

Als je niet in een snoepfabriek wilt werken...

Ik weet niet goed wat ik nu moet. Ik maak aanstalten om weer naar binnen te gaan, bedenk me dan en loop verder het parkeerterrein op. Ik negeer de luidruchtige uitroep van Antoine boven op de steiger: 'Hé Juliet, waar is de brand?' Het is onbeleefd om te doen alsof ik hem niet hoor. Maar het voelt alsof iemand mijn keel in een ijzeren greep heeft en ik zou er geen klank uit krijgen, al zou ik het willen. Dus ik loop door naar mijn auto, besef dan dat ik mijn sleutels niet heb. En ben ik eigenlijk wel in staat om te rijden? Ik verander van koers en maak een boog in de richting van de slagbomen.

De andere stem die klinkt, is moeilijker te negeren. De stem die mijn echte naam roept. Die zorgt ervoor dat ik bijna stop, ook al wil ik alleen maar weg. Ik negeer de impuls en loop door. Achter me hoor ik het metalige geratel van iemand die heel snel van een steiger afdaalt, maar ik kijk niet om.

Ik ben blij dat er geen verkeer aan komt en dat ik niet hoef te stoppen. Ik steek het fietspad over, dan de weg, en ren het park in. Het hoofdpad splitst zich na ongeveer vijftig meter. Ik ga een keertje links. Dan rechts. Ik loop een minuut of twee en plof dan neer op een bankje. Voorovergebogen probeer ik mezelf tot de orde te roepen. Er is niets aan de hand. Ik heb haar de waarheid gezegd. Misschien had ik me moeten inhouden, maar ik heb niet écht iets verkeerd gedaan. Het was misschien onprofessioneel van me, maar het is niet alsof ze me hiervoor kunnen ontslaan. Is het raar dat dat me niet oplucht?

Als je niet in een snoepfabriek wilt werken... Ik weet niet zeker... of ik het nou wel tegen Hannie had.

'Jezus, dit park lijkt wel een doolhof.'

Ik kijk op. Lynx staat voor me, *sans* overall, zijn handen nonchalant in zijn zakken.

'Een geluk dat ik je nog heb kunnen vinden.' Hij gaat naast me zitten, een stukje bij me vandaan. 'Ik ben zo weer weg, als je dat wilt. Maar... gaat het wel?'

'O... Ik heb net een werknemer die ons al twee jaar lang aan het lijntje houdt met bullshit ziekmeldingen verteld dat ze moet ophoepelen. Verder alles goed.'

'Aha. En dat is niet de aanpak die je gewoonlijk hanteert?'

Ik werp hem een blik toe. 'Nee. En terwijl ik tegen haar stond te schreeuwen, hoorde ik mijn eigen woorden en besefte ik dat ik eigenlijk tegen mezelf tekeerging. En nu zit Maurice waarschijnlijk met een nóg onuitstaanbaardere Hannie.'

'Dat kan hij wel aan, hoor,' zegt Lynx luchtig.

'Ik denk dat we kunnen stellen dat ik mijn dag niet heb. Of mijn week. Of misschien ben ik langzaam mijn verstand aan het verliezen, ik weet het niet. Maar nee, het gaat niet echt. Ik moet zo weer terug naar binnen en het voelt alsof mijn benen van lood zijn en ik nooit meer een stap kan zetten.'

Het blijft even stil naast me. Dan zegt Lynx: '*Corporate banking* en beleggingsfondsen.'

Ik kijk hem verward aan.

'Dat is wat ik deed. Twee jaar geleden. Ik adviseerde mensen over hun beleggingen. Vooral bedrijven, eigenlijk. Ik had een jaarsalaris met zes cijfers. Een kast vol maatpakken. Een grote kast. Meer een kamer, eigenlijk. In een luxe appartement. Ik reed in een gloednieuwe BMW 8 Serie Gran Coupé.'

'Dat zegt me helemaal niets, maar ik neem aan dat dat vast heel stoer is.'

'Duur vooral, dat was het punt.'

'Ah, oké. Je praat in de verleden tijd, dus wat ging er mis? Verkeerd geïnvesteerd?'

'Dat niet. Ik heb het allemaal weggedaan. Het ging niet zo goed met me. Ik sliep slecht. Ik lag hele nachten wakker en dan lag ik te rekenen. Hoeveel tijd ik aan het verspillen was. Ik werkte zo rond de vijftig uur per week. Dat is zesentwintighonderd uur per jaar. Dat zijn honderdacht dagen. Honderdacht van de driehonderdvijfenzestig. Een derde van mijn leven. Ik was bezig een derde van mijn leven te besteden om mensen met te veel geld nog rijker te maken.'

'Gebouwen schilderen is leuker?' vraag ik.

'Elk werk is leuk als je het maar even doet.'

'Misschien wel, ja.'

'Er waren dagen dat ik mijn auto niet uit kon komen,' zegt hij. 'Dan zat ik hyperventilerend achter het stuur, bang dat mijn collega's me zo zouden zien. Soms bleef ik rondjes rijden, om het moment uit te stellen. Tot ik gekalmeerd was.'

'Waarom vertel je me dit?'

'Omdat ik nu naar mezelf van twee jaar geleden zit te kijken.'

'O, denk je dat?'

'Ik herken het in anderen sindsdien. Je denkt misschien dat je de enige bent, maar het zou je verbazen hoeveel mensen hier op een bepaald punt in hun leven tegenaan lopen.' Hij kijkt me aan. Een tikkeltje te confronterend. 'Ik had je al gezien maandag. Vóór je voorbijliep. Ik zag je in je auto. Het licht van je telefoonscherm scheen op je gezicht. En ik zag het. Is het elke dag steeds iets moeilijker? Om uit te stappen?'

'Ik zet vier wekkers en snooze drie keer voor het me zelfs maar lukt om uit bed te komen,' antwoord ik zonder hem aan te kijken.

Hij fluit tussen zijn tanden. 'En de rotonde?'

'Wat is er met de rotonde?' vraag ik, ook al weet ik wat er is, en weet hij dat blijkbaar ook.

'Vanaf de steiger heb je daar een prima uitzicht op. Gisteren reed je een extra rondje en vandaag… Je moet wel misselijk zijn geworden?'

'Nou, dat ben ik al tien jaar. Dat krijg je als je op een snoepfabriek werkt. Ik ruik permanent naar suikerspin. Mijn kleren, mijn haren…'

'O ja?' Hij leunt een beetje naar me toe tot zijn neus bijna mijn haar raakt. Dan beweegt hij langzaam weer terug. 'Toevallig hou ik van suikerspinnen.'

Ik kijk naar hem. Een zwak ochtendzonnetje doet zijn haar een tint lichter lijken en als ik naar hem kijk, zie ik alleen kalmte en zorgeloosheid. Eigenlijk lijkt het alsof het licht vanuit hem komt en ik wil niets liever dan het op mij laten reflecteren.

'Dus je bent gewoon gestopt?' vraag ik. 'Zomaar?'

'Niet helemaal zomaar,' antwoordt hij bedachtzaam. 'Maar ja, daar kwam het wel op neer. Dat kan gewoon, hoor. Je kunt elke dag besluiten dat je dit niet meer wilt en iets anders gaan doen.'

Als je niet in een snoepfabriek wilt werken…

'Ik denk dat mijn probleem voornamelijk bij dat "iets anders" ligt. Ik zou niet eens weten wat ik met vier weken vakantie moet doen. Laat staan met de rest van mijn leven.'

Hij haalt zijn schouders op. 'Je begint gewoon ergens. Je probeert iets. Als het niet werkt, probeer je iets anders. Niemand wéét wat hij aan het doen is, hè? We doen allemaal maar wat.'

'Hoe ben jij begonnen?'

'Ontslag genomen. Ik had een buffer, dus dat was makkelijker dan het voor sommigen is. Maar mijn uitgavenpatroon was gebaseerd op mijn salaris, dus daar moest ik drastisch in schrappen. Ik heb mijn appartement verkocht. Mijn auto aan mijn broer gegeven. Mijn beste vrienden hebben nu een kast vol maatpakken. Niet hun maat, maar dat terzijde.'

Ik moet lachen. 'Detail.'

'Inderdaad.' Hij kijkt me glimlachend aan.

'Ik ben niet zoals jij, denk ik. Die rotonde? Die staat voor mij voor opties. Elke afslag is er eentje. En elke ochtend kies ik. Ik rij al tien jaar dezelfde route naar mijn werk en ik vraag me al negen jaar elke dag als ik die rotonde nader af wat er gebeurt als ik het lef zou hebben om een keer niet die afslag naar rechts te nemen. Ik heb een fantasie. Dat ik op een dag gewoon doorrij en een ander leven begin. Gewoon weggaan en nooit meer iets van me laten horen. Niet mijn bureau leegmaken, opzeggen, mijn opvolger inwerken. Gewoon verdwijnen.'

Hij zit stil naar me te kijken. Misschien was dit te veel eerlijkheid. Misschien werkt eerlijk zijn hetzelfde als liegen. Na dat leugentje over de tandarts kon ik niet stoppen met dingen verzinnen en nu kan ik niet ophouden met de waarheid vertellen. Ook al kom ik nu gestoord over.

'Ik zou het niet écht doen,' zeg ik. 'Ik hou dit al negen jaar vol. De volgende dertig moeten ook lukken.'

'Misschien wel. Maar hoe misselijk word je bij die gedachte? Op een schaal van naar suikerspinnen ruiken tot vijftien keer de rotonde nemen?'

'Het was geen vijftien keer.'

'Ruwweg.' Hij lacht nog steeds. 'Ik stopte met tellen toen ik zelf duizelig werd. Dat is gevaarlijk boven op een steiger.'

Ik knik en staar naar een punt ergens bij mijn voeten. Ik sla mijn armen over elkaar; het is eigenlijk te koud om in een blouse buiten te zitten. Lynx verschuift een beetje en als ik opkijk, heeft hij zijn jack uitgetrokken en houdt hij het naar me uitgestoken.

'Hoeft niet,' zeg ik.

'Kom op,' dringt hij aan. 'Wat zou Humphrey Bogart doen? Zijn *leading lady* laten vernikkelen? Dat dacht ik dus niet.' Hij gooit het jasje met een totaal niet galant gebaar op mijn schoot. 'Trek aan.'

'Oké dan.' Ik steek mijn arm in de mouw. Alleen mijn vingertoppen komen eruit. 'Precies mijn maat.'

'Nog kieskeurig ook?'

'Nee. Dit is perfect. Dank je.' Ik trek zijn jack dichter om me heen. Ik snap het romantische filmcliché nu wat beter, van mannen die hun jasje aan een vrouw lenen. Het ruikt naar hem. Een frisse en tegelijk warme geur die me op een of andere manier aan de kleur oranje doet denken. Sinaasappels, een haardvuur, een zonsopkomst.

'Dat zou je vaker moeten doen,' zegt hij, en als hij merkt dat ik hem niet volg: 'Ademhalen. Is goed voor je.'

'O. Ja. Inderdaad. En pauze nemen. Naar buiten gaan.'

'Uitvallen tegen vervelende collega's.'

'Dat sowieso.' Ik moet een beetje lachen. 'Ik ben echt een ramp de laatste tijd. Geloof het of niet, maar ik was hier goed in, hè? In mijn werk. Ooit.'

'Nog steeds, volgens mij. Maar word je er nog blij van? Dat is waar het eigenlijk om gaat.'

Eigenlijk weet ik niet wanneer ik voor het laatst echt blij was. 'Op vrijdagmiddag voel ik altijd een soort opluchting. Dat begint zo rond drie uur. Het gevoel dat de week er bijna op zit. Als ik dan naar buiten loop, met het hele weekend voor me, dan is dat gevoel op de piek. Het houdt aan tot zaterdagavond. En dan, naarmate het later wordt, vervliegt het. Dan zie ik de ruimte tussen het "nu" en de week die me te wachten staat kleiner en kleiner worden. En ik weet dat ik het kan veranderen, hè? Maar ik heb geen grote droom, geen geheime passie, geen... speciaal talent. Ik ben gewoon... dit.'

'Wat doe je in die vierentwintig uur dat je ontsnapt bent?' vraagt hij. 'Van vrijdag tot zaterdagavond?'

'Precies dat,' antwoord ik. 'Ontsnappen. Boeken. Films. Dat is het wel zo'n beetje. Ik hou ervan om gewoon eventjes negentig minuten iemand anders te kunnen zijn. Iemand met een groots en meeslepend leven, veel grotere problemen, echte liefde. Iemand die de wereld moet redden, of door Parijs loopt met een man die ze net heeft ontmoet, of gewoon iemand die een omhooggevallen verkoopster in een te dure winkel vertelt dat ze een grote, gróte fout heeft gemaakt.'

'*Huge*!' zegt Lynx.

Ik kijk hem lachend aan, blij dat hij de referentie snapt.

Hij lijkt heel even na te denken en vraagt dan: 'Waarom begin je niet klein en meeslepend?'

'Klein en meeslepend?'

Hij knikt. 'Wie zegt dat het groots moet zijn? Soms gaat het juist om de kleine dingen. Wanneer was je het gelukkigst in je leven? Ging dat om wereldschokkende dingen? Is geluk soms niet dat je gewoon eens op je werk zegt hoe je écht over iets denkt en dan buiten in een park in het zonnetje gaat zitten?' Hij kijkt even omhoog. 'Oké, het zijn vooral wolken vandaag, maar je snapt me wel.'

Ik kijk naar hem. Hij zit naar me toe gedraaid, met zijn knie op de zitting van het bankje en zijn onderarm rustend op de rugleuning. Zijn vingers raken bijna mijn in zijn jack gehulde schouder. 'Klein en meeslepend,' zeg ik nog een keer. 'Dat klinkt eigenlijk best goed.'

Maurice staat bij de archiefkast waar hij zijn lopende dossiers bewaart. Hij kijkt op zodra ik de kantoortuin binnenkom en ik werp hem vanuit de deuropening een verontschuldigende blik toe. Hij geeft de geopende la een duw voor hij mijn kant op komt. Met een rammelend geluid valt de la in het slot. Maurice geeft een knikje naar de gang terwijl hij langs me de kantoortuin uit loopt. Ik volg hem naar de spreekkamer waar we het gesprek met Hannie hadden. Hij opent de deur en ik ga hem voor naar binnen. Ik weet niet goed wat ik moet zeggen, maar een verontschuldiging lijkt me wel op z'n plek. 'Sorry,' begin ik dus meteen, 'dat ik je met die chaos liet zitten.'

'Sorry?' herhaalt hij terwijl hij de deur dichtdoet en zich naar me toe draait. 'Ben je gek? Dat was geweldig. Je hebt alles gezegd wat ik al mijn hele leven tegen alle Hannies wil roepen die ik tegenover me heb gehad. En geloof me, dat zijn er verdomd veel.' Hij zet een paar passen naar me toe. 'Hoe voelde het?'

'Eh...' stamel ik. Ik had niet gedacht dat hij zo... geamuseerd zou zijn. 'Onprofessioneel?'

Hij lacht. 'Nee, serieus. Dat moet goed voelen. Toch? Ik bedoel: ik dénk dat soort dingen, maar jij zégt het gewoon. Jij bent echt...' Hij kijkt me hoofdschuddend aan, zoekend naar woorden, met zijn handen in zijn zij.

'Ik dacht eigenlijk dat je hier iets meer de pest over in zou hebben. Heb ik niet net alle kans op medewerking van die dochter om zeep geholpen?'

'Ach.' Hij maakt een achteloos gebaar en slaat zijn armen over elkaar. 'Dat wordt een tweedespoortraject. Zijn we beter mee af, ook. Vind je niet?'

'Daar gaat ze mee akkoord?'

'Nou... Die dochter had wel door dat we door de opties heen waren.' Hij lacht weer. 'Je was echt fantastisch.'

Fantastisch. Zo voelt het niet echt. 'Gaat ze geen klacht indienen of zo?'

'Nee, joh. Waarvoor? Omdat je de waarheid hebt gezegd?'

Ik leun tegen de tafel en adem uit. Dus ik verlies al mijn tact en geduld en... er gebeurt helemaal niks?

'Hé...' Maurice zet nog een stap in mijn richting. 'Gaat het wel?'

'Ja. Ik ben gewoon een beetje van slag. Normaal ben ik niet zo impulsief.'

'Ik heb het allang rechtgebreid,' zegt hij. 'En wat mij betreft gaan we dit voortaan altijd zo aanpakken. *Good cop, bad cop* volgens de Audrey-methode. Jij gaat helemaal los en alles wat ik daarna voorstel lijkt superredelijk. Efficiënt en vermakelijk. Je hebt dit kutgesprek tot het hoogtepunt van mijn week gemaakt.'

'Benieuwd of Joop er ook zo om kan lachen.'

'Joop lacht alleen om zijn eigen grappen,' zegt hij. 'En bovendien: ik zeg hem niks als jij niks zegt.'

'We moeten het wel melden. Toch?'

Hij haalt zijn schouders op. 'Ik zou niet weten wat er te melden valt. Ik heb mijn verslag al geschreven. *De gemoederen liepen even op en in goed overleg met werknemer is besloten om de mogelijkheden voor het tweede spoor te onderzoeken.* Ik zou niet weten waarom Joop daar zijn tijd aan zou willen besteden.'

'Maurice...' Ik kijk hem even aan. 'Echt, het spijt me. Je vroeg me erbij om het gesprek in goede banen te leiden en ik deed het tegenovergestelde en liet jou het verder opknappen.'

'Persoonlijk denk ik dat dit de enige manier was om tot die vrouw door te dringen. En oké, officieel was het misschien niet de meest gangbare gesprekstechniek, maar je volgde je intuïtie en het pakte goed uit. Niks mis mee.'

Ik glimlach. 'Het zal niet meer gebeuren.'

Hij knikt. 'Jammer. Ik ga trouwens nog steeds werk maken van dat standbeeld. Of eigenlijk... misschien maak ik het wel nog groter.'

'Hou op over dat standbeeld,' zeg ik. Er zit geen felheid achter, maar ik por hem wel even tegen zijn arm.

'Oké, sorry.' Hij heft zijn handen alsof hij zich overgeeft. 'Niet boos op mij worden. Jeetje, jij bent gevaarlijk vandaag.' Hij brengt zijn pols naar zijn gezicht en doet alsof hij iets inspreekt in zijn horloge. 'Staak Operatie Standbeeld, ik herhaal: staak Operatie Standbeeld.' Hij kijkt me aan. 'Gestaakt.'

'Thanks,' antwoord ik met een halfslachtig lachje. Ik weet niet zeker of ik hem grappig vind of gewoon de grootste sukkel die ik ken.

Hij haalt zijn schouders op. 'Het zou een mooi standbeeld geworden zijn. Pech voor jou.'

'Daar zal ik dan maar mee moeten leren leven.' Ik loop langs hem heen naar de deur. 'Bedankt. Voor hoe je dit geregeld hebt.'

'No problemo. En hé, als er nog iets is... als je ergens mee zit of zo... Je weet me te vinden, hè?'

Ik blijf staan met mijn hand op de deurklink. 'Ben je bang dat ik echt doordraai?'

'Mwah. Volgens mij is het gewoon mijn werk om dat soort dingen te zeggen.'

'Ook het mijne,' herinner ik hem, terwijl ik de deur openduw.

'Ja. Maar tandartsen gaan nooit naar de tandarts...' zegt Maurice terwijl hij naast me naar de kantoortuin loopt. 'Bij de loodgieter thuis lekt de kraan. En hr-mensen gaan nooit naar hr. Maar ik ben hier. En ik ben toevallig net van een enorm probleemdossier af, dus ik heb wat tijd over. En nu ga ik eens kijken hoe ik een driedubbele dosis schuim op de cappuccino krijg. Speciaal voor mijn favoriete collega.'

Even later zit ik aan mijn bureau met mijn notitieboek geopend op de bladzijde met mijn takenlijst voor vandaag, bedenkend waar ik zal beginnen.

'Gelukt,' zegt Maurice samenzweerderig en hij zet een cappuccino voor mijn neus in een mok die voor minstens vijftig procent vol zit met schuim. Ik glimlach als bedankje en hij knipoogt voor hij naar zijn eigen bureau loopt.

Ik neem een slokje en moet flink doordrinken om wat koffie door het dikke schuim te proeven. Dan zet ik de mok neer, sla een bladzijde om in mijn notitieboek en schrijf drie woorden op de eerste regel: *Klein en meeslepend.*

Eén dag voor ik mijn verstand verlies

Als je me nu voor de derde keer laat zitten, hebben we echt een probleem, Audrey. Ik ontvang het berichtje om 11.48 uur als dm via Instagram, samen met een foto van een meergranenbol die belegd is met vers gegrilde groenten. Een paar tellen later volgt een tweede foto, gemaakt vanaf de steiger bij de snoepfabriek. Hij heeft me opgezocht. En gevonden. Wat best een prestatie is, want volgens mij weet hij mijn achternaam niet, en als hij die wel te weten is gekomen, maakt dat het niet veel makkelijker, want ik gebruik mijn achternaam niet op mijn account. Maar hij heeft me toch weten te vinden, wat betekent dat hij moeite heeft gedaan. En hij volgt me nu. En ik zit rechtop in bed naar zijn berichtjes te staren.

Het is zondag. Ik ben pas een half uur wakker, en nog niet eens opgestaan. Ik lag op bed door mijn social media te scrollen en het aanbod van Netflix door te nemen om te beslissen wat ik zo meteen wil gaan kijken. Iets in me neigt naar *Pretty Woman*, ook al heb ik een lijst films en series die ik nog nooit heb gezien. En nu zit ik in mezelf te vloeken omdat ik niet kan geloven dat ik gisteren na ons gesprek in het park helemaal vergeten ben dat we samen zouden lunchen. En ik kan al helemaal niet geloven dat Lynx echt op zijn vrije dag naar de snoepfabriek is gekomen met een broodje voor mij.

Net wakker, stuur ik terug. Ik merk dat mijn vingers trillen terwijl ik typ. Waarom trillen mijn vingers terwijl ik typ? Ik stuur nog een tweede berichtje. *Ik kom naar je toe.*

Gelukkig heb ik gisteravond mijn haar gewassen, om de suikerspinnenlucht eruit te krijgen voor ik ging slapen. Ik zet de stijltang aan om een paar plukken in model te dwingen. Als ik na tien minuten nog niet tevreden ben, maak ik een staart en begin ik aan mijn make-up. Mascara én eyeliner. Foundation. Een laagje zachtroze lipgloss. Een beetje wenkbrauwpoeder. Ik maak mijn haar toch maar los en ren naar mijn kledingkast. Ik wil niet mijn Audrey-van-hr-kleren aan, dus ik pak donkere jeans. Ik trek een truitje aan. Nee. Niet dat truitje. Dan een blouse. Ook niet dat bloesje. Dan een ander truitje. Het is allemaal alsof ik te erg mijn best doe. Alsof ik denk dat dit een date is. Wacht… Is dit een date? Shit. Wat als híj denkt dat dit een date is? Is dat wat dit is? Nee toch?

Ik pak mijn telefoon en typ een berichtje aan mijn zus. *Hoe weet je of iets een date is?* Coco weet dat soort dingen. Ze mag dan mijn kleine zusje zijn, ze weet tenminste wel wanneer een date een fucking date is. Ik wacht op een antwoord. Of in ieder geval tot er een extra vinkje verschijnt om aan te geven dat ze weet dat ik besta. Maar er komt niks en uiteindelijk kies ik een lange, zwarte trui. Simpel en comfortabel. Want dit is géén date. Ik zet een paar platte laarsjes klaar bij de trap en ren terug naar de spiegel. Mijn haar los dragen werkt vandaag blijkbaar niet. Toch maar weer een staart. Mijn lipgloss zit nu vooral aan de binnenkant van alle topjes die ik heb gepast, dus ik breng nog een laagje aan. Ik zie net op tijd dat ik de stekker van mijn stijltang nog niet uit het stopcontact heb getrokken. Ik loop de badkamer uit, trek het dekbed recht en schud mijn hoofdkussen op. Ik gris mijn laarsjes mee onderweg naar beneden, maar halverwege de trap keer ik weer om. Sieraden vergeten. Een paar kleine oorringetjes. Die schakelarmband. Waar is dat ding? Ik had hem in het bakje gelegd voor ik ging douchen, toch? Ik kijk rond, zie hem nergens, besef dan dat ik al bijna veertig minuten bezig ben. En dat is best lang voor iets wat geen date is. Dus ik ga naar beneden, neem een slokje versgeperst sinaasappelsap. Uit de supermarkt, dat wel. Ik draai het flesje dicht, zet het terug in de koelkast en spot mijn armband op het aanrecht. Ik besluit hem niet om te doen, want het is zondag en ik ben casual en dit is geen date. Coco heeft nog steeds mijn vraag niet gelezen, zie ik als ik mijn telefoon nog eens check. Ik vergrendel het scherm en gooi hem in mijn tas. Telefoon, tas, sleutels... geen date. Deur dicht.

'Hé!'

Ik loop bijna tegen een muur van breedgeschouderde gespierdheid aan als ik me bij mijn voordeur omdraai. 'O! Hoi! Ik... eh...' Mijn blik gaat van zijn borstkas, waar ik op een haartje na mee in botsing kwam, omhoog naar zijn gezicht en dan weer naar beneden, heel even. Waarom doe ik dat altijd bij hem?

Hij heeft gewone kleren aan. Een spijkerbroek. Een nette jas die openhangt. Een shirt met een vrij diepe v-hals. 'Je ziet er anders uit zonder alle... lycra...' Oké, in mijn hoofd klonk dat een stuk beter.

Maar Darius lacht. 'Op zondag doe ik de was, dus dit is alles wat ik had.'

'O. Nou. Het is beter dan naakt rondlopen, toch? Ik bedoel, het ligt een beetje aan de gelegenheid. Naakt kan een prima... optie... zijn...' Fuck, wat mankeert me toch? Heb ik ooit al één normale zin tegen hem gesproken?

'Jij ziet er heel leuk uit,' antwoordt hij glimlachend. Hij laat niet eens blijken wat voor weirdo hij me vindt. Ik heb het gevoel dat ik knalrood word en ik wil iets zeggen, maar kan alleen denken: *geen date, geen date*. 'Ik heb je gemist de afgelopen dagen.'

Ik staar hem aan. 'Gemist?' Zei hij dat? Hij mist me?

'Onze ochtendroutines,' verduidelijkt hij. 'Ik heb je al een paar dagen niet gezien. We zijn elkaar steeds misgelopen.'

'O! We hebben elkaar gemist!' *Als in misgelopen.* Dat klinkt inderdaad een stuk logischer. 'Ja, nu je het zegt.' Ik heb geen idee waarom, maar ik heb sinds donderdag niet meer naar hem gekeken. Ik ben het gewoon… vergeten.

'Ik kwam eigenlijk even vragen of je Ariël en Barbara al gesproken had. Over de koffiedate.'

Date. *Geen date.* 'Nee, nog niet. Ik had ze gesproken. Eerder. Voor ik jou gesproken had. Maar daarna niet meer. Het is alweer even geleden, misschien herinneren ze zich het niet eens meer als je ze ernaar zou vragen. Niet dat dat hoeft. Ik vraag het ze nog wel. Lijkt me makkelijker, aangezien ik ze al gesproken heb. Een hele tijd geleden.'

Hij knikt. Hij heeft een bepaalde uitdrukking op zijn gezicht die volgens mij aangeeft dat het lastiger voor hem begint te worden om te verbergen wat voor weirdo hij me vindt. 'Of we gaan gewoon samen,' zegt hij. 'Jij en ik.'

'Jij en ik.' Wacht, herhaal ik nu al de hele tijd alles wat hij zegt? Waarom functioneer ik niet meer? Eerst op mijn werk, en nu met hem. Er is iets met me aan de hand. Dat moet wel. Ik moet naar een dokter. Of een therapeut. 'Dat is een heel goed idee.' Oké. Dat was een zin. Een normale, grammaticaal correcte, duidelijke zin. Denk ik.

'Vond ik ook. Ik wilde komen vragen of je nu toevallig tijd hebt, maar je moet ergens heen, zo te zien.'

'Ja. Maar het is geen date.'

'Oké…' zegt hij aarzelend. 'Dat pakt dan goed uit voor mij.'

Ik adem uit. 'Sorry, ik weet niet… Normaal ben ik niet zo onsamenhangend. Ik ben een beetje gestrest vanwege werkdingen en ik heb haast en…'

'Geen probleem,' zegt hij. 'Een andere keer dan?'

'Ja. Graag. Heel graag.'

'Morgenavond?'

Ik knik. Hij had letterlijk elke andere tijd en plaats kunnen noemen en ik was akkoord gegaan. 11 juni 2042, in dat koffiezaakje op Pluto? Prima, ik zal er zijn!

'Oké. Dan pik ik je op. Acht uur?'

'Acht uur is perfect.'

'Mooi.' Hij kijkt me aan, een lange smeulende blik. Gebeurt dit echt? Slaap ik nog? Droom ik dit? 'Dan zie ik je morgen.'

'Ja. Tot morgen.'

Hij zet een stap achteruit en keert zich om. Dan houdt hij in en hij steekt zijn hand op, alsof hij net iets bedenkt. 'O, en trouwens... dat is wél een date.'

'Ik dacht even dat je drie keer achter elkaar niet kwam opdagen.' Lynx staat boven op de steiger, relaxed voorovergeleund. Ik wacht met antwoorden tot ik iets dichterbij ben. Ik heb er de stem niet voor om over een halve parkeerplaats heen te schreeuwen.

'Ben je gek. Dat zou ik nooit doen. Twee keer is mijn absolute max.'

Hij grijnst, klapt een luik bij zijn voeten open en laat zich erdoor zakken. 'Ik had er geen rekening mee gehouden dat je blijkbaar tweeenhalf uur reistijd hebt.' Hij staat nu een verdieping lager.

'Haha. Heel grappig. Ik lag nog in bed toen ik je berichtje kreeg. En dat is hooguit een uur geleden.'

'Bijna anderhalf uur. Het is duidelijk dat je nog drie keer gesnoozed hebt.'

'Betrapt. Maar ik heb geen extra rondjes op de rotonde gereden. Dat is ook wat waard, toch?'

'Ik wist wel dat je mijn broodjes wilde,' zegt hij zelfgenoegzaam.

'Dat broodje zag er inderdaad verdomd goed uit, Bogart.'

'Nou, kom het maar halen dan.'

Ik zet nog een paar passen naar de steiger toe en leg mijn hand op een van de buizen op schouderhoogte. 'Eh... Lynx? Eigenlijk heb ik geen idee hoe ik hierop kom.'

Er gaat weer een luik open, nu in het platform boven me. Lynx daalt snel en behendig af langs de sporten aan de zijkant van de stellage. Als hij nog iets van een meter te gaan heeft, springt hij op de grond.

'Dat ziet er hoog uit,' zeg ik, opkijkend naar waar hij vandaan komt.

'Het is ook hoog.'

'Thanks. Dat is heel geruststellend.'

Hij lacht. 'Kom, geef dit maar aan mij.' Hij pakt de tas die over mijn schouder hangt van me aan en stapt achteruit. 'Dames gaan voor.'

Ik werp hem een blik toe.

'Ik kom achter je aan. Geen zorgen, ik laat je niet vallen. Gewoon voor je uit kijken en dan ben je er zo.'

'Gewoon voor me uit kijken,' mompel ik terwijl ik mijn vingers om een van de sporten klem. Ik adem in en begin te klimmen tot ik door het luik van het eerste platform ben. 'En nu?' vraag ik.

'Gewoon voorzichtig achteruit stappen.'

'Achteruit stappen?' Ik kijk over mijn schouder. Dat is een grote stap. Dat luik is hartstikke breed. 'Dat lukt me niet.' Ik sta vastgenageld aan het frame van de steiger. Ik durf mijn voet niet eens van de stellage te halen om houvast te zoeken op het platform. Ik voel mijn knieën week worden zodra ik het probeer. 'Oké, ik wil weer naar beneden. Dit is niks voor mij.'

'Heb je hoogtevrees?' vraagt hij.

'Weet ik veel. Ik ben gewoon niet gewend om op een wiebelig ijzeren ding op wieltjes...'

'Audrey, ik heb dit ding eigenhandig met Antoine opgebouwd. Ik weet dat elk onderdeel in topconditie is en precies goed zit. Hij staat waterpas, de rem zit erop, de steiger is verankerd en gestabiliseerd. Er kan helemaal niets misgaan. Dus je zet nu gewoon heel rustig je voet naar achteren op het platform. Of je zet een stap of twee omlaag en je gaat op het platform zitten.'

'Oké. Zitten. Ik kan wel gaan zitten, denk ik.'

'Tuurlijk kan je dat.'

Ik weet niet precies hoe het me lukt, maar ik weet me op het platform te hijsen. Mijn benen bungelen nog door het luik, en ik duw mezelf achteruit, verder bij het gat vandaan. Vervolgens doet Lynx het, alsof het een peulenschil is. In een vloeiende beweging stapt hij door het luik achteruit op het platform en klapt het luik achter zich dicht.

'Altijd langs de binnenkant van het frame de steiger beklimmen en onmiddellijk het luik sluiten, zegt Antoine altijd. En onmiddellijk betekent onmiddellijk. Binnen vijf seconden telt niet als onmiddellijk. Als je dat denkt, dan heb je het mis. Dat heb ik door schade en schande geleerd.'

'Kunnen we hier blijven?' vraag ik. Ik zie het niet zitten om nog een verdieping hoger te gaan.

'Dat kan.' Hij loopt langs me heen, klimt op het frame aan de andere kant van de stelling en duwt het luik boven zich open. 'Maar dat doen we niet.' Hij zet mijn tas via het luik op het platform boven zich en reikt daarna omlaag naar mij. '*My lady*?'

Ik staar naar zijn uitgestoken hand.

'Ik ga voor. Dat vind je misschien fijner. Ik vang je hier op. Kom, dit kan je.'

'Waarom ziet het er bij jou zo makkelijk uit en lijkt het bij mij alsof ik duizend kilo extra mee moet torsen?'

'Waar heb je het over? Je bent zo behendig als een berggeit.'

'Dat is het raarste compliment dat ik ooit heb gekregen. Dit bedoelde ik toen ik zei dat je op het charisma van Antoine leunt.'

'Je bent tijd aan het rekken,' constateert hij. En dat klopt.

Ik ga staan, op benen die nog gummi-achtig voelen. 'Shit, dit is hoog,' zeg ik terwijl ik het frame vastpak en mijn voet erop zet. Ik hoor dat Lynx boven me het platform al bereikt heeft. Hij begint me aan te moedigen alsof hij me naar een of ander wereldkampioenschap aan het coachen is. Ik weet toevallig ongeveer hoe dat klinkt.

'Yes!' roept hij als ik door het luik ben. 'Je hebt het gered! Nu nog één stapje. Ik ga je helpen, oké? Niet schrikken.' Hij legt zijn hand vlak onder mijn schouderblad, en de andere om mijn bovenarm. Het is niet dat hij me echt vasthoudt, maar het is genoeg om me te ankeren. Ik weet zeker dat hij me heeft als ik mijn evenwicht verlies. 'Zet je voet naar achteren. Voorzichtig.'

Hij staat vlak achter me. Dichtbij. Opeens lijkt het helemaal niet zo'n grote stap achterwaarts. Ik weet niet wat ik er net zo eng aan vond. Ik voel het platform onder me, stap erop en laat het frame los.

'Wat zei ik? Makkie.' Lynx heeft zijn vingers nog om mijn bovenarm. 'Je moest er gewoon een beetje gevoel voor krijgen.'

'Inderdaad. Niks moeilijks aan.' Ik adem uit en kijk op naar zijn gezicht. We staan wel heel dicht bij elkaar. Zo dichtbij dat ik kan zien dat hij zich vandaag niet geschoren heeft. En dat staat hem goed. Hij glimlacht. Zijn ogen zijn een warme, goudbruine kleur en hij lacht misschien wel meer met die ogen dan met zijn mond.

'En onmiddellijk betekent onmiddellijk.' Hij laat me los om het luik te sluiten. Dan loopt hij naar de reling. Hij leunt er met zijn heup tegenaan. 'Dit uitzicht is alle moeite waard, toch?'

'Ik moet even wennen voor ik me weer durf te bewegen, maar vanaf hier kan ik alvast voorzichtig instemmen met die inschatting.'

Hij lacht en legt zijn hand op de leuning. 'Dit hier is superveilig. Een leuning met horizontaalschoor op heuphoogte en op kniehoogte. Er kan helemaal niets gebeuren.'

'Als jij het zegt.' Ik zet voorzichtig een pasje naar hem toe. Ik kan bijna het hele park overzien. De rotonde, zonder verkeer. De uitgestorven parkeerplaats. Ik verplaats mijn blik naar het park en kijk over de boomtoppen met blaadjes in vurige herfstkleuren heen. 'Mooi,' concludeer ik. 'Die zonsopkomst zal vanaf hier inderdaad spectaculair geweest zijn.'

'Ja. Antoine zegt dat het went, maar dat ben ik niet met hem eens.' Hij kijkt voor zich uit. De wind speelt door zijn haar. Het lijkt alsof hij iets ziet wat voor mij onzichtbaar is en even ben ik bang om iets te zeggen, om hem te storen. Dan, opeens, alsof iemand hem wakker schudt, is hij weer hier. 'Broodje?' vraagt hij.

Ik knik.

'Oké dan!' Hij draait zich om, gaat in kleermakerszit op het steigerplatform zitten en pakt een linnen tasje. Hij haalt er een belegd broodje uit, op een kartonnen bordje, afgedekt met cellofaan. 'Alsjeblieft.'

'Dank je.' Ik kijk ernaar door het plastic. De groenten waarvan de uiteinden een beetje uit het broodje steken, zien er perfect gegrild uit. Ik ga tegenover hem zitten. 'Dit is geen benzinepompbroodje.'

'Klopt.' Hij reikt over mijn schoot heen naar een kartonnen tray met twee bekers. 'Dit is inmiddels koud. Althans: de jouwe is koud. Die van mij is op. Maar ik heb ook dit.' Hij haalt een flesje water uit het tasje en zet het naast me neer. 'Ik weet niet wat je favoriete drankje is, maar ik ving iets op over dubbele cappuccino's. Dus die heb ik voor je besteld. Het is nu natuurlijk meer een dubbele ijscappuccino, maar dan zonder ijs...' Hij werpt een bedenkelijke blik op de tray. 'Misschien laten we dit maar beter voor wat het is.'

'Nee, wacht. Ik wil het proberen. Wie weet is het mijn nieuwe favoriete drankje...'

Hij kijkt me aan met die fonkeling van een glimlach in zijn ogen. Er is iets in die blik, in hoe hij kan kijken, wat het moeilijk maakt om weg te kijken.

Ik zet het bordje even neer en pak de beker uit het houdertje.

'Je hoeft het echt niet te drinken,' zegt hij terwijl ik de beker naar mijn lippen breng. Ik neem een slokje, en het is niet al te best. Smakeloos met een bittere afdronk.

'Maurice – mijn collega – heeft een trucje om dubbel schuim op de cappuccino te krijgen,' leg ik uit. 'Hij heeft het laten zien, maar ik snap niet hoe het moet. Daar had hij het over, donderdag. Hij maakt ze voor me als ik hem ergens mee geholpen heb.'

'Aha.'

'Of om me een beetje op te peppen als ik collega's uitfoeter die me al jaren aan het lijntje houden met valse ziekmeldingen.' Ik zet de koude cappuccino weer aan mijn lippen en drink er nog een beetje van. Misschien wordt het beter als ik eraan wen; Lynx heeft dit tenslotte speciaal voor mij gehaald.

Hij neemt een paar seconden om mijn reactie te bestuderen. 'Oké, ik grijp in. Dit gaan we niet doen. Geen dubbele ijscappuccino zonder ijs meer voor jou.' Hij leunt naar me toe en pakt de beker van me af terwijl ik er net een nieuwe slok uit wil nemen. Er klotst een klein beetje uit het tuitje van de deksel, het spat op mijn gezicht.

'Het valt wel mee,' zeg ik terwijl ik met de rug van mijn hand langs mijn kin en wang veeg. 'Het is...'

'Goor. Ik zie het gewoon aan je. Sorry voor het in je gezicht gooien. Ik wilde je helpen.'

'Geeft niet. En zo vies is het niet. Het wordt misschien niet mijn nieuwe favoriete drankje, maar –'

Hij lacht. 'Het was een poging waard.'

'Dank je wel,' zeg ik. 'Dat je hier moeite voor hebt gedaan. En voor dit. Dit smaakt vast veel beter.' Ik haal het plastic van het broodje. 'Ik ben het vrijdag helemaal vergeten. Na al dat gedoe.'

'Ach... Antoine slaat een extra broodje nooit af. En ik kreeg toch geen pauze meer. Ik was al te lang weggebleven.'

'Je bent toch niet echt in de problemen gekomen met hem, hè?'

'Nee, joh. En trouwens, ik weet dat ik Antoine geen groter plezier kan doen dan door hem een reden te geven om me op mijn nummer te zetten. Hij gaat me nog missen.'

'En jij hem?'

'Zover wil ik niet gaan.'

'Wat ga jij doen, dan? Hierna?'

'Een eindje rijden,' antwoordt hij alsof dat een heel normaal, heel solide plan is. Hij pakt zijn broodje uit, duwt het een beetje plat op het bordje en neemt een hap.

'Oké,' zeg ik lacherig. 'Dat houdt je een uurtje bezig. En daarna?'

'Ik bedoel echt een eindje. Ik weet nog niet precies waar ik naartoe ga. Die klussen met Antoine zijn via via op mijn pad gekomen. Hij kon de hulp gebruiken, ik het geld. En nu kan ik weer even... andere dingen doen. Ik zie wel waar ik uitkom.' Hij neemt nog een hap.

'O. Dus maandag pak je hier in, en dan ga je gewoon?'

'Zoiets.'

'Voor hoelang?'

Hij haalt zijn schouders op. 'Zolang als ik wil. Er zijn een paar steden die ik wil bezoeken. Barcelona. Valencia. Misschien Verona, daar ben ik nog nooit geweest. Ik heb genoeg gewerkt om een buffer te hebben voor een paar maanden en dan zie ik wel weer. Misschien komt er iets op mijn pad als ik weg ben. Blijf ik daar een tijdje.'

Ik kijk hem aan, knikkend, in een poging om te bevatten hoe hij het leven ziet, hoe hij het leven lééft. Zo anders dan iedereen die ik ken. 'Ik heb een lijst gemaakt,' zeg ik. 'Dat is een beetje mijn ding: lijstjes maken. Van dingen die ik nog moet doen op het werk of in huis. Na ons gesprek gisteren ben ik aan een nieuwe lijst begonnen. Klein en meeslepend. Op een of andere manier blijft het hangen. Het is iets waarvan ik denk dat ik het kan. Dat het misschien haalbaar is.'

'Goed van je. Wat staat er op je lijst?'

Ik moet lachen.

Hij kijkt me aan, zijn blik zo open en uitnodigend. 'Oké, ik begrijp het al. Je hoeft het me niet te vertellen. Maar het is een goed idee, die lijst. Groots en meeslepend wordt overschat. Het gaat om de kleine dingen.'

'Wil je me die tas even aangeven?'

Hij reikt achter zich, grijpt het lange hengsel van mijn schoudertas en haalt hem naar zich toe. Ik zet mijn broodje neer om hem aan te pakken en er mijn notitieboek uit te halen. 'Het meeste hiervan kan ik je niet vertellen,' zeg ik terwijl ik naar de bladzijde achterin blader. Ik vouw het boek om en leg het op mijn schoot. Met mijn vingers ga ik langs de regels. 'Die niet. Die niet. O, deze zeker niet.'

'Fuck Audrey, nu wil ik het juist weten.'

Ik kijk hem lachend aan. 'Het zijn vooral stomme dingen.'

'Ik ben dol op stomme dingen.'

'Oké…' Ik werp een blik op mijn lijst. Sommige punten zijn echt te gênant om ooit hardop te zeggen, en de rest is gewoon zo… saai. 'Nou, ik wil dus een keer een heel maandsalaris uitgeven aan alleen maar leuke dingen. Niets apart zetten in potjes voor noodgevallen, niets sparen of beleggen. Gewoon één heel salaris verbrassen. Zomaar. Ik weet niet eens waaraan.'

'Dat is een leuke.'

'Ja?'

'Zeker. Ik ben er best goed in. In geld over de balk smijten. Ik kan je heel veel tips geven.'

'Graag,' zeg ik. 'Ik heb echt geen idee.'

'Roulette. Ik ben heel goed in heel snel een maandsalaris kwijtspelen aan de roulettetafel. Of je kunt een lama kopen. Of een ster. Dat vind ik dus echt het toppunt van geld verbrassen. Dat je het uitgeeft aan een papiertje waarop staat dat iets van jou is, wat je letterlijk niet kúnt bezitten. Ik kan het nu voor je opschrijven en dan heeft het net zo veel, of eerder net zo weinig, waarde. Maar mensen betálen daar dus voor.'

'Bizar.'

'Echt ja. Noem nog eens iets.'

'Iets nieuws leren. Een taal. Of een muziekinstrument bespelen. Je merkt misschien dat ik het allemaal nog niet echt concreet heb. Dat is dus zo'n beetje mijn probleem met alles.'

'Maakt niet uit,' zegt hij. 'Je bent goed bezig. Ga verder.'

'Een nieuwe hobby proberen. Die heb ik niet echt. Behalve boeken en films. Ik wil dus proberen om gewoon iets voor de lol te gaan doen. Schilderen? Pottenbakken? Dat geprul met die kleine diamantjes?'

'Oké.' Hij lacht. 'Super.'

'En ik wil naar Parijs. Dat wil ik al heel lang, maar ik ben er nog nooit geweest. Het is zó dichtbij. Ik kan er zo zijn. Maar op een of andere manier doe ik zulke dingen niet.'

'Ga gewoon.'

Ik knik, spelend met een hoekje van de bladzijde. 'Ik ben naar New York geweest. Een paar jaar geleden. Met mijn ouders en zus.'

'New York is geweldig.'

'Ja. Ik had van tevoren een paar dingen bedacht die ik daar wilde doen. We waren er voor mijn zus. Iets voor haar werk. Dus de tijd was beperkt, maar we hadden afgesproken dat iedereen iets mocht kiezen wat we dan met z'n vieren zouden doen. En het kwam er niet van. Niet echt.'

'Wat had je gekozen?'

'Filmdingen.'

'Audrey en haar films.'

'*Breakfast at Tiffany's*,' zeg ik. 'Ik heb een foto gemaakt van Coco als Audrey Hepburn, met een koffiebroodje in haar hand voor het raam bij Tiffany & Co. op Fifth Avenue.'

'Wacht, waarom niet van jou? Jij bént Audrey.'

'Zij is daar meer het type voor, geloof me.' Ik tel op mijn vingers. '*Breakfast at Tiffany's*, het iconische metrorooster van Marilyn Monroe met haar opwaaiende witte jurk in *The Seven Year Itch*, en Katz's Deli uit *When Harry Met Sally*, je weet wel, de scène waarin Meg Ryan een orgasme faket?'

'Yep, ik weet het. Die waarin ze alle mannen voor het leven beschadigt.'

Ik moet lachen. 'Die, ja. Dat waren mijn drie dingen. *Breakfast at Tiffany's* is het enige wat gelukt is. Toen we bij Katz's Deli kwamen, vond mijn moeder het er helemaal niet filmisch uitzien en ze weigerde bij zo'n ordinaire *diner* te gaan eten. En het metrorooster... Ik weet niet zeker of ik het gevonden heb. Ik weet dat we in de straat waren, maar Coco had last van een blaar, mijn moeder had honger, mijn vader snapte sowieso niet wat er zo interessant was aan een foto van een metrorooster. Marilyn, ja, dat snapte hij. Maar het rooster? Dus heb ik lukraak foto's gemaakt van alle metroroosters in de straat voor ik meegesleurd werd naar de dichtstbijzijnde Olive Garden. En nou ja... Misschien heb ik een foto van het beroemde metrorooster, misschien niet.'

Hij kijkt me aan, half meelevend, half geamuseerd.

'Ooit ga ik terug,' zeg ik. 'Dat staat ook op mijn lijst. En nog wat werkdingen. Misschien begin ik met Parijs. Er is een hotel waar ik een keer wil logeren. Superduur. Maar dan ben ik ook meteen door dat maandsalaris heen. Kan ik twee dingen tegelijk afvinken.'

'Zie je, je bent hier hartstikke goed in. Ik hoef je niet eens te helpen.' Hij pakt zijn broodje weer op en neemt een hap. Als hij uitgekauwd is, zegt hij: 'Parijs is altijd een goed idee. Wie zei dat ook alweer, Audrey?'

'Ik weet wie jij denkt dat het gezegd heeft,' antwoord ik. 'Maar het was niet Audrey Hepburn.'

'Wat? Wel waar...' Hij zet het bordje naast zich neer en haalt zijn telefoon uit zijn broekzak. '*Paris is always a good idea.* Ik weet het zeker.'

'Als je googelt, vind je honderden resultaten die de quote aan haar toeschrijven, maar dat klopt niet. Het is een quote uit de film *Sabrina*, maar niet uit de originele versie met Audrey Hepburn en Humphrey Bogart.'

Lynx trekt een wenkbrauw op. 'Audrey en Bogart?'

'Hm-hm. Weet je dat ze niet bepaald bevriend waren op de set? Bogart vond het helemaal niks om de *romantic lead* te spelen én hij voelde zich zwaar ongemakkelijk bij het leeftijdsverschil met Audrey. Hij was vijfenvijftig, zij vijfentwintig. Hij wilde liever zijn vrouw in de hoofdrol. Lauren Bacall.'

Lynx fluit tussen zijn tanden.

'En er ontstond een romance tussen Audrey en William Holden, Sabrina's andere *love interest*. Bogart had een hekel aan Holden. En hij kon ook niet overweg met de regisseur.'

'Ik had popcorn mee moeten nemen,' zegt Lynx. 'Dit is spannender dan de film zelf ooit kan zijn. Hoe weet je dit allemaal?'

'Ik hou gewoon van films. Iedereen denkt dus dat het een quote van Audrey is, maar het komt uit de remake van *Sabrina* met Harrison Ford en Julia Ormond uit 1995. Sabrina zegt het tegen Linus: *Paris is always a good idea. I was happy there. You would have been too.*'

'Waarom heeft de hele wereld dit fout?'

Ik haal mijn schouders op. 'Geen idee. De charme van Parijs, Audreys charme... Het is een perfecte match, denk ik.'

'Dat zal het zijn.' Hij denkt even na, schudt dan zijn hoofd, alsof hij een enorme illusie armer is. 'Ik moet *Sabrina* kijken. Allebei de versies.'

'Het zijn inmiddels allebei klassiekers.' Mijn broodje staat nog onaangeroerd naast me en ik heb inmiddels best wel honger. Het is zo'n grote bol dat ik moeite moet doen om er een goede hap van te kunnen nemen, maar ik ga er helemaal voor. De knapperige korst geeft een bevredigende crunch als ik er mijn tanden in zet. Het brood eronder is vers en zacht. De groenten perfect gegaard, met precies genoeg bite en een subtiele grilsmaak. En de hummus... 'Oké, je moet me vertellen waar je deze broodjes hebt gehaald. Dit is perfectie.'

'Zei ik toch?'

‘Mijn smaakpapillen vergeven het me nooit dat ik er hier al twee van gemist heb.’

Hij moet lachen. ‘Misschien was dat strategisch gezien een heel goede zet. De eerste twee waren niet slecht, maar nu proef je echt de ervaring en het vakmanschap die ik opgedaan heb.’

‘Je hebt ze zelf gemaakt?’ vraag ik.

Hij knikt. ‘Yep.’

‘Welke hummus koop jij? Dit is officieel de lekkerste die ik ooit gegeten heb.’

‘Ik kan je de ingrediënten geven. En het recept dat ik gegoogeld heb.’

‘Nee!’ zeg ik. ‘Je hebt de hummus ook zelf gemaakt? Van kikkererwt tot... dit?’

‘Ja.’

‘Waarom zou je dat doen? Er zijn supermarkten, hè? Waar ze bakjes van dit spul verkopen. Zodat je geen uren bezig bent om...’ Ik realiseer me opeens dat hij dit niet maar één keer heeft gedaan. En ook niet twee keer. ‘Shit, Lynx! Je hebt drie keer hummus gemaakt, en groenten in dunne plakjes gesneden en gegrild tot in de perfectie... voor mij?’

‘Nou, uiteindelijk meer voor Antoine dan voor jou. Maar de intentie was inderdaad dat jij het zou eten. Wat nu gelukt is, dus *yay*!’

Ik zit met mijn vingertoppen tegen mijn lippen gedrukt, half in shock dat ik hem al dat werk heb laten doen. ‘Sorry. Ik zou nooit gevraagd hebben om een herkansing als ik dat had geweten.’

‘Ach. Als ik er geen zin in had gehad, had ik wel ergens een belegd broodje voor je besteld.’

‘Ben je zo iemand die het leuk vindt om uitgebreid te koken?’

‘Soms. Niet zozeer voor mezelf. Ik ben geen superchef of zo, maar ik kan wel wat in de keuken.’

Ik weet niet waarom ik opeens iets heel anders voor me zie dan koken. Ik voel mijn gezicht opvlammen en richt me snel weer op het broodje voor ik écht vuurrood ben.

'Vind je het niet vervelend?' vraagt hij. 'Dat ik je op je vrije dag naar deze plek heb laten komen?'

'Zolang ik niet naar binnen hoef om personeelsdossiers bij te werken, vind ik het helemaal oké.'

'Hoe leuk dat ook klinkt, ik heb de sleutel van deze toko niet, dus het zit er niet in vandaag.'

'Goh, jammer zeg.'

'Ik twijfelde even. Voor ik je een bericht stuurde. Ik wilde je vierentwintig uur van opluchting niet verstoren, dus ik heb expres gewacht tot die voorbij waren.'

'Dat is heel invoelend van je,' zeg ik. 'Maar toevallig dacht ik helemaal niet aan werk toen ik je berichtje kreeg.' *Oké Audrey, flirt nog wat meer met hem.*

'Waar dacht je dan aan?' Shit, hij flirt terug. Tenminste, dat is wat ik denk dat hij doet. Maar misschien heb ik het mis en is dit gewoon zijn natuurlijke level van interactie. Met die ogen en die lach van hem is het een beetje moeilijk om niet flirterig over te komen.

'Ik associeer je meer met...' Ik denk even na, op zoek naar een gevat antwoord. 'Filosofische gesprekken. En in het nu leven. En... oog hebben voor de kleine dingen in het leven, die eigenlijk de grote dingen zijn.'

'Jee Audrey... Je maakt het me nog moeilijk om je hier achter te laten maandag.'

Shit, ja. Maandag is hij weg. Morgen. Als ik hier morgen naar buiten kom, is de steiger afgebroken en is Antoine onderweg naar zijn vrouw die om half zes de piepers afgiet, en Lynx... Lynx gaat naar Barcelona, of Verona, of waar dan ook naartoe en ik... Ik heb een date met Darius. Een week geleden zou ik de minuten aan het aftellen zijn tot dat moment. Een uur geleden voelde ik nog vlinders bij het idee, maar nu... weet ik het niet. Want ik kijk in de ogen van Lynx en alles wat ik zie... alles wat ik wil... is hier zijn met hem.

'Ik denk dat dit de leukste zondag is die ik in lange tijd heb gehad,' zeg ik.

'Ja? Nog geen deprimerend gevoel van naderend onheil?'

'Niet in het minst.'

'Het is de hoogte, denk ik. Vanaf hier zie je alles helderder.'

'Misschien wel.' Ik kijk naar hem, kauwend op een hap die ik op een of andere manier maar niet kan doorslikken. Zijn knie raakt bijna die van mij. Bijna. Het zou makkelijk zijn. Om mijn hand erop te leggen en naar hem toe te leunen. Hem te kussen. Hij lijkt me iemand die weet hoe je kust en het is lang geleden, héél lang, dat ik iemand écht wilde kussen. Maar ik wil het nu. Ik wil weten hoe zijn lippen voelen. Of hij een zachte kusser is. Of een hartstochtelijke. Hoe zijn hand zou voelen in mijn haar. Of op andere plekken. En ik kan niet geloven dat ik dit denk, dat ik hier nu echt aan zit te denken. Dat ik het zou kunnen doen. Dat het misschien niet eens alleen een kus zou zijn. Dat ik hem zou kunnen vragen met me mee naar huis te gaan en dat er dan dingen zouden gebeuren die zomaar, misschien, heel waarschijnlijk ontzettend fantastisch zouden zijn. Maar dat is vandaag. En dan wordt het maandag en... hij gaat weg en ik heb een date met Darius. Ik heb eindelijk een date met Darius, iets wat ik al maanden wil en nu...

'Wat is er?' vraagt hij. Shit. Ik zit vast naar hem te staren alsof ik hem wil bespringen. Dat is namelijk letterlijk wat ik wil.

'Ik had gewoon een idee,' antwoord ik.

'Wat voor idee?' Hij doet zijn lege bordje in het tasje, haalt er een flesje water uit en neemt een slok.

'Wil je *Sabrina* met me kijken?'

Hij aarzelt even, een halve seconde. 'Eh, ja. Oké.'

'Hier, op mijn telefoon,' zeg ik. 'Ik heb nog nooit film gekeken op een steiger. Niet het meest comfortabel, maar...'

‘Klinkt perfect,’ zegt hij. Hij draait zich een kwartslag en schuift naar me toe. Ik doe hetzelfde en open de app op mijn telefoon.

Mijn schouder schampt zijn bovenarm terwijl ik de film zoek in het aanbod. Ik kijk van mijn telefoon naar hem. ‘De echte vraag is nu natuurlijk: Bogart en Hepburn? Of Ford en Ormond?’

‘Kom op, Audrey,’ zegt hij terwijl zijn blik zich in de mijne boort. ‘Wat denk je nou zelf?’

De dag dat ik mijn verstand verlies

There's a place I'm going
No one knows me
If I breathe real slowly
I let it out and let it in

Ik trek langzaam op en kan drie plekjes vooruit rollen voor ik weer moet stilstaan. Ik sta al acht minuten voor de spoorwegovergang en aan het aantal auto's voor me te zien ben ik ongeveer op de helft voor ik het spoor over ben. Dan volgen nog drie verkeerslichten. Allemaal kruispunten die razend druk zijn op maandagochtend en als ik ze allemaal tegen heb, doe ik er makkelijk twintig minuten over voor ik de rotonde naar de fabriek bereik. Nog één keer de steiger. Nog één keer 'Goedemorgen Juliet!'

It can be terrifying
To be slowly dying
Also, clarifying
We end where we begin

Lynx. Nog één keer Lynx en dan is hij weg. Ik staar uit mijn zijraam naar de huizen aan de andere kant van de weg. Een grasstrook waar iemand zijn hond uitlaat. Fietsers. Een jongen die zijn krantenwijk doet. Matt Simons zingt over vangen en loslaten. En ik denk aan een man die ik vorige week rond deze tijd nog niet kende. Iemand die de tijd neemt voor zonsopkomsten, dingen ziet die door anderen onopgemerkt blijven. Een man die morgen, of vanavond al, op weg is naar Barcelona of een andere wereldstad, waar hem dingen te wachten staan. Grootse dingen. Kleine dingen.

We hebben al gedag gezegd. Misschien zie ik hem straks nog, maar dan is het hooguit een blik, een glimlach, een zwaaitje vanaf de steiger. Misschien nog een luchtig praatje met Antoine erbij. Iets snels en korts. Want gisteren was ons afscheid, en ik weet dat dat zwaar klinkt voor iemand die je een paar keer gesproken hebt in een week tijd, maar...

Het was raar toen hij met me meeliep naar mijn auto. Beladen. Want ik wilde niet dat dat het was. En ik denk dat hij dat wist. Na de steiger, het broodje, de film wist hij het. Maar hij deed niks. Ik wilde dat hij wat deed. Ik stond daar zo'n beetje al mijn mentale kracht aan te wenden om hem ertoe te bewegen, maar hij bewoog niet en ik bewoog niet. Ik kón niet bewegen. Wat ik wilde, kon ik niet uitspreken. Want ik wist dat het een slecht idee was. Daarom hoopte ik dat hij het initiatief zou nemen, zodat ik erin mee kon gaan en achteraf tegen mezelf kon zeggen dat het alleen maar een moment van impulsiviteit was geweest. Een middag, die een avond, die een nacht samen werd. Waarom niet? Mensen doen dat soms. Maar ik niet. Audrey van hr doet dat niet.

Everybody got their reason
Everybody got their way
We're just catching and releasing
What builds up throughout the day

'Catch and Release'. Vangen en loslaten. Loslaten. Ik kan weer een stukje doorrijden. Het gaat sneller dan ik dacht. Ik kom bijna helemaal tot aan de spoorwegovergang. Nog één auto voor me. De spoorbomen sluiten en ik pak mijn telefoon uit de middenconsole. Ik heb Coco niet meer geantwoord gisteren. Ik zag haar berichtje pas toen ik weer thuis was en ik had geen zin om duizend manieren te horen te krijgen waarop ik het beter had kunnen aanpakken.

Ik open ons app-gesprek. Een serie korte berichtjes van haar.

Wat voor loser ben je dat je dat moet vragen, Aud!

Dit is precies de reden waarom ik me vroeger zo voor je schaamde.

lol.

Je moet wel verwisseld zijn bij je geboorte. Mijn echte, coole zusje is vast bij de sufste familie ter wereld opgegroeid.

Laat me weten hoe het ging.

Aubergine-emoji.

Mijn duim zweeft even boven het toetsenbordje en dan typ ik: *Laat maar, al opgelost. Was geen date.* Ik verstuur het bericht. En nog een opgeluchte emoji, de lachende met het zweetdruppeltje op het voorhoofd. Ik leg mijn telefoon neer.

Er was een knuffel. Hij deed dat. Hij is zo iemand die heel casual knuffels kan geven aan mensen die hij amper kent. Ik niet. Audrey van hr knuffelt niet en ik vond het niet casual. Ik had net twee uur lang tegen hem aan geleund film zitten kijken en… ik wilde niet dat er een eind aan kwam. Normaal kijk ik liever alleen. Mensen praten door films heen, ze lachen te hard of niet als ze het wel zouden moeten doen, ze eten luidruchtig, moeten op cruciale momenten opeens hun drankje bijvullen of naar de wc. Maar ik vond het leuk om met Lynx film te kijken. Hij is stil als hij stil moet zijn. En als hij commentaar geeft, is het gevat, of grappig, of diepzinnig. En hij ruikt bizar lekker. Dat is belangrijk als je twee uur lang tegen iemand aan zit om samen op een klein schermpje een film te volgen.

Ik ademde zijn geur in toen hij me een knuffel gaf en toen ik thuiskwam, rook ik geen suikerspin, maar hem. 'Doe wat je wilt, Audrey,' zei hij terwijl hij me losliet. 'Ga alles doen wat je wilt. Ik weet dat je het in je hebt.'

'Ik laat het je weten,' zei ik. 'Als ik het tot Parijs gehaald heb.'

'Ik reken erop.'

En dat was het. Ik stapte in. Hij bleef staan. Ik reed weg. En nu is het maandag.

De spoorbomen gaan open en ik rij eindelijk het spoor over. Het is gevoelsmatig altijd een scheidingslijn. Als ik eroverheen ben, ben ik bijna op mijn werk. Als ik er op de terugweg overheen rij, ben ik bijna thuis. Ik nader het verkeerslicht. Groen. Als ik geluk heb, heb ik de volgende twee ook mee.

Er wacht een directievergadering op me. Een gesprek met het detacheringsbureau en na de lunch een overleg met Maurice over de plannen die ik hem vrijdag gemaild heb vlak voor ik naar huis ging. Ideeën om de personeelstevredenheid te verhogen. Waaronder die van mezelf. Ik moet iets bedenken om weer het gevoel te hebben dat mijn werk ertoe doet. Misschien krijg ik zelf ook weer plezier in wat ik doe als het me lukt om dingen voor elkaar te krijgen waar ons personeel écht behoefte aan heeft. Kinderopvang faciliteren binnen het bedrijf. Dat moet te realiseren zijn. Een bedrijfsrestaurant opzetten in onze gigantische kantine, waar nu alleen maar snackautomaten staan met voorverpakte sandwiches als gezondste optie. Meer mogelijkheden en coaching voor werknemers die hogerop willen. Misschien komt die sprankel, zoals Maurice het noemt, terug als ik me meer met de mensen bezighou en minder met cijfers, percentages en beleidsstukken. Maurice ziet het al helemaal zitten. Hij is er zo enthousiast over dat hij me het hele weekend geappt heeft, wat hij zelden doet buiten werktijd. Inmiddels is zijn lijst met ideeën dubbel zo lang als die van mij.

Oké. Dus vandaag wordt niet zo erg. Misschien zelfs leuk. We zetten ons in voor een betere werkomgeving. We kunnen onze creativiteit gebruiken om een manier te vinden om helemaal geen koffie meer in ons cappuccinoschuim te krijgen. En ik heb genoeg vrije dagen om binnenkort een trip naar Parijs te maken. Of New York. Of waar ik ook heen wil.

Doe wat je wilt, Audrey.

Ik kan álles doen wat ik wil. Ik kán alles doen wat ik wil. Er gaat iets van opluchting door me heen. Ik was gewoon een beetje vastgeroest. Elke dag gaat volgens hetzelfde stramien. Ik neem amper nog initiatieven. Maar dat is allemaal niet zo moeilijk te veranderen. Coco zegt vaak genoeg dat we vaker moeten afspreken. Waar Coco is, gebeurt altijd wat leuks. Ze trekt het aan. En ik zou best echt een keer met Ariël en Barbara koffie kunnen gaan drinken. Vanavond heb ik een date met Darius. Een echte date. Geen vage steigerontmoeting. Een date-date. Met een man die ik al maandenlang wil daten. En hij wil een date met mij, ook al heb ik me als een freaky stalker gedragen. Wat een waarschuwingssignaal zou kunnen zijn dat hij net zo freaky is. Nee. Dat is niet zo. Hij heeft geen tijd voor freaky dingen, want hij danst drieëntwintig uur per dag.

When you were here before
Couldn't look you in the eye
You're just like an angel

Drie groene lichten achter elkaar. Als dat geen teken is dat alles in mijn leven de goede kant op gaat! Nog een paar honderd meter tot aan de rotonde. Het verkeer stroopt hier altijd een beetje op, maar vandaag rijdt het redelijk door.

But I'm a creep
I'm a weirdo
What the hell am I doin' here?

Ik rem af voor de rotonde en zing mee met Radiohead. Nog drie auto's voor me. Dan de afslag naar rechts. Met hernieuwde energie meteen de auto uit. Goedemorgen Duncan. Goedemorgen Janine. Goedemorgen Maurice. Mijn richtingaanwijzer naar rechts. *Doe wat je wilt, Audrey.*

I want you to notice
When I'm not around
So fuckin' special
I wish I was special

Ik ben niet speciaal. Ik ben Audrey van hr die vandaag hr-dingen gaat doen. Ik ben klaar voor vandaag. Voor deze week. Ik ga niet meer snoozen, niet meer treuzelen. Ik ga leven en...

What the hell am I doin' here?
I don't belong here

Ik rij de rotonde op. Ik wil afslaan, maar mijn richtingaanwijzer schiet terug in de neutrale positie. Rechtdoor. *Doe wat je wilt, Audrey.*

She's running out the door (run)
She's running out

Ik hoor hier niet. Ik hoor hier niet. Ik mis de afslag. Ik trap het gaspedaal in. Maar ik rij geen extra rondje. Ik verlaat de rotonde. Geef nog wat meer gas. Ik zoef voorbij de fabriek. Voorbij de tweedehands autodealer die erachter ligt. Voorbij de benzinepomp met inpandige broodjescounter. Ik heb geen idee wat ik doe. Waar ik heen ga. Maar dit is wat ik wil. Ik ben weg.

She run, run, run, run,
Run…

Ik heb hier negen jaar aan gedacht. Aan hoe het zou zijn om gewoon iets roekeloos te doen. En nu doe ik het. In mijn fantasie was dit een levensveranderend moment van kolossale proporties. Iets waar mijn achterkleinkinderen – of eerder die van Coco, gezien mijn staat van dienst op relatiegebied – het later nog over zullen hebben. Oudtante Audrey die onbevreesd in het leven stond, het avontuur aanging zonder met haar ogen te knipperen, haar wildste dromen achternajoeg. Ik had het beeld zó helder in mijn hoofd. Ik in mijn auto, raampjes naar beneden, wind door mijn haren, kilometers en kilometers asfalt achter me latend op weg naar waar het lot me ook heen stuurde.

Terug naar huis.

Daar heeft het lot me nu gebracht. Thuis, op de bank. Dat is mijn grootse ontsnapping. Ik reed een stukje de snelweg op, vol gas. Eén, twee, drie afslagen later sloeg de vertwijfeling, of noem het realiteitszin, toe. En toen nam ik de afslag om een lus terug naar huis te maken. En daar zit ik nu al een uur voor me uit te staren.

Het enige roekeloze aan dit alles is dat ik in ieder geval niet op mijn werk ben. Dat had ook gekund. Ik zou misschien een kwartier te laat zijn geweest, een smoesje opgehangen hebben waar niemand echt naar zou luisteren, en wat langer blijven om de gemiste tijd te compenseren. Het zou zijn alsof dit nooit gebeurd was. Maar dat wil ik niet.

Ik wíl onbevreesd zijn; kilometers asfalt achter me laten, raampjes open, wind door mijn haar, al die shit. In plaats daarvan zit ik hier, starend naar mijn telefoon, die ik op stil heb gezet, maar waarvan ik het schermpje steeds zie oplichten met weer een oproep van iemand op kantoor die zich afvraagt waar ik ben. Ik weet dat ik er iets mee moet. Ik kan niet gewoon hier blijven zitten en negeren wat ik heb gedaan. Het punt is alleen dat ik nog niet echt iets gedaan héb. Ik ben zo ontzettend slap dat ik niet eens een fatsoenlijke breakdown kan hebben zonder mezelf er binnen tien minuten uit te redeneren.

Coco zou best eens een punt kunnen hebben. Ergens in deze omgeving woont de sufste familie ter wereld en ik ben hun verloren dochter. En ik ben het zat. Als ik een keer een breakdown wil hebben, dan zál ik verdomme een breakdown hebben. Oké. Dus nu dat besloten is, hoef ik alleen nog maar te bedenken hoe mijn breakdown eruitziet. Ruwe lijnen. Het hoeft niet meteen perfect uitgedacht. Ik moet gewoon weten wat de eerste stap wordt, dan volgt de rest vanzelf. Zomaar in de auto stappen zonder einddoel is duidelijk niet mijn ding. Ik heb een bestemming nodig. En vanuit daaruit kan ik verder.

Wat zou Audrey doen? Niet Audrey van hr, maar de echte Audrey. Of nee, ook niet de echte Audrey. Film-Audrey. Ik ben Holly Golightly, of Sabrina Fairchild, of een prinses die gewoon eens een dagje met Gregory Peck op een Vespa door Rome wil rijden. Wat doe ik als ik alles kan doen wat ik wil?

Darius staat me op te wachten in de deuropening van zijn flat als ik uit de lift stap. Hij draagt alleen een strakke, zwarte broek en zijn borstkas glinstert van het zweet. Over zijn schouder hangt een handdoek, die hij gebruikt om zijn gezicht te deppen.

'Hé,' zegt hij als ik bijna bij hem ben. 'Ik heb ook een hekel aan te laat komen, maar onze date is pas over negen uur en ik moet over een uurtje in de studio zijn.'

Wow, hij is knap. Het was een beetje weggezakt de afgelopen vierentwintig uur, hoe knap hij werkelijk is met dat lenige lijf waarin elke spier tot in de perfectie ontwikkeld is. Alsof Michelangelo hem eigenhandig uit een blok marmer bevrijd heeft. Ik heb nu al spijt van wat ik ga doen. 'Ja, wat dat betreft… ik moet afzeggen.'

'O.' Hij kijkt alsof er iets gebeurt wat hij nog nooit in zijn leven heeft meegemaakt. Wat waarschijnlijk ook zo is. Wie slaat nou met z'n volle verstand een date met Darius af? Als dat niet het ultieme bewijs is dat ik midden in een breakdown zit…

'Het is niet dat ik niet wil. Juist wel. Maar er is iets dringends. Een situatie waar ik mee zit.' Een soort zenuwinzinking. Meer niet. 'Het is een beetje moeilijk uit te leggen, maar ik ben een paar dagen weg en nou ja, ik ga het dus niet redden vanavond. En dat vind ik heel jammer, want ik wilde al heel, héél lang met jou… afspreken.'

Hij leunt met zijn schouder tegen de deurstijl en glimlacht. 'Laat me dan maar weten wanneer je weer terug bent.'

'Echt? Je bent niet… Daar sta je nog voor open?'

'Laat ik het zo zeggen: als *hard to get* spelen een tactiek van je is, dan werkt die prima.'

'Geloof me, dit is geen tactiek. Hard to get is helemaal niet mijn stijl. Ik ben absoluut niet moeilijk te krijgen.' Ik hoor opeens hoe dat moet klinken. 'Niet dat ik makkelijk ben! Shit, ik weet niet waarom ik dat zei. Ik bedoelde ook niet dat er iets mis is met mensen die wél makkelijk zijn. Alles tussen twee instemmende volwassenen is prima. Oké, kunnen we dit vergeten? Doen alsof ik stopte met praten na "Dit is geen tactiek"? Dat lijkt me het beste. Want het is geen tactiek. Punt. Einde zin.'

Hij moet lachen. Zijn blik dwaalt langs mijn lichaam en ik vraag me af of het voor hem ook zo voelt als ik naar hem kijk.

'Sorry,' mompel ik, zijn blik ontwijkend. Ik zoek in mijn zak naar de reservesleutel van mijn huis en auto. 'Eh… Ik wilde eigenlijk vragen of ik deze bij je mag achterlaten. Voor mijn zus. Zodat ze op mijn huis kan letten. Ik zal haar laten weten dat mijn sleutel bij jou ligt, als je dat goedvindt.'

'Ja, hoor. Prima.'

'En, eh... Je zei dat je zo weg moet. Maar ik moet naar het station en... ik wil mijn auto daar liever niet laten staan. Als ik je nou mijn auto leen de komende dagen, zou je me dan misschien een lift kunnen geven?'

'Als jij me een kwartier geeft om te douchen en me om te kleden...' Hij komt los van de deurstijl en zet een stapje opzij zodat ik binnen kan komen.

Het is best wel raar om aan de andere kant te staan. Midden in de ruimte waar ik de afgelopen maanden zo'n beetje dagelijks naar gekeken heb om Darius in zijn element te zien. Bijna net zo raar als hem pas gedoucht de kamer in te zien komen, spullen in zijn sporttas en zakken te zien stoppen, samen met hem zijn flat uit en de lift in te lopen, de straat over te steken naar de parkeergarage en hem dan achter het stuur van mijn auto te laten stappen. Het heeft nogal een hoog stelletjesgehalte.

Onderweg praten we even over de voorstelling waar hij voor traint, een eigentijdse bewerking van *The Picture of Dorian Gray* van Oscar Wilde. 'Het is een combinatie van hiphop en ballet,' voegt hij eraan toe.

'Klinkt heel gaaf. Vroeger gingen we vaak naar het ballet. Dankzij mijn zus, eigenlijk. Ze heeft lang op hoog niveau geturnd, maar ik denk dat het een stille wens van haar was om ballerina te zijn. Ze is dol op *De Notenkraker* en *The Sleeping Beauty*.'

'Heb ik allebei in gedanst. Misschien heb je me weleens gezien.'

'Ik weet niet. Het is nogal lang geleden dat ik geweest ben.'

'Ik doe dit ook al wat langer,' zegt hij met een glimlach. 'Ik treed al op sinds mijn achtste of zo.' Hij kijkt even opzij. 'Wil je komen kijken? Dan regel ik een kaartje voor je.'

'Echt?'

'Ja, natuurlijk. Geen moeite. Neem je zus mee, als je wilt.'

'Ik betaal dan natuurlijk wel gewoon,' zeg ik.

'Nee, joh.' Hij remt af voor het stoplicht, waardoor hij me weer kan aankijken. 'Jullie zijn dan mijn gasten. Je krijgt de hele vip-ervaring.'

'Wat betekent dat? Een rondleiding backstage?'

'Ja hoor, als jullie dat willen. En gratis drankjes. De beste plekken op het balkon.' Het licht springt op groen en hij trekt weer op. 'Dit is niet precies zoals ik het voor me zag, maar het voelt toch een beetje alsof we onze eerste date hebben.'

'Een soort speeddate dan?'

'Ja, zoiets. Misschien zijn we iets op het spoor. Als datingapps met Uber zouden samenwerken, dan krijg je zoiets als dit.'

Ik moet lachen. 'Inderdaad. Misschien moeten we hier iets mee. Onze eigen start-up beginnen.'

'Ik zie er wel wat in. Voor mij werkt het wel.' Hij werpt weer een blik opzij. 'Voor jou?'

'Misschien prefereer ik dit zelfs. Daten maakt me nerveus. Eigenlijk doe ik het amper.'

'Ik ook nauwelijks,' zegt hij. 'Dansen is zo'n beetje mijn leven. De meeste vrouwen kunnen daar niet mee omgaan. Al mijn relaties lopen erop stuk. Als dansen op één staat...'

'Kan er maar één ding op de eerste plek staan?' vraag ik. 'Kan het geen gedeelde plek zijn? Het idee dat je zou moeten kiezen staat me tegen. Ik wou dat ik zoiets had. Iets wat mij definieert zoals jij dat met dans hebt. Ik heb dat vroeger bij mijn zus gezien, en eh... ik denk dat ik daar altijd naar gezocht heb.'

'Hm. Ik heb meer het gevoel dat het mij gekozen heeft. Ik weet niet of het iets is wat je kunt zoeken.' Hij lijkt daar even over na te denken. 'Is dat waarom je naar Parijs gaat?'

'Soort van. Eigenlijk weet ik nog niet precies waarom ik ga, maar ik moet iets doen, want ik zit al zo lang in hetzelfde cirkeltje vast. Het is een comfortabel cirkeltje. Maar als dit het is, als dit alles is wat ik ben... dat is gewoon niet genoeg.'

'Dan hoop ik dat je vindt wat je zoekt.'

Ik adem uit. 'Ik ook.' Want als het niet zo is... als het klopt wat Darius zegt en je uitverkoren moet worden, wat doe ik dan?

Een paar minuten later stopt hij vlak bij de hoofdingang van het station. 'Laat je me weten wanneer ik je weer moet oppikken? Dan neem ik je mee op een echte date.'

Ik knik. 'Ik verheug me erop.' Ik klik mijn gordel los en reik naar de portiergreep, maar ik doe de deur niet open. Ik moet denken aan mijn lijst, klein en meeslepend, aan de dingen die erop staan, aan hoeveel van die dingen in mijn gedachten gelinkt waren aan de man die nu naast me zit. En misschien is dit wel de stomste beslissing van mijn leven. Om weg te gaan, net nu er iets lijkt te ontstaan tussen ons. Maar hij kan het antwoord niet zijn. Ik moet mijn eigen antwoord zijn. En op dit moment weet ik niet eens zeker wat de vraag is. Maar één ding weet ik wel. 'Darius?' Ik haal mijn hand van het portier en draai me een beetje naar hem toe. 'Dit gaat misschien belachelijk klinken. Maar... de afgelopen maanden was jij de enige reden dat het me lukte om mijn bed uit te komen. Sorry als ik je hiermee afschrik. Op een of andere manier lukt het me niet om ook maar één keer een normaal gesprek met je te voeren. En als ik nu alles verpest, dan is dat maar zo. Ik wil dat je dit weet. Dat het idee dat jij aan de andere kant van mijn gordijn was me hielp om aan een dag te beginnen waar ik verder alleen maar tegen opzag.'

Hij zegt niets. Hij kijkt me alleen maar aan en ik kan zijn blik niet duiden. Waarschijnlijk denkt hij zoiets als: hoe heb ik mezelf in deze positie kunnen brengen, samen met een psychopaat in haar auto?

'Jou zien dansen, zien hoe jij bezig bent met iets wat je zo belangrijk, zo fantastisch vindt dat je het elke dag urenlang met volledige toewijding doet, geeft me hoop. Dat er mensen bestaan die zoveel passie voor iets voelen. Misschien lukt het mij dan ook ooit...' Ik wil nog meer zeggen. Iets over dat ik misschien nog niets van hem weet, maar dat het lijkt alsof ik zijn ziel kan zien als hij danst. Maar hij maakt zijn autogordel los en laat hem langzaam terug vieren. En dat leidt me af. Ik verwacht half dat hij nu het portier openduwt en uitstapt om uit mijn buurt te komen. Dat is wat een verstandig mens zou doen, toch? Maar Darius weet blijkbaar niet wat goed voor hem is, want hij leunt juist naar voren. Steeds iets meer. Steeds dichterbij. En ik kus hem. Want als nu weggaan inderdaad de grootste fout van mijn leven zal blijken te zijn, dan heb ik in elk geval dit. Dan hoef ik me niet af te vragen wat er gebeurd zou zijn als ik meer gedurfd had. Want ik weet het nu: hij kust me terug.

Er staat een punt op mijn 'klein en meeslepend'-lijst. De perfecte kus. Ik weet wat een goede kus is. Ik heb er heus wel wat gehad in mijn leven. Maar ik denk niet dat het ooit dé kus was. Omdat het nooit dé man was. Maar... misschien is dit hem. De kus én de man. Dit zou hem heel goed kunnen zijn, en ik zou het zeker weten als ik voorbij het punt van totale shock kon komen. Shock omdat dit Darius is. Ik ben met Darius aan het zoenen. En hij heeft hier duidelijk een talent voor dat zijn danstalent evenaart. Zijn hand gaat naar mijn nek en hij haalt me naar zich toe en zijn tong... Oké... Ik voel Darius' tong tegen de mijne. Zacht en sexy, niet te opdringerig. Precies goed voor een eerste kus, precies goed voor de perfecte kus op één detail na. Want als dit de perfecte kus zou zijn, zou ik nu niet denken aan een steiger, en een ander moment bij mijn auto, met iemand anders. Dan zou ik me nu niet voorstellen hoe het geweest zou zijn als ik dit had gedaan met hém. Het is niet waar ik nu mee bezig wil zijn. Ik wil in dit moment zijn, maar hoe harder ik dat probeer, hoe meer ik denk aan Lynx. Zo erg dat ik hem bijna voor me kan zien, zijn ogen, die lach van hem. En mijn bijna perfecte kus is opeens zo ver van perfect verwijderd als maar mogelijk is.

Ik maak me voorzichtig los van Darius. 'Ik, eh... moet mijn trein halen.'

'Tot snel,' zegt hij.

Ik kijk naar hem, zijn ogen, zijn glimlach. Perfect op hun eigen manier. En toch ben ik opgelucht als ik de auto uit ben.

Pas als ik aan boord van de Thalys ben, in het tumult van mensen die binnenkomen, hun plek zoeken, bagage opbergen, hun kinderen voorzien van een snack, een iPad, of wat er ook voor nodig is om ze in het gareel te houden, pak ik mijn telefoon. Ik denk dat ik nu ver genoeg gekomen ben om niet rechtsomkeert te maken als ik geconfronteerd word met een uitbrander van Joop of een redelijke argumentatie om terug te komen van Maurice. Voor die redelijkheid ben ik het bangst; dat is altijd mijn valkuil. Daarom heb ik de berichten van Maurice die in de loop van de ochtend zijn binnengekomen nog niet geopend. Twee voicemails en een hele rij appjes. Shit, hij is hartstikke bezorgd. Ik typ iets terug. Dat ik oké ben, maar onverwachts weg moest en dat ik het allemaal nog wel uitleg. Dan wis ik het weer, want als ik hem antwoord, belt hij me misschien en dan moet ik hem óf negeren, óf zijn redelijkheid aanhoren. En wie zegt dat ik dan niet de eerste trein terug neem vanaf Gare du Nord?

Ik haal even adem en kies dan het nummer van mijn werk. Ik meld me gewoon af bij Joop, dan weet iedereen dat ik nog leef. Klaar. Joop is mijn leidinggevende, dus dit is de beste aanpak. Zodra ik Duncan aan de lijn krijg, wordt de consternatie die ik heb veroorzaakt me duidelijk. Hij slaakt een kreet van... ik weet niet precies wat het is... opwinding vooral? 'Audrey! Waar ben je? Jeetje, iedereen is op zoek naar je! Ik heb haar! Ik heb haar!' Dat laatste roept hij waarschijnlijk niet tegen mij.

'Duncan, kun je me even doorverbinden met Joop?' Ik hoor stemmen op de achtergrond. Zo te horen staat de halve kantoortuin aan de balie. O mijn god, dit krijg je dus als je eens één keertje doordraait. Iedereen bemoeit zich er meteen mee. Hebben ze dan geen van allen iets beters te doen?

'Joop zit nog in de directievergadering.'

O, ja. Shit. En het is bijna lunchpauze, dus het duurt nog zeker een uur voor hij me terug zal bellen. Ik wil eigenlijk zo meteen mijn telefoon uitzetten en van de radar gaan. 'Wil je een boodschap doorgeven?'

'Wacht, ik heb Maurice voor je!'

'Nee,' zeg ik vlug. 'Niet Maurice! Luister, zeg tegen Joop dat ik mijn vrije dagen...'

Er klinkt een klik en ik word doorgeschakeld. Onmiddellijk klinkt de stem van Maurice in mijn oor. 'Audrey, is alles in orde met je?'

Shit. Shit, shit, shit. 'Ja, alles prima. Ik, eh... jeetje, sorry voor alle ophef. Ik wil eigenlijk even een boodschap achterlaten voor Joop. Ik moet zo mijn telefoon uitzetten.' Er loopt een vrouw voorbij met een trolley en ze kijkt me aan alsof ik een misdaad bega door hier te bellen, terwijl ze me hóórt zeggen dat ik hem zo uitzet. Ik geef haar een hatelijke blik terug en draai me weg van het gangpad. 'Ik moet een paar vrije dagen opnemen. Ik weet nog niet precies hoelang ik wegblijf, maar ik heb er genoeg.'

'Wat is er dan?' Het achtergrondgeluid is inmiddels verstomd en ik hoor een deur dichtvallen. Hij is waarschijnlijk naar een spreekkamer gelopen. 'Is er iets wat ik kan doen?'

'Dank je, maar nee. Ik heb gewoon...' Ik probeer een excuus te bedenken, een uitleg, iets makkelijks wat ervoor zorgt dat hij niet zijn *casemanage*-strategieën op me gaat loslaten. Ik wil geen case zijn die hij gaat managen. 'Ik heb een paar dagen nodig. Dat is alles.'

'Heeft het te maken met wat er vrijdag gebeurde? Zit je daar nog mee in je maag?'

'Nee, dat is het niet. Of misschien een beetje. Maar eigenlijk niet. Het is... een persoonlijke kwestie.'

'O.'

Ik kan merken dat hij bezig is te bedenken hoe hij meer informatie uit me kan krijgen zonder te vragen naar dingen die hem niet aangaan.

'Weet je zeker dat het goed gaat? We waren allemaal nogal ongerust. Je nam je telefoon niet op, en ik heb zelfs iemand naar je huis gestuurd, maar daar was je niet. Die schilder die hier aan het werk is, zei dat ik me geen zorgen hoefde te maken, maar...'

'Lynx?' vraag ik. 'Heb je Lynx gesproken?'

'Even. Ik stond buiten en probeerde je te bellen en... Weet hij hier meer van?'

'Nee, niet echt. Het is iets plotselings. Sorry, ik leg het allemaal nog wel uit, oké? Het was niet mijn bedoeling om zomaar...' Ik weet niet meer wat ik moet zeggen. Hoezo was het niet mijn bedoeling? Ik dacht hier al negen jaar over na.

'Hé, het geeft niet,' zegt Maurice. 'Als je maar oké bent, de rest zoeken we wel uit. Ik hou Joop wel koest en als je iets wilt bespreken, of het nou werkgerelateerd is of niet, dan weet je me te bereiken.'

De vrouw met de trolley heeft haar bagage inmiddels bij die van mij in het rek gestouwd. Ze gaat tegenover me zitten met een gezicht alsof ik nu al haar hele reis heb verpest.

'Maurice, sorry dat ik niet eerder heb gebeld.'

'Ik ben gewoon blij dat ik je nu aan de lijn heb. Ik bel je over een paar dagen, goed?'

'Oké.'

'Beloof je dat je opneemt?' vraagt hij.

'Beloofd. En ik moet nu echt ophangen, want ik zit in een trein en sommige mensen zijn niet blij met me.'

Hij lacht. 'Dat wil ik niet op mijn geweten hebben. Pas goed op jezelf.'

Ik glimlach, ook al kan hij dat niet zien. 'Dat probeer ik.'

Monsieur Pierre heeft een klein hotel in de wijk Le Marais. Al mijn hele leven hoor ik er de mooiste verhalen over. Volgens mijn ouders is het de gezelligste en meest romantische plek op aarde. Ze verbleven er zo'n vijfendertig jaar geleden tijdens hun huwelijksreis en vierden er tijdens de eerste jaren van hun huwelijk elk jaar hun jubileum. Ze zijn er voor het laatst geweest toen Coco net geboren was. De steile trappen en het piepkleine liftje dat met moeite twee personen omhoog wist te takelen, waren niet geschikt voor kinderwagens en de complete volksverhuizing die nodig is als je met kleine kinderen reist. Maar nog altijd als ze het erover hebben, sprankelen hun ogen van sentiment.

In hun verhalen waren monsieur Pierre en zijn vrouw de liefste mensen die je je maar kunt voorstellen. De kamers waren brandschoon; je kon van de badkamervloer eten. Als je midden in de nacht een extra kussen of deken nodig had, dan hoefde je maar op het belletje bij de balie te drukken en madame Pierre (op een of andere manier heb ik nooit haar eigen voornaam opgevangen) kwam in haar kamerjas aangesneld om je van alle gemakken te voorzien. Het ontbijt werd elke ochtend op de kamer geserveerd. Het stokbrood was supervers, de jam huisgemaakt, de croissants nog warm, de koffie precies sterk genoeg. De bedden waren de lekkerste waar ze ooit in geslapen hebben, het bloemetjesbehang zo typisch Frans.

Nu ik voor het eerst in Parijs ben, kan ik natuurlijk niet anders dan op zoek gaan naar dat hotel. Helaas weet ik het adres niet en blijkbaar heet het niet 'Monsieur Pierre' zoals mijn ouders het altijd noemen, want als ik dat googel krijg ik een miljoen zoekresultaten, maar geen enkel hotel in Le Marais. En als ik bij Gare du Nord in een taxi stap, weet de chauffeur ook niet waar ik het over heb als ik het hem in mijn beste Frans probeer te vragen. Dus ik laat me afzetten bij een klein cafeetje in Le Marais, bestel een *café au lait,* en probeer mijn moeder te bereiken om het haar te vragen. Ze neemt niet op. Als ik een poging waag bij de café-eigenaar doet hij alsof de woorden 'monsieur Pierre' niet eens tot de Franse taal behoren en loopt hij weg zonder zelfs maar de moeite te nemen om antwoord te geven. En oké, ik zou waarschijnlijk ook een beetje raar opkijken als een willekeurig persoon naar me toe zou komen met de vraag: 'Ik zoek Jan, kun je me helpen?' Maar zo vergezocht is het toch ook weer niet om te verwachten dat een lokale café-eigenaar de omgeving goed genoeg kent om me een hotel te kunnen wijzen dat hier al vijftig jaar zit. Hm. Tenzij... Opeens voel ik me nogal stom. Hoe groot is de kans dat monsieur Pierre nog steeds dat hotel runt? Hij moet inmiddels wel honderd jaar oud zijn. Minstens.

Als ik mijn koffie opheb en nog steeds niets van mijn moeder heb gehoord, ga ik naar buiten. Misschien loop ik toevallig tegen het juiste hotel aan. Ik heb genoeg foto's gezien. Ik zou het vast herkennen.

Of misschien ook niet, constateer ik een uur later. Ik sta op het punt online het eerste het beste hotel in dit arrondissement te boeken, want ik ben uitgeput. Vanochtend, het doorrijden op de rotonde, lijkt een eeuwigheid geleden. Ik ben moe. Volgens mij loop ik in kringetjes rond. En het is een ellende om met een koffer aan de hand en een grote, veel te volle, veel te zware tas aan mijn arm door de smalle Parijse straatjes te lopen. Mensen botsen de hele tijd tegen me aan en kijken naar me zoals die vrouw in de Thalys deed.

Wat dacht ik ook? Gewoon zomaar naar Parijs vertrekken, zonder iets geregeld te hebben. Dit is zó niets voor mij. Mijn telefoon gaat over en ik stop om mijn tas open te maken, waarbij ik getrakteerd word op een Franse scheldkanonnade van iemand die mijn actie niet waardeert.

'*Désolée!*' roep ik tegen de rug van de persoon die het blijkbaar niets interesseert dat het me spijt. Zuchtend neem ik op. 'Mam! O, ik ben zo blij dat je terugbelt.'

'Hé, schat. Hoe is het met je?'

'Eh... nou...' Ik trek mijn koffer in de portiek van een winkelpand zodat ik de stoep niet langer blokkeer, maar nu word ik boos aangekeken door een klant die de winkel verlaat. Wat verwachten mensen van me? Levitatie? 'Het kan beter,' antwoord ik, de koffer dichter naar me toe trekkend.

'Ik heb zo'n drukke dag gehad,' zegt ze. 'Ik was met Sonia naar het tuincentrum.'

'O, leuk! Ik heb eigenlijk...'

'Dat wilde ze al zo lang, maar ze heeft natuurlijk geen auto, dus toen heb ik maar aangeboden te rijden...'

'Ah, oké,' antwoord ik, terwijl mijn moeder een heel verhaal begint over Sonia die een lavendeltuin wil aanleggen en dat ze de achterbank in moesten klappen om alles in de auto te kunnen laden. In het begin probeer ik nog op de juiste momenten te hummen, maar daarna ben ik vooral bezig om op subtiele wijze de stortvloed aan informatie af te kappen.

'En dat is niet het ergste,' gaat ze lachend verder, na een mislukte onderbreking van mij, 'maar ik moest het ook nog allemaal mee uitladen. Maar daar zijn vrienden voor, niet dan? Ik kreeg tenminste nog wel een kopje thee voor de moeite. Dus zodoende...'

'Ja, zodoende.' Ik wacht even om te zien of ze nu uit gekletst is. 'Ik ben dus in Parijs,' flap ik er dan maar uit.

'Huh? Parijs? Daar heb je helemaal niks van gezegd.'

'Nee, het kwam spontaan. Het is... vanwege werk. Soort van.'

'Wat heb jij nou voor je werk in Parijs te zoeken? Met wie ben je daar dan? Is het allemaal wel betrouwbaar, Audrey? Want soms hoor je verhalen dat ze vrouwen ergens heen lokken en dan pakken ze je paspoort af… Je hebt toch niet je paspoort afgegeven, hè?'

'Nee, mam. Mijn paspoort is veilig.'

'Want in die film met Liam Neeson…'

'Mam! Ik word niet ontvoerd, oké?'

'Ja, Audrey, dat dachten alle vrouwen die ooit ontvoerd zijn ook. En je vader is geen Liam Neeson. Hij zou niet weten waar hij moest beginnen om je te zoeken in Parijs. En het gaat hem echt niet lukken om in zijn uppie een heel kartel uit te schakelen.'

'Mama…'

'Waar zit je precies? Dan googel ik het even.'

'Daar belde ik dus voor,' zeg ik. 'Ik zoek dat hotel van monsieur Pierre waar jullie het altijd over hebben. Maar ik kan het niet vinden. Misschien bestaat het niet meer…'

'O, jawel! Een paar jaar geleden nog wel, tenminste. Je vader heeft het er al twee jaar over om nog eens terug te gaan, maar het komt er maar niet van. God, hoe heette die straat nou toch? Rue de huppeldepup…'

'Rue de huppeldepup?' herhaal ik. Oké, dit wordt een makkie. Ik vraag gewoon even rond naar een Pierre en hij woont in een straat die begint met Rue…

'Het ligt op het puntje van mijn tong. Normaal kan ik het zó zeggen… Rue de… iets met een A, volgens mij.' Dat laatste voegt ze eraan toe alsof ze net een eurekamoment van ongekende proporties heeft gehad.

'Mam, daar heb ik dus echt niks aan. Luister, ik ga een ander hotel zoeken en dan laat ik je weten waar ik zit, oké? Ik bel je straks terug.'

'Nee, wacht! Audrey, wacht, wacht!' roept mijn moeder. 'Je moet naar monsieur Pierre gaan. Die kan je helpen als er iets is. Zo'n lieve man. En die vrouw van hem… Als je iets nodig hebt, al is het midden in de nacht…'

'Ik weet het, mam. Maar ik wil nu gewoon voorkomen dat ik op straat moet slapen.'

'Hoe kan het nou in hemelsnaam dat ze je naar Parijs sturen zonder iets geregeld te hebben? Dat kán toch niet?' Mijn moeder tettert nog even door over hoe schandalig het is en dat ik het niet moet accepteren, terwijl ik een stap opzij zet voor iemand die de winkel in wil.

'Ik moet echt even verder. Ik bel je nog,' zeg ik.

'Ik ga nu het adres zoeken,' zegt mijn moeder. 'Ik stuur het je zo. Geef me vijf minuten.'

Tot nu toe is 'doen wat ik wil', zoals Lynx het noemt, zwaar teleurstellend. In films ziet het er allemaal veel makkelijker uit. Mensen beginnen gewoon een nieuw leven alsof het niets is. In werkelijkheid moet je je voorbereiden. Je afmelden op je werk, je spullen inpakken, vervoer regelen, een hotel boeken. Je moet altijd vooraf een hotel boeken.

Ik sta bij monsieur Pierre aan de receptie. Hij is stokoud en stokdoof. En hij lijkt maar niet te begrijpen dat ik een kamer wil voor één persoon. Hij blijft maar vragen waar mijn man is, ook al heb ik hem al tien keer uitgelegd dat ik alleen reis. Misschien is hij in de war omdat ik hem het verhaal van mijn ouders heb geprobeerd te vertellen en denkt hij nu dat ik mijn eigen huwelijksjublileum kom vieren. Hoe dan ook, hij blijft maar herhalen dat hij me geen kamer voor één persoon kan geven.

Ik weet niet wat het probleem is. Of hij volgeboekt is, of dat het een principiële kwestie is. Ik wil gewoon betalen voor een tweepersoonskamer. Wat maakt het uit dat er maar één persoon in dat bed ligt? Ik schuif hem mijn creditcard toe en blijf het woord '*chambre*' herhalen, terwijl monsieur Pierre me aankijkt alsof hij nog nooit in zijn leven een creditcard heeft gezien. Dit wordt dus helemaal niks.

Ik heb grote moeite te geloven dat dit dé monsieur Pierre is die de harten van mijn ouders heeft veroverd. Het is dat ik heel in de verte, als ik héél erg met mijn ogen knijp, de gelijkenis nog kan zien met de man die ik ken van de foto's. En de lobby (nou ja, lobby... het is een halletje met een balie) ziet er nog hetzelfde uit, met aan de muur een bord vol haakjes waaraan enorme klossen met kamersleutels hangen. Ik neem aan dat het een nostalgisch element is. Een decoratiestuk. Gewoon voor de charme. Ze zullen me toch zeker niet zo'n enorme klos met een sleutel geven? Als ik überhaupt ooit een kamer bemachtig.

Ik sta bijna op het punt om op te geven als monsieur Pierre de deur naast het sleutelbord openduwt en een geagiteerde woordenwisseling begint. Hij gooit zijn handen wanhopig in de lucht en een andere man, die ongeveer de leeftijd van mijn ouders heeft, komt naar de receptie gelopen. Hij slaat een dik boek open, gaat met zijn vinger over de pagina en reikt daarna naar het bord achter zich om zo'n grote klos voor me te pakken.

Even later sta ik in de engste, krapste, krakkemikkigste lift van mijn leven. Het is een wonder dat de deur nog achter me dicht kon. Het mechanisme van de lift maakt een zwoegend, moeizaam, slepend geluid als het in beweging komt. Ik staar naar het lampje dat de verdieping aangeeft. Het verspringt zo langzaam dat er tussen elke verdieping een moment komt waarop ik denk dat ik nu écht vastzit. Dan, na wat de traagste rit sinds de uitvinding van de lift moet zijn, gaat de deur krakend open en ik weet niet hoe snel ik eruit moet stappen. Dit was meteen mijn eerste én laatste ritje in deze lift des doods.

Ik sleep mijn koffer achter me aan. Mijn kamer is op de bovenste verdieping en ik loop zo'n beetje pal tegen de deur aan zodra ik de lift uit ben. Eén kamer. Je zou dus kunnen zeggen dat ik het penthouse heb. Dat klinkt een stuk beter dan spookachtig zolderkamertje. En trouwens, dat dit donkere stukje overloop spookachtig oogt, betekent niet dat er achter die deur geen prachtige *honeymoon suite* schuil kan gaan. Hoopvol open ik de deur. En het eerste wat door mijn hoofd gaat, is dat ik meer ruimte had in de lift.

De enige rechte wand is die waarin de deur zit. Precies voor de deur is ook de enige plek waar ik rechtop kan staan. Er zit één klein klapraam in de schuine wand tegenover het bed. In de hoek naast de deur staat een rechte stoel. De stoel en het bed – een twijfelaar met een zware, donkergroene, fluweelachtige sprei erover – zijn de enige meubelstukken. Geen bureau, geen tafeltje of nachtkastje, geen kledingkast. Geen minibar, geen tv. Alleen het bloemetjesbehang komt overeen met de beschrijving van mijn ouders. Hoewel sommige bloemetjes meer op doodgeslagen muggen lijken. O, shit. Waar ben ik nou weer beland?

Ik hou het zeker vijf minuten in mijn kamer vol, voor ik besluit dat ik hier écht niet kan blijven. Maar mijn poging om beneden bij monsieur Pierre een andere kamer – welke dan ook – los te krijgen, draait uit op een grote mislukking. Na tien minuten smeken, aangezien ik gewoon niet kan geloven dat dit hotel volgeboekt is, loopt monsieur Pierre doodleuk weg. En ik blijf nog even dom staan wachten, tot ik de conclusie trek dat hij ditmaal niet die andere man voor me is gaan halen. Ik weet niet waarom, maar op een of andere manier denk ik dat als Lynx hier zou zijn, hij wel een manier zou vinden om een upgrade te regelen.

Ik ga naar buiten. Zo erg is het ook weer niet. Oké, wel. Maar… dit is een avontuur en… ik hoef alleen maar op die claustrofobische spookzolder te slápen. Dan is het maar geen vijf sterren. Wat maakt het uit? Ik ga gewoon van de stad genieten. Wie gaat er nou in Parijs de hele tijd op zijn hotelkamer zitten? Ik niet.

Na een poosje rondgedwaald te hebben, ben ik vastbesloten om deze situatie onder controle te krijgen. De fout die ik heb gemaakt, is om dit onvoorbereid te doen. Maar het is nog niet te laat om het tij te keren. Als er iets is wat ik als Audrey van hr onder de knie heb gekregen, is een plan van aanpak maken. En dat ga ik nu doen zoals ik het nog nooit heb gedaan. Een plan van aanpak zo briljant dat het niet kán mislukken.

Ik zoek een leuk restaurantje. Niet dat ongezellige café waar ik koffie heb gedronken, maar een sfeervolle, leuke plek. Dat kan niet moeilijk zijn in Parijs. Wat ik nodig heb, is een goede maaltijd. En wijn. Ik vermoed zomaar dat ik vanavond heel veel Franse wijn nodig zal hebben.

Ik ga naar binnen bij een bistro met zwarte luifels en krijg een tafeltje aan het raam toegewezen, zodat ik goed uitzicht heb op de bedrijvigheid op straat. Zie je? Alles ziet er nu al rooskleuriger uit. Ik begin me al beter te voelen. Terwijl ik wacht op de kaart besluit ik te beginnen met het beste deel van mijn plan van aanpak: het maken van een lijst. Dat is waar ik goed in ben. Ik ga precies uitzoeken wat ik allemaal wil gaan doen in Parijs.

Ik rits mijn tas open en graai naar mijn notitieboek. En dat is het moment waarop mijn vastbeslotenheid om positief te blijven een nieuwe deuk oploopt, want ik kan het notitieboek niet vinden. Het zit niet in mijn tas. Ook niet na een tweede keer zoeken. En ook niet als ik alles wat erin zit, heb uitgespreid over het piepkleine ronde tafeltje om er zeker van te zijn dat mijn boek niet naar de bodem van mijn tas is gezakt.

Oké. Dan zit het in mijn koffer. Dat moet wel. Ook al kan ik me niet herinneren dat ik het in mijn koffer heb gestopt. Maar ik ga nergens heen zonder mijn notitieboek. Ik run mijn hele leven via dat boek. Dus het bestaat niet dat ik het niet bij me heb. Ik hoef niet in paniek te raken. Echt niet.

Ik stop mijn spullen terug in mijn tas. Dus... dan maak ik maar een lijst in mijn notities op mijn telefoon. Dat is misschien niet hetzelfde en geeft veel minder voldoening, maar waar het om gaat is dat ik mijn plan van aanpak maak. En dat kan net zo goed op mijn telefoon.

De tweede deuk volgt even later. Als ik ontdek dat het sfeervolle, leuke restaurant dat ik heb uitgekozen, letterlijk geen enkele vegetarische optie op het menu heeft. Ik ben dus aangewezen op soepstengels, een salade van de bijgerechtenkaart die alleen uit sla bestaat, en een bakje zwartgeblakerde gebakken aardappelen. *Au gratin* heet dat hier, geloof ik.

Ik googel hotels, maar als ik de beschikbaarheid check van de plekken die me aanspreken, loopt mijn optimisme nog een significante deuk op. En ze blijven elkaar maar opvolgen.

Deuk vier: Franse wijn is vast fantastisch, maar niet als je er geen verstand van hebt en zomaar iets aanwijst op de kaart. Lynx zou vast hebben geweten wat hij had moeten kiezen. Niet dit wrange spul dat meteen naar mijn hoofd stijgt. Dat laatste zou trouwens ook positief kunnen uitpakken, want dronken Audrey heeft straks misschien minder moeite om in slaap te vallen op dat bedompte zoldertje.

Deuk vijf: als ik terugkom op mijn hotelkamer – halfdronken (maar niet genoeg) van vieze wijn en nog steeds hongerig – blijkt dat mijn notitieboek ook niet in mijn koffer zit. Wat betekent dat ik het thuis tijdens het inpakken met mijn verstrooide hoofd uit mijn tas heb gehaald en niet teruggestopt heb. Ik ben redelijk radeloos nu. Oké, dat was ik al. Maar dit helpt niet.

Deuk zes: ik had eerder de dekens van het bed terug moeten slaan. Dat is alles wat ik erover kwijt wil.

Het eerste wat ik morgen doe, is ergens – waar dan ook – een andere kamer boeken, want ik betwijfel ten zeerste of ik twee nachten bij monsieur Pierre overleef. Misschien is het kamertje eigenlijk een moordkamer en is het bloed op het behang helemaal niet van muggen. Oké, bedankt mam voor die verwijzing naar *Taken*. Gelukkig heb ik in ieder geval een stoel die vannacht mooi onder de deurklink kan.

De dag nadat ik mijn verstand verloor

Ik word opgerold aan het voeteneind van het bed wakker, boven op de twee grote badhanddoeken die ik erover uitgespreid heb. De handdoeken leken redelijk schoon. Ik wil niet nadenken over hoe ze uit de uv-lichttest zouden komen. Ik heb met mijn kleren aan geslapen en moest halverwege de nacht mijn jas aantrekken omdat ik zo goed als bevroren was. Nu moet ik mijn jas waarschijnlijk samen met deze outfit verbranden. Mijn nek zit vast door de onmogelijke houding waarin ik heb gelegen om zo min mogelijk oppervlakte van dit bed te gebruiken. Ik hoor mijn spieren knakken als ik voorzichtig mijn hoofd beweeg om ze te stretchen. In de badkamer werp ik een blik op de kleinste badkuip die ik ooit heb gezien. Er zitten beschadigingen in het emaille en ik gok dat daar voor minstens twee eeuwen aan bacteriën in huizen. Het is volstrekt uitgesloten dat ik erin ga zitten. Als ik erin wil douchen moet ik gebogen staan, en terwijl ik mijn tanden poets vraag ik me ernstig af wat de meest hygiënische optie is. Douchen in dat ding of helemaal niet douchen. Ik weet niet zeker of ik het douchegordijn wel durf aan te raken. Ik moet er niet aan denken dat ik er met mijn naakte lijf tegenaan kom. En ik zal me moeten afdrogen met het enige handdoekje dat ik overheb, en dat piepklein is.

O, en dan nog iets… Ik blijf maar aan Lynx denken. Gisteravond vroeg ik me bij alles wat er misging af wat hij zou doen. Ik heb hem bijna midden in de nacht een berichtje gestuurd, toen ik op mijn dieptepunt was. Toen zag ik namelijk dat ik meerdere berichtjes van hem had. Het eerste had hij iets na elf uur 's ochtends verstuurd. *Ik hoop dat dit goed voelt. X*

En om half drie in de middag stuurde hij er nog twee:

Ik meen dit oprecht, trouwens. Ik las het terug en besefte dat je het als een kutopmerking kunt opvatten.

En:

Ik bedoelde: als je je schuldig voelt, niet doen! Je hebt actie ondernomen. Dat is altijd goed. XX

Ik had er helemaal nog niet over nagedacht of hij het sarcastisch bedoelde, want alles wat ik zag toen ik dat berichtje opende, was het x'je. En twéé x'jes bij het laatste berichtje. Ik denk dat ik me op mijn dertiende voor het laatst druk heb gemaakt over de betekenis van een x'je, maar hier ben ik dan, twintig jaar later, en ik zou het liefst met mijn telefoon naar Coco rennen en roepen: 'Een kúsje, Coco! Een kusje! Dat betekent iets, toch? Hij hóéft geen kusje te sturen, maar hij doet het wel, dus hij gaat me verkering vragen, hè?'

Lynx en de steiger... Waarom kan ik niet stoppen met aan hem denken? Ik heb Darius gekust en ik dacht dat dat was wat ik wilde. Dat wás het ook. Maandenlang heb ik erover nagedacht. Hoe ik ervoor kon zorgen dat hij me zag staan. Hele scenario's speelde ik in gedachten af. Hoe ik met hem in gesprek kon raken en hem dan nonchalant kon vragen iets af te spreken. Maar dan zag ik hem 's ochtends, helemaal in zijn element, in zijn eigen bubbel, en dan kon ik me niet voorstellen hoe ik daar ooit onderdeel van zou kunnen zijn. Wat zou zo iemand, zo'n talentvol, gepassioneerd persoon, zien in mij? Ik die het amper nog kan opbrengen om mijn bed uit te komen, ik die helemaal niets heeft om gepassioneerd over te zijn. Ik die gewoon elke dag opnieuw aan hetzelfde riedeltje begint, er steeds ongelukkiger van wordt, en er toch mee door blijft gaan. En toen veranderde ik één ding. Een cappuccino in plaats van een groene thee. En nog een ding. En nog een ding. En opeens zat ik met Darius te zoenen vlak voor ik de trein naar Parijs moest halen. Ik dacht dat dat was wat ik wilde, maar ik denk aan Lynx. Aan hoe ik hém wilde zoenen. Aan de kleur oranje: citrus, vuur, zonsopkomst. Aan hoe anders hij ruikt dan Darius. Darius is blauw: lucht, water, ijskristallen. En het is allebei op een eigen manier perfect. Maar het is niet de kus van Darius waar ik steeds aan denk. Het is de kus die niet gebeurd is, behalve in mijn gedachten, opnieuw en opnieuw en opnieuw.

Misschien is dat het. Misschien wil ik alleen de fantasie. Het ideaalbeeld, zoals in een film of een boek. Als het echt wordt, verliest het de magie die het had. Misschien is dat waarom ik bijna nooit verder kom dan een eerste date. Projecteer ik nu alles wat ik in Darius zag op Lynx? Is dat het? Wil ik alleen de man die ik op afstand bewonder, niet degene die voor me staat? Is Parijs leuk tot het moment dat ik er ben? Wat als ik altijd iets anders zal willen dan ik heb? Dat idee maakt me banger dan alle rare geluiden op deze zolder vannacht.

Ik pak mijn telefoon en typ aan Lynx: *Ik ben in Parijs!* Ik staar nog een paar tellen naar de x'jes in zijn berichtjes. Dan stop ik mijn telefoon weg en verzamel ik al mijn moed om te gaan douchen.

Audrey!! Zo trots op je!

Nou… dat is wat voorbarig.
Ik zit al drie uur bij een Starbucks.

Verslaafd geraakt aan mijn koude
dubbele cappu's?

Precies. Dat is het.

En ik heb vannacht geslapen in een horrorhotel.
Ik heb om kwart voor zeven vanochtend uitgecheckt.

Met mijn bagage door Parijs slenteren bevalt me tot nu toe niet.

Bij Starbucks kijken ze me tenminste niet boos aan
als ik met mijn koffer binnenkom. En! Het meisje
achter de counter heeft mijn Frans nog niet
belachelijk gemaakt, dus nu wil ik met haar trouwen.

Ah, snap ik. Ze klinkt fantastisch.

Nu ben ik op zoek naar een plaats om te overnachten.

Jammer dat er zo weinig hotels in Parijs zijn.

Haha. Dat is dus een beetje het punt.
Er zijn er zoveel dat ik het niet meer overzie
en ik wil niet nog een nacht moeten
slapen met een stoel onder de deurklink.

Wil ik überhaupt het verhaal hierachter weten?

Mijn moeder had me bang gemaakt
door over de film Taken *te beginnen.*

Wat? Waarom?

Je moeder is savage.

Net als mijn zus. Het is blijkbaar genetisch.
Hoe dan ook, hotels genoeg,
maar ik weet het gewoon niet meer. Ik ben hier
niet voor in de wieg gelegd.

Hoezo niet? Omdat je een slecht hotel had?

Een slecht hotel? Ik heb de kleren die ik
aanhad in drie plastic tassen gewikkeld voor ik ze in
mijn koffer durfde te stoppen.

Tot nu toe is dit hele avontuur niet bepaald een succes.
Ik heb geprobeerd een lijstje te maken
met leuke dingen om te doen, maar dat schiet ook niet op.
Zelfs de kleinste dingen mislukken.

Zoals?

Ik zoek een ijssalon in Le Marais. Ze doen het ijs
in de vorm van bloemblaadjes in het hoorntje.
Je zou denken dat dat makkelijk te googelen is,
maar niks op 'ijs', 'bloemblaadjes' en 'Marais'.

Wacht even…

Bedoel je toevallig Gelato Amorino?
Bij Place des Vosges?

Lynx!!!!

Ja! Heb het even gegoogeld, dat is het.
Hoe wist je dat?

Weleens geweest.

Nou ja, hoe groot is die kans?!

Niet zo groot, zou je zeggen.

Toevallig zijn koude versnaperingen mijn specialiteit.
Koffie... IJs...

Oké, nou, het gaat wat ver om te zeggen
dat je mijn trip hebt gered. Maar als het ijs
zo lekker is als men zegt, dan heb je
misschien wel mijn dag goedgemaakt.

Ik zou zeggen: pak je spullen, vraag het nummer van
je aanstaande en ga lekker in het gras op Place des Vosges
van je ijsje genieten. Het is superleuk daar. Heeft een beetje
de sfeer van een park, omringd met mooie panden.
Victor Hugo heeft op nummer 6 gewoond. Misschien wil je
er een foto van, voor bij je beroemde metrorooster.

Je weet te veel van me voor iemand die ik net een week ken.

Ik weet best veel, inderdaad.

Ik weet ook nog wel een leuk hotel.
Mocht je er echt niet uit komen.

O, please, help a girl out!

Ik stuur je zo wel een linkje. Ik ben er al vaker geweest. Je zult niet teleurgesteld zijn.

Je bent geweldig!

Als je vlak voor zonsondergang naar de achtste verdieping gaat, wacht je iets heel leuks.

Ik ga niet verraden wat het is.

Oké. Dakterras.

Ik heb het verraden. Maar alleen omdat je anders het uitzicht misschien al gaat googelen. Niet doen. Je moet het in het echt ontdekken.

Heb je nu zojuist toch mijn hele trip gered?

Hooguit een valse start gecompenseerd.

♥

Mijn nieuwe kamer is een verademing. Toegegeven, na monsieur Pierre zou alles een verademing zijn geweest. Maar dit is écht een verademing. Hip en schoon. Ik kan overal rechtop staan. En de badkamer ziet er niet uit alsof ik een tetanusprik nodig heb als ik er op blote voeten sta. Ik kan niet wachten om onder die douche te springen, maar Lynx had gezegd vlak voor zonsondergang, en ik ben de tijd een beetje uit het oog verloren toen ik op Place des Vosges zat te lezen. Ik twijfel even, maar na een blik in de grote spiegel naast het bed is mijn besluit genomen. Mijn nieuwe start begint hier.

Na de fijnste douche die ik in tijden, of misschien wel ooit, heb gehad, haal ik mijn lange doorknoopjurk uit mijn koffer. Ik ga voor casual, maar ik wil er ook een beetje uitzien alsof ik hier hoor. Iedereen die ik onderweg naar mijn kamer ben tegengekomen, ziet eruit alsof ze in een band zitten of net een coole start-up zijn begonnen. Ik föhn mijn haar zo goed als droog, doe mascara en mijn favoriete rode lippenstift op en trek mijn platte laarsjes aan. Dan ben ik klaar voor het uitzicht op de achtste verdieping.

Of misschien ook niet. De zon staat laag als ik het dakterras van Mama Shelter Paris West op kom. De lucht is perfect blauw, met witte wolkjes die wel geschilderd lijken. Aan de horizon vlammen stroken oranje op, uitlopend naar roze en lichtgeel. En de Eiffeltoren is recht voor me. Ik blijf staan. Ik zou hier de hele avond kunnen blijven staan, denk ik. Ik ben er echt. In Parijs. Op een gewone dinsdag die ik eigenlijk op kantoor doorgebracht had moeten hebben, maar ik sta hier, in een wereldstad, op een dakterras met uitzicht op misschien wel het meest beroemde bouwwerk ter wereld. De Eiffeltoren... Natuurlijk wist ik wel dat die iconisch is. Iedereen die weleens een film kijkt of door Instagram scrolt, weet dat. Maar... in het echt beneemt hij me de adem. Ik voel letterlijk een brok in mijn keel en minutenlang sta ik daar gewoon te kijken naar dat uitzicht en de betoverende avondlucht die steeds meer oranje kleurt. Ik hoor mezelf een zacht 'Wauw...' uitbrengen.

'Audrey?'

Even denk ik dat het toeval is. Er zullen vast duizenden Audreys in Parijs zijn. Maar niet per se op dit dakterras, en het is niet eens zozeer het horen van mijn naam wat me doet opkijken. Het is de stem. De stem die hoort bij een pauze in een busje, een bankje in het park en film kijken op een steiger. Ik draai me om, ervan overtuigd dat ik me dingen inbeeld. En daar staat hij. Zijn handen in de zakken van zijn spijkerbroek, zijn voeten iets uit elkaar, de manier waarop hij zijn blik even neerslaat voor hij me glimlachend aankijkt.

Daar wacht je iets heel leuks… Hij heft zijn handen en laat ze daarna langs zijn lichaam vallen.

'Lynx…' Meer dan een fluistering is het niet. Mijn stem laat het afweten.

'Valt het tegen?' vraagt hij nog steeds met die glimlach. 'Want dan doen we gewoon alsof het uitzicht de echte verrassing was, en dan ga ik ergens in een hoekje zitten en doe jij alsof ik er niet ben…'

'Nee. Het uitzicht is verbazingwekkend. Maar… jij… valt niet tegen.' Ik staar hem aan, nog steeds niet helemaal zeker dat ik me hem niet verbeeld. 'Je bent hier.'

'Ik had wat vrije dagen, weet je nog? En ik kom hier praktisch langs onderweg naar Valencia.'

Ik lach, maar het klinkt ook een beetje als een snik. Ik voel mijn hart kloppen in mijn keel en ik denk dat ik zomaar in tranen zou kunnen uitbarsten.

'Gaat het?'

'Ja. Het… Ik… ben gewoon verrast en… alles zat een beetje tegen eerst. Ik vraag me eigenlijk al twee dagen af of ik misschien gek ben geworden. En ik ben helemaal niet goed in iemand anders zijn dan Audrey van hr, dus het voelde allemaal als een grote fout, maar toen kwam ik hier en… ik zag de Eiffeltoren. En nu ben jij hier.'

'De Eiffeltoren is nogal wat.'

'Ja.' Ik adem uit. 'Echt.'

'Ik zag je gisteren. Vanaf de steiger.' Hij kijkt naar me alsof ik niet volkomen labiel op een huilbui afsteven. 'Ik zag dat je aan kwam rijden. En toen reed je door. Ik ben nog nooit zo trots op iemand geweest.'

'Echt?'

Hij knikt. 'Ik zie hier geen Audrey van hr, trouwens. Gewoon Audrey. En ze ziet er verdomd goed uit.'

Ik lach, maar nu is het wel echt een snik. Of: ik snik, maar nu is het wel echt een lach. Een van de twee. Ik heb geen idee.

'Ah, kom hier,' zegt Lynx. Hij is bij me voor ik met mijn ogen kan knipperen en hij heeft zijn armen om me heen. 'Jij en je bedwantsen hebben een knuffel nodig.'

Mijn lach klinkt gesmoord tegen zijn schouder. 'Ik heb al gedoucht.'

'Godzijdank.'

Ik voel zijn adem tegen mijn oor terwijl hij het woord uitspreekt. De stoppeltjes op zijn kin strijken lichtjes langs mijn jukbeen. Een paar seconden lang blijf ik tegen hem aan gedrukt staan, zijn lijf voelt hard en solide tegen het mijne. Ik sluit mijn ogen en adem zijn geur in.

Hij wiegt me een beetje terwijl hij me knuffelt en dan zet hij een stapje terug en laat hij me los. 'Ik denk dat jij een drankje nodig hebt. Of twee. Of drie.' Hij knikt opzij. 'Ik heb achterin een plekje gevonden. Is dat oké?'

Ik knik en haal diep adem. Dat zou ik vaker moeten doen. 'Perfect.'

Het voelt als een zomeravond aan het strand, in plaats van vroege herfst. Meer Ibiza dan Parijs. Het dakterras staat vol kleine tafeltjes met houten stoelen. Aan de rand staan loungebanken met witte kussens en op de vloer liggen kleden met drukke patronen in geel, rood, blauw, paars. Grote, kleurrijke parasols overdekken het hele terras. Ertussen zijn snoeren met gekleurde lampjes gespannen en overal hangen lampionnen.

Er klinkt een relaxed muziekje. Iets instrumentaals. We hebben een bank in een hoek van het terras helemaal voor onszelf en we kijken naar het schouwspel van de veranderende lucht. Achter ons strekt Parijs zich uit. De lichtstad. De avond valt en de lichten gaan aan.

Kriskras, een voor een, langzaam samensmeltend tot een betoverend geheel. We bestellen drankjes met rare kleuren, vrolijke parapluutjes en schijfjes sinaasappel (bij mij) of limoen (bij hem) en rustieke pizza caprese, Napolitaanse stijl. Door de terrasverwarming voelt de avondlucht bijna zwoel. We praten, we lachen, we eten. Ik voel me iemand anders. Een andere Audrey. Ik weet nog niet precies wie ze is. Maar het voelt goed.

Ik heb mijn benen onder me getrokken, een half opgegeten pizzapunt in mijn hand. Te druk met praten om te eten. Lynx zit naar me toe gedraaid en zijn knie rust tegen mijn bovenbeen. Hij luistert aandachtig naar mijn verhalen met een geamuseerde uitdrukking op zijn gezicht.

'Dus het was iets over half vier in de ochtend en ik lag daar met mijn jas aan, aan het voeteneind van het bed weg te kwijnen van ellende... en toen hoorde ik de lift tergend langzaam omhoogkomen.'

Hij lacht. Het is een lach die licht in de duisternis kan brengen, muziek in de stilte, een oase in de woestijn. Eentje die een perfecte avond op een dakterras in Parijs nóg beter maakt.

'Eerst dacht ik dat het mijn onderburen waren die laat thuiskwamen, weet ik veel. Maar die lift klimt door en door en stopt op mijn verdieping,' ga ik verder. 'Er is daar niets, behalve dat kamertje. Je komt pal voor mijn deur uit en je kunt letterlijk geen andere kant op. Maar ik hóór de lift dus opengaan en de vloer kraakt, precies bij mijn deur. En ik zit daar, verstijfd rechtop, me hysterisch af te vragen wat ik in hemelsnaam binnen handbereik heb om als wapen te gebruiken. Alsof ik John Wick ben...'

Weer die lach. 'Je zou een sublieme John Wick zijn.'

'Ik zou waarschijnlijk het kamermeisje vermoord hebben met mijn tandenborstel, want toen ik om half zeven klaar was om uit te checken, struikelde ik op mijn drempel bijna over het dienblad met mijn ontbijt en ik heb verder niemand meer gehoord.'

'Wacht even, ze hadden je ontbijt daar gewoon neergezet?'

'Ja. Serieus.'

'Op de grond?' vraagt hij. 'Toevallig weet ik dat je je koffie graag zo koud mogelijk hebt, maar ze kunnen niet verwachten dat je een croissant eet die drie uur lang voor je deur heeft gelegen. Dat gaat gewoon te ver.'

'Echt, ik verzin het niet,' zeg ik.

'Of...' oppert hij, '... het ontbijt is gebracht toen je je immuunsysteem aan het uitdagen was in de badkuip annex douche en je bent vannacht daadwerkelijk ontkomen aan een moordenaar met een hakbijl.'

'Nou! Niet doen!' Ik geef hem een duwtje met mijn schouder en maak van de gelegenheid gebruik om tegen hem aan te blijven hangen. Ik denk niet dat ik veel dichterbij kan komen zonder op zijn schoot te belanden. 'Ik was echt bang.'

Hij leunt iets voorover en laat zijn hand net boven mijn knie neerkomen terwijl hij zijn andere arm uitstrekt om zijn glas van het kleine tafeltje voor ons te pakken. 'Mocht je vannacht rare geluiden horen, aarzel dan niet om mij wakker te maken. Ik kom meteen mijn beste Liam Neeson-imitatie geven. *I will look for you. I will find you...*' Hij veert terug tegen de rugleuning. Zijn hand blijft liggen.

'*And I will kill you*,' maak ik af.

'Niet slecht, Audrey. Je hebt mij helemaal niet nodig.'

'Behalve dan voor ijsjes en coole dakterrassen...' Ik kijk naar zijn hand daar, op mijn been. Alsof hij en ik... 'En overheerlijke pizza.'

'Eigenlijk om je de hele tijd van eten te voorzien. In essentie is dat waar het tussen ons op neerkomt.'

'En je bent er zo goed in! Echt, Lynx! Dit is zo lekker. Het overtreft bijna je hummus.' Ik neem een hap en rol dramatisch met mijn ogen. 'O mijn god! Ja, absoluut beter dan de hummus.'

'Ga je nu een Meg Ryan-imitatie weggeven?'

'Hoezo? Voel je je daar ongemakkelijk bij?'

'Nee, dan ga ik er even beter voor zitten. Leef je vooral uit.'

Hij neemt een slokje, zijn ogen gericht op die van mij. Ik weet niet precies wat hier gebeurt, maar we viben hard. Zo hard dat ik de elektriciteit tussen ons bijna kan horen zoemen. Als het vannacht gaat onweren, hebben wij dat veroorzaakt. Of nou ja... hij. Met hoe hij nu kijkt...

'Grappig dat je net zo makkelijk referenties maakt aan *John Wick* als aan *When Harry Met Sally*. Kijk je echt alles?'

'Zo'n beetje. Maar Keanu Reeves is toch iedereens lievelingsgenre?'

'Keanu Reeves is een genre?' herhaalt hij. 'Oké, wist ik niet.'

'Natuurlijk is hij dat! Net als Leonardo DiCaprio. En...' Ik denk even na.

'Brad Pitt?' vraagt hij.

'Nee, joh. Brad Pitt is geen genre. Vin Diesel dan weer wel.'

'Ik geloof dat ik de regels niet helemaal snap.'

'Ik kan het je niet uitleggen. Je moet het aanvoelen.' Ik eet mijn pizzapunt verder op. Zijn hand ligt nog steeds daar, precies naast zijn eigen knie. Hij zou hem makkelijk op zijn eigen been kunnen laten rusten. Maar hij doet dit en hij doet het volkomen ontspannen, alsof het niets voorstelt. Ik ben er totaal gefascineerd door. Zijn hand. Het gewicht ervan, de warmte van zijn aanraking. Het zijn handen waarmee gewerkt wordt. Dat kun je zien. Ze zien er sterk uit. En competent. Dit zijn handen die dingen kunnen maken. Zijn vingers zijn lang en stevig. Op de knokkel van zijn wijsvinger zit een klein schaafwondje. Het zou niet sexy moeten zijn, het is opgedroogd bloed, maar dat is het wel.

'Is Bruce Willis een genre?' vraagt hij.

'O, zeker. Absoluut een genre. Misschien heb je hier toch gevoel voor.' Ik wil eigenlijk een servetje pakken, maar als ik beweeg, haalt hij zijn hand misschien weg en ik wil die daar zo lang mogelijk. En misschien niet alleen daar. 'Als je wat meer tijd met mij doorbrengt, heb je dit zo onder de knie.'

'Over hoeveel tijd hebben we het dan precies?'

'Nou... dat is lastig in te schatten...' Ik buig langzaam naar voren, alsof hij een schichtig dier is dat ik niet wil opschrikken. Het gaat goed, totdat ik mijn voet op de grond moet zetten om niet van de bank te vallen terwijl ik vooroverleun. Hij trekt zijn hand terug en ik pak mijn servet van tafel om mijn lippen te deppen en mijn vingers af te vegen. 'Het is een proces, snap je? Als je het zou overhaasten, streef je het doel voorbij.'

Hij knikt, alsof wat ik zeg daadwerkelijk ergens op slaat. Ik drink wat van mijn oranje-rode mocktail voor ik weer achteroverleun en... zijn hand is nu daar. Zijn arm rust achter me op de rugleuning van de bank en oké, het is niet mijn been, maar ik denk dat ik dit ook niet erg vind.

'Ben je echt alleen op doorreis?' vraag ik.

'We zijn allemaal op doorreis,' antwoordt hij, 'ons hele leven lang.'

'Diep.'

'Yep.'

'Maar ik bedoelde: reis je morgen verder naar Valencia?'

'Valencia is er volgende week ook nog. Of over twee weken, of drie, of vier...' Hij zet zijn glas neer. Zijn hand schampt het kraagje van mijn jurk en zijn vingertoppen raken mijn schouder. 'Ik kan doen wat ik wil.'

'En...' begin ik aarzelend, 'is langer in Parijs blijven dan toevallig iets wat jij wilt?'

'Nou, weet je wat ik toevallig net zat te denken?' Zijn hand ligt nu tegen mijn schouderblad en het is niet alleen omdat het zo uitkomt, want zijn duim gaat zachtjes op en neer en mijn hart doet heel, héél raar.

'Wat dan?' Mijn stem klinkt ook raar. En ik staar naar zijn mond. Ik probeer ermee op te houden, maar het lukt niet.

Hij geeft een knikje in de richting van de Eiffeltoren. 'Dat we *La*

Dame de Fer morgen maar eens van dichtbij moeten gaan bekijken. Als jou dat ook een goed plan lijkt…'

Ik knik. Ik heb de lach die doorbreekt op mijn gezicht niet onder controle. Maar wie hou ik voor de gek, ik heb helemaal niets onder controle.

'Ja?'

'Ja,' antwoord ik bijna geluidloos. Meer een verplaatsing van lucht dan een woord. En nu is het zijn blik die naar mijn mond gaat. Hij leunt naar me toe en brengt zijn hand naar mijn gezicht. Zijn vingers raken mijn wang en hij gaat langzaam met zijn duim langs het randje van mijn onderlip. Ik haal nu helemaal geen adem meer.

'Je had je lippenstift een beetje uitgeveegd,' zegt hij.

'O. Ik, eh… dacht dat ik die ondertussen wel helemaal opgegeten zou hebben. Met de pizza…'

'Niet helemaal.' Hij heeft zijn vingers nog tegen mijn gezicht, zijn duim onder mijn kin en ik voel, ik wéét, dat we nog precies één tel verwijderd zijn van het ontladen van al die spanning die we opgebouwd hebben. En er is niets wat ik nu liever wil. Maar in een flits komt de herinnering aan gisteren bij me op. Aan de kus met Darius. Hoe ik het wilde. En toen opeens niet meer.

Eigenlijk kan ik me niet voorstellen dat dat nu weer gebeurt; dat ik het niet meer met Lynx zou willen. Ik vraag me eerder af hoe ik ervoor zorg dat ik ooit nog ophoud als ik hem nu kus. Maar ik wil het niet riskeren. Ik wil dat deze perfecte avond in Parijs altijd perfect blijft. Ik wil niet dat het eindigt. Ik wil morgen met Lynx naar de Eiffeltoren. Ik wil de Sacré-Coeur met hem zien. Ik wil heel Parijs met hem ontdekken. Dus ik doe precies het tegenovergestelde van wat ik wil doen.

'Ik, eh… ga het maar even bijwerken,' zeg ik terwijl ik wat afstand neem.

Hij kijkt me aan, zijn hand glijdt van me af. 'Oké,' antwoordt hij zacht.

Twee dagen nadat ik mijn verstand verloor

'*Mademoiselle Audrey, votre taxi vous attend.*' Lynx staat voor het hotel op me te wachten. Hij houdt een tray met koffiebekers vast waar een papieren zak op balanceert. Met zijn vrije hand opent hij het achterportier van de taxi die hij geregeld heeft. Ik kijk hem verrast aan terwijl ik in de auto stap. Ik schuif door zodat Lynx naast me kan gaan zitten. Hij haalt een beker uit de tray en reikt mij die aan. 'Niets tegen het hotelontbijt, maar jij en ik hebben een date met Parijs. En dit leek me wel gepast. Ontbijt in Audrey-stijl.'

Ik neem de beker van hem aan. 'Dank je. Ik dacht dat we zouden gaan lopen. Of de metro zouden nemen.'

'Hm, dit leek me beter.' Lynx leunt wat voorover om een Franse volzin tegen de chauffeur aan te gooien. Die voert iets in in zijn navigatiesysteem en ratelt in sneltreinvaart zeker honderd woorden, waar ik alleen iets over 'verkeer' en 'druk' uit op kan maken, waarna Lynx nog een vraag stelt. Oké, nu ik het hem hoor spreken moet ik misschien constateren dat mijn pogingen tot conversatie inderdaad weinig weg hebben van de Franse taal. Ik staar hem aan terwijl hij iets zegt waar de chauffeur om moet lachen. Lynx constateert dat wat het ook is dat ze besproken hebben *très bien* is en leunt weer terug.

De taxi trekt op en rijdt de straat uit. 'Goed geslapen?' vraagt Lynx.

Dan registreert hij mijn onderzoekende blik en er verschijnt een ongemakkelijk lachje op zijn gezicht. 'Wat is er? Mis ik iets?'

'Waar gaan we naartoe?' vraag ik.

'Hoorde je me dat niet zeggen?'

'Nou, nee. Dat klonk als een film waar ik beslist ondertiteling bij nodig heb. Je spreekt vloeiend Frans!'

'Niet helemaal vloeiend,' zegt hij. 'Tenzij het over hedgefondsen gaat, maar dat stelt niks voor, want tachtig procent van die termen is Engels, dus ik hoef er alleen maar *le* of *la* voor te zetten en dan kom ik al heel ver.'

'La hedge fund,' zeg ik lachend.

'Precies. Maar eigenlijk is het *le*.'

'Jeetje! Serieus? Vijftig procent kans en dan heb ik het nog mis?'

'Nou...' zegt hij bedachtzaam. 'Ik weet vrij zeker dat je dat expres deed.'

'Je hebt geen enkel bewijs.'

'Ik hoef geen bewijs. Jij bent een open boek voor me.'

'O, is dat zo?'

'Toevallig wel, ja.'

Shit, we zijn een minuut of drie onderweg en we zitten al zo ongeveer op het flirtlevel van gisteravond. Hij kijkt me recht aan en ik voel mijn hele gezicht opgloeien. Het is vast niet zo heel moeilijk om daar precies te lezen hoelang ik vannacht aan zijn hand – en een heleboel andere dingen van hem – heb gedacht voor ik in slaap viel. Ik heb opeens ontzettend veel interesse in mijn beker koffie en ontwijk zijn blik terwijl ik een slokje neem.

Hij volgt mijn voorbeeld, alleen blijft hij mij aankijken. Ik kan het niet zien, maar ik vóél het gewoon. 'Hoe dan ook... Ik dacht dat je het adres wel zou herkennen.'

'Hoezo?'

'Nou... als je even nadenkt...' Hij gebaart naar mij met het papieren zakje in zijn hand. 'Audrey... ontbijt. Er ontbreekt nog maar één element, toch?'

'Tiffany's?' vraag ik. 'We gaan naar Tiffany & Co.? Echt?'

'Tuurlijk, echt. We gaan heel die New York-trip uitwissen. Behalve je leuke herinneringen dan. Ik ben hier niet om dingen voor je te vergallen.' Hij grijnst. 'Goed begin van de dag, toch? *Breakfast at Tiffany's*?'

Ik moet lachen. 'Perfect.'

Lynx heeft het filiaal van Tiffany & Co. aan Rue de la Paix gekozen, vlak bij Place Vendôme. Het lijkt helemaal niet op het pand aan Fifth Avenue in New York. De winkel is nog niet open, maar toch lopen er de hele tijd mensen voorbij en ik voel me ontzettend ongemakkelijk als ik voor de etalage sta terwijl Lynx foto's maakt met zijn telefoon.

'Audrey, je hebt de film toch gezien? Je weet wat je moet doen, hè?'

Ik staar naar een oudere, chic geklede dame die voorbijloopt en duidelijk fronst bij het horen van mijn naam. Ze denkt zeker dat ik zo'n groupie ben dat ik mensen dwing me Audrey te noemen terwijl ik haar imiteer op de verkeerde locatie. Ik zie er vast belachelijk uit. 'Oké, je hebt er nu wel genoeg, we kunnen gaan!' opper ik.

'Nee, nee, nee.' Hij gebaart dat ik terug moet naar mijn plek voor de etalage. 'Dit werkt alleen als je doet wat Audrey doet. Dus je gaat een manier vinden om je koffie te drinken...'

'Die is allang op.'

'Om te doen alsof je koffiedrinkt én je koffiebroodje te eten. En... actie!'

'Lynx...'

'Audrey, stop met letten op wie er voorbijloopt. Je bent hier met mij. Jij vindt dit leuk en ik vind dit leuk. Dat is alles wat ertoe doet.'

Wacht even: hij vindt dit leuk? Zei hij dat? Hij doet het niet alleen voor mij, hij vindt dit daadwerkelijk leuk?

'Dat is al beter,' zegt hij terwijl hij een stapje achteruit zet en zijn telefoon iets hoger richt. 'En nu ga je naar die etalage kijken en je broodje eten en fantoomkoffie drinken.'

'Fantoomkoffie?' herhaal ik sceptisch en Lynx gebaart nogmaals ongeduldig dat ik me moet omdraaien. Ik haal Audrey-style het dekseltje van mijn lege beker koffie en pak het broodje uit de papieren zak terwijl Lynx me aanmoedigt en zegt dat het fantástisch is wat ik doe. Ik moet lachen en hij maakt nog meer foto's.

'Oké, wauw, kijk... dit wilde ik zien.' Hij komt naar me toe en swipet door een hele reeks foto's. 'Deze glimlach, als die niet "Fuck de snoepfabriek" zegt, dan weet ik het ook niet meer.'

Ik zucht en richt mijn blik weer op de etalage.

'Zie je iets wat je mooi vindt?' vraagt hij.

Ik kijk naar hem. 'Alles?'

'Je kunt hier wel een heel maandsalaris over de balk smijten. Makkelijk.'

'Inderdaad.' Ik wijs naar een piepklein hangertje. 'Daar moet ik waarschijnlijk een tweede hypotheek voor afsluiten.'

'Elke cent waard,' concludeert hij. Hij kijkt me lachend aan. 'We kunnen wachten tot ze opengaan.'

Ik schud mijn hoofd. 'Parijs wacht.'

'Ik kan niet geloven dat ik hier echt ben,' zeg ik terwijl ik rondkijk in Café des Deux Moulins. Het is een locatie van een van mijn favoriete films, vlak bij de Moulin Rouge. Dus toen Lynx voorstelde om Montmartre te verkennen, wilde ik per se hier lunchen. We hebben allebei een carpaccio van courgette gekozen en een bord frietjes gedeeld. Nu wachten we op het dessert. Een crème brûlée en een warme chocolademelk voor mij, de vaste bestelling van Amélie in de film. Voor Lynx een *café expresso* en het dessert van de dag, iets met peer en crème anglaise.

'Het is toch echt zo, en ik heb vijfenzeventig foto's gemaakt om het te bewijzen.' Lynx scrolt door zijn filmrol en draait het scherm naar me toe. 'Dit kan weleens je nieuwe profielfoto worden.'

Ik knik. 'En we hebben een plekje aan het raam, met uitzicht over het hele café, en...'

'Oké, je vindt hem dus niks. Deze dan?' Hij swipet over zijn scherm. 'Of deze? Deze? Deze kan ook.'

'Ja,' zeg ik. 'Misschien.'

'Je kijkt niet eens.'

'Ik kijk. Ik heb gekeken. Maar ik weet hoe ik eruitzie en dit...' Ik gebaar om me heen. 'Dit is echt iets unieks. Weet je wel hoe vaak ik die film heb gezien? En nu bén ik hier. Het voelt alsof Audrey Tautou hier ieder moment achter de bar vandaan kan komen om ons dessert te serveren, vind je niet?'

'Ik denk niet dat dat erin zit,' antwoordt hij. 'Daarom neem ik altijd mijn eigen Audrey mee als ik hier kom.'

'Altijd?'

'Ik ben hier nog nooit zonder jou geweest.'

Ik kijk glimlachend uit het raam. 'Ik vind het echt geweldig, hier. Ik weet dat ik alles nu ontzettend romantiseer en zo, en dat dit allemaal echte mensen zijn die met precies dezelfde dingen worstelen als ieder ander, maar toch... Het leven is toch essentieel anders als je hier woont?'

'Denk je dat echt?'

'Het kán niet anders. Als je elke dag langs de Seine kunt wandelen? In een café in Montmartre warme chocomel kunt drinken? De tuinen van het Louvre kunt bezoeken?'

'Ik weet het niet. Uiteindelijk heeft Parijs ook gewoon mensen van hr nodig.'

Ik schud mijn hoofd. 'Nee, niet waar. Ik weiger het te geloven. hr bestáát hier niet eens. Mensen in Parijs werken in de mode, in bakkerijen, chocolaterieën of cafés. Of ze zijn kunstenaar. That's it.'

'En waar zie je jezelf?'

'Ik denk dat het in de bediening wordt. Mode en kunst vallen sowieso af wegens afwezigheid van talent. En ik ben ook geen ster op culinair gebied. Misschien kan ik hier serveerster worden.'

'Een mooi, eerlijk beroep. Goede keuze,' zegt Lynx en op dat moment komt er een ober onze kant op, luid pratend in zichzelf. Op het moment dat hij een klein langwerpig dienblad met onze drankjes voor ons neerzet begint hij keihard 'Gigi L'Amoroso' te zingen.

'Of misschien ook niet,' fluister ik.

De ober kijkt me aan en als ik me niet vergis heeft hij zojuist de woorden crème brûlée in de tekst verwerkt terwijl hij me het schaaltje presenteert. Vervolgens zet hij een bord bij Lynx neer en hij eindigt zijn gezang met een '*Bon appétit!*'

'Merci,' antwoord ik en Lynx knoopt een heel gesprek aan. Aan het gezicht van de ober te zien was het een compliment over zijn vocale kwaliteiten. Het gesprekje duurt een minuut of twee en de ober roept heel enthousiast dingen als: 'Oui, oui, oui!' en '*Pas du tout*' en '*Pas loin*'. Dan wijst hij naar buiten en zegt hij nog een heleboel andere dingen die ik voor geen meter versta, maar het lijkt erop dat hij Lynx de weg aan het uitleggen is.

'De zangeres van dat liedje heeft in deze buurt gewoond,' legt Lynx uit zodra de ober wegloopt. 'Dalida. Een Frans icoon. Ze is begraven op het Cimetière de Montmartre en er is een pleintje naar haar vernoemd waar haar buste staat. Ze zeggen dat het geluk brengt om haar borst aan te raken, maar ik vermoed dat dat gewoon verzonnen is om legitiem iets ongepasts te doen.'

'Waarschijnlijk wel.'

'We kunnen er straks langs lopen. Het is op de hoek van twee mooie straten, heel idyllisch. Het beeld staat precies tussen drie bomen, het plein is geplaveid met kinderkopjes en omgeven door witte huizen. En je hebt een heel mooi uitzicht met een doorkijkje naar de Sacré-Coeur.'

'Je begint je echt te ontpoppen tot mijn persoonlijke gids door Parijs. Ook een leuke carrièreswitch. Mocht je het schilderen beu raken.'

Hij glimlacht. 'Als we vroeger naar Parijs gingen, verbleven we altijd in deze buurt. Ik ken de weg een beetje.'

'Hoe vaak ben je hier geweest?'

'Eh... Een keer of drie in mijn jeugd. Een paar keer voor mijn werk.' Hij laat een stilte vallen, waarin hij een afweging lijkt te maken. Dan vervolgt hij alsof elk woord hem moeite kost: 'En nog een keer met mijn ex.'

'O.' Dat was blijkbaar een gevoelige snaar en nu weet ik niet of ik verder moet vragen of juist niet. Ik kan de seconden haast horen tikken terwijl ik de juiste aanpak probeer te bepalen. Shit, dit is ongemakkelijk. 'Dat is, eh, best vaak.'

'Ja.' Hij roffelt met zijn vingers op tafel en plakt een glimlach op zijn gezicht. 'Oké, tijd voor die beroemde crème brûlée, vind je niet?'

'Sorry als ik...'

'Je hebt niks verkeerds gezegd,' zegt hij voor ik mijn excuses heb kunnen afmaken. Zijn opgewektheid is weer terug en hij pakt zijn telefoon van tafel. 'Nou, volgens mij zit de magie hem in het breken van dat laagje, dus *let's do this...*' Hij richt de telefoon op me. 'Of eigenlijk moet ik zeggen: *on y va*!'

'Lynx... moet je werkelijk overal een foto van maken?'

'Ik ben aan het filmen.'

'Jezus, nog erger...'

'Wat heb je tegen het vastleggen van herinneringen?'

'Niks. Het voelt alleen een beetje...' Er lopen mensen langs ons tafeltje en ze worden door onze zingende ober zo'n beetje naar de andere kant van het café gejaagd. Hij lijkt nogal een dwingend plan te hebben voor de placering. Toen wij binnenkwamen werden we ook met een '*Allez, allez! Ici, ici!*' naar dit tafeltje gedirigeerd.

'Ben je er klaar voor?' vraagt Lynx.

'Oké...' mompel ik. 'Mensen denken waarschijnlijk dat ik nog nooit in mijn leven een crème brûlée heb geproefd.'

'Je hebt nog nooit deze crème brûlée gehad,' antwoordt Lynx. Hij heeft een punt.

'Of deze warme chocolademelk...'

'Of deze dag in Parijs, met mij...'

Ik geef met mijn lepeltje drie zachte tikjes op het suikerlaagje, dat knisperend openbarst.

'Wow, zó *satisfying*!' roept Lynx. 'Dit is geen toetje, dit is kunst!'

Ik moet lachen, denkend aan het broodje met verlepte, verbrande groenten in Antoines busje. Dan schep ik een beetje crème brûlée op mijn lepel en sluit mijn ogen terwijl ik het hapje laat wegsmelten op mijn tong. 'Perfectie... Nu jij.' Ik grijp de telefoon van Lynx en film hem. 'Eens kijken hoe leuk jij dit vindt.'

'Geen enkel probleem mee,' zegt hij met een brede grijns terwijl hij ontspannen in de camera kijkt. Zo irritant, die mensen met aangeboren charisma en natuurlijke charme.

'Ga je jouw dessert nog proeven?' vraag ik.

Hij laat de zijkant van zijn vork door de peer gaan, haalt het stukje in een soepele beweging door de crème anglaise en stopt het in zijn mond. 'Audrey, geen grap, dit moet je proeven!'

'Kan niet, ik regisseer dit filmisch hoogstandje.' Maar zijn vork komt al mijn kant op en ik kijk er even naar, alsof ik geen idee heb wat de bedoeling is. Lynx geeft me een aanmoedigend knikje en ik leun een beetje naar hem toe om van zijn vork te kunnen happen. Op het moment dat ik de peer op mijn tong voel, valt er een druppel crème anglaise net onder mijn onderlip.

'O, sorry,' zegt Lynx, terwijl hij zijn duim langs mijn lip haalt en naar zijn mond brengt om het drupje op te likken. Een paar tellen lang stop ik compleet met functioneren. Ik denk tenminste dat het tellen zijn. Een paar uur zou ook kunnen, aangezien ik al het besef van tijd verlies en alleen maar die ene beweging, zijn duim van mijn lippen naar de zijne, in gedachten blijf afspelen.

'Niet lekker?' vraagt hij met een zorgelijke uitdrukking op zijn gezicht.

'Hm, jawel!' Ik kom met een schok weer tot mezelf, beseffend dat ik nog niet gekauwd heb. Er zit een crunch van speculoos om de peer en ik proef de zachte crème anglaise en een vleugje karamel. Het is een perfecte combinatie van zacht, krokant en zoet, en hij likte zijn duim af. Ik bedoel, het zat op mijn gezicht en hij... Shit, ik ben nog steeds aan het filmen. Ik druk snel de video uit en geef hem zijn telefoon terug, waarna ik me in opperste concentratie op mijn crème brûlée stort. Ik kijk pas weer op als ik vanuit mijn ooghoek de telefoon van Lynx weer waarneem.

'Kom op,' zeg ik. 'Terwijl ik zit te eten? Geef hier, ik ga ze allemaal wissen. Ik zie er vast belachelijk uit...'

'Hé, dit is mijn telefoon en er wordt niets gewist. Toevallig zie je er best leuk uit.' Hij werkt nog een grote hap van zijn dessert naar binnen. 'Wie heeft jou zo beschadigd?' Hij vraagt het luchtig, bij wijze van grap.

'Hoezo?' vraag ik net zo luchtig. Maar ik voel iets wringen en ik wil niet nadenken over wat dat iets precies is.

'Nou gewoon...'

'Ik weet niet waar je het over hebt.'

'Oké,' zegt hij, 'maar je doet een ding. Elke keer als ik een foto maak. Zodra ik mijn camera op je richt, eigenlijk.'

'Hoe bedoel je, een ding?'

'Het eerste wat je doet, is om je heen kijken. Ik moet minstens vijf foto's maken voor ik er eentje heb waarop je in de lens kijkt. Niet dat het erg is, maar... het valt me op.'

'We zijn in een wereldstad met, wat zal het zijn, twee miljoen inwoners? Tel daar de toeristen nog bij op en vergeef me dat ik wat afgeleid raak.' Ik haal mijn lepeltje door de crème brûlée. Een echo uit het verleden gaat door mijn hoofd. *Weet je hoe belachelijk je er nu uitziet?*

'Ik denk niet dat het afleiding is. Kijk dan.' Hij tikt het filmpje aan en ik zie mijn eigen ongemak op het schermpje. Lynx swipet door zijn fotorol, helemaal tot aan vanochtend toen ik zenuwachtig werd van de dame die voorbijliep bij Tiffany & Co. 'Hier deed je het ook. En hier...' Hij laat een paar foto's zien die hij bij de Moulin Rouge van me heeft gemaakt.

'Ik hou er gewoon niet zo van om op de foto te gaan, oké? Veel mensen hebben daar een hekel aan.'

Hij knikt. 'Oké. Dan maak ik er geen meer. Wil je echt dat ik ze wis?'

'Nou... ik zag er wel een paar die van mij niet hadden hoeven bestaan.'

'Alsjeblieft,' zegt hij, mij zijn ontgrendelde telefoon aanbiedend. 'Ze zijn van jou, doe ermee wat je wilt.'

Ik kijk van zijn telefoon naar hem.

'Ik meen het,' dringt hij aan. 'Ik wil niet dat je je hier rot over voelt. Dus hier, pak aan. Gooi alles maar weg als je dat wilt.'

Ik neem de telefoon van hem aan en swipe even, wis een paar foto's waar ik net knipper of naar vreemde voorbijgangers staar, maar dan stop ik. Ik zie foto's van de leukste dag die ik in tijden heb beleefd. En ik sta er misschien niet overal fantastisch op, maar als ik ze zie, voel ik me blij. Ik stop en leg zijn telefoon neer. 'Ik, eh...' Ik hou mijn blik afgewend, terwijl ik bedenk wat ik precies ga zeggen. 'Tijdens mijn studietijd was ik met iemand... Mijn eerste relatie...' Ik kuch ongemakkelijk. 'Enige relatie, eigenlijk...'

Lynx legt zijn vork neer. Zijn gezicht staat serieus.

'Hij zei altijd dat ik levensgeniek was. En daarmee bedoelde hij: niet-fotogeniek.'

Er verschijnt een rimpeltje tussen zijn wenkbrauwen. Hij leunt een beetje naar achteren in zijn stoel en het lijkt alsof hij iets wil zeggen, maar hij doet het niet, dus ga ik maar verder.

'Wat een soort van compliment is, want het echte leven is waar het om gaat, toch? Een foto is alleen maar... een foto. Alleen denk ik niet dat hij me echt zo levensgeniek vond, want altijd als ik spontaan iets deed, of enthousiast was over iets, dan zei hij: weet je hoe belachelijk je er nu uitziet?'

Lynx ademt uit, een geluid van pure verontwaardiging voortbrengend.

'Hij zei het niet op een kwaadaardige manier,' nuanceer ik vlug. 'Eerder grappend.'

'Ik vind het niet zo grappig,' antwoordt Lynx.

'Het klinkt misschien erger dan het was,' zeg ik, ook al heb ik niet eens verteld hoe vaak het precies gebeurde. En dat het alleen maar erger werd. Dat hij het zei als ik een outfit aanhad die hij niet geschikt vond. Als ik iets met mijn haar deed wat hem niet aanstond. Als ik rode lippenstift droeg, of eyeliner. Als ik lol had met Coco, of met zijn vrienden praatte. Als ik tijdens het stofzuigen aan het zingen was, als ik danste wanneer we uitgingen, als ik in mijn pyjama op de bank zat, als ik knipperde op het moment dat hij een foto maakte. En soms zei hij het inderdaad grappend. Maar soms ook niet. *Weet je hoe beláchelijk je er nu uitziet?*

'Zijn jullie lang samen geweest?' vraagt Lynx.

Ik knik. 'Jaren.'

'Goed dat je van hem af bent.'

'Ik wou dat ik kon zeggen dat ik hem aan de kant heb gezet, maar eigenlijk was het andersom,' geef ik toe. 'Hij had een ander. Hij is nu met haar getrouwd en ze hebben een kind. Past goed bij hem, het vaderschap. Hij bepaalt graag precies wat iemand doet en laat, dus...'

'Is dat hoe jij het ouderschap ziet?' vraagt hij.

'Nou... Nee, niet echt. Maar...'

'Is dat wat jouw ouders doen?'

'Niet met zoveel woorden,' antwoord ik. 'Maar ze laten duidelijk doorschemeren dat mijn keuzes niet helemaal zijn wat ze ervan verwacht hadden.'

'Wat? Vinden ze het niks dat je je vaste baan in een opwelling op het spel zet om door Parijs te struinen met iemand die je een week kent? Ouders kunnen zo kortzichtig zijn.'

Ik lach. 'Niet dan?'

We eten even verder. Dan zegt Lynx: 'Ik weet wat je bedoelt trouwens.'

'Hm. Die van jou prefereren hedgefondsen boven het schilderen van snoepfabrieken?'

'Zoiets.'

'Waarom is dat? Is stabiliteit nou echt zoveel belangrijker dan gelukkig zijn? Waarom leren ze ons niet om écht te leven? Om risico's te nemen en stappen te zetten en te voelen dat je leeft? We zijn hier nú, maar soms lijkt het alsof ik mijn tijd uitzit op de reservebank, wachtend op... wat precies?'

'Ze willen dat we veilig zijn,' zegt Lynx. 'Voor de meeste ouders is dat het enige wat telt.'

'Veilig en doodongelukkig,' mompel ik. 'Ik weet dat ze van me houden. Maar op een of andere manier kan ik nooit aan hun verwachtingen voldoen. Mijn zus, Coco, heeft daar dus geen last van. Bij haar lijkt altijd alles precies te lopen zoals het moet. En zelfs als dat een keertje niet zo is, dan weet je gewoon dat er wel weer iets anders op haar pad komt. Iets beters. Coco worstelt nooit ergens mee. Ze kan eigenlijk maar één ding, maar daar is ze dan ook uitmuntend in. Alles heeft altijd in het teken van haar sport gestaan. Ze is olympisch turnster.'

Hij trekt zijn wenkbrauwen op.

'Ja. Nogal een schaduw om in op te groeien. Mijn hele jeugd draaide om haar rooster. Haar trainingen, haar wedstrijden. Mijn ouders hebben alles in het werk gesteld zodat zij het beste uit zichzelf kon halen. En met resultaat. Meervoudig Nederlands kampioen en olympisch brons op de vloer in Athene.'

'Serieus?'

Ik knik. 'En toen was ze nog niet eens op haar top. Alle ogen waren op haar gericht voor Peking. Ze zou daar meerdere gouden medailles gaan binnenslepen. Maar ze raakte geblesseerd en kwam niet meer in topvorm. Dat was een moeilijke periode, maar nu geeft ze inspirerende TED Talks over zelfverwezenlijking en dat soort gedoe. En ze is *Insta famous.*'

Lynx reikt naar zijn telefoon.

'Nee, niet haar opzoeken!'

'Waarom niet?' vraagt hij. 'Je zus is olympisch medaillewinnaar en Instagram-royalty en ik mag haar niet zien?'

'Dit is dus precies wat ik bedoel. Het draait altijd om Coco. Zodra je haar ziet, vraag je je af wat je hier met mij doet.'

'Ik denk dat dat wel mee zal vallen.' Hij laat zijn telefoon liggen. 'Maar ik kan me voorstellen dat het nogal wat is om het zusje van te zijn.'

'Ik moest altijd het makkelijke kind zijn. Ik ging niet naar clubjes of naar sport- of muziekles, want mijn ouders hadden geen tijd om mij daarheen te brengen. Het enige waarin ik uitblink is middelmatigheid. Ik kan veel dingen een beetje. Maar voor Coco hebben ze altijd grootse dromen gehad. En ik snap het, want ze heeft het allemaal. Talent, uitstraling, doorzettingsvermogen, creativiteit en mensen mogen haar nog ook. En van mij verwachten ze eigenlijk helemaal niks en nog steeds stel ik ze teleur.'

'Ik denk niet dat dat zo is, Audrey. Er is niets teleurstellends aan jou.'

'Twee jaar geleden heb ik mijn huis gekocht,' zeg ik. 'In mijn eentje. Ik was er zo trots op, dat ik dat helemaal zelf kon kopen en verbouwen. Het is een voormalig schoolgebouw dat al heel lang leegstond en het is omgebouwd tot vier loftwoningen. Het was nog helemaal kaal toen ik er voor het eerst binnenkwam, maar ik zag mezelf daar meteen wonen. Heb je dat weleens? Dat je iets zo graag wilt en dat je levendig voor je ziet hoe het zal zijn?'

Hij glimlacht. 'Niet echt, denk ik. Maar het klinkt geweldig.'

'Ik had meteen een beeld in mijn hoofd van het leven dat ik daar zou hebben. Ik was zó enthousiast. Maar toen ik mijn ouders meenam om te gaan kijken, zagen ze alleen maar bezwaren. Mijn vader zei dat het de investering niet waard was en dat het hooguit een instapwoning zou zijn, omdat het totaal ongeschikt is als gezinswoning. Maar ik dacht daar niet eens aan. Ík wilde daar wonen. En ik zag mezelf er ooit met een leuke man. Een cool, artistiek, levenslustig iemand om mijn voorspelbaarheid uit te balanceren. Misschien nog een kat of zo. Maar er komen geen kinderen voor in dat plaatje. En ik heb geen idee hoe ik ze dat moet vertellen.'

'De enige aan wie je iets verplicht bent, ben jij. Je zei het net zelf al: je bent nu hier. Je leeft nú. Je moet ervan maken wat jij wilt. En eerlijk gezegd zie ik niet zo heel veel voorspelbaars aan jou. En ook niets middelmatigs.'

'Dank je,' zeg ik. 'Maar ik ben bang dat je me net een beetje in een atypische week hebt getroffen.'

'Kan zijn, maar dan nog. Ik zie wat ik zie.'

'Oké, maar dit is niet de échte ik. De echte ik zou deze trip ook helemaal tot op de minuut uitgestippeld hebben. Ik was er al aan begonnen, ik heb een hele lijst met dingen die ik hier wil doen. Dát is de echte ik, ik leef met een notitieboek vol lijstjes met dingen die ik moet doen en dit is de eerste keer dat ik nadenk over wat ik wíl doen. Ik had hier ook een plaatje van in mijn hoofd, van Parijs. En als ik mijn notitieboek nu bij me had, dan zou jij de kans niet krijgen om mijn gids te zijn, want dan zou ik hysterisch bezig zijn om zo veel mogelijk punten van mijn lijst te strepen.'

'Nou, we zijn al best goed op weg,' zegt hij. 'Dit stond op je lijstje, toch? En ik wil je best helpen om zo veel mogelijk vinkjes te kunnen zetten.' Hij kijkt me aan met een verdachte sprankeling in zijn ogen.

'We zullen het moeten doen met de surrogaatlijst op mijn telefoon.'

'Wat als ik zeg dat dat niet per se hoeft?' Hij neemt nog een hap peer en ik lepel het laatste beetje van mijn crème brûlée op. 'Ik heb je boek bij me,' geeft hij dan toe.

'Mijn lijstjesboek ligt thuis,' antwoord ik verward.

'Wanneer heb je het voor het laatst gezien?' vraagt hij, een stukje peer door de saus op zijn bord duwend.

'Toen ik aan het inpakken was, denk ik. Ik weet het niet precies meer. Waar doel je nou precies op?'

'Was de laatste keer dat je het had niet toen je de lijst met mij besprak op de steiger? Daar heb ik het namelijk gevonden toen ik ging opruimen. Ik was van plan het maandag aan je terug te geven, maar –'

'Jij hebt mijn boek?' vraag ik. 'En je hebt het meegenomen?'

Hij knikt. 'Daarom wist ik van dat ijs met die bloemblaadjes. Ik ben daar nooit geweest, ik had het op je lijst zien staan en ik heb het opgezocht.'

'Wacht, je hebt mijn lijst...' Er treedt een heel alarmprotocol in werking in mijn brein. Kleine mannetjes die in paniek heen en weer rennen om te redden wat er te redden valt, maar niet weten waar ze moeten beginnen. 'Je hebt het opgezocht? Je hebt hem gelézen? Mijn lijst? De hele... lijst?' Ik zie het al aan zijn gezicht. Shit. Fuck. Kut. Niet de hele lijst. Alsjeblieft, niet de héle lijst!

'Audrey, het spijt me. Ik zou het nooit gedaan hebben, maar... Het was op een of andere manier onder dat linnen tasje terechtgekomen en toen ik dat weghaalde, lag het daar gewoon helemaal open... het woord sprong gewoon van de pagina. Ik kon er écht niets aan doen.'

Nee... Nee, nee, nee, neeneenee.

'Het is toevallig mijn lievelingswoord en... het was alsof het er in neon geschreven stond.' Hij zegt het alsof dit grappig is. En dat is het niet. O mijn god, dit is zó niet grappig.

Ik verberg mijn gezicht in mijn handen en wacht tot de aarde opensplijt om me te verzwelgen, want dit is echt, écht heel erg. Zo erg.

'Het is geen *big deal*,' zegt Lynx.

'Geen big deal?' roep ik, opkijkend. 'Geen big deal? Dat was privé, Lynx. Heel, héél erg privé. En jij... al die tijd dat we hier zijn, heb je niks gezegd en... Shit, is dit allemaal een grote grap voor je? Om mij voor schut te zetten?'

'Hé, je staat niet voor schut.' Hij legt zijn hand op mijn onderarm, die ik met een ruk terugtrek. 'Ik wachtte het juiste moment af om het te zeggen.'

'O, en dit is het juiste moment?'

'Nee, maar het kwam ter sprake. En het begon op liegen te lijken als ik niks zei. Het spijt me, oké? Zoals ik al zei: het was echt niet mijn bedoeling. Mijn oog viel er gewoon direct op en nou ja...'

'Toen heb je alles maar gelezen?'

'Sorry. Echt.'

'Wat heb ik aan sorry? Hoe zou jij het vinden als ik je diepste gedachten zou lezen zonder dat je het wist?'

'Niet echt tof,' antwoordt hij.

'Precies.' Ik staar hem aan.

'We kunnen doen alsof het nooit gebeurd is. Jij krijgt je boek terug. We hoeven het er nooit over te hebben.'

'Lijkt me een strak plan.' Ik baal ervan dat ik mijn crème brûlée al opheb, want nu zit ik mijn lepeltje over de lege bodem van mijn schaaltje te schrapen en ik weet niet hoelang ik dat kan doen zonder gestoord te lijken. Of nog gestoorder moet ik zeggen, aangezien hij al mijn idiote... Ik pak mijn chocolademelk en begin ervan te nippen, mijn blik strak op het drankje gericht. Ik hoor de vork van Lynx over zijn bord gaan.

'Oké,' zegt hij dan. 'Ik ga toch één ding zeggen en daarna kunnen we het er nooit meer over hebben: als je twijfelt, is het een nee.'

'Lynx!'

'Sorry, maar dat is gewoon een vaststaand feit. Als je twijfelt of je ooit een orgasme hebt gehad, is het antwoord nee.'

En daar is het. Het vijftiende punt op mijn 'klein en meeslepend'-lijst, volgend op punt veertien: de perfecte kus. Punt vijftien: zeker weten dat ik een orgasme heb gehad. Stomme lijst. Stomme, stomme lijst. Stomme Lynx! Het is zijn schuld dat ik überhaupt aan die lijst begonnen ben.

'Ik twijfel niet,' zeg ik.

'O, dus je weet zeker dat je nooit klaargekomen bent?'

'Lynx!' Ik kijk om me heen.

'Wat? Niemand hoort wat we zeggen, en al zouden ze het horen, dan begrijpen ze het niet. En al zouden ze het begrijpen: zo gênant is het niet.'

'Zo gênant is het absoluut wel.'

'Helemaal niet. Weet je wat ik gênant vind? Dat de mannen met wie jij naar bed geweest bent niet doorhadden dat jij dat punt niet van je lijst kon strepen.'

'Ik ga dit niet met je bespreken, Lynx.'

'Waarom niet?'

'Gewoon niet. Ik voel me niet op mijn gemak om dit gesprek aan te gaan met een man die ik net ken.'

'We hebben aan één stuk door gesprekken over de zin van het leven, maar dit gaat te ver?'

'Inderdaad.'

'Goed, dan hebben we het er niet over. Maar dit is dus wel precies het probleem. Het vrouwelijk orgasme hoeft niet zo'n mysterie te zijn als mannen er gewoon naar zouden durven vragen. Mijn moeder vond het in een gezin met alleen maar mannen extra belangrijk om mijn broer en mij feministisch op te voeden. Ze gaf ons seksuele voorlichting vanuit het perspectief van de vrouw, ze stuurde ons naar de winkel om maandverband te kopen net zolang tot we bij de kassa niet langer vergingen van schaamte. En ze heeft ons geleerd om altijd te praten en vragen te stellen. Ook tijdens seks. Het hoeft niet zo moeilijk te zijn. Zeg dat maar tegen Darius. Of Maurice. Of allebei.'

Ik kijk hem stomverbaasd aan.

'Ze komen allebei op je lijst voor, dus...'

'Ik wérk met Maurice.'

'Ja, en? Hoeveel relaties beginnen er niet op het werk? Ik heb zo vaak met collega's gedatet. Mijn ex was mijn leidinggevende toen we wat kregen.'

'Ik hou het toch liever iets professioneler,' zeg ik.

'Maar je weet dat hij meer voor je voelt, toch?'

'Ik weet niet wat jij denkt gelezen te hebben op mijn lijst, maar Maurice en ik zijn gewoon collega's die het goed met elkaar kunnen vinden en verder niets. Hij heeft al eeuwen een vaste relatie. Ik ben zelfs soort van bevriend met zijn vriendin. Al is dat misschien een beetje een groot woord, maar op personeelsfeestjes heb ik het altijd heel gezellig met haar. Het zou niet eens bij me opkomen.'

'Ik heb het ook niet van je lijst,' zegt Lynx. 'Ik had het door tijdens die receptie op je werk. Hij werd nogal territoriaal toen hij je met mij zag praten.'

'Nee joh.' Ondertussen denk ik aan hoe Maurice zijn hand achter me langs op mijn elleboog legde. De manier waarop hij Darius ter sprake bracht. Om Lynx af te schrikken? En dat hij daarna vertelde dat het niet lekker ging tussen hem en Annette. En opeens komen er allemaal andere dingen bij me op. Zijn knipoog. Ik heb hem dat nog nooit bij iemand anders zien doen. De dubbele cappuccino's. Hoe hij altijd even aan mijn bureau komt zitten om dingen te overleggen. Hoe vaak we oogcontact hebben als ik even opkijk van mijn werk, ook als hij zit te bellen of met iemand anders in gesprek is. Shit...

'Audrey, die gast is smoorverliefd op je. Je had hem moeten zien afgelopen maandag. Hij was in alle staten. Ik ben naar hem toe gegaan toen hij buiten telefoontjes stond te plegen, maar hij liet zich niet geruststellen.'

'Ik heb dit echt... totaal gemist...' breng ik uit.

'Vind je hem ook leuk?' vraagt hij. 'Want je bloost nu harder dan toen we het hadden over dat ene punt op je lijst dat niet genoemd mag worden.'

'Niet op die manier,' antwoord ik. 'Hij is gewoon... Maurice. Jezus. Hij zei... tijdens het feestje voor Rob, dat het niet goed ging tussen hem en zijn vriendin omdat ze andere dingen willen.'

'Tja, zij wil een relatie met hem. Hij met jou. Dat zijn inderdaad twee héél verschillende dingen. Moeilijk te verenigen ook. Tenzij jij ze allebei heel leuk vindt. Alles kan, tenslotte. Maar dan moet je dat meisje van de Starbucks eerst weer dumpen. Het zou een heel gedoe worden.'

Ik rol met mijn ogen.

Lynx lacht. 'Dus... dan blijft Darius over.'

'Weet je, Lynx, dit gaan we dus niet doen. Ik vind dat de balans tussen ons enorm scheef loopt. Jij weet inmiddels elk gênant detail dat me bezighoudt en ik weet eigenlijk helemaal niets van jou. Dus ik beantwoord geen persoonlijke vragen meer.'

'Hm, je hebt een punt,' zegt hij terwijl hij zijn inmiddels lege bord iets van zich af schuift. 'Goed, mijn beurt. Sylvie – mijn ex – en ik zijn bijna vier jaar samen geweest. We hadden serieuze plannen. We hadden het over trouwen en kinderen. Ik had al zo'n beetje bedacht hoe ik haar zou vragen. Maar… toen gebeurden er dingen. Ik veranderde. Nam ontslag. Zij deed haar best om me te begrijpen, en met de meeste veranderingen kon ze omgaan, maar toen bedacht ik me ook nog over het krijgen van kinderen. En dat was de druppel. Ze is bij me weggegaan.'

'O. Dat klinkt best heftig.'

Hij knikt. 'Was het ook. Maar het is logisch. We hadden hetzelfde toekomstbeeld. En toen opeens niet meer. En wel of geen kinderen is niet echt iets waar je een compromis over kunt sluiten. Zij wist heel zeker dat ze ze wilde en ik weet heel zeker van niet.'

'Hoe weet je dat zo zeker?' vraag ik. 'Want ik heb nu ook geen kinderwens, maar soms denk ik dat het misschien nog komt. Met de juiste partner of… ik weet niet, over een paar jaar misschien. Maar hoe weet je zo zeker dat het niet verandert? Misschien dat jullie over een paar jaar –'

'Nee.' Hij schudt zijn hoofd. 'Ik weet het echt zeker. Nooit.'

'O. Oké.' Iets aan de stelligheid waarmee hij dat zegt, brengt me van mijn stuk. 'Wow.' We kijken elkaar aan zonder iets te zeggen. Ik zou ook even niet weten wat. Ik voel me een beetje schuldig dat ik dit uit hem gesleurd heb. Het is duidelijk dat hij hier nog mee worstelt.

Hij neemt een slok van zijn espresso, zet het kopje weer neer en kijkt me aan met een serieuze blik. 'Ik ga iets bespreekbaar maken. Iets waarvan ik denk dat het wel duidelijk is, maar we hebben het er niet over…'

'O?' Mijn maag doet iets geks. Het voelt een beetje alsof ik radslagen aan het maken ben.

'Ik vind je leuk, Audrey.'

Dit zijn geen radslagen meer. Dit is bungeejumpen. Zonder koord.

'Waanzinnig leuk. Al sinds het begin. Ik liet die steigerbuizen expres vallen, om je aandacht te trekken. En die foute openingszin gebruikte ik ook expres. Ik heb de hele afgelopen week alleen maar gedacht aan hoe ik meer tijd met je kan doorbrengen.'

O, fuck. Ik denk dat ik nu roder ben dan tijdens het orgasmegedoe en het gesprek over Maurice bij elkaar opgeteld. Ik zou bijna de warme chocolademelk in mijn gezicht willen gooien om af te koelen.

'En sinds ik hier ben, probeer ik te bedenken wat ik ermee moet. Want ik wil er iets mee. Maar ik weet ook dat het nooit iets kan worden tussen ons.'

'H-hoezo niet?' vraag ik. *Hij wil er iets mee. Hij wil er iets mee?*

'Dat ligt aan mij. Niet aan jou. Ik ben niet iemand aan wie je je moet hechten. Ik kom met meer problemen dan ik waard ben. Dus als jij op zoek bent naar iets serieus, dan is dit het niet. En dat zal het ook nooit worden.'

'Dat is... duidelijk,' zeg ik, hoewel alles in mijn hoofd nu zo troebel is dat ik geen duidelijke gedachte kan vormen al zou mijn leven ervan afhangen.

'Maar...' Hij leunt een beetje naar me toe, over het tafeltje heen. 'Stel nou dat jij heel erg verliefd bent op die Darius. En dit tussen ons is gewoon wat het is, hier en nu, niets meer, niets minder. Dan zouden we het heel leuk kunnen hebben, zonder dat iemand van ons gekwetst raakt. En ik weet vrij zeker dat dat punt over je orgasme dan geen punt meer is.'

We kijken elkaar een paar tellen aan. Dan laat hij zijn vingertoppen over de rug van mijn hand glijden voor hij mijn vingers vastpakt.

'Wat denk je?' vraagt hij.

'Zeg je nu eigenlijk min of meer dat je zo onweerstaanbaar bent dat ik per se verliefd op iemand anders moet zijn om seks met je te kunnen hebben?'

'Beweer jij soms dat ik dat niet ben?' Hij speelt op een bizar sexy manier met mijn vingers, onomstotelijk bewijs leverend dat hij inderdaad zo onweerstaanbaar is. 'Ben je vergeten dat ik Antoine ervan heb kunnen overtuigen me aan te nemen zonder enige relevante werkervaring?'

'Hm, ik zal maar niet vragen hoe je dat voor elkaar hebt gekregen.'

Hij lacht. Mijn god. Ik wil dit. Hem.

'Toevallig ben ik inderdaad ontzettend verliefd op Darius.' Ik weet dat het niet slim is. Helemaal niet slim. Hij kan niet duidelijker zijn. Hij wil seks met me en dat is alles wat hij wil. Hij is waarschijnlijk nog niet over zijn ex heen. En ik weet vrij zeker dat wat ik nu voel niet minder gaat worden als hij ook nog eens goed in bed blijkt te zijn, iets waar hij zelf nogal zeker van lijkt. Dus dat dit een slecht idee is, kan niet duidelijker zijn. 'Maar hoe werkt dat dan? Ik heb nog nooit seks gehad zonder verliefd te zijn. Jij wel?'

'O, zo vaak.'

Ik kijk naar onze handen. Zijn duim streelt langzaam over de mijne.

'Dat klonk niet helemaal lekker, geloof ik,' zegt hij. 'Ik bedoelde: een acceptabel, niet overdreven hoog, de juiste voorbehoedsmiddelen in acht nemend aantal keer.'

'Hmm...'

'Luister, ik snap het als het je ding niet is. Ik heb genoeg vrouwen ontmoet die niet verliefd op me zijn en toch met me naar bed wilden. Maar het is niet voor iedereen. En dan moet je het niet doen. Ook al staat het absoluut vast dat je daarna een punt van je lijst kan strepen.'

'Je bent daar nogal van overtuigd, hè?'

'Duizend procent.'

'Ik kan niet zeggen dat ik niet geïntrigeerd ben,' zeg ik, terwijl ik mijn blik weer naar hem opsla. Jezus, die ogen van hem. Zoals hij nu naar me kijkt.

'Denk er even over na,' zegt hij. 'Toevallig ben ik hier nog even.'

'Ik toevallig ook.'

'Mooi.'

Ik glimlach. 'Heel mooi.'

We wandelen over Rue Lepic in de richting van Place Dalida terwijl Lynx me vertelt over La Maison Rose, een plek waar grootheden als Picasso, Dali en Camus ooit vaste gast waren en waar nu influencers uit alle windstreken op afkomen als motten op een vlam. 'Het is een heel klein restaurantje, helemaal roze geschilderd, met groene luiken, omgeven door klimop. We komen er straks langs. Als je wilt, kunnen we er reserveren voor later in de week.'

'Klinkt goed.' Ik ben nog niet helemaal bijgekomen van zijn eerdere voorstel. Hij lijkt er zelf volkomen relaxed onder. Alsof het de normaalste zaak van de wereld is dat ik hier nu naast hem aan gegarandeerde orgasmes loop te denken. Hij is het misschien alweer vergeten.

'Alles goed?' vraagt hij.

'Ja,' antwoord ik snel. Misschien is hij het toch niet helemaal vergeten. 'Ik probeer me voor te stellen hoe het hier vroeger was. Een dorpje op een heuvel met molens en wijngaarden.' Oké, dat is niet wat ik me aan het voorstellen was, maar hij lijkt erin te trappen.

'Raar idee, hè?'

'Bizar.'

'Er is nog één wijngaard over in Montmartre,' zegt hij. 'Maar ik geloof dat de wijn niet om over naar huis te schrijven is.'

'Dus die slaan we maar over?'

'Beter van wel, maar er zijn hier zoveel verborgen schatten. Al die kleine straatjes hebben nog steeds een bepaalde dorpse charme, vind je niet? Je hoeft maar een hoek om te gaan en...' Hij staat abrupt stil en kijkt naar een hek waarachter een grote, steile trap ligt. De trap leidt naar een groot wit huis dat tussen de bomen staat. Een felblauwe lucht erboven.

'Mooi...' zeg ik.

'Volgens mij is dit...' Lynx zet een paar stappen in de richting van het hek. 'Audrey, kom kijken, dit is het heksenlaantje.'

'Het wat?'

'Zo noemde mijn vader het. Passage de la Sorcière. Ik ben hier jaren geleden met hem geweest. Er was geen hek toen. We kwamen van de andere kant en toen zijn we hier naar beneden gelopen, door het heksenlaantje. Shit, waarom is het afgesloten?'

'Is het behekst?' vraag ik, terwijl ik aarzelend een stap in zijn richting zet. 'Want dan is het misschien voor je eigen veiligheid.'

'Het is blijkbaar privéterrein nu.' Hij leest het bordje op het hek. '*Hôtel Particulier.* Dat huis herken ik, maar het was vroeger geen hotel, volgens mij. Zie je die rots daarboven?' Lynx wijst door de spijlen van het hek. 'Hij heeft een rare vorm. Lijkt een beetje op een rotte kies. Zie je?'

Ik kijk naar boven. 'Ik denk het.'

'Er gaan allerlei verhalen over hoe die daar terechtgekomen is. Geologen zeggen dat hij afkomstig is uit de Marne, uit de omgeving van Reims. Maar niemand snapt hoe dat massieve stuk gesteente van daar naar hier kon komen. Sommigen zeggen dat het een meteoriet is. Anderen zeggen dat het de resten zijn van een bron, een *sourcière.* En volgens de legende woonde er in dat grote witte huis dat nu een hotel is een oude, teruggetrokken vrouw, altijd gekleed in het zwart...'

'Oké, Lynx, heb ik je al verteld dat ik werkelijk van álle films hou behalve van horror? Dus kunnen we gaan? Ik krijg hier nu al de kriebels van.'

Hij lacht. 'Wacht even. Het verhaal is nog niet af. De buurtkinderen hielden altijd wedstrijdjes wie het eerste bij de steen was, dus renden ze de hele tijd deze passage op en af, juichend bij de rots als ze gewonnen hadden.'

'O mijn god, ze worden allemaal vermoord, hè?'

'Nee. Luister nou even. De vrouw werd het helemaal beu, dus ze jaagde ze weg met haar bezem en maakte ze bang door spreuken te roepen. En de kinderen verbasterden het woord "sourcière" uiteindelijk tot *sorcière*, het Franse woord voor heks. Het gerucht gaat dat de rots resten zijn van haar betoverde bron en dat haar geest nog rondwaart in het huis.'

Hij heeft het nog niet gezegd of ik voel een windvlaag langs me heen gaan. Ik wrijf het kippenvel van mijn armen. 'Laten we gaan.'

'Ahhh...' Hij kijkt verlangend door het hek. 'Ik wou dat ik het je kon laten zien. Misschien kunnen we een tafel boeken in het hotelrestaurant? In plaats van in het roze huis? Wat denk je?'

'Ik stem voor het roze huis. Met klem.'

Hij lacht en leunt met zijn schouder tegen het hek. Er klinkt een klik, gevolgd door een roestig, schrapend geluid als het op een kier opengaat. 'Het staat open!' Zijn gezicht lijkt op dat van een kind dat met een tientje op zak een snoepwinkel in gestuurd wordt. Hij geeft een duwtje tegen het hek tot het ver genoeg openstaat om erdoorheen te glippen. 'Audrey, kom...'

'Nee. Nope. No way.' Ik zet een stap achteruit. Dan nog een. Voor de zekerheid.

'Kom nou, je moet dit zien. Je hebt daar een van de mooiste uitzichten van Montmartre. Geloof me nou.'

'Nee, Lynx!' Ik kijk om me heen. 'Ik heb geen zin om gearresteerd te worden in Parijs, oké? Laten we naar Place Dalida gaan, en het roze huis...'

'Zo komen we daar ook. Kom op nou, het is maar een verhaal. Er gebeurt je niks.'

'Dat hek zat net nog dicht! Het ging open toen jij zei dat –'

Hij komt naar me toe en pakt mijn hand. 'Ik bescherm je.' En nu weet ik zeker dat dit steegje behekst is, want ik ben weerloos als hij me met zich meetrekt. Volkomen in de ban.

Lynx sleept me de trappen op, helemaal naar boven. Mijn hart klopt in mijn keel, om meerdere redenen. Ik ben flink buiten adem als ik boven ben en kijk behoedzaam om me heen. Lynx laat mijn hand los en loopt naar het rotsblok, wandelt eromheen en blijft er dan naar kijken, diep in gedachten. 'Ik was dertien of veertien. Te oud om bang te worden van spookverhalen, maar ik werd ook bang toen ik hier met mijn vader was. Hij vertelde het verhaal beter dan ik.'

'Nog beter?'

Hij kijkt rond. Het heeft wel wat weg van een betoverd bos. Overal staan bomen en het rotsblok is helemaal begroeid, net als de gevels van de huizen om ons heen. Achter het gesteente loopt een groen hek. Het staat open en Lynx' blik blijft hangen op de tuin die erachter ligt. Hoge bomen en veel groen. Een terras met ronde tafeltjes en witte, gietijzeren stoelen voor de witte gevel van het hotel.

'Zal ik een foto van jou maken?' vraag ik. 'Om aan je vader te sturen?'

'Kon dat maar...' Hij staart nog steeds naar het hotel, alsof hij in gedachten terug in de tijd reist en zijn ogen... O, shit... Opeens dringt het tot me door. 'Hij leeft niet meer,' zegt hij schor.

'O jezus, Lynx... Ik... Het spijt me zo...'

'Je kon het niet weten.' Hij schraapt zijn keel, schopt tegen een steentje en haalt een hand over zijn gezicht, wrijft met zijn duim en wijsvinger in zijn ogen. Ik weet niet zeker of hij huilt, maar het scheelt in ieder geval niet veel.

Voorzichtig raak ik zijn arm aan. 'Sorry dat ik zo ondoordacht...'

'Nee, geeft niet.' Hij kijkt op. 'Het komt niet door jou. Het is deze plek, de herinnering is bijna tastbaar. Ik heb dat nog nooit...'

'Wil je dat ik even...' Ik gebaar om me heen. 'Als je een moment voor jezelf nodig hebt...'

'Je wilt gewoon weg omdat je bang bent voor de heks.'

'Ook dat.'

Er verschijnt een flauwe glimlach op zijn gezicht. 'Hij wilde me dit zo graag laten zien, maar we konden het eerst niet vinden. Voor mijn gevoel hebben we er uren naar gezocht. Alleen hij en ik. Mijn broer was met mijn moeder naar een of ander museum en wij hebben de hele ochtend gezocht naar het heksenlaantje. Het was alsof we op speurtocht waren.' Zijn glimlach heeft inmiddels aan kracht gewonnen. 'Sorry dat ik jou hiermee overval.'

'Daar hoef je je niet voor te verontschuldigen.' We kijken elkaar even aan. Er tsjilpen vogels en er ritselen wat bladeren. Verder is het helemaal stil. Midden in Parijs. 'Is het recent?'

'Twee jaar geleden. Het voelt altijd korter. Ik kan me bijna niet voorstellen dat ik hem al zo lang niet heb gezien. Mijn moeder zegt weleens dat ze hem altijd bij zich voelt. Ik heb dat nooit gehad.' Zijn kaak spant zich even aan en ontspant weer. 'Maar ik denk dat ik het net even voelde.'

'Dat lijkt me iets moois.'

'Ja.' Hij schraapt zijn keel nog een keer. 'Het gaat nu weer. Draai je eens om.'

'Wat? Staat er een heks achter me?'

'Het uitzicht dat ik je wilde laten zien is daar.' Hij legt zijn handen op mijn schouders en duwt me naar de trap, waar we vandaan zijn gekomen. En daar, in de verte, in een landschap van daken en Franse balkonnetjes en schoorstenen, staat de Eiffeltoren.

'Wauw! Ik had geen idee dat je die vanaf hier helemaal kunt zien.'

'Montmartre heeft een paar van de mooiste doorkijkjes naar de Eiffeltoren uit heel Parijs.'

'Wauw. Oké. Nou, voor dit uitzicht trotseer ik voor één keer die enge heks.'

'Ik ook.' Zijn handen liggen nog op mijn schouders en hij laat ze over mijn bovenarmen naar beneden en weer terug glijden. 'En de Eiffeltoren valt ook niet tegen.'

'Huh?' doe ik en dan zie ik zijn blik op mij gericht, in plaats van op het uitzicht. Hij heeft een geamuseerd trekje rond zijn lippen. 'Haha,' zeg ik, maar ik voel dat ik weer hard begin te blozen.

'Ik kon het niet laten. Eerbetoon aan onze eerste ontmoeting.'

‘Ik hoop dat het echt een grapje is, want ik laat me heus niet zo makkelijk inpakken.’

‘Makkelijk?’ Hij laat zijn handen van me af glijden. ‘Ik geloof dat ik huisvredebreuk voor je aan het plegen ben, zodat je naar de Eiffeltoren kunt kijken.’

‘Ik geef toe dat het een upgrade is vanaf het uitzicht op de steiger, maar… ik weet niet. Iedereen kan scoren met de Eiffeltoren.’

‘Oké… Wat ik je nu eigenlijk hoor zeggen, is dat ik beter mijn best moet doen.’ Hij laat zijn blik op me rusten, tot ik zo’n beetje al mijn ingewanden trampolinesprongen voel maken. Dan kijkt hij weer voor zich uit. *‘Challenge accepted.’*

O. Fuck.

Place Dalida is fantastisch. La Maison Rose is fantastisch. Elk schattig, charmant straatje in deze hele wijk is fantastisch. Bij de Sacré-Coeur was het een beetje druk, maar ook fantastisch. En de man met wie ik dit allemaal voor het eerst zie? Ook behoorlijk fantastisch. We staan nu in de rij bij een piepkleine, maar overvolle ijssalon. Blijkbaar is dit een hotspot, want de rij staat tot halverwege de straat. Nu is wachten met Lynx niet zo’n straf. Hij deelt de hele tijd grappige observaties over de mensen om ons heen, en bedenkt rare achtergrondverhalen om mij mee te vermaken.

‘En zij dan?’ vraag ik met een onopvallend knikje naar een hip stelletje achter ons in de rij.

Hij kijkt ‘opvallend onopvallend’ achterom. ‘Mevrouw Gucci-handtas en de gast zonder sokken?’ vraagt hij. Hoe hij dat allemaal in een fractie van een seconde heeft gezien is me een raadsel. ‘Dat zijn locals. Zij werkt in een galerie, hij runt een non-profitorganisatie die kansarme jongeren laat kennismaken met kunst. Zo hebben ze elkaar leren kennen.’

‘Wauw…’ zeg ik, oprecht onder de indruk. Ik werp nog een snelle blik over mijn schouder, niet in staat me nog een andere voorstelling te maken bij die twee mensen.

'Ik weet het. Ik word hier alleen maar beter in.'

'Oké. Nog eentje. De rode jas en de zwarte rugzak?'

'Makkelijk. Dat is Tinder. Klassiek voorbeeld.'

Ik proest het uit. 'Hoezo?'

'Kijk dan. Er is geen interactie. Ze hebben elkaar niks te melden. Hun hele communicatie tot nu toe heeft bestaan uit een swipe naar rechts en een handvol dubbelzinnige emoji's. En nu wachten ze alleen tot de date lang genoeg heeft geduurd om die emoji's na te spelen.'

'Zo te horen heb je hier ervaring mee. Is dat hoe je al die vrouwen leert kennen die wel seks maar geen relatie willen?'

'Het is *een* manier,' antwoordt hij. 'Niet per se mijn favoriete.'

'Ah, oké...' zeg ik, benieuwd naar zijn favoriete.

De rij is iets opgeschoven, we naderen inmiddels de counter. Hij kijkt even rond. 'O, de finale. *French kissing* op drie uur.'

Ik kijk opzij. Aan een klein tafeltje rechts van ons zit een stel van onze leeftijd en zo te zien heeft zij wat moeite om onderscheid te maken tussen haar ijsje en het gezicht van haar vriend.

'Heldere situatie, lijkt me,' zegt Lynx en ik kan aan zijn gezicht zien dat hij tevreden is over wat hij heeft bedacht. 'Hij heeft vorige week het pand van haar kantoor geschilderd...'

'Is dat zo?' vraag ik, mijn glimlach onderdrukkend.

'Zeker. Wat kan het anders zijn?'

'Nou, ik weet niet. Als ik zo even snel iets moet bedenken: hij kan een professionele danser zijn die tegenover haar woont en zij ziet hem elke ochtend trainen vanuit haar slaapkamerraam.'

Hij trekt zijn wenkbrauwen op. 'Die Darius van jou is danser, toch?'

Ik knik, gemaakt nonchalant. 'Ik noemde maar even wat.'

'En jij kijkt naar hem vanuit je slaapkamer? Kinky.'

'Volgens mij maak jij er nu in je hoofd iets heel anders van dan het is. Ik kijk op een totaal niet stalkerachtige, niet-kinky manier naar hem.'

Hij kiest er blijkbaar voor om vast te houden aan zijn eigen invulling. 'Ik wist het wel. Het zijn altijd de nette meisjes van hr die zulke dingen doen.'

Ik zucht. 'Goed, geloof wat je wilt...'

'O, dat deed ik al, hoor.'

'Nou!' Ik geef hem een duwtje.

Hij lacht en herstelt zijn evenwicht 'We zijn bijna aan de beurt. Mag ik een smaak voor je kiezen? Ik wil je verrassen.'

'En als ik het dan niet lekker vind?'

'O, wacht... Bedoel je dat er eten bestaat dat jij niet lekker vindt?'

'Lynx, jij speelt een gevaarlijk spel en je moet je ernstig afvragen of het het risico waard is.'

'Oké, oké... Als je het niet lekker vindt, dan mag je morgen wraak nemen door de walgelijkste smaak voor mij te kiezen die je kunt vinden.'

'Dat is verleidelijk,' zeg ik.

'Maar ik ga mijn best doen. Dus dat zal niet nodig zijn.'

'O ja, dat is waar. Jij ging beter je best doen...'

Hij kijkt me veelbetekenend aan en duwt me zachtjes de rij uit. 'Wacht hier.'

'Welke wil je?' vraagt hij als hij weer voor me staat, een ijshoorntje in elke hand, gevuld met drie bollen en een klein ijsschepje in het midden.

'Lynx! Die zijn gigantisch!'

'Ik ben onder keuzestress bezweken.' Hij brengt het ijsje in zijn linkerhand naar me toe. 'Honing en tijm, hazelnoot en lavendel, of...' Nu brengt hij het ijshoorntje met een felroze bol bovenop naar voren. 'Hibiscus, vijg en verveine.'

'Ik verwachtte te moeten kiezen tussen stracciatella of karamel zeezout, of zo. Hoe beslis ik dit?'

'Iene miene mutte? Je mag ze ook allebei, dan sluit ik wel weer achteraan in de rij om iets voor mezelf te halen...' Hij doet alsof hij omkeert.

'Nee!' Ik geef een tikje tegen zijn linkerhand. 'Die.'

Hij kijkt me vol verbazing aan. 'Ik was er zeker van dat je voor het roze ijs zou gaan.'

'Ik zit vol verrassingen.'

'Absoluut.' Hij geeft me het ijsje en we lopen bij de drukte van de winkel vandaan. 'Als we deze kant op gaan, komen we langs het plein waar Picasso vroeger woonde toen hij met Casagemas voor de wereldtentoonstelling naar Parijs kwam. Hij had daar zijn eerste studio.'

'Ik heb de serie gezien over zijn leven. Met Antonio Banderas.'

'Natuurlijk heb je dat,' antwoordt hij. 'Dan heb ik nog een feitje voor je. Laure Germaine, de vrouw door wie Casagemas geobsedeerd was, was de eigenaresse van La Maison Rose.'

'O ja! Ze was getrouwd en ze beantwoordde zijn gevoelens niet. Casagemas probeerde haar te vermoorden voor hij zelfmoord pleegde. Zo'n dramatisch verhaal.'

'En het begin van Picasso's blauwe periode. Hij is altijd bevriend met Germaine gebleven. Hij vond troost bij haar na het verlies van zijn beste vriend. Ze werd een soort muze voor hem.'

We slaan een hoek om en komen in een ietwat vervallen uitziende straat. Graffiti op de muren, een afzetting voor werkzaamheden die een stuk van de weg blokkeert. 'Weet je zeker dat we de goede kant op gaan?'

'Vrij zeker.'

'Want dit begint een klein beetje weg te hebben van een Liam Neeson-film. Breng je me naar een slechte buurt om me aan een kartel te verkopen?'

'Zeg je dit bij wijze van grap omdat je diep vanbinnen denkt dat er een kern van waarheid in zou kunnen zitten?'

'Nee, natuurlijk niet. Hoewel alles natuurlijk mogelijk is. Je zou allerlei duistere geheimen kunnen hebben waar ik geen weet van heb.'

'Geen waar jij je zorgen over hoeft te maken,' zegt hij. 'En het plein is daar al, op de hoek. Dus je kunt bijna opgelucht ademhalen.'

'Wat ik eigenlijk bedoelde is dat ik blij ben dat ik hier niet alleen hoef te lopen.' Mijn schouder schampt langs zijn bovenarm. Zijn ogen ontmoeten de mijne. 'Honing en tijm werkt trouwens verrassend goed in ijs. Hoe bevalt jouw roze bol?'

'Nou... ik denk steeds dat ik weet welke van deze drie smaken mijn favoriet is, maar dan neem ik een hap van de volgende en dan verandert het weer.'

'Intrigerend...'

We lopen een stukje verder, langs het terras van Le Relais de la Butte, dat vol zit met mensen die van het flauwe zonnetje zitten te genieten. We nemen de paar treden naar boven, naar een klein, schaduwrijk plein waar een man op een mondharmonica zit te spelen. Een zwart-wit gevlekte hond ligt aan zijn voeten te soezen. Veel Parijziger dan dit wordt het niet.

'Picasso woonde iets verderop,' zegt Lynx als we het plein verlaten. Na misschien honderd meter staat hij al stil bij een pand met witte luiken. 'Dit is het, Rue Ravignan 49. Er is niet zoveel aan te zien, maar toch een bijzonder idee dat een van de grootste kunstenaars ter wereld hier zijn eerste werken maakte.'

'Eigenlijk is het een bizar idee.'

'We lopen in de voetsporen van de groten der aarde. Theo en Vincent van Gogh hebben hier in de buurt gewoond. Renoir. Toulouse-Lautrec.'

'Al was die laatste fysiek gezien niet groot.'

'O, ja. Dat is waar ook,' zegt hij.

‘En dan staan wij hier nu gewoon met een ijsje...’

‘Yep. De wereld is een rare plek.’

‘Mensen zijn raar,’ vul ik aan.

‘Tijd is raar.’

We kijken elkaar even aan, tegelijkertijd besluitend dat we genoeg gemijmerd hebben, en lopen dan verder. De rest van de straat lijkt qua sfeer op het stuk waar we net vandaan komen. Een smalle stoep langs een weg, dichte deuren en ramen. Geen toeristen.

Lynx lacht in zichzelf. ‘Zodra jij honderd meter lang geen bezienswaardigheden tegenkomt, word je onrustig.’

‘Niet waar. Dat is het niet. Het voelt alleen afgelegen hier. Het is raar om uit de drukte te zijn.’

‘Maak je geen zorgen. Daar verderop is een trap naar boven en dan komen we zo’n beetje op Place du Tertre uit. Dan snak je naar afgelegen.’

‘Oké, meneer de reisgids. Sorry dat ik niet enthousiast genoeg reageer op je tour langs Montmartres mooiste wegafzettingen.’

‘Hé, wegen onderhouden zichzelf niet, Audrey. Jezus!’

We lachen nu allebei.

Ik ben inmiddels bijna door mijn bol honingijs heen. ‘Wel heel cool dat je hier als kind al met je ouders kwam. Wij gingen alleen naar pretparken en kindvriendelijke campings.’

‘Ook leuk. Ik denk dat als ik vroeger had mogen kiezen...’

‘Maar nu ben je er vast blij mee.’

‘Ik had altijd een beeld voor ogen van mezelf... Dat ik precies zo’n vader zou worden als ik zelf had. Het leek alsof hij alles wist. Hij kon zich overal redden. Leek overal thuis te horen.’

‘Hm, aan wie doet me dat denken?’

Hij glimlacht. ‘Ik zou het niet weten.’

‘Als je het er niet over wilt hebben, moet je het zeggen, hoor. Maar komt het door het overlijden van je vader, dat je van gedachten veranderde?’

'In zekere zin wel. Ik kwam er toen achter dat er een fuck-up in het systeem zit. Als je kinderen krijgt, dan moet je ooit afscheid van ze nemen. En in het gunstigste geval is dat als je zelf doodgaat. Ik weet niet hoe mensen daarmee kunnen leven.'

'Nou… wat is het alternatief? Niet bestaan.'

Hij draait zijn gezicht naar me toe. 'En dat is erg?'

'Natuurlijk. Stel dat je vader er nooit was geweest.'

'Dan was ik er nooit geweest, dus had ik daar geen weet van.' Hij wendt zijn blik weer af. 'Probleem opgelost.'

'Ja, maar…' Ik kijk naar hem, verward over hoe deze fatalistische gedachten afkomstig kunnen zijn van de persoon die ik de afgelopen dagen heb leren kennen. 'De wereld is toch een mooiere plek omdat hij er wél was? Denk aan alle liefde die er was. Al het moois. Er kan toch nooit genoeg moois zijn?'

'Maar de prijs is zó hoog. Ik weet niet of het het waard is.'

'Lynx… Natuurlijk wel.'

Het lijkt alsof hij iets wil zeggen en zich bedenkt. Dan vraagt hij ingetogen: 'Zullen we het nu over iets anders hebben? Als je het niet erg vindt…'

'Oké…' We zijn nu allebei even stil. Zoekend naar een manier om het gesprek een andere wending te geven. Mij lukt het niet. 'Mag ik nog één ding zeggen?'

'Ja. Tuurlijk.'

'Het is het waard. Misschien maken we niet allemaal een indruk op de wereld zoals Picasso of Renoir… of Liam Neeson.'

Een klein trekje bij zijn mondhoek verraadt een aanzet tot een glimlach, terwijl hij ijs van zijn lepeltje hapt.

'Maar daarom is het nog niet minder belangrijk dat we er zijn. Klein en meeslepend. Zegt dat je iets? Iemand heeft me daar onlangs het belang van laten inzien.'

'O ja?' vraagt hij. 'Nou, ik zou niet te veel naar hem luisteren. Het klinkt alsof hij uit zijn nek lult.'

‘Hm, daar zeg je wat. En hij is ook nog eens een reisgids van niks.’

‘Hé!’

‘Wat nou “hé”?’

‘Gewoon hé!’ Hij grijnst en neemt nog een hap ijs. ‘Daar is de trap al. Ik ben een fantastische gids.’

‘Je kan ermee door. Laten we het daarop houden.’ Voor we de weg oversteken, blijf ik even stilstaan. ‘Lynx, wat Darius betreft... Daar wil ik nog wat over zeggen. Want wat Maurice zei, klopt niet helemaal. Hij denkt dat we al maanden een stel zijn, maar dat is niet zo. Het is... Ik heb het nogal ingewikkeld gemaakt...’

‘Je bent me hier nul verantwoording over schuldig,’ zegt hij. ‘Je hoeft me echt niks uit te leggen.’

‘Dat weet ik. Maar ik vind het belangrijk. Want als ik iets met iemand heb, neem ik dat serieus. Ik zou niet overwegen... wat jij voorstelde, als hij en ik...’

Hij knikt. ‘Ik snap het.’

‘Ik heb op mijn werk gezegd dat we een relatie hebben, omdat mijn collega’s me de hele tijd probeerden te koppelen. Ik was het gewoon zat. En Darius... Hij was de eerste die bij me opkwam. Ik vind hem al heel lang leuk. Meer dan dat eigenlijk. Op sommige dagen was het idee dat ik hem zou zien als ik mijn gordijnen opendeed de enige reden om uit bed te komen. Als ik hem zie dansen, dan zit ik voor een paar minuten niet gevangen in een zelfopgelegde sleur. Dan bestaat er even niets behalve... hij.’

Hij kijkt me zwijgend aan. Er valt niet veel van zijn gezicht te lezen.

‘We zouden maandag onze eerste date hebben. Maar ja... dat heb ik dus soort van verpest. We hebben één keer gekust, maandagmiddag, toen hij me naar de trein bracht.’

‘Dat klinkt best wel episch.’

‘Ja.’ Zo klinkt het inderdaad wel.

'Als een zwart-wit ansichtkaart. Een ouderwetse stoomtrein. Jij met een hoed op en zo'n klein koffertje in je hand.'

'Het is alsof je erbij was...'

'Een perfecte kus dus?' Hij kijkt me zijdelings aan terwijl hij oversteekt. 'Dat punt is heel wat moeilijker af te strepen dan het orgasme.'

'Vind je dat?'

'Absoluut. Een perfecte kus? Daar komen allerlei andere factoren bij kijken. Een orgasme is puur fysiek. Een kus gaat om gevoel.'

'Ook een beetje om techniek.'

'Ja. Maar dat is niet wat een kus perfect maakt. Toch?'

'Dat is waar,' geef ik toe. Als dat zo was, zou ik hem al hebben kunnen afvinken.

'Bij een perfecte kus gaat het niet om hoe. Het gaat erom met wie. Denk je niet?'

'Ja. Precies.' We staan stil onder aan de trap. 'Over dat punt... het orgasme... Wil je weten waarom ik twijfel?'

'Alleen als jij het wilt delen.'

'Je hebt me zien eten. Ik heb geen moeite om het te uiten als ik iets lekker vind.'

'Dat is me opgevallen,' zegt hij geamuseerd.

'Dat doe ik dus niet tijdens seks. En ik weet dat het geen Meg Ryan-achtige toestand hoeft te zijn. In films wordt alles overdreven.' Ik kijk naar hem. 'Toch?'

Hij aarzelt. 'Vraag je me nu het vrouwelijk orgasme te mansplainen?'

'Nee. Trouwens, mansplaining is per definitie ongevraagd. Als ik je om advies vraag, kan het geen mansplaining zijn.' Ik haal mijn lepeltje door het zacht geworden ijs en probeer moed te verzamelen. Gênanter dan in het café kan het toch niet worden. 'Kijk, ik vraag het omdat jij ervaring hebt met meerdere vrouwen. Ik heb alleen mezelf als referentiekader. Dus... is het overdreven in films?'

'Dat hangt van de film af,' zegt hij lachend.

Ik loop de trap op. 'Oké, als je dit niet serieus kan nemen, laat dan maar.'

'Sorry.' Hij grijpt mijn elleboog en houdt me tegen. Ik draai me naar hem toe. We zijn op gelijke hoogte nu ik op de trap sta. 'De mate van expressie is een persoonlijke voorkeur,' zegt hij. 'Je kunt keihard klaarkomen zonder een kik te geven.'

'Ik weet vrij zeker dat ik weleens...'

Hij wendt zijn blik af, hoofdschuddend.

'Wat?'

'Vrij zeker? Vrij zeker is een nee. Je hebt er misschien weleens tegenaan gezeten, maar... Luister, het feit dat je twijfelt, zegt alles.' Hij loopt langs me heen naar boven. 'Die perfecte kus kan ik je niet garanderen. Maar mijn aanbod staat voor het orgasme. Je hoeft het maar te zeggen. Dan kun je deze hele discussie achter je laten. En...'

Ik loop achter hem aan. Hij wacht tot ik weer naast hem loop.

'Het haalt misschien de druk er een beetje af. Voor wanneer je zover bent met je danser.'

De druk eraf? Ik kan niet helemaal bepalen of hij dat dubbelzinnig bedoelt. Inmiddels zijn we boven aan de trap en de voorspelling van Lynx komt uit. We lopen meteen de drukte in. Een paar meter verderop zit een accordeonist deuntjes te spelen. Recht vooruit is de felrode gevel van de Galerie Montmartre. Ik kan de bedrijvigheid op Place du Tertre al zien als we de galerie passeren. Kunstenaars die hun werk etaleren op het plein.

Ik voel iemand tegen me aan botsen. Een straatverkoper met onverzorgd rossig haar en een mand vol gevlochten armbandjes aan zijn arm probeert mijn hand vast te pakken. Voor ik iets kan doen, steekt Lynx zijn arm uit om me met zijn lijf af te schermen. 'Nope, niet bij haar, vriend. Zoek maar iemand anders.' Hij neemt niet eens de moeite om Frans te spreken.

De verkoper waagt nog een poging en gebaart dat ik hem mijn

hand moet geven terwijl hij een relaas in het Frans afsteekt, waarschijnlijk om zijn waren aan te prijzen. Maar Lynx heeft me al bij hem weggeloodst.

'Ik zei nee,' herhaalt hij. Zijn blik heeft nog dezelfde zachte sprankeling die ik van hem ken, maar zijn stem maakt duidelijk dat je niet met hem moet sollen. Ik kijk hem vragend aan, een beetje verwonderd en een beetje... onder de indruk. Ik heb hem nog niet eerder zo gedecideerd horen praten. 'Ik mocht hem niet,' legt hij met een licht schouderophalen uit.

'Wat als ik nou heel graag zo'n armbandje had willen hebben?'

We lopen verder het plein op, langs restaurantjes met personeel dat toeristen naar binnen probeert te lokken en kunstenaars die hun werk aan het maken zijn.

'Wilde je dat?' vraagt hij.

'Ik had de kans niet om dat te bedenken, want jij schoot al helemaal in alfamannetjemodus.' Wat ik stiekem heel aantrekkelijk vind, maar dat hoeft hij niet te weten.

'Omdat het een oplichter is. Ze knopen het vast en dan moet je betalen, of je wilt of niet.'

'Oké. Nou, bedankt. Dat je me beschermd hebt. Heel Liam Neesonachtig van je.' Ik blijf staan bij een kunstenaar die kleine afbeeldingen van het straatbeeld in Parijs maakt. Ik zie er een van de Moulin Rouge, waar we onderweg van de metro naar Café des Deux Moulins voorbijgekomen zijn. En ook een van de Eiffeltoren, gezien vanaf een brug aan de Seine. De Sacré-Coeur. Het Maison Rose. Ik heb een plekje bij mijn voordeur waar ik nog steeds iets aan de muur wil hangen. Dit zou perfect zijn.

Dan wordt mijn aandacht getrokken door weer iemand die een onverstaanbaar verhaal tegen me af begint te steken. Een jonge gast, slungelig gebouwd, met houtskoolvegen op zijn witte shirt. Hij heeft een soort klembord vast en laat zijn stuk houtskool over het papier vliegen. Zijn ogen flitsen van mij naar zijn werk, steeds opnieuw, heen en weer.

'Wacht, wat doe je?' vraag ik. 'Ik hoef geen portret, oké?' Lynx wist het net ook prima in het Nederlands duidelijk te maken, dus dat moet mij ook lukken. Ik schud driftig en zeer gedecideerd met mijn hoofd, er vrij zeker van dat ik net zo overtuigend ben als Lynx daarnet. Maar de kunstenaar gaat gewoon door, dingen als '*Très bien!*', '*Magnifique!*' en '*Jolie!*' roepend.

'Tekent hij mij?' vraag ik, hulpeloos opkijkend naar Lynx.

'Daar lijkt het wel op.' Hij zet een stap opzij en kijkt over de schouder van de kunstenaar naar de tekening. 'Yep, dat ben jij. Ik zie de gelijkenis nu al.'

'Lynx, zeg dat hij moet stoppen!' O, maar wacht. Dat woord ken ik zelf ook. '*Arrête*!'

De man gaat gewoon door. Hij lijkt zelfs enthousiaster te worden. Hij zegt iets tegen Lynx.

'Monsieur? Non! *Pas de...*' Shit, wat is tekening in het Frans? '*Pas de drawing!*'

Lynx proest het uit. 'Pas de drawing? Serieus? Dat is alles wat je ervan kunt maken? Pas de drawing!'

'Nou! Wat is het dan?'

'Geen idee, ik zou iets proberen met *portrait*? Misschien? Zomaar even een lukrake suggestie, hoor.'

'Lynx, help nou even! Ik wil geen tekening.'

'Waarom niet? Hij is best goed. Het wordt mooi.'

'Omdat ik er niet om gevraagd heb.'

'Ja, maar ik voel me er niet oké bij om hier ongevraagd het alfamannetje uit te hangen. Je hebt dit zelf prima onder controle, toch?'

'Lynx! Ik meen het!'

'Oké, oké...' Hij begint met de man te praten, maar ik ben er niet zeker van dat hij de juiste boodschap overbrengt. Ze lachen samen en de man kijkt naar me, gebaart naar me, houdt zijn krijtje in de lucht om iets van afmetingen of perspectief te bepalen, of wat kunstenaars ook doen, schetst dan weer wat. Lynx stemt in met wat de man ook heeft gezegd en wijst naar iets op de tekening.

'Wat dóén jullie?'

'O,' zegt Lynx nonchalant. 'We hebben het over je jukbeenderen. Hij is er erg over te spreken.' Hij kijkt bedachtzaam. 'Ik hoop tenminste dat ik dat goed begrepen heb, anders was het een nogal ongepast gesprek...' Hij zegt weer wat tegen de kunstenaar, wijzend naar zijn eigen jukbeenderen.

'Oui, oui!' roept de man.

'Ja,' koppelt Lynx quasi-opgelucht terug, 'het ging inderdaad over je jukbeenderen. *Pommetes* kan natuurlijk een eufemisme zijn. Maar ik heb het gecheckt, we zitten goed.'

Ik trek hem aan zijn mouw bij de man vandaan. 'Ik wil weg, oké? Ik wil geen portret. Zeg het hem.'

'Wat jij wilt, mademoiselle.' Lynx begint weer in het Frans te praten. Serieuzer nu. En de man stopt met schetsen. Het gesprek duurt een paar minuten. Ik kijk naar hoe Lynx dat doet. Zijn ontspannen houding. Voeten iets uit elkaar, lachend, af en toe nog een hap van zijn ijs nemend. Het is alsof hij net een oude studiegenoot tegen het lijf gelopen is en nu even bijpraat.

De kunstenaar haalt het vel papier van zijn bord en overhandigt het aan mij met een lichte buiging. Ik kijk ernaar. Het is inderdaad niet slecht voor iets wat in drie minuten uit de losse pols is opgezet. Het zijn allemaal nog ruwe lijnen, maar toch...

De man loopt weg. 'Toch jammer,' zegt Lynx. 'Je had zijn muze kunnen worden. Hij komt je elke dag opzoeken tijdens je dienst in Café des Deux Moulins. Laat altijd een schets voor je achter op een servet. Net zolang tot je eindelijk bezwijkt onder zijn smeekbedes om écht voor hem te poseren. Naakt.' Hij trekt zijn wenkbrauwen op. Ik mep hem tegen zijn arm. 'En dat wordt zijn doorbraak. Over honderd jaar lopen mensen met hun ijsjes langs de plek waar zijn appartement was om te zien waar de grote Angèl Delphy zijn befaamde *Portrait d'Audrey* gecreëerd heeft.'

'Lynx...'

'Ik zou dat maar bewaren. Wie weet hoe beroemd hij nog wordt.'

'Probeer je me te manipuleren?' vraag ik.

'Nee. Als ik je zou willen manipuleren, zou ik zeggen dat midden op Place du Tertre voor een beginnend kunstenaar poseren dé ideale manier is om voor eens en altijd over je ongemak heen te komen. Een middelvinger naar die idiote ex van je.'

'Oh! Dat ís manipulatief!'

'Weet ik. Daarom heb ik het niet gezegd.' Hij glimlacht zelfingenomen. 'En bovendien. Hém mag ik wel.' Hij geeft een knikje naar de kunstenaar, die blijkbaar Angèl Delphy heet, die verderop op een klein krukje heeft plaatsgenomen en tekenmaterialen sorteert terwijl mensen zonder enige aandacht voor zijn werk voorbijlopen.

'Verdomme, Lynx,' mompel ik. Ik geef hem nog een duw, voor ik naar de jongen toe loop.

'Ik zou voorzichtig willen constateren dat je eroverheen bent.' Lynx komt naar me toe om me de foto's te laten zien die hij van me gemaakt heeft.

'O mijn god,' zeg ik, met mijn hand vol verbazing voor mijn mond geslagen. 'Dit is hét perfecte Instagramplaatje.' We staan midden op Rue de l'Université, wat zo'n beetje dé straat is om een foto van de Eiffeltoren te maken. Nu heb ik dat al op zeker vijf verschillende plekken gedacht vandaag, maar dit zou het weleens écht kunnen zijn. Misschien komt dat door het tijdstip. We naderen het *golden hour* en het licht is betoverend.

Ik had Montmartre in gedachten al zo'n beetje uitgeroepen tot mijn favoriete deel van Parijs. Toen we in de metro zaten had ik even een dipje omdat de vermoeidheid toesloeg en ik me gewoon niet kon voorstellen dat iets nog kon overtreffen wat we vandaag gedaan en gezien hebben. Maar het punt met Parijs is dit: mijn favoriete deel is de plek waar ik op dat moment ben. Oké, behálve als dat toevallig het zolderkamertje van monsieur Pierre is. En metrolijn dertien. Maar alles daarbuiten is fantastisch.

Zodra we uitstapten voelde ik een golf nieuwe energie die opliep tot aan hysterie grenzend enthousiasme zodra we op Avenue de la Bourdonnais de hoek omsloegen en we ineens recht op de Eiffeltoren afliepen. Het was bizar. Want elke keer dat ik hem hiervoor gezien heb, was het van veraf en nu... nu dringt pas tot me door hoe gróót hij is. En ik dacht dat het niet mogelijk was, maar ik vind hem nu nog mooier. Dus dat Lynx foto's van me heeft waarop ik helemaal opga in het moment, heeft niet zoveel te maken met het feit dat ik iets overwonnen heb door te poseren voor de grote Angèl Delphy op Place du Tertre, en alles met het feit dat ik smoorverliefd ben op deze stad. En de Eiffeltoren in het bijzonder. En oké. Ook een beetje op Lynx, maar dat probeer ik heel hard te ontkennen zodat ik de optie kan openhouden om met hem naar bed te gaan, want dat kan dus alleen als ik níét verliefd ben en hoe langer ik erover nadenk, hoe meer ik tot de conclusie kom dat ik het dus eigenlijk best wel graag wil. Op zich. Dus.

'Selfie?' vraag ik. Want hij heeft een triljoen foto's van mij gemaakt en ik een paar van hem, maar we hebben er nog geen van ons samen. En hoe geweldig deze locatie ook is, wat ik écht wil vastleggen is dat ik hier met hem ben.

Hij gaat achter me staan, strekt zijn arm en op een of andere manier komt de hoek die hij kiest supervoordelig voor me uit en hij weet ook nog het merendeel van de andere toeristen buiten het shot te laten. Hij weet zelfs de gekke influencer te blocken die, gekleed in laarzen tot aan haar dijbeen en een oversized colbert met – zo te zien – weinig daaronder, heel nonchalant een stokbrood en een Franse krant onder haar arm klemt, terwijl ze de ene na de andere ontzettend niet-nonchalante pose aanneemt.

Hij heeft het perfecte shot vastgelegd. De onderkant van de Eiffeltoren achter ons, bomen met bladeren in herfstkleuren, een kader van prachtige, laatnegentiende-eeuwse gevels. Zijn glimlach. Ik kijk niet meer naar de camera, maar naar hem. Hij draait zijn gezicht naar me toe en drukt zijn lippen tegen mijn wang, een paar seconden lang, mij duizelig achterlatend als hij een stap bij me vandaan zet.

'Audrey en Bogart bij de Eiffeltoren,' zegt hij. 'Deze lijst ik in.' Hij trekt me tussen de toeristen door. 'Durf je naar boven?'

Ik knik.

'Je hebt geen hoogtevrees meer?'

'Het is de Eiffeltoren. Hoogtevrees of niet. Ik ga naar boven.'

We zijn precies op tijd om de zon te zien ondergaan. Het licht te zien veranderen. De lucht te zien verkleuren van helderblauw naar roze en oranje en terug naar blauw, steeds donkerder. We wachten tot de avond valt. Toeristen blijven komen en gaan. Het wordt geen moment rustiger, maar voor mij voelt het alsof ik hier alleen met Lynx ben. Pas als het helemaal donker is en we Parijs badend in het licht aan onze voeten hebben gehad, nemen we de doorzichtige lift terug naar beneden. We wandelen naar de monumentale brug die ik van bovenaf gezien heb, Pont Alexandre III, met zijn weelderige details in art-nouveaustijl. Gevleugelde gouden paarden aan beide zijden, lantaarns gedecoreerd met cherubijnen, ornamenten van nimfen. Overal bogen en krullen.

Halverwege de brug loopt een koppel, een jonge man en vrouw, duidelijk verliefd, maar het heeft iets prils. Het kwetsbare van een begin. Van aftasten en aanvoelen. Hun handen schampen elkaar tijdens het lopen en dan opeens, alsof ze het allebei precies op hetzelfde moment besluiten, verstrengelen hun vingers zich met elkaar.

'Zij heeft een bloemenwinkel,' zegt Lynx. 'En hij... runt een broodjeszaak. Nee, een foodtruck. Nee, wacht... Ik heb het... een tostitruck.'

Ik moet lachen. 'Dat is bizar specifiek.'

'Ik zie wat ik zie...'

'Ik ga met je mee wat betreft de bloemenwinkel, maar hij is overduidelijk een journalist. Of een drummer!'

'Nee, joh. Hij is ondernemer. Hij heeft waarschijnlijk het hele concept van tostitrucks geïntroduceerd. Ik durf te wedden dat hij zijn eigen brood maakt, met een geheim recept en alles.' Hij stopt, draait zich een slag, leunend tegen de reling van de brug. 'Jammer dat zij nog niet weet dat ze eigenlijk verliefd is op iemand anders.'

'Wat? Doe normaal. Kijk nou naar ze. Als zij geen *endgame* zijn, dan weet ik officieel niets van romantische films.'

Lynx haalt zijn schouders op en op dat moment staat het stel verder op de brug stil. Hij neemt haar in zijn armen en ze beginnen gepassioneerd te zoenen.

'Ha, zie je wel?' zeg ik triomfantelijk. 'Endgame.'

Lynx neemt de situatie even in zich op, zijn hoofd een beetje schuin. Hij bestudeert de kus aandachtig. 'Het heeft wel heel erg veel weg van de perfecte kus. Misschien heb je gelijk. Maar ergens in het multiversum bestaat een wereld waarin zij ervandoor gaat met iemand anders. Misschien wel een drummende journalist.'

'Als je het multiversum erbij moet halen om je punt te maken, dan is je argument misschien niet zo sterk als je denkt, meneer Bogart...' Achter Lynx beginnen de lichten van de Eiffeltoren te fonkelen. 'O, wauw, Lynx... kijk...'

Hij draait zich om. 'Wauw je over de Eiffeltoren of de tosti-jongen?' Hij leunt op zijn onderarmen, zoals ik hem ook vaak op de steiger heb zien doen.

'Allebei.'

Hij glimlacht. Hij lijkt omgeven door een gouden gloed. Misschien komt het van de verlichting van de brug. Misschien is hij het die de brug verlicht. Wauw, zeg ik weer, maar ditmaal niet hardop.

'Je kijkt alsof je iets van me verwacht,' zegt hij, met nog een trekje van die glimlach rond zijn mondhoek. 'Maar ik ga nu echt geen move maken. Hoe zei je het ook alweer? Iedereen kan scoren bij de Eiffeltoren?'

'Je klinkt als een rapper.'

Hij brengt zijn handen naar zijn mond en begint enorm slecht te beatboxen. 'Iedereen kan scoren bij de Eiffeltoren. Maar dat is iets wat ik weiger, ik sta liever op een steiger.'

Ik moet lachen. 'Misschien was ik zelf wel een move aan het overwegen...'

Hij laat zijn handen abrupt langs zijn lichaam vallen. 'In dat geval... laat mij je dan vooral niet afleiden met mijn ondermaatse rap.' Hij zet een stapje naar me toe, op een manier die behoorlijk wat weg heeft van een move. Hij kijkt me aan, afwachtend. Of eerder uitnodigend.

Ik laat mijn vingers langs de kraag van zijn jas gaan voor ik ze tegen zijn borst laat rusten. Ik leun wat naar voren, op mijn tenen, tot ik mijn lippen langs zijn wang kan laten gaan. Zachtjes. Een, twee seconden. Het prikkelende gevoel van de stoppeltjes op zijn kaak als ik mijn lippen met iets meer kracht neerdruk. Drie, vier...

Ik voel me een beetje licht in mijn hoofd als ik weer afstand neem, alsof ik vergeten ben adem te halen. Zijn glimlach is verdwenen. We kijken elkaar aan, onbeweeglijk, alsof we niets willen doen wat het moment zou kunnen verstoren. Dan loop ik verder, voor ik iets doe waar ik spijt van krijg.

Drie dagen nadat ik mijn verstand verloor

Ik draai op mijn zij. Geef een paar klopjes op het hoofdkussen om het op te fluffen voor ik het in de holte van mijn nek duw. Dan draai ik toch maar op mijn andere zij. En vervolgens op mijn rug. Het is 3.10 uur en ik ben klaarwakker. Niet omdat ik niet moe ben. Mijn lijf voelt zwaar van alle kilometers die ik vandaag heb afgelegd. Mijn hoofd overvol van alle indrukken. De Eiffeltoren. De Moulin Rouge. De Seine. Montmartre. Ontbijten bij Tiffany & Co. lijkt een week geleden. Monsieur Pierre een half leven geleden.

Parijs is echt alles wat ik dacht dat het zou zijn. Vandaag was perfect en morgen… morgen wacht me weer zo'n dag. En Lynx. Morgen wacht me Lynx. En ik kan niet ophouden met denken: wat als? Wat als ik het gewoon doe? Gewoon ja zeggen op zijn voorstel. Het ligt voor het grijpen. Ja zeggen is alles wat ik moet doen en dan… dan… O jezus, ik lig al zeker een uur en twintig minuten te denken aan wat dan.

De spanning was te snijden toen we naar onze kamers gingen. Of eigenlijk op het dakterras al. Het was alsof we allebei niet wilden dat er een einde aan de dag zou komen, dus we bestelden wat hapjes om te delen bij wijze van laat diner. En daarna bleven we praten. We namen nog een drankje. En nog een. En nog een. Tot we als laatsten overbleven en het personeel opzichtig begon op te ruimen, en de verlichting, de muziek en de terrasverwarming uitzette. We gingen lacherig de lift in. Ik zei dat ik staand in slaap zou kunnen vallen. Lynx dat middernacht belachelijk vroeg was om te gaan slapen in een stad als Parijs. En toen was opeens de lift heel klein en hij heel dichtbij en het leek een eeuwigheid te duren voor de deuren op onze verdieping opengingen, maar toen was het zover en vond ik het te snel.

Terwijl we door de gang liepen, dacht ik aan dat ene woord. Ja. Ik hoefde alleen maar ja te zeggen. We kwamen bij mijn deur en ik wilde het zeggen, maar ik zei: 'Tot morgen.' En Lynx: 'Welterusten.' Toen de deur van mijn kamer achter me dichtviel, bleef ik ertegenaan leunen, zoals dat in een goede romcom gaat, me afvragend of hij er nog stond, of hij aan zou kloppen, of... Nee... Nee, natuurlijk niet. Want dit is geen romcom. Romantiek is geen onderdeel van de deal die Lynx me aanbiedt. Een deal, dat is wat het is. Een afspraak. Alleen seks. En ik kan niet slapen, want hij is hier, ergens aan de andere kant van dit dunne wandje, en ik ben hier. Wakker. En ik denk aan seks. Met hem. Wat als hij nou ook nog wakker is en misschien ook... aan mij...

Ik sla het dekbed van me af. Het is plots te warm. Oké, ik wil het dus echt en misschien moet ik gewoon, ik weet niet, kijken of hij wakker is? O shit, wat ben ik aan het doen? Ik heb mijn telefoon al in mijn hand en check wanneer hij voor het laatst online is geweest. Zestien minuten geleden... Dus... Hij ís wakker. Hiernaast en wakker. O god...

Ik heb het licht aangedaan en zwaai mijn benen uit bed. Ik zie mezelf in de grote spiegel. Mijn haar nog niet helemaal droog na het douchen. Een oud T-shirt waar ik graag in slaap. Dit is nou niet precies de look waar ik normaal gesproken voor zou gaan als ik voor het eerst met iemand... Ik bedoel, je moet wel erg verliefd zijn wil je hier nog opgewonden van raken. En dat is Lynx nou juist niet, en hij heeft ook niet de intentie het te worden. Maar ik kan toch ook niet helemaal opgedoft naar zijn kamer gaan, midden in de nacht?

Zie je nou? Dit is een slecht idee. Zo, zo slecht. Ik moet hier helemaal niet aan beginnen. Ik moet gewoon vanuit mijn raam naar mannen kijken en wachten tot ze me een keer mee uit vragen. Dat klinkt ook raar, trouwens.

Ik moet gewoon gaan slapen. Dat is wat ik moet, want ik ga hier alleen maar een puinhoop van maken. Dat weet ik nu al.

Maar ik wil niet slapen. Ik wil Lynx. En niet vanwege het punt op mijn lijst. Althans, niet alleen daarom. Niet dat ik niet benieuwd ben of hij zijn belofte kan waarmaken, maar dat kan ik zelf ook. Ik dénk tenminste dat ik het kan, al zegt Lynx dat ik er hooguit bij in de buurt heb gezeten. Maar als ik erbij in de buurt kan zitten, is het alleen een kwestie van uitproberen tot ik het écht zeker weet. Ik wil het nu alleen niet zelf uitproberen. Ik wil hém.

Ben je ook wakker? typ ik. Dan wis ik het weer. En ik typ het opnieuw, want eigenlijk is het best een goede aanpak. Wat moet ik anders typen, *Zin in seks?* Als hij antwoordt, zie ik wel weer verder.

Mijn duim zweeft nog even boven het verzendtekentje. Dan hoor ik een licht gestommel in de kamer naast me. Iemand die rondloopt? En is dat... zijn deur? Voor ik erover na kan denken, ben ik uit bed gesprongen en ik trek zo'n beetje een sprint naar mijn eigen deur. Is hij... Komt hij... hierheen?

Door het spionnetje zie ik de contouren van een persoon en ik weet vrij zeker dat hij het is, maar volgens mij loopt hij voorbij. De kant van de lift op. Shit, waarom kan ik niet méér zien door dat stomme rondje? Ik wacht eventjes. Maar ik denk dat hij weg is. Waar gaat hij in hemelsnaam naartoe om drie uur 's nachts?

In een opwelling loop ik naar mijn raam, dat uitkijkt op de straat waar ook de ingang van het hotel is. Hij gaat natuurlijk niet écht weg, toch? Misschien heeft hij een extra kussen nodig of zo? Een set handdoeken?

Ik schuif het gordijn weg van de grote raampartij en een paar tellen later zie ik hem. Zijn telefoonscherm licht op in de nacht. Hij heeft zijn blik erop gericht terwijl hij oversteekt en de straat uit loopt. Ik kijk hem na. Verbaasd. Dit is een buitenwijk. Waar gaat hij in hemelsnaam naartoe? Heeft hij met iemand afgesproken? Is dit hoe hij die vrouwen ontmoet die met hem naar bed willen zonder verwachtingen?

Ik blijf staan. Misschien komt hij meteen weer terug. Er gaan tien minuten voorbij. Een kwartier. Inmiddels heb ik mijn telefoon weer gepakt. *Ben je ook wakker?* is gewist en nu typ ik: *Waar ga je naartoe?* Dan wis ik het weer, want het gaat me niets aan.

'Er zijn een paar opties,' zegt Coco de volgende ochtend. Ik heb het gevoel dat ik net in slaap ben gevallen als zij me wakker belt. Blijkbaar heeft ze eindelijk mijn appje gezien met het verzoek om een beetje op mijn huis te letten terwijl ik weg ben (*Waag het niet om er een feest te geven!*) en dat ik mijn sleutel bij Darius heb achtergelaten voor haar. Het eerste wat ze zo'n beetje tegen me schreeuwde was hoe ik het in mijn hoofd haalde om naar Parijs te vertrekken zonder haar mee te vragen. Het is te vroeg en ik ben nog te moe voor deze dosis Coco-energie, maar voor ik het weet heeft ze me uit mijn remslaap getetterd en zit ik met het kussen in mijn rug rechtop in bed alles te vertellen over Lynx. Van de niet-date op de steiger tot aan zijn voorstel van gisteren toe. En over zijn verdwijntruc van vannacht. Ik weet niet eens of hij wel teruggekomen is.

Ze vervolgt: 'Tinder is het meest voor de hand liggend.'

'Ja, dat had ik ook al bedacht.'

'Anders heeft hij een drugsprobleem.'

'Wat?' roep ik uit. 'Doe normaal. Nee, dat had ik dan al wel gemerkt, hoor.'

'Kom op. Dit schreeuwt: ik ben door mijn stash heen en moet snel een dealer vinden. Niet iedereen die gebruikt is een junk in de typische zin, hoor. Sommige mensen functioneren er jarenlang ogenschijnlijk prima mee.'

'Dat weet ik wel, Coco, maar ik zie hem er niet voor aan. Oké?' Eigenlijk heb ik geen idee waarom ik dat zeg. Coco heeft gelijk. Het zou kunnen. Wie zegt dat hij niet af en toe een snuif neemt als hij naar de wc gaat? 'Heb je misschien ook een iets meer geruststellende verklaring in de aanbieding?'

'Tinder was mijn geruststellende optie.'

'Jij noemt het geruststellend dat hij een of andere ranzige seksontmoeting heeft met een wildvreemde in een buitenwijk van Parijs terwijl ik hem leuk vind?'

'Versieren is een *numbers game*, Aud. Je zet verschillende lijntjes uit en uiteindelijk hapt er iemand. Zo werkt het.'

'We zijn hier net twee nachten en hij is de hele tijd bij mij geweest. Hoe kan hij lijntjes uitzetten?'

'Nou, daar heb je dus apps voor. En als hij echt zo'n hottie is als jij zegt, dan zal het niet zo moeilijk zijn om een sexy Française te scoren. Als jij hem de hele dag loopt op te geilen en dan doodleuk naar je eigen kamer gaat, zal hij toch iets anders moeten verzinnen?'

'Goh, dit gesprek beurt me zo ontzettend op. Wat fijn dat je gebeld hebt, Coco. Ik moet helaas weer verder nu, maar dit moeten we snel –'

'Stel je niet zo aan, je bent een grote meid. We hoeven niet om de hete brij heen te draaien. Je gaat het dus met hem doen.' Ze laat het als een conclusie klinken, niet als vraag.

'Ik heb niet gezegd dat ik –'

'Kom op! Je wilt het toch?'

'Ik wilde het gisteren, maar het was maar een impulsieve *heat of the moment*-achtige ingeving.' Waar ik de hele dag over heb nagedacht, maar dat hoef ik er niet bij te zeggen.

'Je had ervoor moeten gaan. Het klinkt beter dan die creepy fascinatie voor die overbuurman van je.'

'Coco, ik heb je al zo vaak gezegd: het is niet creepy.' Waarom denkt werkelijk iedereen dat? Er bestaan gordijnen. Hij kan ze dichtdoen. 'Hij is een performer. Hij is gewend dat mensen naar hem kijken en ik doe het niet stiekem of op een wellustige manier of zo.'

'Tuurlijk, wat jij zegt.' Haar toon maakt overduidelijk dat ze haar eigen waarheid heeft. 'Ik heb gewoon liever dat je met een lekkere schilder het bed in duikt dan dat je in een of andere bubbel leeft. Dat is voor niemand goed. Alleen is het dan weer typisch jij om een dealende hoerenloper uit te kiezen.'

'Hij is geen –' Ik onderbreek mezelf, want ik ken Coco. Meestal heeft het weinig zin om met haar in discussie te gaan. 'Oké, luister, ik moet echt gaan. Maar wil je alsjeblieft mijn planten even water geven vandaag of morgen? En probeer ze niet meteen te verdrinken.'

'Jahaa...' zucht ze.

'Die op mijn slaapkamer hoeft maar een klein scheutje. Dus geen halve gieter.'

'Ik zei al ja. Als je me niet vertrouwt, stuur je mam toch lekker? Dat plantenvrouwtjesgedoe heb je immers van haar.'

'Ik vertrouw je juist wel, daarom vraag ik het.'

'Ik ga morgen. Goed? Ik heb vanmiddag een meeting met die mensen van die leggings waar ik het over had.'

'O, ja,' antwoord ik. 'Die *shapewear*?'

'Ja, maar ze zijn zó comfortabel. Ik sport nergens anders meer in. En ik draag ze thuis ook de hele tijd. De pasvorm is geweldig, én ze liften je kont. Echt. Je gelooft gewoon niet dat je bilpartij er zo uit kán zien. Als ik die deal rondkrijg, krijg ik een levenslange voorraad gratis en een percentage van alle verkoop via mijn kanalen.'

'Klinkt geweldig. Succes!'

'Ik neem er een paar voor je mee, dan snap je wat ik bedoel.'

'Ik kan niet wachten. Ik vond altijd al dat mijn billen te weinig ondersteuning krijgen als ik een film kijk.'

'Het is niet verbóden om er een paar squats in te doen, Aud.'

'Ik neem het in overweging. Maar nu wacht er een buffet met verse croissants op me. Dus ik moet me haasten.'

'Prima. O, en wel veilig seksen, hè? Met die gast. Wie weet met hoeveel mensen hij het doet. Na gisteren zou ik er maar mee uitkijken.'

'Echt, Coco, waar zie je me voor aan?' *Een acceptabel, niet overdreven hoog, de juiste voorbehoedsmiddelen in acht nemend aantal keer,* hoor ik Lynx in gedachten zeggen.

'Nou, je kan een beetje wereldvreemd zijn.'

'Oké. Nou, succes met je leggingsafspraak en ik spreek je later! Doei Coco!'

Lynx steekt zijn hand naar me op als ik het restaurant in loop voor het ontbijt. Hij heeft een plekje bij het raam bemachtigd en gebaart naar de stoel tegenover hem. Alsof ik in mijn eentje ergens anders zou gaan zitten. Toch voelt het een beetje als de eerste dag in een nieuwe klas, en de leukste jongen vraagt of ik naast hem kom zitten. Niet dat ik daar ervaring mee heb. 'Goedemorgen,' zeg ik.

Aan niets is te zien dat hij de halve nacht – of langer – weg is geweest. Zijn haar is gestyled op een nonchalante manier die de indruk geeft dat hij zo wakker wordt, maar waarvan je weet dat het twintig minuten kost. Zijn kleding is kreukvrij. Als ik tegenover hem ga zitten ruik ik heel subtiel een vleug van zijn douchegel, of scheerschuim, of wat het ook is dat hem zo lekker laat ruiken. Hij ziet er zelfs niet eens vermoeid uit. Toch drugs dan?

'Goedemorgen!' antwoordt hij. 'Ik wist niet precies wat je wilde hebben. Er was geen koude koffie, dus ik heb geïmproviseerd.'

Er ligt een croissantje op mijn bord. Ernaast staat een glas versgeperst sinaasappelsap, een bakje met in blokjes gesneden fruit, een piepklein glazen potje met jam en een klein zilveren kannetje. Hij pakt het op als hij me ernaar ziet kijken en schenkt het uit in een royale kop.

'Is dit warme chocolademelk?' vraag ik.

'Gisteren zei je dat warme chocomel op elk moment van de dag kan, dus...'

Ik glimlach. Hij onthoudt alles wat ik zeg.

'Als je liever wat anders hebt...'

'Nee.' Ik pak de kop en nip van de warme drank. 'Hmm...'

'Geldt het ook voor ontbijt?'

'Juist voor ontbijt!' antwoord ik. 'Dank je wel. Maar je had dit niet allemaal voor me hoeven halen.'

'Geen probleem,' zegt hij terwijl hij het kannetje neerzet. 'Anders zat ik hier maar te zitten.'

Dan valt mijn oog op mijn notitieboek, dat aan mijn kant van de tafel ligt. Ik laat mijn vingers even over de kaft gaan.

'Dat moest ik nog aan je teruggeven. Met nogmaals mijn excuses voor het schenden van je privacy. Het zal nooit meer gebeuren.'

'Ach... het lag opengeslagen...' Ik kijk van het boek naar hem. 'En het is nu eenmaal je lievelingswoord.'

Zijn hele gezicht doet mee als hij lacht. 'Inderdaad. Ik hou van elke letter.' Hij zit een beetje naar me toe geleund en kijkt me indringend aan. 'Dus... wat gaan we tackelen van die lijst vandaag?'

Ik voel een blos over mijn wangen trekken onder zijn blik. Kan je eigenlijk blozen met je hele lijf? Het wordt alleen maar erger. De hitte trekt door naar mijn hals, langs mijn schouders, mijn bovenarmen. Een prikkelend gevoel. Het lukt me niet om oogcontact te blijven maken en ik probeer mezelf een beetje bij elkaar te rapen terwijl ik jam op mijn croissant smeer. 'Sommige dingen vallen af. De openluchtbioscoop in La Villette is alleen in de zomer. Het rooster van Marilyn

Monroe is in New York.' Ik pak mijn croissantje op en neem een hap. Ik geloof niet dat ik weleens een croissant ben tegengekomen die tegenviel, maar op een of andere manier smaken ze in Parijs toch nog net iets lekkerder. Als ik Lynx weer aankijk, zie ik dat hij me met een geamuseerde blik aan het observeren is.

'We kunnen naar Shakespeare and Company,' stel ik voor, in een poging de schijn van onbewogenheid op te houden. Ik faal er waarschijnlijk jammerlijk in, maar ik hou stug vol. 'De boekwinkel uit *Before Sunset* en *Midnight in Paris*. Hij is vlak bij de Notre-Dame. Die wil ik ook nog zien. Als jij dat ook wilt, tenminste. Ik bedoel, je hoeft niet per se met me mee. Je hebt misschien eigen dingen te doen. Niet dat ik het niet leuk zou vinden als je wél meeging, maar –'

'Wacht even… Je zou het níét leuk vinden als ik wél meeging?'

'Nee! Wél leuk, juist.'

Hij leunt naar achteren, zijn uitdrukking overdreven serieus. 'Maar je zei "niet leuk"…'

'Níét dat ik het niet leuk zou vinden. Dat betekent wél leuk. Ik bedoelde wél leuk als je wél meegaat.'

Hij grijnst. 'Oké, je vindt het leuk, je hoeft het er niet zo dik bovenop te leggen.'

'Ik wilde nog iets anders zeggen, maar je brengt me nu ernstig aan het twijfelen.'

'Wat ging je zeggen?'

'Iets over punt vijftien,' antwoord ik, met mijn blik op mijn croissant. Ik kan veel makkelijker stoer klinken als ik naar eten kijk in plaats van naar hem.

'Punt vijftien?'

'Je favoriete woord,' verduidelijk ik. 'Dat was punt vijftien op de lijst. Ik wilde zeggen dat ik het misschien toch een goed idee zou vinden om dat punt aan te pakken, maar ik denk dat ik me weer bedacht heb.'

'Ho, laten we even terugspoelen.' Hij leunt weer terug naar voren. 'Een goed idee, zei je?'

'Vóór je me begon te pesten, ja. Nu niet meer zo. Laat maar.'

'Wie pest nu wie?'

Ik haal mijn schouders op en breng de kop chocolademelk naar mijn lippen. 'Eigen schuld.' Ik neem een slokje.

Hij staart me een paar tellen aan. 'Oké, ik moet nu echt even weten of je hier serieus over bent.'

'Stel dat ik dat ben...'

Hij knikt. 'Ik stel het me levendig voor.'

'Hoe werkt dat dan? Moeten we afspraken maken? Is het voor één keer?'

'Als je nu al weet dat je vaker wilt, heb ik daar geen probleem mee.'

'Lynx, wil je het hier nou serieus over hebben of niet?'

Hij houdt zijn handen verontschuldigend op. 'Goed, ik ben bloedserieus vanaf nu.'

'Ik meen het. Voor jou is dit blijkbaar de normaalste zaak van de wereld, maar voor mij niet. Ik heb niet zomaar seks met iemand.'

'Het is niet zomaar. We hebben chemie. Dat voel jij ook, toch?'

Als hij daarmee bedoelt dat ik nu meer vlinders in mijn buik heb dan toen ik op de top van de Eiffeltoren stond, dan is het antwoord ja.

'Het is niet zo moeilijk als jij denkt dat het is,' gaat hij verder. 'We vinden elkaar leuk, we hebben het leuk met elkaar. We hoeven geen regels op te stellen, het enige verschil is dat we van tevoren onze verwachtingen uitgesproken hebben. Jij hebt thuis iemand met wie je verder wilt, ik ben niet op zoek naar een relatie. Nu we dat van elkaar weten, kunnen we doen wat goed voelt, zonder dat een van ons gekwetst raakt.'

'Doen wat goed voelt,' herhaal ik.

'Ja. Ik ga je natuurlijk eerst versieren.'

'Jij gaat mij... O, dus dit was nog niet...'

'Nee, natuurlijk was dit het nog niet. Denk je nou echt dat: "Hé, wil je met me naar bed?" mijn hele arsenaal is?'

'Misschien heb je nooit meer dan dat hoeven doen.'

Zijn blik danst over mijn gezicht, en dan eventjes iets lager, voor hij me weer aankijkt. 'Goede seks is meer dan alleen het fysieke stuk. Het gaat ook om de anticipatie.'

'Ja, tuurlijk,' antwoord ik. 'Anticipatie is belangrijk. Eigenlijk heb ik daar ook een beetje over nagedacht.'

Hij pakt zijn croissant en hapt er een flink stuk van af. 'En?'

'En... ik dacht dus dat als we met elkaar naar bed gaan, we ook wel een kamer kunnen delen. En dat die dan net zo goed super-de-luxe kan zijn. Zoals een kamer met balkon en zicht op de Eiffeltoren in het Shangri-La.'

Hij blijft zitten met de helft van zijn croissant halverwege zijn mond. 'Die een maandsalaris per nacht kost?'

'De suite kost meer dan een maandsalaris. De kamer ongeveer vijftienhonderd euro. En toen ik het een uur geleden checkte, was er toevallig nog precies één vrij voor vannacht. Dus nou ja... toen heb ik hem dus maar geboekt.'

Nu laat hij zijn croissant terug op zijn bord vallen.

'Je hoeft hem natuurlijk niet met me te delen. Ik weet dat het alleen seks is, dus je hoeft niet te blijven slapen. En als je liever hier blijft...'

'Nee, natuurlijk deel ik hem met je.' Hij pakt zijn telefoon. 'Ik kan het meteen aan je overmaken.'

'Nee! Ik heb het niet over de kosten. Dit was mijn idee. Ik betaal.'

'Audrey, dat is te veel.'

Ik haal mijn schouders op. 'Ik kan het missen. En het staat op mijn lijst, weet je nog?'

Hij kijkt nog steeds een beetje moeilijk.

'Wat? Tast het je kwetsbare mannelijke ego aan als ik trakteer?'

'Mijn mannelijke ego kan wel wat hebben.' Hij legt zijn telefoon neer. 'Oké. Prima, jij trakteert. Maar dan betaal ik je rekening hier. En ik neem je vanavond mee uit eten.'

'Dan betaal je het alsnog terug.'

'Verre van. Ik weet niet wat voor restaurant jij verwacht, maar ik had een gewone bistro in gedachten. En bovendien: ik ben een schilder met verstand van beleggen. Dus ook ik kan het missen.'

'Oké,' antwoord ik. 'Deal.'

'Deal? Betekent dat...'

'Dat ik op je aanbod inga. Ik hoop maar dat je het kunt waarmaken.'

Hij grijnst en neemt mijn hand in de zijne. 'Lieve Audrey,' zegt hij gewichtig, terwijl hij mijn hand tegen zijn lippen drukt en mijn knokkels kust. 'Ik ga jouw wereld op zijn kop zetten.'

'Audrey! Er is hier een inloopkast!' Ik hoor Lynx lachen vanuit een aangrenzende ruimte. 'Een ínloopkast! In een hotelkamer!'

Ik sta verbouwereerd voor het bedbankje in het midden van de slaapkamer. Het is wit en lichtblauw, met goudgele accenten. Er staat een queensize bed met kraakhelder beddengoed, een donkerblauw dressoir met gouden knoppen en ornamenten, met daarop een gigantische flatscreen. Een bureau in de ene hoek, een chique fauteuil met voetenbank in de andere. Witte, door lange gordijnen geflankeerde, openslaande balkondeuren waar ik naartoe getrokken word. Het tapijt voelt zacht en dik onder mijn voeten. Het is rijkelijk versierd met een patroon van kleine lichtblauwe blaadjes.

Lynx glijdt over het marmer vanuit de gang. 'De badkamer is ook acceptabel.' Hij leunt tegen de deurstijl en kijkt rond. 'Een beetje erg Frans allemaal, maar het kan ermee door.'

Ik lach, terwijl ik probeer de balkondeuren te openen. 'Het is niet helemaal de sfeer van jouw moderne hipsterhotel.'

'Niet precies.'

Dit is eigenlijk geen hotel. Het is een paleis. Alles ademt een koninklijke sfeer, zowel de buitenkant van het gebouw als de inrichting. Toen ik binnenkwam durfde ik eventjes geen stap meer te zetten, zo imposant is de entree. Een lobby waar de hele benedenverdieping van mijn huis in past. Drie keer, of zo. Overal marmer en monumentale trappen en bloemstukken die waarschijnlijk de prijs van deze kamer evenaren. Personeel dat aangesneld komt om de bagage naar boven te brengen.

'Nu weet ik hoe Vivian zich voelde,' zegt hij terwijl hij naar me toe loopt.

'Bogart in de rol van Julia Roberts? Interessante twist.' Ik rammel aan het slot dat niet meegeeft.

'En Hepburn in die van Richard Gere. Ik weet alleen niet of ik *Handsome Guy* nou echt zie zitten als titel. Ik denk dat ik dan toch de originele versie prefereer. Zal ik je daar even mee helpen?' Hij reikt langs me heen. 'Voor vijftienhonderd euro kan die deur maar beter opengaan. Anders zeik ik ze helemaal af op Tripadvisor.'

'Interieur te Frans, balkondeur klemt, één ster,' geef ik als voorzet.

Hij zet een beetje kracht en met een zachte klik gaat het slot open. 'Daar komen ze dus goed mee weg.' Hij blijft even staan, dichtbij.

'Dit lukte je ook al bij dat hek in Montmartre. Heb je magische handen?'

'Daar kom je straks wel achter.' Hij laat zijn blik even op me rusten. Een of twee tellen, maar ze voelen lang en slepend, alsof ze zich eindeloos willen uitstrekken. Dan duwt hij de deuren langzaam open. 'Voilà, uw uitzicht, mademoiselle.'

Ik stap langs hem het balkon op. Twee loungestoelen aan de linkerkant. In de rechterhoek een bistrotafeltje met twee schattige gietijzeren stoeltjes. We kijken uit op de Seine met rondvaartboten die aangemeerd liggen aan Quai Branly. Aan de overkant van de rivier, recht vooruit, iets rechts van het midden, staat La Dame de Fer. En niet zomaar in de verte, maar echt, écht dichtbij.

Ik loop verder het balkon op, mijn handen rustend op de stenen rand. Ik kijk over mijn schouder naar Lynx, die langzaam naar me toe beweegt. Dan weer naar het uitzicht en terug naar hem. 'Oké, dit is het. We gaan nergens heen vandaag. We blijven hier, op deze plek, en we halen elke cent uit dit uitzicht.'

'Goed plan.' Zijn arm schampt die van mij als hij naast me komt staan. 'Weet je wat ik zo leuk vind?'

'We zijn in de mooiste stad ter wereld. De opties zijn onuitputtelijk.'

'Dat is waar,' zegt hij.

Ik draai me naar hem toe. 'Wat vind je zo leuk?'

Hij kijkt naar me. 'We hebben de Eiffeltoren zo'n beetje van alle kanten gezien. Van dichtbij. Van veraf. Overdag, bij zonsondergang, in het donker. We zijn erop geweest. We hebben eronder gestaan. Maar elke keer als jij hem ziet is het alsof het voor het eerst is.'

Ik kijk nog een keer en knik dan.

'En daardoor zie ik hem ook steeds opnieuw. Ik ben al vaak in Parijs geweest, maar ik heb het nog nooit gezien zoals nu, met jou.'

'Ik, eh...' De woorden vervliegen terwijl ik ze probeer uit te spreken en de manier waarop hij nu naar me kijkt, maakt het heel lastig ze terug te halen.

Hij brengt zijn hand naar mijn gezicht en strijkt een pluk haar weg die steeds voor mijn ogen waait. Hij streelt de lok achter mijn oor en laat de achterkant van zijn vingers over mijn wang glijden.

'Heb je geen spijt?' vraag ik. 'Dat je Valencia hebt laten schieten?'

'Spijt is op dit moment het laatste wat ik heb. Ik ben precies waar ik wil zijn.'

Ik voel iets opfladderen in mijn borstkas, mijn hart mist een slag en haalt die dan driedubbel in. 'Ik ben blij dat ik het met jou zie.'

Hij tilt mijn kin iets op en ik leun naar hem toe, maar dan twijfel ik opeens, want hij heeft het over orgasmes, seks, maar niet over zoenen.

Zoenen betekent gevoelens, zei hij, en die wil hij nu juist niet. Dus misschien lees ik dit helemaal verkeerd en wil hij me helemaal niet kussen. En wat als we wél zoenen en het is fantastisch, en hij merkt dat ik allerlei dingen voel waarvan hij niet wil dat ik ze voel? Wat als hij dan helemaal niet meer wil?

Lichtelijk in paniek zet ik een stap achteruit, precies op het moment dat hij de laatste centimeters tussen ons probeert te overbruggen, en zijn lippen raken de mijne een fractie van een seconde voor ze in het luchtledige eindigen.

Hij kijkt me verward aan.

'Sorry,' zeg ik snel. 'Ik weet niet wat...'

'Nee,' antwoordt hij net zo snel. 'Het is oké. Wil je dit niet?'

'Ik...' Shit. Shit, waarom verpest ik dit? Waarom kan ik niet meer praten?

Zijn hand glijdt van mijn gezicht en hij neemt wat afstand. 'Er hoeft niets te gebeuren. Ook al hebben we deze kamer en hebben we gezegd wat we gezegd hebben. Als je je bedacht hebt...'

'Nee. Dat is het niet.'

'Je zit nergens aan vast, hoor.'

'Maar ik heb me niet bedacht. Het is alleen dat ik niet zeker wist of zoenen bij de afspraak hoort. En ik dacht dat jij misschien niet wilde, en dat ik dan... Maar toen deed jij het en...'

Hij lacht. 'Het is maar goed dat ik van tevoren heb gewaarschuwd dat ik die perfecte kus niet kan waarmaken, anders zou dit erg ongemakkelijk zijn. Al ben ik er meestal ook weer niet zó slecht in. Normaal gesproken weet ik in ieder geval wel het doel te ráken.'

Ik moet ook lachen. Een giechelende ontlading van zenuwen.

'Blijkbaar kan toch niet iedereen scoren bij de Eiffeltoren.' Hij staat er zo relaxed bij en ontmantelt de hele situatie met zijn charme en humor.

'Het spijt me.' Ik sla mijn handen voor mijn gezicht en wend me een tel van hem af voor ik hem weer durf aan te kijken. 'Eigenlijk was je best goed aan het scoren, maar toen begon ik na te denken en... Nou ja, ik wist gewoon niet of het bij de deal hoorde.'

'De deal? Audrey, je weet toch dat we niet écht in *Pretty Woman* zitten, hè? Je hebt me niet ingehuurd. Dit is geen zakelijke overeenkomst. We doen dit omdat we het willen. Omdat het leuk is. Tenminste... dat zou het moeten zijn.'

'Ik vind het leuk. Heel leuk. We kunnen het opnieuw proberen en dan blijf ik staan en... alles.'

'Dat zou handig zijn.'

Ik knik en kijk hem afwachtend aan.

'Al heb ik een beetje het gevoel dat het moment nu voorbij is,' zegt hij.

'Ja.' Ik knik opnieuw. 'Je hebt gelijk.' Ik adem uit en leg mijn handen weer op de balustrade van het balkon, uitkijkend over de stad. Dan voel ik zijn vingers om mijn elleboog. Hij trekt me naar zich toe, dipt me iets achterover en drukt zijn lippen op de mijne. Ik grijp me vast aan zijn arm, maar het gaat zo snel dat ik alweer rechtop sta voor ik echt besef wat er gebeurt.

'Zo,' zegt hij. 'Onze eerste kus. Niet perfect. Maar wel leuk.'

Lynx heeft het telefoonnummer van de taxichauffeur van gisteren onder *speed dial* en als ik me heb kunnen losweken van het uitzicht vanaf mijn balkon, laat hij ons ophalen bij het hotel en afzetten bij het stadhuis van Parijs. We maken een wandeling naar het Île de la Cité. De Notre-Dame is door de restauratiewerkzaamheden alleen vanaf een afstand te bezichtigen, maar is alsnog indrukwekkend. We lopen langs een fototentoonstelling over de historie van de kathedraal, de brand en de voortgang van de wederopbouw. Lynx wijst me *les gargouilles* aan, de waterspuwers die ook beschadigd zijn geraakt. Hij vertelt dat hij die vroeger het leukst vond. 'Het regende de eerste keer dat ik hier kwam,' zegt hij. 'Dus ik zag ze hun werk doen. Op een of andere manier kwamen ze daardoor tot leven voor me. Al voor Disney ze populair maakte.'

'O ja, Quasimodo's vrienden en helpers. Victor, Hugo en...'

'Laverne,' vult hij voor me in. 'Er is een theorie dat ze alleen in Quasimodo's gedachten tot leven komen en dat ze elk een deel van zijn persoonlijkheid vertegenwoordigen.'

'O, maar dat maakt het eigenlijk heel triest.' Het is al lang geleden dat ik de film heb gezien en ik probeer het verhaal te herkaderen met dit in gedachten. 'Dan was hij dus echt helemaal alleen.'

'Ja. Inderdaad triest. Maar het boek was sowieso nog een stuk duisterder dan de film. Esmeralda wordt bijna verkracht door Frollo en ze sterft door ophanging. Phoebus is niet bepaald de heldhaftige redder in nood en er komen al helemaal geen vrolijke, antropomorfe waterspuwertjes in voor.'

'Nee, maar het boek is het boek en de film is de film. En ik wil niet dat het alleen zijn inbeelding is. Ik wil dat ze echt bestaan.'

'Oké, tuurlijk,' zegt hij lachend. 'Wat weten de makers er nou van? Natuurlijk leven ze echt. Idiote theorie.'

Ik knik tevreden. 'Dank je.'

Hij glimlacht en ik bekijk het monumentale bouwwerk, afgezet door hekwerken en omgeven door steigers en kranen.

'Jammer dat ik het nooit in de originele staat heb gezien.'

'Ja. Maar de gevel is intact gebleven. De rozetramen, de klokken...'

'Ja...'

'Kom,' zegt hij. 'We laten Quasimodo en zijn waterspuwende vrienden met rust. We hebben meer te doen vandaag.'

Shakespeare and Company ligt op een steenworp afstand. We steken de Pont au Double over en lopen een klein stukje door een park, waar de oudste boom van Parijs staat. Als we het park uit lopen, zie ik de bekende groene gevel al, met de rode deur, zwarte belettering en die ene rode hoofdletter S tegen een knalgele achtergrond.

'Als het in de bediening bij Café des Deux Moulins niets wordt, solliciteer ik hier,' zeg ik. 'Alleen het pand al maakt dat je hier elke dag met plezier naartoe gaat, toch? Elke ochtend die luiken openen, het bankje buiten zetten, en de hele dag tussen de literaire meesterwerken doorbrengen.'

'Zeg eens eerlijk, Audrey, toen je bij de snoepfabriek solliciteerde, dacht je toen dat je bij Willy Wonka in dienst zou komen?'

'Natuurlijk,' antwoord ik. 'Dat denk ik eigenlijk nog steeds. We zien hem nooit, maar wie zegt dat hij niet de echte eigenaar is?'

Lynx moet lachen en terwijl ik voor hem uit de winkel binnenga, besef ik dat ik de afgelopen twee dagen nauwelijks een gedachte aan mijn werk heb gewijd. En zelfs nu ik dat wel doe, is het zonder dat knagende gevoel dat ik er binnen afzienbare tijd weer naartoe moet, ook al weet ik dat dat zo is. Ik denk dat ik me voor het eerst in mijn leven vrij voel.

We nemen even de tijd om tussen de boeken te dwalen. Ik moet me inhouden om geen hele stapel in te slaan. Van Engelstalige bestsellers tot in de puntjes verzorgde uitgaven van klassiekers. Linnen banden, luxe boxsets, prachtig vormgegeven omslagen met zwierige belettering. Ik zie een geïllustreerde editie van *Ulysses* van James Joyce, in beperkte oplage gedrukt. De *Odyssee* van Homerus, met mooie gouden accenten op het omslag. Er zijn twee supermooie boxsets met een design van getekende bloemen. Ze bevatten elk vier pocketuitvoeringen van korte verhalen van schrijvers als Tolstoj, Charles Dickens en Virginia Woolf. De ene box heeft als thema Liefdesverhalen, de andere Britse Klassiekers. Ik heb meteen zin om al die klassiekers te lezen en neem me voor dat meer te doen. Ik zou ze allemaal aanschaffen als ik er niet de rest van de dag mee door Parijs zou hoeven lopen.

'Wat? Koop je niets?' vraagt Lynx als ik aangeef dat ik klaar ben om verder te gaan. 'Je hebt letterlijk hartjes in je ogen bij alles wat je bekeken hebt.'

'Je gebruikt letterlijk verkeerd,' zeg ik. 'En ze zijn prachtig, maar als ik ze de hele dag moet rondsjouwen, weet ik nu al dat ik in staat zal zijn om ze in de Seine te smijten.'

'Ik denk dat het me wel zal lukken om een paar boeken voor je te dragen, hoor.' Hij pakt een van de boxsets van de tafel. 'Weegt niets.'

'Dat zeg je nu. Na een uur weegt dit tien keer zo zwaar. En daarna verdubbelt het gewicht per kwartier. Dus...' Ik neem de set uit zijn hand en leg hem terug op tafel. 'Ik kan er altijd nog voor terugkomen.'

'Weet je het zeker? Bogart zou moeiteloos de hele dag een tas vol boeken op sleeptouw nemen.'

'Daar heb je misschien gelijk in,' zeg ik, terwijl ik naar de uitgang loop, 'maar jij moet je handen vrijhouden.'

'Voor wat?' vraagt hij.

'Nou...' zeg ik aarzelend als we buiten staan. Ik laat mijn hand in die van hem glijden. 'Zodat ik dit kan doen...'

'Goed idee.' Hij sluit zijn vingers om die van mij. 'Deze kant op? Ik wil je nog iets laten zien.'

We passeren een paar restaurants en cafés en komen dan bij een smal steegje. Ik denk dat Lynx beide muren kan raken als hij zijn armen spreidt.

'Dit is het smalste straatje van Parijs,' zegt Lynx. 'Het komt uit op Quai Saint-Michel, maar voor die was aangelegd, leidde het direct naar de oever van de Seine.'

'Rue du Chat-qui-Pêche,' lees ik van het straatnaambordje. 'De vissende kat?' vraag ik.

'Klopt. En er hoort natuurlijk een spookverhaal bij.'

'Nee, Lynx! Niet weer een spookverhaal.'

'We zijn in Parijs,' zegt hij lachend, 'er zijn overal spookverhalen. Je voelt de middeleeuwen hier gewoon.'

'Op de streetart na,' antwoord ik, met een knikje naar het zwarte silhouet van een man met een rode paraplu en een zwarte kat aan zijn voeten.

'Dat verwijst naar de legende. De details zijn me een beetje ontglipt, maar ooit woonde hier een man die aan alchemie deed en die man had een zwarte kat die heel behendig was in het vangen van vis. Met één zwiep van zijn poot haalde hij vissen uit de Seine. Een paar studenten zagen dat aan voor tovenarij en waren ervan overtuigd dat de kat en de man een en dezelfde waren. Om dat te bewijzen doodden ze de kat en gooiden hem in de Seine. Zoals ze al verwachtten verdween de alchemist daarna ook, maar een paar dagen later was hij terug. Hij beweerde dat hij een korte trip had gemaakt en vervolgens zat ook de kat weer bij de rivier te vissen alsof er niets gebeurd was.'

'Oké, dat was niet zo heel eng,' zeg ik.

'Vertel dat maar aan de achtjarige Lynx die hier in het donker stond.'

'Ook met je vader?'

'Ja. Hij was dol op dit soort plekjes waar oude verhalen aan kleven. Mijn moeder kwam hier voor de kunst en de architectuur. Hij voor de historie en de sfeer. Hij kon zo een paar uur op een bankje zitten met een boek, lezend en mensen observerend.'

'O, dus je observatietalent heb je ook van hem?'

'Misschien.' Hij leidt me het steegje uit en we steken over naar de Pont Saint-Michel. Langs de rivier staan Les Bouquinistes, de boekverkopers met hun assortiment tweedehands en antiquarische boeken, posters en souvenirs. Voor we de brug op gaan blijf ik even kijken bij een van de stalletjes. Mijn hand glipt uit die van Lynx, waardoor ik opkijk en zie dat het komt doordat hij zijn telefoon uit zijn zak haalt om foto's van me te maken.

Ik trek een gek gezicht waar hij om moet lachen. Dan draait hij zich om om een selfie van ons te maken met de boekenstalletjes op de achtergrond. Zijn hand vindt onmiddellijk de mijne weer. 'Je poseertalent is exponentieel gegroeid de afgelopen vierentwintig uur.'

'Dat gebeurt als je met professionals werkt.'

'Bedoel je mij of Angèl?'

'Hm, allebei?'

We lopen de brug op, terug naar het Île de la Cité. We komen bij Place Dauphine, een gezellig, driehoekig plein, omringd door restaurants en winkeltjes. Er staat een lange rij wachtende mensen bij een wagen waar verse crêpes worden gemaakt. We hebben de lunch overgeslagen na het uitgebreide hotelontbijt, en de geur bezorgt me instant-honger.

'Wat denk jij?' vraag ik aan Lynx. 'Potentiële voedselvergiftiging of beste beslissing van de dag?'

Hij neemt de situatie even op. Onder de rood-witte luifel schept een jonge vrouw volle lepels beslag op de bakplaten. Als de crêpes en galettes klaar zijn, rolt ze ze op in een papieren puntzakje en kun je kiezen uit allerlei hartige of zoete vullingen. Van tomaten en kaas tot bolletjes ijs, slagroom en chocoladesaus.

'De beste beslissing van vandaag volgt nog,' zegt Lynx, 'maar ik denk dat deze zomaar in de top vijf kan komen.'

Tijdens het wachten zijn we stiller dan gisteren toen we in de rij stonden voor een ijsje. Geen grapjes of geplaag. Geen verzonnen verhalen over de mensen om ons heen. Eigenlijk heb ik amper door dat er andere mensen in de buurt zijn en dat heeft misschien weer te maken met hoe Lynx zijn vingers verstrengeld heeft met die van mij, of met de zachte streling van zijn duim over de mijne.

'Nu mag jij voor mij bestellen,' zegt hij als we bijna aan de beurt zijn.

Ik kijk naar het bord achter in de wagen. De hoeveelheid opties maakt me nerveus. 'Ik weet niet wat je wilt...'

'Ik wil wat jij kiest.'

‘Zoet of hartig?’

Hij haalt zijn schouders op. ‘Zeg jij het maar.’

De crêpe met ijs en Nutella lijkt het populairst te zijn. Misschien vooral vanwege de fotogenieke kwaliteiten. Maar ik besluit voor een klassieker te gaan zonder te veel poespas. Crêpe *citron-sucré* met agavesiroop.

‘En? Heb ik je teleurgesteld?’ vraag ik terwijl we weg van het plein lopen, door een schattig klinkerstraatje met aan weerszijden smalle stoepen afgezet met sierlijke paaltjes. Lichtblauwe gevels. Een charmant restaurant met een blauwe luifel en rode stoeltjes op het terras. Een papierwinkel met een donkergroene gevel. Een laarzenwinkel. Ik kan me niet herinneren dat ik ooit eerder een winkel met alleen laarzen ben tegengekomen.

‘Dit is zo’n beetje perfectie,’ zegt Lynx. ‘Dit zou zomaar vrij hoog in die top vijf kunnen komen. Die vrouw verdient een Michelinster.’

‘Vind ik ook.’ Aan het eind van de straat ligt de Pont Neuf. Voor ons doemt het beeld van Henri IV op. We steken over naar de brug. ‘Als er niet heel snel iets enorm tegenvalt, zal ik echt moeten verhuizen.’

‘We kunnen altijd weer een nachtje bij monsieur Pierre inlassen. Gewoon, om alles even in perspectief te plaatsen.’

‘Ik weet niet, misschien ben ik inmiddels zover dat ik het zolderkamertje als idyllisch en de badkamer als authentiek zou bestempelen.’

‘O shit, waarschijnlijk ben je dan zo betoverd door Parijs dat er geen redding meer mogelijk is.’

We stoppen op de brug. Verderop ligt de Pont des Arts en we kijken uit over een park.

‘Ik heb altijd al eens naar het uiterste punt van het eilandje willen lopen,’ zegt Lynx. ‘Daar, bij die treurwilg. Ik zie het altijd vanaf de oevers, of een van de bruggen. Maar ik ben er nog nooit geweest.’

Ik zie een paar mensen beneden op het gras en op bankjes zitten. 'Hoe kom je daar?'

'Er was een trap achter het standbeeld. Zullen we zo gaan kijken?'

Ik knik. Er verschijnt een lach op zijn gezicht. 'Wat?'

'Waarom moet ik je altijd schoonmaken als je aan het eten bent?' Hij veegt een paar korreltjes suiker weg bij mijn mondhoek.

'Altijd is nogal overdreven. Jij mag mij vertellen hoe ik dit netjes kan eten.'

'Nee, ik denk dat ik je er liever mee zie stuntelen.'

'Oké, prima, geniet ervan.' Ik prik mijn vorkje in mijn crêpe en breng het naar mijn mond. De agavesiroop druipt langs de crêpe terug het zakje in en ik voel de suikerige stroop op mijn lippen als ik een hap neem.

'*Damn*, dit is *performance art*,' zegt Lynx. 'Ik kan hier uren naar kijken. Doe dat nog eens, maar dan langzaam.'

Ik geef hem een duwtje met mijn schouder en hij lacht op een manier waarop je niet hoort te lachen als je wilt voorkomen dat mensen verliefd op je worden. Hij leunt tegen de reling van de brug en observeert mijn flensjes-eet-techniek. Ik observeer hem, want er is iets aan hem, op steigers, en bruggen en balkons, iets wat ik niet precies kan duiden, maar wat hem absoluut betoverend maakt.

Hij wacht tot ik uitgegeten ben. Dan pakt hij mijn hand weer vast en trekt me met zich mee.

De trap achter het standbeeld is lang en smal. Ik zou niet zo snel het idee opgevat hebben om hier af te dalen, wat misschien verklaart waarom het niet zo druk is in het parkje beneden. Ik ben blij dat we het wel gedaan hebben, want het is een verborgen parel.

Een paar kinderen rennen achter elkaar aan op het gras. Een groepje jongeren zit selfies te maken. Hier en daar is een bankje bezet. We lopen naar de uiterste punt van het eiland. Twee jongens zitten met hun rug tegen de stam van de boom, hun blik gericht op de Pont Neuf, en delen een zak chips. We lopen voorbij, tot we letterlijk één stap van een plons in de Seine verwijderd zijn. Lynx staat gevaarlijk dicht, maar volkomen relaxed, bij de rand, die vrij steil afloopt. Ik kijk naar beneden.

Hij ploft neer op de kade, zijn benen bungelend in de diepte boven het water, en kijkt naar me op. 'Kom je zitten?'

Ik aarzel even en laat me voorzichtig op mijn knieën zakken. Mijn bewegingen zijn stijf en houterig, niets van het gemak waarmee hij beweegt. Ik hou mijn benen ingetrokken, een goede twintig centimeter bij de rand vandaan, maar het voelt nog steeds alsof ik bij het minste zuchtje in het water kan vallen. Hij ziet er solide uit. Alsof niets hem aan het wankelen kan brengen.

'Je valt echt niet,' zegt hij.

Ik besef dat ik me aan de mouw van zijn jack heb vastgegrepen, mijn vingers klemvast om de stof bij zijn schouder.

Hij legt zijn hand op mijn knie, zijn arm voor me langs, zoals een veiligheidsstang in het karretje van een achtbaan. Maar dan sexy. 'Beloofd.'

'Je kan niet beloven dat de zwaartekracht niet wint.'

'Oké, maar wel dat ik je er dan weer uit haal. Ik ben een goede zwemmer.'

Geen idee waarom dat doemscenario me geruststelt, maar het helpt iets. Ik kijk voor me uit. Dat helpt ook. De Seine stroomt rustig. Het is lichtbewolkt, maar een flauw zonnetje weet er af en toe doorheen te breken om de rivier in een zilveren gloed te zetten. De zeven stalen bogen van de Pont des Arts rijzen statig op uit het water om het Institut de France met het Louvre te verbinden. Een rondvaartboot glijdt eronderdoor.

'Ik moet het je wel nageven,' zeg ik, 'je weet altijd voor een spectaculair uitzicht te zorgen.'

'Mijn specialiteit.' Zijn hand gaat met zachte druk op en neer over mijn been. Ik laat mijn vingers op zijn onderarm rusten.

'Zeg eens, Bogart... Is dit waar je alle meisjes mee naartoe neemt?'

'Zeker. Alle meisjes die vernoemd zijn naar een actrice, danseres, stijlicoon...'

O ja, hij zei dat hij hier nog niet eerder was geweest. Er gaat een tintelend gevoel van opwinding door me heen bij de gedachte dat dit nu iets van ons samen is. 'Ik wist niet dat er überhaupt nog plekken zijn in Parijs waar je niet bent geweest.'

'Er zijn genoeg plekken waar ik nog nooit ben geweest. We kunnen er een hele dag mee vullen als je dat leuker vindt.'

'Ik weet niet, tot nu toe bevalt jouw Parijs me wel.' Eigenlijk is met hem door de stad struinen zo'n beetje mijn meest favoriete bezigheid ooit.

'Mijn Parijs? Het is jouw lijst, jouw Parijs.'

'Misschien kan het een beetje van jou zijn, en een beetje van mij.' *Ons Parijs.* Op een of andere manier durf ik dat niet uit te spreken. Omdat hij hier zo vaak met zijn familie is geweest. En met zijn ex. En omdat ik niet eens weet of er wel echt een 'ons' is.

Hij glimlacht en knikt. 'Zullen we dadelijk over de Pont des Arts lopen? We kunnen hiervandaan een lus maken naar het Institut en dan oversteken naar het Louvre. De piramide bezichtigen en de Tuilerieën. Als je dan nog niet uitgeput bent, lopen we helemaal door naar Place du Trocadéro. Dan kun je nog even naar de Eiffeltoren staren en zijn we weer vlak bij het hotel.'

'Strak plan. Je maakt enorme vorderingen als gids.'

'Ja, ik moet alleen nog even wat wegafzettingen in de route opnemen voor de ultieme ervaring.'

'O, die weet je vandaag vast nog te vinden. Daar heb ik alle vertrouwen in. *Tours by Lynx*, voor al uw spookverhalen en wegafzettingen...'

Hij moet lachen. Ik begin langzaam te wennen aan het feit dat ik zo dicht bij de rand van de Seine zit. Misschien heeft dat meer te maken met het geruststellende gewicht van zijn hand op mijn been. Al voel ik me daardoor juist ook meer uit balans. Een rare combinatie. Alsof hij me aardt en doet opstijgen tegelijkertijd.

We zitten eventjes in stilte. Ik verzamel wat moed en doe dan een voor een mijn schoenen uit, want ik heb platte schoenen aan die makkelijk van mijn voeten kunnen vallen en ik zie al voor me dat ze in de rivier belanden en dat ik dan blootsvoets naar de laarzenwinkel moet en duizend blaren oploop van mijn gloednieuwe paar. Ik zet mijn schoenen naast me neer en zwaai extreem bedachtzaam mijn benen over de rand.

'Kijk jou eens onverschrokken zijn,' zegt Lynx.

'Onverschrokken met knikkende knieën.' Dat hij zijn hand langzaam naar de binnenkant van mijn been verplaatst, draagt daar ook aan bij.

'Dan juist. Als je niet bang bent, is hier niets dappers aan. Maar jij kijkt je angst in de ogen en doet het toch.'

'Hm, ja, ik ben best wel heldhaftig.'

'Ik vind van wel.'

Mijn enkel komt tegen zijn broekspijp. Ik weet niet of hij denkt dat het per ongeluk is. Ik weet niet of *ík* denk dat het per ongeluk is. Ik laat mijn hiel tegen zijn scheenbeen rusten en leun met mijn schouder tegen hem aan. Zijn vingers dringen zich iets meer in mijn bovenbeen.

Het is hier zo rustig en we zijn zo stil, dat ik een beetje opschrik van de ping van een binnenkomend bericht op mijn telefoon. Waarschijnlijk van Coco, die er nu toch stiekem van overtuigd is dat Lynx me aan het werven is voor zijn volgende grote drugssmokkel. Het is verleidelijk om het berichtje te negeren, maar ik besluit toch maar even te kijken. Ik heb inderdaad een reeks berichtjes van haar gemist, waaronder drie spraakberichten, die ik nu niet ga beluisteren en die tegen de tijd dat ik dat wél doe alweer achterhaald zullen zijn. En een herhaald verzoek om een foto van Lynx.

Ik zie ook dat hij me de foto's heeft doorgestuurd die hij bij de boekenstalletjes aan Quai Saint-Michel heeft gemaakt. 'Mag ik deze aan Coco doorsturen?' vraag ik terwijl ik hem onze selfie laat zien. 'Ze zeurt al een paar uur om een foto van je.'

'Ik heb mijn zonnebril op,' zegt hij. 'Psychopathie zie je meestal in iemands ogen, dus ze zal daar geen genoegen mee nemen.'

'Ik weet vrij zeker dat ze gewoon wil zien of je knap bent,' lieg ik. Al is dat absoluut een factor die meespeelt.

'Nou, ook handig als ze mijn ogen dan kan zien, toch?' Hij zet zijn bril af, neemt mijn telefoon van me over en maakt een paar nieuwe selfies. 'Ik heb een broer. En als hij een date had, checkte ik ook altijd een paar keer of hij nog leefde. Hij tinderde zich een ongeluk met de meest losgeslagen figuren. Het enige criterium was of ze een sixpack hadden. Buikspieren óf bier. Maakte hem niet uit.'

Ik moet lachen. 'Hij klinkt... avontuurlijk.'

Lynx geeft me mijn telefoon terug. 'Hij is inmiddels getrouwd. Godzijdank.'

'Is hij jonger dan jij?'

'Twee jaar ouder. Maar hij gedraagt zich pas sinds kort naar zijn leeftijd.' Hij laat een korte stilte vallen. 'Wolf was altijd nogal een flierefluiter.'

'Wolf,' herhaal ik. 'Wolf en Lynx...'

'Goed dat we maar met zijn tweeën zijn, hè? Mijn ouders waren bijna een hele dierentuin begonnen.'

'Ik vind het leuk.'

'We hebben allebei nogal thematische ouders,' constateert hij.

'Coco en Audrey hebben niet zoveel met elkaar te maken,' zeg ik.

'O, en wolven en wilde katten wel? Dat zijn verre neven volgens jou?'

Ik proest het uit.

'Stijliconen, dieren,' verklaart hij. 'Duidelijke thema's.'

'Oké, je hebt gelijk.' Ik kijk hem aan. 'Dus, Wolf was een losbol en nu gesetteld en gelukkig?'

'Ja. Met Steef. Ze co-ouderschappen samen over de twee dochters die Steef met zijn ex heeft. Dus dat maakte Wolf meteen bonusvader. Zo noemen ze het. Vinden ze beter klinken dan stiefvader.'

'Ik denk dat dat door alle sprookjes komt waarin stiefouders de bron van al het kwaad zijn.'

'Zou zomaar kunnen.'

'Je klinkt trots als je over je broer praat.'

'Ja?' vraagt hij. 'Ben ik ook wel.'

Ik heb het gevoel dat hij nog meer wil zeggen, dus ik wacht tot hij verder praat.

'Hij is eigenlijk mijn beste vriend.' Er is iets met dat woord. *Eigenlijk.* Er zit iets achter en ik kan de radertjes in zijn hoofd bijna horen werken, terwijl hij in stilte probeert te bepalen wat hij er wel en niet over kwijt wil.

Ik laat mijn vingers over zijn pols naar de rug van zijn hand glijden en hij kijkt op, bijna alsof hij vergeten was dat hij hier met mij zit. 'Jullie hebben een moeilijke tijd achter de rug, hè?'

Je zou het niet zeggen. Het zit goed verborgen. En ik zie hoeveel moeite het hem kost om iemand anders te zijn dan de zorgeloze, bruisende Lynx die ik heb leren kennen. Maar er is een andere kant. Een die erom smeekt om gezien te worden, ook al lijkt dat zo'n beetje het laatste wat hij nu wil.

'Ik weet niet zeker of het al achter de rug is.'

Ik sluit mijn vingers om die van hem. 'Een rouwproces is heel grillig. Het verloopt niet lineair. En iedereen gaat er op zijn eigen manier doorheen.'

'Dat is het precies. Wolf en ik, we deden bijna alles samen. Ons gezin is altijd hecht geweest, we hebben nooit grote problemen gehad, geen onderlinge strijd of jaloezie. We konden naar elkaar kijken en dan snapten we elkaar zonder één woord te hoeven zeggen. Maar dat is allemaal anders nu. We maken allebei hetzelfde door, maar we hebben er elk een tegengestelde reactie op. Wolf en Steef waren nooit heel serieus samen. Ze hadden gewoon lol, zagen elkaar wanneer het zo uitkwam. Het kon vrij explosief zijn. Ruzie, goedmaken, ruzie, goedmaken. Toen ging mijn vader dood, en... er klikte iets tussen die twee. Wolf besloot dat hij alles wilde. Geen gerotzooi meer. Geen verspilling van tijd. Een vaste relatie, kinderen zelfs. Volgens mij is hij gelukkiger dan ooit. En hij is er heilig van overtuigd dat dat ook mijn pad moet zijn.' Hij staart in de verte. 'Maar ik heb juist ingezien dat niets ertoe doet. Dus ik heb alles losgelaten. Mijn baan. Sylvie...'

'En ben jij gelukkiger dan ooit?'

Hij ademt uit. Het klinkt als een lach. Maar dat is het niet. 'Als je het me op een goede dag vraagt? Dan wel.' Zijn blik gaat naar onze handen. 'Dit is een goede dag.'

'Ja?'

'Een van de beste sinds lange tijd.' Hij kijkt me aan. 'Sorry, dit is... Het is nogal veel wat ik bij je dump.'

'Nee, geeft niet. Je hebt al zoveel van mij aangehoord. Ik voel me eigenlijk een beetje bezwaard. Mijn problemen komen vast totaal belachelijk op je over.'

'Nee. Absoluut niet. Dat moet je echt niet denken.' Hij geeft een knikje naar de telefoon in mijn hand. 'Zat er trouwens een goede bij? Of moeten we het opnieuw proberen?'

'Ik heb nog niet eens gekeken.' Ik scrol door de selfies. 'Ken je die aflevering van *How I Met Your Mother* waarin ze erachter komen dat het onmogelijk is om een slechte foto van Barney te nemen?'

'Heb ik gezien.'

'Jij bent net als Barney. Je moet actief moeite doen om niet goed op een foto te staan. En dan nog is het een uitdaging. Gelukkig straal je ook een beetje op mij af, ze zijn allemaal goed gelukt.' Ik draai het scherm naar hem toe. 'Is het goed als ik deze stuur?'

Hij knikt. 'Betekent dat dan dat ik ook een foto van haar mag zien?'

'Betekent dat dan dat je haar nog niet gevonden hebt op Instagram?' kaats ik terug terwijl ik de foto naar Coco verzend.

'Ik heb niet gezocht. Je wilde het niet, dus ik heb het niet gedaan.'

'Echt niet?'

'Echt niet,' bevestigt hij. 'En ik ga het niet doen ook. Zolang jij er moeite mee hebt...'

Ik zucht. 'Oké, laten we het maar doen.' Ik open Instagram en scrol naar beneden. Ik laat gewoon meteen de meest Coco-achtige foto zien, dan is het maar gebeurd. Mijn zus in een rode wolk van een jurk, een strakke bustier van boven, lagen tule aan de onderkant. Ik weet dat er een trampoline en meerdere ventilatoren aan te pas zijn gekomen om de foto te maken, maar die zie je niet. Je ziet haar zwevend in de lucht, haar lange benen ontbloot in een spagaat en de jurk die om haar heen uitwaaiert. Ik geef hem mijn telefoon aan. 'Ik zal je hierna meteen haar nummer geven. Zodra zij jouw foto ziet, zal ze graag van je horen. Jullie worden vast ontzettend gelukkig samen.'

'O... oké...' stamelt Lynx alsof hij niets van mijn geratel heeft gehoord. Hij is waarschijnlijk vergeten dat ik besta. Mooi. Nu kan dit het plekje van hem en mijn zus worden. Onder een treurwilg. Hoe toepasselijk voor mij.

'Wauw,' concludeert hij als hij weer een beetje bij zinnen is.

'Inderdaad. Wauw. Zoals ik al zei...'

'Jullie lijken op elkaar.' Hij geeft me de telefoon terug.

'Wat?' Ik maak een soort proestend geluid. 'Jazeker. Mensen verwarren ons de hele tijd. Als ik je zou vertellen over alle keren dat ik voor een olympisch wonderkind aangezien word...'

'Serieus. Dezelfde kleur ogen. Dezelfde lach. Allebei sexy.'

Oké, wacht… Hij maakt een grapje toch? Zei hij nou *allebei* sexy? Als in: ik ook? Ik kan er leuk uitzien. Stijlvol. En als je het aan mijn ex vraagt ook behoorlijk belachelijk. Maar sexy? Ik bedoel, wanneer vond hij dat dan? Vindt hij dat nu? In mijn jeans, coltruitje en pied-de-poule-jasje?

'Jij bent fucking sexy, Audrey,' zegt hij. 'En ontzettend schattig zoals je nu bloost en wegkijkt. En dat die twee samen kunnen gaan, is nieuw voor me, maar… ook dat vind ik leuk. Hééł leuk.'

'Als je denkt dat ik ook zo lenig ben, dan moet ik je wel teleurstellen…'

'Dit gaat niet over je zus. Ik heb het over jou. Waarom verbaast dit je zo?'

'Gewoon. Coco heeft iets speciaals. Als zij voorbijloopt, kijkt iedereen om. Niet alleen mannen. Gewoon iedereen. En ik weet dat ik dat niet heb. Het is ook niet dat ik dat nou per se wil of zo. Het is gewoon een feit.'

'Ik keek om,' zegt hij. 'Toen ik je zag. Je had meteen mijn aandacht. Ik heb hummus voor je leren maken. Ik ben op mijn vrije dag teruggekomen om jou te zien. Ik ben je gevolgd naar Parijs.'

'Parijs is altijd een goed idee.'

'Dat blijkt.'

'Lynx… Wat jij vanochtend zei, op het balkon? Dat je precies bent waar je wilt zijn?'

Hij knikt. 'Ja?'

'Ik denk dat ik dat gevoel al mijn hele leven zoek. En ik heb het nooit kunnen vinden.'

'Je zult het vinden,' zegt hij. 'Geloof me maar.'

'Misschien is het de betovering van Parijs, maar ik denk dat ik het hier voel. Nu. Voor het eerst.'

Hij draait zich naar me toe. 'We kunnen het testen als je wilt. Of het de betovering is. Of dat het echt is.'

‘Hoe?’

‘Er is een oude legende. De legende van *le saule pleureur de la pointe*, de treurwilg op de punt. Ken je dat verhaal?’

Ik schud mijn hoofd.

‘De betovering van Parijs is al een eeuwenoud fenomeen. En er wordt gezegd dat je die alleen kunt verbreken als je hier, precies op deze plek waar wij nu zitten, een imperfecte kus deelt.’ Hij kijkt me bloedserieus aan.

‘Lynx! Ik dacht dat je een echte legende ging vertellen.’

‘Hé, dit is een hartstikke echte legende, hoor. Maar oké, als je het niet wilt proberen, dan doen we het niet. Mij maakt het niet uit.’ Hij haalt zijn hand van mijn knie en zet zijn arm achter me neer. De grijns op zijn gezicht maakt hem zo’n beetje onweerstaanbaar.

Ik trek één been op en draai me naar hem toe, mijn knie rust tegen zijn bovenbeen. ‘Oké dan. Als je zeker weet dat het een echte legende is…’

‘Absoluut zeker.’

‘Het zou stom zijn het niet te proberen. Ik bedoel… Nu we hier toch zijn.’

‘Precies wat ik dacht,’ antwoordt hij. Hij leunt wat naar me toe. ‘Zeker weten?’

Ik kijk van zijn ogen naar zijn lippen en weer terug. Ik knik.

‘Je mag best weer wegduiken, zolang het maar niet de kant van het water op is. Afgesproken?’

Ik lach. ‘Ja.’

‘Oké.’

‘Oké,’ zeg ik, al is het eigenlijk meer een fluistering.

Hij blijft me aankijken, zo dichtbij dat het me moeite kost op hem scherp te stellen. Hij brengt zijn hand naar mijn gezicht, een zachte streling van zijn knokkels langs mijn wang terwijl hij een plukje haar achter mijn oor stopt. Mijn hartslag is als een sloophamer tegen mijn ribben. Ik kan mijn blik niet van hem losmaken, ook al branden zijn ogen bijna door me heen. De tijd lijkt stil te staan en ik denk aan zijn lippen, eerder vandaag, achterover hangend in zijn armen. Die zwiep achterover, de buiteling van mijn maag en een kus die zo snel ging dat ik bijna niet kan terughalen hoe die voelde. Dit is het tegenovergestelde. Het gaat zo langzaam dat elke microseconde tot me doordringt. Zo langzaam dat het lijkt alsof ik zijn lippen al voel voor ze de mijne raken. Alsof de verwachting ervan die laatste centimeter afstand al overbrugt.

Ik leun in zijn arm, mijn schouder tegen zijn borst. Zijn duim rust tegen mijn kaak en ik hef mijn gezicht naar hem, die laatste centimeter winnend. En dan, een kus. Zijn lippen strijken langs de mijne, oneindig zacht en ongehaast. Een zacht slepend gevoel en dan, langzaam, meer druk, terwijl zijn hand in mijn haar glijdt en mijn achterhoofd omvat. Zijn lippen die loskomen van de mijne. Heel even maar. En ze dan weer vinden.

Mijn ingehouden adem ontsnapt in een zachte zucht en de hand waarop hij steunt, gaat naar mijn middel, vingers drukkend in de curve van mijn heup terwijl hij me naar zich toe haalt. Een heel klein beetje tong tegen mijn bovenlip voor hij de kus beëindigt om me aan te kijken.

Hij vraagt: 'Merk je al iets?'

Ik schud mijn hoofd, ik wil meer van die kus.

'Helemaal niets? Nog steeds betoverd?'

Ik knik en kus hem nog een keer.

'Misschien was het niet imperfect genoeg.' Zijn woorden strijken langs mijn lippen, alsof ze kleine kusjes op zich zijn. 'Misschien moeten we het langer proberen.'

'En beter ons best doen,' zeg ik, 'om het echt goed te verknallen.'

Hij humt bevestigend en sluit zijn lippen weer over de mijne. Zijn duim onder mijn kin, zijn hand op mijn heup, onder het pand van mijn openhangende jas. Vingers die omhoogkruipen en het streepje huid tussen mijn spijkerbroek en truitje vinden. Ik grijp de kraag van zijn jack in mijn vuist, trek mezelf naar hem toe, mijn lichaam kantelend tegen het zijne. Mijn opgetrokken knie drukkend in zijn zij. Mijn hand in zijn nek. Stoppeltjes onder mijn vingertoppen, de zachte springerigheid van zijn haar tussen mijn vingers.

Er klinkt wat applaus en gejoel vanaf het dek van een voorbijvarende rondvaartboot, maar ik heb geen idee wat er aan de hand is, want ik besta alleen voor dit moment. Voor Lynx. Zijn adem op mijn lippen, warm en suikerachtig zoet terwijl hij me kust. Opnieuw, en opnieuw en steeds opnieuw.

Het lukt ons niet om de betovering te verbreken. Misschien hebben we iets verkeerd gedaan. Misschien is de legende dan toch onzin. Of misschien is onze kus gewoon té perfect.

Lynx staat op van het voeteneind van het bed als ik de kamer in kom. Zijn blik gaat waarderend langs mijn hele lichaam. 'Wat ben jij mooi,' brengt hij een beetje ademloos uit, en ik kan helemaal niets zeggen, alleen maar naar hem staren. Hij draagt een pak dat hem als gegoten zit. Het lukt me niet de kleur te duiden, het is ofwel het donkerste antraciet dat bestaat, of een diep nachtblauw, of een tint zwart die ik nooit eerder heb gezien. Maar hoe dan ook, zijn verschijning maakt me sprakeloos. Hij draagt geen stropdas. De boord van zijn overhemd is open. Ik denk eerlijk gezegd, heel serieus, dat we die reservering voor het eten maar moeten laten schieten.

'Jij bent...' Ik probeer een adequaat woord te bedenken om te beschrijven hoe knap hij is, maar alles schiet hopeloos tekort.

Hij heft zijn armen een stukje en laat ze dan weer langs zijn lichaam vallen. 'De oude Lynx. Het enige pak dat ik niet weg kon doen. Het was mijn lievelings.'

'En ik snap waarom.'

'Jij ziet er echt verbluffend uit.'

Mijn jurkje is donkerblauw met een print van grote bloemen. Strak van boven, met een wijd uitlopende rok. Hetzelfde model als de jurk die Audrey Hepburn droeg toen ze haar Oscar in ontvangst nam. En het enige nette jurkje dat ik heb ingepakt, omdat de stof zo goed als kreukvrij is. 'Ik, eh… heb alleen wat hulp nodig met de rits.'

Een van zijn wenkbrauwen schiet een stukje omhoog. 'Open of dicht?'

'Dat hangt ervan af. Hoe graag wil je naar dat restaurant?'

Hij komt glimlachend naar me toe. 'Best wel graag. Anticipatie, weet je nog?' Hij gebaart dat ik me om moet draaien en komt vlak achter me staan.

Anticipatie. We hebben er de hele dag al op los geanticipeerd. De tijd die we zojuist besteed hebben aan ons omkleden voor het diner is de langste periode dat we onze handen van elkaar af hebben gehouden sinds onze kussessie aan de Seine. Mijn hand in de zijne, zijn arm om mijn schouders, of mijn middel. Een kusje op mijn wang, mijn voorhoofd, mijn haren.

Hij werkt de ritssluiting behendig langs het stukje bij mijn middel, waar die bleef hangen op een naad in de stof. Als de rits dicht is, maakt hij zelfs het piepkleine haakje erboven vast. 'Gelukt.'

'Dank je.' Ik draai me een beetje, om hem aan te kijken. Hij drukt zijn lippen op mijn schouder, vlak naast het bandje van mijn jurk. Zijn handen glijden over mijn bovenarmen naar mijn ellebogen en weer terug. Ik wankel tegen hem aan. Mijn rug tegen zijn borst. Hij trekt me tegen zich aan, sluit zijn armen voor me langs.

'Klaar om te gaan?' vraagt hij.

Ik ben eigenlijk wel zo'n beetje klaar voor iets anders. Ik weet niet waarom ik ergens heen zou willen als ik ook hier kan zijn, met zijn armen om me heen. 'Oké,' antwoord ik.

Hij pakt mijn hand en laat me onder zijn arm door draaien. 'Ik wil heel Parijs laten zien dat je vanavond bij mij hoort.'

Ik kan nog net mijn tasje van het dressoir grissen voor hij me de kamer uit trekt. 'Mijn jas!' zeg ik, maar de deur valt al achter ons dicht.

'Niet nodig.'

'Hoe bedoel je niet nodig? Ik heb blote armen.'

'Vertrouw me nou maar.'

'Maar...'

Hij trekt me mee naar de liften en kijkt me aan met een geheimzinnige twinkeling in zijn ogen.

'Lynx, je zei toch een gewone bistro, niets bijzonders?'

'Hm?' doet hij, quasi-onschuldig. 'Zei je iets? Sorry, ik ben een beetje afgeleid door hoe oogverblindend je bent vanavond.'

De liftdeuren gaan open. Hij drukt op het knopje voor de lobby. Ik werp hem een blik toe.

'Je haar omhoog staat je mooi.'

'Je complimentjes leiden mij niet af, Lynx. Er kan maar beter een inpandige snackbar zijn, want als we gaan doen wat ik denk dat we gaan doen, dan...'

'Dan wat?' Hij zet een stapje naar me toe. 'Wat ga je eraan doen?'

Oké, hij leidt me wel een beetje af. 'Ik ben gekleed op een bistro.'

'Je bent prachtig.'

'Ik heb niet eens nette schoenen bij me.'

'En? Ik heb geen stropdas om. En geloof me, niemand kijkt naar je schoenen.' Hij doet weer dat trekje met zijn wenkbrauw.

Ik duw zachtjes tegen zijn borst. Het is eigenlijk als een verzetsdaad bedoeld, maar zijn overhemd voelt heel zacht en hijzelf voelt... heel niet-zacht. En nu sta ik dus gewoon een beetje heen en weer te aaien. 'Ik kan niet geloven dat je me op oude flatjes de eerste klas van de Titanic laat binnenlopen.'

Hij glimlacht. 'Het is maar een restaurant. Ik mag toch wel een beetje moeite voor je doen? Hé, en eigenlijk maak ik me er juist makkelijk van af, hè? Ik heb niet eens de moeite genomen om een andere plek uit te kiezen.'

'Je zei: niets duurs.'

'Dus? Ik heb gelogen. En dadelijk ben je blij, want ze hebben een toetje waarvan ik nu al weet dat je het wilt.'

'Wat dan?'

'Dat zie je zo...' De liftdeuren gaan open. Hij laat me voorgaan, met een armgebaar naar links, zoals ik al vreesde. Niet naar buiten, maar de kant van het hotelrestaurant op. La Bauhinia. Superchic. Een ronde, helderwitte ruimte, met rode banken van zacht pluche en zachtgroene stoelen. Een enorme kroonluchter in het midden van het elegante plafond met een gigantische koepel van staal en glas die duidelijk geïnspireerd is op de Eiffeltoren. Twee imposante trappen aan weerszijden van de ingang leiden naar een balkon met intieme zitjes. Kleine tafels met rode chique stoelen aan de balustrade.

'Het heeft wel iets weg van de Titanic, inderdaad,' zegt hij als we tussen de trappen door lopen. 'Ga daar eens staan.'

Ik kijk hem vragend aan.

'Op de trap.'

'Wat? Nee, ik weet niet of dat zomaar mag.'

'Of dat mag? Het is een trap. Natuurlijk mag je erop staan. Sterker nog: ik denk dat de trap zich ernstig verwaarloosd voelt als je hem niet gebruikt. Doe nou, kom...' Hij pakt mijn hand en trekt me met kinderlijk enthousiasme achter zich aan. Na een trede of vijf keert hij om en loopt weer naar beneden. Ik blijf verward staan.

'En nu langzaam afdalen,' zegt hij, waarna hij zachtjes 'An der schönen blauen Donau' van Strauss begint te neuriën. En dan heb ik eindelijk door wat hij aan het doen is. Hij staat met zijn hand op zijn rug en reikt met zijn andere hand naar de mijne. Het kost me moeite mijn lachen in te houden terwijl ik mijn hand in de zijne leg en hij zich vooroverbuigt om me een handkus te geven. Hij kijkt naar me op met aan Jack Dawson grenzende charme en zegt: 'Dat heb ik ooit in *Titanic* gezien en ik wilde het altijd al eens doen.'

Dat is het, denk ik. De finale doodsteek. Als ik nog niet verliefd was, dan ben ik het nu zeker wel.

Er klinkt een kuchje. Lynx kijkt om, naar de formeel geklede gastheer die naast ons is opgedoken. De man vertoont geen enkele reactie op wat hij heeft gezien en Lynx doet alsof het de normaalste zaak van de wereld is om hier de trapscène uit *Titanic* na te bootsen. Hij *bonsoir monsieurt* de man zonder enig gevoel van ongemak en zegt dat we gereserveerd hebben op naam van Bogart. De man gaat ons voor de trap op. Lynx kijkt me grijnzend aan en ik zou heel wat overhebben voor een klein beetje van zijn onbevangenheid. Ik durf de man amper aan te kijken terwijl hij ons naar onze tafel begeleidt en de keuze voor aperitieven uit de doeken doet. Gelukkig kost het Lynx geen moeite er in het Frans op los te babbelen.

'Hij denkt dat we gek zijn,' fluister ik, als hij eindelijk wegloopt.

'Rijke mensen zijn altijd gek, dus hij is vast wel wat gewend,' antwoordt Lynx. 'En trouwens, als hij nog nooit twee mensen Jack en Rose heeft zien spelen op die trap dan werd het eens tijd.'

Ik moet lachen. 'Dat is waar. Het werd tijd.' Ik denk even na. 'Het kan natuurlijk ook zo zijn dat hij dit zo'n twintig keer per dag aanschouwt en er helemaal doodziek van wordt.'

'Dan moet hij maar ander werk zoeken. Of verhuizen uit Parijs. Dit is de stad van de liefde. Als je hier niet Jack en Rose kunt zijn, waar dan wel?'

'Zeg eens eerlijk: ben je eigenlijk Jack Dawson?'

'Bén ik Jack Dawson?' herhaalt hij, alsof hij de vraag niet begrijpt.

'Zo gek is het niet dat ik dat denk, toch? *Titanic* is een treffende metafoor voor mijn leven. Ik stevende op een ijsberg af. Jij hebt me gered. En nu ben ik hier en leer je me in het moment te leven.'

'Jij redt jezelf.'

En dat is dus typisch iets wat Jack zou zeggen.

We hebben uitzicht op de zwarte vleugel beneden, waar een jongen met witblond haar dat strak in de gel zit Mozart en Bach speelt alsof zijn handen worden aangestuurd door goddelijke inspiratie. We eten een paddenstoelenrisotto die eveneens grenst aan het goddelijke. En als dessert nemen we allebei de chocolademillefeuille. Een kunstwerkje van knisperende, flinterdunne laagjes chocoladebladerdeeg met praliné- en toffeecrème ertussen. 'Dit is misschien wel het lekkerste wat ik ooit in mijn leven heb gegeten,' verklaar ik vol overgave. 'Kijk nou hoe dit breekt.' Ik laat de zijkant van mijn vork door het bladerdeeg snijden en breng het hapje naar mijn mond. 'Ik wil hieronder bedolven worden en me dan een weg naar buiten eten.'

'En ik wil je er graag onder bedelven zodat ik dat kan aanschouwen.'

'Serieus, dit is meer dan alleen smaak. Het zijn ook de texturen. De zachtheid van de crème. Het krokante deeg. Ik lust vanaf nu geen ander soort bladerdeeg meer, Lynx. Dit is het. Zoals het bedoeld is.'

'Ik zei toch dat je het dessert zou waarderen? Ben je nu toch blij dat we hier hebben gegeten?'

'Heel blij.' Ik sluit mijn ogen terwijl ik nog een hapje goddelijke perfectie neem. 'Maar eerlijk gezegd zou het me niet uitgemaakt hebben waar je me ook mee naartoe genomen zou hebben. Ik hoef niet per se gebakjes van veertig euro.'

'Veertig euro?' herhaalt hij. 'Shit! Als ik dat gezien had, zou ik het bij het hoofdgerecht afgekapt hebben en ergens een ijsje voor je zijn gaan scoren.'

'Ik heb er ook niet op gelet, maar ik heb de prijzen van roomservice gezien. Een tosti kost negenentwintig euro.'

‘Dat was wel een tosti met salade en frietjes, hè? Die je dan op je balkon met uitzicht op de Eiffeltoren kunt opeten, dus dat is min of meer een koopje.’

‘Misschien ook wel. De friet alleen was al negen euro, dus...’

‘Luister,’ zegt hij, ‘als dit is waar ik de afgelopen weken voor met een oude, knorrige man op een steiger heb gestaan, dan kan ik alleen maar zeggen: het was het waard.’

‘Ah, Antoine. Hoe zou het met hem zijn? Hij mist je vast.’

‘Ik weet niet. Hij was redelijk ontdooid de laatste dagen, maar ik denk dat dat gewoon pure opluchting was omdat hij wist dat zijn vaste hulpje weer terug zou komen. Mijn hummus mist hij misschien wel. Of, zoals hij het noemt: *fancy-schmancy* vreten.’

Ik moet zo lachen dat ik mijn servet voor mijn mond moet houden om geen half gekauwde flintertjes bladerdeeg over tafel te sproeien. ‘Ik had de woorden “fancy-schmancy” nooit met Antoine kunnen associëren tot zojuist. Je zei het precies zoals hij zou doen. Hoe doe je dat?’

‘Twee keer per dag een uur met hem in dat busje, acht uur op de steiger... Misschien gaat die stem nooit meer uit mijn hoofd. Waarom hebben we het überhaupt over hem?’

‘Geen idee... Hoewel, we zitten hier wel een beetje dankzij hem. Zonder Antoine zouden wij elkaar nooit ontmoet hebben.’

‘Dat is waar.’ Hij pakt zijn glas champagne. ‘Een toost op hem dan maar.’

Ik dep mijn lippen en leg mijn servet neer, voor ik mijn glas hef en zachtjes tegen het zijne klink. ‘Op Antoine.’

‘En... op zeven uur geweldige seks,’ vult hij aan terwijl hij me doordringend aankijkt. Terwijl ik het glas naar mijn lippen breng en het idee van zeven uur lang seks probeer te verwerken, voegt hij eraan toe: ‘Nooit gedacht dat ik die woorden ooit in één zin zou gebruiken.’

Ik moet weer veel harder lachen dan gepast is in een chique gelegenheid als dit en ik verslik me een beetje in mijn champagne precies op het moment dat de man die ons op ons Jack en Rose-toneelstukje betrapte weer met zijn uitgestreken gezicht aan onze tafel verschijnt met de mededeling dat onze auto op ons wacht zodra we klaar zijn.

Het is niet onze vaste taxichauffeur die voor de ingang van het hotel op ons staat te wachten. De man is gekleed in uniform – compleet met chauffeurspet en witte handschoenen – en houdt het achterportier van een luxe zwarte auto voor ons open. Ik stap in en schuif door. En hoewel ik op dit moment eigenlijk alleen nog geïnteresseerd ben in transport naar onze hotelkamer, voel ik toch een verwachtingsvolle kriebel als Lynx naast me plaatsneemt en me aankijkt met een blik die zegt: ik ga jouw wereld op zijn kop zetten.

'Wat gaan we doen?' fluister ik. Ik weet niet waarom ik dat doe. Ik ben gewoon te verrast om op normaal volume te spreken.

'Het hele principe van verrassingen is dat je dat juist niet weet.'

'Ja, maar –'

'Geduld, Audrey. Je ziet het zo.'

'Maar –'

'Ik ga het toch niet zeggen, wat je ook probeert. Geniet maar gewoon van dit ritje, de verlichte straten, het uitzicht. Want het is maar kort.'

'Heb ik je eigenlijk weleens verteld dat ik niet bijzonder dol ben op verrassingen?'

'Wat?' roept hij uit. 'Wie houdt er nou niet van een goede verrassing?'

'Hoe weet ik of het een goede verrassing is?'

'Ah... dan vertrouw je de verrasser dus niet.' Hij draait zich wat meer naar me toe. Zijn knie komt tegen die van mij. Ik kijk ernaar en hij ziet het. 'Vertrouw je mij, Audrey?'

Schaduw en licht wisselen zich om de seconde af op zijn gezicht, terwijl de straatverlichting aan ons voorbijschiet. Ik staar hem aan. Zijn allesziende blik, die glimlach die me op dag één al inpakte. Ja, ik vertrouw hem. Ik zou hier niet zijn als dat niet zo was. Ik knik langzaam, want mijn stem laat het afweten.

Hij buigt zich naar me toe, gaat zachtjes met zijn neus langs mijn oor en fluistert: 'Ik zorg dat je er geen spijt van krijgt.' Dan leunt hij weer tegen de achterbank en pakt mijn hand vast voor de rest van de ongeveer tien minuten durende rit.

We rijden langs de Jardins du Trocadéro en dan over de Pont d'Iéna, vlak bij de Eiffeltoren. We komen langs de Mur Vegetal, de hangende tuin aan de gevel van het Musée du Quai Branly, bestaande uit wat duizenden planten moeten zijn, in allerlei verschillende soorten. En uiteindelijk rijden we onder de boog van de Pont Alexandre III door langs de Seine, waar een opstappunt voor een van de grote rondvaartboten is. We rijden iets verder door, tot aan een kleine steiger. Daar worden we opgewacht worden door Josephe, een amicale man die met trots zijn luxueuze rivierlimousine aanwijst. Hij vertelt dat hij de mahoniehouten boot heeft laten bouwen in Venetië, speciaal voor zijn vaartochten op de Seine.

Er is een halfronde witte bank met zes zitplekken, een minibar waar bronwater, champagne en macarons voor ons klaarstaan. De getinte ramen zorgen ervoor dat je goed naar buiten, maar niet naar binnen kunt kijken. Josephe is namelijk regelmatig schipper voor beroemdheden en royals die privacy wensen. We mogen kiezen of we met het dak open of dicht willen varen en aangezien het een mooie avond is, kiezen we voor een open dak.

In het begin staan we bij kapitein Josephe op het voordek, terwijl hij met een aangeboren verteltalent in een mix van Frans en Engels allerlei historische feiten en verhalen oplepelt. Vanaf het water is het een compleet nieuwe beleving om alle iconische plekken van de afgelopen dagen weer te zien. Maar ik kan er niets aan doen dat mijn aandacht vooral gericht is op iemand anders op deze boot. En dat is niet Josephe, hoe vermakelijk hij ook vertelt.

Hij raakt me niet aan, maar zijn ogen zijn constant op me gericht. En eerlijk gezegd voelt dat bijna hetzelfde. Helemaal nu hij zijn jasje om me heen gedrapeerd heeft, dat naar hem ruikt op de best mogelijke manier. Als we de Pont des Arts tegemoet varen, pakt hij mijn hand en neemt hij me mee naar de achtersteven van de boot, waar we op de bank plaatsnemen. 'Niets ten nadele van Josephe,' zegt hij, 'maar hij is een beetje het vijfde wiel vanavond. Vind je ook niet?'

'Een beetje, ja.'

Lynx reikt over me heen naar het zilveren plateau met macarons. 'Speciaal voor jou,' zegt hij terwijl hij het voor me houdt. Ik kies er eentje met frambozensmaak. Hij neemt pistache.

'Wanneer heb je dit in hemelsnaam allemaal geregeld?' vraag ik.

'Toen jij je aan het omkleden en opmaken was.'

'Hoelang was ik weg? Een week?'

'Precies lang genoeg,' antwoordt hij. 'Vind je het leuk?'

'Dit is wel iets meer dan leuk.'

'Jij bent ook iets meer dan leuk.' Hij steunt met zijn elleboog op de rugleuning van de bank en laat zijn vinger langs mijn kaak omhoogglijden. 'Kijk daar eens,' zegt hij. We glijden onder de brug door en voor ons ligt het Île de la Cité, met de treurwilg op de punt van het eiland.

Uit de speakers klinkt de stem van Josephe. '*Let me tell you beautiful people about The Wonderful Tale of The Weeping Willow Tree on The Point,*' zegt hij met zijn zwierige Franse accent. Hij begint een verhaal over twee mensen die probeerden de betovering van Parijs te verbreken door een imperfecte kus te delen bij de boom.

'Lynx...' zeg ik lachend.

'Sst, luister nou... Ik zei toch dat het een echte legende is.'

Josephe vertelt verder. Dat het plan mislukte. Want wat het stel niet wist, was dat als de kus perfect was, de betovering nooit meer verbroken kon worden. En nu zullen ze tot in de eeuwigheid onder de betovering van Parijs blijven.

Lynx kijkt inmiddels net zo verbaasd als ik. 'Ah, hij geeft er een heel eigen draai aan. Hij moest het precies zo vertellen als ik vanmiddag deed.'

'Hij gaat dit opnemen in zijn tours, hè? En mensen zullen het geloven. En over honderd jaar is dit een echte legende en niemand weet dat jij het uit je duim gezogen hebt.'

'Dat maakt onze kus dus legendarisch,' zegt hij. 'Jammer dat dát niet op je lijstje stond.' Hij legt zijn arm om me heen en schuift dichter naar me toe. 'Ik ben niet zo perfectionistisch, maar legendarisch is helemaal mijn ding.'

Ik draai me wat meer zijn kant op. Zijn hand glijdt via mijn schouder over mijn rug naar mijn heup en hij trekt me dicht tegen zich aan. Zijn dijbeen drukt tegen het mijne. Mijn schouder rust tegen zijn borstspier. Mijn hart bonst als een bezetene. Het geraas van de boot is er niets bij. Om op adem te komen kijk ik naar de prachtig verlichte gebouwen aan de oever en naar de met sterren bezaaide lucht boven ons. De maan is bijna vol en felverlicht. Als ik weer naar Lynx kijk, lijkt het alsof hij zijn blik geen seconde van me heeft afgewend. En dan schiet ik opeens in de lach.

'Wat is er?' vraagt hij, mijn lach als in een reflex beantwoordend. 'Mis ik iets grappigs?'

'Nee... Gewoon...' Ik probeer me te herpakken en leg mijn hand tegen zijn borst, spelend met het geopende knoopje van zijn overhemd. Ik laat mijn pink en ringvinger tegen zijn huid rusten. 'Je maakt me nerveus, denk ik.'

'Er is niets om nerveus over te zijn.'

'Ik kan er niks aan doen.' Hij heeft zich helemaal gladgeschoren, maar ik zit zo dichtbij dat ik precies kan zien waar morgenvroeg stoppeltjes zullen zitten. God, ik heb me nog nooit zo aangetrokken gevoeld tot iemand. Ik dacht dat ik wel wist wat het was, aantrekkingskracht. Oogcontact in een drukke bar. De halve avond kijken of de ander nog steeds terugkijkt. Zoenen in een donker hoekje. Maar dit is van een heel ander kaliber. Ik voel me trillerig en onvast. En ik zou van alles willen doen, maar ik kan me nauwelijks bewegen.

'Het is omdat ik jou zo leuk vind.' Ik druk mijn lippen tegen de onderkant van zijn kaak. Hij ruikt zo, zó lekker. 'Echt héél erg leuk.' Ik vraag me af of hij doorheeft wat ik zeg. Wat ik eigenlijk écht zeg.

Hij streelt met zijn duim over mijn jukbeen en kust me zacht, zijn lippen vol op de mijne. Ik hef mijn gezicht en laat mijn hand over zijn borst naar zijn nek glijden. Zijn hand verplaatst zich naar mijn been, onder mijn knieholte en hij drapeert mijn benen over zijn schoot.

'Oké zo?' vraagt hij, terwijl zijn vingertoppen onder mijn jurk tegen de onderkant van mijn been rusten en zijn duim in kleine cirkeltjes over mijn knie gaat.

Ik knik en kus hem, mijn vingertoppen dwalend door het haar in zijn nek. Ik open mijn lippen en zoek zijn tong. Hij komt me tegemoet en gaat zachtjes langs de mijne. Ik ben zo'n beetje als was in zijn handen, smelt tegen hem aan, in zijn omhelzing. En hij stopt en kijkt me aan. En doet het dan opnieuw. Langzaam en teder en idioot sexy. Er broeit iets vlak onder de oppervlakte, een spanning die we allebei proberen in te houden, maar die oploopt met elke seconde dat zijn lippen de mijne raken. Met elke zachte aanraking, die steeds iets minder zacht en steeds wat veeleisender wordt.

De stem van Josephe klinkt door de speakers terwijl hij vertelt over de brug die we tegemoet varen. De charmante Pont Marie, ook wel Lovers' Bridge genoemd. Hij zegt dat geen van de bogen precies hetzelfde zijn en dat de nisjes bedoeld waren voor standbeelden, maar altijd leeg zijn gebleven en niemand weet waarom. En de legende gaat dat als je een wens doet voor je voor het eerst onder de brug door gaat, je ogen dichtdoet en je wens bezegelt met een kus, dat die dan uitkomt.

De wens die in me opkomt is er een die niet uit kan komen, maar stiekem wens ik het toch. Ik weet niet of Lynx een wens doet. Het is waarschijnlijk niet de eerste keer dat hij onder de brug door vaart. Ik weet wel dat hij geen enkele intentie heeft om te stoppen met zoenen. Er is niets terughoudends meer aan. Zijn tong verkent elk plekje van mijn mond, zijn vingers drukken in mijn huid. Hij houdt me vast alsof hij me nooit meer wil laten gaan.

Vlak voor we onder de boog van de brug door glijden, pakt Josephe zijn microfoon. Hij grinnikt zachtjes en zegt: 'Ik zie dat jullie al iets vóór op schema lopen.'

We kunnen elkaar niet meer loslaten. Als het me al langer dan drie seconden lukt mijn lippen van de zijne te halen, is er maar één blik voor nodig om weer opnieuw te beginnen. Van de autorit terug naar het hotel krijg ik niets mee, alleen zijn handen, zijn lippen. Het is dat ik mijn gordel draag, anders zou ik onder hem belanden, als een hitsige tiener.

Zijn hand ligt onder aan mijn rug als we op de lift wachten, en we vermijden oogcontact om te voorkomen dat we elkaar midden in de lobby bespringen. Zodra we instappen en de deuren beginnen te sluiten, bevind ik me weer in zijn armen. Ook al weten we allebei dat er camerabeveiliging is. Met één arm om mijn middel en een hand in mijn nek kust hij me tot ik duizelig ben. Dit gevoel heb ik nog nooit gehad. Dit is opwinding in de overtreffende trap. Ik zou hem letterlijk de kleren van het lijf willen scheuren. En daar begin ik dan ook mee zodra de deur van de hotelkamer achter ons dichtvalt. Ik duw hem ertegenaan en begin aan de knoopjes van zijn overhemd, mijn lippen tegen de blote huid van zijn borstkas drukkend. Zijn jasje valt van mijn schouders en zijn handen gaan van mijn schouderbladen naar mijn middel, naar mijn billen. Hij voelt en grijpt en duwt me tegen zich aan. En ik voel hem. Ik voel... hem... en ik denk, nee, ik weet vrij zeker dat hij...

Ik laat mijn hand over zijn buikspieren glijden, trek het openhangende overhemd uit zijn broek en maak de knoop van zijn broek los. Hij kijkt naar me alsof ik water in wijn aan het veranderen ben en, oké, ik moet het gewoon zeker weten. Ik leg mijn hand op de duidelijk aanwezige bobbel in zijn broek. En vind de bevestiging die ik zocht. Hij is al hard. En niet bepaald klein.

Hij laat me even mijn gang gaan, leunt met zijn schouders tegen de deur en kijkt naar me met ogen die opeens een paar tinten donkerder lijken. Zijn ademhaling is versneld. Ik zie zijn adamsappel op en neer gaan en ik ga op mijn tenen staan om mijn lippen tegen zijn keel te drukken en de beweging tegen mijn tong te voelen. Hij gromt een beetje, alsof ik iets wilds in hem losmaak, en ik voel de vibratie ervan tegen mijn tong.

Hij sluit zijn vingers om mijn bovenarmen en laat ze naar mijn ellebogen glijden en dan weer langzaam terug. Het volgende moment is zijn passiviteit opeens voorbij. Hij grijpt handenvol van mijn jurk vast, knedend in mijn billen terwijl hij me hongerig kust. Hij duwt me lopend achteruit, de slaapkamer in, en zijn handen zijn al bezig met het neerhalen van de rits op mijn rug. Hij blijft hangen op het moeilijke stukje stof bij mijn middel en ik voel zijn ongeduld terwijl hij harder aan het piepkleine ritsje sjort.

'Wacht, wacht!' Ik draai me om en trek de stof strak met mijn handen op mijn rug. 'Probeer nog eens.'

Met een soepele beweging maakt hij de rits helemaal open. En daarna het haakje aan de bovenkant. Hij brengt zijn handen langs mijn middel naar voren en volgt de curve van mijn ribben tot hij mijn borsten omvat.

Hij kust mijn nek, neemt mijn oorlelletje tussen zijn lippen en ik duw mijn kont tegen zijn kruis. 'Mag dit uit?' vraagt hij terwijl hij zijn vinger onder een van mijn schouderbandjes duwt.

'Allebei tegelijk?' stel ik voor. De woorden hebben mijn mond nog niet verlaten of hij trekt tegelijkertijd zijn schoenen en zijn overhemd uit. Ik werk het bovenstukje van mijn jurk naar beneden. Hij gooit zijn overhemd naast het bed.

Ik wiebel met mijn heupen om het smalste stuk van mijn jurk erlangs te krijgen. Het kost wat moeite, maar het is beter dan het ding over mijn hoofd uittrekken en vast komen te zitten. Ik laat de jurk op de grond vallen en stap eruit. Als ik opkijk, merk ik dat hij zijn broek nog aanheeft. Hij staat daar maar een beetje naar me te staren.

'Hé, dat is niet eerlijk,' zeg ik. 'Allebei tegelijk was de afspraak.'

'Ja, maar... mijn wereld stond even stil toen je dat met je heupen deed.'

Ik geef een knikje naar zijn broek. 'Jouw beurt. Anders kleed ik me weer aan.'

Hij maakt de rits open en laat zijn broek zakken. Ik kijk naar hem, hij kijkt naar mij. Hij draagt een strakke short waar mijn blik steeds naartoe getrokken wordt, ook al probeer ik mijn ogen op zijn gezicht gericht te houden.

Hij is niet overdreven afgetraind, maar wel behoorlijk goed in vorm. Op een 'ik zet steigers in elkaar en verricht fysieke arbeid'-achtige manier. Hij kijkt naar mijn 'ik gebruik sportleggings alleen om films in te kijken'-achtige lichaam alsof het het mooiste is dat hij ooit heeft gezien.

'Ik had niet echt iets sexy's ingepakt,' zeg ik als ik bedenk dat ik voor hem sta in een simpele zwarte beha, met bijpassend broekje. Niets bijzonders, enkel bedoeld om onzichtbaar te zijn onder kleding.

'Niet sexy? Audrey, met dat lijf maakt het niet uit wat je aantrekt.' Hij laat zijn blik waarderend over me heen gaan. 'Fucking sexy.' Hij worstelt zich uit zijn broekspijp, trekt razendsnel zijn sokken uit en blijft dan hangen in de andere broekspijp, tot die abrupt losraakt, hij achterover wankelt en op bed belandt.

'Dat was ook fucking sexy,' zeg ik terwijl ik een aanloopje neem en op mijn knieën naast hem op het verende matras plof.

'Kom hier, jij.' Hij trekt me met één arm om mijn middel naar zich toe. Ik zwaai mijn been over hem heen en kom neer op zijn schoot. Mijn gezicht vlak bij het zijne. Zijn hand kruipt van onder op mijn rug langs mijn ruggenwervels omhoog. Ik kan zijn spieren zien flexen als hij me nog dichter tegen zich aan trekt. Het overweldigt me, de realiteit van zijn bijna naakte lijf. Ik heb hieraan gedacht. Al zo vaak. Op het dakterras was het alles waar ik aan dacht. Zijn hand op mijn been. Die aanraking waarvan ik niet wilde dat die stopte. En nu streelt diezelfde hand mijn blote huid. Lange, krachtige vingers die langzaam naar mijn nek bewegen. Ik ben gefascineerd door de beweging. Het gevoel van hem. Gefascineerd door zijn bovenlijf dat tegen me aan drukt. De spanning in zijn armspieren. Ik laat mijn vingers langs de voorkant van zijn schouder gaan, rustend op zijn deltaspier. Ik denk dat ik een beetje verliefd ben op zijn schouders.

Hij hapt naar mijn onderlip en ik jaag zijn lippen na als hij plagerig wat afstand neemt. Ik wil geen geplaag. Ik wil hébben. Hem. Nu. En hij laat zich vangen. We klikken samen als twee magneten. Hij likt mijn mond open, zijn vingers om de achterkant van mijn nek, zijn andere hand gespreid onder aan mijn rug, alsof hij zo veel mogelijk van me wil aanraken. Dan vinden zijn vingers de sluiting van mijn beha. Hij maakt de haakjes los en schuift de bandjes over mijn schouders naar beneden. Ik laat het kledingstuk tussen ons wegvallen, werp het achteloos aan de kant en druk me tegen zijn blote huid.

'Je voelt al net zo goed als je eruitziet,' zegt hij terwijl hij zijn lippen naar mijn nek verplaatst. Ik grijp me aan hem vast, mijn vingertoppen drukkend in zijn biceps, en god, hij is zo warm en hij voelt zo sterk en ik kan hier geen genoeg van krijgen. Ik duw mijn gezicht in zijn nek, niet helemaal wetend wat ik met mezelf aan moet. Met dit gevoel dat door me heen raast. Zijn geur is nu een wild om zich heen grijpende brand. Geen haardvuur, maar een ongecontroleerde bosbrand en ik ga op in vlammen. De hitte trekt door mijn hele lijf, langs mijn armen, benen en zet zich vast in de kern van mijn lichaam, achter mijn navel, precies waar mijn buik tegen zijn buikspieren drukt. Mijn hartslag een snelle roffel tegen mijn ribben die hij wel móét voelen.

Zijn hand streelt langs mijn zij en omvat mijn rechterborst terwijl zijn lippen zich om de andere sluiten, zijn tong tegen de onderkant van mijn tepel voor hij zachtjes zuigt. Een verwrongen zucht vindt zijn weg naar buiten. Ik kronkel op zijn schoot en voel hem drukkend tussen mijn benen en ik kronkel nog wat extra, op zoek naar meer frictie. Meer Lynx.

Hij wisselt van borst, flitst zijn tong langs mijn tepel en rolt zijn duim over de andere in kleine cirkeltjes. Ik kreun. Een zacht, hoog, nogal behoeftig geluid dat ik niet herken. En zijn hand gaat langs mijn buik naar beneden, zijn vingers dansend langs het randje van mijn slipje voor hij me door de stof heen aanraakt. Een paar tellen ben ik licht in shock. Niet om wat hij doet, maar door het feit dat de stof onder zijn vingers onmiddellijk doorweekt raakt. Met een schok besef ik dat ik nooit eerder écht opgewonden ben geweest. Niet zó.

Zijn glimlach zit tegen zelfingenomen aan. Hij beweegt zijn hand langzaam, zachte druk uitoefenend, en het voelt zo goed, het is alsof ik plots niet meer weet hoe ademhalen werkt. Of hoe ik mezelf rechtop moet houden. Ik zak tegen hem aan, klem me aan hem vast, vingers drukkend in zijn schouder, grijpend in zijn haar. Hij kust mijn nek, drukt zijn tong tegen mijn huid en zijn hand, dáár, is...

'Lynx...' breng ik uit. Mijn stem is een lage fluistering die ik evenmin niet herken, mijn ademhaling volkomen ongecontroleerd. Het voelt alsof de hele kamer draait en hij de as is. En dan kantelt de hele kamer letterlijk, als Lynx me optilt en omrolt. Ik kom onder hem op het bed terecht, zijn knie stevig tussen mijn benen geplant, zijn arm steunend naast mijn hoofd.

'Misschien huur ik deze kamer wel voor de hele maand. En dan hou ik je hier... precies zo...' Zijn hand glijdt van mijn hals naar mijn borstbeen naar mijn navel. 'Dat wordt de beste investering die ik ooit zal doen.'

'Lynx... Stel dat ik nou niet...'

'Wat?' vraagt hij. Het idee van niet klaarkomen is zo'n onbekend fenomeen voor hem dat hij niet eens weet waar ik het over heb.

'Wat als het nou niet lukt? Het orgasme? Ben je dan...'

Hij kijkt me vragend aan. 'Daar hoef je niet over na te denken. Laat het los, oké?'

'Maar als het niet gebeurt...' Mijn hoofd is een mist van lust en verwachting, en het kost me moeite hele zinnen te formuleren. 'Ik wil niet dat dit tegenvalt.'

'Hé...' Hij schudt zijn hoofd. 'Dat kan al niet meer.'

'Ik weet dat je verwacht dat ik...'

'Ik verwacht niets,' zegt hij. 'Ik ben hier niet om iets te bewijzen. Het ging me nooit om die lijst. Ik wil jou. Het gaat me alleen om jou.'

'Dus je bent niet teleurgesteld? Als het niet gebeurt? Want misschien wil ik het gewoon te graag en dan lukt het misschien juist niet.'

'Oké,' zegt hij. En ik weet niet waarom, maar het lucht me immens op dat hij niet volhoudt dat hij het wel even gaat regelen.

'Het betekent niet dat ik het dan niet fijn vind of dat je iets verkeerd doet en... Ik verpest heel de stemming, hè?'

'Nee,' antwoordt hij met een glimlach. 'Daar is heel wat meer voor nodig. Als de stemming zo fragiel is, dan is het een stemming van niks. Ik ben nog steeds klaar voor actie als jij het ook bent.'

Ik onderdruk een zenuwachtig lachje en knik.

'Ja? Want dit voelt duizend procent goed voor mij, maar als het voor jou ook maar één procent minder is, dan stoppen we.'

'Echt?' vraag ik. 'Negenhonderdnegenennegentig is niet goed genoeg voor je?'

'Met jou wil ik duizend. Dus vertel... Waar zit je? Vijfhonderd?' Hij kust mijn wenkbrauw, mijn jukbeen. 'Zevenhonderd?'

'Misschien ergens in de buurt van achthonderd?'

'Achthonderd... dus ik moet nog een vijfde zien te overbruggen... Misschien gaat me dat wel lukken.' Hij houdt zijn ogen op de mijne gericht terwijl hij langs mijn lichaam afdaalt. 'Je kunt gewoon met me praten. Zeg me wat goed voelt en wat niet. Ik reageer goed op aanwijzingen.'

'Oké... Dit is... behoorlijk goed,' zeg ik terwijl hij mijn buik kust, net boven de rand van mijn broekje. Hij trekt met zijn tanden aan de stof en ik ga met mijn vingertoppen door zijn haar terwijl hij mijn navel likt.

'Ik ben trouwens ook goed in initiatief nemen.' Zijn vingers glijden over het driehoekje van stof en zijn duim drukt precies in de natte plek. Zijn tanden schrapen langs de binnenkant van mijn dij en zinken dieper in het zachte vlees. 'Volgens mij zitten we inmiddels dicht bij de negenhonderd. Heb ik gelijk?'

'Lynx, hou op met plagen –' Het laatste woord verandert in een verstikte kreun, want hij duwt zijn lippen tussen mijn benen, opent zijn mond en hapt door de stof van mijn slipje heen. Mijn heupen komen van het bed, ik grijp me vast in het beddengoed en klem mijn benen dicht met hem ertussen. Hij duikt alleen maar dieper in me, houdt mijn heupen stil tussen zijn handen, haakt zijn vingers achter mijn slipje en rukt het zo'n beetje van me af. Hij werkt het langs mijn dijen, mijn knieën, mijn enkels, zwaait mijn been over zijn schouder en begraaft zichzelf ertussen. En hij likt.

'Lynx! O god... Ik... O!'

Zijn handen zijn overal, drukkend in mijn bovenbenen, dwalend over mijn bovenlijf, mijn buik, mijn borsten.

Ik klem mijn vingers om zijn pols, grijp zijn arm, zijn haar en ik duw mijn heupen omhoog. Er ontsnapt een geluid uit me en ik denk... Dit moet het haast wel zijn. Dit gevoel dat door me heen gaat, heb ik nooit eerder gehad. Pulserend, wringend, bijna pijnlijk. Maar het is geen pijn. Het is absoluut geen pijn. Het zwelt aan en het ebt weg, en zwelt weer aan...

'Lynx, ik kan niet... alsjeblieft...' Ik weet niet waar ik om vraag. Meer? Minder? Ik sla mijn handen over de zijne, die zachtjes mijn borsten kneden. Ik krom mijn rug en druk mezelf meer tegen zijn handpalmen.

'Relax,' zegt hij. 'Laat het gewoon gebeuren.'

En ik denk alleen: laat wat gebeuren? Was dit het nog niet? Maar ik kan het niet uitspreken, want zijn tong doet weer dingen, en hij duwt mijn knie naar me toe. Opent me, zodat hij dieper kan. Het aanzwellende gevoel wordt nog heviger. Als een golf die stijgt, hoger en hoger. Als iets wat een berg opgetakeld wordt, helemaal naar de top. Een balanceeract langs de rand van iets onbekends.

En hij streelt me weer, twee vingers die precies de juiste plek vinden. Ik ken die plek, ik kom er vaak genoeg, maar dat voelt niet zó.

'Ja!' roep ik uit. 'Dat is precies... O jezus...'

Zijn vinger gaat dieper en vindt een plek die ik niet ken, waar ik nooit ben geweest, waar niemand ooit is geweest. Ik kan niets anders doen dan me eraan overgeven. Mijn rug trekt hol, mijn hele lijf trilt. Het aanzwellende gevoel is als een spoel die opgewonden wordt, strakker en strakker en strakker. Het duurt een paar seconden, de spanning bijna ondraaglijk. En dan schiet het los. Complete ontlading. Het scheurt door me heen, overspoelt me. Zo allesoverheersend dat ik niet eens meer geluid kán voortbrengen. Een geluidloze schreeuw, iets wat openbarst en me verzwelgt. Hij stopt niet. Hij houdt zijn tong tegen me aan gedrukt, zacht zuigend. Een traag ritme van zijn vingers die in me bewegen tot ik neerdaal uit wat er in hemelsnaam net is gebeurd.

Langzaam komt de wereld om me heen weer in focus. Ik laat mijn verkrampte grip op hem los. Mijn hele lichaam voelt slap. Mijn oren suizen. En ik weet dat ik hier nooit bij in de buurt heb gezeten. Hij kust me zacht, twee, drie keer, voor hij zijn hoofd optilt. Ik duw mezelf half overeind, steunend op mijn elleboog. We wisselen een lange blik. Hij glimlacht. Zijn blik is zacht. En een beetje trots.

Ik probeer iets uit te brengen. Ik weet zelf niet eens precies wat. Of ik iets gevats probeer te zeggen, iets prikkelends of liefs? Woorden en gedachten en allerlei emoties buitelen door elkaar en ik ben nog steeds buiten adem, dus verder dan een onbestemd geluidje kom ik niet.

Zijn glimlach is inmiddels getransformeerd tot *full-blown* grijns. ‘Volgens mij is de echte vraag vandaag: hoe váák ga je klaarkomen?’

Vier dagen nadat ik mijn verstand verloor

De Eiffeltoren is een baken van gouden licht in de nacht. De lucht een schilderij van Van Gogh. Lana Del Rey zingt: *We should go while we're young 'cause one day we will want to rewind to our time in Paris.* De muziek uit mijn telefoon, die op zacht volume speelt, is het enige geluid dat te horen is. Het is zo stil hierboven. Alsof wij de enige twee mensen in heel Parijs zijn. We dragen de fluffy hotelbadjassen, ik zit opgekruld op de loungestoel op het terras, Lynx ligt languit op de zijne. Door de terrasverwarming is het net niet te koud. Al heb ik voor deze ervaring wel een lichte bevriezing over.

'Ik ga dit nooit vergeten. Later, als ik hoogbejaard ben, dan heb ik het hier nog steeds over. En dan denkt iedereen dat ik volkomen seniel ben als ik vertel dat ik de hele nacht met een lynx naar de Eiffeltoren heb zitten kijken.'

'Niet de héle nacht. Toch?'

Ik moet lachen en draai me naar hem toe. 'Nee. Niet de héle nacht.'

Hij steekt zijn hand uit over de armleuningen van onze stoelen en ik leg mijn hand in de zijne. 'Dit is behoorlijk bijzonder,' beaamt hij.

'Ben ik nu je favoriete scharrel? Ik verdien wel een bepaalde status, toch? Al is het maar voor de ambiance die ik lever.'

'De ambiance is zeker de moeite waard, maar om eerlijk te zijn...'

Hij bouwt de spanning een beetje op door een pauze te laten vallen. '... op het zolderkamertje van monsieur Pierre zou ik ook een prima avond met je hebben gehad.'

'Prima?' herhaal ik. 'Is dat alles wat je erover te zeggen hebt? Prima?'

'Oké Audrey, je rockt mijn wereld. Zo. Ik heb het gezegd. Tevreden?'

'Iets tevredener.' We kijken elkaar lachend aan. Zijn blik gaat van mijn ogen naar mijn lippen naar de overslag van mijn badjas en dan naar de Eiffeltoren.

'Wat die ambiance betreft... Ik denk dat die nog net iets beter kan als je je stoel een beetje verzet.'

'Hoezo?' vraag ik. 'Ik heb perfect uitzicht.'

'Als je even gaat staan, dan laat ik je zien wat ik bedoel.' Hij gaat wat rechter zitten en trekt me aan mijn arm rechtop tot ik mijn voeten op de grond zet.

Ik zucht klaaglijk terwijl ik opsta. 'Dit kan maar beter iets opleveren, want ik zat net zo lekker en –'

Mijn laatste woorden gaan naadloos over in een kreet van schrik, want hij slaat zijn armen om me heen en trekt me boven op zich. Ik kom tussen zijn benen terecht en hij trekt me tegen zijn borst terwijl hij weer achteroverleunt. 'Kijk, een sterke verbetering als je het mij vraagt.' Hij slaat zijn been over me heen, zet zijn voet tussen die van mij op de stoel. Zijn huid voelt zoveel warmer dan de mijne. Ik nestel me in zijn armen. 'Heb je het koud?' vraagt hij. 'Wil je naar binnen?'

'Nog niet.'

'Dorst? Honger? Zin in een tosti van dertig euro?'

'Een tosti van dertig euro is altijd een goed idee. Maar eigenlijk ben ik op dit moment helemaal content.'

'Oké.' Hij kust me achter mijn oor, in mijn haargrens. 'Ik ook.'

Ik moet hem nog wat tips geven over zijn 'alleen seks, niets serieus'-aanpak. Een meisje kan maar zoveel geknuffel met uitzicht op de Eiffeltoren weerstaan voor ze bezwijkt. Ik zeg het hem binnenkort. Morgen of zo. Niet nu. Ik wil niet dat het stopt.

'Ik vergeet het ook niet,' zegt hij. 'Dank je wel. Dat je besloot door te draaien op je werk, net toen ik die klus had.'

'Bedankt dat jij daarvoor al doorgedraaid bent, zodat je die klus aan kon nemen.' Ik draai me een beetje en probeer hem aan te kijken. 'We zouden elkaar anders nooit ontmoet hebben. Ik zou hier niet zijn...'

Hij duwt zijn gezicht dieper in mijn nek en ik wil van alles zeggen, maar ik heb er de woorden niet voor. En als ik ze wel zou hebben, zou ik het nog steeds niet kunnen zeggen, want ze zouden niet passen binnen de afspraak die we hebben. Al voelt niets hiervan als iets waar afspraken over te maken vallen. Ik weet wat hij gezegd heeft. Maar... zijn stilte en de manier waarop hij me vasthoudt, voelen anders.

Aan de overkant van de Seine gaan de lichten van de Eiffeltoren uit.

'Ah, kunnen ze ze niet voor één nachtje aan laten? Omdat wij er zijn?'

'Je kunt hem nog steeds zien,' zegt Lynx.

'Ja, maar... ik weet niet... Ik wil gewoon niet dat vanavond eindigt.'

'We hebben morgen,' zegt hij zacht. Zijn adem strijkt langs mijn oor. 'Overmorgen. En trouwens... vannacht is nog lang niet voorbij.'

Ik kijk naar de Eiffeltoren. Donkere contouren tegen een eveneens donkere lucht. De bovenkant verlicht door het schijnsel van de maan. Ik laat mijn hoofd achterover rusten, precies in het kuiltje tussen zijn nek en schouder. Hij kust mijn slaap en legt zijn wang tegen de zijkant van mijn hoofd.

'We hebben nu,' zeg ik en ik sluit mijn ogen, vastbesloten om het moment zo lang mogelijk vast te houden.

Het duurt een paar tellen voor ik besef waar ik ben. Het licht in de kamer is anders dan in mijn slaapkamer. De kleuren zijn anders. Het is de warme geur – citrus, zonsondergangen en een knisperend haardvuur – die gisteren terugbrengt. Parijs, een kat die vist, de treurwilg op de punt, een boottocht, Lynx…

Ik draai me op mijn rug, me langzaam uitrekkend, en ergens verwacht ik dat ik hier alleen ben, dat hij in de loop van de nacht vertrokken is, maar dan voel ik zijn aanwezigheid. Nog voor mijn voeten zijn scheenbeen schampen als ik mijn benen strek. Ik kijk voorzichtig opzij. Hij ligt op zijn zij, zijn arm onder zijn kussen gepropt. Hij is wakker en glimlacht.

'Goedemorgen,' zeg ik schor.

Zijn glimlach wordt breder. 'Goedemorgen.' Hij klinkt wakker. Veel te wakker. En zo ziet hij er ook uit. *I woke up like this* kan zijn levensmotto zijn. Hij heeft een schaduw van stoppeltjes op zijn kaak. Zijn haar is een prachtige chaos. Het dekbed ligt rond zijn middel gedrapeerd, wat me een mooi uitzicht op zijn schouderpartij en bovenarmen geeft. 'Ik ben pas net wakker. Niet dat je denkt dat ik al uren naar je lig te staren als een of andere creep.'

Mijn lach klinkt nog slaperig. 'Als dat zo was, zou ik dan degene zijn die daar een oordeel over mag hebben?'

'O, ik dacht dat jouw raamfascinatie juist níét creepy was? Is dat niet wat je de hele tijd volgehouden hebt?'

'Natuurlijk was het creepy,' antwoord ik, en ik hoor het zelf: was. Verleden tijd. 'Hoe laat is het?' vraag ik snel, als afleidingsmanoeuvre, en ik rek me nog een beetje uit voor ik me op mijn andere zij draai, mijn gezicht naar het zijne.

'Het is nog vroeg,' antwoordt hij. 'Het is pas net licht geworden.'

'Hm, dan ben je dus toch al eventjes wakker. Creep.'

'Geen commentaar.' Zijn ogen dansen over mijn gezicht. Mijn blik dwaalt even af naar zijn biceps.

'Dit bed ligt extreem lekker,' zeg ik, terwijl ik me weer opkrul. Mijn voet glijdt tussen zijn onderbenen door en ik laat hem daar liggen, rustend op zijn kuit.

'*Memory foam.*' Zijn hand gaat nonchalant onder het dekbed. Hij legt hem op mijn bovenbeen, zijn vingers tegen de achterkant van mijn dij. 'Heb je dat thuis niet? Dan heb je een nieuw matras nodig.'

'Maar dan zou ik mijn bed niet meer uit komen.'

'Ik zie het probleem niet.' Hij flirt nog steeds met me. Hij is nog steeds leuk. En lief. En het voelt helemaal niet ongemakkelijk tussen ons. Misschien had ik er onbewust rekening mee gehouden dat hij opeens heel afstandelijk zou zijn, om duidelijk te maken dat ik geen verwachtingen hoef te hebben. Maar hij doet helemaal niet anders. Hij is hier gewoon, met mij. En hoe bizar het ook klinkt – want hoe goed kennen we elkaar nou echt? – ik geloof niet dat ik me ooit zo verbonden met iemand heb gevoeld. 'Over extreem lekker gesproken,' zegt hij terwijl zijn hand iets omhoogkruipt. 'Wat ben jij sexy als je wakker wordt.'

Ik kijk hem verbaasd aan. Ik heb een spiegel in de badkamer en ik weet hoe ik eruitzie als ik net uit bed kom. Die betovering van Parijs moet wel een echt ding zijn.

'Je lijkt wel een katje. Zoals je je uitrekt. En trouwens... niet alleen daarom...' Hij tilt zijn hoofd van het kussen en draait zijn schouder een beetje. Zijn vingers gaan over drie rode striemen die over zijn schouderblad lopen.

Ik duw me op één arm overeind en kijk er geschrokken naar. 'Sorry!'

'Erelittekens,' zegt hij. 'Ik heb ze al naar al mijn vrienden gestuurd. Maar geen zorgen, dat zijn maar twee mensen of zo.'

'Antoine en je broer?' vraag ik.

'En dat zijn twee mensen die niet per se ter sprake hoeven te komen als ik in bed lig met mijn sekskitten.' Hij laat zijn hand naar mijn heup glijden en trekt me langzaam naar zich toe.

Ik werp hem een strenge blik toe. 'Ik keur die bijnaam niet goed.'

'Pech. Dan moet je je maar niet zo gedragen. Jij bent duidelijk de wilde kat van ons tweeën.' Zijn hand glijdt naar mijn middel, het topje opstropend dat ik heb aangetrokken om in te slapen.

'Dan moet ik ook maar eens iets passends voor jou bedenken...'

'Doe eens. Ik ben benieuwd.'

'Je weet wat je bent,' zeg ik. Mijn onderlichaam kantelt tegen het zijne. Hij rolt op me.

'Ik wil het van jou horen, kitten. Zeg op.'

Ik schud mijn hoofd. Hij kriebelt in mijn zij en mijn gekronkel zorgt er alleen maar voor dat we nog meer met elkaar verstrengeld raken. Ik trek mijn been op langs dat van hem en hij hangt stil boven me, steunend op zijn onderarmen. Hij streelt een pluk haar van mijn voorhoofd, volgt met zijn vinger het randje van mijn oorschelp. Zijn duim gaat langs mijn kin en hij kust me, zacht en lang. Om mijn reputatie hoog te houden kras ik lichtjes met mijn nagels over zijn rug, voor ik mijn handen in zijn haar laat glijden. Het heeft een aanmoedigend effect op hem. Hij tilt mijn kin een beetje op. Zijn tong gaat langs mijn lippen, mijn tanden, langs mijn tong. Ik ben bang dat ik hier verslaafd aan kan raken. Misschien is het al te laat.

Hij beëindigt de kus teder. Van alle mannen die ik in mijn leven heb gekust is er niemand die een kus zo... afmaakt als Lynx. Elke seconde ervan is perfect, van het eerste tot het laatste moment. Ik kijk hem aan, overweldigd door alles wat hij in me losmaakt, de lust die hij in me aanwakkert.

Hij streelt met zijn neus langs mijn neusbrug en kust het topje. 'Heb je enig idee hoe belachelijk mooi je er nu uitziet?' Zijn vingers rusten tegen mijn kruin en kriebelen zachtjes door mijn haar.

Ik adem een verbluft geluid uit. 'Lynx...'

'Belachelijk mooi. Belachelijk sexy. Dat ben je.'

Ik moet mijn blik wel neerslaan, want het wordt me bijna te veel. Hoe hij het uitwist. Jaren van rotopmerkingen, in één klap omgedraaid tot iets liefs.

Hij brengt zijn lippen weer naar de mijne, beweegt zijn tong langs mijn bovenlip, wachtend tot ik hem tegemoetkom. Zodra ik dat doe, raakt zijn tong zachtjes de mijne, een geluidje van intense tevredenheid aan me ontlokkend terwijl ik hem terug lik. De tederheid ervan dringt door tot in mijn botten en verscheurt me in de beste zin van het woord. Ik wil dat hij me verslindt, maar ik wil ook dat dit precies zo blijft voortduren. Zo perfect is het.

Als hij me weer aankijkt, voeren we een woordeloze conversatie. Gaan we dit weer doen? Het antwoord is vanzelfsprekend. Ja.

We bestellen ontbijt op onze kamer en we eten het op het balkon. Want: Eiffeltoren. Ik zit bij Lynx op schoot en ik denk dat, als er toevallig zo'n verrekijker deze kant op gericht staat, de mensen op de Eiffeltoren ook een behoorlijk interessant uitzicht hebben.

Lynx laat me hapjes nemen van allerlei kleine, spectaculaire taartjes. Een frambozentaartje, frangipane met karamel, een chocoladebrioche. 'Ik ben blij dat je zo'n rommelige eter bent,' zegt hij voor hij een klodder gemorste frambozenvulling tussen mijn borsten weg likt.

'Ik weet vrij zeker dat het aan jouw gebrek aan coördinatie ligt,' zeg ik giechelig. 'En dat is niet voor het eerst.'

'Gebrek aan coördinatie? Perfecte coördinatie bedoel je zeker?'

Uiteindelijk belanden we weer in bed.

Ik merk pas dat ik weer in slaap gevallen ben als het matras naast me indeukt en Lynx me met een kus op mijn wang wekt. Hij zit volledig aangekleed naast me op de rand van het bed. 'Het is elf uur,' zegt hij. 'Ik laat je nog even alleen, voor als je rustig in bad wilt, of zo…'

Ik wrijf in mijn ogen en rek me uit. 'Want dat kan niet als jij hier bent?'

'Je kan wel in bad,' antwoordt hij, terwijl hij mijn bewegingen volgt. 'Alleen niet rustig.'

'O, kom op. Je kan me niet wijsmaken dat je nu nog...'

'Pas op. Ik zou dit als een uitdaging kunnen opvatten.'

Ik ga rechtop zitten, met het dekbed onder mijn armen geklemd. Alsof hij niet precies weet wat eronder zit. 'Je hoeft echt niet weg.'

'Je verdient het om deze kamer nog even voor jezelf te hebben. En ik moet even iets doen.'

'O.'

'Het duurt niet lang. Ik zie je over een uurtje. Mijn spullen staan al klaar.'

Ik knik en glimlach. 'Goed.'

Hij drukt een kusje op mijn voorhoofd en staat op. 'Ik meende wat ik zei. Je hebt echt mijn wereld gerockt.' Hij zet een stap achteruit en ik wil eigenlijk zijn hand pakken om hem tegen te houden. Voorkomen dat hij weggaat. Want hij zegt dat ik zijn wereld gerockt héb, alsof het voorbij is. Ik wil niet dat het voorbij is. Bijna zeg ik het hardop. Ik kan de woorden nog net inslikken. Want ik wist dit al voor ik eraan begon. Hij had niet duidelijker kunnen zijn.

Als jij op zoek bent naar iets serieus, dan is dit het niet. En dat zal het ook nooit worden.

Shit.

'*Bonjour madame,*' zegt een in uniform geklede hotelmedewerker zodra ik uit de lift stap. Ik heb gedoucht, mijn spullen ingepakt en nog even op het balkon gezeten. En ik weet niet precies of Lynx terug naar de kamer zou komen of dat het de bedoeling was dat we elkaar beneden zouden zien. Ik kijk rond, maar hij is er niet.

'*Comment puis-je vous servir?*'

'Eh... *Je cherche...*' Hm... dit is een lastige. Hoe zeg je in het Frans: ik ben op zoek naar de man met wie ik de beste seks van mijn leven heb gehad, maar we hebben niks, ook al ben ik ontzettend verliefd op hem, maar dat mag hij niet weten?

Gelukkig begrijpt de man mijn worsteling en hij maakt een weids armgebaar terwijl hij me vertelt dat mijn echtgenoot in Les Lounges op me wacht.

'Merci,' antwoord ik, zonder het misverstand recht te zetten. Misschien raar, maar ik voel een vreemd soort genoegen bij het idee dat ik in de realiteit van deze hotelmedewerker getrouwd ben met Lynx; schilder, hottie, gids, verteller van spookverhalen, brenger van meervoudige orgasmes.

Ik loop door de imposante hal naar de lounge. Een antiek ingerichte ruimte met chique sofa's en fauteuils, kleine tafeltjes waar bloemarrangementen op staan, dikke tapijten, een wit omlijste spiegel boven een open haard. Lynx zit een beetje voorovergebogen, met zijn telefoon in de hand. Ik sta stil als ik merk dat hij aan het bellen is.

'Ik ben niet van gedachten veranderd over dat ene grote ding,' hoor ik hem zeggen. 'Maar ik heb hier veel nagedacht en misschien ben ik te rigoureus geweest. En ik weet dat jij je eigen leven hebt, nu. Misschien zit je hier niet op te wachten. Maar er moet toch een manier zijn om in elkaars leven...'

Hij laat een stilte vallen en het lijkt erop dat er niemand aan de andere kant van de lijn is. Hij is een boodschap aan het inspreken en ik wil me omdraaien, maar op een of andere manier werken mijn voeten niet mee. Ook al wil ik dit gesprek niet horen en voelt het ook nog eens verkeerd. Als afluisteren.

'Hoe dan ook...' gaat hij verder, '... toen ik gisteren in dat steegje liep, en dat verhaal over die kat vertelde, besefte ik dat ik het nooit aan jou heb verteld. Ik weet niet. Ik mis je gewoon. Misschien kunnen we er ooit nog eens samen naartoe...'

Opeens kom ik in beweging en ik haast me terug in de richting waar ik vandaan kwam. Ik ben bijna door de deuropening als ik mijn naam hoor.

'Audrey, hé!'

Ik stop en probeer elke uitdrukking van mijn gezicht te wissen die verraadt dat ik heb opgevangen wat hij zojuist heeft gezegd. Dat hij aan iemand anders dacht, terwijl hij met mij…

'Hé!' Ik draai me weer om. Hij is opgestaan en stopt zijn telefoon in zijn zak. Ik plak een glimlach op mijn gezicht. 'Ik zag dat je aan het bellen was en wilde je niet storen, dus ik…' Ik maak een gebaar naar de hal.

'Je stoort niet.'

'O. Oké.' We staan even ongemakkelijk tegenover elkaar. Moet ik zeggen dat ik niets heb gehoord? Of verraad ik dan juist dat dat wel zo is? 'Ik kwam vragen of je de hotelkamer nog in wilde? De bagage wordt nu naar beneden gebracht. Ik weet niet of je nog…'

'Nee, al mijn spullen stonden al klaar in het halletje.'

'O. Nou, dan, eh… kunnen we uitchecken.' Shit, dit is echt heel ongemakkelijk. Ik wist dat we de hotelkamer niet hadden moeten verlaten.

Hij knikt. 'En… ik heb ons nieuwe onderkomen al geregeld.'

'Mama Shelter?'

'Nee, het is een verrassing. Het heeft met je lijst te maken. Als bedankje, voor deze… ervaring.' Hij kijkt de luxueuze ruimte rond om zijn woorden te benadrukken. 'Ik weet zeker dat je het leuk vindt.'

'Lynx…' Ik zet een paar passen naar hem toe. 'We weten allebei wat dit is. Dat was duidelijk voor we eraan begonnen en…'

Zijn gezicht betrekt een beetje terwijl ik praat.

'Ik bedoel dat je niet hoeft te doen alsof het iets anders is dan we afgesproken hebben. De grote gebaren en zo? Niet nodig.'

'Nou… vannacht verdient wel op z'n minst een klein gebaar, als je het mij vraagt. En dan heb ik het nog niet over vanochtend. Zeker twee middelgrote gebaren waard. Alles bij elkaar opgeteld ben ik vandaag nog wel even bezig met gebaren maken.'

Ik moet lachen.

Hij staat er relaxed bij, met zijn vingers een stukje in zijn zakken. 'Heb je spijt?'

Ik schud mijn hoofd.

'Mooi. Ik ook niet.' Hij gaat weer zitten in een van de fauteuils. 'Wat gaan we vandaag doen? Musea bezoeken? De *Mona Lisa* bekijken, of de *Waterlelies* van Monet? Of liever een trip naar Versailles? De Champs-Élysées?'

'Hm, ik weet niet.' Ik aarzel even voor ik op de kleine sofa plaatsneem, in de hoek die niet direct grenst aan waar hij zit. 'Misschien liever iets waarbij we niet zoveel hoeven te lopen? Ik denk dat ik iets verrekt heb bij dat laatste wat we deden.'

'Bij het laatste?' Hij kijkt alsof ik hem een ingewikkeld wiskundig vraagstuk voorleg. 'Hoe...?'

'O, niet het laatste-laatste. Het voorlaatste, je weet wel, toen we...' Ik draai een beetje op mijn plaats om hem een idee te geven van wat ik bedoel en hij kijkt er geamuseerd naar. 'Ah! Dat! Ja, als je daarbij niets verrekt zou hebben, heb ik het verkeerd gedaan.'

Ik kijk hem lachend aan. Het voelt alweer iets minder ongemakkelijk. Hij heeft gelijk. Open zijn over je intenties scheelt veel ellende. Ik krijg misschien niet wat ik het allerliefst van hem zou willen, maar dat wil niet zeggen dat het niet alsnog de moeite waard kan zijn.

'Het komt goed uit dat je het rustig aan wilt doen vandaag. Ik heb wel wat ideeën, allemaal in het kader van mijn "Grote Gebaar", aanhalingstekens, hoofdletters. Ben je ervoor in?'

God, het is moeilijk om afstand te bewaren als hij zó... nou ja... zó Lynx is. Het liefst zou ik wat ik gehoord heb uit mijn gedachten willen verbannen, zodat ik gewoon in mijn Parijsbubbel kan blijven met hem en doen alsof dit allemaal echt is. Alsof de manier waarop hij naar me keek in bed écht voor mij was en hij al deze moeite doet omdat...

'Oké, ik weet al hoe we dit gaan doen,' zegt hij, mijn stilte als onwilligheid opvattend. 'Vandaag maak ik mijn grote gebaar. Morgen is voor jou. Dan bepaal jij helemaal wat we gaan doen. Zo groot of klein als je maar wilt. Geen onduidelijkheid, alles in balans. Wat zeg je ervan?'

Ik haal mijn schouders op en doe alsof ik nog even moet nadenken, maar natuurlijk is het antwoord al duidelijk. Misschien kan ik het gewoon niet laten om op zijn voorstellen in te gaan. Ik knik. 'Deal.'

'Yes!' Hij springt zo'n beetje op en trekt me van het bankje. 'Eerste vraag: heb je toevallig ongeveer zo'n jurk bij je als die je zus aanhad op de foto die je liet zien?'

'Hm, even denken... Heb ik een wolk van tule ingepakt die mijn hele koffer zou vullen? Nee, ik geloof van niet.'

'Jammer. Nou... dan moeten we eerst gaan shoppen.'

Bij winkelen dacht ik in eerste instantie aan de grote ketens in drukke winkelstraten, maar nee. Lynx heeft andere plannen. Aan Rue des Petits-Champs leidt een rijkelijk gedecoreerde gevel naar een overdekte winkelpassage in neoclassicistische stijl. Galerie Vivienne. De entree alleen is al adembenemend. Twee godinnen rusten op de boogvormige poort, die is afgewerkt met een elegant raamwerk van gietijzeren krullen.

'In het begin van de negentiende eeuw werden dit soort passages aan de lopende band aangelegd,' vertelt Lynx me. 'In de rijkste buurten van de stad dienden ze als kortere weg tussen bankgebouwen en theaters, waar mensen konden flaneren, weg van de vieze, stoffige straten. Er zaten luxe boetieks, antiekwinkels, galerieën en chique restaurants en cafés. Door de opkomst van grote warenhuizen als Lafayette en Samaritaine was de populariteit van de passages van korte duur en ze raakten in onbruik en verval. Zo'n twintig zijn er nu nog over, en Galerie Vivienne is een van de mooiste.'

De sfeer van vervlogen tijden is helemaal bewaard gebleven. We lopen over de prachtige mozaïekvloer langs winkelgevels die zo uit een verhaal van Dickens kunnen komen. De lichtinval door het glazen dak is subliem en zet de uitbundige, elegante details in een warme gloed. Er is een prachtige oude boekwinkel. Een luxe tearoom. Kledingzaakjes. Een paar boetieks van grote designers en de winkel van een kledingontwerpster die als antwoord op de verspilling in de mode-industrie kleine collecties maakt met oude stoffen en materialen die worden hergebruikt. De winkel heeft een eclectische uitstraling. Een beetje bohemien. Maar toch kunstzinnig. Kleurrijk.

L'ART SE PORTE BIEN, staat met zwarte letters op de ramen naast de ingang. Kleding als kunstvorm.

'Audrey...' zegt Lynx, terwijl ik een wit bloesje bekijk met een stukje versleten jeansstof op het achterpand met de tekst: BAD DECISIONS MAKE GOOD STORIES. Misschien moet ik het kopen als aandenken aan deze hele trip. Ik kijk om naar Lynx. Hij staat bij een paspop met een weelderige saliegroene rok. 'Dit is perfect.'

Ik weet niet precies waar het perfect voor zou moeten zijn. Ik heb al een uur gezeurd om meer informatie, maar hij weigert me een hint te geven.

'Gaan we naar het ballet?' vraag ik.

'Het ballet? Nee. Waarom denk je dat?'

'Je zei dat het met mijn lijst te maken heeft. Darius staat op mijn lijst. Hij danst ballet. En die rok geeft ballerinavibes.'

'Geen ballet,' zegt hij.

'Opera dan? Waarom moet het anders zoiets chics zijn?'

'Niet per se chic... Ik zoek iets... weelderigs.' Hij loopt naar de verkoopster om te vragen of we de rok kunnen passen. Nou ja, niet we. Ik. Het enige nadeel van kleine, unieke collecties is dat de rok op de paspop het enige exemplaar in de hele winkel is.

'Wat als hij me nou niet past?' vraag ik terwijl de verkoopster bezig is de rok van de pop te halen. 'Dan doet ze al die moeite voor niks.'

'Ik denk niet dat ze zal verwachten dat je een rok koopt die te groot of te klein is.'

'Oké. Maar stel dat hij wél past, maar mij gewoon niet staat? Dat durf ik nu dus niet te zeggen.'

Lynx negeert mijn getob en loopt naar een tafel waar een top van dezelfde kleur en stof als de rok ligt uitgespreid. 'Kijk, het is een set,' zegt hij blij.

Ik kom naast hem staan. Het is een haltertop, met een gedrapeerd lijfje. Lynx pakt hem op en hij bestaat uit zo weinig stof dat hij onmiddellijk alle vorm verliest. Ik kijk er kritisch naar en hou hem voor mijn bovenlichaam. 'Bedekt dit überhaupt iets?'

'Ik hoop het niet,' antwoordt hij plagend. Als hij mijn blik ziet, voegt hij er met geveinsde onschuld aan toe: 'Ik ben een minimalist, weet je nog?'

'Dit heeft helemaal niets met jouw levensfilosofie te maken,' zeg ik terwijl ik het topje tegen zijn borst duw zodat hij het terug kan leggen.

'Jou in een sexy jurk zien is sinds kort een belangrijk onderdeel van mijn levensfilosofie. Een van de belangrijkste pijlers zou je kunnen zeggen. Op één staat: niets doet ertoe. Op twee: Audrey in zo weinig mogelijk kleren zien...'

'Ssst!'

Hij lacht. 'Niemand verstaat me hier.'

'Nee, maar denk je niet dat deze kleur rood verraadt waar we het over hebben?' vraag ik, wijzend op mijn gloeiende wangen.

'Staat je schattig.'

'Lynx, stop!'

'Waarmee? Wat doe ik?' vraagt hij.

'Zo kijken.'

'Hoe kijk ik dan?'

'Alsof ik dit al aanheb.' Ik gris het topje van hem terug en loop ermee naar de paskamer, waar de verkoopster zojuist de rok voor me klaar heeft gehangen.

Oké… dit is niet bepaald wat ik gewoonlijk draag. Maar op een of andere manier… vind ik het toch leuk. Ik draai voor de spiegel. De rok komt tot halverwege mijn kuit. Hij bevat zoveel stof dat hij om me heen danst bij elke beweging, wat maakt dat ik er als een klein kind rondjes in wil draaien. De top toont een klein streepje huid boven de band van mijn rok, en hoewel het topje uit een omgekeerd evenredige hoeveelheid stof bestaat, en het decolleté zo diep is als de Seine, valt de stof op zo'n manier dat het sexy maar beschaafd is.

Als ik de paskamer uit kom, kijkt Lynx op van zijn telefoon en zijn blik is een beetje zoals ik me voorstel dat de mijne is als ik naar de Eiffeltoren kijk. Ik denk niet dat ik ooit iemand zo naar me heb zien kijken. En misschien kan ik er nu al niet meer zonder.

Ik draai langzaam een rondje. Hij kijkt gefascineerd naar de rondzwierende stof. 'Is dit wat je zocht?' vraag ik.

'Doe nog eens,' zegt hij, terwijl hij opstaat uit de grote, comfortabel uitziende stoel waarop hij zat te wachten. Hij maakt een cirkelbeweging met zijn wijsvinger en kijkt naar me terwijl ik nog een rondje op mijn plaats maak. 'Nog eens. Iets sneller. Sneller. Nog íéts sneller.'

Hij komt langzaam naar me toe. Ik stop met draaien, een beetje duizelig, en duw de opzwaaiende stof naar beneden. 'Wat is hier de bedoeling van? Probeer je onder mijn rok te kijken? Je weet toch allang hoe het er daar uitziet?'

'Ja,' zegt hij. 'En het bevalt me.' Hij neemt mijn gezicht tussen zijn handen en kust mijn voorhoofd. 'Ik vind dat je hem moet kopen.'

Als we de hele passage hebben bekeken en ik ook nog een bijpassend paar schoenen heb gevonden dat ik waarschijnlijk maar één keer in mijn leven ga dragen, nemen we pauze op het binnenterras van Bistrot Vivienne. We bestellen allebei een *tarte citron meringuée* en een cocktail. De Spritz comme à Venise voor mij; Aperol met prosecco, bruiswater, sinaasappel en munt. Voor Lynx gemberbier met amaretto, limoen en munt met de geweldige naam Ginger et Fred Rhum Ambré. Ik ben al dronken na het eerste slokje en luister naar Lynx die vertelt over de imposante wenteltrap iets verderop, die naar de appartementen boven de passage leidt.

'Ken je Eugène-François Vidocq?' vraagt hij.

Ik schud mijn hoofd.

'Een legendarische dief, die later informant werd en opklom binnen het Parijse politiekorps om leiding te geven aan een speciale brigade, tot hij uiteindelijk weer in onmin raakte en als privédetective aan de slag ging. Hij was de inspiratie voor Jean Valjean in *Les Misérables*. En voor het personage Vautrin in *La Comédie humaine* van Honoré de Balzac. Hij woonde in een van deze appartementen.'

'Was jouw vader een wandelende encyclopedie, Lynx?'

Hij lacht. 'Zo'n beetje. Maar dit heb ik gewoon van internet, hoor. Ik moest me toch een beetje voorbereiden om mijn reputatie als gids hoog te houden. Ik ben hier nooit eerder geweest.'

'En dat hele verhaal over de historie van de passages dan? Ook gegoogeld?'

'Ja, vanochtend gelezen.'

Het kost me moeite om het slokje dat ik net genomen heb niet terug in mijn glas te spugen van het lachen. 'Wat googel je dan? "Authentieke winkellocaties in Parijs om indruk mee te maken"?'

'Nee,' antwoordt hij. 'Daar heb ik mijn moeder voor geappt. Ik heb gevraagd: stel dat ik in Parijs ben met een heel bijzondere vrouw, waar moet ik haar dan mee uit winkelen nemen? En dit was haar suggestie. Nee, eerder een verplichting. En ze zegt dat het hier rond kerst nog mooier is, dus we moeten eigenlijk nog een keertje terugkomen.'

'O, ik kan me dit al helemaal voorstellen met kerstverlichting en guirlandes.' Ik hap verrukt naar adem en zet mijn glas neer. 'Lynx! Dit kan de perfecte romcom worden. We moeten nu een afspraak maken. Als we op kerstavond allebei nog single zijn, dan ontmoeten we elkaar hier... O, maar wacht, we doen niet aan romantiek, hè? Laat maar, dat wordt niks.'

'Ik heb nooit gezegd dat ik niet aan romantiek doe. Ik ben gek op romantiek. Heb je dat nog niet gemerkt?'

'Nou, misschien een beetje.' Ik hap een stukje citroentaart van mijn vork. 'Een relatie hoeft natuurlijk niet het einddoel te zijn. We maken er onze eigen versie van. Een romantische kerstfilm, maar dan zonder lang en gelukkig.'

Hij kijkt serieus. 'Is dat niet een beetje deprimerend?'

'Nee. Want we hebben er ontzettend veel fantastische seks voor in de plaats.'

Hij leunt samenzweerderig naar me toe, zijn ellebogen steunend op het ronde tafeltje tussen ons in. 'Fantastisch, zeg je?'

Ik knik terwijl ik mijn vorkje weer in mijn taartje prik. 'Geef toe: ik was behoorlijk goed.' Ik kijk op om zijn blik te vangen.

'Dat was je. Ben je.'

'Dank je!' Ik wijs met mijn vorkje in de richting van zijn bord waar de helft van zijn taartje al een poosje onaangeroerd is gebleven. 'Waarom eet je niet? Niet lekker?'

'Jawel. Ik ben gewoon even aan het kijken naar hoe jij het eet.'

'Zit ik weer onder?' Ik ga met mijn tong langs mijn onderlip.

'Nee, alles in orde. Ik kijk gewoon graag naar je.'

Ik leg mijn vork neer en steun met mijn kin op mijn hand. Mijn andere hand beweeg ik over tafel naar de zijne. 'Ik ook naar jou.'

Hij tilt zijn duim op en laat die op die van mij neerkomen. Het lijkt alsof hij iets wil zeggen, maar als dat zo is, bedenkt hij zich. Zijn blik gaat van mijn gezicht naar mijn hand en terug.

'En dat vind ik ook leuk...' zeg ik voorzichtig. 'Aangeraakt worden door jou.'

'Komt goed uit, kitten.' Hij streelt zacht over mijn knokkel. 'Want ik vind het leuk om je aan te raken.'

'Je hebt nog steeds geen toestemming om me zo te noemen.'

'En daar trek ik me nog steeds niets van aan. Misschien, als jij nou zegt welke bijnaam je voor mij verzonnen hebt, en die is gênant genoeg, dat we dan een deal kunnen maken. Maar tot die tijd blijf ik je lekker kitten noemen, kitten.'

'Ik verbied het je.'

'Je hebt geen enkel pressiemiddel.'

'Ik noem je al Bogart.'

'Precies,' zegt hij. 'Bogart past perfect bij Audrey, kitten hoort bij Lynx. Ik zie geen reden om ermee op te houden.'

'Het feit dat ik het je net verboden heb, zou een reden kunnen zijn. Je weet wel, voor sommigen.'

Hij schudt zijn hoofd. 'Ik laat me niet onderdrukken.'

Ik haal mijn hand uit de zijne en trek het bord met zijn taartje naar me toe.

'Wat nu?' vraagt hij lachend.

'Nu heb ik een pressiemiddel. Je krijgt dit taartje niet terug voor je belooft dat kitten exit is.'

'Nee. Ik ben gehecht aan kitten. Neem mijn taart maar.'

Ik prik met mijn vorkje in zijn taartje. 'Als dat je keuze is...'

'Ik voel me goed bij mijn keuze.'

'Ik voel me goed bij twee taartjes.'

'Fijn,' zegt hij. 'Dan voelen we ons allebei goed.' Hij wacht anderhalve tel. 'Kitten.'

'O mijn god! Jij moet echt zo'n irritante puber geweest zijn.'

'Volgens mijn moeder ben ik dat nog steeds.'

'Ik zou haar een berichtje moeten sturen. Mijn bewondering uitspreken dat ze jarenlang van dit…' Ik draai een beetje met mijn vorkje in zijn richting. '… heeft moeten doorstaan.'

Hij leunt weer achterover in zijn stoel, zwijgzaam, alsof hij ergens over nadenkt. 'Jullie zouden het vast goed met elkaar kunnen vinden. Wil je haar nummer? Ze zoekt nog een extra lid voor haar boekenclub en jij zoekt een hobby. Ik zie een match.'

'Probeer je me nu gewoon via een omweggetje aan je moeder voor te stellen? Meneer *no strings attached*?'

Hij haalt zijn schouders op. 'Of ik probeer je gewoon te helpen met die lijst van je.'

'Hm…' Ik begin van zijn taartje te eten, ook al heb ik dat van mij nog niet op. 'Blijf jezelf dat maar wijsmaken.'

Hij glimlacht. 'Laat ik het zo zeggen: áls ik iemand aan mijn moeder zou willen voorstellen, sta je boven aan mijn lijstje.'

'Dus toch je favoriete scharrel?' Ik haal mijn vorkje door het laagje meringue op het taartje en lik het af.

Zijn ogen volgen elke beweging die maak. Hij schudt langzaam zijn hoofd. 'Ik hou niet van dat woord.'

'Oké. Nou, je vriendin ben ik ook niet. Dus wat dan? Minnares?' Ik trek mijn neus op. 'Klinkt heel geraffineerd, maar zo zie ik mezelf gewoon niet.'

'Ik heb je al gezegd dat je mijn kitten bent. En daar blijf ik bij.'

Ik geef mezelf zuchtend gewonnen. 'Goed dan, hottie. Ik ben je kitten. Als jij daar nou echt zo blij van wordt…'

'Hottie?' Hij grijnst. 'Is dat het?'

'Niet erg origineel, dat geef ik toe.' Ik neem nog een hapje taart en kauw zorgvuldig. 'Maar zo noemde ik je in gedachten toen ik je naam nog niet kende. En daar ben ík dus aan gehecht.'

'Hottie,' herhaalt hij nogmaals.

Ik hum bevestigend. 'We hadden nog wel meer bijnamen voor je op kantoor. Lekker hapje, snoepje van de week – en dat zegt wel wat, want er komt bij ons heel wat snoep voorbij in een week tijd.'

'Vanzelfsprekend,' zegt hij.

'Hunk,' som ik verder op. 'En natuurlijk de klassieker: lekker ding.'

Hij knikt. 'Ik waardeer de veelzijdigheid aan complimenten. Vooral dat mijn persoonlijkheid, wijsheid en humor zo uitgebreid geprezen worden.'

'Ik kan hottie terugnemen, als jij kitten laat zitten.'

'Laat me nadenken,' zegt hij peinzend. 'Nope, ik ben super oké met hottie. Kitten blijft.'

Ik laat mijn hoofd moedeloos in mijn arm op tafel zakken.

Ik hoor het schuiven van zijn taartbordje over het tafelblad. 'Maar dit neem ik wel terug.'

Zonder haast om ergens te komen slenteren we in de schaduw van twee rijen bomen over een breed wandelpad door de Jardin du Palais Royal. De meeste bankjes zijn bezet, net als het merendeel van de groene stoeltjes rondom de fontein. Een groepje locals speelt jeu de boules. Onder de arcade die de tuin van de omringende winkels en cafés scheidt, laat een accordeonist de lieflijke tonen van 'La Pastourelle' horen.

Lynx draagt mijn tassen in zijn ene hand en met zijn andere zoekt hij de mijne tijdens het wandelen. Het voelt een beetje alsof de regisseur elk moment 'Ennnn stop!' kan roepen. Maar ik kijk naar Lynx en hij is echt. Alles is – voor zover ik kan nagaan – helemaal echt. Jeetje, er gaat niets boven verliefd zijn in Parijs. Dit moet toch wel zo'n beetje het toppunt van geluk zijn? Misschien is dit allemaal maar een vluchtig moment. Gaan we straks elk onze eigen weg en zien we elkaar nooit meer. Maar wat er hierna ook gebeurt, we hebben dit. Dit kan niemand me nog afnemen.

'O jee…' zegt Lynx. Ik volg zijn blik naar een van de bankjes tussen de bomen, waar een stelletje zit uit te rusten. Voor hen staat een man met een mand vol rode rozen. Met veel temperament probeert hij de jongen op het bankje te overtuigen om zijn vriendin een roos te geven. Zo te zien zonder succes. 'Zie je haar gezicht? Zij gaan geen goede avond tegemoet. Koop nou gewoon een roos voor haar, gast!'

'Weet je dat ik hier een jeugdtrauma van heb?' zeg ik. 'Mijn ouders hebben hier een keer knallende ruzie om gehad.'

'Omdat je vader geen roos voor je moeder kocht?'

'Ja. Ik was een jaar of twaalf. We waren met z'n vieren uit eten. We zaten buiten, op het terras van een best wel chique tent, en er kwam zo'n straatverkoper met rode rozen langs alle tafeltjes. Hij wilde er een op onze tafel leggen, maar mijn vader weigerde resoluut. Hij onderschepte de roos zo'n beetje en gaf hem terug. Ongeveer zoals jij met de armbandjes...'

'Dat is niet hetzelfde!' protesteert hij.

Ik lach. 'Hoe is dat anders?'

'Hij probeerde jou te strikken. Als die vent naar mij gekomen was om me een armbandje voor jou te laten kopen, dan was het vergelijkbaar. En dan had ik er natuurlijk een voor je gekocht.'

'Je bent zo galant.'

Hij haalt zijn schouders op. 'Dus: je ouders? Vertel verder.'

'Nou, mijn vader wimpelde die man af. Ik zag het gezicht van mijn moeder onmiddellijk betrekken. Om ons heen werden allemaal rozen gekocht. Mijn moeder aanschouwde het afgunstig en mijn vader was zich van geen kwaad bewust. Ze zei tijdens de hele eerste gang geen woord meer. Hij had pas halverwege het hoofdgerecht in de gaten dat er iets niet helemaal lekker zat en toen vroeg hij dus waarom ze zo chagrijnig deed...'

'O shit...'

'Inderdaad. Mijn moeder zat al zo'n beetje te koken van woede en ze begon tegen hem uit te vallen dat hij haar vernederd had. En waarom hij nou nooit eens een blijk van waardering kon geven. Mijn vader trok zijn portemonnee en legde hem bij haar op tafel en zei dat ze alle rozen kon gaan kopen die ze wilde, maar niet bij zo'n afzetter. Mijn moeder begon te huilen, midden op het drukke terras. Daardoor barstte Coco ook in tranen uit. En ik wilde gewoon in een sinkhole verdwijnen.'

'Wauw...' brengt Lynx uit.

'Ze heeft hem dagenlang genegeerd. Ik weet niet eens hoe hij het heeft goedgemaakt.'

'Hopelijk door maandenlang elke week een schandalig groot boeket rozen voor haar te laten bezorgen.'

'Hm, nee, ik geloof van niet. Ze krijgen hier nog steeds ruzie over, trouwens. Elke keer weer, zodra het ter sprake komt.'

Hij lacht hardop. 'Schattig.'

'Nou... niet echt, hoor.'

'Goed ruzie kunnen maken is heel belangrijk in een relatie.'

'Misschien,' zeg ik. 'Maar passief-agressief gedrag valt daar niet onder, toch?'

'Eh...' Hij kijkt me aan en probeert duidelijk iets constructiefs te bedenken.

'Ik weet dat ze van elkaar houden. Maar soms lijkt hun huwelijk meer een kwestie van doorzettingsvermogen.' Ik haal mijn schouders op. 'Misschien is dat hoe het gaat als je lang genoeg samen bent.'

'Zo hoeft het niet te zijn, hè? Mijn ouders waren verliefd tot aan het eind. Dat levert dan wel weer andere trauma's op...' Hij kijkt me lachend aan.

'O jezus, daar wil ik niet eens over nadenken.'

'Ik had weinig keus. Mijn ouders waren niet subtiel. En mijn moeder is nog steeds verliefd. Dat merk je duidelijk als ze het over hem heeft. Haar ogen schitteren. Haar hele gezicht klaart dan op. De liefde houdt niet op te bestaan als de persoon van wie je houdt er niet meer is.'

'Het gemis moet wel enorm zijn.'

'Ze is sterk, maar…' Hij aarzelt even. 'Ja. Het ís enorm. Zwaar en klote. En ik weet niet wat ik moet doen om haar ermee te helpen. Ik kan de leegte die hij achterliet niet opvullen. Niemand kan dat. Mijn ouders waren perfect samen. Je denkt misschien dat dat niet bestaat, maar zij hadden het. Ze waren op sommige fronten totaal verschillend, maar dat maakte het misschien juist nog beter.'

'Zoals ze allebei deze stad op hun eigen manier beleefden?' vraag ik.

'Ja. Maar ze deelden het toch. Mijn vader kon eindeloos luisteren naar mijn moeder die over haar dag vertelde. Zelfs als die totaal doelloos verlopen was. Ken je dat? Dat iemand van minuut tot minuut zijn dagschema met je doorloopt, zonder enig nut?'

'Mijn moeder doet dat ook graag.'

'Luister je dan echt? Mijn vader deed dat dus. En hij vond dat fijn.'

In een flits stel ik het me voor. Lynx die aan het eind van de dag thuiskomt. *Het was druk op de weg. Wat zullen we eten? Ik zag een regenboog vanmiddag. De auto maakt een raar geluid. Mijn broer vraagt of we dit weekend komen barbecueën. Ik heb Antoine beloofd hem te helpen met een nieuwe klus.*

'Ook zoiets: ze vertelde hem altijd tot in detail wat ze gedroomd had. Zodra je een droom in woorden probeert te vatten, merk je dat het nergens op slaat, maar dat hield haar niet het kleinste beetje tegen. En mijn vader… Nou, hij hing dan aan haar lippen. Zat hij rustig een kwartier te luisteren naar een absurdistisch verhaal. Dat ze in de trein zat en opeens merkte dat ze geen schoenen aanhad. Alle passagiers droegen hondenmaskers en de trein zou pas vertrekken als zij ook een masker had, maar ze was alleen maar op zoek naar haar schoenen. En toen waren de stoelen opeens gemaakt van zeewier.'

'Zeewier?'

Hij kijkt naar me. 'De hondenmaskers vond je normaal?'

'Nou, in vergelijking met stoelen van zeewier…'

'Misschien moet ik jullie echt met elkaar in contact brengen. Kan ze voortaan haar dromen aan jou vertellen.'

'Jij noemt het onzinnig, maar ik denk dat er een heel diepgaande, psychologische betekenis achter zit.'

'Ja, vast,' antwoordt Lynx. 'Ik denk dat hij haar gewoon graag hoorde praten. Ze heeft een mooie stem.'

'Zingt ze?'

'Ze is muziekdocent. Ze staat alleen op het podium om haar leerlingen te begeleiden. Maar thuis zingt ze altijd. Ik ben opgegroeid met de muziek van Édith Piaf. Mijn vader hield ervan omdat mijn moeder ervan houdt. "La vie en rose" en "Non, je ne regrette rien" zijn haar favoriete nummers. Er ging vroeger geen dag voorbij zonder dat ik haar die liedjes hoorde zingen. Die eerste altijd voor mijn vader. Ze heeft het voor hem gezongen tijdens zijn afscheidsdienst...'

'Wat prachtig. En hartverscheurend.'

'Ze deed het met een glimlach, van de eerste tot de laatste noot. "Hymne à l'amour" werd ook gedraaid. Daar kan ik niet meer naar luisteren zonder te huilen.'

Ik knijp in zijn hand. Zijn blik gaat ernaartoe en blijft erop hangen terwijl hij verder praat.

'Mijn vader was volkomen toondoof, maar daar trok hij zich geen zak van aan. Kwart voor zeven in de ochtend, onder de douche: "When A Man Loves A Woman" uit volle borst. Ik in mijn bed met mijn hoofdkussen om mijn oren gevouwen.'

Het beeld dat Lynx schetst, is zo levendig dat ik erom moet lachen. 'Ik denk dat ik weet van wie jij je voorliefde voor grootse gebaren hebt.'

'Een etentje en een boottochtje?' vraagt hij. 'Mijn vader zou daar niet van onder de indruk zijn, hoor. Maar... ik moet toegeven dat hij altijd in mijn achterhoofd zit. Als ik niet weet wat ik met een bepaalde situatie aan moet, dan bedenk ik wat hij zou doen en doe ik dat. Althans... dat is wat ik probeer. Lukt niet altijd. Hij heeft nogal een voorbeeld gesteld.'

'Ik vind het zo mooi. Hoe je over hem praat. Over je hele familie.' Ik zou uren naar hém kunnen luisteren, besef ik. Naar alles wat hij te zeggen heeft. Zijn saaie dagindeling, zijn vage, absurde dromen. Zelfs naar zijn enge legendes. 'Je zet me wel aan het denken, eigenlijk.'

'In welk opzicht?' vraagt hij.

'Nou... je hebt mij eigenlijk alleen maar over mijn ouders en zus horen klagen. Ik weet niet, misschien moet ik meer moeite doen.'

'Vind je dat je dat niet genoeg doet?'

'Ik heb min of meer geaccepteerd dat we meestal niet op dezelfde golflengte zitten.'

Hij geeft een knikje. 'Ik weet hoe dat voelt.'

'Maar er is zo'n mooie symbiose tussen jullie. Dat schemert door in alles wat je me vertelt.'

'Misschien laat ik het dan wat rooskleuriger lijken dan het is...' Hij ademt diep in. 'Bij symbiose is er afhankelijkheid. Valt er iets weg, dan stort het systeem in elkaar. Zo is het bij ons ook. De fundering is onder ons weggevallen.'

'Misschien is de fundering sterker dan je denkt. Wat ik hier zie, is namelijk behoorlijk solide.'

'Lief van je, kitten. Je ziet het verkeerd. Maar wel lief.'

Ik sta stil. 'Wacht hier...'

'Wat?' vraagt hij, maar ik heb zijn hand al losgelaten en ren op een drafje achter de man met de rozen aan. Ik kies de mooiste uit en geef de man vijf euro. Daarna loop ik met de roos achter mijn rug terug naar Lynx. Alsof hij niet precies weet wat ik heb gedaan. Hij staat me op te wachten, met die *million dollar smile* van hem. Ik kan niet anders dan die lach beantwoorden.

Ik steek de roos naar hem uit. '*Une rose rouge pour toi.* Omdat ik het leven een stukje zonniger zie sinds ik jou ken.'

'Kitten...' zegt hij, terwijl hij de roos van me aanneemt. 'Wat doe je me aan?'

'Gewoon een teken van waardering.'

'Kom eens even hier...' Hij slaat zijn arm om mijn middel en haalt me naar zich toe. 'Ik waardeer jou ook.'

Mijn hand rust tegen zijn borst. Hij buigt zich naar me toe; zijn gezicht is vlak bij dat van mij. Hij rekt het moment een paar seconden en laat Parijs – in alle perfectie – vervagen. Ik zie alleen hem. Ruik zijn lekkere geur. En als zijn lippen langs de mijne strijken, bestaat er niets anders dan Lynx. Zijn kus en de manier waarop hij me tegen zich aan houdt en me met één arm optilt zoals elke romcomregisseur het graag in beeld zou willen brengen.

Hoe verberg je je teleurstelling als de man met wie je de beste seks van je leven hebt gehad en wiens kussen pure magie zijn, voor de volgende nacht twee aparte kamers heeft geboekt? Optie één: je zet je beste pokerface op en niemand merkt iets aan je. Optie twee: je koopt een hondenmasker en zet dat op. Optie drie: waarom zou je teleurgesteld zijn als de man in kwestie de hele tijd open en eerlijk is geweest over zijn intenties? Optie vier: je reageert dólenthousiast, met een stem die vier octaven te hoog is, op letterlijk alles wat je ziet. Van de fotoprint van Marilyn Monroe boven de open haard in de lobby en de gekleurde stoelen in de bar, tot de print van de vloerbedekking in de gang ('Haha, precies hetzelfde als mijn jas!') en de zwart-roze geblokte tegeltjes in de badkamer.

Het is zo erg dat ik zelf niet eens geloof dat ik het meen.

Lynx leunt tegen de muur naast de deur en kijkt me onderzoekend aan tot ik uitgejubeld ben over de print boven mijn bed. Een piepjonge Marilyn, gefotografeerd op het strand door André de Dienes. 'Als je het niks vindt, hoeven we hier niet te blijven.'

'Wat? Ik vind het geweldig!' Het klinkt alsof ik doe alsof ik het geweldig vind, terwijl ik het verre van geweldig vind. Dat hoor ik zelf ook wel.

'Het zag er iets groter uit op de website. Ik snap dat dit een beetje claustrofobisch overkomt na de kamer van vannacht. Wil je liever terug naar Mama Shelter? Of wil je ergens anders heen?'

'Nee.' Ik haal adem en probeer mijn normale energie te hervinden. 'Echt niet, Lynx. Jij? Jouw deur raakte letterlijk de hoek van het bed toen we binnenkwamen.' In vergelijking met zijn kamer is die van mij ruim te noemen. Misschien kan ik het daarop gooien: samen een grotere kamer nemen, in plaats van twee kleine.

'Als ik er kan slapen en douchen, is het oké voor mij.'

'Oké, dus... jij vindt het prima? Om de kleinste kamer te nemen?'

'Helemaal prima,' zegt hij, alsof hij wil benadrukken hoe het klinkt als je iets oprecht meent. 'Ik wil gewoon dat jij het naar je zin hebt.'

'Ik vind dit superleuk. Klein, maar leuk.'

'Het punt is: ik weet hoe je reageert als je iets leuk vindt en dit is het niet helemaal.'

'Ik vind het echt, écht heel leuk. Ik ben gewoon... ik weet niet... een beetje overprikkeld misschien? Door... alles.'

'Oké, als je zeker weet dat dat het is.'

Ik knik. 'Echt. Dit is... perfect. Vintage Hollywood, méér mijn stijl wordt het niet.'

Zijn gezicht staat superserieus. 'Ik heb je al gezegd dat je gewoon met me kunt praten. Als twee volwassen mensen, weet je wel? Het helpt als ik weet wat er in je omgaat. Dan kan ik er namelijk iets aan doen.'

Ik laat me op het voeteneind van het bed zakken. 'Oeh, zacht!' Ik veer een beetje op en neer, tot ik zijn blik weer vang. Ik stop abrupt. Ik kan het hem niet zeggen. Er komt niets goeds van. Of hij zegt dat hij niet in is voor een herhaling van vannacht. Of hij zet de reservering om en dan denk ik dat hij het alleen doet omdat ik dat wil. 'Ik ben zenuwachtig voor je verrassing,' zeg ik. Het is misschien niet de reden voor mijn onnatuurlijke gedrag, maar het is in ieder geval waar.

Hij komt los van de muur. 'Heb je nou echt zo'n hekel aan verrassingen?'

'Ik weet gewoon graag waar ik aan toe ben.' En dan maak ik er in mijn hoofd toch iets heel anders van, zodat ik alsnog teleurgesteld ben. Slim Audrey, heel slim.

'Je hoeft nergens over in te zitten. We gaan gewoon naar de film.'

'Gewoon naar de film? Meestal kijk ik gewoon film in mijn joggingbroek, hoor. Vanwaar dan de nieuwe outfit?'

'We zijn in Parijs. Ik zei niet dat we naar een gewone bioscoop gaan. We gaan voor de complete ervaring.'

'Welke ervaring om precies te zijn?'

'Dat merk je vanzelf. Het is in ieder geval niets om zenuwachtig over te zijn. Ik trek mijn pak weer aan, jij je nieuwe jurk...'

'Ik word anders wel een klein beetje zenuwachtig van jou in dat pak.'

Hij lacht en de kamer wordt opeens nog een stukje kleiner. 'Als je liever hebt dat ík in joggingbroek ga, kan dat ook.'

Ik laat mijn blik over zijn lichaam naar beneden dwalen en haal mijn schouders op. Pak, joggingbroek, helemaal naakt... Er zijn zoveel goede opties.

Hij schudt zijn hoofd en beweegt naar de deur, wat eigenlijk maar millimeterwerk is. Als ik nu opsta... 'Ik ga je alleen laten, zodat je je om kan kleden,' zegt hij.

Ik heb heel veel zin om de verleidster uit te hangen en te zeggen dat hij niet weg hoeft terwijl ik me uitkleed.

'Zien we elkaar beneden? Over een uur of zo? Of heb je wat langer nodig?'

Beneden. Beneden is veilig. In het openbaar. Geen klein kamertje dat eigenlijk een en al bed is. Een fijn, verend bed, waar we dingen kunnen doen die ik heel, héél graag nog een keer wil doen. En nog een keer. En... 'Een uur is oké,' antwoord ik.

Hij knikt. En hij blijft staan. We kijken naar elkaar. 'Tot zo...' zegt hij alsof de woorden vanuit een ander universum tot hem moeten komen.

'Tot zo,' zeg ik glimlachend. Ik wip nog een keertje op en neer op het matras. Hij vliegt zo'n beetje de deur uit.

'Nee.'

'Ja.'

Ik schud resoluut mijn hoofd, terwijl ik het woord herhaal op een toon die Lynx duidelijk moet maken dat wat hij verwacht niet gaat gebeuren.

'Het staat op je lijst,' voert hij als argument aan.

'Het metrorooster op Lexington Avenue in New York staat op mijn lijst,' zeg ik. 'Ik kan me niet herinneren dat met een megapubliek erbij in mijn blote kont voor de Moulin Rouge staan mijn lijst gehaald heeft.' Dat is waar we zijn, aan Boulevard de Clichy. We zijn hier overdag al voorbijgekomen tijdens ons bezoek aan Montmartre, maar in het donker komt het nog meer tot leven in het rode licht van de neonletters. Het bruist hier. Buiten staat een lange rij mensen die de dinershow hebben geboekt. Toeristen fotograferen de iconische gevel. En aan de overkant van de straat – waar wij nu staan – is een enorm luchtrooster waar tientallen mensen foto's aan het maken zijn. Vooral vrouwen met opwaaiende rokken die poseren met de Moulin Rouge op de achtergrond.

'Kom op...' houdt Lynx aan. 'Kijk nou naar ze, jij kan dit zoveel beter.'

'Nee, want ik ga het niet doen.'

'Je wilde het Marilyn-moment. Je hebt naar het metrorooster gezocht in New York. Wat ging je doen als je het gevonden had?'

'Gewoon een foto maken.'

Hij haalt zijn schouders op en wijst naar het rooster een paar meter verderop. 'Precies wat we daar gaan doen.'

'Het is niet het juiste rooster,' zeg ik. 'Het gaat er juist om dat zij daar heeft gestaan. Het is de locatie die het bijzonder maakt.'

'En deze locatie is niet bijzonder? Zegt de film met Nicole Kidman en Ewan McGregor je iets?'

'Vaag,' antwoord ik sarcastisch. 'Natuurlijk is de locatie iconisch.'

'Iconische locatie plus iconische ervaring, plus... deze iconische look...' Zijn blik gaat over mijn hele lijf, ook al heb ik gewoon mijn jas over mijn outfit aan. '... levert een iconische foto op.'

'Je zei dat we gewoon naar de film gingen. Dat ik nergens nerveus voor hoefde te zijn. Ik vertrouwde je.'

'We gaan ook naar de film. Hierna. Zodra jij de complete Marilyn-ervaring hebt ondergaan en ik een foto van je heb gemaakt waardoor jij nooit meer zult denken dat je onderdoet voor die bizar sexy zus van je. Want toevallig weet ik dat het in de familie zit.' Hij haakt zijn vingers achter de ceintuur van mijn jas en trekt me naar zich toe. 'Kijk nou even naar die meisjes daar. Ze doen hun best, maar waarom laat jij ze niet even zien hoe het écht moet?'

'Lynx...'

Hij maakt mijn ceintuur los en kijkt me vragend aan. 'Ik wil heel graag zo'n foto van je.'

Shit... Dat doet het hem, vrees ik. Ik sla mijn handen voor mijn gezicht, slaak een kreetje van pure zenuwen en kijk hem tussen mijn vingers door aan. 'Oké.'

Zijn ogen worden groot. 'Ja? Echt?'

Ik laat mijn handen zakken en maak de knoop van mijn jas open. 'Ja. Maar doe het snel. Ik wil niet dat de hele wereld naar me kijkt. Begrepen?'

'Snel en geruisloos. Begrepen.' Hij helpt me uit mijn jas en neemt ook mijn tas van me over. Hij baant zich een weg door de mensen die voor het rooster staan. Hij springt op de verhoging en steekt zijn hand naar me uit.

'Misschien toch even wachten tot een rustiger moment...' opper ik, maar hij hijst me al op het rooster.

'Geen zorgen, het wordt zo een stuk rustiger.' Hij trekt me mee naar het midden van het rooster en roept: '*Excuse me, people, please give us a little bit of space. I need to make some pictures of this stunning lady. Could you move a little, please? Just for a minute. That's great, you people are fantastic!*'

'Lynx!' zeg ik gegeneerd. Hij herhaalt de boodschap ook in het Frans. Hij vraagt of iedereen even aan de kant wil gaan en tot mijn verbazing doen ze het nog ook. Iedereen gaat van het rooster, tot alleen wij erop staan.

'*Thank you very much!*' roept hij. '*She's very famous!*' Hij kijkt me grijnzend aan en zegt dan zachter: '*And I think I'm a tiny bit in love with her.*'

Hij springt van het rooster precies op het moment dat de lucht omhooggestuwd wordt, en nou ja... Dit is nu eenmaal de Moulin Rouge. Ik besluit hem maar een show te geven.

Hij zei '*tiny bit*'. Klein beetje. Nee: piepklein beetje. En het was natuurlijk een grapje. Hij is niet écht verliefd op me. Hij is gewoon... een flirt. Dat is wat hij is. Hij meent het niet serieus. En dat hij nu al een half uur gefascineerd is door de foto's die hij heeft gemaakt, is puur uit artistiek oogpunt. En de seks was voor hem waarschijnlijk gewoon gemiddeld. Want hij heeft twee kamers geregeld. Dus de kus vanmiddag, en de gesprekken, en het feit dat we nu in Studio 28 zijn, de bioscoop uit *Amélie*, waar vanavond een speciale vertoning van de film draait, en dat hij dit speciaal voor mij doet omdat hij weet dat het een van mijn favoriete films is, betekent alleen maar dat hij... Ik zucht. Ik heb geen idee wat het betekent.

Hij kijkt op van zijn telefoonscherm als hij mijn zucht hoort. En ik schrik een beetje. Het was niet mijn bedoeling om er zijn aandacht mee te trekken. 'Sorry,' zegt hij. 'Is het raar dat ik... Ja, hè? Ik wil je geen ongemakkelijk gevoel bezorgen, maar kijk nou... Dit is gewoon...' Zijn blik gaat weer naar het scherm. 'Jij bent echt heel, héél sexy. Kijk die benen van je...'

Ik zat eigenlijk net naar zijn been te kijken. Het is hier zo krap dat hij zijn benen niet kwijt kan onder het tafeltje dat we bemachtigd hebben; het laatste plekje dat vrij was in de hoek van de binnentuin van de bioscoop. Er zitten zo'n vijftien mensen en daarmee is het propvol. Hij zit met één been gestrekt langs mijn stoel en het andere gebogen onder zijn stoel. Achter ons hangt een zwart-witte muurprint met foto's van Franse filmsterren en er staan grote planten met palmachtige bladeren. Een klassieke lantaarnpaal zorgt voor sfeervolle verlichting. Ik zou hier de hele avond wel willen blijven zitten. Nog nét niet bij hem op schoot. Mijn knie tegen de binnenkant van zijn dijbeen gedrukt. Zo dicht bij hem dat ik zijn bodywash, of aftershave, of wat het ook is, kan ruiken. Zijn geur hangt helemaal om me heen, in de koele avondlucht. *Hij zei dat hij verliefd op me is.*

'Deze moet je aan je danser sturen,' zegt hij.

Ik staar hem even aan. 'Aan... Darius?' Eerlijk gezegd verbaast het me dat ik nog een woord uit kan brengen.

Hij knikt. 'Als hij dan niet voor morgenochtend negen uur hier is, dan geef ik hem geen toestemming meer om iets met je te beginnen.'

'O? Want we hebben jouw toestemming nodig?' vraag ik iets scherper dan mijn bedoeling was.

'Hij moet je natuurlijk wel verdienen,' antwoordt hij. 'Anders moeten we op zoek naar iemand anders.'

'Iemand die wel de moeite neemt om voor mij naar Parijs te komen?' vraag ik. Als ik een computer was zou ik crashen vanwege alle tegenstrijdige data die ik te verwerken krijg. Het kan nooit iets worden, maar het voelt alsof het al iets ís. En dan zegt hij dat hij verliefd op me is. En hij kan niet stoppen met naar die foto's kijken. Maar dan moet ik Darius ermee verleiden? Wil hij duidelijk maken dat hij niet serieus was met die opmerking? Of wil hij juist horen dat ik van gedachten ben veranderd over Darius? Waarom wordt dit zo ingewikkeld? We zouden het duidelijk houden. Dit is niet duidelijk. Dit is heel, héél *blurry*.

Ik wil net zijn eigen opmerking over praten als twee volwassen mensen aan hem afleveren, maar voor ik mijn mond open kan doen, verschijnt er een jong meisje aan ons tafeltje, duidelijk nerveus. Ze zegt heel zachtjes iets tegen Lynx wat ik niet kan verstaan, omdat het niet alleen heel zachtjes, maar ook nog heel Frans is. Maar wat het ook is, Lynx is blij het te horen en het meisje kijkt heel snel mijn kant op, om meteen weer weg te kijken als we oogcontact maken. Ze heeft haar telefoon vast en vraagt iets aan Lynx over een selfie. Hij staat op, een en al: '*Bien sûr!*' en '*Avec plaisir!*'

Ik heb geen idee waarom ze met hem op de foto wil, behalve dan dat hij ook vanavond weer superknap is. Hij heeft nu een donker overhemd onder dat pak aan, en... Oké, ik heb wél een idee waarom ze met hem op de foto wil.

Hij neemt de telefoon van haar aan, maar sluit dan zijn vingers om mijn pols. 'Ze wil met je op de foto.'

Ik moet hem wel heel verward aankijken. Hij trekt me van mijn stoel. 'Ik kan er ook niets aan doen,' zegt hij. 'Iedereen gelooft dat je beroemd bent. Het zal de outfit zijn.' Hij plant me zo'n beetje naast het meisje neer en zegt iets verontschuldigends. Dat ik verlegen ben? 'Lach even, Audrey. Je bent de Nederlandse Audrey Tautou, weet je wel? Doe dat kind even een plezier.'

De Nederlandse Audrey Tautou? Het is zo belachelijk dat ik wel móét lachen en Lynx maakt van de gelegenheid gebruik. Het meisje is superblij en zegt dat ze al mijn films heeft gezien. Ik weet niet wat ik moet zeggen, dus bedank ik haar maar. Lynx vindt het zo te zien allemaal onvoorstelbaar grappig.

Dan zegt het meisje dat we naar binnen mogen en ze gaat ons voor naar een filmzaal met rode pluchen stoelen, prachtige verlichting en een gigantisch bioscoopscherm met rode gordijnen ervoor. Dit is zo'n bioscoop waarvan we er in Nederland nog maar een paar hebben. De buitenkant straalt al een en al authenticiteit uit, met de witte gevel, de boogvormige entree en de rode traptreden die naar de kassa leiden.

Er is nog niemand anders in de zaal en het meisje wijst ons naar onze plekken, waar een grote bak popcorn en drankjes klaarstaan. Lynx laat mij voorgaan. Als we zitten en het meisje wegloopt, draait hij zich naar me toe.

Ik hou niet van verrassingen. Maar zijn gezicht als hij me verrast... daar zou ik van kunnen houden. De gedachte plopt op als een bubbel hete lava in mijn brein en even denk ik dat alle verbindingen doorbranden. Ik kan me niet bewegen, geen woord uitbrengen, en het voelt alsof ik in brand sta.

'Je zit in haar stoel,' zegt Lynx. 'Ik heb gevraagd of we op de exacte plek konden zitten waar Amélie zat en... dit is dé exacte plek.'

Ik staar hem aan.

'Beroemde mensen krijgen dingen voor elkaar,' voegt hij er tevreden aan toe.

'Ik weet niet hoe je het voor elkaar krijgt dat iedereen je nog gelooft ook.' Mijn stem klinkt niet helemaal oké, want ik zit in gedachten nog bij die lavabubbel.

'Gewoon mijn aura. Ik ben een eerlijk persoon.' Hij kijkt een beetje bedenkelijk. 'Meestal. Vaak.' Hij doet alsof hij nog wat langer nadenkt. 'Oké, soms. Maar ik bedoel het wel altijd goed. Dat zien mensen aan me.'

'Lynx...'

Hij reikt langs me heen naar de popcorn op de stoel naast me. Hij zet de bak op mijn schoot. 'Je hebt al tien minuten niets zoets gegeten. Ik wil niet dat je ontwenningsverschijnselen krijgt.' Hij pakt er zelf eentje en stopt het in zijn mond. 'Ging je wat zeggen?'

'Wat jij zei...' Er komen meer mensen binnen. Kletsend, stommelend. Een golf van Franse geanimeerdheid. '... daarnet?'

'Wat zei ik daarnet?' Hij neemt nog wat popcorn. Jee, kom op, doe nog wat relaxter. Ziet hij mijn stress niet? Er komen mensen achter ons zitten. Ik kijk naar ze, afgeleid.

'Ik... Laat maar...'

Hij legt zijn vingers tegen mijn kin en draait mijn gezicht naar zich toe. 'Toen ik wat zei?'

'Bij...'

Zijn ogen gaan heen en weer tussen de mijne. Volwassen mensen praten. Volwassen mensen kunnen elkaar dingen vragen. Dus ik haal diep adem.

'Bij de Moulin Rouge. Dat je verliefd was.'

Hij glimlacht. Zijn ogen gaan naar mijn lippen. 'Hm?' doet hij.

'Nou... dat was bij wijze van spreken, toch? Niet dat je letterlijk...'

'Kun je in figuurlijke zin verliefd zijn?' vraagt hij. 'Hoe werkt dat?'

'Ik bedoel: het was een grapje?'

'Wat is daar dan grappig aan?' Hij laat de buitenkant van zijn wijsvinger langs mijn wang glijden en kijkt me bloedserieus aan. Dus geen grapje. Dan... meende hij het? Er zijn nog meer mensen binnengekomen. De lichten doven.

'Maar de afspraak... je zei toch...'

De gordijnen gaan open en er komt een luidruchtig pratend gezelschap in beeld dat een Frans biermerk aanprijst.

Lynx buigt zich verder naar me toe om verstaanbaar te zijn. Zijn lippen schampen mijn oor als hij zegt: 'Ik ben onze afspraak ontzettend aan het opfucken.'

Vijf dagen nadat ik mijn verstand verloor

'Er is hier niemand meer wakker,' zegt Lynx als hij ons met zijn keycard toegang heeft verschaft tot de verlaten receptie. Alleen Marilyn lacht ons verwelkomend toe. 'Saai.'

'Ik ben wakker.'

'Ik ook.' Hij kijkt me samenzweerderig aan en trekt me aan mijn hand mee naar de lounge. Het is leeg en stil. Maar er brandt nog licht. 'Wat wil je drinken?'

Ik kijk rond. 'Ik weet niet of... Mag dit wel? Als er niemand is...'

'Er is een *honesty bar*.' Hij loopt naar een minikoeling met blikjes frisdrank, sap, water en bier. Hij pakt het ingelijste A4'tje dat op de minibar staat en leest wat erop staat. 'We houden zelf bij wat we gebruiken en geven dat morgen bij de receptie door.'

'Hm. Wat een geluk dat jij altijd zo eerlijk bent,' zeg ik. En ik heb meteen een beetje spijt, want we hebben het gesprek niet meer opgepakt. We hebben de film gekeken. Helemaal tot aan de aftiteling, tot er niemand meer in de zaal was behalve wij. En toen zijn we door de kleine straatjes van Montmartre terug naar Boulevard de Clichy gelopen, waar onze vaste taxichauffeur ons opgepikt heeft. En we hebben het over van alles gehad, maar niet over hoe hij ons plan ontzettend aan het opfucken is. En ik weet niet of ik er klaar voor ben om het daar verder over te hebben.

'Ik ga iets voor je maken,' zegt hij. Hij trekt zijn jasje uit en gooit het over de rugleuning van de dichtstbijzijnde stoel. Dan maakt hij zijn manchetten los en rolt hij de mouwen van zijn overhemd op. Ondertussen bestudeert hij het drankaanbod. 'Een cocktail?'

'Ben je ook al mixoloog?' vraag ik.

Hij kijkt over zijn schouder. 'Ik zie geen beter gekwalificeerd persoon, dus nu even wel. Tenzij jij het wilt doen?'

'Nee.' Ik loop een beetje wiebelig langs de muur, de verschillende foto's van Marilyn bekijkend. Mijn schoenen doen me inmiddels behoorlijk pijn, ook al heb ik redelijk comfortabele exemplaren met een stevige hak uitgekozen. Ik ben het niet echt gewend er zo lang op te lopen.

'Ga zitten,' zegt Lynx met een knikje opzij. Hij gooit een cocktailshaker op in zijn hand en bekijkt de flessen sterkedrank.

'Goeie move,' zeg ik terwijl ik mijn jas uittrek en op de gele stoel neerplof, naast die waar zijn jasje overheen hangt. 'Héél bartender-esk.' Ik zwaai mijn benen over de armleuning zodat ze iets boven de grond bungelen en ik neem niet de moeite mijn rok terug over mijn knieën te trekken. Als hij zo sexy met zijn onderarmen gaat staan doen, moet hij hier maar mee zien te dealen. Wat is dat toch met mannen en opgerolde overhemdsmouwen? Ik denk serieus dat het het equivalent is van sexy lingerie.

'Bartender-esk,' herhaalt hij, terwijl hij iets in de cocktailshaker giet. 'Mooi woord. Ook al ben ik eigenlijk mixoloog.'

'Is er verschil dan?'

'Vast wel. Al heb ik geen idee wat het zou zijn.'

Ik moet lachen. Iets te hard. 'Weet je al wat je gaat maken?'

'Ja. Iets heel speciaals.'

'Ik had ook niet iets doorsnees verwacht.' Ik weet vrij zeker dat dit net zulk improvisatiewerk wordt als zijn legende onder de treurwilg.

Hij schept gecrusht ijs in de shaker en giet er nog wat drank bij. Dan loopt hij naar de minibar met gekoelde drankjes. Ik kan me hem opeens als kind voorstellen, klungelend met lego, modelvliegtuigjes of een scheikundeset; wat het ook was waar hij zich het liefst mee bezighield. Ik durf te wedden dat hij er hartstikke goed in was, in spelen. Hij was vast zo'n kind dat zich nooit verveelde.

Ondertussen heb ik het bandje rond mijn enkel losgemaakt. Met een doffe plof valt mijn schoen van mijn voet. Lynx kijkt even om en pakt dan een blikje sinaasappelsap uit de koeling. Terwijl ik ook mijn andere schoen losmaak, giet hij het sap in de cocktailshaker. Hij doet er nog een scheut van iets anders bij. Ik denk tequila.

Dan draait hij de cocktailshaker dicht en begint te schudden. Nonchalant met zijn heup tegen de bar leunend. Ik kan alleen maar naar die onderarmen kijken. Tot ik doorheb dat hij kijkt naar hoe ik kijk. Vlug doe ik alsof ik gefascineerd ben door de plooien in mijn rok.

Hij draait zich weer om, kiest twee glazen uit en verdeelt de inhoud van de cocktailshaker over de glazen. 'Hm...' zegt hij, terwijl hij er een pakt en tegen het licht houdt. De kleur is een beetje... onbestemd. Iets tussen groen en geel in... neigend naar bruin, eigenlijk.

'Wat heb je allemaal door elkaar gegooid?' vraag ik lachend.

'Niets geks,' antwoordt hij. Hij ruikt aan het glas. 'Denk ik...'

'Oké, geef hier. Ik wil proeven.'

'Heldhaftig als altijd.' Hij pakt het andere glas en geeft het aan me.

'Wat moet het voorstellen?' vraag ik, terwijl ik ook aan de cocktail ruik. Wat het ook is, het is in ieder geval sterk. 'Tequila Sunrise?'

Hij gaat zitten. 'Ik noem deze creatie de French Kitten.'

'French Kitten? Hoe kom je erop?'

'Ik heb er een gekend. In mijn jonge jaren, tijdens een spontaan ingelast tripje naar Parijs. Beste tijd van mijn leven.'

'Ze klinkt als iemand die het absoluut waard is om een lichtbruine cocktail naar zich vernoemd te hebben.'

'Ik zou het meer donkeroranje willen noemen.'

'Oranje is een goede kleur. Voor een cocktail.' Ik zet het glas aan mijn lippen, maar ik verslik me bijna. Niet alleen vanwege de sterkedrank die zich al via de geur naar mijn smaakpapillen transporteert, maar vooral door zijn hand die richting mijn onderbeen gaat. Hij laat zijn vingertoppen langs mijn scheen omlaagglijden, tot hij mijn enkel omvat. Zijn vingers rusten tegen de binnenkant terwijl zijn duim licht over de afdruk streelt die het gespje onder mijn enkelbot heeft achtergelaten. Hij neemt een slok van zijn brouwsel. Zijn gezicht vertelt me alles wat ik moet weten en ik volg snel zijn voorbeeld, voor ik niet meer durf.

'Lekker,' zeg ik met een kuch; mijn gezicht verkrampt terwijl ik het doorslik. 'Heel... uniek.'

Hij staart in zijn glas, zijn wenkbrauwen samengetrokken alsof hij probeert na te gaan waar het is misgegaan. 'Uniek is een manier om het te omschrijven.'

'Het is waarschijnlijk een smaak die je moet leren waarderen.'

'Hm, ja. Meer iets voor de echte connaisseur.'

'Als je nipt is het minder erg...' zeg ik, voor mijn gezicht weer vertrekt. 'Nee, toch niet.'

'Waarom drinken we dit nog steeds?'

'Goede vraag. Het is afschuwelijk. Maar toch kan ik niet stoppen.'

'Het is verslavend vies.' Hij neemt nog een slok. Er valt een stilte. Het is een geladen stilte, maar geen ongemakkelijke. Ik leg mijn elleboog op de rugleuning van mijn stoel en laat mijn hoofd in mijn hand rusten terwijl ik naar hem kijk. Hij laat de cocktail rondwalsen in zijn glas.

'Volgens mij hoor je dat alleen met wijn te doen.'

'Ik begin me af te vragen of ik hier niet per ongeluk wijn doorheen heb gemixt.'

Ik probeer mijn lach te dempen met mijn hand voor mijn mond. Ik weet niet of het idee van wijn met sinaasappelsap nou echt zo grappig is, of de beteuterde manier waarop hij het zei. Volgens mij is er niemand die me zo makkelijk aan het lachen maakt als hij. Ik heb deze week misschien wel vaker gelachen dan ik normaal in een heel jaar doe.

Hij kijkt naar me, verrast en misschien ook een klein beetje trots dat hij zo'n lach aan me ontlokt; een gezichtsuitdrukking die me doet smelten. Hij streelt nog steeds mijn enkel. En als mijn lach is weggeebd, keert de stilte terug.

'Het voelt een beetje alsof ik bij je thuis op visite ben,' zeg ik.

'Denk je dat dit mijn stijl is? Een retro jarenzeventigkastje vol met drank. Een kleurenpalet van blauw, geel en zwart?'

'Niet dan?' Ik neem nog een slokje, terwijl ik hem keurend opneem. Misschien begint de drank te werken, óf ik begin echt aan deze smaak te wennen. 'Oké... wat is dan je stijl?'

'Behoorlijk basic, op het moment. Nu ik erover nadenk heeft mijn flat wel iets weg van een hotelkamer. Ik ben veel weg, dus ik heb niet zoveel moeite gedaan om er een thuis van te maken.'

Ik knik.

'En jij?' vraagt hij.

'Mijn loft is heel industrieel, maar ik heb veel natuurlijke materialen in mijn inrichting. Heel veel groen: grote planten, hangende planten, kleine plantjes. Een gigantische witte hoekbank, súpercomfortabel voor filmavonden of -dagen. En ik heb een eettafel, met een prachtig houten blad, van een lokale meubelmaker waar ik helemaal verliefd op ben.'

'Op de tafel? Of de meubelmaker?'

'Ik zei waarop. Niet: op wie. Al moet ik zeggen dat de meubelmaker ook...'

'De concurrentie is moordend met jou!' roept hij uit. 'Professionele dansers, snoepfabriekhotshots, barista's, tostimannen en nu weer een meubelmaker?'

Ik gebaar om me heen. 'Ik zie anders weinig kapers op de kust, meneer Bogart. Je hebt me hier helemaal voor jezelf.'

'Goed gespeeld van mij.'

Weer glipt er een stilte tussen ons in. Een paar tellen van oogcontact en de aanraking van zijn vingers op mijn huid voor ik vraag: 'Heb je eigenlijk ooit een blauwtje gelopen?'

Hij stoot een lacherige 'Ha!' uit, terwijl hij vooroverleunt om zijn glas neer te zetten. 'Tuurlijk!' antwoordt hij alsof het vanzelfsprekend is. 'Zo vaak. Aan één stuk door.'

Ik schud mijn hoofd. 'Niet.'

'Serieus?' Hij draait naar me toe, zijn arm steunend op zijn knie. Shit, die onderarmen... 'Jij denkt dat ik nooit afgewezen word?'

'Ik kan me er echt helemaal niets bij voorstellen,' antwoord ik. 'Ga je me nu ook nog vertellen dat je niet bij de populaire kinderen hoorde op school?'

'Wie wil er in hemelsnaam bij de populaire kinderen horen?' vraagt hij met een gezicht alsof hij zojuist voor het eerst een French Kitten heeft geproefd. 'O, wacht... Hoorde jij erbij? Want in dat geval zou ik misschien mijn best hebben gedaan om erbij te horen.'

Ik schud mijn hoofd dramatisch. 'Ik hoorde er héél erg niet bij. En ik denk niet dat je ook maar iets voor mij uit je handen zou hebben laten vallen. Ik leek tot mijn zestiende op een mug. Ik had een ronde bril met zúlke glazen. Ze besloegen de helft van mijn gezicht.'

Hij ademt verrukt in. Hij brengt zijn hand langs mijn been omhoog en legt hem op mijn blote knie. De manier waarop hij dat doet, is hard op weg een van mijn favoriete dingen te worden. Er gaat iets heel vanzelfsprekends van uit. Iets gevestigds. Jij hoort bij mij. 'Zeg dat je die bril nog hebt, dat moet het schattigste óóit geweest zijn.'

'Ik verzeker je dat het dat niet was.'

Aan zijn glimlach zie ik dat hij zijn beeld weigert bij te stellen. 'Ik heb ook een bril,' zegt hij. 'Nou ja, lenzen nu, maar... Oké, wil je een jeugdtrauma van mij horen? Het is eigenlijk half trauma, half *origin story*.'

'Origin story?'

'Je weet wel, het achtergrondverhaal van een superheld of slechterik dat onthult waarom hij zo geworden is.'

'Ik weet wat het is. Filmfreak, weet je nog?' zeg ik met een zwaaitje. 'Is trouwens niet elke origin story hoofdzakelijk trauma?'

'Hm, nu je het zegt... Maar wil je het nou horen of niet?'

'Natuurlijk wil ik het horen.'

'Oké, nou... ik was een jaar of tien toen ik een bril moest. Ik was nooit eerder gepest, maar vanaf de eerste dag dat ik met die bril op school kwam, was het raak.'

'O Lynx, ik weet toch eigenlijk niet zeker of ik dit wil horen. Ik vind het nu al zielig.'

'Het is een origin story,' zegt hij. 'Zoals je al constateerde, hoort het zielig te zijn. Maar hé, toevallig zit ik nu met mijn sexy kitten in Parijs, dus alles is goed gekomen. Hou even vol, oké?'

'Oké. Maar versnel het zielige stuk een beetje.'

'Nou, goed. Ik werd opeens elke dag gepest. Er was een liedje. Ik zal je de details besparen. Het ging misschien een week zo door, tot een van de populaire jongens uit mijn klas na schooltijd tussenbeide kwam. Hij zei dat hij mijn bril wel cool vond en hij wilde hem even op, om te zien hoe het hem stond. Ik was zo stom om hem die bril te geven. Hij gooide hem op de grond en ging erbovenop staan. Bril kapot. Iedereen vond het hilarisch. Ik moest janken. En net op dat moment kwam Wolf, die twee klassen hoger zat, eraan. Hij zag het gebeuren en... eigenlijk is dit meer de origin story van Wolf, nu ik erover nadenk...'

'Vertel verder. Je zit midden in het zieligste stuk. Ik verdraag dit niet.'

Hij lacht. 'Parijs. Sexy kitten. Onthou dat nou.' Hij knijpt zachtjes in mijn knie, stroopt de stof van mijn rok wat verder op.

'Zeg alsjeblieft dat Wolf het ze allemaal betaald heeft gezet.'

'Natuurlijk heeft hij dat. Hij pakte dat joch in zijn nek, het populairste kind in mijn klas, hè, en hij zei: "Lynx gaat je nu op je bek slaan. En daar ga je tegen helemaal niemand wat van zeggen, anders kom ik elke dag bij je langs. En voortaan blijf je met je poten van mijn broer en zijn spullen af."'

Ik kijk hem met grote ogen aan. 'Je broer is hardcore. En toen?'

'Toen sloeg ik hem op zijn bek en heb ik nooit meer gezeik met iemand gehad.'

'Je hebt hem echt geslagen?' vraag ik.

'Ja,' zegt hij. 'Het hielp dat Wolf hem vasthield. Ik kon niet echt missen.'

'Wauw!'

Zijn ogen schitteren bij de herinnering. 'We hebben thuis gezegd dat die bril met stoeien kapot was gegaan. Ik moest een week lang extra klusjes doen als straf voor mijn onvoorzichtigheid. Maar ik ben nooit in de problemen gekomen voor die stomp en het pesten was meteen voorbij.'

'Je hebt het nooit verteld? Hoe het echt ging?'

'Nee, nooit. Het past niet helemaal in het opvoedkundig kader van mijn ouders. We horen ruzies met woorden op te lossen, maar... dit werkte ook.'

'Dit klinkt alsof je hun opvoedkundig kader niet helemaal onderschrijft.'

'Jawel. Tuurlijk wel. Alleen...'

Ik moet lachen, omdat de manier waarop hij die 'alleen' uitspreekt al duidelijk maakt dat hij zijn kinderen het liefst gevechtstraining zou geven voor hij ze naar de kleuterschool stuurt.

'Wat?' vraagt hij.

Ik schud mijn hoofd. 'Niets, ga verder.'

'Ik denk gewoon dat we soms iets té beleefd moesten zijn. Ik snap de insteek, maar gedoe op het schoolplein is niet altijd diplomatiek op te lossen. En ik weet niet, ik denk dat ik een "één waarschuwing, dan rammen"-politiek zou aanhangen.'

'Duidelijk,' zeg ik met een knikje. 'Klinkt als een methode die Wolf onderschrijft.'

'Jij niet, wil je zeggen?'

'Hé luister, ik ben al blij als ik mijn planten in leven kan houden, ik heb werkelijk geen flauw benul hoe ik een volwaardig functionerend mens aan de maatschappij zou moeten afleveren.'

'Het is dan ook een puur hypothetisch gesprek,' antwoordt hij.

'Natuurlijk. Want je wilt geen kinderen.'

'Precies.'

'Duidelijk.' Ik neem nog een slokje. 'Maar... heb je dan met je lenzen in geslapen, vannacht?'

'Ik heb ze natuurlijk wel uitgedaan,' antwoordt hij.

'Maar je hebt je bril niet gedragen.'

'Nee. Jij ook niet.'

'Die look past niet helemaal bij mijn sekskittenimago, snap je?'

Hij veert een beetje op. 'Accepteer je nou je bijnaam?'

'Nu ik mijn eigen, overheerlijke cocktail heb, kan ik haast niet anders, toch?' antwoord ik. 'Maar wat je vanochtend zei... Belachelijk mooi? Nu ik weet dat je je lenzen of bril niet droeg, staat dat in een iets ander licht.'

'Dan vergeet je één ding.'

'En dat is?' vraag ik.

'Ik was behoorlijk dichtbij. Genoeg voor een uitgebreide inspectie. Geloof maar dat ik het kon beoordelen. Maar... ik kan nog even een vlugge check doen.' Hij staat in een vloeiende beweging op, leunt met één hand op de armleuning en met de andere op de rugleuning van mijn stoel, waardoor ik zo'n beetje gekooid ben. Maar het is toevallig een kooi waar ik vrij content in ben. 'Met haarscherp zicht moet ik constateren dat mijn waarneming honderd procent accuraat was.'

'Honderd? Waar is duizend gebleven?'

Zijn gezicht is vlak bij het mijne. Zijn lippen maar één kleine verschuiving op mijn stoel verwijderd van die van mij. Mijn gezicht kantelt automatisch, maar hij doet niets. Hij glimlacht alleen en zegt: 'Je weet wat je bent.' Dan pakt hij mijn glas uit mijn hand en neemt het mee naar de bar. 'Ik ga proberen dit te redden.'

De pogingen van Lynx om de cocktail te 'redden' resulteren in wat zonder meer een torenhoge rekening gaat worden en drie vernieuwde versies van de French Kitten, die bij elke upgrade op wonderbaarlijke wijze nog iets meer mislukt. Ik ben inmiddels het stadium van aangeschoten allang voorbij. Ik heb aan één stuk door de slappe lach om alles wat hij zegt en doet. Ik heb zijn jasje weer om me heen en ik kan wel beweren dat het is omdat ik het koud had in mijn haltertop, wat ook zo is, maar ik heb niet voor niets zijn jasje gepakt in plaats van dat van mezelf.

Als hij plotseling opstaat en zijn hand naar me uitsteekt, heb ik geen idee hoeveel tijd er verstreken is. 'Kom,' zegt hij. 'Ik ga je naar bed brengen.'

'Oké,' antwoord ik nogal happig. Ik leg mijn hand in de zijne en laat me omhoogtakelen.

'Naar je eigen bed. Om te slapen.'

'Ik ben niet moe,' zeg ik.

'Jij hebt morgen de regie over de dag. En ik verwacht wel dat je een beetje je best doet, Audrey.'

'Wat als ik dan, in plaats van morgen, nu al de regie neem? En mijn best doe?' Shit, ik ben echt dronken. Normaal doe ik nooit zo… sekskittenachtig.

Hij bukt zich om mijn tas en schoenen te pakken. 'Vandaag is nog steeds mijn dag,' antwoordt hij en voor ik registreer wat er gebeurt, heeft hij me over zijn schouder gegooid en weet ik even niet meer wat onder of boven is.

Ik slaak een hysterisch gilletje. 'Lynx, kijk uit! Zet me neer.'

Hij draait zich met een zwaai om.

'Mijn jas!' roep ik.

'Jezus, wat heb jij veel spullen.' Hij draait zich weer om, grijpt mijn jas en draagt me naar de lift. De deuren gaan meteen open als hij op het knopje drukt.

'Pas op, pas op!' zeg ik als hij naar binnen stapt.

'Rustig, ik laat je niet vallen.'

'Heel ridderlijk van je. Op een holbewonerachtige manier!' Ik maak een uitschieter met het laatste woord als de lift met een schok in beweging komt.

'Sst! Mensen proberen te slapen.'

'Zwaai dan niet zo met me.' Ik kijk op om te zien welke film er op het beeldscherm naast het bedieningspaneel draait. 'Oeh! *Some Like It Hot* is bezig, draai eens een beetje, ik wil kijken.'

'Niet zwaaien, wel draaien. Zoals u wenst, mevrouw. Kan ik u verder nog van dienst zijn?'

'Nou, als je het aanbiedt...'

'Mijn service gaat tot aan je kamerdeur vandaag, kitten.'

'Kinky. Maar als jij ervoor in bent...'

Ik weet niet zeker of hij lacht of dat het meer een verbluft geluid is. Een paar seconden later gaat de lift weer open. Hij draagt me door de gang en zet me voor mijn deur neer. Ik wankel tegen hem aan. Hij legt zijn vrije hand tegen mijn elleboog om me bij te sturen. Ik grijp me vast aan zijn bovenarm.

'Dit is een mooi overhemd,' zeg ik terwijl ik de stof streel, starend naar zijn openstaande boord.

Ik voel het rommelen van een onderdrukte lach in zijn borstkas. 'Jij bent zó dronken.'

'Niet zo heel erg.' Ik leun nog wat meer tegen hem aan.

'Nou...' Hij draait zijn gezicht wat naar me toe. Zijn lippen in mijn haar als hij verder praat. 'Best wel erg, volgens mij.'

'Niet.' Ik laat mijn andere hand tegen zijn borst rusten en aai langzaam op en neer.

'Doe je de deur open?' vraagt hij terwijl hij mijn tas tussen ons in duwt.

Ik neem mijn jas van hem over. Dan mijn schoenen. Ik aarzel voor ik mijn tas aanpak. 'Kom je dan nog even binnen?'

'Ik denk dat we allebei weten dat ik dan niet meer wegga.'

'Dat is eigenlijk zo'n beetje het hele idee...'

Zijn ogen branden bijna dwars door de mijne. 'Welterusten, Audrey,' zegt hij schor. Ik leun tegen de deur. Mijn lichaam weigert in beweging te komen. Het zijne ook. Ik voel zijn lippen tegen mijn slaap. Heel licht. Ze verplaatsen zich langzaam naar mijn jukbeen, en iets lager, waar hij zijn lippen tegen mijn huid laat rusten.

Ik voel zijn adem langs mijn oor strijken en sluit mijn ogen, laat mijn tas op de grond zakken, dan de rest van mijn spullen. Mijn hand kruipt over zijn borst naar zijn nek.

'Zeg dat ik weg moet,' fluistert hij, terwijl hij nog een kusje op mijn gezicht laat neerdalen. Zijn lippen landen vlak onder mijn onderlip, net naast mijn kin.

'Niet weggaan,' antwoord ik. Ik ga met mijn vingertoppen door de zachte haartjes in zijn nek en streel met mijn duim langs de stoppels op zijn wang. Ik wrijf mijn wang er zachtjes langs en draai mijn gezicht, strijk met mijn lippen langs de zijne.

Hij kreunt gefrustreerd. Zijn hand verdwijnt in mijn haar en hij beantwoordt het schampen van mijn lippen met meer druk. Zijn tong gaat langs mijn bovenlip, langs het randje van mijn voortanden en het puntje van mijn tong. 'O jezus, Audrey, ik moet echt gaan,' fluistert hij, mijn gezicht tussen zijn handen, zijn voorhoofd leunend tegen dat van mij.

'Nee. Waarom?' Ik hef mijn gezicht verder op. Ik wil dat hij me kust. Echt kust. Langer. Veel langer.

Hij ademt hoorbaar in en drukt zich tegen me aan. 'Omdat ik te graag wil blijven.'

'Maar als jij het wilt... en ik ook... wat is dan het probleem?'

'Audrey...'

'Wat?'

'Kijk alsjeblieft niet zo, ik ben niet van steen.'

'Niet?' vraag ik, terwijl ik mijn hand suggestief over zijn bovenlijf omlaag laat glijden. 'Weet je dat zeker? Wil je niet even binnenkomen, zodat we het goed kunnen onderzoeken?'

Hij lacht, met zijn lippen tegen mijn hals gedrukt. Zijn hand gaat naar mijn middel, vingertoppen dwalend langs het kleine streepje blote huid tussen mijn rok en top. Hij kust een plekje in mijn nek dat me helemaal week maakt.

'Er hoeft niets te veranderen,' fluister ik, want ik moet hem gewoon mee naar binnen krijgen en uit zijn kleren, en boven op me. Hoe moeilijk kan dat zijn?

'Het is niet dat ik je niet wil, Audrey,' zegt hij. Hij kijkt me aan. 'Ik wil je, maar ik moet dit stoppen, want ik vind je té leuk. En mooi. En lief.'

Ik probeer te begrijpen wat hij zegt. Hoe kan je iemand té leuk vinden? 'Wat zoek je nog meer dan?' vraag ik. 'Slim? Want ik was toch al van plan om nog een paar cursussen te volgen, dus daar kan ik aan werken...'

'En ook nog grappig,' zegt hij. 'En ik ga nu weglopen, ook al is dat zo'n beetje het allerlaatste wat ik wil. Oké?'

Ik kijk hem aan en ik knik. Want ik wil respecteren wat hij zegt, wat zijn reden ook is. Maar mijn lippen doen wat ze zelf willen en op een of andere manier spreken ze dezelfde taal als de zijne. Als we elkaar weer kussen, weet ik niet meer wie het initiatief heeft genomen. Ik weet alleen dat ik 'Oké' antwoord en dan verloren ben in een moment dat alleen bestaat uit lippen en tong en zijn lichaam dat tegen elke millimeter van het mijne geperst is.

Hij maakt zich van me los, houdt mijn gezicht tussen zijn handen. 'Tot morgen. Of tot straks, eerder.'

Ik knik weer. Ik weet niet zeker of ik nog kan praten.

Hij zet een stap achteruit. En dan nog een. 'Pak je keycard.'

Ik draai me om en als ik het ding uit mijn tas heb opgediept, staat hij bij zijn eigen deur.

'Allebei tegelijk?' stelt hij voor, terwijl hij zijn eigen keycard tussen zijn vingers houdt.

Ik moet lachen. Ik vond het leuker toen we dat spelletje bij het uitkleden deden. Ik raap mijn spullen bij elkaar en doe de deur van mijn kamer open. Voor ik naar binnen ga, kijk ik nog even om. Lynx gaat net zijn kamer binnen.

'Hé, Lynx...' roep ik zachtjes.

Hij kijkt om.

'Geen rare dingen gaan doen met die foto's die je hebt gemaakt, hè?'

'Kitten...' zegt hij. Zijn blik gaat over mijn hele lijf. 'Nu heb je me verdomme op ideeën gebracht.'

Het lijkt alsof het effect van de alcohol meteen afneemt zodra ik alleen in mijn kamer ben. Misschien is het niet de drank, maar Lynx die me dronken maakte. Ik dump mijn spullen naast het bed en gooi mijn jas over de enige stoel die ik heb. Ik heb een paar gemiste berichten van Coco dus ik stuur haar een berichtje dat ik haar morgen terugbel. Ik zie dat ik ook Maurice moet terugbellen. Er is opnieuw een dag voorbijgegaan zonder dat ik ook maar een vluchtige gedachte aan werk heb gewijd. Ik hoop dat ik hem niet te ongerust heb gemaakt.

Ik voel me zo anders sinds ik hier ben. Of eerder: sinds Lynx hier is. Licht. Zorgeloos zelfs. Meer mezelf dan ik ooit eerder heb ervaren. Alles wat ik nu voel, is nieuw voor me. Nieuw en overweldigend. Een beetje zoals een orgasme van Lynx. En dat is iets waar ik nu beter niet aan kan denken. Ik ga naar de badkamer en zet de douche aan.

Als ik met een handdoek om mijn haar mijn tanden sta te poetsen, hoor ik mijn telefoon gaan. Drie snelle passen later zie ik dat het niet Lynx is, zoals ik min of meer hoopte. Maar dit is het op een na beste.

'Coco! Je bent nog wakker! Gelukkig! Ik moet echt dringend met iemand praten.'

'Ik moet dringend met jou praten, Aud. Ik stond op het punt een zoekactie op touw te zetten. Je hebt minstens tien van mijn berichten niet beluisterd.'

'Twaalf om precies te zijn. En het is in totaal tweeëntwintig minuten luistertijd. Ik heb je al zo vaak gezegd dat ik geen tijd heb voor een podcast, Coco.'

'Wat een belachelijke instelling. Als het nou dringend is?'

'Als het dringend is, app je me je dringende boodschap en dan krijg je snel antwoord.' Ik loop terug naar de badkamer, met de telefoon op de speaker.

Ze zucht gefrustreerd. 'Láát maar! Vertel me maar gewoon waarom het je ontglipt is mij te zeggen dat je overbuurman, met wie jij een freaky obsessie hebt, Darius O'Neill is.'

'Hoe bedoel je?'

'Darius O'Neill!' gilt ze buiten zichzelf. 'Darius! Van het Nationale Ballet! O'Neill!'

'Ik heb gezegd dat hij Darius heet. En dat hij danst.' Ik spuug mijn tandpasta in de wasbak en zet de kraan aan. 'Gaat dit om zijn achternaam? Wat is daarmee?'

'Hij danst?' herhaalt ze meewarig. 'Hij dánst, Audrey? Iedereen danst tegenwoordig, maar niet bij het freaking Nationale Ballet. Zeggen dat hij danst, is hetzelfde als zeggen...' Ze doet duidelijk haar best om iets te verzinnen wat minstens zo idioot is. Ik wacht ongeduldig af en spoel ondertussen mijn mond met een slok water, rollend met mijn ogen. '... dat ik best goed ben in turnen!'

'Je bént best goed in turnen.' Oké, nu doe ik het erom.

'Ik heb verdomme met Epke Zonderland in het Holland Heineken House...'

'Niet weer dat Epke-verhaal, Coco! Ik begrijp je punt. Maar ik wist zijn achternaam niet en ook niet precies wat hij doet, oké?'

'Echt, hoe dom kun je zijn? Hij staat in het programmaboekje dat we hebben gekocht toen we naar *De Notenkraker* gingen!'

'Dat is tien jaar geleden, Coco! Hoe moet ik nou weten wie er allemaal...'

'Al is het honderd jaar geleden!' roept ze dwars door me heen. 'Als je Darius O'Neill hebt zien dansen, vergeet je dat niet. Die idiote raamobsessie van je staat nu in een héél ander licht. Hoe kom je erbij om mij dit niet te vertellen?'

Ik plof neer op mijn bed. 'Goed, je hebt Darius dus ontmoet? Is dat de clou van deze tirade?'

'Ja. Ik heb Darius ontmoet. Darius O'Neill.'

'Van het Nationale Ballet,' maak ik af.

'Van het freaking Nationale Ballet! En hij is...'

O, wacht... Ik begrijp opeens waar dit heen gaat. Darius O'Neill van het Nationale Ballet ontmoet Coco, de olympisch turnster. Ze zijn allebei superhot... 'Jullie hebben het gedaan,' concludeer ik.

'Wat? Nee! Natuurlijk heb ik het niet met hem gedaan, Aud. Hoe kun je dat zelfs maar denken? Ik weet toch dat jij hem leuk vindt!'

'Maar je wílt het met hem doen,' vul ik verder in.

'Nee...'

'Dat was de minst overtuigende nee die ik ooit heb gehoord.'

'Oké, nou, als je me hiervóór had gevraagd, puur hypothetisch, of ik het bezwaarlijk zou vinden om Darius O'Neill van het Nationale Ballet een keer tussen mijn dijen te krijgen, dan had ik daar waarschijnlijk ontkennend op geantwoord, maar dat was voor ik wist dat jij hem leuk vindt, en ik zou nóóit...'

'Ga ervoor, Coco.'

'Pardon, wát?' vraagt ze.

'Als jullie een klik hebben, ga er dan gewoon voor. Hij is knap, sexy, aardig. Behoorlijk behulpzaam. Hij beweegt met de gratie van een...'

'Engel,' maakt ze zwijmelend af.

'En hij kan hartstikke goed zoenen.'

'Ho! Wacht! Jullie hebben... Wanneer dan?'

'Toen hij me naar de trein bracht. Het was leuk.'

'Leuk?' herhaalt ze hysterisch. 'Je gaat tongen met Darius O'Neill van het Nationale Ballet toch verdomme niet "leuk" noemen? Dat is hetzelfde als zeggen dat...'

... Lynx wel aardig in bed is, vul ik in gedachten aan. 'Luister, Coco, ik vond hem echt leuk. Dat dacht ik tenminste, maar ik ben hier nu met Lynx... en...' Ik hoor zelf de dromerige klank die mijn stem aanneemt. 'Ik ben zó verliefd op hem. Zo verliefd ben ik nog nooit geweest. Het is echt... Hij is...'

'Jeetje, Audrey, is dat nou wel slim? Ik bedoel, hij is knap, maar...'

'Ik weet niet of het slim is. Ik kan er niets aan doen. Hij is zó leuk. En hij is lief. En god, Coco, zoals hij kust. Ik ben nog nooit zó...'

'Oké, oké, hij is fantastisch, ik heb het door. Doe het dan gewoon met hem.'

Ik ben stil.

'Jullie hebben het al gedaan?' vraagt ze ongelovig.

'Het was echt de meest ongelooflijke nacht van mijn leven. Zo romantisch. En de seks was onbeschrijflijk.'

‘Probeer eens… Heeft hij een grote?’

‘Het gaat niet om de afmeting, Coco, maar om wat je ermee doet.’

‘*Say no more, sis.* Ik hoor je. Hij is *huge*. Ik zag het al aan zijn foto. *Big dick energy.*’

‘Ik ga je niet vertellen hoe groot zijn –’

‘Kan je niet even om een dickpic vragen? Ik ben echt benieuwd, nu.’

‘Nee! Coco, hou op!’

‘Wat? Dat vindt hij alleen maar leuk, hoor. Mannen sturen ze ongevraagd aan de lopende band, dus als het nou een keer gewenst is, maak je echt zijn dag. Of zijn jaar. Misschien het hele decennium.’

‘Dit is niet waar ik je voor belde. Ik heb je advies nodig. Ik weet niet wat ik moet doen. De seks was zó fantastisch. En net gebeurde het bijna weer. We stonden voor mijn hotelkamer te zoenen en ik wilde dat hij binnenkwam…’

‘Hoezo bijna? Wilde hij niet?’

‘Ik kon merken dat hij wel wilde. Ik weet niet wat het probleem is, Coco. Hij heeft een soort bindingsangst. En er speelt nog iets met zijn ex, daar ben ik vrij zeker van. Ze is bij hem weggegaan en ik denk dat hij nog niet over haar heen is.’

‘Kap het dan alsjeblieft af, Audrey. Hij gaat je alleen maar kwetsen.’

‘Maar als we samen zijn, is het zó…’

‘Nee!’ zegt ze. ‘Hoor wat ik zeg, Aud. Hoor wat híj zegt. Het is niet wederzijds. Als dat wel zo was, zou hij niet zo ontwijkend doen.’

‘Coco, je weet niet hoe het is, oké? Je kent hem niet.’

‘O, de klassieker: je zou moeten zien hoe hij is als we alleen zijn? Kom op, Audrey. Dit gaan we niet doen. Niet weer…’

‘Dit is anders. Heel anders. Hij zegt dat hij me té leuk vindt. Hij is gewoon bang om…’

‘Té leuk?’ roept ze uit. ‘Wat een player. Alsjeblieft, wees nou verstandig. Dit is pure gaslighting. Herken het als je het ziet, Audrey. Kom op, nou!'

'Ik snap hoe dit klinkt, maar zo is hij echt niet, Coco. Je zou moeten zien hoeveel moeite hij voor me doet. Vandaag zijn we...'

'Hij wilde gewoon een keer met je naar bed, hij heeft het gekregen en nu is het klaar voor hem.'

'Niet waar. We hebben een geweldige dag gehad. En hij vertelt me dingen. Allerlei persoonlijke dingen, en ik kan merken dat het hem moeite kost om iemand toe te laten, maar het gebeurt wel. Ik voel dat dit...'

'Audrey!' Ze klinkt echt boos nu. 'Hij zegt wat hij denkt dat jij wilt horen.'

'Helemaal niet! Hij zegt juist dat hij alleen maar problemen oplevert en dat ik bij hem weg moet blijven.'

'Jezus christus, in hemelsnaam, doe dat dan! Moet ik soms zelf naar Parijs komen om dit te stoppen?'

'Nee. Ik... Ik wil niet dat het stopt!'

'Aud!'

'Nee, Coco! Dit is niet wat ik nu wil horen.'

'Het is niet wat je wilt horen, maar wel wat je móét horen,' zegt ze. 'Stop ermee. Koester de ervaring. Maak er niet meer van dan het was. Oké? Dan kun je hier nog van weglopen met goede herinneringen. Dat is het beste scenario hier. Kom gewoon naar huis, Audrey.'

'Ik wil niet naar huis! Waarom moet ik altijd naar jou luisteren, meedenken met jouw wilde plannen, en kan jij nooit eens een keertje voor mij –'

'Ik dénk aan jou. Dat is juist wat ik doe. En jij bent niet zoals ik, Audrey. Hij gaat je pijn doen en dan stort je in, en wij kunnen dan de stukjes bij elkaar vegen.'

'Ik stort niet in.'

'Kom op, Audrey. Er zijn geen grote snoepconferenties in Parijs. Ik weet dat je daar niet voor je werk bent. Ik heb geen idee waar je allemaal mee bezig bent en het maakt me ook niet uit, zolang jij maar gelukkig bent. Maar als ik zie dat het weer een grote puinhoop gaat worden...'

'Hoezo wéér?'

'Waar het om gaat, is...'

'Nee, je zei: weer. Waar maak ik allemaal een puinhoop van?'

Ze zucht. 'Dat is niet wat ik zeg.'

'Dat zei je wel. En het is wat je denkt. Jij. Pap en mam. Jullie allemaal. Ik doe maar wat. Met mijn stomme baan. En mijn stomme huis. En mijn mislukte relaties. En jij bent het prinsesje dat alles in de schoot geworpen krijgt!'

'Ho, wacht even!' roept ze verontwaardigd. 'Ik krijg helemaal niets aangereikt. Heb je enig idee wat ik heb moeten opofferen?'

'Nou, wat heb je het zwaar.' Ik voel iets akeligs branden in mijn keel. En ik wil het niet. Ik wil niet wrokkig zijn naar mijn zus en zulke dingen tegen haar zeggen. Maar het lijkt alsof ik er geen grip op heb.

'Jij bent hier degene die het makkelijk heeft! Je hebt geen idee hoe het is om onder zoveel prestatiedruk te leven. Ik weet niet eens hoe het zou voelen om een normaal leven te hebben. Vanaf mijn zevende moet ik altijd overal de beste in zijn. En nooit is het goed genoeg. Er is altijd iemand met een betere techniek, een mooiere houding, een sterker lichaam. Meer volgers, een groter bereik, een jonger iemand, een nieuwe belofte. Nog even en ik ben oud nieuws en dan heb ik helemaal niets meer!'

'Coco, dat is niet waar! Alles wat jij aanraakt, verandert in goud. Letterlijk.'

'Goh, en ik maar denken dat ik dat met bloed, zweet en tranen heb bereikt. Dat kun je wél letterlijk opvatten. En mocht je het gemist hebben: toen het er echt op aankwam, ben ik alles kwijtgeraakt waar ik mijn leven lang voor heb gewerkt. Waar ik alles voor opzij heb gezet.

Weet je hoe dat voelt, Audrey? Dat het enige doel in je leven zomaar door je vingers glipt? Ik had helemaal niets meer na die blessure. Geen vangnet. Geen noemenswaardige opleiding, geen werkervaring. Niets. Je hebt geen idee hoe het is om in mijn schoenen te staan.'

'Ik weet dat dat niet makkelijk was,' zeg ik.

'Het klonk niet alsof je dat weet. Het klinkt alsof je zo iemand bent die alleen naar mijn Instagramaccount kijkt en gelooft dat dát mijn leven is.'

'Coco, sorry. Dat bedoelde ik helemaal niet.'

'Ja, wat bedoelde je dan eigenlijk wel?'

'Ik weet niet eens meer waar we nou eigenlijk ruzie over hebben! Ik wilde gewoon even met je praten omdat ik dingen voel die ik nooit eerder zo gevoeld heb en ik heb geen idee hoe ik dit aan moet pakken. Ik dacht dat jij het wel zou begrijpen.'

'Luister, je bent verliefd, en daar draait nu je hele wereld om. Dat snap ik. Maar het klinkt niet als iets wat zal standhouden en dat kun je maar beter zo snel mogelijk accepteren.'

'Nee,' protesteer ik zachtjes. Ik krijg amper geluid uit mijn keel. 'Ik wil hem niet laten wegglippen.'

'Audrey, wat je over hem vertelt, is de ene rode vlag na de andere. Hou er gewoon mee op nu je er nog redelijk ongeschonden uit kunt stappen. Je hebt goede seks gehad en een paar leuke dagen in fantasieland. Hou het daar nou bij.'

Ik schraap mijn keel. 'Ik moet ophangen. Het is laat en ik moet nog iets doen voor morgen...'

'Ja, je terugreis boeken.'

'Truste, Coco.'

'Waag het niet nu op te hangen!' roept ze. 'Echt, ik kom je halen, Audrey. Ik, pa en ma, we komen alle drie en we...'

'Welterusten!' roep ik. En ik verbreek de verbinding. Ik staar even naar het scherm in mijn hand. Coco kennende is ze nu woest. Maar ik kan dit nu niet aanhoren. Een paar minuten geleden voelde ik me nog beter dan ooit. Een tikje seksueel gefrustreerd, maar ook dat is zo nieuw voor me dat ik het bijna leuk zou willen noemen. En nu zit er een knoop in mijn maag en zou ik het liefst de gang op rennen, bij Lynx op de deur bonzen en eisen dat hij me vertelt wat nu écht zijn probleem is. Ik bedoel, er is iets wat hem tegenhoudt. Iets wat ik niet weet, en als ik weet wat het is, dan kan ik er iets aan doen. Zijn woorden.

Ik sla mijn armen om mijn knieën. Stomme Coco. Ze had moeten zeggen: ga ervoor, Audrey. Het klinkt alsof jullie voor elkaar gemaakt zijn en natúúrlijk wil hij iets met je. Dat blijkt duidelijk uit alles wat hij zegt en doet en je zult er prachtig uitzien in het wit. Ze had blij voor me moeten zijn, niet eerlijk. Ik zucht, starend naar mijn telefoon. Ze was alleen maar eerlijk...

Ik ontgrendel het scherm en typ: *Sorry. x*

Ik wacht eventjes. Ze opent mijn bericht niet. Ik schuif achteruit in bed en kruip onder het dekbed. Als er dan toch geen seks in zit, kan ik mijn tijd benutten om voor morgenochtend alles te weten te komen over Édith Piaf wat Google me te vertellen heeft.

Lynx heeft het ontbijt gemist. Ik heb hem een berichtje gestuurd om te melden dat ik al in de ontbijtzaal was, maar dat is nog ongeopend. Ik heb alleen een *Ook sorry* ontvangen van Coco. En nog iets van Maurice nadat ik hem heb laten weten dat alles goed is en dat ik hem later nog wel even probeer te bellen. Hij zegt dat hij me mist op kantoor en gek wordt van Janine en Vanessa. *Ze begint mij nu zelfs 'meis' te noemen,* is zijn laatste bericht. Ik stuur een lachend gezichtje terug. Jeetje, de meis van Janine... Het lijkt allemaal zo ver weg. Alsof het iets uit een vorig leven is in plaats van vorige week.

Ik open mijn berichtjes aan Lynx. Hij heeft ze rond vijf uur vanochtend voor het laatst gecheckt. Ik denk dat hij vannacht weer weg is geweest en ik weet niet of hij al teruggekomen is. Het was vanochtend verdacht stil in zijn kamer. Geen geluiden van de douche, het doortrekken van een wc, voetstappen. Geen van de dingen die ik vannacht hoorde toen ik research aan het doen was. Ik weet zeker dat hij met iemand aan het bellen was. Ik kon het niet letterlijk volgen, maar het gegons van zijn stem aan de andere kant van het dunne wandje duidde op een intens gesprek. Tot het opeens stil werd en ik zijn deur in het slot hoorde vallen. Ik heb hem niet meer terug horen komen.

Wat nou als hem iets overkomen is? Wat moet ik dan doen? Ik weet niet eens wie ik dan zou kunnen bereiken. Ik heb al een paar keer op het punt gestaan om hem te bellen, maar ik heb elke keer op mezelf ingepraat. Het is niet mijn taak om op hem te letten. Als hij 's nachts door Parijs wil dwalen, dan staat het hem vrij om dat te doen. Maar hij is nog niet één keer later geweest dan tien uur en het zit me gewoon niet lekker. Misschien wordt hij wel bedreigd door een of ander louche figuur uit de investeringswereld en is die hem naar Parijs gevolgd… Oké, nu draaf ik echt door met mijn Liam Neeson-scenario's. Ik drink mijn laatste beetje jus d'orange op en leg mijn servet op mijn bord. Ik ga naar hem toe.

Gewapend met een hazelnootcappuccino, een croissant en een banaan van het ontbijtbuffet ga ik naar boven. Het is een beetje een balanceeract om aan te kloppen. Zeker omdat er helemaal niets gebeurt en ik het een tweede keer moet proberen. Een beklemmend gevoel zwelt op in mijn borst. Wat als hij er nou echt niet is?

Ik bons nog wat harder op de deur. 'Lynx! Doe open, ik ben het!'

Dan bedenk ik nog een mogelijkheid. Dat hij me heeft laten zitten. Zou hij dat doen? Gewoon vertrekken? Midden in de nacht uitchecken zonder een woord te zeggen?

Opeens gaat de deur open. Een golf van opluchting overspoelt me. Het maakt me een beetje duizelig en ik hoor de kop cappuccino rammelen op het schoteltje.

'Audrey, hé...' Hij heeft een losse joggingbroek aan. En verder niets. Hij staat daar met ontbloot bovenlijf, zijn haar weer gruwelijk door de war. En de opluchting maakt langzaam plaats voor de drang om me op hem te storten. God, iets aan Lynx die net wakker is, is hartverscheurend sexy. Ik geloof niet dat ik die twee woorden ooit bij elkaar heb gebruikt, maar hier is het nu eenmaal van toepassing. Hij wrijft met de onderkant van zijn handpalm in zijn oog en gaat door de ravage die zijn haar is. 'Shit, hoe laat is het?'

'Zo laat dat het ontbijt naar jou toe komt in plaats van andersom.' Ik ga voor een luchtige toon, ook al hoor ik zelf de bibber in mijn stem. Ik hou de cappuccino omhoog. 'Dit kun je wel gebruiken, denk ik?'

'Ik heb me verslapen.' Hij kijkt achterom de kamer in en opeens komt de gedachte in me op dat hij hier misschien niet alleen is. Ik voel alle kleur uit me wegtrekken bij het idee en haat mezelf dat ik daar geen seconde bij heb stilgestaan. Maar dan zet hij een stap naar achteren. 'Kom verder.' Hij botst tegen de hoek van het bed. 'Nou ja, bij wijze van spreken. Veel verder is het niet.'

Hij gaat aan het voeteneind zitten en bukt zich om een T-shirt uit zijn tas te trekken. O ja... die schouders van hem. Ik word getrakteerd op een interessante flashback, die ik snel probeer weg te wuiven. Ik duw de deur met mijn heup dicht. Het bed ziet er maar aan één kant beslapen uit. De opluchting die ik daarbij voel, spreekt boekdelen.

'Wil je zitten?' vraagt hij terwijl hij het shirt over zijn hoofd trekt. Hij gaat staan, gaat weer met zijn hand door zijn haar en pakt de cappuccino van me aan. 'Dank je wel.'

Nu ik één hand vrij heb, kan ik de banaan pakken die ik tussen mijn elleboog en mijn zij geklemd hou. Ik geef hem aan Lynx en ik weet niet waarom, maar opeens voelen we ons allebei een beetje voor gek staan.

Hij kijkt een tel naar de banaan voor hij hem aanpakt. 'Nog een keer dank je wel.' Hij staat er even mee in zijn hand en legt hem dan op het smalle tafeltje dat pal voor het voeteneind van het bed tegen de muur staat. Het bordje met de croissant neemt hij ook van me over. Hij zet het op bed voor hij weer gaat zitten. Hij geeft een klopje naast zich en het voelt wat ongemakkelijk, maar blijven staan in deze krappe ruimte net zo goed. 'Sorry dat ik het ontbijt gemist heb,' zegt hij. 'Je had me wakker mogen bellen.'

Ik ga op het andere hoekje aan het voeteneind zitten. Aan de onbeslapen kant. 'Ik wilde je niet opjagen. Het was nogal laat vannacht en… die French Kittens van jou hakken er nogal in.'

'Zeg dat wel.' Hij neemt een slok koffie. 'Lekker. Lief van je om dit te komen brengen.'

'Geen probleem.'

Ik kijk naar hem terwijl hij een hap van zijn croissant neemt en probeer deze Lynx, míjn Lynx, te verenigen met die andere kant van hem, die hij voor me verborgen probeert te houden. Maar het lukt me niet.

'De ontbijtzaal is helemaal in de stijl van een Amerikaanse diner,' zeg ik om de stilte te verbreken. 'En ze hebben van die regisseursstoeltjes met namen van filmsterren. Geen Bogart en Hepburn, helaas. Ik heb gezocht.'

'Geen Bogart en Hepburn? Dat is gewoon een schande.'

'Een beetje wel, hè?'

'Een béétje?' herhaalt hij. 'Ik neem aan dat er op z'n minst een Marilyn Monroe-stoel is. Je bent een goede Marilyn…'

'Die is er. Maar ik heb op de bank gezeten. Jij had Marilyn kunnen zijn.'

'Gemiste kans!' Hij neemt nog een slok.

'Hé, Lynx… als je moe bent en liever even rustig opstart, dan hoeven we niet…'

'Wacht even,' zegt hij, 'want het klinkt alsof je gaat proberen onder het organiseren van deze dag uit te komen en ik heb er ontzettend op gerekend om door jou op sleeptouw te worden genomen. Dus denk maar niet dat ik je een makkelijke uitweg ga bieden.'

'Ik heb toevallig een fantastische dag gepland, hoor.'

'Ja?' Hij kijkt verrast.

'Ik ga je versteld laten staan.'

'Dat doe je elke dag sinds ik je ken.'

Ik glimlach.

Hij draait zich wat naar me toe en laat zijn knie op het matras neerkomen. 'Geef me een hint.'

'O nee, dat dacht ik niet. Je komt er vanzelf wel achter welke gênante opdrachten ik je ga laten uitvoeren. Net als ik, gisteren.'

'Eerste hint: er komen gênante opdrachten aan te pas. Staat genoteerd.'

'Jij weet altijd alles jouw kant op te draaien, hè?'

'Dat zegt mijn moeder ook altijd,' antwoordt hij.

'Je moeder zou deze dag geweldig vinden.'

'En dat is mijn tweede hint,' concludeert hij tevreden.

'Oeh, je bent hier goed in.'

Hij haalt zijn schouders op. 'Dan gaan we dus winkelen; als we mijn moeder er een plezier mee zouden doen. Het valt me toch al mee dat je me nog niet de Champs-Élysées op gesleurd hebt. Of me naar Samaritaine hebt gesleept. Ik ben nog nooit in Parijs geweest zonder minstens een paar dagdelen tegen gevels van winkelpanden geplakt te hebben gestaan.'

'O, ben je zo iemand? Die niet mee naar binnen gaat?'

'Ik wil best mee naar binnen, maar er is een grens aan hoe vaak en hoelang.'

'Nou, Samaritaine staat voor vandaag zeker een paar uur lang op mijn lijstje.'

'Ik verheug me erop,' zegt hij, bijna alsof hij het meent. 'Gênante opdrachten uitvoeren in chique winkels, ik kan niet wachten.'

Ik kijk naar hem terwijl hij nonchalant zijn croissant wegwerkt. 'Weet je zeker dat je niet een dag rust wilt? We kunnen ook best later gaan.'

'Ik kan niet wachten om aan deze dag met jou te beginnen.' Hij staat op, kust mijn voorhoofd, zet zijn cappuccino neer en gaat naar de badkamer. 'Geef me vijf minuten.'

'Het begin van onze tour,' verkondig ik als we op de hoek van Rue Denoyez uit de taxi stappen. Een explosie van kleur strekt zich voor ons uit in de door streetart gedomineerde straat. En het woord gedomineerd mag in de meest dominante zin geïnterpreteerd worden. De straat baadt erin. Er is geen stukje muur te vinden zonder graffiti. Zo'n honderd meter verderop is iemand bezig zijn kunstwerk toe te voegen; een gekleurd hart dat hij over een robotachtig wezen heen sprayt. De robot ziet er iets kundiger uit dan het hart dat hem nu grotendeels bedekt, maar kunst is kunst, neem ik aan.

Op de hoek zit Le Barbouquin, een lokale hotspot gevuld met tweedehands boeken, waar je terechtkunt voor biologische thee, glutenvrije focaccia, huisgemaakte taart en crêpes. De lucht is grijs vandaag, en het café ziet er warm en verwelkomend uit. Kleurrijk en bont ingericht, met dezelfde kunstzinnige vibe als de gevel uitstraalt.

Zelfs de paaltjes langs het trottoir zijn voorzien van graffiti. Er staan plantenbakken met mozaïek. Een reeks portretten boven de gevel van een winkelpand. Iets verderop een cirkel met een ingewikkeld doolhofachtig patroon vol details. Hier en daar een willekeurig geplaatste naam. OORLOG IS ZINLOOS in grote letters op gekleurde vlakken. Een prachtige schildering van Ganesha, de hindoegod met het olifantenhoofd. Een rauw uitziende graffiti met de woorden SAUVAGE BELLEVILLE.

Het was niet zo'n beste buurt vroeger, heb ik gelezen, maar nu is hij hip en happening. Wel met een ruig randje, nog. De mensen die je hier op straat ziet, zijn al net zo divers als de streetart. Een oudere dame komt ons tegemoet, een boodschappenkarretje voortslepend. Drie jonge mannen hangen lachend en druk pratend tegen een gevel. Een hipsterachtig type met een Franse bulldog in een buggy komt een bakkerij uit. Twee kinderen racen op hun stepjes door de straat.

Er zou hier ergens een mooi portret van Édith Piaf moeten zijn, maar de foto die ik vannacht gevonden heb, is waarschijnlijk al wat ouder en het verandert hier continu.

'Ik geloof niet dat ik ooit zoveel graffiti op één plek heb gezien,' zeg ik.

'Het is alsof streetart en een koortsdroom een liefdesbaby hebben gekregen, en dit is het resultaat.'

'Dit is hoe ik me een lsd-trip voorstel.' Ik laat mijn blik langs de muren gaan. 'Ik hoopte eigenlijk dat ik hier een muurschildering van Édith Piaf zou vinden. Ze is hier vlakbij geboren en opgegroeid. Haar moeder was een straatzangeres, haar vader acrobaat. En volgens de legende werd ze op 19 december 1915, met de hulp van twee agenten ter wereld gebracht in het licht van een straatlantaarn op de trappen van Rue de Belleville nummer 72.'

'Kitten, heb je speciaal voor mij een legende verzonnen?'

'Ik heb het niet verzonnen. Maar het gerucht gaat dat het verhaal wel bedacht is om haar doorbraak in Amerika te bewerkstelligen. Op haar geboorteakte staat het plaatselijke ziekenhuis vermeld, maar ik vind het leuker om de legende te geloven. Natuurlijk zet niemand een lantaarnpaal op een geboorteakte, toch?'

'Precies. Laten we voor de legende gaan.'

'Ja, toch? Ik bedoel, het staat op een plaquette boven de deur van het betreffende pand. Dan moet het wel waar zijn.'

'Plaquettes liegen niet.'

'Dat zeg ik dus ook altijd!'

Hij lacht. 'Wanneer zeg je dat precies?'

'Nou... zo'n beetje elke keer als iemand een plaquette in twijfel trekt.' Ik kijk hem aan. Hij schudt geamuseerd zijn hoofd. 'Ben je hier weleens met je ouders geweest?' vraag ik. 'Édith Piaf zit zo'n beetje in het DNA van deze wijk.'

'We hebben haar graf een keer bezocht. Op Père Lachaise. Heel lang geleden.'

'De tour die ik heb gepland eindigt in de buurt van de begraafplaats. Als je wilt, kunnen we erlangs.'

'Hm...'

Ik weet niet helemaal zeker of het een bevestigende 'hm' of een 'hm, liever niet' is. 'Het hoeft niet,' zeg ik. 'Begraafplaatsen zijn niet echt mijn favoriete bezienswaardigheid.'

Hij lijkt opgelucht. 'Van mij ook niet.'

'Goed, dan slaan we dat over. Vind je het wel leuk om wat andere plekken te zien die met haar te maken hebben? Ik heb heel veel interessants over haar leven gevonden en je vertelde zo mooi over de betekenis die haar muziek heeft voor je ouders. Ik wilde iets speciaals voor je doen, maar ik heb een plan B achter de hand als je het niet ziet zitten.'

'Zijn de gênante opdrachten onderdeel van plan A of plan B?'

'O, die komen in allebei voor, geen zorgen.'

Zijn bovenarm komt tegen mijn schouder als hij zich een beetje naar me toe draait; zijn handen in zijn zakken, zijn hoofd een beetje schuin. 'Weet je, ik laat het aan jou over. Ik vind het sowieso al superlief dat je zoveel moeite doet...'

'Je hebt de lat redelijk hoog gelegd. Ik verwacht niet dat ik jou kan overtreffen. Maar ik heb een mooie mix van oud en nieuw Belleville in gedachten die we samen kunnen ontdekken. Als je dat wilt...'

'Klinkt perfect.' Hij geeft een knikje voor zich uit, in de richting van een koppel dat plaatsneemt op het terras aan de zijkant van café Aux

Folies. 'Oude rocker. Hij zit nog steeds in een band. Zij is handwerkjuf op een lagere school en ze maakt haar eigen kleding.'

'En ze hebben elkaar hier leren kennen,' vul ik onmiddellijk en vol enthousiasme aan. 'Zij gooide haar beha naar hem toe tijdens een optreden.'

'Een zelfgemaakte beha?'

'Absoluut! Logisch dat hij onder de indruk was.'

'Zou ik ook zijn,' zegt hij.

'Ah, dan had ik dát dus moeten doen, gisteren.' Het klonk grappig en gedurfd in mijn hoofd, maar ik voel dat ik rood word terwijl ik het zeg, dus ik maak een uitgebreide studie van de gezichten die aan de overkant van het terras geschilderd zijn.

'Ik had het gisteren al zwaar genoeg zonder dat soort acties,' mompelt hij.

'Weet je wie hier ook vaak opgetreden heeft?' vraag ik vlug, hoofdzakelijk als afleidingsmanoeuvre.

'Eh... Nou, ik ga een wilde gok doen en roep gewoon het eerste wat in me opkomt...' Hij doet alsof hij nadenkt. 'Édith Piaf?'

'Ja, toen ze begin twintig was. Toen nog bekend als La Môme Piaf. De kleine mus, of meisje mus. Ze was maar één meter zevenenveertig. Haar levensstijl was nogal losbandig in haar jonge jaren. Opgegroeid bij haar oma, die een bordeel runde. En ze had een woelig liefdesleven. Dat is de reden dat ze geen katholieke begrafenis heeft gekregen. Maar ze kreeg desalniettemin een groots afscheid. Het verkeer in Parijs moest worden stilgelegd. Honderdduizenden belangstellenden stonden langs de kant van de weg. En ze is hier nog alom aanwezig.'

'Die streetart is eigenlijk wel symbolisch voor de vergankelijkheid van het leven,' zegt hij. 'Niets is blijvend. Vandaag zien we dit, morgen is er misschien iets nieuws overheen gezet. Ooit liep Édith Piaf hier door de straten. Nu zijn wij hier. En voor we het weten...'

'We hebben nu,' zeg ik terwijl we afslaan naar Rue de Belleville, een brede straat waar auto's en bussen rijden. 'Was jij niet degene die dat tegen mij zei?'

'Ja.' Hij kijkt voor zich uit. 'Je trof me toen toevallig in een vrij rooskleurige bui.'

'En nu niet? Wat is er veranderd?'

'Nou, dat we allebei onze kleren aanhebben is om te beginnen al een significant verschil.'

'Dat kan nog veranderen. Ik heb je nog niet over plan B verteld, toch? Kleding is optioneel bij plan B. Maar dan ren je waarschijnlijk weer weg.'

'Ik rende niet. Ik dwong mezelf met heel veel moeite in de tegengestelde richting.'

Ik moet lachen. 'Ben je nu echt chagrijnig omdat we geen seks gehad hebben?'

Hij kijkt me aan. 'Nee.' En zijn gezicht... dat bozige trekje tussen zijn wenkbrauwen... Ik weet niet hoe hij is als hij chagrijnig is, maar ik heb hem er nog niet eerder zo dicht in de buurt gezien als nu.

Ik moet nog harder lachen. 'Je bent gewoon aan het mokken.'

'Niet waar. Ik deel een existentialistische gedachte met je die toevallig niet al te veel vrolijkheid oproept.'

'Oké, stop!' roep ik, en ik trek aan zijn mouw.

'Wat?' Hij staat tegenover me. Ik grijp me vast aan de kraag van zijn jack en ga op mijn tenen staan, mijn lichaam leunend tegen het zijne.

'Je bent schattig als je chagrijnig doet.'

'Ik ben niet...'

Ik demp zijn woorden met een kus. Hij trekt me met één arm om mijn middel tegen zich aan. Zijn andere hand glijdt tussen mijn schouderbladen omhoog en ik voel hoe zijn lippen een glimlach vormen onder die van mij terwijl hij me een beetje heen en weer zwaait in zijn armen. Ik lik speels langs zijn lip voor ik hem aankijk.

Hij houdt me zo stevig vast dat ik mijn hielen niet terug op de grond kan zetten. 'Misschien was ik toch een beetje chagrijnig.'

'En nu? Voel je je weer wat beter?'

'Ik weet het niet zeker...' Hij buigt zich naar me toe. 'Probeer nog eens.'

De weg loopt steil op naar Rue de Belleville 72. Het is een levendige straat met leuke winkels. Veel Aziatische belettering op de gevels, gezellige eettentjes met soms een klein terras, bloemisten, bakkerijen en mooie straatkunst. Maar ook wat minder goed onderhouden stukken, met panden in vervallen staat en rolluiken die permanent gesloten lijken. Grimmig en hip; het wisselt om de paar honderd meter.

IL FAUT SE MÉFIER DES MOTS, waarschuwt een kunstwerk op een muur op Place Fréhel. Het is een creatie van kunstenaar Ben Vautier, bestaand uit een stellage van twee mannen die een gigantisch krijtbord ophangen. We moeten woorden wantrouwen. Lynx en ik bespreken het dilemma van deze uitspraak, want dat zou dan ook moeten gelden voor de woorden op het kunstwerk, en wil dat dan zeggen dat woorden juist wél betrouwbaar zijn? We zijn er nog niet over uit als we het geboortehuis van Édith Piaf bereiken, dat juist weer in een minder verzorgd deel van de straat ligt. De muurschildering op het pand ernaast, deels bedekt door een met graffiti bespoten rolluik dat niet helemaal open is, laat ons weten dat we goed zitten. Net als de plaquette boven de grote blauwe deur. Anders zou je hier zo voorbijlopen.

Het pand op zich is mooi, een witte gevel en ramen met Franse balkonnetjes. Maar de ingang is beklad met verf. Niets kunstzinnigs, alsof het er zo tegenaan gesmeten is. Een verregend affiche is slordig tegen de linkerdeur geplakt. Naast het huis zit een afhaalrestaurant. Ervoor staan drie overvolle vuilcontainers.

'Zoek je de straatlantaarn?' vraagt Lynx als hij me ziet rondkijken. Hij geeft een knikje omhoog. 'Dat ding daar?'

'Ik kan me niet echt voorstellen dat die er in 1915 al hing,' zeg ik, met een blik op de gevelverlichting.

'Lijkt me ook niet echt aannemelijk.'

Op het trapje voor het huis, een paar passen bij ons vandaan, zit een jongen te bellen. Hij kijkt ons wantrouwend aan. Alsof hij denkt dat we hier staan omdat een bellende gast in een hoody onze interesse wekt, in plaats van de geboorteplek van een van de beroemdste zangeressen die de wereld ooit heeft gekend.

Lynx trekt me mee en zegt: 'Als je een iconische lantaarnpaal wilt zien, kunnen we een keer naar Leicester Square in Londen gaan. Daar is een monument van Gene Kelly. Het stelt de scène bij de lantaarnpaal uit *Singing in the Rain* voor.'

'Plan je onze volgende trip al?'

'Geef toe: deze reisgidsdynamiek tussen ons werkt té goed om er na één tripje mee te stoppen. Wat nu? Gids me.'

'Nu moeten we een stukje terug die kant op,' zeg ik, nog niet helemaal hersteld van zijn nonchalante voorstel om samen naar Londen te gaan.

'Rue Piat?' vraagt hij als we de hoek om gaan. 'Dat is dus een gemiste kans als het huis van Édith Piaf letterlijk dáár is. Het scheelt één lettertje. Het was zó makkelijk geweest.'

'Precies wat ik dacht toen ik het zag. Als ik nou een goede gids was, zoals jij, dan zou ik natuurlijk de legende kunnen opdissen die hoort bij deze straatnaam.'

'Ik heb het gevoel dat je dat nu gaat doen,' zegt hij.

'Ken je de legende van de ijdele ambtenaar uit Belleville niet? Hij weigerde een bril te dragen en maakte daarom steeds fouten als hij de straatnamen vastlegde.'

Hij lacht. 'Klinkt aannemelijk.'

'Het zou natuurlijk kunnen dat Rue Piat al zo heette voor Édith Piaf een fenomeen was. Ik had er meer research naar moeten doen, maar ik heb mijn tijd nodig gehad om ervoor te zorgen dat we niet hopeloos verdwalen.'

'O, maar ik wil met jou best verdwalen, hoor.' Hij verstrengelt zijn vingers met die van mij. 'Daar heb ik geen enkel bezwaar tegen.'

'Mooie reisgids zou ik dan zijn.'

'Dat ben je sowieso.'

Ik rol met mijn ogen terwijl ik me van hem afwend, in de hoop dat hij dan niet doorheeft dat hij me laat blozen. Maar hij maakt een geamuseerd geluidje, dus blijkbaar hou ik hem niet voor de gek.

Hij geeft een kneepje in mijn hand. 'Dus je hebt echt de hele nacht deze route zitten uitstippelen en uit je hoofd geleerd?'

'Zo'n beetje.'

'Wauw,' zegt hij. 'Dat is...'

'Georganiseerd?'

'Toegewijd, wilde ik zeggen. Maar ja, dat ook.'

'Ben je met je ouders weleens in het Édith Piaf-museum geweest?'

'Nee,' antwoordt hij.

'Echt niet? Ik heb op het punt gestaan om het te boeken, maar ik dacht dat je er vast al een keer geweest was. Het is alleen op afspraak open en er wordt nogal mysterieus gedaan. Je moet bellen, de eigenaar weigert iets anders dan Frans te spreken, en dan krijg je van hem het adres en een code om binnen te komen. Ik ben er na een uurtje zoeken achter gekomen waar het is, maar die man wil dat heel graag geheimhouden.'

'Een úúrtje zoeken?' vraagt hij. 'Je bent daar een uur mee bezig geweest?'

'Zoiets, ik heb het niet getimed. Hoe dan ook, het is in een appartement waar Édith Piaf gewoond heeft. De toegang is gratis, maar je moet wel een donatie doen en alles onder de vijftien euro maakt hem kwaad.'

'Die man klinkt geweldig,' zegt Lynx lachend.

'Eerder beangstigend. Ik durfde niet te bellen, met mijn woordenschat van een vijfjarige.'

'Ah, ik ben dol op jouw Frans. "Pas de drawing" is inmiddels mijn favoriete uitdrukking. Naast "la hedge fund", natuurlijk.'

Ik geef hem een duwtje met mijn schouder. 'Niet de gids pesten. Ik kan zomaar besluiten je achter te laten in het ruigste stuk van deze wijk.'

'Oké, sorry, ik gedraag me al.' Hij brengt mijn hand naar zijn lippen en kust de achterkant van mijn vingers.

'Ik heb de gegevens voor je opgeschreven. Misschien wil je dat museum eens met je moeder bezoeken. De eigenaar heeft Édith ontmoet toen hij jong was. Hij heeft twee biografieën geschreven en een hele verzameling aangelegd van memorabilia: kleding waarin ze opgetreden heeft, correspondentie en cadeautjes, bijzondere foto's. Zelfs de bokshandschoenen van Marcel Cerdan, de man voor wie ze "Hymne à l'amour" schreef.'

'Dat moet dan een tragische liefde zijn geweest,' zegt hij.

'Hij kwam om bij een vliegtuigongeluk. Ze was zijn maîtresse, trouwens. Hij had een gezin. Ze was gebroken toen ze hoorde dat hij verongelukt was, maar dezelfde avond trad ze toch op. Ze is later twee keer getrouwd, maar hij bleef haar grote liefde.'

'Elke liefde is tragisch. Dat is waar het eigenlijk op neerkomt.'

'Is dit weer zo'n existentialistische gedachte?'

'Ben bang van wel.'

'Liefde is niet tragisch, Lynx. Afscheid is tragisch. Maar dat betekent juist dat wat je achterlaat waardevol was.' Hij zegt niets, maar als ik opzijkijk, zie ik dat bozige trekje weer. 'Heb je het hier weleens met iemand over gehad?'

'We hebben het er nu over, volgens mij.'

'Ik bedoel met een… meer bevoegd iemand.'

'Je bedoelt dat ik in therapie moet?' vraagt hij. Hij klinkt niet eens beledigd, maar toch durf ik niets meer te zeggen. Wie ben ik om hem te vertellen wat hij nodig heeft? Hij kijkt me aan. Alsof hij echt antwoord op zijn vraag wil.

'Ik bedoel dat verlies overweldigend is. En moeilijk te verwerken.' Misschien was dit een heel verkeerde inschatting van me. Ik wilde iets speciaals voor hem doen. Iets wat betekenis heeft. Maar ik denk dat ik vooral in een open wond aan het porren ben. 'Lynx, ik... Misschien was mijn invulling voor deze dag niet het allerbeste idee dat ik ooit heb gehad...'

'Hé, dit ligt niet aan jou. Ik ben gewoon...' Hij zoekt naar woorden. 'Ik weet niet.'

'Mijn aanbod van vanochtend staat nog. Als je wat ruimte nodig hebt, dan kan ik mezelf vandaag prima in mijn eentje bezighouden. We zijn bijna bij het park. Wil je wat tijd voor jezelf?'

'En wie zorgt er dan voor dat ik niet in het ruigste deel van dit arrondissement beland? Ik heb geen halve nacht research gedaan, hè!'

'Serieus,' dring ik aan, want ik kan geen hoogte krijgen van hoe hij zich echt voelt. 'Doe wat goed is voor jou.'

'Wat ik wil, is tijd met jou. Oké? Ligt dat aanbod ook nog op tafel of heb ik dat nu verspeeld?'

'Dat ligt nog heel erg op tafel. Ik was van plan je te bewijzen dat jij niet de enige bent die spectaculaire uitzichten weet te vinden.'

'Laat maar zien,' zegt hij.

Bij het Belvédère de Belleville staat een mozaïektafel met een plattegrond van Parijs die het uitzicht weerspiegelt. We kijken uit op het terras van Parc de Belleville, met keurig aangelegde, glooiende gazons. Een cascade van water flankeert de trap die naar het terras leidt en daarachter strekt Parijs zich als een maquette voor onze ogen uit. Dit is de enige plek in de stad waar je de Tour Montparnasse en de

Eiffeltoren in één beeld kunt vangen. Zelfs met een bewolkte lucht, zoals vandaag, is het adembenemend.

We lopen om de kleurrijke pilaren heen, waarop kinderfiguren van kunstenaar Seth zijn afgebeeld, en dalen af naar het amfitheater. Daar nemen we de trap die naar het terras leidt. In de verte, bij het uitkijkpunt waar ik naartoe wil, stort een waterval naar beneden in een mooi aangelegd bassin.

We passeren een gitarist die op de trap zit te spelen. Op het grasveld is een moeder haar kind aan het voeden. Iets verderop geeft een personal trainer boksles. Maar bij het uitkijkpunt hebben we het rijk voor ons alleen, op een tiental duiven na. We lopen tot aan de waterval. Tussen de bomen door is er een prachtig doorkijkje naar de stad.

'Niets te veel gezegd,' zegt Lynx. Hij trekt me met zijn arm om mijn schouders tegen zich aan en kust me in mijn haar. 'Jij wint absoluut de beste-uitzichtcompetitie. En beste gids. En...' Hij doet alsof hij nadenkt. 'Ik kan nog wel twee of drie andere dingen opnoemen waar je beter in bent dan ik.'

'Probeer eens?'

'Nou...' Hij legt zijn vingers tegen mijn kin en buigt zich naar me toe. 'Dit bijvoorbeeld.' Hij kust me zacht. En lang. Mijn maag maakt een buiteling als ik de reling tegen mijn heup voel drukken en dat is maar deels vanwege de hoogte waarop we ons bevinden. Lynx draait zich een slag, zodat hij ertegenaan leunt. Hij slaat zijn armen om mijn middel en ik mijn armen om zijn nek, en ik heb me nog nooit zo veilig gevoeld.

Het is een kus die niet wil eindigen en ik heb geen enkele haast om iets anders te doen dan dit, dus ik laat mezelf wegzinken in zijn armen en in dit moment. De enige concrete gedachte die ik nog heb, is dat het volslagen zinloos lijkt om ooit nog iemand anders te zoenen dan Lynx. Dit is het. Hij is het. Dan kijken we elkaar aan en even ben ik ervan overtuigd dat hij het ook weet.

Zijn hand rust op mijn heup, de andere boven aan de ronding van mijn bil. 'Audrey...' zegt hij. Zijn ogen gaan heen en weer tussen de mijne, zijn blik is serieus.

'Hm?' Ik streel zijn wang. Ik denk dat ik door wil gaan met die kus. Nee, ik weet het zeker.

'Gisteren... toen ik mijn moeder dat berichtje stuurde... voor die winkeltips...'

Ik kijk van zijn lippen naar zijn ogen. 'Ja?'

'Dat was het eerste contact dat ik dit jaar met haar heb gehad.'

Ik staar hem verward aan. 'Hoe bedoel je?'

'Ik heb geen contact meer met mijn familie. Het is niet permanent, althans dat denk ik niet. Maar ik zie ze niet, ik spreek ze niet... en dat duurt al een tijdje.'

'Maar... En Wolf dan?'

'Ook niet. Het ligt allemaal nogal ingewikkeld. De reden dat ik je dit vertel, is omdat ik met dingen zit waar jij helemaal niets aan kan doen en ik wil niet dat jij denkt dat je iets verkeerd doet als ik daarmee bezig ben. Zoals vandaag...'

Ik knik. 'Oké.'

'Ik weet dat "het ligt niet aan jou" een dooddoener van de bovenste plank is. Maar in dit geval moet je van me aannemen dat het echt, écht niet aan jou ligt.' Hij streelt mijn heup. 'Jij bent in mijn ogen zo goed als perfect. En deze dag – Édith Piaf, de streetart, dit uitzicht – is dat ook.'

'Het is oké, Lynx, je hoeft niet...'

'Jawel,' zegt hij, 'ik moet dat wel zeggen, want ik wil dat je het weet. Dat ik jou fantastisch vind en de moeite die je hiervoor gedaan hebt... Ik kan me niet eens herinneren wanneer iemand voor het laatst zoiets voor me heeft gedaan.'

'Het is geen moeite.'

'Ik vind van wel.'

'Misschien vind ik het dan leuk om moeite voor je te doen.'

Hij glimlacht en slaat zijn armen steviger om me heen. Zijn hand glipt onder mijn jas en hij duwt zijn neus in mijn haren terwijl hij me knuffelt. 'Dank je wel…'

Ik ga met mijn vingers door het haar op zijn achterhoofd en zo blijven we even staan. 'Je hoeft er niets over te zeggen. Maar mocht je het willen, dan luister ik graag naar je.'

Ik voel zijn borstkas zwellen terwijl hij diep inademt, dan heft hij zijn gezicht om me aan te kijken. 'Het is wat ik zei: verschillende manieren om met een moeilijke situatie om te gaan. Ofwel: Wolf denkt dat ik gek ben geworden en mijn moeder… Nou, ze heeft het niet met zoveel woorden gezegd, maar ze is het met hem eens.'

'Ik weet er natuurlijk niets van, maar uit alles wat je me hebt verteld blijkt hoeveel je van je broer en je moeder houdt. En ik twijfel er niet aan dat zij van jou houden.'

'Ja. Dat is ook zo. Maar ik denk dat we elkaar op dit moment niet kunnen geven wat we nodig hebben. Of ik kan het hún niet geven. Het werd te moeilijk voor me, om elke keer in hun ogen te zien dat ik…' Hij schudt zijn hoofd. 'Het is lastig uit te leggen. Ik heb het hier nooit over.'

'Geeft niet. Je hoeft me niks uit te leggen. Ik kan ook luisteren naar hoe je je voelt zonder alle feiten te kennen.'

Hij glimlacht. 'Je bent hier goed in. Je zou bijna denken dat je het gewend bent om naar andermans problemen te luisteren.'

'Ik heb er wat ervaring mee.'

'Als ik mijn moeder zie… dan zie ik haar pijn. En dan heb ik het niet over haar verdriet om mijn vader. Het is pijn om mij. Zij en Wolf… ze maken zich zorgen om…' Hij zoekt naar woorden. '… om hoe ik mijn leven leid. En misschien hebben ze gelijk, maar… dit is de enige manier waarop ik het kan.'

'Lynx… Dat klinkt zo zwaar.' De hele tijd heb ik hem bewonderd om hoe hij in het leven staat. Ik zag het als zorgeloos en vrij. Maar hij is niet zijn geluk aan het najagen. Dit is noodzaak. 'Om alles helemaal alleen te moeten doen.'

'Soms is het moeilijk,' zegt hij. 'Maar ik denk dat ik het erger vind om mensen die belangrijk voor me zijn constant teleur te stellen.'

'Het is jouw leven. Niemand anders mag bepalen hoe je het leeft. Ook niet als het vanuit liefde komt. Het is jouw keuze.'

'Sommige keuzes zijn ook bepalend voor anderen.'

Ik knik. 'Dat klopt. Voel je je daar schuldig over?'

'Ongeveer de hele tijd.'

'Ik denk dat wat goed is voor jou uiteindelijk ook goed is voor de mensen die van je houden. Dus de vraag is: doe je wat goed is voor jou, Lynx?'

'Ik was daar vrij zeker van, tot kortgeleden,' antwoordt hij.

'Wat is er dan kortgeleden veranderd?'

Hij kijkt me lang aan. 'Jij. Jij rommelt enorm met mijn beleid om iedereen op afstand te houden.'

Ik kijk naar beneden, waar mijn lichaam zo'n beetje tegen het zijne geperst is. 'Weinig afstand, inderdaad.'

'En toch te veel...' Hij laat zijn voorhoofd tegen het mijne rusten en lijkt even te aarzelen, maar dan strijken zijn lippen langs de mijne en we kussen elkaar opnieuw. Er is van alles dat ik wil vragen, wil weten, maar ergens wil ik dat ook niet. Want dan hoeft er niets te veranderen en kan dit blijven gebeuren. Ik kies ervoor het te laten gebeuren.

Nadat we nog even door het park geslenterd hebben, komen we uit op Rue du Transvaal. Ik draai me naar Lynx toe. 'Oké, Édith Piaf, streetart en een van de beste uitzichten van Parijs is allemaal leuk en aardig, maar nu ga ik je de echte reden laten zien dat we in Belleville zijn.' Ik maak een gebaar naar het restaurantje aan de overkant. Een klein pand met een roze gevel aan de kop van de straat, omgeven door een smal terras langs de weg. Kleine houten tafeltjes langs de beschilderde buitenmuur van het pand, grote planten en picknicktafels aan de straatkant.

'Les bols d'Antoine,' leest Lynx van de gevel. 'Dat moet een grapje zijn.'

'De echte grap is dat ze de meest fancy-schmancy menukaart hebben die Antoine zich maar kan voorstellen. We moeten hier echt nog een keer gaan eten, ik móét de jackfruitburger proeven.'

'Dat gaan we zeker doen,' antwoordt hij terwijl hij zijn telefoon uit zijn zak haalt en een foto maakt. Hij begint te typen, bedenkt zich dan en start een videocall. Hij gaat achter me staan en houdt het scherm zo dat het restaurant achter ons in beeld is. Nou ja... de eerste drie letters ervan.

Als de verbinding tot stand komt, zie ik eerst alleen de binnenkant van het busje van Antoine. Een paar opgestapelde emmers verf, de rol plastic die er vorige week ook lag en waarvan ik me afvroeg of die ook onderdeel van een ontvoeringskit zou kunnen zijn, het dak, en... ik denk het scharnier van de deur. Er klinkt wat gegrom en gemor, duidelijk afkomstig van onze enige echte Antoine.

'Antoine, dit is een videogesprek!' roept Lynx. 'Je moet in de camera kijken!'

'Hallo?' roept Antoine, en nu drukt hij de telefoon tegen zijn gezicht.

'O, god...' Lynx houdt de telefoon met een vies gezicht verder van ons af. 'Antoine! Videogesprek!' Hij kijkt me aan. 'Hij doet dit expres, kan niet anders.'

Als het gezicht van Antoine eindelijk in beeld komt, lig ik in een deuk. 'Hé, Juliet! Wat is dat nou?' roept hij uit.

'Juliet?' vraagt Lynx verbolgen. 'Je ziet míjn nummer voor je opneemt, je hoort míj praten, ik ben prima in beeld, en dan begroet je alleen haar?'

Antoine neemt een hap van een bruine boterham met kaas en praat met volle mond. 'Juliet, vertel eens. Waarom hang je rond met die niksnut?'

Lynx trekt weer hetzelfde verafschuwde gezicht. 'Vertel jij eens waarom je op je gemakje aan het schaften bent? Zou je niet allang weer aan de gang moeten zijn?'

'Nou, dat zit zo... Een mens kan gewoon pauze nemen als hij iemand bij zich heeft die weet wat een kwast is en wat hij ermee moet doen.'

'Antoine!' zeg ik quasi-geschokt. 'Lynx weet heel goed hoe hij zijn gereedschap moet gebruiken, hoor.'

Hij kriebelt me in mijn zij en trekt me tegen zich aan.

'Waar hangen jullie in vredesnaam uit?'

'Dat gingen we je net vertellen,' zegt Lynx.

Ik roep opgetogen: 'We zijn in Parijs!'

'Juliet, heeft die vlerk je ontvoerd?'

'Weet je wat?' Lynx drukt zijn telefoon in mijn hand. 'Voeren jullie dit gesprek anders lekker samen.' Hij loopt een paar meter bij me vandaan.

'Het is een beetje andersom,' antwoord ik. 'Of eigenlijk ook niet precies. Ik was hier eerst. En toen besloot Lynx ook te komen. En nu zijn we hier dus samen...'

'Nou, kan niet zeggen dat dit me verbaast,' zegt Antoine. 'Dat lag er natuurlijk vanaf de eerste minuut al duimendik bovenop. We hadden makkelijk twee dagen eerder klaar kunnen zijn als Romeo iets meer óp de steiger had gestaan in plaats van ernaast. En ik maar naar dat gezanik van hem luisteren: Audrey dit, Audrey dat...'

'Hé!' Lynx komt weer achter me staan, iets door zijn knieën gezakt, zodat zijn gezicht naast het mijne is. 'Zegt werkgever-werknemervertrouwelijkheid je iets, ouwe vriend? Moet ik hr soms weer inschakelen?'

'Hr schijnt op vakantie te zijn,' zeg ik. 'Dus Antoine kan vrijuit praten.'

'Oké...' zegt Lynx nadrukkelijk terwijl hij de telefoon weer van me overneemt. 'Dat dacht ik dus niet. Waar ik je eigenlijk voor belde, is omdat ik even wil melden dat ik je ga aanklagen voor plagiaat.'

Antoine lijkt totaal niet onder de indruk. 'Geen idee waar je het allemaal over hebt.'

'Je hebt duidelijk mijn recept voor hummus gejat.'

'Hummus. Is dat niet die rare pindakaas die jij op je brood smeert? Schei toch uit met dat fancy-schmancy vreten, man.'

Lynx en ik kijken elkaar allebei aan en proesten het uit. Dan draait Lynx zich een beetje. 'Zie je dat? Les bols d'Antoine. Je bent hier duidelijk munt aan het slaan uit mijn succesformule.'

'Wat is dat nou weer?' vraagt Antoine knorrig.

'Een fancy-schmancy restaurant, Antoine,' antwoord ik. 'Jackfruit, quinoa, tempé, falafel...'

'Nu roep je gewoon lettergrepen door elkaar,' zegt hij, zijn laatste hap wegspoelend met een slok koffie uit zijn thermoskan. 'Maar het ontroert me diep dat jullie tortelduifjes aan mij denken in de stad van de liefde. Nou, wanneer is de trouwerij? Want dan vraag ik mijn vrouw mijn goeie pak naar de stomerij te brengen.'

Ik kijk een beetje paniekerig naar Lynx, maar hij staat met een ontspannen lach op zijn gezicht naast me. 'We laten het je weten,' zegt hij.

'Wel op tijd graag. Dan kan ik aan mijn speech werken. En nu moet ik weer verder, maat. Je houdt me nu zelfs van mijn werk terwijl je in een ander land zit. Als ik het allemaal eens uit zou rekenen, heb je me alleen maar geld gekost.'

'Oké, Antoine. Fijne dag dan maar weer, hè! Zeg tegen je collega dat ik hem sterkte wens. Groeten aan je vrouw, doei!' Lynx verbreekt de verbinding voor Antoine nog iets terug kan zeggen. Hij stopt zijn telefoon weer weg.

'Ah,' zeg ik. 'Jullie missen elkaar.'

'Kijk, zo'n straatlantaarn verwachtte ik,' zeg ik terwijl we het smalle steegje naast Villa Castel in lopen.

'Dat is een prachtige lantaarnpaal,' beaamt Lynx. 'Zeer de moeite van het bezichtigen waard.'

'Herken je dit straatje niet?' vraag ik.

'Het op een na smalste steegje van Parijs?' probeert hij. 'Weer een legende?'

'Legendes zijn jóúw ding. Als ik een tour organiseer, dan zit er natuurlijk een beroemde filmlocatie in.'

Hij kijkt om zich heen, achterom en dan weer vooruit. We komen bij een smalle trap die naar Rue des Couronnes leidt.

'Een beroemde achtervolgingsscène,' help ik hem op weg. Maar er gaat zo te zien geen belletje rinkelen. '*The Bourne Identity.* Bourne en Marie zijn op de vlucht voor de politie en rijden een geografisch zeer incorrecte route door Parijs. Vanaf Place Vendôme belanden ze op onverklaarbare wijze op Rue du Transvaal, zo'n vijf kilometer verderop. En dan stuurt Bourne de auto met een scherpe bocht naar rechts een veel te krap straatje in. De Passage Plantin, waar we ons nu bevinden. En dan...'

'... rijdt hij de Mini van een steile trap af. Dat is hier?'

'Deze exacte trap. Maar misschien herken je het beter als we beneden staan.' Terwijl we afdalen, zeg ik met mijn beste Jason Bourne-imitatie: '*We have a bump coming up.*'

Lynx moet lachen en slaat zijn arm om mijn schouders. 'Ik heb een vraag. Is Matt Damon een genre?'

'Is Matt Damon een genre, serieus? Dat moet je vragen?'

'Nou...' Hij begint op te noemen: '*Good Will Hunting, Saving Private Ryan, The Talented Mr. Ripley...*'

‘*We Bought a Zoo,*’ vul ik aan.

‘Ah, die geeft de doorslag.’

We blijven onder aan de trap staan. Het straatje heeft nog iets van het landelijke karakter dat deze wijk vroeger had. ‘Ik weet dat het raar is, dat een plek opeens iets magisch voor me heeft omdat er een filmscène opgenomen is.’

‘Niet zo heel raar,’ antwoordt hij. ‘Maar er is nog iets anders wat deze trap iconisch maakt. Iets veel belangrijkers. En leukers.’

‘Wat dan?’ vraag ik, ook al weet ik dat hij iets gaat verzinnen, want twee minuten geleden wist hij niet eens waar we waren.

Hij laat zijn arm naar mijn middel zakken en tilt me op de onderste trede. Hij legt zijn andere hand tegen mijn wang. ‘We gaan nu die perfecte kus *nailen.*’ Hij kijkt me aan en glimlacht. ‘Ben je er klaar voor?’

Ik knik. En ik zeg niet dat ik dat vinkje al duizend keer heb gezet. Want als hij denkt dat het nog beter kan, ga ik hem niet ontmoedigen.

‘Weet je het zeker? Want alles wat hierna komt, kan dan alleen nog maar…’

Ik grijp de kraag van zijn jack en trek hem naar me toe. Ik voel zijn glimlach nog als ik hem kus, zijn tanden onder mijn lippen, zijn tong die de mijne tegemoetkomt en hoe hij dan zijn lippen langzaam over die van mij sluit, zijn gezicht een beetje draait om het weer helemaal opnieuw te doen. Zacht. En perfect als altijd.

Hoe langer ik in deze wijk ben, hoe meer ik het eigen karakter begin te waarderen. Oud en nieuw, hip en kunstzinnig versus landelijk en soms zelfs rauw en grimmig. Een smeltkroes van culturen en invloeden.

We lopen langs een muurschildering van kersenbloesem en een met klimop begroeid pand aan Rue Henri Chevreau. We lachen om de wegwerkzaamheden aan Rue de Ménilmontant, die ik zogenaamd speciaal voor Lynx in de tour heb opgenomen. We wandelen langs de winkels en restaurants aan de mooie Rue des Pyrénées, de op een na langste straat van Parijs, geflankeerd door monumentale panden en bomen.

Het is inmiddels zachtjes gaan regenen, maar we storen ons er niet aan. We zijn bijna bij het eindpunt van mijn tour door Belleville. Place Édith Piaf. Het is me gelukt om niet te verdwalen. We hebben er misschien iets langer over gedaan, omdat ik af en toe een verkeerd straatje ingeslagen ben, maar ik had het elke keer op tijd door waardoor ik ons kon bijsturen terwijl ik deed alsof het mijn bedoeling was om een raar lusje te maken.

Het is niet het mooiste plein van Parijs. Ook niet het grootste of meest indrukwekkende. Er zijn geen interessante winkels, geen imposante architectuur. Het is er verbijsterend doorsnee, eigenlijk. Op de hoek zit een klein, gemoedelijk uitziend café met een terras onder een groene luifel. Bar de la Place Édith Piaf, helemaal gewijd aan de zangeres. Midden op het plein staat haar standbeeld. Het is niet bepaald een vleiende beeltenis: een getergd uitziende Édith Piaf, een verwrongen lichaam reikend naar de hemel.

'Toen het onthuld werd, ontstond er grote opschudding,' zeg ik als we ernaartoe gelopen zijn. 'Mensen vonden het oerlelijk. Een schande. Anderen vinden juist dat het haar essentie perfect weergeeft. Geen ijdelheid, opsmuk of uiterlijk vertoon. Pure emotie.' Ik kijk naar Lynx. 'Wat vind jij?'

Hij lijkt er nog even over na te moeten denken. 'Als je het zo uitlegt… dan is het inderdaad passend. Bovendien kan er juist schoonheid in lelijkheid zitten.'

'Hm.' Daar moet ik dan weer even over nadenken. 'En hoe zie je dat dan precies?'

'Geen idee. Het leek me wel een diepzinnige gedachte.'

Ik geef hem een duwtje met mijn schouder. 'Bijna iedereen die over haar schrijft, vindt dat er geen enkele zangeres met haar te vergelijken is.'

Hij knikt. 'Ik denk dat mijn moeder zich daarbij aansluit.'

'Maar Dolly Parton dan?'

Hij draait zich naar me toe. 'Dolly Parton. Oeh, als je die discussie ooit met mijn moeder wilt voeren, zorg ik voor de popcorn.'

'Heeft ze iets tegen Dolly? Dolly is geweldig.'

'Ik denk gewoon dat ze de link niet helemaal zal kunnen leggen. Ik bedoel... Wat je net zei, over geen uiterlijk vertoon?'

'Oké, maar... ze is een sterke vrouw die weet hoe ze haar uiterlijk moet gebruiken en precies doorheeft wat het effect daarvan op anderen is. En bepaalde nummers van haar ademen dezelfde emotie als de muziek van Piaf. Neem nou "I Will Always Love You". Of "The Bridge". En wat dacht je van "Do I Ever Cross Your Mind"? "Coat of Many Colors"?'

'Ik moet duidelijk mijn kennis van Dolly Parton bijspijkeren. Ik ken "I Will Always Love You", maar daar houdt het voor mij op. En eerlijk gezegd, dat is nog volledig te danken aan de Whitney Houston-versie ook.'

'Lynx, dat is schandalig! Je kent helemaal niets van Dolly Parton?'

'Jawel, "9 to 5", "Jolene"...' Aan zijn moeilijke blik is duidelijk te zien dat hij zijn best doet om dieper te graven. 'Sorry!' zegt hij als hij mijn afkeurende blik opmerkt. 'Ik zal mijn huiswerk doen, oké?'

'Dat lijkt me wel nodig.' Het begint inmiddels flink door te regenen. Grote druppels spatten uiteen op het bronzen beeld. 'Schuilen?' vraag ik, en dan rennen we naar het café.

Bar de la Place Édith Piaf doet zijn naam eer aan. De zangeres is werkelijk overal. Talloze foto's van haar en haar minnaars sieren de muren. We hebben een tafeltje voor twee aan het raam bemachtigd, waarlangs de regen nu naar beneden spoelt. Het café is halfvol. Weinig toeristen. Het publiek lijkt hier vooral te bestaan uit locals. Het is geen chique of hippe plek. Een eenvoudige inrichting, maar wel goed onderhouden. De sfeer is gezellig; warm en verwelkomend.

'Het ziet er niet uit alsof ze hier weten hoe ze een goede French Kitten moeten maken,' zegt Lynx terwijl hij de drankkaart bestudeert. 'Koffie, thee of bier lijkt hun specialiteit.'

'Niets fancy-schmancy dus... Maar ik heb eigenlijk wel een beetje honger. En jij?'

Hij lacht. 'Tuurlijk heb je honger.' Hij slaat een bladzijde van de menukaart om. 'Waar heb je zin in? Een chocoladebroodje? Tarte tatin? Een tosti of een linzensalade?'

Er klinkt een enthousiast kreetje van het tafeltje naast ons, waar een stelletje van ongeveer onze leeftijd met hun baby zit. Het kindje zit over de schouder van zijn vader onbeschaamd met Lynx te flirten vanaf het moment dat we hier binnenkwamen.

Lynx kijkt op van de menukaart en zegt: 'Bonjour!' De baby kraait blij en als ik het goed versta vraagt Lynx nu aan hem welke gerechten hij zou aanbevelen. Het kindje springt nu zo'n beetje op en neer op de schoot van zijn vader en de ouders beginnen een gesprek met Lynx. Ik kan het nog net volgen als Lynx tegen een baby praat, maar nu raak ik de draad meteen kwijt. Dus ik zit maar gewoon een beetje vertederd toe te kijken naar hoe Lynx die baby compleet aan het betoveren is. Ik kan het het kind niet kwalijk nemen, ik weet hoe dat voelt.

'Volgens zijn moeder zou baby Pascal geprakte banaan of pompoenmoes aanbevelen. Ik weet niet helemaal zeker of dat iets voor jou is. Maar ze hebben een goede kok, dus we zitten hier goed.'

'Oké, ik neigde naar de tosti, maar in dat geval wordt het de linzensalade.'

De moeder excuseert zich in het Engels voor haar onbeleefdheid. Ze dacht dat we allebei Frans spreken. Ik antwoord dat mijn woordenschat die van haar baby waarschijnlijk maar net ontstijgt. Ze vraagt of wij kinderen hebben en ik begin al uit te leggen dat ze het verkeerde idee heeft, maar Lynx antwoordt doodleuk: 'Ja, drie.'

De vrouw reageert verbluft en zegt dat ze aan eentje haar handen al vol heeft. En of we dan ooit nog slapen?

Lynx vertelt dat het een drieling is, twee meisjes en een jongen. Dat dit ons eerste weekendje weg is sinds ze geboren zijn, en dat we de grootouders hierna waarschijnlijk een maand naar een retraite moeten sturen om bij te komen van het oppassen.

Ik zit hem sprakeloos aan te kijken. Dan vraagt de vrouw ook nog om foto's en in plaats van uit te leggen dat het allemaal maar een grapje is, pakt Lynx zijn telefoon.

'Lynx...' zeg ik. 'Wat doe je nou?'

'Ik laat haar even de kinderen zien, schat,' antwoordt hij. Hij draait het telefoonscherm naar de vrouw. Ze roept oeh en ah en smelt helemaal weg bij het zien van de foto. Ik ben ontzettend opgelucht als een joviale ober dat moment kiest om tussenbeide te komen en onze bestelling op te nemen, maar op een of andere manier raakt hij ook bij het hele toneelstuk betrokken. Ik heb het bloedheet tegen de tijd dat hij weer bij onze tafel wegloopt.

'Wat heb je gedaan?' fluister ik, ook al weet ik wel dat onze buren ons sowieso niet verstaan. 'Drieling gegoogeld en een stockfoto laten zien?'

Hij stopt zijn telefoon weer weg. 'Facebook. Een oud-collega van me heeft een drieling.' Hij kijkt triomfantelijk. 'Als je geloofwaardig wilt zijn, moet je liegen met de waarheid. Les nummer één.'

Ik staar hem verward aan.

'Dit is ons ding, toch? Oude rocker en handwerkjuf? Bloemiste en tostibakker? Nou, nu zijn wij een stel met een drieling dat voor het eerst weer eens een romantisch weekend voor zichzelf heeft. Waarom niet?'

Waarom wel, lijkt me eerder de vraag. Maar het is een vraag die ik niet stel. 'Oké prima. Hoe oud zijn ze?'

'Eh... twee jaar of zo?'

'Ha, nu val je dus door de mand.'

'Hoezo?' vraagt hij.

'Ouders zeggen geen twee jaar. Dat is achtentwintig maanden of zoiets idioots. Daar stoppen ze pas mee als het kind naar de basisschool gaat.'

'Dat is waar ook. Goed. Als ze het vragen, houden we het op achtentwintig maanden. Of we maken er achthonderdtweeëndertig dagen van. Wat vind je daarvan?'

De baby probeert opnieuw de aandacht van Lynx te trekken en Lynx trekt vrolijke en gekke gezichten tot de ouders hun kindje met een rammelend speeltje weten af te leiden.

'Je zou een goede oom zijn,' zeg ik, aangezien hij zijn standpunt over zelf kinderen krijgen vrij duidelijk heeft gemaakt.

'Bonusoom dan,' zegt hij. 'Ik heb de kinderen van Wolf maar twee keer ontmoet. Ze kennen me amper.'

'Nou, dat kan nog veranderen. Hoe oud zijn ze?'

'De oudste zeven. De jongste... vier, volgens mij.'

'O, dan heb je nog alle tijd om hun lievelingsoom te worden.'

De ober komt onze koffie en thee brengen. Hij vraagt of we Piaf-fans zijn en als ik antwoord met: 'Wie niet?' nodigt hij ons uit om morgenavond terug te komen voor de *soirée musicale*. Elke zaterdagavond is dat een groot feest, met Franse chansons die door de gasten meegezongen moeten worden, en dat mogen we absoluut niet missen. Als hij weer wegloopt, voelt het een beetje ongemakkelijk om het gesprek weer terug te sturen, maar Lynx neemt net een slok en ik maak gebruik van de stilte.

'Heb je weleens spijt? Van je keuze om alle schepen achter je te verbranden?'

'Spijt is een nogal nutteloze emotie,' antwoordt hij.

'Oké. Maar mis je het dan weleens? Je oude leven, je baan...'

'Nee,' zegt hij met een lach. 'Dat paste bij een plaatje dat ik in mijn hoofd had van hoe succes eruitziet. Maar ik werd daar verder helemaal niet gelukkiger van. Ik mis het niet.'

'En je relatie? Sylvie?'

Net kwam het antwoord onmiddellijk. Nu niet. Misschien is dat een antwoord op zich.

'Wil je haar terug?' vraag ik. 'Stel dat je de kans zou krijgen om...'

'Nee, ik wil haar niet terug.'

'Maar... ik denk dat ik je met haar heb horen praten. En toen zei je wat anders.'

Hij is duidelijk verward. 'Ik spreek haar amper nog. Nooit, eigenlijk.'

'Je bent me geen verklaring schuldig,' zeg ik, 'maar ik hoorde je gisteren. Aan de telefoon in het Shangri-La. Je zei dat je haar het straatje van die kat wilde laten zien en dat je haar mist...'

'Nee, Audrey... dat was Sylvie niet. Jezus, heb je dat de hele tijd gedacht? Ik sprak een boodschap in voor mijn broer. Toen ik jou dat verhaal vertelde, besefte ik dat Wolf toen met mijn moeder op pad was, en... Shit, waarom heb je niet eerder wat gezegd?'

'Nou, omdat het duidelijk een privégesprek was. Het zijn mijn zaken niet. Maar uit sommige dingen die je hebt gezegd, maakte ik op dat je nog niet over haar heen was en nou ja... ik vroeg het me gewoon af.'

'Sylvie heeft een nieuwe relatie,' antwoordt hij. 'Al een tijdje. Ze is gelukkig. En dat gun ik haar. Na mij verdient ze iemand die haar alles geeft waar ze naar verlangt. Ik hoop dat ze snel kinderen zullen krijgen. Dat is wat ze het allerliefste wil.'

'Maar jij dan? Hoe zit het met wat jij wilt?'

'Het is al een hele tijd voorbij tussen ons. In het begin... ja, toen miste ik haar. We zijn lang samen geweest en ze heeft het hele proces met mijn vader meegemaakt. Zijn ziekte en… erna. Ze staat voor een heel tijdperk in mijn leven en…'

'Ik snap het,' zeg ik. 'Het is logisch. Als je zoveel met iemand hebt gedeeld, dan gaan gevoelens niet zomaar weg.'

'Ik heb geen spijt van mijn relatie met haar. Waar ik spijt van heb, is dat ik haar pijn heb gedaan. Dat ik haar heel lang heb laten geloven in dat plaatje van ons, wat nooit realistisch is geweest. Dat we nu uit elkaar zijn, is het allerbeste wat we voor elkaar konden doen. Ook al voelde het toen niet zo. Zoiets zie je misschien altijd achteraf pas helder, maar als ik nu terugkijk op mijn relatie met haar… Ik heb heel veel goede herinneringen, maar… wij waren nooit de juiste persoon voor elkaar.'

'Vanwege die kinderwens?'

Hij knikt. 'Toen het erop aankwam, stond dat op één voor haar. Moeder worden. Dat was haar keuze. En daar heeft ze het volste recht toe, maar het zegt wel iets over onze relatie. Die was anders dan wij allebei dachten.'

Hij kán geen kinderen krijgen, besef ik opeens. Zoals hij er eerder over sprak, leek het een keuze, maar… misschien is het dat niet.

'Zij kiest voor een leven met kinderen en dat betekent een leven zonder mij. Het heeft me wat tijd gekost om dat te accepteren. Want ik heb de relatie van mijn ouders als voorbeeld en als mijn moeder voor die keuze had gestaan dan weet ik één ding zeker, en dat is dat Wolf en ik dan nooit geboren zouden zijn. Zij zou altijd mijn vader hebben gekozen.'

Ik reik over tafel naar zijn hand.

'Maar dat geldt dus ook voor mijn vader,' gaat hij verder. 'Hij zou alles voor haar over hebben gehad. Wat het hem ook gekost zou hebben. En daar ben ik zelf in tekortgeschoten, want ik was niet bereid om alles voor Sylvie te doen. Als ik het gewild had, als ik écht gewild had, dan had ik haar belang voorop kunnen stellen. Dat heb ik niet gedaan. Ik koos voor mezelf. Zij ook. Dus het is goed dat we geen stel meer zijn. Zij heeft nu iemand gevonden die veel beter bij haar past.'

Ik knik. 'Ik begrijp het. Maar Lynx… niet iedere vrouw heeft een kinderwens. En niet iedereen zou de keuze hebben gemaakt die Sylvie heeft gemaakt.'

'Maar dat is het niet alleen. Ik heb ook veel over mezelf geleerd. Wat ik wel en niet wil. Wat ik kan geven en wat niet. Audrey…' Hij tilt zijn duim op en streelt mijn knokkels. 'Jij en ik, wij samen, zijn perfect in het hier en nu. Maar dat is alles wat het kan zijn.'

En dat wist ik. Ik wist het allemaal van tevoren. Maar ik begrijp het niet. Waarom wat nu perfect is, niet perfect kan blijven. Waarom hij het niet eens wil probéren. Wat nou als dit het is? Wat als ik dit nooit meer voor iemand anders zal voelen? Waarom gooit hij het weg voor hij weet wat het kan zijn? Ik trek mijn hand terug en leg mijn vingers rond mijn theeglas.

'Audrey…' Zijn stem klinkt zacht. Lief. Een beetje verdrietig.

'Het is oké,' zeg ik. 'Echt.'

'Het spijt me. Meer dan je weet.' De regen klettert tegen het raam. Ik haal het houdertje met de thee uit mijn glas. De baby naast ons begint zomaar opeens te huilen. Ik staar uit het raam. Mensen met opgestoken paraplu lopen gejaagd voorbij.

'Ik, eh… Ik denk dat we vandaag maar wat eerder terug moeten gaan naar het hotel…'

'Audrey…' zegt hij weer. Meer een fluistering. Vanuit mijn ooghoek zie ik dat hij zijn hand naar me toe beweegt. Ik trek mijn handen onder tafel, klem ze tussen mijn knieën zodat ik niet in de verleiding kom om toch zijn hand te pakken. Want als hij me iets geeft, dan neem ik het, en dan wil ik er meer van.

'Vanwege het weer,' zeg ik. 'Ik heb eigenlijk niet gezocht naar geschikte binnenactiviteiten. Is er iets wat jij nog wilt doen?'

'Gewoon dit. Hier zitten. Met jou. Als jij dat ook nog wilt...'

Ik knik. Het kost me moeite om mijn tranen terug te dringen. Ze branden in mijn ogen en ik weet dat hij het ziet. Dit is niet hoe ik deze dag wil eindigen. Dus ik zet een glimlach op. 'Ja. Dat wil ik wel.'

Het regent nog steeds als ik uit de douche kom. De avond is gevallen en in plaats van me aan te kleden om ergens te gaan eten, zou ik het liefst mijn pyjama aantrekken om in bed film te kijken. Ik overweeg het serieus.

Terwijl ik mijn haar borstel, licht het scherm van mijn telefoon op en klinkt het geluid van een binnenkomend bericht. *Ik ben al in de lobby. Tot zo.*

Ik twijfel even, ga aan het voeteneind van mijn bed zitten en typ terug: *Vind je het erg als ik hier blijf? Ik denk dat ik een film ga kijken en vroeg naar bed ga.* Mijn telefoon gaat zo snel over dat ik me afvraag hoe hij het bericht gelezen kan hebben.

'Hé, begrijp ik het nou goed? Sla jij eten af?' vraagt hij zodra ik opneem.

'Nou, we hebben laat geluncht. En volgens mij ligt er chocola in de minibar. Ik red me wel.'

'En de jackfruitburger dan?'

'Morgen?' stel ik voor. 'Ik ben moe. En het regent keihard. En...'

'We kunnen ook in de buurt blijven. Even snel iets eten en dan weer terug? We hoeven het niet laat te maken.'

'Maar ik ben pas net klaar met douchen. En dan moet ik mijn haar en make-up weer helemaal doen...'

'Oké,' zegt hij. 'Je hebt wat tijd voor jezelf nodig. Begrepen.'

'Het is niet dat ik jouw gezelschap niet wil. Ik ben gewoon –'

'Het is helemaal oké, Audrey. Ik snap het. En ik vind het niet erg.'

Ik dacht eigenlijk dat dit beter zou voelen. Meestal voel ik me ontzettend opgelucht als ik iets afzeg waar ik tegen opzag. Nu knaagt er iets, en ik weet niet wat precies. 'Oké. Dan, eh... Zie ik je morgen weer?'

'Welke film ga je kijken?' vraagt hij.

'O, ik heb nog geen idee, eigenlijk.'

'Iets met Marilyn?' vraagt hij. 'Ik geloof dat *Gentlemen Prefer Blondes* in de lift draait.'

'Dat is er toevallig een die ik nog nooit heb gezien.'

'Niet? Nou, dan zou ik zeggen: neem je chocola mee de lift in. Ik zal op elke verdieping een bordje hangen dat hij buiten bedrijf is en ik kan hier beneden de wacht houden en ervoor zorgen dat niemand je stoort.'

Ik moet lachen. 'Goed plan.'

'Nou, voor mij wel. De lift is iets groter dan mijn kamer.'

'En wat ga jij doen?' vraag ik.

'Ik bedenk wel iets. Geen zorgen. Tot morgen, kitten.'

En nu heb ik officieel spijt. Wat hij gaat bedenken is gegarandeerd tien keer leuker dan met zelfmedelijden in mijn hotelkamer zitten. Na alle moeite die hij constant voor me doet, verdient hij het sowieso niet dat ik halverwege de dag ben afgehaakt alleen omdat hij niet van gedachten is veranderd over iets waarvan hij van begin af aan heeft gezegd dat hij er niet over van gedachten zou veranderen. Ik ben een trut.

Blijkbaar vat hij mijn stilte op als het einde van ons gesprek, want hij verbreekt de verbinding. En ik voel me super kut.

Een uur later heb ik nog steeds geen film uitgekozen. Ik heb een zwarte pyjamabroek en een bijpassend topje met spaghettibandjes aangetrokken, mijn haar halfdroog in een knot gefrut en ik heb mijn bril op. Ik voel me ongeveer net zo triest als ik eruitzie.

Ik lig maar een beetje naar het plafond te staren. Eigenlijk weet ik me gewoon geen raad met mezelf. De afgelopen dagen met Lynx hebben me laten geloven dat het altijd zo kan zijn, dat ik de persoon kan zijn die ik ben met hem, maar ik ben nog steeds wie ik altijd was. Audrey van hr. Ik ben ervoor weggelopen, maar dat kan ik niet blijven doen.

Mijn telefoon maakt een geluid. Ik zie de melding van een nieuw bericht. *Doe je deur eens open.* Ik wacht even om te zien of er nog iets volgt. Maar dat is het. Geen toelichting. Niets. Dan bedenk ik dat hij misschien wel op de gang staat te wachten. Snel schuif ik naar het voeteneind van het bed en sta op om open te doen.

Geen Lynx. Maar voor mijn deur staat een papieren tasje. Er steekt een rode roos uit. Ik hurk neer en kijk erin. Er zit een pokébowl in met quinoa, avocado, biet, noten en wortel. Een fles met een vers sapje. Een flesje water met citroensmaak. Een papieren zakje van Ladurée. Ik kan de verleiding niet weerstaan om er meteen in te kijken. Het gebakje is een kunstwerkje. Een millefeuille met drie laagjes bladerdeeg, zachte crème, verse, hele frambozen en diagonale streepjes poedersuiker op de bovenste laag.

'Lynx...' mompel ik in mezelf terwijl ik het zakje terugzet. Ik pak het tasje op en loop naar zijn deur. Ik klop. Hij doet open.

'Hé...' Zijn blik gaat van mijn gezicht naar het tasje in mijn hand. 'Niet goed?'

'Waarom doe je dat nou?'

'Nou kijk... Ik checkte het aanbod van de minibar even. En ik was er niet over te spreken.'

Ik maak een verbluft geluid.

'Jij wel? Heb je je al helemaal tegoed gedaan aan de chocoladereep?'

Ik schud mijn hoofd en leun met mijn schouder tegen de deurstijl. 'Dit is zo lief.'

'Ik had gewoon honger. Nou, hup!' Hij gebaart dat ik me moet omdraaien. 'Ga je filmavond houden.'

'Heb je al gegeten?'

'Nee. Ik ben net terug. Dit is zo vers als maar kan. O, en dat is trouwens mijn roos, die wil ik hierna wel terug.'

Ik moet lachen. 'O, dus ik mag hem alleen even lenen?'

'Inderdaad. Het is een leaseroos.'

Ik staar hem aan, nog steeds lachend. 'Kom je me gezelschap houden?'

'Nee,' zegt hij beslist en mijn lach smelt van mijn gezicht. 'Daar heb ik het niet om gedaan. Je wilt even rust en dat is prima. Dat ik iets aardigs voor je doe, betekent niet dat je me iets verplicht bent.'

'Ik voel me niet verplicht. Ik heb al een uur spijt. Het lukt me niet eens om een film te kiezen. Ik heb helemaal geen zin om alleen te zijn als ik ook bij jou kan zijn.' Ik wacht tot hij iets zegt, maar hij kijkt alleen naar me en ik kan niets aan hem aflezen. 'Maar het hoeft niet. Alleen als je wilt.'

'*You had me at hello*,' zegt hij. 'En je hebt niet eens hallo gezegd, dus kun je nagaan.'

'Volgens mij slaat het dan nergens op.'

'Oké, nou... tot over vijf minuten dan. Slaat dat ergens op?'

Ik knik en voel een lach van pure opluchting op mijn gezicht verschijnen.

'En trouwens... jij bent echt hartstikke hot met die bril.'

O shit... mijn bril, dit haar, mijn pyjama... Ik was totaal vergeten hoe ik eruitzie.

'En met die pantoffels,' zegt hij lachend, met een blik op de zwarte hotelslippers waar met roze letters POUPOU PIDOU! op staat. En die was ik dus ook vergeten. Ik denk dat ik knalrood word. 'Ik ga kijken of ze mij ook passen.'

Lynx rolt bijna om van het lachen. Zijn knie rust tegen mijn onderbeen terwijl hij in kleermakerszit tegenover me op bed zit. Ik heb één been onder me en het andere licht gebogen voor me uit.

'Nee, Audrey. Echt niet. Echt, écht niet.'

'Jawel!' roep ik. 'Luister nou eens goed!'

'Luister jij eens naar mij. Dit is het spectrum van muziek op deze wereld. Ja?' Hij houdt zijn handen een heel stuk uit elkaar. 'En als Édith Piaf dan hier zit...' zegt hij met een knikje naar zijn rechterhand. 'Dan zit "Do I Ever Cross Your Mind" helemaal...' Hij schuift zijn linkerhand nog verder op, de afstand zo groot mogelijk makend. 'Hier. En het zou verder weg zijn, als mijn armen langer waren.'

'Nee!'

'Wel waar. Ik geef je die andere twee nummers, maar er zijn grenzen aan mijn meegaandheid.'

Ik trek zijn arm omlaag. God, dit irriteert me echt. 'Je luistert niet goed. Denk er nou eens een ander muzikaal arrangement bij.' Ik kies het nummer opnieuw op mijn telefoon en scrol ondertussen door de songtekst. '*And the flowers still grow. But they don't smell as sweet. As they did when you picked them for me.* Vertaal het in het Frans en je hebt Édith Piaf.'

Ik zie dat hij het in gedachten doet. Hij blijft stil.

'Nou?'

'*Et les fleurs poussent tout de même. Mais ils ne sentent pas aussi bon. Comme ils l'ont fait quand tu les as cuelli pour moi.*'

God, hij is sexy als hij Franse volzinnen produceert. En hij is ook niet bepaald onsexy met zijn bril. Waarom moet hij er nou zelfs goed uitzien in een joggingbroek en een wit T-shirt?

'Goed, ik zie je punt,' geeft hij toe.

Ik mep hem tegen zijn knie. 'Waarom hadden we daar een half uur voor nodig?'

'Omdat het leuk is jou je erover te zien opwinden. Maar ik moet toch toegeven dat ik Dolly Parton mijn hele leven grandioos heb onderschat.'

'Zoals zovelen,' antwoord ik. Maar ik ben tevreden dat ik mijn gelijk heb gehaald. Ik haal de inmiddels zo goed als lege pokébowls van het bed en pak het taartje van Ladurée. Ik scheur het zakje voorzichtig open. 'Waar is dat van jou? Heb je het al op?'

'Ik heb er alleen een voor jou gekocht.'

'Waarom?'

'Een volwassen man die in zijn eentje in zijn hotelkamer een frambozentaartje gaat zitten eten, Audrey? Gaat dat niet een beetje te ver?'

'Wat is dat nou weer voor logica?'

'Gewoon. Mannelijke, macho, patriarchale logica. Daar draait de hele wereld op, dus je hoeft er niet zo meewarig over te doen.'

'Je neemt altijd een taartje als ik er eentje neem. Nu ik erover nadenk bestel je sowieso bijna altijd hetzelfde als ik.' Ik lik wat poedersuiker van mijn vinger. 'Hoe zit dat eigenlijk? Is het zoals de haarstijl van Brad Pitt? Pas je het aan op de vrouw met wie je bent?'

Hij lacht. 'Geen idee waar díé logica nu weer vandaan komt.'

'Gewoon. Vrouwelijke, oog voor detail hebbende logica. Je kopieert altijd mijn bestelling.'

'Niet altijd.'

'Goed,' geef ik toe, 'negenennegentig procent van de tijd.'

'Daar heb ik een heel simpele reden voor.'

'Vertel.'

'Als ik jou zie eten, zorg je ervoor dat ik wil hebben wat jij hebt. Dus daarom bestel ik hetzelfde als jij. Als ik dat niet doe, krijg ik er spijt van.'

'Dat zou dan betekenen dat je nu dit taartje wilt hebben,' concludeer ik.

'Nog niet. Ik heb het je nog niet zien eten.'

'Ik heb ook eerlijk gezegd geen idee hoe ik daaraan moet beginnen zonder tools.'

'Daarom verheug ik me er ook extra op.'

'Maar kijk nou hoe mooi,' zeg ik. 'Dit is een delicatesse. Zoiets moet je met respect eten.'

'Oké, laat mij maar even...' Hij vouwt zijn handen in elkaar en strekt zijn vingers, alsof hij zich klaarmaakt voor een hels karwei. 'Mag ik eraan zitten?'

Ik hou mijn hoofd een beetje schuin en kijk bedenkelijk. 'Hebben we het over het taartje?'

'Oeh... kitten... heel gevat. Vooralsnog hebben we het over het taartje.'

'In dat geval mag je je gang gaan.'

Nu kijkt hij bedenkelijk. 'Anders niet? Dat is niet wat je gisteren zei. Maar oké, staat genoteerd.' Zijn ogen flitsen even naar het kanten randje van mijn laag uitgesneden pyjamatopje. En ik heb er geen beha onder aan, want... nou ja... wie doet dat als je in je eentje in bed film gaat kijken? Ik recht mijn schouders een beetje, voor minder inkijk. Het heeft niet helemaal het beoogde effect. Zijn wenkbrauwen schieten waarderend een stukje omhoog bij mijn verbeterde houding en het verrast me, dat hij zo naar me kan kijken terwijl ik niets heb gedaan om er mooier uit te zien.

'Oké, terug naar het taartje,' zegt hij met een licht schrapen van zijn keel. 'Let maar eens op hoe ik dit doe.' Hij draait het kartonnen bakje met de millefeuille zijn kant op, bestudeert de architectuur van het gebakje een paar tellen en splitst dan voorzichtig de onderlaag met de room van het middelste laagje waar de frambozen op liggen, afgedekt met een krokant bovenkantje van gekarameliseerd bladerdeeg. Hij legt het bovenste deel terug op het kartonnetje en brengt de onderste helft naar mijn lippen.

Ik leun een beetje naar hem toe, maar aarzel dan. 'Je gaat het niet weer in mijn gezicht duwen, hè?'

'Natuurlijk niet. Ik ben geen barbaar.'

'Gewoon heel erg onhandig dan?'

'O, ik?' vraagt hij verontwaardigd. 'Jij bent de slordige eter van ons tweeën.'

'Net zei je nog dat mijn manier van eten je inspireert.'

Hij lacht en schuift naar me toe. 'Eet nou maar gewoon.' En terwijl ik naar hem toe leun en mijn tanden in het gebak zet, voegt hij eraan toe: 'Of nou ja, gewóón… op de Audrey-manier dan.'

Ik hou mijn hand voor mijn mond om te voorkomen dat ik hem onder spuug terwijl ik in de lach schiet, en hij zegt: 'Zie je? Precies wat ik bedoel. Slordige eter.'

'Jouw schuld,' antwoord ik terwijl ik het hapje doorslik. 'En nu heb ik het amper geproefd.'

'Gelukkig is er meer.' Hij biedt me de millefeuille opnieuw aan, en terwijl ik nog een hapje neem, pakt hij een hele framboos van de andere helft en brengt die ook naar mijn lippen. Daarna laat hij me ook nog een hapje van het bovenkantje nemen, zodat ik alle laagjes tegelijk proef.

Ik sluit mijn ogen en laat de smaken en texturen op me inwerken. 'Ik ben dol op Parijs,' verzucht ik, en ik lik het laagje poedersuiker dat op mijn lippen is achtergebleven weg.

'Parijs is ook blij met jou.' Hij geeft me het gebakje aan. 'Zo, je weet nu hoe het moet, dus nu kan je het zelf.'

'Ben je al jaloers?' vraag ik terwijl ik zijn techniek herhaal. Ik stop nog een framboos in mijn mond en lik mijn vingers af.

'Het begint te komen.'

'Had ik al gezegd dat ik bereid ben te delen?' Ik strek mijn arm naar hem uit en laat de millefeuille voor zijn lippen heen en weer dansen. 'Doe maar, ik weet dat je het wilt.'

'Wat jij wilt, is dat gebakje in mijn gezicht duwen.'

'Ben je gek? Dit is Ladurée. Het zou niet in me opkomen.'

'Eén hapje,' zegt hij. 'En de rest is voor jou. Deal?'

Ik knik. En als hij zijn mond opent, duw ik zoveel mogelijk van het gebak bij hem naar binnen. Hij maakt een protesterend geluid en ik vraag onschuldig: 'Wat? Je zei niet hoe groot de hap moest zijn.'

Ik geef hem een framboos. Hij grijpt mijn pols en hapt in mijn vingers, helemaal tot aan het tweede vingerkootje. Dan trekt hij ze langzaam uit zijn mond. 'Ik vertrouwde je,' zegt hij.

Ik leg het stukje van de millefeuille terug in het kartonnen bakje en focus me op de andere helft. 'Ik heb nooit beweerd dat ik te vertrouwen ben.' Ik neem nog een hapje en probeer de kruimels boven het kartonnetje te laten vallen. Ik voel dat hij naar me kijkt.

'Die kleur staat je goed, trouwens.'

'Zwart?' vraag ik.

'Nee. Nou, ook. Ik bedoel als je bloost.'

Ik ben een paar seconden stil en voel het erger worden. Ik was nog niet eens hersteld van wat hij met mijn vingers deed. 'Je hóéft daar niet de aandacht op te vestigen, hè? Je zou ook kunnen doen alsof je het niet ziet.'

'Waarom zou ik? Het is schattig.'

'Ik ben een volwassen vrouw,' zeg ik, mezelf dwingend om op te kijken. 'Die zijn niet schattig. Puppy's zijn schattig. En baby's. Kuikentjes...'

'Beweer je dat kittens niet schattig zijn?'

'Hm,' doe ik, alsof het een twijfelgeval is. 'Ze krabben. Klimmen in de gordijnen. Maken meubels stuk.'

'En dat accepteer je allemaal omdat ze zo schattig zijn. Net als jij. Kijk nou naar je. Met je taartje. En je bril.'

'Eerst zei je nog dat de bril hot was.'

'Kan het niet allebei zijn?' vraagt hij.

'Eerder geen van beide.'

'Luister, ik heb je net gelijk gegeven over Dolly Parton. Maar hier trek ik de grens.'

'Dan moeten we maar accepteren dat we het oneens zijn.'

'Je zou mij ook een keer gelijk kunnen geven,' stelt hij voor. 'Gewoon om eens te kijken hoe dat voelt.'

Ik verwerp het voorstel onmiddellijk en schud mijn hoofd.

Hij zucht, gaat een beetje verzitten en haalt iets uit zijn broekzak. Een klein fluwelen zakje dat met een koordje dichtgeregen is. 'Je verdient dit niet. Maar ik heb nog iets voor je. Ik kwam het tegen in het winkelcentrum toen ik het eten ging halen en... Nou ja...'

'Lynx... was dit allemaal nog niet genoeg?'

Hij houdt zijn hand open, met het kleine zakje midden op zijn handpalm. 'Maak maar open. Dan snap je het vast.'

Ik veeg mijn vingers schoon aan een servet voor ik het zakje van zijn hand pak. Ik hou het even vast voor ik het openmaak. 'Dat had je echt niet hoeven doen.'

'Dat kun je pas zeggen als je weet wat erin zit.'

Ik maak het koordje los en keer het zakje om in mijn hand. Er valt een ragfijn gouden kettinkje uit, met een piepklein vogeltje eraan, niet groter dan mijn vingertop.

'*Petit moineau*, heet het. Kleine mus. Een aandenken aan vandaag.'

Ik staar ernaar en raak het vogeltje aan met mijn wijsvinger.

'Misschien is het je smaak niet, maar ik moest het voor je kopen, snap je?'

'Het is prachtig.'

'Het was natuurlijk beter geweest als ik een katje had kunnen vinden. Maar dit is het op een na beste. Misschien denk je dan af en toe nog aan mij als je het draagt.'

Ik kijk op. 'We zien elkaar hierna toch nog wel?' Hij laat het zo definitief klinken. Alsof er helemaal geen toekomst voor ons is. Niet eens als vrienden.

'Jij hebt Darius die op je wacht. En ik... wie weet waar ik straks beland.'

'Ja, maar...' Ik probeer de brok in mijn keel weg te slikken. 'We kunnen toch contact houden?'

Hij knikt. 'Tuurlijk.'

Maar hij gelooft het niet. Ik zie dat hij het alleen maar zegt om mij een beter gevoel te geven. Als hij hier straks weggaat, dan zeggen we écht gedag. En ik voel aan alles dat het geen dagen meer gaat duren voor het zover is. 'Lynx...'

'Mag ik het bij je omdoen?' vraagt hij. 'Je kunt het straks weer afdoen, maar ik wil het even zien.'

'Ja,' zeg ik, maar er komt amper geluid uit mijn keel. Ik kom op mijn knieën omhoog en draai me zodat ik met mijn rug naar hem toe zit. Hij neemt het kettinkje van me aan.

'Wow, dit is wel echt priegelwerk,' zegt hij terwijl hij het bij me omdoet en met het slotje worstelt. Het kost hem een paar pogingen.

'Lukt het?' vraag ik, als ik hem niet meer voel bewegen.

'Ja. Ik heb het.' Zijn stem klinkt ongeveer hetzelfde als die van mij. Alsof hij elk woord met geweld naar buiten moet persen. Dan voel ik zijn adem op mijn schouder, en de zachte druk van zijn lippen op mijn huid.

Ik leg mijn vingers tegen het vogeltje dat net onder mijn sleutelbeen rust. 'Ik mis je nu al.'

Hij drukt zijn lippen steviger neer, slaat zijn armen om me heen en trekt me tegen zijn borst.

Ik klem mijn vingers om zijn onderarm. 'En ik heb geen aandenken nodig om aan je te denken. Maar ik zal dit altijd bewaren.'

Hij houdt me minstens een volle minuut zo vast en zegt dan: 'Zullen we nu maar film gaan kijken?'

'Ja, goed,' antwoord ik.

Hij laat me niet helemaal los. Hij schuift naar achteren, naar het hoofdeind van het bed, en trekt me naar zich toe. Ik nestel me tegen hem aan. Mijn benen opgetrokken en tegen hem aan gekanteld. Zijn hand op mijn knie, zijn kin rustend op mijn kruin.

We kijken eerst *La Vie en Rose* met Marion Cotillard. Daarna *Sabrina*, de Julia Ormond en Harrison Ford-versie. Halverwege *Casablanca* valt Lynx in slaap.

Hij wordt niet wakker als ik uit bed ga om mijn tanden te poetsen. Als ik terugkom, is hij op zijn zij gerold. Ik til het dekbed op en kruip eronder, zo voorzichtig mogelijk om hem niet te wekken. Ik blijf even liggen, met mijn gezicht naar hem toe. Zijn lippen zijn een beetje van elkaar. Hij ademt diep in en uit, een zacht, rustgevend, licht snorrend geluid dat me intens vertedert. Hij beweegt even als ik zijn bril, die in zijn gezicht drukt, bij hem afzet. Ik leg hem op mijn nachtkastje en zink wat dieper onder het dekbed.

Hij gaat weg. Misschien morgen al. Misschien sturen we elkaar in het begin nog af en toe een flirterig berichtje. En dan worden het er minder en minder. Het zou heel goed kunnen dat we elkaar hierna nooit meer zien. Misschien vindt hij iemand die hij wél wil toelaten. Of hij gaat zo door, hoppend van de ene kortstondige connectie naar de andere en het afkappend zodra het iets echts dreigt te worden. Maar hoe dan ook... dit was echt. We waren er geen van beiden naar op zoek, maar toch hebben we het gevonden. En deze week met hem zal ik nooit vergeten.

Ik blijf lang in het donker naar hem kijken, met mijn hand op het bedeltje van mijn ketting, voor ik zelf ook in slaap val.

Zes dagen nadat ik mijn verstand verloor

Ik word wakker met Lynx om me heen gevouwen. Ik ben niet gedesoriënteerd of in de war. Ik weet meteen dat hij het is. Hij is gebleven. Mijn hart maakt een sprongetje en ik merk dat ik glimlach terwijl ik me iets dieper in zijn omhelzing graaf. Ik voel hem overal, het gewicht van zijn lichaam achter me, tegen me aan leunend. En toch voel ik niets, want hij ligt óp het dekbed en ik eronder, verpakt in een strakke cocon van Lynx en beddengoed. Hij heeft zijn arm over me heen geslagen en ik voel de vorm van zijn andere arm onder mijn hoofdkussen. Wanneer hij die er zo tussen heeft gewrongen, heb ik niet gemerkt, maar nu weet ik dat zijn arm in de holte van mijn nek precies is wat ik altijd heb gemist als ik sliep. Ik draai mijn gezicht wat dieper in het kussen, duw mijn wang tegen zijn onderarm.

Vannacht dacht ik even dat hij wegging. Ik hoorde een klik van de deur en merkte dat de plek naast me leeg was. Maar daarna hoorde ik de wc die doorgetrokken werd en de kraan die aanging in de badkamer. En toen kwam Lynx weer naast me liggen, met een vleugje van de geur van mijn tandpasta om zich heen. En ik viel weer in slaap.

Ik doe alsof dat nog steeds zo is, maar ik ben helemaal in de ban van zijn arm die onder me uitgestrekt ligt. De donkere haartjes, het knobbeltje van zijn polsgewricht, de dunne spiertjes die van zijn vingers over de rug van zijn hand lopen, zijn lange vingers licht gebogen, rustend op het matras, ontspannen in zijn slaap. Ik maak in gedachten een patroon van de kleine moedervlekjes op zijn huid, ik tel elk sproetje. En dan kan ik me niet inhouden en raak ik hem aan. Ik volg met mijn wijsvinger het denkbeeldige patroon dat ik gecreëerd heb, helemaal tot aan zijn pols. Ik volg de aders op de rug van zijn hand, raak het webje tussen zijn duim en wijsvinger aan. Al die stukjes van hem die doodnormaal zijn bij anderen, maar die me nu mateloos fascineren omdat ze bij hem horen. Zijn arm. Zijn hand.

Ik vind het plekje op zijn knokkel waar een paar dagen geleden dat schaafwondje zat. Er is bijna niets meer van te zien, alleen nog een heel licht streepje. Ik streel het streepje en dan langzaam weer terug over zijn hand naar zijn onderarm. Het springerige gevoel van de haartjes onder mijn vingertoppen, de zachte huid aan de binnenkant van zijn arm. Ik druk mijn lippen ertegenaan, schampend, nauwelijks contact makend.

Ik hoor hem diep inademen achter me, een teken dat hij wakker wordt, en ik bevries in de hoop dat hij verder slaapt, zodat we zo kunnen blijven liggen. Nog even, uren, de rest van de dag. Hij duwt zijn neus in mijn nek, tussen mijn haren. Ik voel zijn lippen tegen de achterkant van mijn schouder, op de blote huid boven mijn top.

'Kitten,' zegt hij krakerig. 'Wakker worden met jou is een van de fijnste dingen die bestaan.'

Hij weet dat ik wakker ben, maar hij weet niet hóé wakker, dus als ik niets zeg, valt hij misschien wel weer in slaap. Hij begraaft zijn gezicht nog wat meer in mijn haar en ademt me in. Zijn lippen verplaatsen zich naar mijn nek. Lui en slepend. Het zachte schuren van de stoppels op zijn gezicht. Opeens vraag ik me af of hij ook wakkerder is dan ik denk. Of hij net als ik zo stil mogelijk bleef liggen. Of hij precies heeft gemerkt wat ik net deed. Ik bloos bij die gedachte. Hij kroelt met zijn neus langs mijn oor. Drukt een zacht kusje vlak onder mijn oorlelletje. Zijn hand zoekt langzaam een weg onder het dekbed. Alleen al het idee dat hij me gaat aanraken, geeft me een ongekende adrenalinestoot. Ik voel de opwinding prikkelend onder mijn huid, brandend achter mijn borstbeen. Een vurig verlangen dat zich met likkende vlammen een weg door mijn lichaam baant en alles op zijn weg doet smelten.

Zijn hand op mijn middel, vingers rustend tegen de onderkant van mijn ribben, over mijn shirtje heen. En dan bewegen zijn vingers een voor een, de stof langzaam opproppend in zijn hand, centimeter voor centimeter.

Hij drukt zich nog meer tegen me aan en ik strek me uit en duw mezelf wat meer naar achteren. Ik wil hem voelen. Hém voelen. Zonder barrière. Het dikke dekbed moet tussen ons uit. Ik wil me omdraaien, naar hem toe. Maar ik heb geen bewegingsruimte en misschien wil ik ook wel gewoon niets anders dan dit. Hem laten doen wat dit ook is.

Zijn hand ligt stil onder mijn shirtje, zwaar en warm op mijn huid. Hij moet wel voelen hoe mijn adem stokt, hoe mijn hartslag dendert. Zijn duim gaat zachtjes op en neer over mijn huid, terwijl hij zijn hand laat rijzen en dalen op mijn gejaagde ademhaling. Hij voelt zo rustig, zo ontspannen en ik sta op ontploffen.

Ik probeer diep in te ademen en mijn kalmte te herwinnen, maar het lukt niet. Ik kan alleen maar denken aan meer. Méér van zijn aanraking, van hem. Ik druk mijn gezicht in de holte van zijn elleboog, klem mijn vingers om zijn pols. Een wanhopige grip. Hij draait zijn handpalm naar boven, spreidt mijn vingers door ze langzaam met de zijne te verstrengelen, terwijl zijn andere hand een traag spoor uitzet naar mijn navel.

Zijn lippen gaan langs mijn oorschelp en ik merk de lichte versnelling in zijn ademhaling op; het gevoel van zijn handpalm op mijn buik, zijn adem heet langs mijn oor, mijn nekwervels. Zijn lippen tegen mijn huid, de stretch van mijn vingers met die van hem ertussen, zijn lichaam tegen me aan, maar niet echt. Niet écht...

'Lynx,' fluister ik. Het is een vraag en een uitnodiging ineen. En ik werp het uit als een anker, iets om houvast aan te hebben terwijl ik onderga in mijn verlangen naar hem. Ik dácht dat ik wist wat aantrekkingskracht is, wat verliefdheid is, maar ik had geen idee.

Zijn vingers dansen langs de elastische rand van mijn pyjamabroek, vinden de dip bij mijn heupbeen en heel even glipt hij onder het elastiek. Zo snel dat het per ongeluk lijkt, maar dan doet hij het nog eens.

Ik voel zijn lippen in mijn nek, zijn tong tegen mijn huid. Hij speelt met het lintje aan de voorkant van mijn broek, laat het door zijn vingers glijden. Ik smoor een behoeftig, smekend geluidje tegen zijn onderarm. Ik weet niet waar hij op wacht. Schriftelijke toestemming? Een officiële verklaring dat ik hem wil? God, ik sta zo'n beetje in brand.

Ik draai mijn knieën zijn kant op, me ontworstelend aan de dwangbuis die het dekbed vormt. Mijn heupen volgen. Dan mijn schouders. De lucht buiten het dekbed voelt koud op mijn oververhitte lijf als ik me helemaal naar hem toe rol. Ik trek mijn been op langs het zijne, laat mijn voet in zijn knieholte rusten. Zijn vingertoppen raken het kanten randje van mijn heupbroekje onder de band van mijn pyjamabroek en het voelt alsof ik onder stroom sta. Een tintelende buzz die ik bijna kan hóren knetteren. Zijn vingers zakken nog een heel klein beetje. Hij haakt ze langzaam achter de stof en als hij me nu niet héél snel echt aanraakt, sta ik niet voor mezelf in.

Hij kust mijn sleutelbeen en ik ga met mijn hand door zijn haar, dat nog helemaal zacht voelt, in tegenstelling tot de ruwe waas van stoppels op zijn kin en wangen. Ik zoek zijn lippen en we kussen elkaar en alles is eventjes helemaal perfect, tot hij zich opduwt en afstand neemt.

We kijken elkaar aan. Er verandert iets in zijn blik, alsof hij nu pas écht wakker wordt. Hij rolt van me af.

'Lynx...'

'Sorry, ik moet gaan.' Hij schuift naar het voeteneind van het bed alsof hij zich ergens aan gebrand heeft.

'Waarom? Wacht nou even!' Ik ga zitten en steek mijn hand naar hem uit. Ik raak net de stof van zijn shirt voor hij opgestaan is. 'Het hoeft niets te veranderen,' zeg ik, maar hij is al bij de deur. 'Lynx!'

De deur valt achter hem dicht. Ik blijf verbijsterd zitten en laat me dan achterovervallen, nog niet helemaal in staat om te bevatten wat er net is gebeurd. Mijn hart klopt in mijn keel. Mijn hele bed ruikt naar hem. Ikzelf ruik helemaal naar hem. Ik duw mijn gezicht in het kussen waar hij op gelegen heeft. Zijn warmte is nog achtergebleven en ik laat mijn hand eroverheen glijden. Ik ben boos. En geschokt. En ik wil dat hij terugkomt en afmaakt wat hij begonnen is. Ik kan zijn hand nog op me voelen en ik breng mijn eigen hand naar de plek die door hem in vuur en vlam is gezet. Het is niet hetzelfde. Niet spannend, opwindend of sexy. Eerder praktisch. Een middel om een doel te bereiken. Ik heb de ontlading nodig.

En die komt snel, zoals een blikseminslag. Het slaat in en dan is het weg. En een paar tellen ben ik opgelucht dat het niet alleen Lynx was. Dat ik het zelf ook kan. Alleen... Met Lynx was het zoveel meer dan ontlading. En nu die wegebt, voel ik me leeg en totaal onbevredigd.

Ik denk nog steeds aan Lynx. Ik wil hem nog steeds en ik adem zijn geur in en mijn frustratie wordt alleen maar erger.

Ik spring zo'n beetje het bed uit, zoals hij deed. Ik heb een douche nodig. En Coco had gelijk. Ik moet mijn treinticket voor de terugreis kopen.

Ruim een uur later bons ik bij Lynx op de deur. Ik durf hem amper onder ogen te komen. Ik weet niet of ik ga huilen of in woede uitbarst als ik hem zie. Ik neig naar het tweede, maar de eerste optie sluimert vlak aan de oppervlakte. Dan doet hij open en zijn stem klinkt zacht als hij 'Hé...' zegt en naar achteren stapt. 'Kom binnen.'

Ik schud mijn hoofd en drop eerst zijn telefoon en dan zijn bril in zijn handen. 'Hoeft niet. Je bent dit vergeten. Gelukkig heb je op de tast je weg terug gevonden.' Ik draai me weer om, maar hij pakt me vast aan mijn bovenarm en trekt me zachtjes terug.

'Wacht even...'

Ik ruk me los. 'Dat was de tweede keer, Lynx. En het is geen leuk gevoel.'

'Weet ik. Het spijt me. Het voelt voor mij ook niet zo goed.'

'Je vlóóg de deur uit.'

'Audrey...'

'Ik weet het. Het is niet wat je wilde. Je voelt je er heel rot over. En het ligt niet aan mij. Vergeet ik nog iets?'

Hij zucht. God, het is moeilijk kwaad te blijven als hij die blik heeft.

'Dacht ik al,' zeg ik. 'Nou, fijne dag verder. Ik moet mijn spullen gaan pakken.'

'Ga je weg?' vraagt hij, alsof het hele idee hem totaal overvalt.

Ik laat mijn armen in een moedeloos gebaar naast mijn lichaam vallen. 'Wat wil je nou?'

'Dat we dit uitpraten voor je gaat.'

'Ik weet niet wat er nog te zeggen valt,' antwoord ik.

'Veel.' Hij draait zich om en pakt zijn jas van een stoel. Hij legt zijn bril neer en stopt zijn telefoon in zijn zak.

'Wat ga je doen?' vraag ik.

Hij loopt de gang op en trekt de deur van zijn kamer achter zich dicht. 'We gaan een rustig plekje zoeken om te ontbijten. Want ik heb jou veel te zeggen.'

Café de Flore in de wijk Saint-Germain-des-Prés is niet bepaald een stille plek. Vroeger kon je hier in het gezelschap van Simone de Beauvoir, Jean-Paul Sartre, Picasso of Camus van je koffie genieten midden in het intellectuele hart van Parijs. Nu is het een mix van toeristen en locals die hun dag willen beginnen met een snelle koffie en een croissant, een stokbroodje jam of een uitgebreid ontbijt in typisch Parijse sfeer. Kleine tafeltjes, obers in kostuum met lange witte schorten, een fotogeniek terras met witte luifels en planten aan de gevel, badend in de ochtendzon. Buiten is er geen plek meer vrij, dus wij zitten binnen aan een rustig tafeltje bij het raam. De hoek van de bank waar ik op zit, schermt ons af en creëert een illusie van privacy. Ik neem kleine slokjes van mijn warme chocolademelk. Lynx heeft croissants en crêpes met slagroom en aardbeien voor ons besteld. Het staat allemaal nog zo goed als onaangeroerd voor ons.

'Ik weet dat ik het echt goed heb verpest als je niet meer eet,' zegt hij.

'Ik eet,' antwoord ik terwijl ik de zijkant van mijn vork door het pannenkoekje duw en een klein stukje in mijn mond stop.

'Het spijt me echt, Audrey. Ik had niet zo weg moeten gaan.'

'Het geeft niet,' zeg ik zonder hem aan te kijken. Want natuurlijk geeft het wel. Maar het is ook allemaal mijn eigen stomme schuld omdat ik steeds maar dingen blijf willen die ik niet kan krijgen.

'Het geeft wel...'

Ik schrik op van zijn hand tegen mijn wang.

'Wil je niet eens meer naar me kijken?' vraagt hij. Hij streelt me met de achterkant van zijn vingers.

'Ik weet gewoon niet goed wat ik nog moet doen. Of zeggen.'

'Misschien is het dan mijn beurt om iets te zeggen.'

'Je hebt het al meerdere keren duidelijk gemaakt, Lynx. Je zegt dat het niet aan mij ligt, maar dat is wél zo. Ik denk steeds dat ik het kan:

er niet meer van maken dan het is. Maar als ik bij je ben, voelt het anders. Ik weet dat jij dat merkt en dan ben jij degene die zich moet terugtrekken. Ik ben wél het probleem.'

'Nee, dat ben ik. Jij bent geen probleem. Ik hoopte dat ik dat gisteren ook al duidelijk had gemaakt. Jij bent perfect. Het probleem ligt bij mij. Bij het feit dat ik hartstikke verliefd op je ben en er helemaal niets mee kan.'

Verliefd... Het woord blijft hangen in mijn hoofd en ik voel de echo ervan in mijn hele lijf. Ik struikel erover, loop erop vast. Een zinkend gevoel, hart kloppend in mijn keel. *Hartstikke verliefd.* Mijn hoop grijpt zich eraan vast, voedt zich ermee en weigert het los te laten terwijl hij verder praat.

'Ik trek me niet terug omdat ik dat wil. Het moet. Het moet omdat het niet eerlijk is naar jou, en omdat ik met elke minuut die ik langer bij je ben het moeilijker voor mezelf maak om weg te gaan.'

'Ga dan niet!' Hoop. Hoop is iets hardnekkigs. Op het wrede af. 'Lynx... je hóéft niet weg te gaan. We kunnen dit toch voorzichtig aanpakken? Het de tijd geven om te zien wat het kan worden? Waarom wil je het niet eens proberen?'

'Dat wil ik juist wel,' zegt hij. 'Het kán niet. Het spijt me dat ik het zover heb laten komen, Audrey. Ik had het moeten weten, dat ik je te leuk vond om het casual te houden. Ik denk dat ik zelf wilde geloven dat het kon, zodat ik mezelf kon toestaan heel even iets te krijgen wat nooit voor mij bestemd was. Deze dagen met jou waren magisch. Ik wil er alleen maar meer van en dat is ook precies de reden dat ik er niet mee door mag gaan.'

'Ik snap je niet.'

'Ik wil je geen pijn doen,' zegt hij. 'Ik heb Sylvie pijn gedaan. Ik ga jou pijn doen. Dat doe ik nu al en ik haat het.'

'Jij de hele tijd met je waarschuwingen.' Ik voel de scherpe pijn van mijn nagels die zich in mijn handpalm dringen en ik laat de ijzeren greep om mijn vork los. Hij komt met een *kloink* neer op de rand van mijn bord. 'Je komt nog net niet met een vrijwaringsverklaring die ik moet tekenen. Ik hoef geen garantie dat het altijd goed blijft gaan tussen ons. Je hoeft me geen beloftes te doen. Ik wil dit gewoon een kans geven. Is dat zoveel gevraagd?'

'Audrey...' Hij pakt mijn hand en knijpt mijn vingers bijna fijn. Zijn ogen boren zich in die van mij en als hij begint te praten, benadrukt hij ieder woord, alsof hij het er bij me in moet hameren. 'Wij hebben geen kans.'

'Waarom niet?' Ik trek mijn hand los. Geïrriteerd en... moedeloos bijna. Van steeds dezelfde afwijzing, die ik geen logische plek kan geven. Niet kan kaderen. Gewoon niet begrijp. En dan tuimelen ze er allemaal uit. Een voor een. Alle vragen die al de hele ochtend onophoudelijk door mijn hoofd malen. 'Wat is er zo gevaarlijk aan jou? Wat is je grote geheim? Waarom spreek je je familie niet meer, terwijl je zoveel van ze houdt? Waarom zwerf je 's nachts over straat? Waarom ben je perfect als we samen zijn en doe je raar als je alleen bent? Deal je drugs? Ben je verslaafd?'

'Wat?' Hij kijkt me verbluft aan. 'Nee.'

'Wat dan? Lynx! Práát met me.'

'Ik doe geen rare dingen. Soms kan ik niet slapen en dan ga ik lopen om mijn hoofd leeg te maken. Dat is alles.' Hij schuift zijn stoel wat naar achteren, zijn blik gericht op de tafel. Hij tikt met zijn wijsvinger tegen het verpakte suikerklontje dat naast zijn koffiekopje ligt. Hij schuift het over het bordje, diep in gedachten verzonken. 'Ik wist niet dat je dat opgemerkt had. De dingen waar ik mee zit,.. 's Nachts zijn ze het ergst. En soms moet ik dan... iets doen om mijn gedachten te stoppen. Dan wil ik weg.'

'En met wie praat je dan? Ik hoor je soms. Aan de telefoon...'

'Spraakberichten.' Hij kijkt weer op. 'Ik spreek ze in voor Wolf of mijn moeder. Dan delete ik ze weer zonder ze te versturen. Ik denk steeds dat ik weet wat ik moet zeggen om het goed te maken, maar wat ze van me willen horen, kan ik ze niet zeggen.'

Ik kijk naar hem. Probeer hem te ontrafelen, te doorgronden.

'Audrey... Ik had niet bij je moeten blijven slapen. Ik werd vannacht wakker en wist dat ik weg moest gaan. Maar ik overtuigde mezelf dat ik kon blijven. Naast haar slapen kan wel, maakte ik mezelf wijs. En daarna: het kan geen kwaad om haar vast te houden. Of even te knuffelen. Of je aan te raken. En te kussen. En toen keek ik naar je en ik voelde alles wegvallen. Elke rationele gedachte die ik had deed er niet meer toe. En ik ben niet degene die daar de prijs voor gaat betalen. Dat ben jij.'

'Hoezo?' vraag ik. 'En wat als ik bereid ben die prijs te betalen? Jij beslist dat voor mij? Dat het uitgesloten is?'

'Ja. Sorry. Maar dat beslis ik inderdaad.' Hij slikt. 'Ik moet je iets vertellen.'

Ik zie hem worstelen. Alsof de woorden die hij nog niet gesproken heeft hem verstikken. Ik leg mijn hand over de zijne, die dat suikerklontje maar heen en weer blijft duwen, en dan onder mijn aanraking ontspant. 'Wat is er?'

'Ik heb dit nog nooit tegen iemand... gezegd. Dus je moet even geduld met me hebben, oké?'

Ik knik.

'Mijn familie. En Sylvie... Zij zijn de enigen. Maar zij hebben het meegemaakt, dus ik heb nog nooit... Ik heb nog nooit geprobeerd het aan iemand te vertellen, zoals ik nu ga doen.'

'Oké.'

Hij slikt nogmaals en ik schrik ervan, de moeite die het hem kost.

'Lynx, je hoeft me niets te vertellen als je het niet wilt delen. Als het te moeilijk is...'

'Nee, ik ga het doen. Ik wil dit, ik wil het aan jou vertellen... als het lukt.' Hij lacht, maar het is alleen van de spanning. Hij staart van het tafelblad naar het plafond, uit het raam. 'Fuck...' brengt hij uit terwijl hij zijn adem uitblaast en zijn hand door zijn haar haalt.

Ik schuif naar hem toe, om de hoek van de bank. Mijn knie botst tegen de zijne en zijn hand gaat ernaartoe, vingertoppen drukkend in de stof van mijn spijkerbroek, zoekend naar houvast. 'Rustig maar. Ik heb geen haast. Als het nodig is, blijf ik hier de hele dag zitten. Haal even adem.'

'Ik heb je verteld over mijn vader,' zegt hij. 'Maar niet waaraan hij overleden is.'

Ik knik, ook al is zijn blik afgewend, starend naar de plek waar zijn hand op mijn been rust.

Hij spant zijn kaak. Schraapt zijn keel. 'Hij was ziek.'

Soms weet je iets voor je het wéét en dat is precies wat er gebeurt als we elkaar aankijken. Ik zie het allemaal in die ene blik. Mijn hoofd snapt het nog niet, maar mijn hart, mijn ziel, weet het al. Dat het iets verschrikkelijks is en dat ik het allemaal op mezelf heb betrokken terwijl hij, hij...

'Weet je wat huntington is?' vraagt hij.

Huntington. Iets genetisch. Een degeneratieve ziekte. Aan de hersenen? Het zenuwstelsel? Ik weet het niet precies meer. 'Alleen... van *Grey's Anatomy*,' antwoord ik, terwijl ik op afstand probeer te houden wat ik nu eigenlijk al weet. Het sijpelt onafwendbaar mijn bewustzijn binnen. *Genetisch...*

'Mijn vader is eraan overleden. Het was absolute horror. En het is erfelijk.'

Ik schud mijn hoofd. Nee. Dat mag niet. Niet hij. Niet Lynx. Lynx die vol van leven is. Aanstekelijk levenslustig, zou ik haast zeggen. Lynx die met zijn glimlach mijn hele dag goed kan maken. Die voor iedereen een aardig woord overheeft en die onvermoeibaar heeft zitten luisteren naar al mijn idiote luxeproblemen terwijl hij iets onvoorstelbaar zwaars met zich meetorst. En hij draagt het helemaal alleen.

'Dat is het,' zegt hij. 'De reden dat wij niet kunnen doen wat we zouden willen. Snap je nu waarom jij ver van mij vandaan moet blijven? Of eigenlijk... dat ik ver van jou vandaan moet blijven?'

Ik zie tranen in zijn ogen en ik wil het niet – ik wil sterk zijn voor hem en precies het juiste doen en zeggen – maar ik begin te huilen. 'Nee,' zeg ik. Ik weet niet precies waarop. Nee, ik snap het niet? Nee, ik ben het niet met je eens? Nee, omdat ik wil ontkennen wat jouw realiteit is?

'Je vroeg om tijd. Om te ontdekken wat er precies is tussen ons. En ik zou niets liever willen, Audrey, maar het is precies wat ik niet heb. Dus ik moet het afkappen en jij moet begrijpen waarom ik dat doe. Want het is niet om jou te kwetsen, maar om je te beschermen.'

'En jij dan?' vraag ik en ik veeg een ontsnapte traan van mijn wang.

'Niet huilen,' zegt hij. Zijn duim herhaalt de beweging die ik net zelf maakte, maar dan oneindig teder. 'Ik wil je niet verdrietig zien.'

'Je kunt mensen niet verbieden om om je te geven.'

'Ik kan het voorkomen.'

'Daar ben je dan te laat mee. Lynx...' Ik probeer mezelf te herpakken, maar er komen nog meer tranen. 'Wat ik voor jou voel, is nergens mee te vergelijken. Ik heb het nog nooit voor iemand anders zó gevoeld. En jij verdient het niet om dit alleen te moeten dragen.'

'Het kan niet anders. Ik heb het geprobeerd, met Sylvie.'

'Ik ben Sylvie niet.'

'Je hebt geen idee waar je mee te maken hebt,' zegt hij. 'Dat weet ik, want ik had het zelf ook niet tot ik er middenin zat. Geloof me, niemand wil hier middenin zitten.'

'Wat is er gebeurd met je moeder en je broer?' vraag ik. 'Duw je hen ook weg omdat je ze wil beschermen?'

'Meer omdat het voor mij te moeilijk werd. Audrey, ik... ik heb ervoor gekozen om me niet te laten testen. Ik weet niet of ik de genetische afwijking heb.'

'Je... dus...' Ik voel me licht in het hoofd van opluchting. Er is een kans. Er is hoop. *Hoop*... hardnekkig en wreed. 'Misschien heb je het niet.'

'Vijftig procent kans. Je hebt een dubbele set genen, een van elke ouder. Mijn vader heeft zijn foute gen waarschijnlijk van zijn vader en dat is dominant over het goede gen van zijn moeder. Hij heeft óf zijn gezonde óf zijn foute gen doorgegeven.'

'En... je wilt het niet weten?'

Hij is even stil. 'We wisten eerst niet dat de ziekte in de familie zat. Mijn opa... Het is zo goed als zeker dat hij drager was, maar hij is verongelukt voor de ziekte de kans kreeg zich verder te openbaren. Mijn oom, hij kreeg als eerste verschijnselen. En zo hebben we het ontdekt. Mijn tante heeft het niet. Mijn vader wel. Twee van de drie. Mijn oom heeft drie kinderen. Twee van mijn neven hebben het foute gen. Eentje niet. In elk gezin had één kind geluk...' Hij ademt uit. 'Wolf heeft zich laten testen. Hij heeft het niet.'

'Lynx...' Mijn hart breekt als ik de moedeloosheid in zijn stem hoor.

'Ik ben blij,' zegt hij. 'Voor Wolf. Blij dat hij het is. Ik zou niet willen dat het andersom was.'

'Maar jullie kunnen net zo goed allebei geluk hebben.'

'Hoe groot denk je dat die kans is? Dat we allebei door het oog van de naald gekropen zijn? Wolf is precies mijn moeder en ik... Weet je hoeveel ik op mijn vader lijk, Audrey? Ik heb mijn hele leven niets anders gehoord dan dat ik zijn evenbeeld ben. Van zijn totale gebrek aan muzikaal talent tot aan zijn haarlijn. Ik heb het allemaal. Hij heeft al zijn genen in mij gepropt. *Copy-paste*. Dus waarom zou het anders zijn met dat ene rottige gen dat ik niet wil hebben?'

'Het kán. Hij kan je net zo goed zijn gezonde gen gegeven hebben.'

Hij ontwijkt mijn blik. Zijn ogen schieten van onze volle borden naar de bar naar het raam voor hij mij weer aankijkt. 'Mijn vader was onhandig. Dachten we. Een kluns. Als hij ergens tegenaan kón lopen, dan deed hij het. Mijn moeder grapte altijd dat hij vond dat voorwerpen voor hém aan de kant moesten gaan, in plaats van andersom.' Hij schudt zijn hoofd. 'Dat was de ziekte. Eerste symptomen. Kleine motorische storingen. Op het laatst was het héél erg, de chorea. Onvrijwillige spiersamentrekkingen. Hij had het ook in zijn gezicht.' Even is hij verzonken in de herinnering. 'Het is te vergelijken met parkinson. Hij had er medicatie voor, maar uiteindelijk hielp die niet meer en... naar hem kijken putte me al uit. Maar in het begin... in het begin lijkt het gewoon onhandigheid.' Hij kijkt naar me alsof hij een overduidelijk punt maakt. 'Enig idee hoe vaak Antoine me een kluns noemt op een willekeurige dag?'

'Antoine is gewoon...'

'En hoe vaak heb ik al iets op je gemorst?'

'Nee!' Ik heb hem daarmee geplaagd. Ik heb dat idee in zijn hoofd gestopt. Ik voel me misselijk worden bij het besef dat mijn onschuldig bedoelde opmerking hem misschien al dagenlang bezighoudt. Hem bang maakt. 'Dat was een grapje. Je bent niet onhandig. Je bent géén kluns.'

'Mijn moeder wist het eigenlijk al. Vóór we wisten dat er iets was. Ze merkte dingen aan hem. Kleine dingen. Hij werd vergeetachtig. "Ik ben gewoon een chaoot," zei mijn vader dan. En dan had zij zo'n blik. En die blik, Audrey... die blik heeft ze nu als ze naar mij kijkt.'

'Ze is je moeder. Natuurlijk is ze bezorgd. En na wat jullie hebben moeten doorstaan is het volkomen normaal dat je een patroon ziet in kleine, onschuldige dingen. Maar misschien is het niets meer dan dat: onschuldig.'

'Ik maak weddenschappen met mezelf,' zegt hij. 'Drie keer een groen licht achter elkaar, dan heb ik het niet. Als ik twee dagen achter elkaar 22:22 op de klok zie, heb ik het niet. Als ik 's nachts op straat loop en helemaal niemand anders tegenkom, heb ik het niet. Dat zijn dwanggedachten. En dwanggedachten zijn een symptoom.'

'En een teken van stress. Een manier om controle te krijgen op iets oncontroleerbaars.'

'Gedragsveranderingen zijn ook symptomatisch,' gaat hij verder. 'Neerslachtigheid, angstige gevoelens, irrationele beslissingen zoals je baan opzeggen, je relatie beëindigen, je distantiëren van alles en iedereen. Komt dat je bekend voor? Ik weet niet eens of ik het ben die dit soort beslissingen neemt of dat het die kutziekte is. Weet je dat mijn vader bijna zijn hele leven heeft gedacht dat mijn opa een bruut was? Niets meer dan een agressieve dronkaard. Hij heeft hem jarenlang gehaat. En hij heeft het zijn moeder, mijn oma, altijd kwalijk genomen dat zij het toestond dat opa het hele gezin terroriseerde met stemmingswisselingen en onvoorspelbaar gedrag. Maar dat was de ziekte. Niemand wist dat hij het had.'

'Dat klinkt vreselijk.'

'Toen mijn vader een jaar of tien was, werd mijn opa ontslagen vanwege dronkenschap op het werk. Hij is daarna woedend in de auto gestapt en een paar kilometer van huis raakte hij van de weg. Tegen een boom. Iedereen nam aan dat hij dronken was gaan rijden. Nadat de ziekte zich bij mijn oom openbaarde, kwam het allemaal in een ander perspectief te staan. Mijn opa is nooit naar de dokter gegaan met de vraag waarom hij zwalkend liep terwijl hij niets gedronken had. Of hoe het kwam dat hij opeens het geluid van zijn spelende kinderen niet meer kon verdragen... Mijn vader heeft altijd gedacht dat zijn vader gewoon een gemene klootzak was.'

Ik sluit mijn ogen een tel, bijna niet in staat te bevatten wat hij me vertelt.

'Het is een gruwelijke ziekte, Audrey. De aftakeling is één ding, maar het verandert wie je bent. Het sluipt erin en het neemt je langzaam over. Tot er niets meer over is. Als je pech hebt, blijft niet eens de herinnering aan wie je was intact. Als ik het verkeerde gen heb...

misschien heb ik dan nog een paar goede jaren voor ik het ga merken. Maar misschien is het al begonnen en maak ik mezelf wijs dat de keuzes die ik maak, werkelijk keuzes zijn.'

'Maar misschien heb je het niet. Misschien...'

'Precies,' zegt hij. 'Dat is het precies. Misschien heb ik het niet. Zou ik morgen willen horen dat ik kerngezond ben en dat er niets met me aan de hand is? Ja, natuurlijk. Maar als ik me laat testen kan het twee kanten op. Je hebt geen idee hoe bang ik ben...'

'Lynx...' Ik grijp zijn hand met beide handen vast. Ik weet niet wat ik moet doen. Ik wil hem vasthouden, beschermen, zorgen dat hem nooit iets kan overkomen. Maar ik sta machteloos.

'Ik probeer er niet over na te denken, maar soms vliegt het me aan. Voor ik ga slapen, vooral. Bang is het juiste woord niet eens, het is pure doodsangst. Er nu over praten, dat is al...' Zijn stem breekt. 'Dat is al bijna te veel. Het zit in mijn hele lijf, pure paniek. En het is niet...' Hij schraapt zijn keel om controle over zijn woorden te krijgen.

Ik kan het voelen nu, zijn angst. Het slaat van hem af en grijpt om zich heen. Zijn hand trilt in de mijne en ik omklem hem steviger.

'Het is niet alleen het idee dat mijn leven eindigt,' zegt hij, 'maar de manier waarop... wat ik moet doorstaan voor het zover is. Wat het zal doen met de mensen om me heen. Het idee dat mijn moeder en Wolf... Dat zij dit over tien, twintig jaar nog een keer moeten meemaken. Als die gedachten komen, duw ik ze weg. Het lukt niet altijd meteen, maar ik kan op mezelf inpraten. *Misschien niet.* Als ik dat lang genoeg tegen mezelf zeg: misschien niet, misschien niet, dan zakt het.'

'Maar de onzekerheid, Lynx... Dit sloopt je.'

'Het is zoals Schrödingers kat. Ik heb het tegelijk wel en niet.' Hij staart naar onze handen, maar zijn blik is leeg. 'Als ik me laat testen, dan maak ik de doos open en dan moet ik onder ogen zien wat erin zit. Ik kan mijn "misschien niet" niet kwijtraken, Audrey. Ik heb een "misschien niet" nodig.'

Ik knik. 'Oké, ik snap het.'

Hij kijkt naar me op, geschokt bijna.

Ik leg mijn hand tegen zijn gezicht en knik nog een keer.

'Niemand snapt het,' zegt hij ongelovig. 'Iedereen vindt dat ik de realiteit onder ogen moet komen.'

'Dat begrijp ik ook, maar... jij bent degene die ermee moet leven. Het is jouw keuze. Als jij je "misschien niet" nodig hebt, dan moet je die vasthouden. Dat recht heb je.'

'Ik ben bang dat ik niet meer weet hoe ik moet leven als ik weet dat het zo zal eindigen. Dat ik ga zitten wachten. Dat ik de moed opgeef, niets meer doe met de tijd die ik nog heb. Ik wil niet dat het aan me voorbij gaat, dus daarom...'

Ik knik weer.

'Ik kan niet stilstaan. Dan haalt het me in. Ik moet in beweging blijven. Dingen doen. Maar ik kan niet stoppen. Ik kan geen routine aan. Ik kan... niets opbouwen. Ik besta alleen in het nu, Audrey. Er is geen toekomst met mij mogelijk. En ik zie in je ogen dat je zoekt naar een uitweg, naar een misschien.'

Ik zeg wat ik denk, wat hij allang van mijn gezicht heeft gelezen. 'Misschien kan ik samen met jou in het nu bestaan.'

'Dat zeg je nu. Dat dénk je nu...'

'Wie zegt dat het niet kan? Dat kunnen we niet weten als we het niet proberen.'

'Audrey...' Hij wendt zijn blik hoofdschuddend af. 'Ik ken echt niemand zoals jij. Als iets jou bang maakt, doe je het juist, hè?'

'Ik heb juist heel mijn leven al op veilig gespeeld,' antwoord ik. 'En het heeft me niets gebracht wat de moeite waard is. En toen kwam jij... En nu vraag je me gewoon weg te lopen?'

'Niet lopen. Rennen. Heel hard de andere kant op, nu het nog kan.' Hij probeert zijn hand terug te trekken, maar ik laat het niet toe.

'Dat wil ik niet.'

'Het is geen verzoek.'

'Lynx!'

'Je denkt dat het kan, omdat je geen idee hebt hoe het zal zijn. Maar ik heb het gezien. Een plaats op de viptribune met een weergaloos uitzicht. Ik ga jou niet op die tribune zetten.'

'Maar...'

'Nee. Audrey, luister naar me... Hoe verder we dit laten komen, hoe moeilijker het wordt voor ons allebei. Mijn moeder kon mijn vader niet loslaten. Maar ze was hem allang kwijt. Lang voordat hij overleed. Er waren nog stukjes van hem en ze klampte zich vast aan elk flintertje van de man die hij ooit was, maar...' Zijn woorden raken verzwolgen, gaan ten onder in een snik die hij probeert in te slikken. Als hij verder praat, is zijn stem haast onherkenbaar. 'Mijn vader was intelligent. Belezen. Sociaal. Liefdevol. Levenslustig. Sterk. Iemand die er altijd voor ons was. Die kon luisteren, advies kon geven, en ervoor zorgde dat alles altijd goed kwam. Huntington maakte hem apathisch. Angstig. Iemand die in paniek raakte als mijn moeder tien seconden uit zijn zicht verdween. Een totaal hulpbehoevend persoon die zelfs de meest basale handelingen niet meer kon uitvoeren. Op het eind kon hij niet eens meer zelfstandig eten. Of verbaal communiceren. En toch gaf hij niet op. Hij had een euthanasieverklaring, omdat hij met zijn volle bestand besloten had dat hij zo niet wilde leven. En toen dat schrikbeeld dichterbij kwam, bleef hij vechten. Hij heeft er geen gebruik van gemaakt. In zijn laatste minuut lag hij nog te vechten. Hij wilde niet weg bij ons.'

Ik knipper de waas van tranen weg en ze rollen over mijn wangen, spatten uiteen op de stof van mijn spijkerbroek, donkere plekjes achterlatend.

'Audrey... Ik wil kunnen loslaten. Snap je dat?'

'Ja,' fluister ik, ook al schiet de ene na de andere 'maar' door mijn gedachten.

'Hoe meer we hiervan proeven, hoe meer we ervan willen. Dat is het probleem met liefde. Je hebt er nooit genoeg van. En daarom stopt het nu. Want ik ben bang dat ik nooit genoeg van jou zal krijgen.'

Ik lach door mijn tranen heen.

'Wat?' vraagt hij.

'Niks. Gewoon.' Ik schud mijn hoofd. 'Je weet echt helemaal niks van vrouwen als je verwacht dat je zoiets kan zeggen en dat ik je dan nog laat gaan.'

Zijn blik is zacht terwijl hij het spoor van tranen van mijn wang wist. 'Het spijt me zo, Audrey. Echt. Je hebt geen idee hoe graag ik...'

'Ik ook,' antwoord ik. 'Maar... het is goed. Nou ja, niet goed. Maar als dit voor jou de beste optie is, of de enige... Dan hoef je je daar nooit voor te verontschuldigen. Het is jouw leven. Jij beslist hoe je het leeft.'

Hij kijkt naar me met een glimlach die zijn ogen niet weet te bereiken. 'We hebben altijd kerstavond nog. Toch? Ieder jaar, als we allebei single zijn...'

'Deal,' zeg ik met een totaal onechte opgewektheid.

'Maar jij zal dan niet single zijn.'

'Hoezo niet?' vraag ik.

'Tenzij echt alle mannen idioten zijn, ben je dan allang van de markt.' Hij leunt een beetje achterover. 'Of het nou die danser van je wordt... of die gast van je werk. Of wie dan ook... Zorg dat hij weet wat een geluk hij heeft. Ja?'

Ik haal mijn schouders op. 'Ik denk dat je me overschat. Audrey van hr valt een beetje tegen in het dagelijks leven...'

'Nee,' zegt hij. 'Audrey van hr, Audrey in Parijs, Audrey wat ze ook doet, en waar ze ook is, is fantastisch. Vergeet dat niet.' Hij kijkt me zo doordringend aan dat ik er niet tegenin durf te gaan. We blijven even zo zitten, het oogcontact in stand houdend, tot hij zijn adem uitblaast en zijn hand over zijn gezicht haalt. 'Ik heb even... Ik moet even...'

Hij schuift zijn stoel wat naar achteren. Ik merk aan alles dat hij overweldigd is en ruimte nodig heeft.

'Ga maar,' zeg ik zacht.

'Maar ik wil je hier niet achterlaten.'

'Ik red me wel,' zeg ik. 'Geen zorgen.'

Hij geeft een flauw knikje, maar aarzelt nog. 'Ik kan je laten ophalen of... Wil je dat? Zal ik de taxi voor je regelen?'

'Ik kan voor mezelf zorgen, Lynx. Dat doe ik al een tijdje.'

'Dat weet ik. Ik... ik voel me gewoon nogal een klootzak.'

'Dat ben je niet. En als je het al bent, dan krijg je vandaag een vrijbrief van me, goed?'

Hij kijkt me twijfelachtig aan. 'De hele dag?'

'Een paar uur dan... Beter?' Het lijkt er niet op dat hij zich er beter bij voelt. 'Je mag aan jezelf denken. Neem de tijd.'

Hij staat op. Hij wil weglopen, draait zich dan weer naar me toe en drukt een kusje in mijn haargrens. Het duurt even voor hij zich terugtrekt. Een langgerekt moment dat zo ontzettend als een afscheid voelt, dat het me doodsbang maakt.

Ik grijp zijn pols vast. 'Ik zie je straks? Je bent niet van plan om nu plotseling te verdwijnen, toch?'

Hij schudt zijn hoofd.

'Beloofd?' vraag ik. 'Dat mag je echt niet doen. Ik achtervolg je tot aan het eind van de wereld als je dat waagt.'

'Ik beloof het,' zegt hij zacht. Zijn mondhoek trekt een millimetertje de richting van een glimlach op. Ik wil mijn armen om hem heen slaan. Hem vasthouden en troosten en laten voelen dat hij niet alleen is. Maar ik weet niet of ik hem dan ooit nog loslaat. Dus in plaats daarvan laat ik hem gaan.

Hoop is iets wreeds, dacht ik toen ik vanochtend met Lynx in Café de Flore was. Maar zelfs valse hoop is beter dan de totale afwezigheid ervan. Toen Lynx me vertelde over zijn beslissing om zich niet te laten testen, leek het me onmogelijk om met die onzekerheid te leven. Maar uit alles wat ik inmiddels online gelezen heb, blijkt dat het merendeel van mensen die mogelijk drager van het huntington-gen zijn, het niet wil weten. En hoe meer ik erover te weten kom, hoe beter ik die keuze kan begrijpen. Als ik me in Lynx verplaats… Het vooruitzicht dat hij heeft – misschien heeft – moet voelen als een nachtmerrie die nooit eindigt. Ik heb al de hele dag een knoop in mijn maag en tegelijk heb ik zoveel bewondering voor de persoon die hij ondanks alles is. Dat hij zo… zó aandachtig en lief is. Dat hij oprecht interesse kan hebben in al het onzinnigs dat mij bezighoudt. Dat zijn gezelschap zo ontzettend fijn is. Zijn energie zo positief. Ik wist dat er iets was, maar dit… dat het zoiets zwaars is, dat is nooit bij me opgekomen.

Ik zie dingen anders nu. Momenten van stilte die er zijn geweest, gesprekken die we hebben gevoerd. De manier waarop hij kan stilstaan bij een zonsopkomst. Leven in het nu. Het is niet zozeer een filosofie. Voor hem is het de enige optie.

Nadat Lynx wegging heb ik nog een tijdje wezenloos voor me uit zitten staren om alles te laten bezinken. Om het stukje van hem dat ik kende aan te vullen met dat ene heel grote stuk dat hij verborgen hield. Het idee dat dit er de hele tijd was en dat hij er alleen, in stilte, mee bezig was, doet me pijn.

Toen de bezorgde blikken van het personeel me te veel werden, heb ik me verontschuldigd voor al het onaangeroerde eten, de rekening betaald en ben ik gaan lopen. Maar door Parijs lopen zonder Lynx is niet hetzelfde. Er is niets wat ik wilde bezichtigen zonder hem. Dus ik ben teruggegaan naar het hotel, waar ik de afgelopen uren research heb gedaan naar de ziekte en ik begrijp er nu meer over.

Het menselijk lichaam functioneert geheel op eiwitten. Cellen gebruiken ze om al hun taken uit te voeren. Zonder eiwitten kan een cel niets doen. Niet eens bestaan. Een gen dient als een recept voor cellen om die eiwitten te maken. Net zoals bij een taart, die mislukt als er een fout in het recept staat, moet de genetische code voor het maken van eiwitten precies kloppen. Het huntington-gen heeft een fout in het recept, waardoor het eiwit verkeerd gemaakt wordt. Dit zorgt ervoor dat hersencellen niet meer met elkaar kunnen communiceren en afsterven.

Ik heb alles gelezen wat ik online kon vinden. Ik wilde precies weten wat Lynx weet. Wat hem misschien te wachten staat. Begrijpen wat hij heeft meegemaakt met zijn vader. En nu weet ik het. Ongeveer. Want hoe ik me er inmiddels ook in heb verdiept, hij heeft het daadwerkelijk moeten doorstaan. En voor Lynx is het nog steeds niet voorbij. Hoe kan je zoiets verwerken als je er middenin blijft zitten? Ik wou dat ik iets voor hem kon doen. Ik wil dat dit niet waar is. Dat wil ik voor hem. Ik wil een toekomst voor hem. Een toekomst waar hij vertrouwen in kan hebben. Ik wil dat hij onbezorgd kan zijn, plannen kan maken, dat hij zichzelf toestaat alles te hebben wat hij zich nu ontzegt. En eigenlijk wil ik dat hij die dingen ook heeft in het slechtste scenario. Het verloop van deze ziekte is een waar schrikbeeld, maar het verandert niets aan mijn gevoelens. Wat ik wil is nog steeds hetzelfde. Misschien voel ik het nu zelfs nog dieper; dat ik hem niet wil laten gaan. Als iemand liefde verdient, is hij het. Ik wil niet dat hij alleen is. Ik wil naar hem toe. Ik wil bij hem zijn.

Ik klap mijn laptop dicht en laat mijn vingers over mijn kettinkje gaan. *Misschien denk je dan af en toe nog aan mij als je het draagt.* De manier waarop hij me vasthield toen hij het me gegeven had. Ook dat moment heeft nu een heel andere betekenis. Ik druk het kleine gouden vogeltje tegen mijn lippen en leun naar voren om mijn telefoon te pakken en hem een berichtje te sturen. Het kost me moeite om het goed te formuleren. Ik wis het een paar keer, om vervolgens opnieuw te beginnen. Zoekend naar de juiste toon om hem te laten weten dat ik hem wil zien, zonder opdringerig over te komen. Ik varieer tussen berichten met hele alinea's en alleen een simpele vraag. *Alles goed?* Maar natuurlijk is niet alles goed. *Hoe gaat het?* Nee, dat is ook niks. Wat moet hij daarop antwoorden? *Nou, vrij kut, eigenlijk.*

Ik probeer het opnieuw. *Wil je wat gaan eten?* Niet dat ik honger heb, dus dat wis ik ook. Ik typ: *Zie ik je straks nog?* Mijn duim zweeft boven het verstuursymbooltje. En dan... een klop op mijn deur. Eentje maar. Ik weet niet waarom het zo overduidelijk een Lynx-klopje is, maar dat is het. Ik smijt mijn telefoon aan de kant en spring van het bed.

Hij staat met zijn handen in zijn zakken en zijn blik schiet van zijn voeten naar mijn ogen als ik de deur met een ruk openmaak. Ik ben zo blij hem te zien dat ik me tegen hem aan werp, mijn armen om zijn middel en mijn wang tegen zijn schouder gedrukt. Hij had er niet op gerekend en zet een stapje naar achteren om zijn evenwicht te bewaren. Dan slaat hij zijn armen om me heen. Zijn hand tegen mijn achterhoofd, en zijn lippen tegen mijn slaap. 'Ik ben oké,' zegt hij zacht. 'Jij ook?'

'Nu wel.' Ik knijp mijn ogen dicht en adem zijn geur in.

'Sorry dat ik je liet zitten. Alweer.'

'Nee, geen sorry. Je hoeft nergens sorry voor te zeggen.'

Hij wrijft over mijn bovenarmen en ik voel dat hij zich klaarmaakt om los te laten, maar ik verstevig mijn greep om zijn middel alleen maar. Hij geeft zich er opnieuw aan over, wiegt me een beetje heen en weer, met zijn gezicht verborgen in mijn haar. Ik voel zijn borstkas opzwellen als hij diep inademt.

'Ik ben blij dat je er bent,' zeg ik in de zachte stof van zijn shirt. En ik bedoel het in de meest overkoepelende zin. Ik ben blij dat hij er is, hier, op dit moment, bij mij. Dat hij naar me toe is gekomen. En ik ben blij dat hij er ís. Dat hij bestaat. Dat ik het geluk heb hier tegelijk met hem te zijn. Dat onze paden elkaar hebben gekruist. Of nee, ik wil niet dat ze kruisen. Dan lopen ze weer uit elkaar nadat ze elkaar geraakt hebben. Ik wil dat ze samensmelten. Ik wil dat zijn pad nu ook het mijne is.

We blijven veel langer zo staan dan normaal is. Ik stel het moment om afstand te nemen steeds weer een paar tellen uit en hij lijkt het geaccepteerd te hebben; dat dit nu zijn leven is, met mij aan zich vastgeklampt. Ik zucht en zet een stapje achteruit, mijn kamer in. Mijn hand zoekt de zijne. 'Kom...'

Hij laat zich naar binnen leiden.

'Ga zitten,' zeg ik, terwijl ik mijn laptop en telefoon van het bed haal. 'Ik was bezig je een bericht te sturen, maar... ik kon de woorden niet vinden.'

'Je hoeft niet opeens bang te zijn om iets verkeerds te zeggen. Ik ben nog steeds wie ik was.'

'Dat is het ook niet.' Ik ga naast hem zitten aan het voeteneind. Eén been onder me gevouwen. 'Ik wil je niet benauwen. Ik weet dat je... afstand wilt bewaren.'

'Ik heb de hele dag aan jou gedacht,' zegt hij.

'Aan mij?'

'Dat ik zoiets bij je dump en je er daarna mee heb laten zitten. Ik...' Hij slaat zijn blik neer. Zijn handen liggen op zijn schoot en hij drukt zijn duim hard in de palm van zijn andere hand. 'God, ik maak er zo'n puinhoop van.'

Ik leg mijn hand tussen de zijne en sluit mijn vingers door die van hem. 'Weet je hoe blij ik ben? Dat je me dit hebt durven vertellen. Ik zie hoe moeilijk je het vindt en toch heb je het gedaan.'

'Ik was het niet van plan. Misschien had ik het niet moeten doen.'

'Voelt het niet goed? Dat ik het nu weet?'

'Ik weet het niet. Deze week met jou... Soms liet je het me echt vergeten. Ik kan me niet eens herinneren wanneer dat voor het laatst is gebeurd. Dat ik me even echt... normaal voelde.' Hij geeft een kneepje in mijn hand. 'Het was mijn bedoeling om het zo te laten.

Zodat ik op een of andere manier...' Hij maakt zijn gedachte niet af.

Ik knijp bemoedigend terug. 'Zodat wat?'

'Dat er een versie van mij zou blijven bestaan... in jouw herinnering... Iemand die ik had kunnen zijn als dit niet...'

'Hoe komt het dan dat je je bedacht hebt?'

'Ik denk dat ik toch liever wilde dat je weet wie ik echt ben. Alleen betwijfel ik nu of dat wel de juiste beslissing was. Alles is anders nu, hè?' Hij kijkt van onze handen naar mijn ogen.

'Niet voor mij,' antwoord ik. Ik schuif wat dichter naar hem toe. Mijn knie onder onze verstrengelde onderarmen door. 'Ik heb begrip voor alles wat je hebt gezegd. En ik respecteer jouw grenzen. Maar ik wil er voor je zijn. Kunnen we erover praten? Of is het te veel?'

'Wat wil je nog meer bespreken dan?'

'Alles wat jij me wilt vertellen.'

Hij is even stil. 'Ik wil je niet nog meer belasten.'

'Lynx... Ik kan dit aan. Mag ik je heel even laten voelen hoe het kan zijn om die last te delen? Voor één avond of een paar uur of... hoelang jij het ook aankunt? Je hebt me al binnengelaten. Je kunt me vertrouwen.'

Hij kijkt me aan, zijn gezicht een beetje gekanteld. Alsof hij een inschatting maakt of met zichzelf in debat is. Dan laat hij zijn hoofd zakken, zijn blik weer gericht op onze handen. Hij knikt, alsof hij overstag gaat, en zegt dan: 'Ik heb mijn vader één keer zien huilen. En dat was toen hij het ons moest vertellen. Wolf en mij... Hij huilde om ons. Niet om zichzelf.'

Zijn duim strijkt over die van mij.

'Het begon bij mijn oom. Nogal dramatisch eigenlijk. Hij was de minst opvliegende persoon die ik me kon voorstellen, maar op een avond ging hij ineens helemaal door het lint. Hij was met mijn tante naar een personeelsfeestje van haar werk geweest en had zich in zijn hoofd gehaald dat zij een affaire had met een collega. Mijn neef was een jaar of veertien, denk ik. Hij lag al in bed toen ze terugkwamen, maar de ruzie liep zo uit de hand dat hij moest ingrijpen. Toen richtte mijn oom zijn woede op hem en even later stond mijn neef totaal overstuur, met een dikke lip, bij ons op de stoep. Mijn vader is samen met Wolf meteen naar mijn oom en tante gegaan. Ik had mijn vader nog nooit echt boos gezien, maar hij was laaiend toen. En ik weet niet zeker of Wolf meeging om hem in toom te houden of om mijn oom vast te houden zodat mijn pa kon slaan.'

Hij kijkt me aan met een flauw glimlachje op zijn gezicht.

'Grapje.'

Ik glimlach terug. 'Snap ik.'

'Toen ze daar kwamen, zat mijn oom als een zielig hoopje mens op de bank en hij had nauwelijks besef van wat er was gebeurd of waarom hij zo kwaad was geworden. Volgens mijn tante gedroeg hij zich al een tijdje vreemd. Achterdochtig als ze uit haar werk kwam of als ze terugkwam van boodschappen doen. Het duurde nog maanden voor hij via omwegen werd doorwezen naar een neuroloog. Die besloot uiteindelijk te testen.'

'Had je vader toen nog geen klachten?' vraag ik.

'Kleine dingen die ik al noemde. Zijn onhandigheid en vergeetachtigheid. Nog niet op een alarmerend niveau, maar toen mijn oom dat gen bleek te hebben, wist mijn vader eigenlijk meteen dat het bij hem ook mis was. Dat voelde hij aan en de hele geschiedenis met zijn vader kwam opnieuw bij hem boven. Omdat mijn oom ook agressief gedrag vertoonde, was mijn vader ontzettend bang dat hij ook zo zou worden. Hij heeft ons laten beloven...'

Ik zie dat hij zijn kaak aanspant voor hij verdergaat.

'... dat we weg zouden gaan. Hij zei: "Als ik dat ook maar één keer doe, als ik ook maar een vinger naar een van jullie uitsteek, dan is het klaar. Dan vertrekken jullie onmiddellijk." En hij meende het. Toen we niet meteen akkoord gingen, raakte hij enorm overstuur. Ik denk dat hij daar het bangst voor was. Dat hij ons iets zou aandoen.'

'Heeft je vader ook die agressieve kant ontwikkeld?'

'Nooit,' antwoordt hij. 'Geen idee waarom het bij hem anders was... We hebben hem al die tijd thuis kunnen verzorgen. Met allerlei aanpassingen en thuiszorg. Maar het grootste deel kwam op mijn moeder aan. Op het laatst heb ik verlof van mijn werk genomen om mee te kunnen helpen. Toen zag ik het pas. Dat elke minuut van haar dag bestond uit zorgen voor mijn vader. Hij was totaal afhankelijk. Het is net als bij dementie. Je verliest degene van wie je houdt elke dag een beetje meer.'

Ik druk mijn kin tegen zijn bovenarm. Ik herken inmiddels de signalen als zijn emotie de overhand dreigt te nemen. De spanning in zijn kaak, de manier waarop hij slikt en zijn keel schraapt. Ik wacht tot hij weer wat controle heeft. 'Als je het over je vader hebt, dan praat je altijd over hem zoals hij was. Alsof de ziekte zijn herinnering niet heeft aangetast.'

Hij schudt zijn hoofd. 'Bij het heksenlaantje... De reden dat ik daar zo emotioneel werd, is omdat ik voor het eerst sinds zijn overlijden weer dacht aan hoe hij was vóór hij ziek werd. Ik stond daar en... ik zag mezelf daar met hem. Ik zag hém. Niet zijn ziekte. Alleen hem.'

Ik druk mijn lippen tegen hem aan, net onder de mouw van zijn T-shirt. 'Dat is prachtig.'

'Het is bijna alsof ik hem hier teruggevonden heb. Dankzij jou.'

'Ik denk dat je dat zelf hebt gedaan. Ik heb het gevoel dat ik hem een heel klein beetje heb leren kennen via jou.'

'Ik zou je graag aan hem voorgesteld hebben. Je weet wel, in een andere realiteit.'

Ik knik, terwijl het langzaam tot me doordringt. Dat die andere realiteit er een is waarin we elkaar nooit ontmoet zouden hebben. Hij zou gezond en zorgeloos zijn, met straalverliefde ouders, een dure auto, maatpakken, een topsalaris en een drieling met Sylvie. Het is glashelder dat die realiteit voor alle betrokken partijen de beste optie is. Behalve voor mij. Het grootste drama in zijn leven heeft hem bij mij gebracht.

Hij draait zijn gezicht naar me toe en laat zijn lippen eventjes tegen mijn voorhoofd rusten. 'Er is iets wat niemand weet,' zegt hij daarna. 'Ik heb het nooit aan iemand verteld. Niet aan mijn moeder. Of aan Wolf...'

Ik kijk naar hem op.

'Mijn vader wist dat Wolf het gen niet heeft. Hij begreep het, dat ik het niet wilde weten. Toen we het net wisten, hebben we er uitgebreid over gesproken. Ik was nog minderjarig, dus ik kon me nog niet laten testen. En later, toen ik besloot dat ik het niet wilde, stond hij achter die keuze. Maar toen het bergafwaarts ging, wilde Wolf zekerheid. En mijn vader was nog genoeg bij zinnen om het te begrijpen toen de uitslag kwam. Ik was erbij toen Wolf het hem vertelde. De last die er van hem af viel... Ik heb me altijd schuldig gevoeld daarna. Dat ik hem dat niet kon geven. Mijn vader is er nooit bij me op teruggekomen. Hij heeft nooit gevraagd of ik het wilde heroverwegen. Maar soms als hij naar me keek, vooral toen het echt heel hard achteruitging met zijn gezondheid... dan zag ik zoveel angst in zijn ogen. Dan wist ik gewoon dat hij bang was dat ik dat ook zou meemaken. En op het laatst...' Hij forceert de woorden nu, ik hoor het aan zijn stem. 'Echt vlak voor hij stierf... was ik alleen met hem...'

Hij laat mijn hand los en brengt zijn duim en wijsvinger naar zijn ogen. Zijn schouders beginnen te schokken en ik richt me op één knie op, laat mijn hand over zijn rug gaan en hij kantelt tegen me aan, zijn gezicht in mijn nek verborgen terwijl hij huilt.

Ik sla mijn armen om hem heen en maak een sussend geluidje in zijn haar. Ik voel zijn hartslag in zijn nek tegen mijn vingertoppen bonzen.

'Ik heb gelogen,' brengt hij snikkend als een klein jongetje uit. 'Ik heb... Het laatste wat ik tegen hem heb gezegd... was een leugen.'

'O, Lynx... Het is oké...' God, ik wou dat dat waar was. Ik wou dat ik alles oké kon maken voor hem.

'Ik heb gezegd dat ik me had laten testen en dat ik het niet heb. En toen... een paar uur later... was hij er niet meer. En ik weet niet wat ik erger vind: het idee dat ik het eerder had moeten zeggen, dat hij het misschien niet eens gehoord heeft. Of dat hij het wél begrepen heeft, want dan is het laatste wat hij me heeft horen zeggen een leugen.'

'Je weet niet of het een leugen is. Het kan net zo goed waar zijn.'

Hij drukt zijn gezicht dieper in de stof van mijn shirtje. Ik laat mijn vingers door zijn haar gaan en hou hem zo stevig vast als ik kan.

'Misschien niet, Lynx. Je hebt nog steeds je "misschien niet".'

'Audrey...' brengt hij uit. Ik heb mijn naam nog nooit zo wanhopig horen klinken.

'Het is goed. Je hebt geprobeerd hem gerust te stellen. Je hoeft je daar niet schuldig over te voelen.' Ik maak nog een serie onzinnige, sussende geluidjes en fluister dat het goed is. Dat alles goed is. 'Je deed het voor hem,' zeg ik. 'Dat is zo lief van je.'

Hij klampt zich aan me vast. Zijn arm om mijn middel, zijn hand op mijn been, vingers drukkend, knedend in de buitenkant van mijn dij.

Ik voel zijn lippen tegen mijn sleutelbeen en in mijn hals. Hij hapt naar lucht en ik voel zijn adem stokken. Dan zijn zijn lippen weer op me en ditmaal is het meer dan alleen het contact van lippen tegen huid. Dit is een kus. Zacht en langzaam.

Ik streel door zijn haar, mijn ogen gesloten. Terwijl zijn schouders nog lichtjes naschokken, voel ik zijn lippen op verkenning gaan van mijn nek langs mijn keel naar mijn wang. Als zijn mond de mijne vindt, proef ik zijn tranen. Zijn hand glijdt onder mijn dij en dan trekt hij mijn been onder me vandaan. Hij drukt me met zijn bovenlijf neer op het bed en drapeert mijn benen over zijn schoot. Ik weet precies wat dit is. Wanhoop, verdriet en troost. Ik weet ook dat hij alleen maar even gevangenzit in dit moment en dat het zo meteen weer voorbij is. En wat ik óók weet, is dat ik hem alles geef wat hij nodig heeft, zolang hij het wil. Dus als hij zijn tong langzaam langs mijn lippen beweegt, open ik ze voor hem. Ik laat me door hem kussen en ik kus hem terug. Voorzichtig genoeg om hem het tempo te laten bepalen en niet de controle te verliezen. Ik ben volledig voorbereid op het moment dat hij zijn impulsen weer in de hand heeft. Het duurt langer, veel langer dan ik had verwacht, maar dan voel ik de verstilling in zijn lichaam. Hij trekt zich niet meteen terug, maar laat zijn gezicht terug in mijn hals zakken. 'Sorry…'

'Je doet niets verkeerd,' antwoord ik. 'Je hebt niets om sorry voor te zeggen.'

'Het is niet eerlijk. Naar jou toe.' Nu neemt hij afstand. Hij duwt zich op en keert zich om. Hij leunt naar voren, met zijn ellebogen op zijn knieën en zijn gezicht in zijn handen.

'Niets hiervan is eerlijk. Wat jij hebt meegemaakt is niet eerlijk. Waar jouw hele familie mee moet dealen is oneerlijk. De hele wereld is volstrekt oneerlijk.' Ik praat tegen zijn rug en schuif naar hem toe, leg mijn hand op zijn arm. 'Luister… Wat jij jezelf oplegt, dat is ook niet eerlijk. Het leven is kort, dat weet jij als geen ander. Maar het is ook lang. Te lang om jezelf af te sluiten. Dat kan je niet volhouden, Lynx.'

'Ik zal wel moeten. Dat heb ik je uitgelegd.'

'En ik begrijp je uitleg. Maar snap jij ook wat ik zeg? De prijs die je betaalt, is te hoog. En dat zeg ik niet omdat ik koppig verliefd op je ben. Ook al ben ik het wel. Koppig. En verliefd. En ik wil niet dat dit eindigt. Als ik mag kiezen, dan kies ik ervoor om hier, nu, bij jou te zijn. Voor hoelang het ook mag duren.'

'Audrey…' Hij maakt zich van me los en staat op. Hij loopt naar het raam en keert zich dan weer naar me toe. 'Bij welk deel van alles wat ik je heb verteld, heb ik je het idee gegeven dat er ook maar iets is om voor te blijven? Ik weet niet welk beeld *Grey's Anatomy* geschetst heeft, maar als ik dat gen heb, is mijn situatie volstrekt uitzichtloos. En aangezien ik me niet laat testen, is en blijft dat onderdeel van mijn realiteit. Er is geen hoop en geen knappe dokter die me gaat redden.'

'Dat weet ik. Zo naïef ben ik niet, Lynx. Ik denk niet dat het allemaal wel meevalt of dat er een of andere magische oplossing uit de lucht komt vallen. Ik weet dat als je dit hebt, jou iets verschrikkelijks te wachten staat. Ik weet dat het niet te voorspellen is wanneer je dan ziek zal worden, hoe snel het zal gaan, en hoeveel tijd je nog hebt. Die gedachte vind ik onverdraaglijk. En het maakt me bang. Ik heb de afgelopen zes uur alles gelezen wat ik kon vinden over de ziekte. Ik weet van de studies met Branaplam en AMT-130 die afgebroken zijn. Ik weet hoe het zit met de CAG-repeat. Ik weet wat een intermediaire repeat is en gereduceerde penetrantie.'

Hij maakt een verbluft geluid.

'Ik pretendeer zeker niet dat ik weet wat er in jou omgaat, maar ik ben niet naïef.'

'Shit... Ik...' Hij draait zich naar het raam en weer terug naar mij. 'Audrey, het spijt me. Ik ben zo'n lul. Je moet die vrijbrief maar intrekken, want ik...'

'Oké, hierbij ingetrokken.'

'Waarom heb je dat nou gedaan, Audrey? Al die ellende. Ik wil niet dat jij daarover na moet denken.'

'Dat weet ik. Maar ik doe het toch. En... Oké... dit is het punt: jij bepaalt. Daar is de deur. Je kunt weglopen van mij, van ons, wanneer je maar wilt. Maar voor je dat doet, zijn er dingen die ik gezegd wil hebben. Want jij hebt dit allemaal misschien al een hele tijd geleden besloten. En je bent me helemaal niets verplicht. Maar Lynx... als ik bij jou ben... hoe leuk ik Darius ook vond – en ik vond hem echt, écht heel leuk... Jij hebt dat helemaal weggevaagd. Als ik bij jou ben, bestaat er niets anders voor me. En geloof me: ik ben me bewust van het doemscenario. Maar… Nou en? Fuck dat gen. Fuck huntington.'

'Fuck huntington?' herhaalt hij. Hij lijkt boos nu. 'Serieus? Zo makkelijk is het volgens jou?'

'Niet makkelijk. Maar wel simpel. Dus je zult niet je hele leven gezond zijn…' Ik zwaai mijn benen van het voeteneind en sta op. 'Dat geldt voor iedereen. Niemand van ons komt hier levend vandaan. Morgen is nooit gegarandeerd. Het leven kan zomaar opeens veranderen. Of voorbij zijn. Misschien word ik eerder ziek dan jij. Misschien klinkt dit als een ongelooflijke simplificatie en ik realiseer me ook dat het makkelijk praten is als het allemaal puur hypothetisch is en ver van je bed lijkt. Ik weet dat jij de luxe niet hebt om te geloven dat je stokoud wordt en zacht in je slaap overlijdt. Dus dan heb je een kutdeal, ja. Maar daarom verdien je geen liefde? Dat slaat toch nergens op?'

'Het gaat niet om wat ik verdien. Ik ben er niet toe in staat.'

'Je leeft twee keer zo hard als wie dan ook, waarom kan je dat ook niet in de liefde doen? Keihard van iemand houden in de tijd die jullie gegeven is? Je hebt gezien hoe dat moet. Je ouders hebben je het perfecte voorbeeld gegeven. Denk je echt dat je moeder de tijd die ze met je vader heeft gehad zou willen ruilen tegen een onbezorgd leven met iemand anders? Heb je weleens echt naar "Hymne à l'amour" geluisterd? Het gaat over een liefde die alles overwint. Die sterker is dan de dood.'

'Ik weet waar het over gaat,' snauwt hij. O, hij is zeker weten kwaad. Ik denk niet dat ik deze blik al eerder bij hem heb gezien.

'Ik zeg dit niet voor mezelf, Lynx. Ik probeer je niet te overtuigen om mij een kans te geven. Want eerlijk gezegd: ik heb geen idee of wij bij elkaar passen. Of ik genoeg ben voor jou. Zoals ik al zei ben ik er al trots op dat ik mijn planten in leven hou. Ik denk er al jaren over om een kat te nemen, maar ik vind de verantwoordelijkheid nogal groot.

Dat is zo'n beetje hoe ik de toekomst zie. Twee mensen en een kat in mijn loft. Ik denk niet dat dat genoeg is voor jou. Ik denk dat jij alles wilt. Jij kan je niet voorstellen dat je het kan hebben, maar in jouw ideale toekomst zit je ooit straalverliefd met je vrouw in een café aan wildvreemde mensen foto's van je eigen kinderen te showen. Dat is wat ik denk dat jij wilt. En ik zeg je dat je dat wél kan hebben. Dat verdien je, Lynx. En niet alleen jij, trouwens. Zij verdient het ook. De vrouw die tegenover je in dat café zal zitten. En de kinderen op de foto die je zal laten zien, die verdienen jou als vader. Met of zonder dat gen! Want jij weet vast ook wel dat er inmiddels manieren zijn waarop dat kan zonder dat je het doorgeeft. Lynx... Mensen verdienen jou in hun leven. Mensen verdienen dat jij van ze houdt. Want je weet het misschien zelf niet, maar je bent er fucking goed in!'

'Audrey, denk je nou echt dat ik hier nog nooit over heb nagedacht? Dat ik dit zomaar besloten heb? Als ik zo makkelijk van gedachten kon veranderen, zou ik dat dan niet gedaan hebben toen Sylvie erom smeekte, denk je?'

'Maar je bént van gedachten veranderd. Want je wist vanaf je zeventiende dat je misschien dat gen hebt en toen geloofde je nog wel in een toekomst. Je bent verliefd op haar geworden. Je zei dat het serieus was. Dat je plannen had met haar. Een kinderwens. Waarom is het nu dan allemaal zo anders?'

'Mijn vader ging dood. Dat is er anders. En natuurlijk wist ik dat hij eraan zou overlijden, maar toen gebéúrde het. Mijn vader is dóód, Audrey. Hij was sterk en levenslustig. Hij hield van mijn moeder zoals ik nog nooit iemand van een ander heb zien houden. Hij ging door het vuur voor mijn broer en mij. Hij wist alles. Hij kon alles. En nu is hij gewoon weg. Alsof... het er niet toe deed.'

'Hij deed er wel toe. Ik ken hem niet eens, maar ik hoef maar naar jou te kijken om dat zeker te weten.'

Hij kijkt naar me alsof hij amper hoort wat ik zeg. 'Ik dacht altijd...

heel stom... dat het pas zou gebeuren als hij er klaar voor was. De dood als een verlosser.' Hij stoot een humorloos lachje uit, alsof hij zijn eigen naïviteit uitlacht. 'Hij komt pas als het niet anders kan. Als je lichaam zo kapot is dat het niet meer functioneert. Of dat nu een langzaam proces is of plotseling, het gebeurt altijd pas als het lichaam stuk is. Dat vond ik geruststellend. Ik had altijd in mijn hoofd dat als zijn lichaam niet meer kon, zijn geest dan ook klaar zou zijn om te gaan. En dat was niet zo. Hij was er voor geen meter klaar voor, want dan had hij zijn einde zelf gekozen zoals hij van plan was te doen. Hij wilde niet dood. In de laatste minuut lag hij nog te vechten. En het was niet mooi of geruststellend of een fucking verlossing. Het was een verschrikking. En ik weet dat mij dat ook te wachten staat en vertel me even, hoe –' Zijn stem slaat over. 'Hoe kan ik dat iemand anders aandoen? Iemand van wie ik hou? Laat staan een onschuldig kind.'

'Lynx...' Ik overbrug de afstand tussen ons en trek hem aan zijn shirt naar me toe. 'Je vergeet iets.'

'Wat?' vraagt hij geagiteerd.

'Voor het einde komt, heb je nog een leven te leiden. Jouw leven. En het wordt fantastisch, want jij bent fantastisch. Je bent hier nu, Lynx! Je bent hier en je kunt alles doen wat je maar wilt. Doe alsjeblieft wat je wilt.'

'Wat ik wil?' vraagt hij.

Ik knik, zijn shirt nog steeds vastgeklemd in mijn gebalde vuist. 'Doe wat jij wilt. Niet wat ik wil. Niet wat Sylvie wil, of je moeder, of Wolf. Wat wil jij, Lynx?'

'Wat ik wil?' herhaalt hij, alsof hij het zich nu pas voor het eerst écht afvraagt. Hij pakt mijn pols vast en duwt mijn hand omlaag zodat ik hem los moet laten. 'Als ik alles kan doen?'

'Wat je maar wilt.'

Het volgende moment grijpt hij mijn gezicht tussen zijn handen. Hij kust me. Gewelddadig bijna. Zijn handen glijden in mijn haar, vingers verstrikt. Hij duwt me achteruit en het is alsof ik een injectie met pure adrenaline krijg. Nog een moment later zijn zijn handen op mijn heupen en hij tilt me op. Ik heb mijn armen om zijn nek, mijn benen om zijn middel. Zijn ogen vinden de mijne. 'Zeg stop, Audrey.'

Ik schud mijn hoofd. Koppig. Verliefd.

Hij zet zijn knie op het bed, kantelt me achterover. Ik laat hem niet los.

'Zeg dat ik op moet houden.'

'Nee,' antwoord ik.

Hij trekt zijn T-shirt uit. Eén bliksemsnelle beweging. Hij smijt het aan de kant, maakt vervolgens werk van de knoop van mijn spijkerbroek, sjort zonder omhaal de stugge stof omlaag over mijn heupen. Ik trek mijn benen in tegengestelde richting en ik voel de stof van zijn jeans tegen de achterkant van mijn dijen als hij mijn knieën met een simpele beweging uit elkaar duwt en zichzelf ertussen positioneert. Zijn lippen op de mijne. Zijn tong die mijn hele mond verovert. Brutaler, veel dringender dan alle keren hiervoor. Alsof hij een missie heeft en bang is zich te bedenken. Ik klem hem vast tussen mijn benen en hij rolt zijn heupen tegen de mijne, kreunend terwijl zijn tong langs de mijne glijdt en elke gedachte die ik nog heb verjaagt.

De dag dat ik mijn verstand terugkrijg

Een streep blauw licht van winkelcentrum Beaugrenelle aan de overkant valt door een kier in de gordijnen naar binnen. Ik heb Lynx in mijn armen, in een lome, half sluimerende toestand, met zijn hoofd op mijn borst, zijn arm over me heen en onze benen verstrengeld. Mijn favoriete playlist is aangevuld met Dolly Parton en Édith Piaf, en ik heb de shufflemodus aangezet, waardoor 'La vie en rose' wordt opgevolgd door 'At Your Best (You Are Love)' van The Isley Brothers. Iets wat nog onverwacht goed uitpakt ook.

Ik kriebel door zijn haar, luisterend naar de woorden. De laatste dagen lijkt elk liedje dat ik hoor over hem te gaan. *Try to find a place for me...* Ik vraag me af of de tekst ook tot hem doordringt. Of hij er nu over ligt na te denken, net als ik. Of hij het kan. Of we allebei de beste versie van onszelf kunnen zijn en elkaar een plekje kunnen geven. Dan wordt de boodschap vrij ruw overstemd. Een laag rommelend geluid zwelt aan en verstoort de rust.

Hij tilt zijn hoofd op en kijkt me aan. Een traag opkomende glimlach verschijnt op zijn gezicht voor hij zegt: 'Iemand heeft vandaag te weinig taartjes gegeten.'

'Wat dacht je van: helemaal geen?'

Hij zet zijn elleboog naast me neer en steunt erop. 'Geen taartje? Niet één?'

Ik schud mijn hoofd en verplaats mijn hand naar zijn blote schouder.

'Dat kan niet. Dat mág niet. Ik laat je een paar uur alleen en je gaat meteen in hongerstaking?'

Ik maak een bevestigend geluidje. 'Ik eet alleen nog wat jij me brengt. Het is jouw verantwoordelijkheid vanaf nu.'

'Oké, laat me even denken...' Hij reikt over me heen naar mijn telefoon en kijkt naar de tijd. 'Het wordt een uitdaging, maar ik ben een paar tentjes tegengekomen die de hele nacht open zijn. Of ze ook taart hebben, is de tweede vraag. En áls ze het hebben, weet ik niet of jij er zo blij van wordt... Waar heb je zin in?'

'Alles wat ik op dit moment wil, ligt in dit bed,' antwoord ik, waarop mijn maag nog een keer hetzelfde klaaglijke geluid maakt.

Lynx lacht. Zijn hand streelt mijn buik. 'Je lichaam is het niet met je eens, kitten.' Zijn vingers glippen onder de stof van mijn topje. 'Ik wil best iets voor je halen. Pizza lukt bijna altijd, dag of nacht.'

'Je weet dat ik van eten hou,' zeg ik, 'maar niets is het waard dat jij er deze kamer voor moet verlaten.'

'En de macarons van Ladurée dan?'

Ik schud mijn hoofd.

'Die taartjes van het Shangri-La?'

'Oeh. Ze komen in de buurt, maar nee.'

'De crêpes uit die foodtruck?'

'Hmm, die waren lekker,' antwoord ik. 'Maar ook niet.'

Hij fronst, diep in gedachten. 'Ik heb het,' zegt hij daarna triomfantelijk. 'Hiervoor zou je me op pad sturen... De crème brûlée en warme chocolademelk van Café des Deux Moulins.'

'Heel verleidelijk.'

Zijn wenkbrauwen schieten een stukje omhoog. Hij denkt dat hij gewonnen heeft.

'Maar toch niet zo verleidelijk als jij.'

Hij lacht en wist al mijn gedachten. 'Heel schattig, kitten.'

'Kunnen we gewoon nog even zo blijven liggen?' vraag ik.

Zijn blik wordt serieus en mijn hart slaat een slag over terwijl we elkaar aankijken. Dan laat hij zijn hoofd zakken, drukt zijn lippen tegen mijn sleutelbeen en plaatst zachte kusjes op de bolling van mijn borst, vlak boven de rand van mijn topje. Hij laat zijn wang weer tegen me aan rusten. Ik duw mijn neus in zijn haar. De frisse, bosachtige geur van zijn stylingproduct en daaronder dat typische, warme Lynx-achtige wat ik wilde vinden. Ik ga met mijn vingers door het haar op zijn achterhoofd en zijn hand ligt onder mijn topje, terwijl zijn duim zachtjes over de curve van mijn ribben heen en weer gaat.

'Sorry van daarstraks,' zeg ik. 'Dat ik je zo hard gepusht heb.'

'Ik kan wel iets hebben,' antwoordt hij.

'Ben je echt oké?'

'Zelf zou ik het op dit moment aanduiden als iets beter dan oké.'

'Zeker weten?' vraag ik nog een keer.

'Heel erg zeker.'

'Oké.'

Een paar tellen zijn we stil. Dan grinnikt hij in zichzelf, heel even.

'Wat is er grappig?'

'Laat maar.' Ik voel zijn glimlach tegen mijn huid. 'Zomaar iets wat ik dacht.' Hij drukt een kusje in mijn hals.

'Wat dan?' Als hij stil blijft, stoot ik hem aan. 'Zeg op.'

'Nou...' Hij aarzelt. Als hij me aankijkt, ziet hij eruit als een ondeugend kind. 'Ik dacht gewoon dat ik jou ook wel hard gepusht heb. Best een tijdje, ook.'

'Lynx...' zeg ik met gespeelde verontwaardiging.

'Wat?'

'Dat is echt een heel puberale grap.'

'Hé, jij vroeg erom. Ik zei nog: laat maar, maar je drong aan.' Zijn ogen twinkelen en ik weet vrij zeker dat hij ziet dat ik zijn opmerking leuker vind dan ik toegeef. Hij laat zijn hoofd weer zakken.

'Jij mag me zoveel pushen als je maar wilt,' zeg ik.

'Audrey...' Het is een soort imitatie van hoe ik zijn naam net zei, alleen gromt hij het bijna.

'Wat?' doe ik onschuldig. 'Soms heb ik een zetje nodig. Een stimulerend, aanmoedigend –'

'Stop.' Hij legt zijn hand over mijn mond en helt over me heen. 'Als je zo tegen me praat, sta ik niet voor de gevolgen in.'

'Jij begon,' zeg ik bijna onverstaanbaar tegen de palm van zijn hand.

'Maar jij bent er beter in en dat is oneerlijk.' Hij tilt zijn hand op en laat zijn duim langs mijn onderlip gaan. 'Het zijn altijd de nette meisjes van hr...'

'Ik weet niet zeker of Audrey van hr nog terugkomt...'

'Audrey – wat ze ook doet en waar ze ook is – is fantastisch,' zegt hij weer. En hij kust me. En rolt me boven op zich.

Ik val zo'n beetje boven op Lynx in slaap, half over hem heen gedrapeerd. Het is midden in de nacht als ik wakker word. De muziek op mijn telefoon speelt nog en het licht aan mijn kant van het bed is nog aan.

Lynx heeft zijn arm om me heen. Zijn hand ligt op mijn heup en de vingers van zijn andere hand zijn om de mijne gesloten, rustend op zijn borst. Hij slaapt diep. Ik laat me wegdrijven op het krachtige, geruststellende geluid van zijn hartslag en de zachte puf elke keer als hij uitademt. Maar ik val niet écht in slaap. Ik wil me hier bewust van zijn, elke minuut die ik met hem kan krijgen, wil ik hebben.

Quand il me prend dans ses bras
Qu'il me parle tout bas
Je vois la vie en rose

Mijn playlist is helemaal rondgegaan en ik luister naar de woorden die Édith Piaf schreef voor haar grote liefde, die de moeder van Lynx keer op keer zong voor de hare en die mij vanaf nu altijd zullen doen denken aan die van mij. Het voelt niet eens raar om hem die titel te geven, ook al ken ik hem nog maar zo kort. Ik voel dat hij het is.

C'est lui pour moi,
moi pour lui
dans la vie

Ik richt me een beetje op, bestudeer de scherpe lijn van zijn kaak, de donkere stoppeltjes op zijn kin. Zijn lippen, een klein beetje uiteengeweken; de volheid van zijn onderlip, het boogje van zijn bovenlip. Rennen, zei hij. *Heel hard de andere kant op.* Maar ik zie alleen maar redenen om naar hem toe te rennen. Ik weet niet hoeveel tijd we krijgen. Het zal altijd te weinig zijn. Maar of het nu alleen deze week is, of een paar maanden voor we erachter komen dat we in de praktijk helemaal niet werken samen, of jaren voor er een slopend proces begint van elke dag een beetje meer afscheid nemen… In al die scenario's krijgen we iets waar sommige mensen hun hele leven naar zoeken zonder het te vinden.

Laat me van je houden, zeg ik in gedachten. Dat is het enige wat ik wil en ik probeer het in mijn hoofd op een rijtje te krijgen. Alle redenen waarom we dit wél moeten doen. Er zijn er zoveel meer dan die ene stomme om het niet te durven.

Ik maak me voorzichtig van hem los en reik naar mijn notitieboek op het nachtkastje. Ik pak de pen die erbovenop ligt en blader door mijn lijstjes heen, voorbij de pagina's met notities die ik vanmiddag heb gemaakt toen ik research deed.

C'est lui pour moi schrijf ik boven aan de bladzijde. En de woorden vloeien op papier, vullen regel na regel met alle redenen waarom hij het voor mij is. Voor ik het weet heb ik twee pagina's volgeschreven en ik ben nog steeds niet klaar als Lynx naast me begint te bewegen. Hij draait zich naar me toe, op zijn zij. Zijn hand zoekend over het bed.

'Waar ben je?' vraagt hij schor en slaapdronken.

'Hier,' zeg ik. 'Ik ben gewoon hier.'

'Te ver weg.' Hij legt zijn arm over me heen, vingers kruipend over mijn middenrif naar mijn middel, naar mijn heup, voor ze tussen het matras en mijn lichaam grip krijgen. Hij trekt me onderuit en naar zich toe, in de holte van zijn lichaam. Zijn arm glipt onder mijn kussen terwijl ik het boek aan de kant leg en me dicht tegen hem aan nestel om opnieuw in slaap te vallen.

Lynx komt in alleen zijn spijkerbroek en met nat haar de badkamer uit als ik terugkom met ontbijt. Ik ben weggeglipt terwijl hij nog sliep en het briefje dat ik uit mijn notitieboek heb gescheurd, waar ik vlug de woorden *Niet bewegen!* op gekrabbeld had voor ik wegging, ligt nog op het onopgemaakte bed.

'Je hebt bewogen,' zeg ik teleurgesteld, al moet ik toegeven dat deze aanblik niet echt onderdoet voor het beeld van hem in bed, zoals ik hem heb achtergelaten – en hem ook weer wilde aantreffen.

'Alleen om te douchen. Niet stinken leek me iets belangrijker.'

Ik zet de tray met drankjes en het papieren tasje met ons ontbijt neer terwijl ik naar hem toe loop. 'Jij ruikt altijd lekker,' zeg ik terwijl ik mijn armen om zijn middel sla.

'Sommigen zouden daar een causaal verband met douchen in zien.'

Ik kijk lachend naar hem op en hij beantwoordt mijn omhelzing. 'Ik weet niet hoe je weggekomen bent zonder dat ik het merkte. Heb jij ninjatraining gehad?'

'Je sliep heel vast. Ik vermoed dat er een kleine tot middelgrote kudde olifanten door de kamer had kunnen komen zonder dat je wakker was geworden.'

'Klein tot middelgroot,' herhaalt hij. 'De kudde of de olifanten?'

'Maakt niet uit. Een kleine kudde grote olifanten of een grote kudde kleine olifanten.' Ik geef een kusje op zijn nog ongeschoren kin en laat hem los.

'Maar geen grote kudde grote olifanten?' vraagt hij terwijl ik de badkamer in loop.

'Niemand slaapt daardoorheen.' Ik was mijn handen. Zijn douchegel staat op de rand van de wasbak, zijn tandenborstel in een glas naast de kraan. Mijn tandenborstel staat in een apart glas en ik verplaats hem naar de zijne, gewoon om te zien hoe het staat. Het bevalt me, dus ik laat het zo.

'Was het erg gênant?' vraagt hij als ik terug de kamer in kom. Hij geeft me mijn koffie aan.

'Gênant? Nee, je bent schattig als je slaapt.'

'Dat is een eufemisme voor gênant.' Hij gaat op bed zitten, haalt een hand door zijn haar en haalt het dekseltje van zijn koffie.

Ik sta tegen het tafeltje geleund en moet moeite doen om een zwijmelende zucht te onderdrukken. Zijn ogen ontmoeten de mijne terwijl hij een slok neemt. Ik kan niet helemaal doorgronden hoe iets zo precies goed en normaal kan voelen en tegelijk zó… nieuw en speciaal en… overweldigend. Iets simpels als zijn tandenborstel naast die van mij. Of hij, net gedoucht, terwijl hij zijn koffie drinkt.

'Ik heb chocoladebroodjes,' zeg ik. Ik zet mijn koffie neer en neem het papieren zakje met de broodjes mee als ik naast hem ga zitten. Ik scheur het tussen ons in open. 'Heb je honger?'

Hij maakt een bevestigend geluidje terwijl hij nog een slok neemt, niet erg overtuigend.

'Oké, wacht even.' Ik zie hem al mijn bewegingen volgen, een beetje zoals ik dat ook bij hem doe. Alsof hij ook bezig is om dit, ons, te duiden. 'Let op,' zeg ik en ik neem een hap van het broodje. Ik hum waarderend. 'Wil je het nu?' Ik neem nog een hapje.

'Nu wil ik het inderdaad.' Hij leunt naar voren en hapt zich een weg door het broodje naar mijn lippen. Ik lach onder zijn kus, mijn mond vol chocolade en zacht croissantdeeg, en ik moet me schrap zetten om niet door hem achterovergeduwd te worden.

'Niet die van mij! Je hebt er zelf een!'

'Maar ik wil deze. En dit.' Hij grijpt mijn kin vast en kust me nog een keer. En nog eens, voor hij het broodje van me afpakt en nog een hap neemt.

Ik veeg met mijn duim een beetje gesmolten chocola weg van zijn mondhoek en haal het andere broodje uit het papier. Er valt een stilte terwijl we naar elkaar kijken, en eten, en slokjes koffie nemen. Het is verleidelijk om te vermijden wat er onder de oppervlakte sluimert en er gewoon weer een nieuwe dag in Parijs van te maken met hem. Het ligt voor het oprapen: de ontkenning. We kunnen de stad in gaan of de hele dag hier in bed doorbrengen en doen alsof het altijd zo kan zijn. Nog één dag van dit. En dan misschien nog een. En nog een.

'Ik heb nagedacht,' zeg ik aarzelend.

Hij zegt niets, maar zijn blik spreekt boekdelen. Hij is bang voor wat ik ga zeggen.

'Ik moet naar huis.' Ik weet niet precies wat ik had verwacht. Dat hij opgelucht zou zijn, misschien. Maar zo ziet hij er niet uit.

Zijn ogen dwalen over mijn gezicht en dan slaat hij zijn blik neer. 'Ja.'

'Ik ben gewoon weggelopen van alles. En misschien is dat wel het allerbeste wat ik ooit heb gedaan. Maar er zijn dingen die ik onder ogen moet zien. Ik moet fatsoenlijk mijn ontslag indienen. Bedenken wat ik daarna ga doen. En ik denk dat ik met mijn ouders moet praten, en met mijn zus. Want dat heb ik al heel lang niet gedaan; een gesprek met ze voeren, een open en eerlijk gesprek over wat me bezighoudt. Ik denk dat de band een stuk hechter zou kunnen zijn als ik dat zou leren. En... ik moet Darius vertellen dat die date er nooit zal komen. Dat alles wat ik tegen hem heb gezegd belachelijk was. Dat ik geen idee had wat ik voelde, omdat ik het nu pas weet. Hoe het hoort te voelen als je iemand ontmoet die het helemaal voor je is. *C'est toi pour moi...*'

Hij kijkt naar me op en even zie ik het in zijn ogen. Hoop. Voor hij het wegdrukt en treurig mijn naam uitspreekt.

'Ik wil niet dat dit eindigt,' zeg ik voor hij verder kan gaan. 'Jij bent het voor mij, Lynx. Ik weet het zeker. Hoe kort of lang we ook zullen hebben, ik wil het.'

'Audrey... Ik kan niet... Ik kán het niet.'

'Dat weet ik. Ik weet dat je het nu niet kan. En ik ben niet de eerste persoon die je weer moet leren toelaten. Ik vind dat je moet beginnen met je moeder en je broer. Het heeft geen zin om ze op afstand te houden. Je denkt dat als je ze wegduwt, dat het dan makkelijker is. Maar het enige wat je bereikt, is dat je hun pijn niet ziet. Schrödingers kat: de pijn is er tegelijk wel en niet. Lynx...' Ik leg mijn hand op de zijne. 'Misschien moeten ze je ooit verliezen. Maar laat dat niet nu al zijn.'

Ik leun een beetje opzij zodat ik het papiertje uit mijn broekzak kan halen met daarop het telefoonnummer dat ik vanochtend heb gebeld. Ik geef het aan hem.

'Ik heb die man gebeld van het Édith Piaf-museum. En ik heb in mijn allerbeste Frans een afspraak gemaakt voor woensdagmiddag, om drie uur. Het adres staat erop. Als je er bent, bel je dit nummer en dan geeft hij je een code om binnen te komen. Ik vind dat je je moeder moet bellen. En haar moet vragen om naar Parijs te komen. En dan gaan jullie dit samen doen.'

Hij neemt het opgevouwen papiertje van me aan. 'Jij kan niets half aanpakken, hè?'

'Ik durfde die man van het museum eerst niet te bellen,' zeg ik. 'Ik durfde Darius niet om een date te vragen. Ik durfde op mijn werk niet te zijn wie ik écht ben. Ik durfde mijn ouders niet te zeggen dat ze me de hele tijd het gevoel geven dat ik ze teleurstel. En ik durfde niets te veranderen aan mijn leven, ook al werd ik elke dag een beetje ongelukkiger. Toen kwam jij. En nu... nu doe ik dingen die ik anders nooit zou hebben gedurfd. Omdat jij me het gevoel geeft dat ik dat kan. Ik wil dat ook voor jou doen. Je zei dat áls je van gedachten had kunnen veranderen, je het gedaan zou hebben voor Sylvie. Ik weet niet waarom je dat toen niet kon, maar het is nog niet te laat. Als dat is wat je wilt...'

'Dat zei ik niet omdat ik haar terug wil,' antwoordt hij. 'Ik meende wat ik zei: dat is over.'

'Ik weet niet waarom het niet lukte met haar,' zeg ik. 'Maar dat betekent niet automatisch dat het niet kan werken tussen ons. Misschien wordt het niets. Maar ik wil het proberen. Lynx... ik ben verliefd op jou. Eigenlijk ben ik al verder dan dat. Ik wil niet terug naar mijn oude leven. Ik wil vooruit met jou. En als het moeilijk wordt, dan wil ik er voor je zijn. Als je 's nachts niet kunt slapen of overvallen wordt door nare gedachten, dan wil ik met je wakker blijven en ze allemaal verjagen. Als je ooit besluit je te laten testen, dan wil ik naast je zitten als je de uitslag krijgt. En als je bij je keuze blijft om het niet te doen, dan respecteer ik dat ook. Welke keuze je ook maakt, ik beloof je dat ik die nooit, echt nooit in twijfel zal trekken.'

Hij heeft tranen in zijn ogen, maar ik ben nog niet helemaal klaar.

'Weet je nog dat je voor de grap zei dat ik je wereld rock? Toen we 's nachts op het balkon van het Shangri-La naar de Eiffeltoren keken?'

‘Dat was geen grapje.’

‘Gisteren rockte je die van mij. Toen je zei dat je bang was dat je nooit genoeg van me zou krijgen. Want dat is alles wat ik van je wil, Lynx. Wat ik wil, wat ik hoop te vinden… is iemand die naast me blijft zitten in de bioscoop, helemaal tot aan de aftiteling. Iemand die niet met zijn ogen rolt als ik naar een straattegel sta te staren omdat er een epische scène is opgenomen. Iemand die het niet erg vindt om een hele middag door smalle straatjes te slenteren om dat ene steegje of pleintje of… wat dan ook te vinden. Iemand die mijn eten wil proeven, alleen omdat hij het mij ziet eten. Iemand…’ Ik stop, draai me om en reik naar het notitieboek naast het bed. Ik scheur er de bladzijdes uit die ik vannacht heb volgeschreven. ‘Iemand zoals jij.’

Ik vouw het papier dubbel en geef het aan hem. Hij staart van mij naar de bladzijdes in zijn hand en vouwt ze dan langzaam open. ‘C’est lui pour moi,’ leest hij hardop.

‘Alle redenen waarom jij het voor mij bent. Of nou ja… misschien niet eens alle… de eerste pakweg zestig die in me opkwamen.’

Hij lacht vertederd. Dan kijkt hij verontwaardigd op. ‘Snurk ik?’

‘Hij snurkt níét, staat er.’

‘Hij snurkt niet, maar als hij heel moe is, zit het ertegenaan,’ leest hij op. ‘Volgens mij wil dat zeggen dat ik wél snurk.’

Ik lees verder. ‘En het klinkt zo lief, dat ik hem wakker wil knuffelen. Maar in plaats daarvan blijf ik naar hem kijken, en maak ik een lijst met redenen waarom hij het voor mij is.’ Ik leg mijn hand op het papier en duw het weer dicht. ‘De rest moet je maar lezen als ik niet naast je zit.’

‘Audrey…’ Hij schudt zijn hoofd, met zijn blik gericht op het papier. ‘Als je wist hoe graag ik dit voor je wil zijn…’

‘Maar dat ben je al. Al die dingen…’ Ik val even stil als hij me aankijkt, gevangen in die zachte blik. ‘Al die dingen ben jij. Niemand krijgt een gelukkig einde, Lynx. Het gaat om alles wat ervóór komt.

En ik wil dat je weet dat áls je ooit klaar bent om het te proberen... dat ik dan...'

'Audrey, nee. Je kan niet... Je kan niet gaan zitten wachten tot ik... Op mij. Er is niets om op te wachten, alleen maar ellende...'

'Dat kun jij niet voor mij bepalen. Jij bepaalt niet wie er van je houdt, Lynx. Ik weet dat het de enige manier is voor jou om controle over je leven te hebben. En als dat is hoe jij het wilt, dan kan ik daar niets aan veranderen. Maar jij kan niet veranderen wat ik voel. Je kunt weglopen, mij wegduwen, je kunt weigeren me toe te laten en mijn gevoelens onbeantwoord laten. Maar ik ben hier, als je van gedachten verandert. C'est toi pour moi.'

Ik schuif naar hem toe. Zijn hand gaat naar mijn been en hij trekt me met zijn vingers onder mijn knieholte naar zich toe. Ik druk mijn gezicht in zijn nek, mijn lippen tegen zijn blote huid. En we houden elkaar vast.

'Best wel episch,' zegt Lynx. Zijn vingers zijn om de mijne gesloten en niets of niemand in het gedrang op Gare du Nord kan hem doen loslaten. 'Een beetje zoals een zwart-wit ansichtkaart. Een ouderwetse stoomtrein, jij met een hoed op en een reiskoffertje in je hand...'

Ik glimlach. De trein staat al klaar en ik weet dat ik moet instappen, maar het duurt nog een paar minuten voor we vertrekken en... het lukt me gewoon niet. 'De taxi wacht,' zeg ik. Want het is makkelijker als hij eerst wegloopt. Hij had hier helemaal niet mee naartoe moeten komen, maar hij wilde niet in het hotel blijven zonder mij, dus checkten we samen uit. En toen belde hij de taxi en stond hij erop me naar het station te brengen. En toen we er waren, stapte hij uit om met me mee naar het perron te lopen.

'Daar betaal ik hem voor,' antwoordt hij. 'Ik blijf hier staan tot je weg bent.'

'Dat maakt het moeilijker.'

'Ik wil niet dat dit makkelijk is.' Hij haakt twee vingers van zijn vrije hand achter de ceintuur van mijn jas en trekt me naar zich toe zodat hij zijn armen om me heen kan slaan. Hij laat zijn voorhoofd tegen dat van mij rusten en ik sla mijn ogen naar hem op.

'*We'll always have Paris,*' zeg ik.

Hij antwoordt: '*Here's looking at you*, kitten.'

Ik moet een beetje lachen. 'Ik dacht dat je het einde van de film had gemist.'

'Ik had hem al een keer gezien. Lang geleden. En sommige filmquotes zijn cultureel erfgoed, toch? Daarvoor hoef je de film niet eens gezien te hebben.'

'*I carried a watermelon.*'

'*Nobody puts Baby in a corner.*'

Er dringen mensen langs ons heen. Het geratel van de wieltjes onder koffers die voortgesleept worden weergalmt en doet me opkijken. Lynx blijft onbewogen staan, met zijn armen om me heen.

'*I'll be back,*' zeg ik.

'Deal.' Hij trekt me dichter tegen zich aan. 'Ik zie je op kerstavond. Toch?'

'Elk jaar,' antwoord ik.

'Kan niet wachten, kitten.' Ik voel zijn lippen tegen mijn voorhoofd. Een paar seconden van uitstel voor hij me loslaat en een stap achteruit zet. 'En nu moet je instappen.'

We wisselen nog een lange blik, waarvan ik me niet weet los te scheuren. Ik voel me onvast zonder zijn armen om me heen en zoek steun aan het handvat van mijn koffer om mijn evenwicht te bewaren. 'Lynx… één verzoek… als dat mag.'

'Zeg het maar.'

'Als het er niet van komt… om wat voor reden dan ook… Als je besluit dat dit het is, tussen ons… dan begrijp ik dat. Maar laat je me alsjeblieft nog weten hoe het met jou en je moeder is gegaan?'

Hij kijkt me indringend aan en knikt.

'Oké,' zeg ik. 'Dit is hoe we het gaan doen: ik draai me om. En dan stap ik in. En jij draait je ook om. En je loopt weg. En we kijken niet meer om. Anders...'

Hij knikt weer. Ik zie hem door een waas van tranen. En ik doe wat ik zeg, met stokkende adem terwijl ik mijn best doe om niet te huilen. Ik til mijn koffer in de trein. Als ik instap blijf ik even staan en ik moet alles op alles zetten om niet om te kijken om te zien of hij er nog staat. Ik duw mijn koffer over een richel en trek hem achter me aan de coupé in, manoeuvrerend door het gangpad, mijn tranen wegknipperend.

Ik vind mijn plek halverwege de coupé. Het voelt alsof er iets vastzit in mijn keel en mijn adem ontsnapt in een hortende halfsnik terwijl ik mijn jas losmaak. Ik leg mijn koffer in het bagagerek, ga zitten en zet mijn tas naast me neer, zoekend naar mijn telefoon voor ik mijn jas eroverheen gooi, de oortjes in doe en mijn playlist aanzet.

If I should stay
Well I would only be in your way

Zodra Dolly Parton de eerste hartverscheurende regel zingt, gaat mijn blik naar het raam aan de overkant, maar ik zie hem niet meer. Hij heeft gedaan wat ik zei en is weggelopen, maar toch leun ik naar voren, en ik zoek het perron af in een poging nog een glimp van hem op te vangen.

And so I'll go, and yet I know
I'll think of you each step of the way

Ik sta op, versper de weg van een man die met een klein kind op zijn arm door het smalle gangpad komt. Ik ontwijk hem en slalom langs de twee grotere kinderen die achter hem aan drentelen terwijl ik uit het raam kijk. En opeens zie ik hem, achter een groep mensen die druk aan het overleggen zijn waar ze moeten instappen.

Hij staat er nog, starend naar een punt op de grond, met zijn handen in zijn zakken en zijn voeten een stukje uit elkaar. Hij is er, hij heeft gewacht. En als hij opkijkt, als hij dat nog doet voor de trein in beweging komt, als hij me nog aankijkt, als we nog één keer oogcontact hebben, dan komt alles goed. Dan komt alles goed, dan komt alles goed.

Maar hij kijkt niet op en ik raak in paniek en probeer hem in gedachten te dwingen. Kijk op, Lynx. Kijk naar me. Kijk me aan. En hij doet het niet. Hij doet het niet.

Ik loop het gangpad af. De groep mensen komt de coupé in en blokkeert de doorgang met hun koffers en tassen en ik wacht, maar ze lopen niet door en ik kijk om naar Lynx en hij staat daar helemaal alleen en hij moet… hij móét me zien. Ik wring me naar de deuren.

'Lynx!'

And I will always love you
I will always love you

'Lynx!'

Hij kijkt op, en ik gooi mezelf bijna van het afstapje. Ik val in zijn armen. Hij vangt me op, tilt me op.

'Audrey, wat… al je spullen…'

'Kan me niet schelen!' Ik kus hem. Zijn hele gezicht. Zijn lippen.

Hij hijst me op, tegen zich aan, zijn hand verstrengeld in mijn haar, en hij kijkt me aan en zegt: '*You're so stupid, Rose.*'

Ik moet lachen. Maar ik huil ook. En hij heeft de verkeerde film in gedachten, maar het maakt allemaal niets uit zolang ik hem kus.

De weken nadat ik mijn hart verloor

Every rose has its thorn
Just like every night has its dawn
Just like every cowboy sings his sad, sad song
Every rose has its thorn
Yeah it does

Om 6.11 uur op maandagochtend onderbreekt het geluid van mijn wekker de muziek die uit mijn telefoon klinkt. Met een snelle swipe zet ik de storende toon uit. Ik ben allang wakker, met mijn telefoon in de hand, starend naar de laatste berichtjes die Lynx en ik elkaar gisteravond nog gestuurd hebben. Of eigenlijk vooral naar zijn naam boven aan het scherm met dat ene woord erbij. Online. Hij is online. En ik ben online. En dus zijn we samen, ook al is hij nog in Parijs en ben ik... thuis. Thuis. Dat is het woord dat ik zoek, ook al voelt het nu niet zo. Ik mag dan thuis zijn, maar ik heb mijn hart achtergelaten bij Lynx en ik heb geen idee of hij het ooit terug komt brengen.

Whitney Houston laat aan het eind van *The Bodyguard* dan wel het vliegtuig stoppen om zich in de armen van Kevin Costner te storten, maar het verandert niets aan het feit dat hun wegen daarna uit elkaar lopen. En in *Casablanca* kiest Rick plicht boven liefde en dwingt hij

Ilsa te vertrekken. Misschien eindigt ons verhaal ook met een dramatisch afscheid dat ik niet zelf heb gekozen, op een perron in Parijs. Misschien is dit het. Alles wat we krijgen.

Online. In gedachten stel ik me voor dat hij net als ik naar dat woordje onder mijn naam aan het staren is. Of naar het lege vlakje onder aan het scherm, terwijl hij zich bedwingt om iets onbenulligs te typen. *Goedemorgen. Goed geslapen? Ik mis je nu al.*

Of misschien is hij gewoon met iemand anders aan het appen.

Heb je je moeder al gesproken? Komt ze naar Parijs? Voel jij je net zo rot als ik? Vragen die ik niet stel. Online. Ik kijk er nog een paar tellen naar, voor ik de app afsluit en opsta om aan mijn dag te beginnen.

Ik heb tijd voor mijn haar en make-up. Voor thee en ontbijt, als ik tenminste meer in huis zou hebben dan een paar mueslirepen. Om na te denken over wat ik zal aantrekken op de dag dat ik mijn ontslag ga indienen. Na tien jaar en vier maanden. Het wordt een zwarte palazzo broek met een brede riem en een truitje met een Bretonse streep. Lynx zou het vast heel Parisian chic vinden.

Ik ben de drukte bij de spoorwegovergang voor en tref onderweg een groene golf aan verkeerslichten. De rotonde kan ik zó oprijden. Ik gebruik mijn personeelspas om de slagboom voor de parkeerplaats te openen. De witte Aygo van Janine staat er nog niet, noch de Mercedes van Joop. Alleen de productiemedewerkers en mensen van de facilitaire dienst zijn aanwezig.

Duncan heeft zich nog niet achter de receptie geïnstalleerd, dus de draaideur is gesloten. Ik laat mezelf binnen via de zijdeur en loop achter de receptie langs, door de hal waar alleen het gegons van machines klinkt. Ik ben niet bezig met wat ik aan achterstallig werk zal aantreffen op mijn bureau, mijn volle inbox, of hoe ik het gesprek met Joop moet beginnen. Het weeë gevoel dat ik heb komt niet door de snoeplucht of doordat ik opzie tegen de dag – al verheug ik me er niet bepaald op. Het heeft maar met één ding te maken. Geen steiger. Dat is het enige wat door mijn hoofd gaat sinds ik de afslag op de rotonde heb genomen. Het brengt me uit balans. Alsof Lynx hier de afgelopen tien jaar onafgebroken heeft staan schilderen in plaats van één week. Ik weet niet hoe ik de dag door moet komen zonder de zekerheid dat hij hier buiten aan het werk is. Hoe ik voortaan elke dag moet doorkomen zonder hem vlakbij. Voor de honderdste keer sinds de trein het perron verliet, negeer ik de aanvechting om hem een bericht te sturen. Om op een of andere manier een connectie met hem te maken, zodat ik kan vasthouden wat er tussen ons is. Ik wil niet dat het verwatert. Eerst gaat er een uur voorbij, dan een hele avond en een nacht. Straks is het een dag geleden sinds ik bij hem was en we elkaar kusten alsof het de allerlaatste keer was. En dan worden het er steeds meer. Lijk ik steeds verder weg. Een herinnering waar hij steeds minder vaak en lang bij stilstaat. Tot het gewoon een week in Parijs was met dat meisje dat niet wist wat een orgasme was.

De lichten springen automatisch aan terwijl ik me naar mijn werkplek begeef. Alles is nog zoals het altijd was, ook al voel ik me een ander mens dan een week geleden. Ik zet mijn tas neer.

'Ik ben er weer,' zeg ik tegen de ficus in de hoek en ik staar naar mijn bureau, bedolven onder een week aan achterstallige klusjes die niemand wilde doen. Papierwerk. Geopende poststukken die blijkbaar geen haast hadden. Een paar dossiermappen. Een paar vakbladen.

Ik start mijn computer op, maak de ceintuur van mijn jas los en opeens bedenk ik hoe makkelijk het zou zijn: om het hier op te pakken alsof er niets is gebeurd. Om gewoon te beginnen aan mijn overvolle mailbox en hier de komende tien, twintig, dertig jaar Audrey van hr te blijven. Dat is precies waarom ik gisteravond, nog in de trein, alvast schriftelijk mijn ontslag heb ingediend bij Joop. En ik heb de eerste tien minuten van zijn werkdag in zijn agenda geblokt om mijn besluit toe te lichten. Ik weet dat hij ook in het weekend zijn mail checkt, dus de kans is groot dat hij het al gezien heeft.

Aangezien ik na tien jaar redelijk op de hoogte ben van zijn routine, weet ik dertig seconden voor hij binnenkomt op de eerste verdieping voor zijn glazen deur te staan, met een nog gloeiend hete koffie in mijn hand.

'Goedemorgen, Joop,' zeg ik als hij uit de lift komt en mijn kant op loopt.

'Audrey.' Hij opent de deur van zijn kantoor en gaat me voor naar binnen. 'Jij bent er vroeg bij vandaag.'

'En ik heb koffie.' Ik volg hem naar binnen en zet het kopje op zijn bureau. Hij neemt plaats en begint een stapeltje papierwerk door te nemen, bladerend door de documenten zonder ergens interesse in te tonen.

'Ik, eh... Ik neem aan dat je al weet waarom ik hier ben.'

'Om je werk te doen, mag ik aannemen.'

'Ik bedoelde waarom ik voor je kantoor aan het posten was.'

'Hm, dat.'

'Mijn mail,' verduidelijk ik. 'Waarin ik mijn ontslag indien. Ik snap dat ik je er misschien mee overvallen heb, maar ik heb geen haast om te vertrekken, dus als het nodig is kan ik wat langer blijven om mijn opvolger in te werken.'

'Dat schreef je al, ja.' Hij kijkt me voor het eerst langer dan een seconde aan. 'Ik hoef je niet te vertellen wat je verplichtingen zijn, ik neem aan dat je ze nakomt.'

'Langer blijven dan de overeengekomen opzegtermijn is volgens mij iets meer dan ik verplicht ben,' antwoord ik. 'Toch?'

Hij knikt. Geen 'dank je wel' of 'aardig aangeboden' of anders een simpelweg: 'Dat zal niet nodig zijn.' Hij verlegt zijn papieren van de ene naar de andere kant van zijn bureau. 'En je bent op de hoogte van het concurrentiebeding?'

Jeetje. Ik heb dit traject vaak genoeg meegemaakt om te weten dat het het personeel meestal niet in dank afgenomen wordt als ze hun vertrek aankondigen. Ik had niet de illusie dat het in mijn geval anders zou zijn, maar dit is wel erg kil. 'Ik verzeker je dat ik niet word weggekaapt door een andere snoepgigant. Ik heb... persoonlijke redenen.'

'Waar ben je aangenomen, als ik vragen mag?'

'O...' Ik schud mijn hoofd. 'Nog nergens.'

'Je hebt toch wel een nieuwe baan in het vooruitzicht?'

'Nog niet,' zeg ik. 'Ik ben me aan het oriënteren.'

'Je bent je...' Hij brengt een meewarig geluid voort. 'Ik zou je hier niet op hoeven te wijzen, maar ik ben toch verplicht je te melden dat je geen aanspraak maakt op ww of enige vorm van uitkering als je zelf ontslag neemt.'

'Joop...' Ik gebruik dezelfde meewarige toon. 'Ik ken de regels.'

Hij trekt zijn wenkbrauwen op en zijn gezicht blijft in die stand staan. 'Dat zou zo moeten zijn, maar dit komt allemaal ontzettend merkwaardig op me over. Besef wel dat als ik dit in gang zet, er geen weg terug is. Als ik jou was, zou ik hier nog even heel goed over nadenken. En dan wil ik wel zo vriendelijk zijn om te doen alsof dat mailtje van je in mijn spam verzeild is geraakt.'

'Goh...'

'Slaap er nog maar even een nachtje over,' zegt hij met een arrogant knikje en een wuifje naar de deur.

Ik loop ernaartoe en duw hem dicht, ook al zijn we de enigen op de afdeling. Als ik terug naar zijn bureau loop, heeft hij zijn aandacht op zijn telefoon gevestigd. Ik leun voorover en zet mijn handen op zijn bureaublad. 'Zou het misschien iets minder kleinerend kunnen?'

Hij lijkt verbaasd te zijn dat ik zijn kantoor nog niet uit ben. 'Ik heb alleen het beste met je voor, Audrey, want dit riekt naar een gevalletje impulsiviteit waar je u tegen zegt. Als je dit doorzet, hoef je niet met hangende pootjes terug te komen als het allemaal tegenvalt.'

'Ik ben prima in staat mijn eigen afwegingen te maken, Joop. En ik weet heel goed wat de consequenties zijn. Toevallig doe ik dit werk al een tijdje. Langer dan jij, om precies te zijn, en ik heb er ook nog eens vier jaar voor gestudeerd.'

'Wat wil je daarmee zeggen?'

Ik probeer mijn kalmte te bewaren, ook al voel ik dezelfde energie opborrelen als vorige week met Hannie. 'Niets.' Ik recht mijn rug, haal adem en tel in mijn hoofd tot drie. 'Luister, ik heb hier altijd met plezier gewerkt, maar ik heb al een tijdje het gevoel dat ik niet verder kom en ik ben toe aan iets anders. Dat is het. En ik wil er niet mee rond blijven lopen tot mijn frustraties mijn werk gaan beïnvloeden.'

'Je frustraties?' Hij lacht schamper.

'Inderdaad. Frustraties. Ik zie niet bepaald veel kansen voor mij binnen de organisatie.'

'Kansen creëer je zelf,' antwoordt hij. 'En ik heb je nou ook niet erg veel initiatief zien tonen.'

'Joop, kom op...'

'Nee, dit verbaast me echt. Er zijn hier genoeg kansen, maar je moet er wel zelf werk van maken.'

'Zoals jij hebt gedaan, bedoel je?'

'Precies.'

Oké. Nu word ik wel echt pissig. 'Ik heb de afgelopen vier jaar in elk functioneringsgesprek aangegeven dat ik mijn functie wil herevalueren. Ik heb allerlei initiatieven getoond. Ideeën aangedragen om afdelingen te herstructureren. Ik heb beleidsstukken geschreven. Ik werk met Maurice aan het omlaagbrengen van het verzuimpercentage...'

'Ik heb inderdaad gemerkt dat de komst van Maurice erg gunstig uitpakt voor het bedrijf.'

'Jij hebt dat gemerkt? Ík heb je dat verteld, Joop. Ik! Ik heb je die hele berekening gepresenteerd. Daarvoor wist je amper dat Maurice bestaat. En nu we het er toch over hebben: de enige reden dat jij hier zit, is omdat ik er alles aan heb gedaan om jou te ondersteunen toen je hogerop wilde komen.'

'O, werkelijk?'

'Ja, werkelijk,' antwoord ik met mijn handen in mijn zij.

'Je dicht jezelf erg veel toe. Als jij het allemaal zo goed weet, waarom zit ik dan nu hier boven en jij nog steeds in de kantoortuin, hm? Je begon je mail met het aanbieden van je excuses voor je plotselinge afwezigheid van vorige week. Maar als we dan nu toch eerlijk zijn, moet ik bekennen dat ik niet eens had opgemerkt dat je er niet was. Dus als we het hebben over kansen binnen de organisatie, moet je er misschien eerst eens voor zorgen dat je überhaupt zichtbaar bent.'

Ik staar hem aan, secondenlang niet in staat een woord uit te brengen. 'Ik neem mijn aanbod terug,' zeg ik dan met een ijzige kalmte waarmee ik mezelf verbaas. 'Ik denk dat we ons aan de opzegtermijn moeten houden. En het lijkt me voor alle partijen beter als ik hier niet nog twee maanden rondloop om aan iedereen die het horen wil precies uit de doeken te doen wat ik nu werkelijk denk over jou en deze organisatie. Ik heb genoeg vakantiedagen en aangezien mijn aanwezigheid geen enkele bijdrage blijkt te leveren, mag je dit als mijn laatste werkdag beschouwen, menéér Franzen.'

Ik wacht zijn antwoord niet af voor ik omkeer en zijn kantoor uit loop.

'Hé meis! Je bent er weer!' Janine gooit haar tas, sjaal, jas en veel te grote sleutelbos met zeker vijftien sleutels en allerlei pluizige versiersels eraan op haar bureau voor ze in een rechte lijn naar mijn werkplek toe loopt.

Vanessa komt vlak achter haar aan met een opgewekt 'Goedemorgen!' en trekt haar jas uit bij de kapstok.

'Goedemorgen,' antwoord ik, opkijkend van mijn openstaande bureaula die ik aan het uitruimen ben.

'Vertél...' zegt Janine. Ze leunt met één bil op de hoek van mijn bureau. 'Ben je er echt met je danser vandoor gegaan om te trouwen in Vegas?'

'Huh?' vraag ik.

'Waarom verstop je je hand?' vraagt Vanessa terwijl ze dichterbij komt. 'Laat je hand zien!'

'Ja, laat je hand zien, Audrey!'

Ik steek allebei mijn handen op. 'Ik verberg helemaal niks. En ik ben niet getrouwd met Darius. Eigenlijk zijn we... het is niets geworden.'

'Wat?' Vanessa klinkt geschokt.

Janine slaat haar hand voor haar mond. 'Heeft hij je laten zitten in Végas? Meen je niet! Meis, wat een ellende!'

'Nee, hij heeft me niet... Ik ben niet in Las Vegas geweest. Hoe komen jullie daarbij?'

'Ik zei het toch!' zegt Vanessa. 'Dat het onzin was. En dat verhaal van die Zweedse miljonair geloof ik ook voor geen meter.'

'Zweedse miljonair?'

'Een erfgenaam van de IKEA-dynastie? Dat zei Davy, tenminste.'

'Wat zei Davy?' vraagt Davy terwijl hij ons passeert met een krat vol poststukken die hij op zijn bureau deponeert.

'Dat verhaal van die Zweedse miljonair,' licht Janine toe.

'Je zou een Tinderdate met hem hebben gehad,' zegt Vanessa, 'en toen heeft hij je een week lang met zijn privéjet de wereld rondgevlogen.'

'Waar halen jullie in hemelsnaam al die onzin vandaan?' vraag ik.

'Ik heb het van Duncan,' antwoordt Davy.

Ik duw mijn bureaula dicht. 'Duncan? Waarom verzint hij dat soort dingen?'

'Hij had het weer van iemand anders,' antwoordt hij.

'Van wie?' vraag ik verward.

Davy stalt het inmiddels lege krat onder zijn bureau. 'Van die ouwe vent die de buitenboel stond te schilderen.'

'Nee!' Janine schudt resoluut haar hoofd. 'Dat kan niet kloppen, want ik heb het verhaal van de Vegasbruiloft van dat lekkertje.'

Ik proest het uit. Mijn verontwaardiging over het feit dat Janine het waagt om mijn hottie *lekkertje* te noemen eventjes ondergeschikt aan het beeld van Lynx en Antoine die het kantoorroddelcircuit overvoeren met wilde verhalen.

'Maar hoe zit het nou echt?' vraagt Janine.

'Ik was in Parijs,' zeg ik. 'Het was de meest romantische week van mijn leven. Met iemand die net zo sexy is als die hotte schilder.'

Janines mond valt bijna open. 'Echt?'

Ik knik.

'Even serieus nou!' zegt Vanessa.

'Meer details!' roept Davy van een paar meter afstand.

'Hé, hé, hé!' hoor ik vanaf de deuropening van de kantoortuin. 'Stelletje aasgieren. Geef haar even wat ruimte, ja?' Maurice komt tussenbeide, legt zijn handen op de schouders van Janine en dirigeert haar bij mijn bureau vandaan. 'Volgens mij wachten er stápels facturen op jou. En ik weet niet, maar er moet vast nog een hoop gelegaliseerd worden.' Hij werpt een blik op Vanessa, die met haar ogen rolt en afdruipt naar haar eigen bureau.

'Gatver, wat ben je toch een partypooper.' Janine kijkt over haar schouder naar mij terwijl ze verder weggeduwd wordt. 'In de pauze vertel je ons alles!'

'Alles!' mimet Vanessa.

Maurice positioneert zich tussen mij en de nieuwsgierige blikken van mijn collega's in. 'Hé.'

'Hoi.'

'Goed je weer te zien.'

Ik glimlach en sta op. 'Heb je even?'

'Shit.' Maurice staat in de spreekkamer tegen de tafel geleund.

'Sorry.'

'Nee.' Hij kijkt me indringend aan. 'Geen sorry. Het is alleen... ik had geen idee. Dat je zó...'

Ik knik. 'Ik had eigenlijk ook geen idee. Dus je kon het niet weten.'

'Het is wel een beetje mijn vak. Om mensen in te schatten. Te weten wat er speelt. Of ze wel... op de juiste plek zijn. Ik snap gewoon niet hoe ik dat allemaal gemist heb bij je.'

'Ik wilde niet dat iemand het zag.'

Hij blaast uit. 'Ik vind het echt zwaar kut, weet je dat? Dat je weggaat.'

'Ja. Dat weet ik wel. Maar...' Ik haal mijn schouders op.

'Is er echt niets wat ik kan doen? Stel dat ik nu naar boven loop en ze daar in hun ivoren toren precies vertel hoe onmisbaar jij eigenlijk bent. En dat we ze dan samen dwingen om je de grootste promotie te geven in de geschiedenis van promoties, want anders lopen we allebei naar buiten en nemen de hele kantoortuin met ons mee.'

'Heel erg *Jerry Maguire!*'

Hij kijkt me verwachtingsvol aan, alsof hij wil zeggen: Dus we gaan ervoor?

Ik moet lachen. 'Lief aangeboden. Maar het zou niets uitmaken. Weet je nog wat ik allemaal tegen Hannie zei?'

'Hoe kan ik dat ooit vergeten?'

'Ik denk dat ik het eigenlijk vooral tegen mezelf had. Ík wil hier niet meer zijn. En daar zijn allerlei redenen voor, maar het probleem is groter dan al die redenen bij elkaar opgeteld. Ik moet gewoon gaan uitvinden wat ik echt wil. Het enige wat ik nu zeker weet, is dat ik het hier niet zal vinden. Al promoveer ik me een slag in de rondte.'

Hij kijkt me even aan, alsof hij moet laten bezinken wat ik zeg. 'Nou, daar gaan onze mooie plannen voor snoepfabriekdominantie dan.'

'Ik denk dat je het hier prima in je eentje zal weten te domineren.'

'Misschien, maar het zal veel minder leuk zijn. Wát een lul is die Joop ook.' Hij steekt zijn handen op als ik aanstalten maak om halfslachtig te protesteren. 'Ik weet het, ik weet het, het probleem is groter dan die flapdrol. Hij helpt de situatie alleen niet bepaald de goede richting op.'

'Joop is behoorlijk nutteloos op dat gebied,' beaam ik.

'Op elk gebied, bedoel je zeker?' Hij slaat zijn armen over elkaar. 'Maar één ding moet ik wel zeggen. Hoe erg ik hier ook van baal, ik heb bewondering voor wat je doet. En als ik zo naar je kijk, dan lijkt het me de juiste beslissing voor jou.'

'Ja? Het voelt namelijk een beetje alsof ik geen idee heb waar ik mee bezig ben.'

'Daar kom je vanzelf achter.'

'Ik hoop het,' zeg ik.

'Ik ben ervan overtuigd. Ik kan het al aan je zien.'

'O?' Ik moet lachen. 'En wat zie je dan precies?'

'Nou, dat je anders bent. Goed anders. Meer… geaard.'

'Geaard? Sinds wanneer ben jij opeens zo newageachtig?'

'Oké,' zegt hij met een lachje. 'Kalmer dan. In balans. Ik weet niet hoe ik het moet omschrijven. Meer jezelf.'

Ik geef een knikje. 'Dat mag ook wel, aangezien ik net zo'n beetje al mijn geheimen met je heb gedeeld.'

'Al je geheimen?' vraagt hij.

'Bijna alle,' nuanceer ik.

'Hm… Nou, ik kan je wel zeggen: als ze mij aan Tobias van IT hadden proberen te koppelen, zou ik ook allerlei smoezen zijn gaan bedenken.'

'Het was meer een halve waarheid. Toevallig scheelde het niets of het was echt zo geweest.'

'Ik, eh…' Hij denkt even na, brengt zijn hand naar zijn nek en richt zijn blik op een punt op de muur ergens naast me. 'Weet je, ik… ik hoop voor jou dat het uitpakt zoals jij hoopt met die Sfinx.' Zijn ogen landen op mijn gezicht.

'Lynx,' verbeter ik automatisch en Maurice lacht alsof ik hem ergens op heb betrapt.

'Ik weet hoe hij heet,' zegt hij bedachtzaam en terwijl ik eerst nog twijfelde, is het opeens heel duidelijk. Dat Lynx gelijk had over Maurice en dat mijn opmerkzaamheid het flink heeft laten afweten. Maurice heeft niets uitgesproken, maar dat is ook niet nodig door de manier waarop hij nu naar me kijkt en expres de naam van Lynx verbastert. En voor het eerst kijk ik anders naar hem en heel even vraag ik me af of het iets had uitgemaakt als ik het eerder had gemerkt. Of ik hem ook op die manier leuk had kunnen vinden. Misschien. Want hij is dan wel een grote sukkel, maar hij is ook de enige hier die me oprecht aan het lachen kan maken. Hij is intelligent, ambitieus en betrokken, met zijn hart op de juiste plek en hij ziet er ook nog eens niet slecht uit. Dus... misschien. Maar ik weet nu ook heel goed het verschil tussen een misschien – zoals bij Darius, zoals bij Maurice – en de duizenden uitroeptekens die ik voel als ik bij Lynx ben. De absolute zekerheid dat het voor altijd zou kunnen zijn. Dat meer van hem krijgen alleen maar betekent dat ik nog meer van hem wil. En dat ik me niet kan indenken dat dat ooit over zal gaan.

Ik ben blij dat ik Maurice zojuist alles heb verteld – dat het gedoe met Darius een heel eigen leven is gaan leiden en dat ik hartstikke verliefd ben geworden in Parijs – want in de stilte die is gevallen, hangt alles wat hij anders misschien gezegd zou hebben. En ik wil hem niet moeten afwijzen. Maar eigenlijk doe ik dat nu toch een beetje, want ik weet ook vrij zeker dat hij nu weet dat ik het weet en dat het niet wederzijds is.

Ik zie zijn teleurstelling. Maar ook een soort acceptatie en zijn glimlach is bemoedigend. Alsof hij ergens een beetje trots op me is en me echt het beste wenst. Ik vraag me af hoe het ineens zo gekomen is dat ik de aandacht heb weten te trekken van drie superaantrekkelijke mannen. Blijkbaar doet een zenuwinzinking wonderen voor mijn charisma.

'Misschien hoop ik op iets wat niet voor me is weggelegd.' Ongemerkt heb ik mijn hand naar het kettinkje gebracht dat ik van Lynx heb gekregen. Ik laat het hangertje tegen mijn vingertoppen rusten. 'Maar ik hoop het er niet minder om.'

'Sommige dingen hebben tijd nodig,' antwoordt Maurice. 'Timing is alles.'

'Ja, misschien wel.'

'Ik weet hoe dat voelt.' Hij laat zijn adem ontsnappen en duwt zich overeind, weg van de tafel, zodat hij vlak voor me staat. 'Nou, tijd om al je snoepfabriekshit aan mij over te dragen zodat je hier vanmiddag naar buiten kan lopen om nooit meer terug te komen.' Hij steekt zijn hand uit naar de deur.

'Maurice?'

Hij kijkt om.

'Echt bedankt. Dat je zo... Nou ja... Gewoon voor alles, eigenlijk.'

Hij geeft me zijn knipoog en opent de deur. 'Klaar voor het leukste deel?'

'Het leukste deel? En wat is dat dan precies?'

'Nou, dat lijkt me duidelijk,' zegt hij terwijl hij voor me uit loopt. 'Je mag nu de bom droppen in de kantoortuin. En ik ga van elke seconde genieten, meis.'

De eerste week nadat ik mijn ontslag heb ingediend, voel ik me volkomen stuurloos. Dinsdag slaap ik uit, en als ik rond de middag wakker word en mijn telefoon check, heb ik achttien mails van Maurice. Ze hebben allemaal als onderwerpregel: *Audrey zou dit weten*, met een volgnummer erachter. Pas als ik er een stuk of vijf heb geopend, snap ik wat er aan de hand is. Elke keer als er een taak op zijn pad komt waar hij mijn advies over zou vragen, stuurt hij Joop een mailtje om dat te melden en hij heeft mij steeds in bcc gezet. Aan het eind van de dag heb ik zesendertig van die mails ontvangen en ze blijven de hele week binnenstromen.

Woensdag gaat voorbij zonder een bericht van Lynx. Ik weet niet wat dat betekent. Of hij naar het museum is geweest. Of hij zijn moeder wel heeft gevraagd te komen. Of hij haar al gesproken heeft of überhaupt van plan is dat te doen. Misschien was het veel te voorbarig en dwingend van me. Misschien heb ik geen idee wat hij echt nodig heeft. Misschien heb ik het allemaal verkeerd ingeschat en is hij opgelucht dat hij van me af is.

Ik besteed mijn tijd vooral op de bank en werk me door het aanbod van Netflix. Er gaat geen uur voorbij zonder dat ik niet een paar keer aan Lynx denk en op het punt sta om hem een berichtje te sturen. Soms zit ik minutenlang naar mijn telefoonscherm te staren, wachtend tot hij online komt. Maar op een of andere manier weet ik het niet meer zo te timen dat ik hem tref.

Tegen het eind van de week dwing ik mezelf iets te ondernemen waar ik niet mijn afstandsbediening bij nodig heb. Ik bel mijn ouders en spreek met ze af dat ik kom eten. Ze zijn nogal in shock als ik ze het nieuws vertel en het duurt zeker een uur voor ze ophouden me in te peperen hoe ontzettend dom het is om een baan op te zeggen zonder iets anders in het vooruitzicht te hebben.

Het feit dat ik geen idee heb wat ik nu wil doen, maakt ze zodanig van streek dat ik eigenlijk spijt heb dat ik niet iets langer heb gewacht om ze in te lichten. In ieder geval tot ik zelf iets meer richting heb, zodat ik op zijn minst kan doen alsof ik een plan heb. Het gesprek is een oneindige lus die steeds neerkomt op totale ontreddering aan hun kant omdat ik 'mijn hele toekomst vergooi'. Ik probeer ze uit te leggen dat ik altijd heb geprobeerd te voldoen aan hun verwachtingen, maar dat het toch voelt alsof ik alleen maar tekortschiet. Daarna voel ik me iets beter, ook al hebben we nog niet echt iets opgelost en hebben ze vooral geprobeerd zich te verdedigen en te ontkennen dat ik op wat voor manier dan ook ooit een teleurstelling voor ze zou kunnen zijn. Het feit dat mijn moeder meteen zegt dat ze net zo trots op mij zijn als op Coco, terwijl ik Coco niet eens ter sprake heb gebracht, maakt me duidelijk dat ik niet helemaal tot ze weet door te dringen. Maar ik ben toch blij dat ik het aangekaart heb, ook al heeft de hele avond me uitgeput.

Op de terugweg snak ik er zo naar om met Lynx te praten, dat ik mijn auto halverwege de rit, midden in een woonwijk in een willekeurig parkeervak, stilzet om hem te bellen. Ik wil hem vragen hoe zijn familie reageerde toen hij zomaar opeens ontslag nam. Ik wil hem zeggen dat ik nu al vastgelopen ben. Dat ik misschien wel een gigantische fout heb gemaakt en dat ik hem zo erg mis dat het fysiek pijn doet. Maar ik hou me in. Want het is allemaal zo belachelijk onzinnig vergeleken met zijn problemen. *Goh, Audrey weet niet wat ze wil met haar leven. Ze heeft haar baan die ze niet leuk vindt opgezegd en haar ouders begrijpen haar niet. Wat zielig.*

Ik laat mijn hoofd tegen de hoofdsteun van mijn autostoel zakken. Hoe heeft hij het volgehouden om al mijn geklaag aan te horen? Hoe kon hij broodjes met hummus voor mij maken, luisteren naar mijn gezeur, nadenken over mijn 'klein en meeslepend'-lijstje, films met me kijken, en met me door Parijs slenteren alsof het scoren van onze volgende crêpe of croissant het enige was wat ertoe deed?

Ik begin door de talloze foto's van ons in Parijs te scrollen. Of nou ja, vooral van mij in Parijs. Maar het zijn de foto's waar hij op staat waar ik blijf hangen, zodat ik kan inzoomen op zijn gezicht. Zijn ogen, zijn lach. Hoe bizar verliefd ik naar hem kijk op de selfies die we hebben gemaakt na onze nacht in het Shangri-La. Je ziet gewoon dat als ik het voor het zeggen had gehad, we die hotelkamer nooit meer verlaten zouden hebben. God, ik mis de seks met hem. De afgelopen jaren was mijn seksleven behoorlijk non-existent. En ik miste het amper. Maar nu… Nu mis ik séks. Seks met Lynx. De manier waarop hij… Oké, nee, niet daaraan denken nu. Niet denken aan zijn lippen, zijn schouders, zijn hand op mijn knie en mijn vingers door zijn haar, of hoe het voelt als hij me optilt of omdraait in bed. Hoe hij soms mijn kaak vastpakt als hij me kust en dan met zijn vingers bijna mijn hele gezicht omvat. Hoe hij naar mijn lichaam kijkt als ik me voor hem uitkleed of de blik in zijn ogen als hij op me ligt en we elkaar aankijken, en we zo langzaam mogelijk bewegen zodat het zo lang mogelijk duurt… Of hoe hij klinkt als hij… Jezus, hoe kan ik er nou niet aan denken?

Gefrustreerd gooi ik mijn telefoon terug in mijn tas en ik start de auto. En dan, als ik thuiskom en mijn auto in de parkeergarage heb gezet, loop ik onderweg naar mijn voordeur Darius tegen het lijf. Niet letterlijk, want ik zie hem vanaf de bushalte mijn kant op wandelen. Ik vraag me een paar tellen lang af of ik kan doen alsof ik hem niet zie, bijvoorbeeld door heel geconcentreerd op mijn telefoon te blijven kijken en mijn pas in te houden tot hij gepasseerd is. Maar het is overduidelijk dat we elkaar wél gezien hebben en dan staan we tegenover elkaar op de stoep, voor de grasstrook tussen mijn loft en zijn flat.

'Hé, Audrey.'

'Hoi, Darius.'

Lange ongemakkelijke stilte.

'Hoe was je trip?' vraagt hij.

'Goed! Heel goed!'

'Mooi!' Hij verplaatst zijn sporttas van zijn hand naar de schouder van zijn andere arm.

'En, eh… Hoe gaat het met jou? Heb je die *Matrix*-move al onder de knie?'

'Begint te komen,' zegt hij. Er valt nog een stilte. 'Ik heb wel het gevoel dat ik minder scherp ben tijdens mijn ochtendtraining. Je weet wel, zonder toeschouwers…'

'Ah!' Ik lach een beetje. 'Nou, ik ben er weer. Dus…'

'Mooi.'

'Ja…' Oké, ik moet het nu wel zeggen, toch? Iets over die date? Alleen, misschien heeft hij er ondertussen ook helemaal geen behoefte meer aan. Hij begint er immers zelf ook niet over. 'Darius,' begin ik voorzichtig, precies op het moment dat hij ook mijn naam uitspreekt.

'Jij eerst,' zegt hij met een lach die me week gemaakt zou hebben als ik die van Lynx niet kende.

'O. Eh... nou... Over die koffiedate...' Koffiedate klinkt beter dan date. Meer casual.

'O, ja. Dat, eh... Wat is daarmee?'

'Nou... Ik...' Ik staar hem aan, zoekend naar woorden, terwijl we een wedstrijdje 'wie het meest ongemakkelijk kan doen' houden. 'Het is niet dat ik geen koffie met je wil gaan drinken. Maar ik... op dit moment ben ik er niet aan toe om met iemand te daten en ik denk dat we daar vorige week eigenlijk wel op afkoersten, toch? En ik dacht ook dat ik er wél aan toe was. Want jij bent namelijk echt heel leuk en ik keek er heel erg naar uit, maar –'

'Audrey...'

'Ja?' vraag ik, opgelucht dat hij mijn woordenstroom onderbreekt.

'Het is oké.'

'Oké.' Ik adem uit. 'Meen je dat?'

'Ja, tuurlijk. Ik bedoel... als Barbara en Ariël binnenkort eens tijd hebben, kunnen we het misschien inhalen. Als goede buren...'

Hm. Opeens denk ik dat hij mijn Barbara en Ariël-excuus heeft doorzien. 'Lijkt me een uitstekend plan.'

Hij knikt. 'Doen we dat.'

Ik glimlach en loop langs hem heen. 'Ik zie je wel weer.'

Hij knikt ook en we maken allebei aanstalten om door te lopen. 'Eh, Audrey?'

Ik stop en kijk om.

'Je moet dit niet verkeerd opvatten, hoor. Het is niet alsof ik iets geprobeerd heb of zo. Maar, eh... toen je zus jouw sleutels bij me kwam ophalen, raakten we aan de praat en, eh... Nou, het zit zo: ik heb zelf ook een vrij ernstige blessure gehad. En toen heb ik heel veel aan haar TED Talk gehad. En wat ik me afvroeg… Zou het heel raar zijn als ik haar een keer een berichtje stuur?' Hij ziet er nogal op zijn hoede uit. Alsof hij er ernstig rekening mee houdt dat ik hem midden op straat ga toesnauwen dat hij bij mijn zus uit de buurt moet blijven.

'Helemaal niet raar. Ik denk eigenlijk dat ze dat best wel leuk zal vinden.'

'Ja?' Zijn hele gezicht licht op en even word ik eraan herinnerd waarom ik hem zo leuk vond.

'Heb je je telefoon bij de hand?' vraag ik. 'Dan zet ik haar nummer erin.'

Ik denk niet dat ik ooit iemand zó snel zijn telefoon heb zien opdiepen. Het is een wonder dat hij de rits niet totaal van de zak van zijn sportjack afscheurt voor hij me het toestel overhandigt. Maar ja. Dit gaat natuurlijk wel om Coco. Wat had ik dan verwacht?

Zondagmiddag krijg ik een berichtje van Lynx terwijl ik een chocoladetaartje zit te eten in een hip lunchcafé bij mij in de buurt waar ik al heel vaak langsgekomen ben, maar nooit eerder naar binnen ben gegaan.

Parijs is niet hetzelfde zonder jou. Ik heb eindelijk genoeg moed verzameld om mijn moeder te bellen. Ze komt naar me toe.

Lynx! Daar ben ik zo blij om.

Dankzij jou.

Heb de afspraak met het museum verzet. Ik laat je nog weten hoe het was, zoals beloofd.

Na die laatste twee berichtjes staar ik naar mijn telefoon terwijl er de hele tijd 'is aan het typen' verschijnt in het balkje onder zijn naam, zonder dat er een nieuw berichtje binnenkomt. Ik wend al mijn mentale kracht aan om zijn woorden naar me toe te dwingen. Ik wil ze. Ik heb ze nodig. Ik wil weten wat hij typt, en wist, en weer typt en weer wist. Ik wacht en wacht, en ik bedwing me om zelf iets te typen, omdat ik bang ben dat hij dan gaat wachten op mijn bericht en dat het zijne dan niet meer komt.

Lynx... Hij is er en hij denkt aan me en hij typt iets. Ik voel iets bubbelen vanbinnen. Hoopvol. Blij. Een levendigheid die ik de hele week niet heb gevoeld. Een rush aan energie, die door me heen jaagt, me helemaal opvult en oplaadt.

Nog 82 dagen tot kerst, kitten.

Kan niet wachten, hottie.

Een hartje. En dat is het. Het woordje *online* verdwijnt. Maar ik kan mijn telefoon niet neerleggen, of de app zelfs maar sluiten. Ik blijf zijn woorden herlezen. Kitten. Kitten. Kitten. Nooit gedacht dat ik het zou toestaan dat iemand me zo noemt. En dat ik het dan ook nog leuk zou gaan vinden. Al is leuk nogal een eufemisme. Het is iets meer dan leuk. Het zorgt ervoor dat ik stom in mezelf zit te glimlachen. Ik ben me ervan bewust, maar kan er niet mee ophouden. Ik kan het hem hóren zeggen. Kitten.

'Leuk nieuws?'

Ik kijk op van mijn telefoon. Voor me staat de serveerster die me ook mijn taart heeft gebracht. 'Leuk persoon,' antwoord ik.

'Ah. Nog beter. Wil je nog iets bestellen?'

'Ik wil nog wel zo'n perzik-ijsthee, alsjeblieft,' zeg ik.

'Komt eraan!'

'En... Ik zag het affiche op het raam. Dat jullie iemand voor in de bediening zoeken.'

Ze kijkt me aan. 'Klopt. Drie dagen in de week. Ben je geïnteresseerd?'

'Ik heb net na tien jaar mijn baan opgezegd,' antwoord ik. 'Ik was toe aan iets anders. Dus ja, ik zou graag willen solliciteren.'

De serveerster neemt me even op. 'Wanneer kun je beginnen?'

'Nou... In theorie zodra ik dit taartje opheb.'

Ze moet lachen. 'Hoe zit je dinsdagmiddag? Na twee uur? Dan is de lunchpiek net geweest. Als je wilt, kun je een paar uurtjes komen proefdraaien.'

'Dat moet lukken,' zeg ik.

'Super! Ik ben Cara trouwens.'

'Audrey,' zeg ik.

'Ik ga je ijsthee halen. Van het huis.' Ze draait zich zwierig om en loopt naar de counter.

Ik heb een nieuwe baan, begin ik te typen. Maar ik verstuur het niet. Hij heeft andere dingen aan zijn hoofd.

De bubbel blijft de hele dag zitten. Bruisend, tintelend, stuiterend. Tot ik besef wat zijn laatste berichtje eigenlijk betekent. Dat hij nog niet van gedachten is veranderd over ons. Dat hij het misschien wel meende toen hij zei dat dat écht nooit zal gebeuren.

Na mijn proefmiddag ben ik aangenomen bij het lunchcafé. Het is maar voor drie dagen, dus ik schrijf me in bij een uitzendbureau om iets voor de overige dagen te vinden en om zoveel mogelijk verschillend werk te proberen. Ik wil de theorie van Lynx testen: of écht alles leuk is als je het maar even hoeft te doen. Ik ontdek dat het voor een heleboel dingen opgaat. Zoals chocolaatjes maken bij de plaatselijke chocolatier, honden uitlaten en het ontbijtbuffet verzorgen bij een hotel. Maar het gaat niet op voor schoonmaakwerk of werken in een promotieteam. Na vijf minuten flyers uitdelen wist ik al dat het niets voor mij was. Mensen worden instant chagrijnig en dan word ik ook chagrijnig en aan het eind van de ochtend was ik zo vaak afgesnauwd dat ik de rest van de week nodig had om ervan bij te komen.

Ik hoor niets van Lynx, al neem ik aan dat zijn moeder hem niet laat wachten in Parijs en dat ze elkaar gezien hebben. Misschien is het een goed teken en nemen ze de tijd om te praten, herinneringen op te halen en te helen. Misschien is de ontmoeting rampzalig verlopen en zit hij nu nog meer in de put. Misschien heeft hij zich toch weer bedacht. Is hij alleen. Misschien is hij niet alleen, heeft hij afleiding gevonden bij iemand anders.

Het vergt het uiterste van me om af te wachten. Om hem ruimte te geven. Als hij contact met me wil, zou hij contact zoeken. En dat doet hij niet.

Met elke dag die voorbijgaat, voel ik me meer en meer ongedurig. Het wordt steeds moeilijker om niet te pushen. En uiteindelijk verlies ik de strijd.

Lynx, is alles goed met je?

Alles goed.
Maak je geen zorgen.

Ik heb vanmiddag iets naar je opgestuurd.

Een bedankje.

Je hoeft me niet te bedanken.
Wat is het?

Het is onderweg. Je ziet het vanzelf.

Ik wil jou zien, typ ik. Ik verstuur het niet.

De koffiedate met Darius is er eindelijk van gekomen, al was het niet precies hoe ik het me in mijn talloze dagdromen voorstelde. Wel de verliefde blik van Darius, maar niet dat die gericht zou zijn op mijn zus, die maar één hand vrij had voor haar koffie, omdat de andere continu verstrengeld was met die van Darius. Ik geloof niet dat ik Coco ooit eerder zo verliefd heb gezien en ik ben er blij om. Sinds ze met Darius datet, zie ik haar ook vaker. Soms lunchen we samen. En ik heb haar een paar keer geholpen als ze foto's voor Instagram moest maken. Ik moet alleen opletten dat ik niet op het verkeerde moment uit mijn slaapkamerraam kijk en voor het leven beschadigd raak.

Af en toe heb ik nog contact met Maurice. De mailtjes worden langzaamaan minder, maar soms help ik hem met iets waar hij tegenaan loopt. Mijn dienstverband eindigt volgende maand pas, dus officieel ben ik nog steeds zijn collega. Misschien begeven we ons zelfs voorzichtig richting vriendschappelijk territorium, want hoewel de mailtjes minder frequent verschijnen, nemen zijn appjes toe. Meestal een update over iets wat op de snoepfabriek is gebeurd, maar we dwalen steeds vaker en sneller af. Ik betrap mezelf erop dat ik de dingen die ik eigenlijk met Lynx zou willen delen, uiteindelijk de conversatie met Maurice laat binnensijpelen. Onbenullige dingen over Darius en mijn zus, mijn werk in de lunchroom, of dat ik me heb aangemeld voor een buddyprogramma om eenzaamheid onder ouderen tegen te gaan.

En ik word voor vier avonden in de week aangenomen bij de bioscoop. Dat betekent dat ik nog maar één vrije dag per week heb, maar daar ben ik blij om. Anders zit ik alleen maar thuis aan Lynx te denken. Te wachten op een berichtje dat niet komt. Of een pakketje.

Ik denk niet dat het voor altijd is, werken in de lunchroom of in de bioscoop. Maar voor nu ben ik er blij mee. Ik heb er plezier in. Ik kan goed met Cara opschieten. En in de bioscoop werk ik vooral met tieners, maar ik mag alle nieuwe films gratis zien, dus mij hoor je niet klagen. Als ik tijd heb, glip ik vlak voor het eind van een film de zaal in en dan kijk ik wie er blijft zitten om de hele aftiteling af te kijken. En dan denk ik aan Lynx, naast me in het donker in een bioscoop in Montmartre. Mijn hand in de zijne. *Ik ben onze afspraak ontzettend aan het opfucken.*

Het pakje valt op de deurmat als ik op het punt sta om aan mijn dienst in de bioscoop te beginnen. SHAKESPEARE AND COMPANY in groene letters op de kartonnen verpakking. Een quote van Louisa May Alcott erboven. *She is too fond of books and it has turned her brain.*

Even overweeg ik het pas open te maken als ik vanavond terugkom. Maar wie hou ik voor de gek? Ik draai het pakje om en scheur het open.

Love Stories. Het is de prachtig vormgegeven boxset met een collectie van vier liefdesverhalen die ik in de winkel heb bekeken. Ik volg met mijn vingers het weelderige bloemenpatroon. Als ik de verpakking neerleg, voel ik nog iets heen en weer schuiven en ik haal er een envelop uit waar in het handschrift van Lynx *Kitten* op geschreven is. Ik leg het boek neer, haal mijn vinger onder het flapje van de envelop door en vouw de brief open.

Audrey,

Ik heb de hele tijd een beeld voor ogen: Galerie Vivienne vol kerstverlichting. Een enorme kerstboom bij de ingang, voor de wenteltrap. Daar sta ik te wachten en dan kom jij tussen de mensen door. En ik zie alleen jou nog maar. Ik loop naar je toe, en jij naar mij. Als ik bij je ben, pak ik je vast. En ik kus je. Een perfecte, epische kus waar geen einde aan komt, omdat ik je nooit meer wil loslaten. Ik heb die scène op repeat in mijn hoofd. Het is het enige waar ik aan denk. Ik kan er letterlijk niet mee ophouden. Ik ben aan het wachten tot ik je weer zie. En als jij maar een fractie voelt van wat ik voel, dan doe jij dat ook. En dat kan niet. Daarom moet ik ervoor zorgen dat ik rond kerst zo ver mogelijk bij Parijs vandaan ben als maar mogelijk is.

Ik heb de afgelopen dagen met mijn moeder doorgebracht. We hebben heel veel gepraat. Ook over jou. Misschien wel vooral over jou. Ze heeft geprobeerd me ervan te overtuigen dat ik ons een kans moet geven. En ik heb het ook geprobeerd. Ik wil niets liever dan geloven dat het kan. Maar ik kan niet naar mijn moeder kijken zonder de gapende leegte in haar leven te zien.

Audrey, jij hebt me iets gegeven wat ik nooit dacht te zullen hebben. Ik wil niets liever dan dat ook aan jou geven. En dat is precies het probleem, want ik kan niet zijn wat ik voor jou wil zijn. Iemand die sterk is voor jou. Iemand op wie jij kan leunen als het nodig is. Iemand die meer kan geven dan hij neemt. Jij verdient iemand die dat wel kan bieden. Daarom moet ik je loslaten. En jij mij.

Lynx

Ik lees zijn woorden door een waas van tranen en met trillende handen reik ik naar mijn telefoon, die op de eettafel ligt. Ik probeer zijn nummer te selecteren, maar mijn trillende vingers tikken allerlei icoontjes op mijn telefoon aan en het kost me drie pogingen voor de kiestoon klinkt. De telefoon gaat over, en over, en over, en dan naar voicemail. Ik hang op en probeer het nog een keer. Weer voicemail. En nog een keer.

'Lynx!' breng ik half snikkend, half hyperventilerend uit als ik voor de derde keer naar zijn voicemail doorgeschakeld word. 'Neem op. Neem verdomme je telefoon op. Je kunt niet... Je kunt niet...'

Ik verbreek per ongeluk de verbinding en bel opnieuw, voorover-leunend op tafel. 'Je kunt me niet zo... zó afwimpelen. Dat is niet...' Ik ben nu voluit aan het huilen en kan geen woord meer uitbrengen, dus ik druk de telefoon uit en laat mezelf op de grond zakken met mijn knieën opgetrokken en mijn gezicht verborgen in mijn handen.

Ik weet niet precies hoelang ik zo zit. Zeker een paar minuten, voor mijn telefoon overgaat. Ik reik er blindelings naar, veeg mijn tranen weg. Hij is het.

'Nee!' zeg ik als ik opneem. Geen begroeting. 'Nee, Lynx! Dit mag je niet doen.'

'Audrey...' Hij klinkt verslagen.

'Je kunt me niet... zo'n bericht sturen... En dan niet opnemen!'

'Sorry, ik zit in de auto. Ik moest even aan de kant gaan. Ik heb je meteen teruggebeld.'

'Waar ben je? Waar ga je naartoe?' vraag ik.

'Dat weet ik nog niet precies.'

'Ik wil dat je terugkomt. Ik wil je zien. Ik wil hierover praten.'

'Audrey,' zegt hij weer. 'Dan wordt het alleen maar moeilijker.'

'Het is al moeilijk! Het kan niet nóg moeilijker worden.'

Hij geeft geen antwoord.

'Je mag niet alles weggooien,' zeg ik. 'Lynx, snap het dan! Ik hou van jou!'

'Ik ook van jou,' antwoordt hij onmiddellijk. Geagiteerd, boos bij-na. 'Daarom doe ik dit juist!'

'Nee, je bent bang! Dat is de reden. Je dúrft niet...'

'Natuurlijk ben ik bang! En dat zou jij ook moeten zijn. Ik ben bang, ja. Voor mezelf. Ik vraag me elke dag af of het de laatste norma-le is. Ik kan niet ook nog bang zijn voor wat het met jou doet. Ik kan niet bij je zijn en weten dat ik elk moment kan veranderen in een last die jij moet dragen.'

'Maar je bent er nog! Je bent hier, en ik ben hier! En je mag me niet nu al alles afnemen. Je mag me niet kerstavond afnemen.'

'Je moet me vergeten, Audrey.'

'Nee! Dat wil ik niet. Dat kán ik niet.'

'Je probeert het niet. En dat kan ook niet zolang je bezig bent met wachten tot de volgende keer dat we elkaar zien. Het spijt me, maar...'

'Lynx!'

'Je moet het proberen!' dringt hij aan. En ik krabbel overeind, de telefoon vastgeklemd in mijn trillende hand.

'Ik kom naar Parijs,' zeg ik koppig. 'Op kerstavond. Ik sta daar bij die kerstboom.'

'Audrey, nee!'

'En als jij niet komt opdagen, dan sta ik daar alleen. En ik blijf daar staan tot Galerie Vivienne sluit.'

'Nee,' zegt hij weer. Zachter, de wanhoop nabij. Misschien huilt hij nu ook.

'En als je dan nog steeds niet komt, dan sta ik alleen op straat, voor het hek. De hele avond. De hele nacht. En het kan me niet schelen hoe koud het is, of het regent of sneeuwt of stormt. Als jij niet komt, dan sta ik daar alleen! En daar moet jij dan maar mee zien te leven!'

Ik verbreek de verbinding en zet meteen mijn telefoon helemaal uit. Want als hij me niet kan bereiken, kan hij me ook niet tegenspreken. Ik weet dat ik valsspeel. En ik ben er misselijk van. Maar ik weet niet wat ik anders nog kan doen. Ik mis hem. Ik mis hem zo erg dat ik het gevoel heb dat ik stik. En ik weet niet hoe ik ooit moet accepteren, hoe ik ermee moet leven, dat ik bij hem zou kunnen zijn, maar dat hij het niet toelaat.

Met trillende vingers leg ik mijn telefoon op tafel. Naast de boxset met korte liefdesverhalen. Hoe toepasselijk.

Vijftien minuten voor een film start is het altijd een gekkenhuis in de snackshop. Ik probeer zo snel mogelijk de rij aan de kassa weg te werken en ben zo gefocust op het invoeren van de aankopen, dat ik niet doorheb wie er voor me staat met een grote popcorn en twee flesjes frisdrank.

'Nog even en dan moeten ze hier ook een standbeeld voor je oprichten.'

'Maurice! Sorry, ik zag niet eens dat jij het was.'

'Geeft niet, je hebt het druk.'

'Schatje, wacht even, kan dit er nog bij?' Annette duikt achter hem op met een zakje Maltesers. 'Huh? Audrey? Wat doe jij nou hier?'

'Hé, Annette,' zeg ik terwijl ik het zakje scan. 'Het was tijd voor een carrièreswitch.'

'En jij wist dit?' vraagt ze aan Maurice.

'Ja, natuurlijk.' Hij houdt zijn pinpas naar me op.

'Waarom zei je dan niks?'

'Ik wist niet of ze er vanavond zou zijn.'

Annette kijkt hem fronsend aan.

'Welke film gaan jullie zien?' vraag ik, terwijl ik het bedrag op de pinautomaat intoets.

'Iemand van ons wilde arthouse,' zegt hij. 'Maar degene die Ryan Gosling zonder shirt wilde zien heeft gewonnen.'

'Ryan Gosling zonder shirt is toevallig ook een vorm van kunst,' antwoord ik.

Annette giechelt. 'Precies! Kijk, Audrey snapt dit soort dingen.'

'Geen zorgen,' zeg ik tegen Maurice. 'De film is niet slecht. Misschien glip ik tegen het einde de zaal wel even in om de laatste tien minuten mee te pakken.'

Maurice werpt een blik op zijn ticket. 'We houden een plekje vrij op rij veertien.' Hij knipoogt en geeft Annette de Maltesers aan voor hij de popcorn in de ene en de flesjes in de andere hand neemt.

'Veel plezier,' zeg ik, en dan moet ik snel verder met de volgende klant.

Het einde van de Ryan Gosling-film valt samen met het begin van drie andere drukbezochte films, dus ik heb geen tijd om naar binnen te glippen. De zaal is al leeg als ik binnenkom om snel op te ruimen voor de volgende voorstelling. Ik werk van achter naar voren, gooi achtergebleven flesjes en lege verpakkingen weg en haal de stofzuiger langs de rijen waar mensen eerder met popcorn gejongleerd lijken te hebben dan het te hebben gegeten.

Ergens in het midden raap ik een rode sjaal van de grond, op rij veertien om precies te zijn. De rode sjaal die ik Annette heb zien dragen toen ze binnenkwam. Ik loop over het zijpad naar de deur en wil net naar buiten gaan als Maurice de zaal in komt. We botsen bijna tegen elkaar op.

'Audrey, hé...'

'Hé.' Ik zet een stapje achteruit en hou de sjaal naar hem uitgestoken. 'Zoek je deze, toevallig?'

Hij staart er even naar voor hij hem aanpakt. 'Ja. We waren al bijna bij de auto toen Annette hem miste. Blijkbaar was hij nogal duur.'

'Dan zal ze blij zijn dat je hem gevonden hebt.'

Hij knikt, maar maakt geen aanstalten om naar buiten te lopen.

'En viel de film mee?' vraag ik dan maar. 'Best goed, toch?'

'Ja. Prima film.' Zijn blik gaat even naar de deur en dan weer terug naar mij. 'Hoe gaat het met je?'

'Goed. Volle bak vandaag, maar dat vind ik wel fijn. Heel anders dan personeelszaken.'

'Ja, vast. Maar ik bedoel eigenlijk: hoe gaat het echt?'

Ik kijk hem aan, een beetje verward.

'Gaat het wel goed? Je ziet er een beetje...'

'Verrot uit?' vul ik in. 'Dat heeft misschien te maken met de hysterische huilbui die ik had vlak voor mijn dienst begon. Maar verder is alles oké.'

'Hm. Ik vond je geloofwaardiger toen je deed alsof groene thee je lievelingsdrankje was.'

Ik glimlach. 'Het gaat wel. Ik denk alleen... Lynx en ik...' Ik schud mijn hoofd.

'Niet wat je hoopte?'

Ik adem uit. 'Nee.'

'Dat spijt me voor je. Echt.' Er klinken stemmen op de gang en een groepje vrouwen wringt zich langs Maurice. 'Je moet verder.'

'Ja. En Annette maakt zich vast zorgen dat je haar sjaal niet kan vinden.'

Hij knikt. 'Ik, eh... heb hem expres laten liggen. Zodat ik een reden had om terug te gaan. Ik wilde even... checken hoe het met je gaat.'

'Dank je. Dat is aardig van je.'

'Hij is een lul.'

Ik stoot een wrang lachje uit. 'Eigenlijk is hij dat niet.'

'Elke man die jou laat lopen is niet goed snik.'

Er komen nog meer mensen binnen.

'Ik moet gaan,' zegt hij. 'Maar ik spreek je snel. Goed?'

'Ja. Oké.'

Hij laat zijn blik nog even op me hangen voor hij achteruit stapt en zich in de deuropening omdraait. Ik trek snel de stofzuiger uit het gangpad om hem op te bergen.

Het is iets na elf uur als ik van de bioscoop naar mijn auto loop. Het is bijna uitgestorven op straat. Mijn auto staat eenzaam in een verre hoek van de parkeerplaats. Ik heb mijn telefoon in de hand, nog steeds uitgeschakeld. Met een druk op de knop laat ik hem tot leven komen, want ik voel me diep ellendig over hoe ik het gesprek met Lynx beëindigd heb en ik moet het rechtzetten.

Ik stap in en blijf zitten in de witte gloed van mijn opstartscherm. Notificaties van een hele reeks gemiste oproepen en berichtjes van Lynx ploppen op. Allemaal verzoeken om hem terug te bellen. *Alsjeblieft, Audrey. Alsjeblieft.*

Ik sluit mijn ogen terwijl de kiestoon in de afgesloten ruimte van mijn auto weerklinkt.

Hij neemt bij de eerste keer overgaan al op. 'Audrey!'

'Het spijt me,' fluister ik.

Een seconde lang blijft hij stil. Ik hoor zijn adem ontsnappen. Het klinkt opgelucht en verstikt tegelijkertijd. 'Het is oké.'

'Nee. Dat is het niet. Ik...' Tranen branden achter mijn ogen en ik knijp ze harder dicht. 'Ik dacht alleen aan mezelf. Niet aan hoe het voor jou is. Ik ben alleen maar bezig met wat ik wil en... Het spijt me. Wat ik zei, dat was oneerlijk. Emotionele chantage. Ik had dat nooit moeten zeggen.'

'Nou...' Zijn stem klinkt zacht. 'Het betekent tenminste dat het je iets kan schelen.'

'Iets?' herhaal ik. Het eufemisme van de eeuw.

'Je zei dat je van me houdt. Of eigenlijk schreeuwde je het me eerder toe, maar toch...'

Ik lach door mijn tranen heen. 'Jij ook...'

'Ja. Bizar, aangezien ik je nog maar zo kort ken, maar... het is wel zo.' Hij is even stil en ik probeer wanhopig een snik terug te dringen. 'Huil je nu?'

'Nee.' Het is een waardeloze poging tot liegen.

'Audrey, niet huilen. Alsjeblieft? Je breekt mijn hart.'

Jij het mijne. Ik zeg het niet. Ik heb hem al te veel belast. 'Ik huil niet,' zeg ik. Mijn tranen klinken duidelijk door in mijn haperende stem. Even kunnen we geen van beiden iets uitbrengen. Ik kan bijna voor me zien hoe hij er nu bij zit. De spanning in zijn kaak. De beweging van zijn adamsappel terwijl hij zijn emotie probeert weg te slikken. Hoe hij zijn vingers en zijn duim tegen zijn ogen drukt tot hij wel een hele explosie van vuurwerk achter zijn gesloten oogleden moet zien.

'Hoe gaat het met jou?' vraagt hij dan. En ik kan alleen een geluid van totale ontreddering voortbrengen voor hij verder praat. 'Ik heb het je al zo vaak willen vragen.'

'Het gaat wel.'

'Hoe is het op je werk? Heb je al ontslag genomen?'

'Ja,' antwoord ik. 'Er deden wat interessante verhalen over mijn afwezigheid de ronde, trouwens.'

'O, ja...' Hij grinnikt een beetje. 'Dat ben ik vergeten te zeggen. Dat was allemaal Antoines idee.'

'Tuurlijk. Typisch Antoine.'

'Typisch.'

'Nou...' Ik schraap mijn keel. 'Je moet vast verder.'

'Niet echt.'

'O.' We zijn weer even stil. 'Ik mis je,' kan ik niet laten te zeggen.

'Ik jou ook. Elke minuut. Ik overdreef niet toen ik schreef dat jij het enige bent waar ik aan denk.'

'Maar waarom...' Ik hou mezelf tegen. Ik weet waarom. Er rolt weer een traan over mijn wang. 'Lynx...'

Hij maakt een zacht geluidje.

'Jij zal nooit een last zijn die ik moet dragen. Maar zelfs als dat wel zo zou zijn... Wat als ik het kan? Wat als je me onderschat?'

'Audrey,' zegt hij terwijl zijn adem ontsnapt in een verblufte zucht. 'Ik onderschat jou niet. Ik denk dat jij alles kan als je het graag genoeg wilt.'

'Maar dan... Ik bedoel... als zelfs je moeder zegt dat het het waard is... Zij wéét hoe het –'

'Je begrijpt me verkeerd,' zegt hij, zonder enige beschuldiging, met een vertedering die diep in mijn botten dringt en zich vastzet onder mijn ribben. 'En dat is iets goeds. Niemand zou dit moeten snappen. Maar… Mijn vader… Ik heb je verteld dat ze zeiden dat hij op het laatst alleen nog oppervlakkig prikkels kon verwerken? Dat er geen echt besef meer was? Ik weet niet hoe wáár dat is. Ik weet niet hoeveel hij nog meekreeg toen hij opgesloten zat in een lichaam dat niet meer wilde werken. Maar als mijn moeder voor hem zong, dan zag ik nog een schim van wie hij was in zijn ogen. Totale adoratie. Maar daarachter… Audrey…'

Zijn stem laat het afweten en ik wacht af tot hij zich heeft herpakt.

'Kun je je voorstellen hoe het voor hem geweest moet zijn om niet meer te kunnen communiceren met de liefde van zijn leven? Hoe het gevoeld moet hebben de eerste keer dat ze hem naar de wc moest helpen en de sporen van zijn "ongelukje" weg moest wassen? En op het laatst? Als ze zijn luiers moest verschonen alsof hij… Als een baby…'

Ik ben stil.

'We hadden bijna vierentwintig uur per dag hulp. En toch kwam het ontelbare keren op haar neer. Ik zeg niet dat jij het niet zou kunnen, Audrey. Maar je vergeet dat ik het ook moet kunnen. Je moet proberen te begrijpen waarom…'

'Ik begrijp het,' zeg ik.

'Ja?'

'Ik begrijp het. Maar… ik wil je niet kwijt. Nooit. Maar zeker niet nu al.'

'Dat weet ik,' antwoordt hij. 'Ik wil het ook niet.'

'Maar we hebben geen keuze?'

'Ik zie niet hoe. Hoe graag ik ook wil.'

'Dus… dit is het dan. Ik moet je loslaten.'

Hij geeft geen antwoord en er rijst een onbedwingbare hoop in me op, tot er een bijna onverstaanbaar 'Ja…' klinkt en ik besef dat hij gewoon niet kón praten.

'Ik… ik zal het proberen.'

‘Audrey...’ zegt hij. ‘Waar ik ook ben... Ik zal altijd...’

‘Ik ook,’ zeg ik. Want hij kan er geen woorden aan geven en ik hoef ze ook niet te horen om te weten wat hij bedoelt. ‘Altijd.’

‘Ga je héél gelukkig worden?’ vraagt hij, en er zit zo’n lieve opgewektheid in zijn stem dat de tranen over mijn wangen stromen en in dikke druppels op mijn schoot vallen alsof er een lek in het dak zit. ‘Wil je me dat beloven?’

‘Ik beloof het.’

‘Goed zo, kitten. Dan ben ik het ook.’

‘Lynx...’

‘Het is oké,’ zegt hij. ‘Alles komt goed met jou.’

‘En jij dan?’

‘Ik red me wel.’

Ik wil je redden. Ik wil hem vastgrijpen en nooit meer loslaten.

‘Audrey, één ding moet je nog weten.’

‘Wat dan?’ vraag ik tussen twee snikken door.

‘Het bestaat niet dat ik jou ooit ergens alleen zou laten wachten. *No fucking way.* Nooit. Begrijp je wat ik zeg?’

Ik staar naar de telefoon in mijn hand, er niet helemaal zeker van dat ik het goed heb gehoord.

‘Als je me nodig hebt, dan ben ik er,’ verklaart hij. ‘Waar of wanneer dan ook.’

Ik glimlach. Een vreemd geluid wringt zich uit mijn keel. ‘Dito,’ antwoord ik.

‘Nou...’ Hij laat zijn adem in een diepe zucht ontsnappen. ‘Dan komt nu het laten-gaangedeelte.’

‘Ja. Daar lijkt het wel op.’

‘Tot ziens, kitten.’

‘Tot ziens, Lynx.’

Nog een paar momenten van stilte. Uitstel van iets wat onvermijdelijk is, maar wat we desondanks geen van beiden onder ogen willen zien. Dan is hij het die de beslissing neemt. Hij hangt op. Ik ben alleen. En ik breek.

Ik tril nog na als ik van de parkeergarage naar mijn voordeur loop. Het duurde minstens twintig minuten voor ik me genoeg had herpakt om mijn auto te kunnen starten voor de korte rit naar huis. Ik merk dan ook niet op dat er iemand voor mijn deur staat te posten tot ik vlak voor hem sta en hij een stap naar me toe zet. Ik ben te uitgeput om te schrikken, om zelfs maar te reageren. Dus ik sta daar maar, met de sleutel van mijn huis in de hand.

'Audrey,' zegt Maurice. 'Ik was...' Zijn ogen vinden de mijne en in een flits screent hij mijn gezicht. 'Wat is er?' vraagt hij bezorgd. 'Is er iets gebeurd?'

En als ik dacht dat ik geen tranen meer overhad, dat ik alles er ondertussen wel uit gehuild zou hebben, had ik het mis. Want ik barst onmiddellijk weer in tranen uit, met mijn handen voor mijn gezicht. Mijn sleutel valt op de grond en het volgende moment heeft Maurice de afstand tussen ons overbrugd. Hij slaat zijn armen om me heen en ik huil met mijn gezicht in mijn handen, tegen zijn borst aan gedrukt.

Hij maakt sussende geluidjes en legt zijn hand tegen mijn achterhoofd en zegt dat het allemaal goed komt. Maar dat kan helemaal niet. Het kan niet goed komen. Want ik ben Lynx kwijt. En ik kan niet eens boos op hem zijn, want ik weet dat het voor hem nog erger is dan voor mij.

'Gaat het?' vraagt Maurice. 'Ben je in orde, Audrey?'

Ik knik, ook al voelt het verre van 'in orde'.

'Oké, laat het er maar uit,' zegt hij. Hij heeft één hand tussen mijn schouderbladen en de manier waarop hij zijn wang tegen mijn kruin laat rusten, doet me aan Lynx denken. Iets te veel zelfs. Ik maak me van hem los en stap achteruit.

'Wat doe je hier?' vraag ik. Het klinkt meer afgemeten dan ik bedoel, mijn stem nog van slag door al het gehuil.

'Ik... dat doet er nu niet toe. Je trilt helemaal, je moet naar binnen. Even zitten.'

'Het gaat wel weer,' zeg ik. Ik buk me om mijn huissleutel op te rapen. 'Wat is er met jou?' Hij ziet er lang niet zo slecht uit als ik me voel, maar het is duidelijk dat hij ook niet de beste avond van zijn leven heeft.

'Annette en ik... We zijn uit elkaar.'

'O.' Ik staar naar de grond. De stilte is plots oorverdovend. Ik hoor het zachte geritsel van dorre blaadjes aan de hazelaar die voor mijn huis staat. Het knarsen van een steentje onder de sneakers van Maurice als hij ongemakkelijk zijn gewicht van zijn ene naar het andere been verplaatst. Het zoemen van het buitenlicht naast mijn voordeur.

'Je kan dit nu niet gebruiken,' zegt Maurice. 'Je hebt al genoeg aan je hoofd.' En dat klopt. Mijn hoofd voelt alsof het gaat ontploffen, maar toch leg ik mijn hand op de mouw van zijn jas als hij aanstalten maakt zich om te draaien. Want als hij nu weggaat, ben ik alleen. En dat is zo'n beetje het allerlaatste wat ik nu wil.

'Wat is er gebeurd?' vraag ik. 'Jullie leken... oké.'

'Zijn we ook,' zegt hij. Hij verplaatst zijn blik van mijn hand op zijn onderarm naar mijn gezicht. Ik trek langzaam mijn hand terug en hij vervolgt: 'Ik wil meer dan oké, Audrey.'

Ik kijk hem aan. Ik weet niet wat ik moet zeggen of doen.

'Je zei dat je misschien het eind van de film zou meepakken.' Hij lacht in zichzelf. 'En de laatste twintig minuten van de film kon ik alleen maar naar de deur staren, hopend dat jij...' Zijn ogen flitsen heen en weer tussen die van mij. 'Zoals ik al zei: dit kan je nu niet gebruiken.'

Ik knik voorzichtig. En in gedachten hoor ik Lynx zeggen dat ik moet loslaten. En gelukkig moet worden. En moet proberen. *Moet proberen...*

'Ik weet dat jij niet...' Maurice wiebelt weer van zijn ene been op het andere. 'Dat weet ik. Jij voelt niet hetzelfde. Maar... er is wel íéts, toch? Een klik? Of... ben ik gek? Om dat te denken?'

Ik aarzel. De misschien schiet door mijn hoofd. Er zou een misschien kunnen zijn. 'Je bent niet gek,' zeg ik en zijn hele gezicht licht op. Ik heb onmiddellijk spijt. 'Ik ben niet… Ik weet niet of ik ooit…'

'Dat weet ik,' zegt hij vlug. 'Ik weet dat er iemand anders is. Dat je hem wilt. Maar hij is er niet, Audrey. En ik… ik ben hier. Dat is alles wat ik wilde zeggen. En ik weet dat mijn timing shit is, maar ik heb zo vaak iets willen zeggen en ik deed het nooit. En opeens was je in Parijs. En terwijl je weg was, besefte ik dat ik het wel had moeten zeggen. Maar toen was het te laat, want iemand anders deed wat ik al die tijd had kunnen doen. Ik kan dat niet nog eens laten gebeuren. Ik kon het niet níét zeggen.'

Ik knik.

'Je hoeft er niets mee. Het is gewoon… Ik wil zeker weten dat jij het weet. Dat ik… dat ik jou helemaal geweldig vind. Echt heel, héél geweldig… Dus… jij weet het nu. Mijn werk zit erop. En… nu ga ik maar. Naar huis.'

Ik glimlach.

Hij draait zich om.

'Maurice?'

Hij stopt. Zijn blik hoopvol.

Ik aarzel nog een moment. 'Wil je misschien binnenkomen? Voor een groene thee?'

'Groene thee?'

Ik knik en steek de sleutel in het slot.

'Lekker,' zegt hij. En we moeten allebei lachen terwijl ik de sleutel omdraai en de voordeur met mijn schouder verder openduw.

Het moment dat alles op de juiste plek valt

'Het is niet dat ik dit ding niet met liefde en plezier naar elke plek wil slepen waar jij hem wilt,' zegt Maurice plagerig. 'Het zou alleen wel heel erg handig zijn als je even zou beslissen waar dat dan is. Want nog even en er zit geen naald meer aan de boom.'

'Ik twijfel gewoon, oké? Ik heb mijn kerstboom altijd in de zithoek gezet, maar ik heb nog nooit zo'n grote gehad. Misschien is bij de trap beter.'

Hij kijkt me aan. Zijn wenkbrauwen opgetrokken en een schunnig lachje op zijn gezicht.

'Wat?' vraag ik.

'Nee, niks. Goed om te weten.'

'Wat?'

'Wat je daarnet zei...'

Ik haal mijn schouders op en raap het stapeltje post op waar we overheen gestapt zijn toen we de kerstboom naar binnen droegen. 'Ik weet niet waar je op doelt.'

'Voor je het over de trap had,' hint hij.

Ik haal de echte post tussen de reclamefolders uit. 'Inmiddels heb ik al heel veel andere dingen gezegd, ik heb geen idee.'

Hij trekt de kerstboom verder naar voren, zodat de punt niet tegen de traptreden geplet wordt. 'Dat je nog nooit zo'n grote hebt gehad.' Hij grijnst. 'Goed om te weten.'

Ik rol met mijn ogen en mep hem in het voorbijgaan met een extra dikke reclamefolder tegen zijn arm. Een paar kerstkaarten glippen uit mijn greep en ik buk om ze op te rapen en ze in een vloeiende beweging op de eettafel te gooien om ze later beter te bekijken. En dan bevries ik. Want een van de enveloppen schuift iets verder door en het handschrift van de envelop eronder herken ik uit duizenden. Mijn naam, in zijn handschrift. Het zouden net zo goed neonletters kunnen zijn.

'Audrey?'

'Hm?' Ik gris de envelop van tafel, hou hem achter mijn rug.

'Ik vroeg of ik hem hier kan laten staan.'

'O. Ja. Prima. Perfect.'

'Want als je nog twijfelt, hoor ik het graag voor ik die bak helemaal afvul met aarde.'

'Nee, ik heb geen twijfel. Helemaal niet.'

'Mooi.' Hij kijkt me onderzoekend aan. 'Wat is er?'

'Niks.'

'Je bent helemaal...' Hij gebaart naar mijn gezicht. '... verhit.'

'Omdat we net die boom zes keer hebben verplaatst.'

'Correctie: ik heb de boom zes keer verplaatst. Jij deed alsof je hielp.'

'Je hebt me door,' zeg ik. 'En nu ga ik de kerstlichtjes halen, zodat je me kan helpen ze te ontwarren.' Ik ren de trap op en plof neer op de bovenste trede, al bezig om met trillende vingers de envelop open te scheuren. Maurice is pal onder me bezig de kerstboom in de grond te zetten en neuriet 'It's Beginning to Look A Lot Like Christmas'. En dat klopt. Het ís bijna kerst. Nog tien dagen om precies te zijn. Tien dagen voor kerstavond...

Ik haal een in vieren gevouwen brief uit de envelop, met bovenaan de woorden "C'est lui pour moi".

Ze laat de mooiste zonsopkomst verbleken.

Eigenlijk is ze gewoon gemaakt van zonneschijn.

Ze ruikt zelfs naar zonneschijn. En lavendel. En vanille. Haar geur maakt me gek van verlangen en kalmeert me tegelijkertijd. Het is een rollercoaster van prikkels.

Zij is een rollercoaster van prikkels.

Ze kijkt bij elke film de aftiteling helemaal af, en daar ben ik blij om, want het betekent dat ik haar een paar minuten extra tegen me aan genesteld kan houden.

Ze is haar eigen genre.

Als ze wakker wordt, rekt ze zich uit als een kitten en erotischer dan dat wordt het gewoon niet.

Ze is net zo hot in haar Marilyn Monroe-outfit voor de Moulin Rouge, als in kleermakerszit tegenover me op bed in haar pyjama, met haar bril.

Ze zou een reisprogramma kunnen maken met als titel 48 taartjes in 48 uur *waarin ze wereldsteden bezichtigt terwijl ze constant gebak en andere zoetigheid eet.*

Maar ze kan het niet netjes eten, al hangt haar leven ervan af.

Ze is het antwoord op elke vraag waarvan ik niet eens wist dat ik die moest stellen.

Ik heb nooit zo lekker geslapen als met haar in mijn armen.

Parijs doet geen enkele moeite om zelfs maar interessant te lijken als zij er niet is.

Ik had vanaf het allereerste moment kunnen weten dat ze alles in de war zou schoppen. Om eerlijk te zijn wist ik het ook. Maar het kon me niet schelen, want ze is het waard.

Ze maakt dat ik zo graag wil leven, dat ik bereid ben mijn eigen dood onder ogen te zien.

Op kerstavond wacht ze op me bij de kerstboom in Galerie Vivienne.

En ze moet zich heel goed realiseren dat áls ze komt, ik haar nooit meer laat gaan.

Nooit. Meer.

De kerstboom staat fonkelend bij de trap. Het is de perfecte plek. Het middelpunt van mijn loft. Je ziet hem vanaf de zithoek, vanuit de keuken én meteen als je binnenkomt. En elke keer als mijn blik erop valt, denk ik aan een andere kerstboom. Een Franse kerstboom. In een winkelpassage in Parijs. En aan de man die daar op me zal wachten. De man die zei dat hij dat niét zou doen. Dat ik hem moest loslaten. Dat er geen kans voor ons was. Geen enkele toekomst. En nu zegt hij het tegenovergestelde. Dat hij me nooit meer laat gaan. Dat klinkt niet als een opwelling. Niet als een zwak moment. Niet als voor één keer toegeven aan een onderhuids verlangen. Het klinkt als een belofte. Als voor altijd.

En ik weet dat ik niet eens twijfel. Dat ik zal gaan. Dat het me niet uitmaakt wat het me zal kosten.

'Oké, welke film?' vraagt Maurice vanaf de bank. Ik vul de grootste bak die ik in mijn keukenkast kan vinden met popcorn. Toevallig heb ik tegenwoordig toegang tot grote hoeveelheden popcorn.

'Kies jij maar.'

'Het is makkelijker als jij zegt wat je nog niet hebt gezien.'

'Die met Meryl Streep?' opper ik.

'Meryl Streep... Uitstekend idee.'

De bel gaat. Ik stop wat popcorn in mijn mond voor ik naar de voordeur loop. Ik doe open. En dan... kan ik me niet bewegen, niet meer knipperen, niets zeggen, niet eens meer ademhalen. Ik sta daar maar. En hij staat daar. De enige hij die ertoe doet. Zijn handen in zijn zakken. Zijn voeten iets uit elkaar. Die glimlach. Hij laat zijn blik over me heen glijden, van mijn ogen, helemaal omlaag en terug. 'Ik wist niet zeker of ik het juiste huis had. De straatnaam staat raar aangegeven en ik moest helemaal dáár parkeren.'

'Lynx...' Ik functioneer nog steeds niet. Ik breng amper geluid voort.

'Kom op, Audrey. Je kunt op zijn minst doen alsof je blij bent me te zien.'

Dan vlieg ik hem om zijn nek. Alsof ik gelanceerd word. Maar hij lijkt erop voorbereid. Hij vangt me op, tilt me op, drukt zijn gezicht in mijn nek.

'Hoi,' fluistert hij, terwijl hij me zachtjes heen en weer zwaait. Ik kan nog steeds niets zeggen, klem mijn armen alleen maar steviger om zijn schouders. Mijn vingertoppen in de stevige massa van zijn spier. Mijn andere hand grijpend in zijn haar.

Hij is het echt. Zijn lichaam sterk, stevig, hard tegen het mijne gedrukt. Zijn geur: warm, oranje en helemaal Lynx. Hij houdt me overeind terwijl het voelt alsof al mijn spieren het begeven. Alsof ik in elkaar zak als hij loslaat. Dit kan ik niet verzinnen. Dit kan ik niet dromen. Hij is hier. En ik merk nu pas dat ik ben gaan huilen.

Hij zet me neer. Langzaam. Voorzichtig. Hij streelt met zijn duim over mijn wang en kijkt naar me alsof… alsof ik zijn hele wereld ben.

'Aud… Wil je dat ik hem op pauze zet?'

De blik van Lynx gaat langs me heen, naar de plek waar Maurice zit, op mijn bank, verscholen achter de kerstboom. En ik wil wel iets zeggen, maar ik ben nog steeds niet hersteld van de shock en mijn brein wil gewoon niet werken.

Dan staat Maurice op. Ik hoor hem naar de voordeur komen, maar ik kan mijn ogen nog steeds niet losmaken van die van Lynx.

'Hé,' zegt Maurice als hij vlak achter me staat. Ik draai me met een ruk naar hem toe en kijk hem smekend aan. 'Wat?' vraagt hij. 'Serieus?'

Ik voel me een beetje lullig, zeker omdat ik hem de hele dag bomen voor me heb laten sjouwen en optuigen, maar… Lynx is er nu. Ik bedoel… Hij moet toch begrijpen…

'Oké, ik snap het al,' zegt hij alsof hij mijn gedachten leest. Hij neemt mijn gezicht tussen zijn handen en drukt een kus op mijn voorhoofd. Daarna werpt hij een blik op Lynx en ik weet zeker dat hij het erom doet. De dynamiek tussen hen is ongeveer hetzelfde als tijdens de receptie op de snoepfabriek toen Maurice opeens zijn arm om me heen legde. Alleen reageerde Lynx toen relaxed. Nu ziet hij eruit alsof hij Maurice het liefst neer zou hoeken. Hij balt een vuist en ontspant zijn vingers weer.

'Ik heb toevallig toch wat beters te doen dan hier de hele avond films kijken met jou.' Hij reikt langs me heen om zijn jas van de kapstok te pakken. 'Een date.'

'Bedankt voor je hulp. Met de boom en zo.'

'Geen probleem.' Hij kijkt Lynx aan terwijl hij langs hem heen naar buiten stapt. 'Beetje kansloos, hoor. Zo bij een vrouw aan de deur verschijnen.' Hij knipoogt naar me voor hij de stoep op loopt.

Lynx kijkt hem even na. 'Ik voelde me daar totaal niet bedreigd door.'

Ik moet lachen.

'Zijn jullie...' polst hij voorzichtig, wachtend tot ik het voor hem invul.

'Gewoon vrienden. We zijn best close geworden de afgelopen weken, maar hij weet dat ik niet...'

Lynx zet een stap vooruit, trekt me met één hand om mijn middel naar zich toe en laat zijn andere hand in mijn haar glijden terwijl hij zijn lippen over de mijne sluit. Hij zuigt zachtjes op mijn onderlip, hapt in mijn bovenlip en laat zijn tong dan met een langzame beweging mijn mond binnengaan. Ik kan geen zinnige gedachte meer vormen, smelt tegen hem aan en beantwoord de kus met alles wat ik in me heb. Zijn hand glipt onder mijn shirtje, mijn blote rug strelend, en glijdt er dan weer onderuit, de stof opproppend in zijn hand alsof het hem moeite kost zich in te houden. Zijn andere hand glijdt naar mijn nek, zijn vingers rusten vlak onder mijn oor en zijn duim omspant mijn kin. Hij verbreekt de kus langzaam, zijn voorhoofd rustend tegen het mijne terwijl hij op adem komt.

'Ik dacht even dat ik te laat was,' zegt hij zacht, starend in mijn ogen.

Ik schud mijn hoofd. Alsof er ooit nog écht iemand anders zou kunnen zijn. 'Jij bent het voor mij.'

Hij glimlacht. En hij kust me weer. Twee armen om mijn middel nu, terwijl hij me opnieuw optilt. Eén hand onder mijn bil terwijl ik mijn benen om hem heen sla. 'Ik heb je zo gemist,' fluistert hij, met zijn lippen tegen mijn nek gedrukt als we te ademloos zijn om te blijven zoenen.

'Je brief,' zeg ik. 'Je zei kerstavond. Parijs. Galerie Vivienne.'

'Ja, dat leek me een goed idee toen ik het opschreef. Heel romantisch, ook. Maar daarna besefte ik dat ik dan nog ruim een week moest wachten. En ik kan niet één reden bedenken om een hele week te verspillen. Ik wil die week. Ik wil elke dag die ik met jou kan krijgen.'

'Ik ook,' antwoord ik. 'Dat wil ik ook.'

Ergens vraag ik me af hoe het kan. Waarom hij opeens van gedachten is veranderd.

'Meen je het echt?' vraag ik, want ik kan het niet aan als hij zich weer bedenkt. 'Weet je het zeker?'

Hij streelt met zijn neus langs de mijne en knikt. 'Absoluut zeker. En ik heb iets voor je.'

Hij laat me zakken, maar ik weiger medewerking en hou mijn armen en benen om hem heen geklemd.

'Oké, fuck it,' zegt hij, terwijl hij me naar binnen draagt. Hij loopt langs de kerstboom naar de bank, alsof hij de weg kent. Alsof hij hier thuishoort. De voordeur staat nog wijd open als hij een knie op mijn bank zet, me achterover kantelt en zich boven op me laat zakken. Hij smoort mijn verliefde giechellachje met een kus die pure seks is. Hij drijft zijn heupen tegen de mijne, een wellustig geluid uit me wringend terwijl zijn hand opnieuw onder mijn truitje gaat. Zijn vingers die langs mijn zij omhoogkruipen tot ze mijn borst vinden. Zijn duim die door mijn beha heen mijn tepel streelt.

'Nee, wacht,' zegt hij dan, en hij duwt zich overeind. 'Dit moet echt eerst.' Hij is van me af voor ik kan protesteren of hem weer naar me toe kan trekken. Hij loopt naar de voordeur, bukt zich om iets op te pakken en komt dan weer naar binnen met een doos in zijn handen die me niet eerder opgevallen is.

'Ik ben dol op cadeautjes, maar kon dit echt niet wachten?' vraag ik, terwijl ik mijn shirt rechttrek en mijn benen onder me trek. Hij geeft me de doos aan. Rood, met witte strepen en een deksel met een grote strik erop. Ik voel iets heen en weer schuiven terwijl ik de doos op mijn schoot neerzet. Of nee, niet schuiven. Bewégen.

Lynx kijkt me verwachtingsvol aan. Hij trekt zijn jas uit voor hij naast me komt zitten. 'Weet je nog wat je me verteld hebt? Over hoe je de toekomst voor je ziet? Twee mensen in je loft... En misschien een kat?'

'Ja...'

Hij geeft een knikje naar de doos. Er beweegt duidelijk iets. En het maakt geluid. Krassend over de bodem. Een zacht piepend *miauw*.

'Er zitten gaatjes in,' zegt Lynx. 'En ik heb hem er pas in gedaan vlak voor ik aanbelde. Maar ik denk dat hij er nu wel uit wil.'

Ik kijk hem met grote ogen aan en haal dan snel de deksel van de doos. Een klein grijs-wit gestreept katje komt meteen omhoog, twee pootjes op de rand van de doos. 'Lynx...'

'Een kitten voor mijn kitten,' zegt hij. 'Ik heb hem uit het asiel. Hij zoekt een huis met twee mensen die voor hem willen zorgen. Dus als jij het ook wil, kunnen we de verantwoordelijkheid delen.'

'O, Lynx!' Ik pak het katje op. Hij drukt zijn kopje onder mijn kin. Lynx haalt de doos van mijn schoot en zet hem op de grond.

'Zijn naam is Winnie. Naar Erwin Schrödinger.'

Ik kijk van de kitten naar Lynx. Mijn hart klopt in mijn keel. Ik voel tintelingen over mijn armen, mijn rug. 'Schrödingers kat?'

Hij knikt. 'We hebben zojuist de doos geopend. En de kat leeft.'

'De kat... lééft...' herhaal ik. En ik denk dat ik weet wat hij zegt. Ik dénk dat ik weet...

Hij knikt. Tranen in zijn ogen. Hij slikt. 'De kat leeft.'

'Je hebt...' Ik durf de woorden niet uit te spreken. Ik vraag het met mijn ogen.

Hij knikt opnieuw. 'Dankzij jou wil ik zo graag leven, dat ik bereid was mijn eigen dood onder ogen te zien. Ik heb me laten testen, Audrey.'

Ik druk mijn hand tegen mijn lippen en ik zet het katje op mijn schoot, bang dat ik alle controle verlies en het pijn doe.

'Ik ben oké,' zegt hij schor. 'Ik heb het niet. Ik ben gezond.'

'Lynx!' Winnie weet wat ik ga doen, precies een tel voor ik het doe. Hij springt van mijn schoot op de armleuning van de bank en ik werp me in de armen van Lynx. Ik kus zijn hele gezicht. Zijn ogen, zijn wangen, zijn voorhoofd, zijn kin. En ik weet niet of ik zijn tranen proef of die van mij.

Hij pakt mijn kaak vast en eist mijn mond op. En ik snik dwars door de kus heen, maar we houden niet op. Hij duwt me opnieuw achterover. Kust een spoor langs mijn keel naar mijn nek en we blijven zo liggen, verstrengeld, elkaar inademend. Hij laat zijn wijsvinger langs het hangertje aan mijn ketting gaan. 'Je draagt het nog steeds.'

'Ja, altijd,' antwoord ik.

Hij tilt zijn hoofd op om me aan te kijken. Kust me. En kijkt me weer aan.

'Was je alleen?' vraag ik. 'Toen je de uitslag kreeg?'

'Nee. Mijn moeder was erbij. En Wolf ook.'

'Gelukkig,' zeg ik opgelucht.

'Ze willen je ontmoeten. Ik wil je zo graag aan ze voorstellen.'

'Ik wil ze ook heel graag ontmoeten.'

'Maar het moet nog even wachten,' zegt hij. 'Want de komende dagen wil ik je met helemaal niemand delen.'

Ik staar hem aan, me erover verwonderend dat ik het niet onmiddellijk aan hem heb gezien. Hij lijkt wel licht te geven. Het gewicht van wat hem misschien boven het hoofd hing eindelijk van zijn schouders. Een toekomst die hij precies zo kan invullen als hij wil.

Hij kijkt even om zich heen. 'Ik vind je loft leuk. Denk je dat ik een tijdje kan blijven?'

'Zolang je maar wilt.'

'Pas op met wat je zegt, kitten. Dat zou best weleens heel lang kunnen zijn.'

'Dat is oké, hottie. Want ik heb zo'n vermoeden dat ik nooit genoeg van jou zal krijgen.'

Hij lacht. Een lach zo intens zorgeloos en vrij dat hij me de ademt beneemt. De winterzon schijnt door het raam op hem neer en hij is het mooiste wat ik ooit heb gezien.

'Je kunt alles doen wat je maar wilt,' zeg ik terwijl ik met mijn vingertoppen de boog van zijn wenkbrauw volg.

'Weet ik,' antwoordt hij grijnzend. Hij grijpt de achterkant van zijn shirt vast bij de boord en trekt het over zijn hoofd. 'Suggesties?'

Ik laat mijn hand naar zijn schouder glijden. 'Een paar...'

Hij leunt naar voren, over me heen, maar ik leg mijn hand tegen zijn borst en hij kijkt me vragend aan.

'Het verandert misschien dingen. Met Sylvie, bijvoorbeeld?'

Hij rolt met zijn ogen, gromt ongedurig. 'Hoe vaak moet ik het nog zeggen? Dat is voorbij. Heb je de memo gemist, Audrey? *C'est toi. Pour la vie.*'

Ik moet lachen. En ik denk niet dat mijn lach half zo verblindend kan zijn als die van hem. Maar ik heb me nog nooit zo compleet, perfect gelukkig gevoeld. 'God, je bent sexy als je Frans spreekt.'

'Mag ik dan nu eindelijk beginnen met alles doen wat ik wil?'

Ik knik, en we zoenen. Langzaam, sensueel en ongehaast. Alsof we alle tijd van de wereld hebben. Ons leven mag dan net zo onzeker zijn als dat van ieder ander. We kunnen veel tijd hebben of weinig. Soms wordt het misschien moeilijk en soms fantastisch. Maar hoe dan ook. We zijn hier nu. En ik ga elke seconde ervan beleven. Met hem. Want terwijl zijn lippen en zijn handen mijn hele lichaam herontdekken, weet ik absoluut zeker dat we allebei precies zijn waar we horen.

Aftiteling

Nu we hier toch zijn

Een roman van
Chantal van Gastel

Met in de hoofdrollen:
Audrey en Lynx

En in volgorde van verschijnen:
Darius, Janine, Vanessa, Antoine, Duncan, Maurice, Davy, Robin, Joop, Coco, Hannie, monsieur Pierre, Angèl, Wolf, kapitein Josephe, Annette en Winnie

Special guest stars:
Barbara en Ariël
Mia en Feo
Ruben
Cara

Met dank aan:
Priscilla van Research & Development

Ilse van Redactie
Lisanne van Redactie
Sophie van Bureauredactie
Gerdien van Persklaarmaken
Marjoleine van Correctie

Hajnal van Publishing
Jill van Publishing
Maaike van Publishing

Jorien van Publiciteit en Marketing
Joy van Online Marketing

Ellen van Fotografie
Ingrid van Cartografie

Angela van Design
Riek van Design

Bonusmateriaal
(let op: niet spoilervrij, *viewer discretion advised*)

Wandeling langs de Seine

Deze wandeling duurt ongeveer anderhalf uur als je hem aan één stuk door zou lopen, maar je bent in Parijs! Er zijn onderweg allerlei mooie plekken om even stil te staan, uit te rusten, te genieten van alle bezienswaardigheden en de sfeer op je te laten inwerken. Dus neem de tijd!

We beginnen bij de Notre-Dame de Paris (1). De in 2019 door brand ernstig beschadigde kathedraal is nog tot 2024 gesloten vanwege de herstelwerkzaamheden. Maar je kunt haar wel van buitenaf bezichtigen en dat is ook zeker de moeite waard. Misschien zie je Victor, Hugo en Laverne wel tot leven komen op de gevel. • *Via de Pont au Double (2) steek je over naar Quai de Montebello. Vervolg de weg naar Rue Lagrange en sla rechts af naar het park Square René Viviani. Hier vind je de oudste boom van Parijs (3).* • Verlaat het park via Rue Saint-Julien le Pauvre. Sla links af naar Rue de la Bûcherie. Hier zijn het café van Shakespeare and Company (4) en de iconische boekwinkel gevestigd. • *Klaar met rondsnuffelen? Loop verder in de richting van Place du Petit Pont. Sla hier links af en vervolgens rechts af naar Rue de la Huchette. Sla nogmaals rechts af naar het smalle straatje Rue du Chat-qui-Pêche (5) en maak je gezelschap een beetje bang met het spookverhaal over de vissende kat.* • Aan het eind van het straatje sla je links af naar Quai

Saint-Michel en vervolgens rechts af naar Pont Saint-Michel (6). Langs de oevers van de Seine vind je Les Bouquinistes, de boekverkopers met hun assortiment tweedehands en antiquarische boeken, posters en souvenirs. Heel erg Parijzig! • *Steek de brug over naar Promenade Maurice Carême. Sla links af naar Quai des Orfèvres en rechts af naar Rue de Harlay. Ga linksaf naar Place Dauphine (7). De foodtruck waar Audrey en Lynx crêpes eten, is fictief. Sorry als je net trek begon te krijgen. Maar door heel Parijs zijn vele soortgelijke crêpestalletjes te vinden. Dus aan zoetigheden geen gebrek.* • Verlaat het plein via Rue Henri Robert. Ga rechtsaf naar Place du Pont Neuf (8) en linksaf naar Quai de l'Horloge. Bij het standbeeld van Henri IV vind je de trap die naar Square du Vert-Galant leidt. Op het uiterste puntje staat de treurwilg: le saule pleureur de la pointe (9). Je hebt hier een mooi uitzicht op de Pont des Arts (10). En je weet hoe het zit met die beroemde legende over de perfecte kus en de betovering van Parijs, toch? • *Genoeg gezoend? Dan loop je terug naar de Pont Neuf. Steek over naar Quai de Conti (aan je rechterkant als je met je rug naar het park staat). Je wandelt langs het Institut de France naar de Pont des Arts, die het Institut verbindt met het Louvre. Misschien herken je deze brug ook wel van de bekende scène uit* Sex and the City. *Of als de beroemde 'slotjesbrug' waar stelletjes hun liefde bezegelden door een slotje aan de brug te bevestigen en de sleutel in de Seine te werpen. Inmiddels zijn de slotjes verwijderd, maar de brug is nog steeds een bezoek waard. Geniet van het uitzicht!* • Steek over naar Quai François Mitterrand en loop rechtdoor naar het Louvre. Loop onder de boog door naar het Cour Carrée. Ga hier nogmaals linksaf. Je loopt nu recht op de piramide van het Louvre (11) af. Je kunt hier pauzeren om de befaamde warme chocolademelk bij Angelina te proeven, of voor een lunch bij het veelbezochte Café Marly. • *In de Jardin des Tuileries (12) kun je heel lang ronddwalen. Aan de Quai des Tuileries grenzen meerdere bruggen die een mooi uitzicht bieden. De Pont Royal, de Passerelle Léopold-Sédar-Senghor (je vindt*

Musée d'Orsay aan de overkant) en de Pont de la Concorde. Maar mijn favoriete brug bereik je als je Place de la Concorde (13) passeert en de Promenade du Cours de la Reine bewandelt. Ik heb het natuurlijk over Pont Alexandre III (14), bekend van de feelgoodfilm Ik Wist Het, *gebaseerd op mijn eigen boek. Dit is de brug waar Mia en Feo elkaar kussen met uitzicht op de Eiffeltoren. En de brug waar Lynx weigert zijn move te maken, maar wél zijn rap 'Iedereen Kan Scoren Onder De Eiffeltoren' improviseert. De brug zelf is rijkelijk gedecoreerd in art-nouveaustijl en het uitzicht is onvergetelijk.* • Via de brug steek je over naar Quai d'Orsay. Loop linksaf in de richting van Esplanade des Invalides naar Rue Fabert. Sla rechts af naar Rue de l'Université en links af naar Avenue Rapp. Deze straten bieden mooie uitzichten op de Eiffeltoren en hier wil je zeker een fotomoment van maken. Ga rechtsaf naar Rue de Monttessuy en nogmaals rechtsaf naar Avenue de la Bourdonnais. Als je nogmaals rechts afslaat, kom je weer op Rue de l'Université (15), en wel precies op de plek waar Lynx en Audrey hun selfies nemen. Je staat nu zo'n beetje aan de voet van de Eiffeltoren (16). En hoogtevrees of niet, het uitzicht over Parijs is het wél waard om de klim naar boven te maken. Het enige nadeel? Je kunt de Eiffeltoren niet zien als je op de Eiffeltoren staat. • *Wie heeft er nou ooit écht genoeg van een mooi uitzicht op de Eiffeltoren? Audrey in elk geval niet. Via de Pont d'Iéna (17) loop je naar de Jardins du Trocadéro. Gebruik hier de voetgangersoversteekplaatsen. Aan het eind van het park neem je de trappen naar boven naar Place du Trocadéro (18) voor een van de beste plekken in Parijs om de Eiffeltoren te fotograferen.* • Het super-de-luxe hotel Shangri-La (19) bevindt zich op vijf minuten loopafstand, dus mocht je net als Audrey nou ook eens een keer een heel maandsalaris willen verbrassen, boek hier dan een kamer mét uitzicht of trakteer jezelf op een heerlijke vegan high tea of een luxe diner in restaurant La Bauhinia om bij te komen van alle indrukken die je hebt opgedaan. Of om de trapscène uit *Titanic* na te bootsen.

Tour door Montmartre

N.B. De ijssalon waar Lynx de experimentele smaakcombinatie voor Audrey kiest is geïnspireerd op Moustache aan Rue la Vieuville. Tijdens het schrijven van dit boek in juni 2022 was deze ijssalon hier nog gevestigd, maar tijdens het redigeren bleek de vestiging in Montmartre gesloten te zijn. Daarom wijkt de wandeling iets af van de route die Audrey en Lynx lopen. Maar niet getreurd: Montmartre is vele ijssalons rijk. Je vindt vanzelf een geschikt alternatief.

Je tour begint bij Café des Deux Moulins (1) aan Rue Lepic nummer 15. Dit café was de setting van een van Audreys lievelingsfilms: *Amélie.* • *Als je het café verlaat, ga je linksaf op Rue Lepic. Ga na 130 meter nogmaals links om op Rue Lepic te blijven. Aan de linkerkant tref je na ongeveer 270 meter Passage de la Sorcière (2) aan. Een steile trap leidt naar Avenue Junot. Soms staat het hek open, maar let op: de passage is privéterrein. Wil je de rots van de heks bezichtigen, boek dan een lunch bij Hôtel Particulier om via de tuin toegang tot het 'heksenlaantje' te hebben. Als je boven aan de trap staat, kijk dan vooral even achterom voor een mooi (en goed verborgen) uitzicht op de Eiffeltoren. Sla rechts af naar Avenue Junot en vervolgens links af op Rue Girardon tot je Place Dalida (3) bereikt. (Is het hek gesloten, vervolg dan je weg op Rue*

Lepic, tot je links af kunt slaan naar Rue Girardon.) • Bezichtig de buste van de beroemde zangeres Dalida op dit idyllische plein. Je hebt hier ook een prachtig uitzicht op de Sacré-Coeur (5). • *Op Place Dalida sla je af naar Rue de l'Abreuvoir. Na ongeveer twee minuten lopen kom je langs het ontzettend Instagrammable Maison Rose (4).* • Maak een flauwe bocht naar rechts, naar Rue des Saules en ga meteen daarna linksaf naar Rue Cortot. Na 130 meter ga je rechtsaf naar Rue du Mont-Cenis. Je komt langs de Watertoren van Montmartre, waarna je linksaf gaat naar Rue du Chevalier-de-La-Barre. Je loopt recht op de Sacré-Coeur (5) af. • *Loop terug naar Rue du Mont-Cenis en vervolg de weg tot je rechts af kunt slaan naar Rue Norvin. Sla links af naar Place du Tertre (6), waar je vele kunstenaars aan het werk kunt zien en je portret kunt laten tekenen.* • Langs Galerie Montmartre loop je naar Rue du Calvaire. Neem de trap naar beneden en sla rechts af naar Rue Gabrielle. (Met een beetje geluk kom je nog wat wegafzettingen tegen onderweg naar Rue Ravignan.) Op nummer 44 woonde Picasso (7). • *Volg de flauwe bocht van Rue Ravignan tot je Place Émile Goudeau (8) bereikt. Aan het plein vind je Le Relais de la Butte.* • Sla links af om Rue Ravignan te volgen en ga nogmaals links naar Rue des Abbesses. Ga linksaf naar Place des Abbesses om een selfie te maken bij Le mur des je t'aime. (9) In het kader van *kill your darlings* is de scène van Audrey en Lynx bij deze muur, waar je de woorden *'je t'aime'* in alle talen kunt lezen, helaas geschrapt. Maar neem maar van mij aan dat ze hier geweest zijn. • *Loop terug naar Rue des Abbesses en sla links af naar Rue Lepic. Je passeert het beginpunt van de tour, Café des Deux Moulins. Vervolg de weg tot aan Place Blanche. Als je durft, maak je hier even – net als Audrey – een gewaagde foto à la Marilyn Monroe bij het metrorooster. Sla rechts af naar Boulevard de Clichy naar de iconische Moulin Rouge (9).*

Tour door Belleville

Audreys tour begint bij Le Barbouquin (1) op de hoek van Rue Denoyez. Tussen de tweedehands boeken geniet je in een creatieve setting van biologische thee en huisgemaakte foccaccia, taart of crêpes. • *Daarna bezichtig je de explosie van streetart in Rue Denoyez (2) terwijl je naar café Aux Folies (3) wandelt. De plek waar een piepjonge Édith Piaf vaak op het podium stond.* • Sla rechts af naar Rue de Belleville. Je loopt langs winkels en restaurantjes in de richting van Place Fréhel (4). Hier kun je de stellage van kunstenaar Ben Vautier bewonderen en een filosofische discussie starten over de boodschap op het krijtbord: *Il faut se méfier des mots.* • *Na een ietwat steile klim bereik je huisnummer 72 aan Rue de Belleville (5). De plek waar Édith Piaf volgens de legende onder een lantaarnpaal op straat geboren werd.* • Hierna moet je een klein stukje teruglopen en links afslaan naar Rue Piat. Volg de weg tot je het Belvédère de Bellevile (6) bereikt, met een uniek uitzicht over Parijs. Ook hier vind je bijzondere streetart. Je kunt de tijd nemen om langs het amfitheater en de watervallen af te dalen naar het terras, waar je een prachtig doorkijkje over de stad hebt, en om het Parc de Belleville verder te verkennen. • *Verlaat het park via Passage Piat en vervolg daarna je weg via Rue Piat naar Rue du Transvaal. Op de kruising tussen Rue du Transvaal en Rue des Envierges vind je het veganistische restaurant Les bols d'Antoine (7).* • Loop verder over Rue du Transvaal. Je passeert Villa Castel en slaat dan rechts af naar Passage Plantin (8), bekend van de achtervolgingsscène in de film *The Bourne Identity.* • *Verken de charmante straatjes die Belleville rijk is. Je vindt hier een mix van hippe streetart en de landelijke sfeer van vroeger. Sla rechts af naar Rue des Couronnes en vervolgens links af naar Rue Henri Chevreau.* • Na 257 meter sla je links af naar Rue de Ménilmontant. • *Ga rechtsaf naar Rue Boyer en linksaf naar Rue Laurence Savart.* • Ga rechts naar Rue du Retrait en sla daarna rechts af naar Rue des Pyrénées. • *Op de rotonde neem je de tweede afslag naar Rue Belgrand.* • Na 160 meter vind je aan de linkerkant Place Édith Piaf, met het veelbesproken standbeeld en de volledig aan haar gewijde *Bar de la Place Édith Piaf* (9) op Rue de la Py. • *Hiervandaan is het een kwartier lopen naar de begraafplaats Père Lachaise. Naast het graf van Édith Piaf vind je hier de laatste rustplaats van vele beroemdheden, onder wie Jim Morrison, Karel Appel, Maria Callas, Oscar Wilde en Simone Signoret. Audrey en Lynx hebben de begraafplaats overgeslagen, maar als jij wel een bezoek wilt brengen, loop je terug in de richting van de rotonde en neem je de afslag naar Avenue du Père Lachaise.*